AFTER

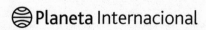 Planeta Internacional

ANNA TODD

AFTER

Traducción de
Vicky Charques y Marisa Rodríguez

 Planeta

Obra editada en colaboración con Editorial Planeta – España

Título original: *After*

© 2014, Anna Todd
La autora está representada por Wattpad.
Publicado de acuerdo con el editor original, Gallery Books, una división de
Simon & Schuster, Inc.
© 2014, Vicky Charques y Marisa Rodríguez (Traducciones Imposibles), por
la traducción
© 2014, Editorial Planeta, S.A. – Barcelona, España

Derechos reservados

© 2014, Editorial Planeta Mexicana, S.A. de C.V.
Bajo el sello editorial PLANETA M.R.
Avenida Presidente Masarik núm. 111, Piso 2
Colonia Polanco V Sección
Deleg. Miguel Hidalgo
C.P. 11560, México, D.F.
www.planetadelibros.com.mx

Primera edición impresa en España: octubre de 2014
ISBN: 978-84-08-13353-7

Primera edición impresa en México: noviembre de 2014
Primera reimpresión: enero de 2015
ISBN: 978-607-07-2426-8

Impreso en los talleres de Litográfica Ingramex, S.A. de C.V.
Centeno núm. 162-1, colonia Granjas Esmeralda, México, D.F.
Impreso en México – *Printed in Mexico*

Para quienes me leyeron desde el principio,
con mucho cariño y gratitud.
Son mi vida

NOTA DEL EDITOR

Descubre la aplicación *After* y prepárate para una experiencia de lectura 360º.

Descarga gratuitamente la aplicación en tu celular, sigue los símbolos del infinito que encontrarás repartidos a lo largo de las páginas de *After* y vive la historia de Hardin y Tessa en primera persona.

Fotos, videos, pistas de audio, listas de música y otras sorpresas que te harán disfrutar aún más de la experiencia *After*.

PRÓLOGO

La facultad siempre me había parecido algo crucial, una parte esencial de lo que mide el valor de una persona y determina su futuro. Vivimos en un tiempo en el que la gente te pregunta a qué universidad fuiste antes que tu apellido. Desde muy pequeña me inculcaron que debía prepararme para mis estudios. Se había convertido en una obsesión que requería una enorme cantidad de preparación. Cada materia que elegía, cada trabajo que realizaba desde el primer día de instituto, giraba en torno a entrar en la universidad. Y no en cualquier universidad. Mi madre se había empeñado en que iría a la de Washington Central, la misma a la que había ido ella, aunque nunca terminó sus estudios.

Yo no tenía ni idea de que ir a la facultad sería muchas más cosas que obtener un título. No tenía ni idea de que escoger mis materias optativas para el primer semestre me acabaría pareciendo, tan sólo unos meses después, algo trivial. Era muy ingenua entonces, y en cierta manera sigo siéndolo. Pero no podía imaginar lo que me esperaba. Conocer a mi compañera de cuarto de la residencia fue algo intenso e incómodo desde el principio, y conocer a su alocado grupo de amigos más todavía. Eran muy diferentes de todas las personas que había conocido hasta entonces, y me intimidaba su aspecto, me confundía su absoluta falta de interés por llevar una vida planificada. Pronto pasé a formar parte de su locura; me dejé enredar...

Y fue entonces cuando *él* se coló en mi corazón.

Desde nuestro primer encuentro, Hardin cambió mi vida de una manera que ningún curso de preparación para la universidad ni ningún grupo de lectura para jóvenes lo habría hecho. Aquellas películas que veía de adolescente pronto se convirtieron en mi vida, y sus ridículas tramas pasaron a formar parte de mi realidad. ¿Habría hecho las cosas de manera diferente de haber sabido lo que estaba por llegar? No estoy segura. Me gustaría poder dar una respuesta directa a eso, pero no puedo. A veces me siento agradecida, tan absolutamente perdida en el momento de pasión que mi juicio se nubla y sólo lo veo a él. Otras veces pienso en el sufrimiento que me causó, en el profundo dolor por la pérdida de mi antiguo yo, en el caos de esos momentos en los que me sentía como si mi mundo estuviera patas arriba, y la respuesta no es tan sencilla como lo fue en su día.

De lo único de lo que estoy segura es de que mi vida y mi corazón jamás volverán a ser los mismos, no después de que Hardin irrumpió en ellos.

CAPÍTULO 1

Mi despertador está programado para sonar en cualquier momento. Me he pasado media noche despierta, dando vueltas, contando las líneas que separan los paneles del techo y repitiendo el horario del curso mentalmente. Hay gente que cuenta ovejitas; yo planifico. Mi mente nunca deja de planificar, y hoy, el día más importante de mis dieciocho años de vida, no es ninguna excepción.

—¡Tessa! —oigo gritar a mi madre desde el piso de abajo.

Gruñendo para mis adentros, me obligo a salir de mi pequeña pero cómoda cama. Me tomo mi tiempo remetiendo las esquinas de las sábanas entre el colchón y la cabecera, porque ésta es la última mañana que esto formará parte de mi rutina habitual. A partir de hoy, este dormitorio ya no será mi hogar.

—¡Tessa! —grita de nuevo.

—¡Ya estoy levantada! —le contesto.

El ruido de los roperos abriéndose y cerrándose en el piso inferior me indica que está tan asustada como yo. Tengo un nudo en el estómago y, mientras dejo caer el agua de la regadera, rezo para que la ansiedad que siento vaya disminuyendo conforme avanza el día. Toda mi vida ha consistido en una serie de tareas que me preparaban para este día, mi primer día en la universidad.

Me he pasado los últimos años anticipando nerviosa este momento. Me he pasado los fines de semana estudiando y preparándome para esto mientras mis amigos salían por ahí, bebían y hacían las típicas cosas que hacen los adolescentes para meterse en problemas. Yo no era así. Yo era la chica que se pasaba las noches estudiando con las piernas cruzadas en el suelo de la sala con mi madre, mientras ella miraba el canal de televenta buscando nuevas maneras de mejorar su aspecto.

El día que llegó mi carta de admisión a la WCU, la Universidad de Washington Central, sentí una emoción tremenda, y mi madre lloró durante horas, o eso me pareció. No puedo negar que me sentí orgullosa de que todo mi duro trabajo hubiese dado los frutos esperados. Me aceptaron en la única facultad a la que había enviado solicitud y, debido a nuestros bajos ingresos, me conceden las becas suficientes como para que los préstamos de estudios que tenga que pedir sean mínimos. Una vez consideré, por un momento, marcharme a una universidad fuera de Washington. Pero al ver que el color abandonaba el rostro de mi madre al comentárselo y la manera en la que se estuvo paseando por la sala durante casi una hora, acabé diciéndole que no me lo había planteado muy en serio.

En cuanto me meto a la regadera, parte de la tensión desaparece de mis músculos agarrotados. Y ahí permanezco, bajo el agua caliente, intentando apaciguar mi mente, pero consiguiendo justo lo contrario, y me quedo tan absorta que cuando por fin me enjabono el cuerpo y la cabeza apenas queda agua caliente como para pasarme una cuchilla por las piernas de las rodillas para abajo.

Mientras envuelvo con la toalla mi cuerpo mojado, mi madre grita mi nombre de nuevo. Sé que está muy nerviosa por mi primer día en la universidad, de modo que me armo de paciencia con ella, pero me tomo mi tiempo para secarme el pelo. Llevo meses planeando esto hasta el más mínimo detalle. Sólo una de nosotras puede estar histérica, y tengo que hacer todo lo posible para asegurarme de no ser yo.

Me tiemblan las manos mientras intento subirme el cierre del vestido. Me daba igual qué ponerme, pero mi madre insistió en que llevara esto. Por fin consigo cerrarlo y saco mi suéter favorito del ropero. Una vez vestida, me siento un poco menos nerviosa, hasta que advierto un pequeño desgarro en la manga del suéter. Lo tiro sobre la cama y deslizo los pies en los zapatos, consciente de que mi madre está más impaciente a cada segundo que pasa.

Mi novio, Noah, llegará pronto para venir con nosotras. Es un año más joven que yo, pero pronto cumplirá los dieciocho. Es muy inteligente y saca las mejores calificaciones en todo, como yo. Estoy muy emocionada porque también está pensando en ir a estudiar a la WCU el año que viene. Ojalá fuera este año, porque no conozco a nadie allí, pero me ha prometido que vendrá a visitarme siempre que pueda. Sólo quiero que me toque una compañera de habitación decente; es lo único que pido, y lo único que no he podido controlar en mi planificación.

—¡Theresaaaa!

—Mamá, ya bajo. ¡Por favor, deja de gritar mi nombre! —digo mientras bajo por la escalera.

Noah está sentado en la mesa enfrente de mi madre, mirando la hora en su reloj de pulsera. El color azul de su polo combina con el azul claro de sus ojos, y lleva el pelo perfectamente peinado y ligeramente untado.

—Hola, universitaria —me saluda con una sonrisa perfecta y amplia mientras se pone de pie.

Me abraza con fuerza y yo cierro la boca al percibir la excesiva cantidad de colonia que se ha echado. Sí, a veces abusa un poco de eso.

—Hola. —Le sonrío con la misma intensidad, intentando ocultar mi nerviosismo, y recojo mi pelo rubio oscuro en una cola de caballo.

—Cielo, podemos esperar un par de minutos para que te peines —dice mi madre tranquilamente.

Me acerco al espejo y asiento; tiene razón. Mi pelo tiene que estar presentable hoy, y, por supuesto, ella no ha dudado en recordármelo. Debería habérmelo enchinado como a ella le gusta, a modo de regalo de despedida.

—Voy a ir metiendo tus maletas en el coche —ofrece Noah abriendo la palma de la mano para que mi madre le dé las llaves.

Me da un beso en la mejilla y desaparece de la habitación con el equipaje en la mano. Mi madre va detrás de él.

Mi segundo intento de peinarme acaba con un resultado mejor que el primero. Luego me paso el rodillo quitapelusas por el vestido gris por última vez.

Cuando salgo y me aproximo al coche, cargado con mis cosas, las mariposas de mi estómago empiezan a revolotear, y me alivia pensar que nos esperan dos horas de viaje para conseguir que desaparezcan.

No tengo ni idea de cómo será la universidad, y de repente la pregunta que sigue dominando mis pensamientos es: «¿Haré amigos allí?».

CAPÍTULO 2

Ojalá pudiera decir que el ambiente familiar del centro de Washington me ha relajado durante el trayecto, o que el sentido de la aventura ha ido apoderándose de mí a cada señal que indicaba que estábamos cada vez más cerca de la Washington Central. Pero la verdad es que me he pasado el viaje planificando y obsesionándome. Ni siquiera estoy segura de qué estaba diciendo Noah, pero sé que estaba intentando darme ánimos y emocionado por mí.

—¡Ya hemos llegado! —grita mi madre cuando cruzamos el arco que da acceso al campus.

En la realidad, la universidad es igual de magnífica que en los folletos y en la página web, y me quedo impresionada al instante al ver los elegantes edificios de piedra. Cientos de personas —padres que se despiden de sus hijos con besos y abrazos, grupos de estudiantes de primer curso ataviados de los pies a la cabeza con el uniforme de la WCU, y unos cuantos rezagados perdidos y confundidos— inundan el área. El tamaño del campus intimida, pero espero que al cabo de unas pocas semanas me sienta ya como en casa.

Mi madre insiste en acompañarme a la plática de orientación para novatos. Consigue mantener una sonrisa en la cara durante las tres horas que dura la sesión, y Noah escucha con atención, igual que yo.

—Me gustaría ver tu dormitorio antes de irnos —dice mi madre cuando todo ha terminado—. Quiero asegurarme de que todo está correcto.

Observa el viejo edificio con una mirada de desaprobación. Tiene la costumbre de sacarle defectos a todo. Noah sonríe, para calmar el ambiente, y mi madre vuelve a animarse.

—¡No puedo creer que estés en la facultad! Mi única hija, estudiante universitaria, viviendo por su cuenta. No lo puedo creer —gimotea mientras se da unos toquecitos con un pañuelo para secarse las lágrimas sin arruinarse el maquillaje.

Noah nos sigue con mis maletas mientras recorremos el pasillo.

—Es la B22..., estamos en el pasillo C —les digo. Por suerte, veo una «B» enorme pintada en la pared—. Es por aquí —señalo al tiempo que mi madre empieza a voltearse hacia el lado contrario.

Me alegro de haber traído sólo unas cuantas prendas de ropa, una cobija y algunos de mis libros favoritos. Así, Noah no tiene que cargar demasiado y yo no tendré mucho que sacar.

—B22 —resopla mi madre.

Sus tacones son extremadamente altos para todo lo que estamos andando. Al final del largo pasillo, introduzco la llave en la vieja puerta de madera y, cuando ésta se abre, mi madre sofoca un grito de espanto. La habitación no es muy grande, hay dos camas minúsculas, un ropero, un pequeño mueble y dos escritorios. Al cabo de un instante, mi mirada se desvía hacia el origen de su sorpresa: un lado del cuarto está repleto de pósteres de bandas de música de las que ni siquiera he oído hablar, y los rostros y los cuerpos que se muestran en ellos están cubiertos de *piercings* y tatuajes. Además, hay una chica acostada en la cama. Tiene el pelo rojo intenso, la raya del ojo de casi un dedo de grosor, y los brazos llenos de llamativos tatuajes.

—Eh —dice sonriendo. Para mi sorpresa, encuentro su sonrisa bastante fascinante—. Soy Steph.

Se incorpora apoyándose sobre los codos, de manera que sus pechos quedan apretados contra su top cerrado con lazos, y le doy un golpecito a Noah en el pie cuando sus ojos se centran en ellos.

—Eh... Yo soy Tessa —respondo olvidando todos mis modales.

—Hola, Tessa, encantada de conocerte. Bienvenida a la WCU, donde las habitaciones son pequeñas pero las fiestas son enormes.

La sonrisa de la chica de pelo carmesí se intensifica. Inclina la cabeza hacia atrás, riendo, hasta que asimila las tres expresiones de horror que tiene delante. Mi madre está tan boquiabierta que la mandíbula inferior casi le roza la alfombra, y Noah se revuelve nervioso. Entonces, Steph se acerca, acortando el espacio que nos separa, y me rodea con sus delgados brazos. Me quedo paralizada por un instante, sorprendida ante su afecto, pero le devuelvo el amable gesto. Oigo unos golpes en la puerta justo cuando Noah deja caer mi equipaje al suelo, y no puedo evitar esperar que esto sea una especie de broma.

—¡Pasen! —grita mi nueva compañera de habitación.

La puerta se abre y dos chicos entran antes de que ella termine de invitarlos.

¿Chicos en los dormitorios femeninos ya el primer día? Tal vez, escoger la WCU haya sido una mala decisión. O tal vez haya una manera de cambiar de compañera de cuarto. Por la expresión de angustia que refleja el rostro de mi madre, veo que sus pensamientos van en la misma dirección que los míos. Parece que la pobre mujer va a desmayarse de un momento a otro.

—Eh, ¿eres la compañera de Steph? —pregunta uno de los chicos.

Tiene el pelo rubio de punta, y hay zonas en las que se ve que en realidad lo tiene castaño. Sus brazos están llenos de tatuajes, y los pendientes que luce en la oreja son del tamaño de una moneda de cinco centavos.

—Eh..., sí. Me llamo Tessa —consigo articular.

—Yo soy Nate. Relájate —añade él con una sonrisa al tiempo que alarga el brazo para tocarme el hombro—. Esto te va a encantar. —Su expresión es cálida y amistosa, a pesar de su apariencia hostil.

—Estoy lista, chicos —dice Steph mientras agarra una bolsa negra y pesada de la cama.

Desvío la mirada hacia el chico alto y castaño que está apoyado contra la pared. Su pelo es como un trapeador, lleno de chinos gruesos apartados de su frente, y lleva un *piercing* en la ceja y otro en el labio. Desciendo la vista hacia su camiseta negra y hacia sus brazos, también tatuados. No tiene ni un centímetro de piel sin decorar. A diferencia de los tatuajes de Steph y Nate, los suyos parecen ser todos en tonos negros, grises y blancos. Es alto y delgado, y sé que debo de estar mirándolo de una manera bastante grosera, pero no puedo apartar los ojos de él.

Espero que se presente como han hecho sus amigos; no obstante, permanece callado. Pone los ojos en blanco con fastidio y se saca el celular de la bolsa de sus estrechos *jeans* negros. Definitivamente no es tan simpático como Steph o Nate. Pero me llama más la atención. Tiene algo que hace que me cueste apartar la vista de su rostro. Apenas soy consciente de que Noah me está observando, hasta que por fin aparto la mirada y finjo que lo miraba porque me había quedado pasmada.

Porque lo hacía por eso, ¿no?

—Nos vemos, Tessa —dice Nate, y los tres salen de la habitación.

Dejo escapar un largo suspiro. Decir que los últimos minutos han sido incómodos es quedarse corto.

—¡Pediremos que te cambien de cuarto! —gruñe mi madre en cuanto la puerta se cierra.

—No, no puede ser —suspiro—. No pasa nada, mamá. —Hago todo lo que puedo por ocultar mi nerviosismo. No sé si funcionará, pero lo último que necesito es que la controladora de mi madre me haga una escena el primer día de universidad—. Seguro que no pasa mucho tiempo por aquí de todos modos —digo en un intento de convencerla, a ella y a mí misma.

—De eso, nada. Vamos a pedir el cambio ahora mismo. —Su impoluto aspecto contrasta con la furia que refleja su rostro; lleva el pelo largo y rubio recogido sobre uno de sus hombros, pero todos sus chinos se mantienen perfectamente intactos—. No vas a compartir habitación con alguien que deja que entren los hombres de esa manera, ¡y menos con esas fachas!

Me quedo mirando sus ojos grises, y después miro a Noah.

—Mamá, por favor, esperemos a ver qué pasa. Por favor —le ruego.

No quiero ni imaginarme el escándalo que se armaría al intentar cambiarme de habitación en el último minuto. Y lo humillante que sería.

Mi madre echa un vistazo al cuarto de nuevo. Observa la decoración del lado de Steph y resopla de manera teatral.

—Está bien —dice a regañadientes para mi sorpresa—. Pero tú y yo vamos a tener una pequeña plática antes de que me vaya.

CAPÍTULO 3

Una hora después, tras las advertencias de mi madre sobre los peligros de las fiestas y los estudiantes masculinos (usando un lenguaje que tanto a Noah como a mí nos ha resultado bastante incómodo oír de su boca), por fin se dispone a irse. Como de costumbre, me da un abrazo rápido y un beso, sale del cuarto e informa a Noah de que lo esperará en el coche.

—Extrañaré tenerte por ahí todos los días —me dice él con ternura, y me abraza.

Inhalo su colonia, la que le regalé dos Navidades seguidas, y suspiro. Parte de su intensa esencia se ha evaporado, y entonces me doy cuenta de que extrañaré ese aroma y la seguridad y la familiaridad que me transmite, por mucho que me haya quejado de ella.

—Yo también te extrañaré, pero hablaremos todos los días —le prometo, y lo abrazo con fuerza y entierro la cabeza en su cuello—. Ojalá empezaras aquí este año también.

Noah mide sólo unos centímetros más que yo, pero me gusta que no sea mucho más alto. Mi madre solía bromear conmigo cuando era pequeña y decía que un hombre crece dos centímetros por cada mentira que dice. Mi padre era bastante alto, de modo que no voy a poner en duda su lógica.

Noah acaricia mis labios con los suyos..., y entonces oigo el claxon del coche en el estacionamiento.

Mi novio se ríe y se aparta de mí.

—Tu madre es muy persistente. —Me da un beso en la mejilla y se apresura a salir por la puerta mientras grita—: ¡Te marco esta noche!

Una vez sola, pienso en su presurosa salida durante un instante y empiezo a deshacer las maletas. Poco después, la mitad de mi ropa está

20

perfectamente doblada y guardada en un cajón del pequeño mueble; el resto está colgada en el ropero. Hago una mueca de dolor al ver la cantidad de prendas de cuero y de estampado animal que llenan el de mi compañera. Aun así, la curiosidad se apodera de mí y me sorprendo pasando el dedo por un vestido confeccionado con una especie de metal y por otro cuyo tejido es tan fino que es prácticamente inexistente.

Al sentir los primeros síntomas de agotamiento tras las emociones del día, me tumbo en la cama. Una extraña sensación de soledad comienza a apoderarse de mí, y no ayuda en nada que mi compañera de cuarto se haya ido, por muy incómoda que me hagan sentir sus amigos. Tengo la impresión de que no pasará mucho tiempo por aquí, o, peor aún, que tendrá invitados con demasiada frecuencia. ¿Por qué no podía tocarme una chica a la que le gustase leer y estudiar? Supongo que podría ser algo positivo, porque tendré la pequeña habitación para mí sola, pero todo esto me da mala espina. Hasta ahora, la universidad no está siendo como yo imaginaba o esperaba que fuera.

No obstante, me recuerdo a mí misma que sólo llevo unas horas aquí. Mañana será mejor. Tiene que serlo.

Tomo mi agenda y mis libros de texto, relleno mi horario con las materias del semestre y anoto las posibles entrevistas para el club de literatura al que quiero unirme; todavía no lo tengo decidido, pero he leído las opiniones de algunos estudiantes y me gustaría informarme un poco más. Quiero intentar buscar a un grupo de gente con intereses similares a los míos con los que conversar. No espero hacer muchos amigos, sólo los justos con los que pueda quedar e ir a comer de vez en cuando. Planeo una excursión fuera del campus para mañana, y así comprar algunas cosas que necesito para el cuarto. No quiero atestar mi lado de la habitación como lo ha hecho Steph, pero me gustaría añadir algunas cosas mías para sentirme un poco más como en casa en este espacio con el que no estoy familiarizada. El hecho de no tener coche todavía me dificultará un poco las cosas. Cuanto antes consiga uno, mejor. Tengo bastante dinero entre los regalos que me dieron por mi graduación y los ahorros que conseguí trabajando en una librería en verano, pero no estoy segura de querer sufrir el estrés que supone tener un coche ahora mismo. El hecho de vivir en el campus me proporciona acceso total al transporte público, y ya he estado investigando un poco las líneas de autobús.

Mientras pienso en los horarios, las chicas pelirrojas y los chicos poco amistosos repletos de tatuajes, me quedo dormida con la agenda en la mano.

A la mañana siguiente, Steph no está en su cama. Me gustaría conocerla, pero eso va a ser difícil si nunca está. Quizá uno de los chicos que estaban ayer con ella era su novio. Por su bien, espero que sea el rubio.

Tomo mi bolsa de aseo y me dirijo a las regaderas. Puedo decir ya que una de las cosas que menos me va a gustar de vivir en una residencia de estudiantes va a ser el momento del baño. Ojalá las habitaciones tuviesen su propio cuarto de baño.

Bueno, es incómodo, pero al menos no serán mixtas.

O... eso pensaba yo (y ¿quién no lo pensaría?). Cuando llego a la puerta convencida, veo que hay dos figuras impresas en el cartel, una masculina y una femenina. «Uf.» No puedo creer que permitan esto. Y no puedo creer que no leyese nada al respecto cuando estaba investigando sobre la WCU.

Veo una regadera abierta y paso apresuradamente entre los chicos y las chicas semidesnudos, corro la cortina hasta que está bien cerrada, me desvisto y dejo la ropa en el colgador exterior palpando a ciegas con la mano al otro lado de la cortina. El agua tarda demasiado tiempo en calentarse, y durante todo ese rato estoy temiéndome que alguien abra la delgada cortina que separa mi cuerpo desnudo del resto de los chicos y las chicas presentes. Todo el mundo parece sentirse cómodo con los cuerpos semidesnudos de ambos géneros paseándose por ahí; de momento, la vida universitaria me está resultando muy extraña, y sólo llevo aquí dos días.

El baño individual es minúsculo y apenas hay espacio suficiente para poder estirar los brazos por delante de mí. Mi mente viaja hasta Noah y mi vida en casa. Distraída, me vuelvo, le doy con el codo a la ropa y la tiro al suelo mojado. El agua cae sobre ésta y la empapa por completo.

—¡Oh, no! —gruño para mí mientras cierro la llave del agua con enojo y me envuelvo con la toalla.

Recojo la pila de prendas empapadas y corro por el pasillo, esperando con todas mis fuerzas que nadie me vea. Llego a mi cuarto, introduzco la llave en la cerradura y me relajo al instante en cuanto cierro la puerta al entrar.

Hasta que me vuelvo y veo al chico castaño, tatuado y grosero tirado sobre la cama de Steph.

CAPÍTULO 4

—Este... ¿Dónde está Steph? —Intento que mi tono suene autoritario, pero mi voz surge más como un alarido.

Me aferro con las manos a la suave tela de la toalla y compruebo al instante que ésta cubre perfectamente mi cuerpo desnudo.

El chico me mira y las comisuras de sus labios se curvan ligeramente hacia arriba, pero no dice nada.

—¿No me has oído? Te he preguntado dónde está Steph —repito, intentando sonar algo más amable esta vez.

La expresión de su rostro se intensifica y finalmente balbucea:

—No lo sé. —Y se vuelve hacia la pequeña pantalla plana que hay sobre el mueble de Steph.

«¿Qué está haciendo aquí? ¿Es que no tiene su propia habitación?» Me muerdo la lengua para intentar guardarme mis groseros comentarios.

—Está bien. Bueno, ¿te importaría... irte o algo para que pueda vestirme?

Ni siquiera se ha dado cuenta de que estoy envuelta en una toalla. O tal vez sí, pero le da lo mismo.

—No seas tan engreída, no pienso mirarte —me suelta, y se vuelve y se cubre la cara con las manos.

Tiene un pronunciado acento inglés que no había notado antes. Probablemente porque ni siquiera se dignó a hablarme el día anterior.

Sin saber muy bien cómo responder a su grosería, resoplo y me dirijo al ropero. Tal vez no es heterosexual, y quizá es a eso a lo que se ha referido con lo de «no pienso mirarte». Es eso, o que me encuentra poco atractiva. Me pongo rápidamente la ropa interior y después una sencilla blusa blanca y unos shorts de color caqui.

—¿Has acabado ya? —pregunta agotando la poca paciencia que me quedaba.

—¿Por qué eres tan desagradable? Yo no te he hecho nada. ¡¿Qué te pasa?! —grito mucho más alto de lo que pretendía hacerlo.

Sin embargo, a juzgar por la sorpresa que se refleja en el rostro del intruso, mis palabras han surtido el efecto deseado.

Me observa en silencio durante unos momentos. Espero una disculpa por su parte..., pero de repente se echa a reír. Tiene una risa profunda, y casi sería un sonido encantador si él no fuese tan antipático. Unos hoyuelos aparecen en sus mejillas mientras continúa muriéndose de risa, y yo me siento como una idiota absoluta, sin saber muy bien qué decir o qué hacer. No me gustan los conflictos, y este chico tiene aspecto de ser la última persona con la que me interesa iniciar una pelea.

La puerta se abre entonces y Steph irrumpe en la habitación.

—Siento llegar tarde. Estoy muy cruda —anuncia dramáticamente, y nos mira a ambos—. Perdona, Tess, olvidé decirte que Hardin se pasaría por aquí —dice, y se encoge de hombros a modo de disculpa.

Me gustaría pensar que Steph y yo podemos llegar a un acuerdo de convivencia, e incluso establecer una especie de amistad, pero con su elección de amistades y sus parrandas nocturnas, ya no lo tengo tan claro.

—Tu novio es un grosero. —Las palabras escapan de mi boca antes de que pueda detenerlas.

Steph mira al chico. Y entonces ambos se echan a reír. ¿Por qué no para de reírse de mí esta gente? Están empezando a hartarme.

—¡Hardin Scott no es mi novio! —exclama ella muerta de risa. Se relaja un poco, se vuelve hacia el tal Hardin y lo mira con el ceño fruncido—. ¿Qué le has dicho? —Después me mira a mí—: Hardin tiene una... una manera muy particular de conversar.

Genial. Así que básicamente lo que quiere decir es que Hardin es, sencillamente, una persona grosera por naturaleza. El inglés se encoge de hombros y cambia de canal con el control que tiene en la mano.

—Esta noche hay una fiesta; deberías venir con nosotros, Tessa —me dice ella.

Ahora ha llegado mi turno de reír.

—No me gustan mucho las fiestas. Además, tengo que ir a comprar algunas cosas para mi escritorio y mis paredes.

Miro a Hardin, que, por supuesto, actúa como si ninguna de las dos estuviésemos presentes.

—Vamos..., ¡es sólo una fiesta! Ahora estás en la universidad, una fiesta no te hará daño —insiste Steph—. Oye, y ¿cómo vas a ir a comprar? Creía que no tenías coche.

—Iba a tomar el autobús. Además, no puedo ir a una fiesta, no conozco a nadie todavía —digo, y Hardin se ríe de nuevo, indicándome de manera sutil que prestará sólo la suficiente atención como para burlarse de mí—. Pensaba quedarme a leer y a hablar con Noah por Skype.

—¡Ni se te ocurra ir en autobús un sábado! Van a tope. Él puede llevarte de camino a casa..., ¿verdad, Hardin? Y en la fiesta estaré yo, y a mí sí me conoces. Ven..., por favor... —Une las manos dramáticamente como si me lo estuviera rogando.

Sólo hace un día que la conozco, ¿debería confiar en ella? Entonces me viene a la cabeza lo que mi madre me advirtió sobre las fiestas. Steph parece bastante agradable, por la poca interacción que he tenido con ella, pero ¿una fiesta?

—No lo sé... y, no, no quiero que Hardin me lleve en coche a la tienda —digo.

Él se da la vuelta sobre la cama de Steph con una expresión burlona.

—¡Ay, qué lástima! Estaba deseando pasar el rato contigo —responde secamente y de una manera tan sarcástica que me dan ganas de tirarle un libro a su cabeza rizada—. Vamos, Steph, sabes que esta chica no va a aparecer por la fiesta —dice riéndose con su marcado acento.

Mi lado curioso, que es bastante grande, se muere por preguntarle de dónde es. Pero mi lado competitivo quiere demostrar que este engreído insufrible se equivoca.

—Pues ahora que lo dices, sí, iré —replico con la sonrisa más dulce que consigo esbozar—. Será divertido.

Hardin sacude la cabeza con incredulidad y Steph grita de alegría y me envuelve con sus brazos para darme un fuerte apretón.

—¡Bien! ¡La pasaremos genial! —exclama.

Y una gran parte de mí empieza a rezar para que tenga razón.

CAPÍTULO 5

Siento un gran alivio cuando Hardin se va por fin para que Steph y yo podamos hablar de la fiesta. Necesito más detalles para calmar mis nervios, y tenerlo a él cerca no ayuda.

—¿Dónde es esa fiesta? ¿Se puede ir caminando? —le pregunto intentando sonar lo más tranquila posible mientras coloco mis libros ordenadamente en el librero.

—Técnicamente, es una fiesta de fraternidad, y acudirá una de las fraternidades más importantes. —Abre la boca como un pez mientras se aplica más rímel en las pestañas—. Se celebra fuera del campus, así que no iremos andando, pero Nate vendrá a recogernos.

Me alegro de que no sea Hardin, aunque sé que también irá. La idea de ir en un coche con él me resulta insoportable. ¿Por qué es tan grosero? En todo caso, debería estar agradecido de que no lo juzgue por la manera en la que ha destruido su cuerpo con tantos agujeros y tatuajes. Bueno, puede que lo esté juzgando un poco, pero al menos no en su cara. Al menos yo respeto nuestras diferencias. En mi casa, los tatuajes y los *piercings* no son algo normal. Siempre he llevado el pelo peinado, las cejas depiladas y la ropa limpia y planchada. La verdad es ésa.

—¿Me oyes? —me pregunta Steph interrumpiendo mis pensamientos.

—Perdona..., ¿qué? —No me había dado cuenta de que mi mente se había desviado hasta el chico grosero.

—He dicho que vamos a prepararnos. Quiero que me ayudes a elegir qué ponerme —dice.

Los vestidos que selecciona son tan inapropiados que no paro de mirar a mi alrededor buscando una cámara oculta y de esperar que de repente alguien aparezca de alguna parte y me diga que todo ha sido una broma. Hago una mueca de horror al verlos todos y ella se ríe. Al parecer, le hace gracia que no me gusten.

El vestido (o, mejor dicho, el harapo) que elige al final es una red negra que deja ver el brasier. Lo único que evita que enseñe todo el cuerpo son unos calzones asimismo negros. La falda apenas llega a cubrirle la parte superior de los muslos, y ella no para de subirse más la tela para mostrar más pierna, y luego jala la parte superior hacia abajo para mostrar más escote. Los tacones de sus zapatos miden al menos diez centímetros de altura. Se recoge el pelo rojo como el fuego en un chongo desenfadado con algunos mechones sueltos que caen sobre sus hombros y se pinta una gruesa raya en los ojos con lápiz azul y negro. No creía que fuera posible ponerse más delineador del que ya luce habitualmente.

—¿Te dolieron los tatuajes? —pregunto mientras saco mi vestido rojo favorito.

—El primero que me hicieron sí, pero no tanto como la gente cree. Es como un montón de picaduras de abeja —dice quitándole importancia.

—Eso suena horrible —contesto, y se echa a reír.

Entonces pienso que probablemente yo le resulte tan rara como ella a mí. Y el hecho de que ambas seamos extrañas para la otra se me antoja curiosamente reconfortante.

Se queda boquiabierta al ver mi vestido.

—No irás a ponerte eso, ¿verdad?

Deslizo la mano por la tela. Es el vestido más bonito que tengo, es mi preferido, y la verdad es que no tengo muchos.

—¿Por qué? ¿Qué tiene de malo? —pregunto, intentando ocultar lo ofendida que me siento.

El tejido rojo es suave pero resistente, como el de los trajes de negocios, con el cuello alto y cerrado y las mangas de tres cuartos que me llegan justo hasta debajo de los codos.

—Nada..., sólo que... es muy largo —dice.

—Sólo me cubre hasta debajo de la rodilla. —No sé si es consciente de que me ha ofendido o no, pero por alguna razón no quiero que lo sepa.

—Es bonito —añade—. Es sólo que me parece demasiado formal para una fiesta. Si quieres, te presto algo mío —dice con toda la sinceridad del mundo.

Me encojo ante la idea de intentar embutirme en uno de sus minúsculos vestidos.

—Gracias, Steph, pero prefiero llevar éste —digo, y conecto las tenazas.

CAPÍTULO 6

Más tarde, una vez que mi cabello está perfectamente rizado y cayendo sobre mi espalda, me coloco dos pasadores, uno a cada lado, para que el pelo no me caiga sobre la cara.

—¿Quieres que te preste un poco de maquillaje? —pregunta Steph, y yo me miro al espejo de nuevo.

Mis ojos siempre parecen demasiado grandes para mi cara, pero prefiero llevar cuanto menos maquillaje mejor, y normalmente sólo me aplico algo de rímel y brillo de labios.

—¿Me pinto un poco la raya? —digo, poco convencida.

Con una sonrisa, Steph me pasa tres lápices: uno morado, uno negro y uno café. Los hago rodar entre mis dedos y dudo entre el negro y el café.

—El morado quedaría genial con tu color de ojos —observa, y yo sonrío pero niego con la cabeza—. Tienes unos ojos extraordinarios. ¿Nos los cambiamos? —bromea.

Sin embargo, ella tiene unos preciosos ojos verdes, ¿por qué iba a querer cambiármelos? Tomo el lápiz negro y me pinto una línea lo más fina posible alrededor de los ojos. Steph sonríe con orgullo.

Entonces, su celular empieza a vibrar y lo saca de la bolsa.

—Nate ya está aquí —dice.

Agarro mi bolsa, me aliso el vestido y me pongo mis zapatillas Toms planas y blancas. Ella las mira, pero no dice nada.

Nate nos espera delante del edificio, con la música heavy sonando a todo volumen a través de las ventanas abiertas de su coche. No puedo evitar mirar a todas partes para ver si alguien nos está observando. Agacho la cabeza y, cuando levanto la vista, veo a Hardin sentado en el asiento delantero. Debía de estar agachado cuando hemos salido. «En fin...»

—Señoritas —nos saluda Nate.

Hardin me mira mientras me meto en el coche detrás de Steph, y acabo sentada justo detrás de él.

—Eres consciente de que vamos a una fiesta, no a misa, ¿verdad, Theresa? —dice.

Miro el retrovisor derecho y veo una sonrisa burlona en su cara.

—No me llames Theresa, por favor. Prefiero Tessa —le advierto.

Además, ¿cómo sabe mi nombre? El nombre de Theresa me recuerda a mi padre, y preferiría no oírlo.

—Claro, Theresa —replica.

Me dejo caer contra el respaldo y pongo los ojos en blanco. Decido no seguir discutiendo con él. No merece la pena.

Me quedo mirando por la ventana, intentando bloquear el estruendo de la música mientras avanzamos. Finalmente, Nate se estaciona al lado de una calle bulliciosa repleta de casas enormes y aparentemente idénticas. El nombre de la fraternidad está escrito en letras negras, pero no distingo las palabras porque las enredaderas que trepan por la enorme vivienda que tenemos delante las ocultan. Largas tiras de papel higiénico se extienden por toda la casa blanca, y el ruido que emana desde el interior pone la guinda a la estereotípica casa de la fraternidad.

—Es enorme. ¿Cuánta gente habrá aquí? —digo tragando saliva.

El jardín está lleno de chicos y chicas con vasos rojos de plástico en la mano, y algunos de ellos están bailando, directamente ahí, sobre el pasto. Me siento totalmente fuera de lugar.

—Un montón. Vamos —responde Hardin al tiempo que baja del coche y cierra dando un portazo.

Desde el asiento de atrás veo cómo varias personas chocan o le dan la mano a Nate, pasando de Hardin. Lo que me sorprende es que los demás no están repletos de tatuajes como él, Nate y Steph. A lo mejor, después de todo, voy a poder hacer algunos amigos esta noche.

—¿Vienes? —Steph me sonríe, abre la puerta y sale del coche.

Asiento casi para mí misma, salgo a mi vez y me aliso el vestido de nuevo.

CAPÍTULO 7

Hardin ya ha entrado en la casa y ha desaparecido de mi vista, cosa que me parece estupenda, porque quizá ya no tenga que volver a verlo en lo que queda de la noche. Teniendo en cuenta la cantidad de personas que hay en este lugar, seguramente no lo haga. Sigo a Steph y a Nate hacia la atestada sala y me entregan un vaso rojo. Me vuelvo para rechazarlo con un educado «No, gracias», pero es demasiado tarde, y no tengo ni idea de quién me lo ha dado. Lo dejo sobre una superficie y sigo recorriendo la casa con ellos. Nos detenemos cuando llegamos junto a un grupo de gente amontonada alrededor de un sillón; doy por hecho que son los amigos de Steph, dada su apariencia. Todos llevan tatuajes, como ella, y están sentados en fila en el sillón. Por desgracia, Hardin está sentado en uno de los brazos, pero evito mirarlo mientras Steph me presenta al grupo.

—Ésta es Tessa, mi compañera de habitación. Llegó ayer, así que quiero que se la pase bien en su primer fin de semana en la WCU —explica.

Uno por uno, me saludan con la cabeza o me sonríen. Todos ellos parecen simpáticos, excepto Hardin, por supuesto. Un chico muy atractivo con la piel aceitunada me tiende la mano y estrecha la mía. La tiene algo fría por la bebida que estaba sosteniendo, pero su sonrisa es cálida. La luz se refleja en su boca, y me parece atisbar algo de metal en su lengua, pero cierra los labios demasiado rápido como para estar segura.

—Soy Zed. ¿Cuál es tu especialidad? —me pregunta.

Advierto que repasa con la mirada mi recatado vestido y sonríe ligeramente pero no dice nada.

—Filología —digo sonriendo con orgullo.

Hardin resopla en señal de burla, pero finjo no oírlo.

—Genial —dice Zed—. A mí me van las flores. —Se echa a reír y yo me río también.

«¿Las flores? —me digo—. ¿Qué demonios significa eso?»

—¿Quieres tomar algo? —añade antes de que pueda preguntarle por lo de las flores.

—No, no bebo —contesto, y él intenta ocultar su sonrisa.

—Tenía que ser Steph quien trajera a la señorita Mojigata a una fiesta —dice entonces entre dientes una chica menuda con el pelo rosa.

Finjo no oírla para evitar cualquier tipo de enfrentamiento. ¿«Señorita Mojigata»? Yo no soy en absoluto mojigata, pero me he esforzado y he estudiado mucho para llegar a donde estoy y, puesto que mi padre nos abandonó, mi madre ha estado trabajando toda su vida para asegurarse de que yo tuviera un buen futuro.

—Voy a tomar un poco el aire —digo, y giro sobre mis talones para marcharme.

Tengo que evitar escenitas en las fiestas a toda costa. No quiero crearme enemigos cuando aún no tengo ningún amigo.

—¡¿Quieres que vaya contigo?! —grita Steph a mis espaldas.

Niego con la cabeza y me dirijo a la puerta. Sabía que no debería haber venido. Debería estar en pijama, acurrucada con una novela ahora mismo. O podría estar hablando por Skype con Noah, a quien extraño muchísimo. Incluso dormir sería mejor opción que estar sentada fuera de esta horrible fiesta rodeada de un montón de extraños borrachos. Decido mandarle un mensaje a Noah y me acerco a un rincón del jardín que parece más despejado.

Te extraño. De momento, la universidad no me está resultando muy divertida.

Le doy a «Enviar» y me siento en un muro bajo de mampostería para esperar su respuesta. Un grupo de chicas borrachas pasan por delante de mí, entre risitas y tropezando con sus propios pies.

Noah responde al instante:

¿Por qué no? Yo también te extraño, Tessa. Ojalá pudiera estar ahí contigo.

Sonrío al leer sus palabras.

—¡Mierda, perdona! —dice una voz masculina, y un segundo después siento cómo un líquido frío empapa la parte delantera de mi vestido. El tipo tropieza, se incorpora y se apoya contra el muro bajo—. Lo siento, de verdad —susurra, y se sienta.

Esta fiesta va de mal en peor. Primero esa chica me llama *mojigata*, y ahora tengo el vestido empapado con sabe Dios qué clase de alcohol. Y apesta.

Suspiro, agarro mi celular y entro en la casa en busca de un baño. Me abro paso entre el atestado vestíbulo y pruebo a abrir todas las puertas que me encuentro por el camino, pero están todas cerradas. Intento no pensar en qué está haciendo la gente en esas habitaciones.

Me dirijo al piso de arriba y continúo mi búsqueda del baño. Por fin, una de las puertas se abre. Por desgracia, no es un baño. Es un dormitorio y, para mayor desgracia para mí, Hardin está acostado sobre la cama, con la chica del pelo rosa a horcajadas sobre su regazo, cubriéndole la boca con la suya.

CAPÍTULO 8

La chica se vuelve y me mira mientras yo intento mover los pies, pero estos no me obedecen.

—¿Puedo ayudarte en algo? —pregunta con cinismo.

Hardin se incorpora, con ella todavía sobre su torso. Su rostro no refleja diversión ni vergüenza. Debe de hacer estas cosas constantemente. Debe de estar acostumbrado a que lo sorprendan en casas de fraternidades practicando sexo con chicas extrañas.

—Este..., no. Perdón, yo... Estoy buscando un baño, alguien me ha tirado la bebida encima —me explico rápidamente.

Qué situación tan incómoda. La chica pega la boca contra el cuello de Hardin y aparto la mirada. Estos dos son tal para cual. Ambos tatuados y ambos groseros.

—Muy bien —dice—. Pues sigue buscando.

Pone los ojos en blanco y yo asiento y salgo de la habitación. Cuando la puerta se cierra, apoyo la espalda contra ella. Hasta ahora, la universidad no está resultando nada divertida. No consigo comprender cómo una fiesta como ésta puede considerarse algo divertido. En lugar de intentar encontrar el baño, decido ir a buscar la cocina y lavarme allí. Lo último que quiero es abrir otra puerta y ver a más universitarios borrachos y con las hormonas a flor de piel unos sobre otros. De nuevo.

Encuentro la cocina con bastante facilidad, pero se encuentra plagada de gente, ya que la mayor parte del alcohol está en cubetas con hielo sobre la cocina, y las cajas de pizza están apiladas sobre los bancos. Tengo que estirar el brazo por encima de una chica morena que está vomitando en el fregadero para tomar un poco de papel absorbente y mojarlo. Mientras me lo paso por el vestido, las pequeñas fibras blancas de celulosa del papel barato cubren la parte mojada, empeorando el problema. Frustrada, gruño y me apoyo contra un mueble.

—¿Lo estás pasando bien? —pregunta Nate mientras se acerca a mí.

Me alivia ver una cara familiar. Me sonríe con dulzura y da un sorbo a su bebida.

—No mucho... ¿Cuánto suelen durar estas fiestas?

—Toda la noche... y la mitad del día siguiente. —Se ríe, y yo me quedo boquiabierta.

¿Cuándo querrá irse Steph? Espero que pronto.

—Un momento —digo empezando a ponerme nerviosa—. ¿Quién va a llevarnos de vuelta a la residencia? —le pregunto, consciente de que tiene los ojos inyectados en sangre.

—No lo sé... Puedes manejar mi coche si quieres —repone.

—Eres muy amable, pero no puedo manejar tu coche. Si tenemos un accidente o me para la policía con menores de edad ebrios en el vehículo, me metería en un problemón. —Ya me estoy imaginando la cara de mi madre sacándome de la cárcel.

—No, no, es un trayecto corto. Deberías llevarte mi coche. Tú no has bebido. De lo contrario, tendrás que quedarte aquí. O, si lo prefieres, pregunto por ahí a ver si alguien...

—No te preocupes. Me las arreglaré —consigo decir antes de que alguien suba el volumen de la música y no se oiga nada más que un bajo y unas letras que son prácticamente berridos.

Conforme va avanzando la noche, veo cada vez más claro que mi decisión de venir a esta fiesta ha sido un gran error.

CAPÍTULO 9

Por fin, después de preguntarle a Nate a gritos como unas diez veces dónde está Steph, empieza una canción más tranquila y él asiente y se echa a reír. Levanta la mano y señala hacia la habitación de al lado. Es un chico muy simpático, no entiendo por qué se relaciona con Hardin.

Me vuelvo en la dirección que me ha indicado y lo único que oigo es mi grito sofocado al verla. Está bailando con dos chicas sobre la mesa de la sala. Un tipo borracho se sube también y empieza a agarrarla de las caderas. Espero que ella le aparte las manos, pero se limita a sonreír y a restregar el trasero contra él. «Genial.»

—Sólo están bailando, Tessa —dice Nate, y suelta una risita al ver mi expresión de inquietud.

Pero no «sólo están bailando»; se están manoseando y restregando el uno contra el otro.

—Sí..., lo sé —respondo, y me encojo de hombros, aunque no es algo tan inocente para mí.

Yo nunca he bailado de esa manera, ni siquiera con Noah, y llevamos saliendo dos años. ¡Noah! Me llevo la mano a la bolsa y compruebo mis mensajes.

¿Estás ahí, Tess?

¿Hola? ¿Estás bien?

¿Tessa? ¿Llamo a tu madre? Estoy empezando a preocuparme.

Lo llamo lo más rápido que me permiten mis dedos, rezando para que no haya llamado a mi madre todavía. No me contesta, pero le mando un mensaje para asegurarle que estoy bien y que no es necesario que la llame. Se volverá loca como piense que me ha pasado algo en mi primer fin de semana en la universidad.

—¡Eeehhh..., Tessa! —exclama Steph arrastrando las palabras, y apoya la cabeza sobre mi hombro—. ¿La estás pasando bien, compi? —Le da la risa tonta, y es evidente que está demasiado ebria—. Creo que... necesito... La habitación me da *cuentas*, Tess..., digo, vueltas —dice riéndose, y su cuerpo se inclina violentamente hacia adelante.

—Va a vomitar —le digo a Nate, quien asiente, la agarra y se la pone sobre el hombro.

—Sígueme —me indica, y se dirige al piso superior.

Abre una puerta a mitad del pasillo y resulta ser el baño, por supuesto.

Justo cuando la deja en el suelo junto al excusado, mi compañera empieza a vomitar. Aparto la mirada, pero le sujeto el pelo rojo para retirárselo de la cara.

Por fin, después de más vómitos de los que soy capaz de soportar, se detiene, y Nate me pasa una toalla.

—Vamos a llevarla a la habitación que hay al otro lado del pasillo y a recostarla sobre la cama. Tiene que dormir —dice. Asiento, pero en lo que estoy pensando en realidad es en que no puedo dejarla ahí sola, inconsciente—. Puedes quedarte ahí también —añade él, como si me leyera la mente.

Juntos, la levantamos del suelo y la ayudamos a caminar por el pasillo hasta un dormitorio oscuro. Acostamos con cuidado a Steph sobre la cama mientras ella gruñe, y Nate se apresura a marcharse y me dice que vendrá a ver cómo estamos dentro de un rato. Me siento en la cama al lado de Steph y me aseguro de que tenga bien apoyada la cabeza.

Sobria, con una chica borracha a mi lado en una fiesta en su pleno apogeo, siento que he tocado un nuevo fondo. Enciendo una lámpara e inspecciono el cuarto. Mi vista repara inmediatamente en los libros que cubren una de las paredes. Esto me anima y me acerco para ojear los títulos. Quienquiera que posea esta colección, es impresionante; hay muchos clásicos, toda una variedad de diferentes tipos de libros, incluidos todos mis favoritos. Al ver *Cumbres borrascosas*, lo saco del librero. Está muy deteriorado y la encuadernación revela la infinidad de veces que lo han abierto.

Me quedo tan absorta leyendo las palabras de Emily Brontë que ni siquiera me percato del cambio en la luz cuando la puerta se abre ni de la presencia de una tercera persona en el cuarto.

—¿Qué diablos haces tú en mi habitación? —brama una voz furiosa a mis espaldas.

Reconozco ese acento.

Es Hardin.

—Te he preguntado qué diablos haces en mi habitación —repite con la misma rudeza que la primera vez.

Me vuelvo y veo sus largas piernas acercándose a mí. Me quita el libro de las manos y lo coloca de nuevo en el librero.

La cabeza me da vueltas. Creía que esta fiesta no podía empeorar, pero aquí estoy, atrapada in fraganti en el espacio personal de Hardin. Se aclara la garganta de manera grosera y empieza a menear la mano delante de mi cara exigiéndome una explicación.

—Nate ha dicho que trajésemos a Steph aquí... —respondo con un hilo de voz apenas audible. Él se acerca más y suspira sonoramente. Señalo su cama y sus ojos siguen la dirección de mi mano—. Ha bebido demasiado y Nate ha dicho...

—Ya te he oído la primera vez. —Se pasa la mano por el pelo alborotado, claramente contrariado.

¿Qué más le da que estemos en su habitación? Un momento...

—¿Perteneces a esta fraternidad? —le pregunto, incapaz de ocultar el tono de sorpresa de mi voz.

Hardin no tiene para nada el aspecto que imaginaba que tendría un miembro de una fraternidad.

—Sí, ¿por? —replica, y se acerca otro paso. El espacio que nos separa es ahora de medio metro y, cuando intento alejarme de él, mi espalda golpea el librero—. ¿Tanto te sorprende, Theresa?

—Deja de llamarme Theresa.

Me tiene acorralada.

—Es tu nombre, ¿no? —Sonríe con malicia, de repente de mejor humor.

Suspiro y me doy la vuelta, con lo que quedo de cara al muro de libros. No sé muy bien para qué, pero necesitaba apartarlo de mi vista para no darle una cachetada. O para no echarme a llorar. Ha sido un día muy largo, así que probablemente acabaría llorando antes de golpearlo. Y entonces me sentiría ridícula.

Me vuelvo otra vez y paso por su lado.

—No puede quedarse aquí —dice.

Cuando me doy la vuelta, veo que tiene el pequeño aro que atraviesa su labio inferior entre los dientes. ¿Qué lo llevó a perforarse el labio y la ceja? Eso debió de doler..., aunque el pequeño metal destaca lo carnosos que son sus labios.

—¿Por qué no? Creía que eran amigos.

—Y lo somos —dice—, pero nadie se queda en mi habitación.

Cruza los brazos sobre el pecho y, por primera vez desde que lo conozco, distingo la forma de uno de sus tatuajes. Es una flor, estampada en medio de su antebrazo. ¿Hardin con un tatuaje de una flor? El diseño en negro y gris parece una rosa desde la distancia, pero hay algo que rodea la flor que le arrebata la belleza e infunde oscuridad a la delicada forma.

Envalentonada y furiosa a la vez, suelto una carcajada.

—Ah..., ya veo. ¿De modo que sólo las chicas que se meten contigo pueden entrar en tu cuarto?

Conforme las palabras salen de mi boca, su sonrisa se va intensificando.

—Ése no era mi cuarto. Pero si lo que intentas decir es que quieres acostarte conmigo, lo siento, no eres mi tipo —replica.

No sé muy bien por qué, pero sus palabras hieren mis sentimientos. Hardin no es en absoluto mi tipo, pero yo jamás le diría algo así.

—Eres un... eres un... —No encuentro las palabras para expresar mi enojo. La música que atraviesa las paredes me agobia. Me siento avergonzada, furiosa y cansada de la fiesta. Discutir con él no merece la pena—. En fin..., pues llévala tú a otro cuarto. Ya me las ingeniaré para volver a la residencia —digo, y me dirijo a la puerta.

Mientras salgo y cierro tras de mí, incluso a pesar del ruido de la música, oigo la burla de Hardin:

—Buenas noches, *Theresa*.

CAPÍTULO 10

Cuando llego a la escalera no puedo evitar que las lágrimas rueden por mis mejillas. Por el momento odio la universidad, y eso que ni siquiera han comenzado las clases. ¿Por qué no podía tocarme una compañera de habitación que se pareciese un poco más a mí? A estas horas ya debería estar durmiendo, preparándome para el lunes. Esta clase de fiestas no me gustan, y desde luego no quiero relacionarme con este tipo de gente. Steph me cae bien, pero no quiero tener que enfrentar escenas como ésta y a personas como Hardin. Ese chico es un misterio para mí; ¿por qué tiene que comportarse siempre como un imbécil? Pero entonces pienso en los libros de su pequeña biblioteca. ¿Para qué los tiene? Es imposible que un idiota tatuado, irrespetuoso y grosero como él pueda disfrutar de esas magníficas obras. La única cosa que me lo imagino leyendo es la etiqueta de una botella de cerveza.

Mientras me seco las mejillas húmedas me doy cuenta de que no tengo ni idea de dónde se encuentra esta casa, ni de cómo volver a la residencia. Cuanto más pienso en mi decisión de esta noche, más frustrada y angustiada me siento.

Debería haberlo pensado bien; ésa es precisamente la razón por la que me gusta planearlo todo, para que no pasen estas cosas. La casa sigue abarrotada, y la música está demasiado alta. No encuentro a Nate por ninguna parte; ni a Zed. Tal vez debería buscar una habitación cualquiera en el piso de arriba y acostarme en el suelo a dormir. Hay al menos quince habitaciones, y con un poco de suerte a lo mejor encuentro una vacía. A pesar de mis esfuerzos por ocultar mis emociones, no lo consigo, y no quiero derrumbarme y que todo el mundo me vea así. Doy media vuelta, me meto en el baño donde ha vomitado Steph y me siento en el suelo con la cabeza entre las rodillas.

41

Llamo a Noah de nuevo, y esta vez responde al segundo tono.

—¿Tess? Es tarde, ¿estás bien? —dice medio adormilado.

—Sí. No. He ido a una estúpida fiesta con mi compañera de habitación y ahora estoy atrapada en la casa de una fraternidad sin un sitio donde dormir y no tengo manera de llegar a la residencia —sollozo a través de la línea.

Sé que mi problema no es de vida o muerte, pero me siento tremendamente frustrada conmigo misma por haberme metido en esta situación tan agobiante.

—¿Una fiesta? ¿Con esa chica pelirroja? —dice sorprendido.

—Sí, con Steph. Pero en este momento está inconsciente.

—Pero ¿cómo se te ocurre salir con ella? Es tan... Bueno, no es alguien con quien tú te relacionarías habitualmente —dice, y el tono de reproche que destila su voz me irrita.

Quería que me dijera que todo irá bien, que mañana será otro día..., algo positivo, y que me animara, no algo tan sentencioso y severo.

—Pues a eso me refiero, Noah... —Suspiro, pero entonces alguien intenta abrir la puerta del baño y me pongo en guardia—. ¡Un momento! —grito a la persona que está afuera.

Me seco los ojos con un poco de papel higiénico, pero sólo consigo emborronarme aún más la raya del ojo. Ésta es justo la razón por la que no suelo maquillarme.

—Ahora te llamo; alguien necesita entrar en el baño —le digo a Noah, y cuelgo antes de que proteste.

La persona que está al otro lado de la puerta empieza a golpearla, y yo gruño y me apresuro a abrirla, secándome los ojos de nuevo.

—¡He dicho un mom...!

Me detengo al instante al encontrarme de frente con unos penetrantes ojos verdes.

CAPÍTULO 11

Al observar esos magníficos ojos verdes, de repente me doy cuenta de que no había reparado en su color anteriormente. Y entonces me doy cuenta también de que es porque Hardin no había establecido contacto visual conmigo hasta ahora. Tiene unos ojos increíbles, profundos y, ahora mismo, de sorpresa. Aparta la mirada rápidamente cuando paso por su lado. Me agarra del brazo y trata de llevarme de nuevo dentro.

—¡No me toques! —grito soltándome de un jalón.

—¿Has estado llorando? —pregunta en tono curioso. Si no fuese Hardin, hasta pensaría que se preocupa por mí.

—Déjame en paz.

Se coloca delante de mí, y su alta figura bloquea mis movimientos. No puedo seguir soportando por más tiempo sus jueguecitos, esta noche no.

—Hardin, por favor. Te lo estoy suplicando y, si tienes la más mínima decencia, me dejarás estar. Guárdate el insulto que vayas a decir para mañana. Por favor. —Me da igual que perciba la vergüenza y la desesperación que transmite mi voz. Necesito que me deje en paz.

Una chispa de confusión se refleja en su mirada antes de abrir la boca. Se queda observándome durante un instante antes de hablar.

—Hay una habitación al final del pasillo donde puedes dormir. He llevado a Steph allí —se limita a decir.

Espero un segundo a que suelte algo más, pero no lo hace. Simplemente me mira.

—Está bien —digo en voz baja, y se aparta de mi camino.

—Es la tercera puerta a la izquierda —me indica. Después se marcha por el pasillo y desaparece en su cuarto.

43

¿A qué demonios ha venido eso? ¿Hardin sin nada grosero que decir? Sé que me espera una buena como me lo encuentre mañana.

La tercera habitación a la izquierda es un dormitorio sencillo, mucho más pequeño que el de Hardin, y tiene dos camas. Se parece más a las de la residencia que al amplio espacio del que disfruta él aquí. Tal vez sea el líder o algo así. La explicación más lógica es que todo el mundo lo teme y que ha conseguido la habitación más grande a base de amedrentar a los demás. Steph yace en la cama que está más próxima a la ventana, de modo que me quito los zapatos y la cubro con una cobija antes de cerrar la puerta con el seguro y de acostarme en la otra.

Me quedo dormida dándole vueltas a un montón de pensamientos, y las imágenes de rosas sombrías y de unos ojos verdes furiosos inundan mis sueños.

CAPÍTULO 12

Al despertarme necesito un momento para recordar los acontecimientos de la noche anterior que me llevaron a este extraño dormitorio. Steph sigue dormida, roncando sonoramente con la boca abierta. Decido esperar a averiguar cómo vamos a volver a la residencia antes de despertarla. Me pongo rápidamente los zapatos, tomo la bolsa y salgo del cuarto. ¿Debería llamar a la puerta de Hardin o intentar buscar a Nate? ¿Es Nate miembro de la fraternidad también? Jamás habría imaginado que Hardin formara parte de un grupo social organizado, de modo que tal vez también sea así en el caso de Nate.

Sorteo los cuerpos durmientes que hay en el pasillo y me dirijo al piso inferior.

—¿Nate? —lo llamo con la esperanza de oír una respuesta.

Hay al menos veinticinco personas durmiendo sólo en la sala. El suelo está repleto de vasos rojos de plástico y de basura, lo que hace que me resulte difícil desplazarme a través del desastre, pero también me doy cuenta de lo limpio que estaba el piso de arriba a pesar de la gente que había allí. Cuando llego a la cocina, tengo que obligarme a no ponerme a fregar. Llevará un día entero limpiar la casa de arriba a abajo. Me encantaría ver a Hardin recogiendo toda esta porquería, y, al imaginarlo, me da risa.

—¿Qué tiene tanta gracia?

Me vuelvo y me encuentro a Hardin entrando en la cocina con una bolsa de basura en la mano. Pasa el brazo por los muebles y deja caer los vasos en el interior.

—Nada —miento—. ¿Vive Nate aquí también?

No me contesta y continúa limpiando.

—¿Vive o no vive aquí? —pregunto de nuevo, esta vez con más impaciencia—. Cuanto antes me digas si Nate vive aquí, antes me marcharé.

45

—Muy bien, ahora tienes toda mi atención. Pues no, no vive aquí. ¿Te parece el típico chico de fraternidad? —dice con una sonrisa maliciosa.

—No, pero tú tampoco —le digo, y su mandíbula se tensa.

Se acerca a mí, abre el mueble que tengo junto a la cadera y saca un rollo de papel de cocina.

—¿Pasa algún autobús por aquí cerca? —pregunto sin esperar una respuesta.

—Sí, a una cuadra.

Lo sigo por la cocina.

—¿Podrías decirme dónde está la parada?

—Claro. Está a una cuadra de distancia. —Las comisuras de su boca se curvan hacia arriba, burlándose de mí.

Pongo los ojos en blanco y salgo de la cocina. Está claro que la cortesía momentánea que Hardin mostró anoche fue una excepción, y que hoy piensa atacarme con todo. Después de la noche que he pasado, no soporto estar cerca de él.

Me dispongo a despertar a Steph, quien lo hace con sorprendente facilidad y me sonríe. Me alegro profundamente de que esté lista para salir de esta maldita casa de fraternidad.

—Hardin dice que hay una parada de autobús por aquí cerca —le digo mientras bajamos la escalera juntas.

—No vamos a ir en el maldito autobús. Uno de estos imbéciles nos llevará a la residencia. Seguramente sólo te estaba tomando el pelo —dice, y apoya la mano en mi hombro.

Cuando entramos en la cocina y vemos a Hardin sacando algunas latas de cerveza del horno, Steph se pone autoritaria.

—Hardin, ¿nos puedes llevar de vuelta ahora? Me va a explotar la cabeza.

—Claro, dame un minuto —dice él, como si hubiese estado esperándonos todo el tiempo.

Durante el trayecto de vuelta a la residencia, Steph se pone a tararear la canción heavy que está sonando a través de los altavoces y Hardin baja las ventanillas, a pesar de que le pido con educación que las suba. Se pasa todo el camino callado, tamborileando absorto el volante con sus largos dedos. Aunque no es que yo haya estado prestándole mucha atención.

—Luego vengo, Steph —le dice a mi compañera cuando ella baja del coche.

Ella asiente y se despide de él con la mano mientras yo abro la puerta trasera.

—Adiós, Theresa —me dice con una sonrisa maliciosa.

Pongo los ojos en blanco y sigo a Steph hacia la residencia.

CAPÍTULO 13

El resto del fin de semana pasa rápidamente, y consigo evitar ver a Hardin. Cuando salgo temprano el domingo para ir a comprar, me marcho antes de que él llegue a la habitación, y vuelvo cuando aparentemente ya se ha ido.

La ropa nueva que he adquirido llena mi pequeño ropero, pero justo cuando la estoy guardando la ofensiva voz de Hardin resuena en mi cabeza: «¿Eres consciente de que vamos a una fiesta, no a misa?».

Sospecho que diría lo mismo sobre mis nuevos modelitos, pero he decidido que no pienso volver a ir a ninguna fiesta con Steph, ni a ninguna parte donde Hardin vaya a estar. No es una compañía grata, y discutir con él resulta agotador.

Por fin es lunes por la mañana, mi primer día de clases en la facultad, y no podría estar más preparada. Me despierto muy temprano para asegurarme de tomar mi baño (sin chicos alrededor) y no ir con prisas. Mi blusa blanca y mi falda plisada de color tostado están perfectamente planchadas y listas para que me las ponga. Me visto, me recoloco los pasadores del pelo y me cuelgo la bolsa al hombro. Estoy a punto de marcharme, quince minutos temprano, para asegurarme de no llegar tarde, cuando suena el despertador de Steph. Pulsa el botón de repetición, pero me pregunto si no debería despertarla. Puede que sus clases empiecen más tarde que las mías, o quizá no tenga intención de ir. La idea de perderme el primer día de clase me estresa, pero ella está en segundo curso, así que tal vez lo tenga todo controlado.

Me miro por última vez al espejo y me dirijo a mi primera clase. Estudiarme el plano del campus demuestra haber sido una buena idea, y encuentro el primer edificio al que tengo que ir dentro de veinte minutos. Cuando llego a mi clase de historia, el salón está vacío, excepto por una persona.

Puesto que parece ser que esa persona también tiene interés en llegar puntual, decido sentarme a su lado. Podría convertirse en mi primer amigo aquí.

—¿Dónde está todo el mundo? —pregunto, y él sonríe.

Su mera sonrisa hace que me sienta cómoda.

—Probablemente corriendo por todo el campus para llegar aquí justo a tiempo —bromea, y siento aprecio por él al instante. Es justo lo que yo estaba pensando.

—Me llamo Tessa Young —digo, y le sonrío de manera amistosa.

—Landon Gibson —contesta con una sonrisa igual de adorable que la primera.

Nos pasamos el resto del tiempo previo a la clase platicando. Resulta que él también estudia Filología Inglesa, como yo, y tiene una novia llamada Dakota. Landon no se burla de mí y sigue hablando conmigo de manera animada cuando le cuento que Noah va un curso por detrás de mí. Decido al instante que es una persona a la que me gustaría conocer mejor. Conforme empieza a llenarse el salón, Landon y yo decidimos presentarnos al maestro.

Después, según avanza el día, comienzo a lamentar haber escogido cinco clases en lugar de cuatro. Me apresuro hacia la optativa de literatura británica (menos mal que ya es la última materia del día) y llego con el tiempo justo. Siento alivio al ver a Landon sentado en primera fila, con una silla vacía a su lado.

—Hola de nuevo —dice con una sonrisa mientras me acomodo.

El maestro inicia la clase, nos explica el programa del semestre y se presenta brevemente. Nos cuenta qué lo llevó a hacerse maestro y su pasión por el tema de la materia. Me encanta el hecho de que la facultad sea distinta del instituto y de que los maestros no hagan que te levantes delante de todo el mundo para presentarte ni para hacer cualquier otra cosa embarazosa e innecesaria.

Mientras el maestro nos explica nuestras listas de lecturas, la puerta se abre y oigo cómo un quejido escapa de mis labios al ver a Hardin irrumpiendo en la clase.

—Genial —digo entre dientes sarcásticamente.

49

—¿Conoces a Hardin? —pregunta Landon.

Hardin debe de haberse labrado una reputación en el campus si alguien tan agradable como Landon lo conoce.

—Más o menos —digo—. Mi compañera de cuarto es amiga suya. Pero a mí no es que me caiga precisamente bien, la verdad —añado en un susurro.

Y, al hacerlo, los ojos verdes de Hardin miran fijamente los míos, y me preocupa que me haya oído. Aunque, ¿qué haría de ser así? Sinceramente, me da igual que me oiga. Creo que es bastante consciente de que la antipatía que hay entre nosotros es mutua.

Tengo curiosidad acerca de qué sabe Landon sobre él, y no puedo evitar preguntar.

—¿Tú lo conoces?

—Sí..., es... —Se detiene y se vuelve ligeramente para mirar por detrás de nosotros.

Levanto la vista y veo a Hardin sentándose a mi lado. Landon permanece callado durante el resto de la clase, sin apartar la vista del maestro ni un segundo.

—Eso es todo por hoy. Nos vemos de nuevo el miércoles —dice el maestro Hill cuando termina la clase.

—Creo que ésta va a ser mi clase favorita —le digo a Landon mientras salimos, y él coincide.

Sin embargo, su rostro se ensombrece cuando nos percatamos de que Hardin está caminando a nuestro lado.

—¿Qué quieres, Hardin? —pregunto, dándole a probar de su propia medicina.

No funciona, o yo no tengo el tono adecuado para eso, porque parece divertirle el asunto.

—Nada. Nada. Es sólo que me alegro tanto de que coincidamos en una clase —dice en tono burlón antes de llevarse las manos al pelo, agitarlo y dejarlo caer sobre su frente.

Me fijo en un extraño símbolo del infinito que tiene tatuado justo encima de la muñeca, pero baja la mano mientras intento analizar la tinta que lo rodea.

—Nos vemos luego, Tessa —dice Landon antes de marcharse.

—Tenías que hacerte amiga del chico más aburrido de la clase —suelta Hardin mientras observa cómo se aleja.

—No hables así de él; es muy simpático. A diferencia de ti. —Me sorprendo ante la crudeza de mis propias palabras, pero este chico saca lo peor de mí.

Se vuelve de nuevo hacia mí.

—Cada vez que hablamos te vuelves más beligerante, Theresa.

—Como vuelvas a llamarme Theresa... —le advierto, y él se echa a reír.

Intento imaginarme qué aspecto tendría sin todos esos tatuajes y *piercings*. Incluso con ellos, resulta bastante atractivo, pero su agria personalidad lo eclipsa todo.

Echamos a andar juntos hacia mi residencia, y no habremos dado ni veinte pasos cuando de repente y a cuento de nada grita:

—¡Deja de mirarme!

Entonces, dobla una esquina y desaparece por un pasillo antes de que yo pueda siquiera pensar en una respuesta.

CAPÍTULO 14

Tras varios días agotadores pero emocionantes, por fin es viernes, y mi primera semana de universidad está a punto de terminar. Bastante satisfecha con cómo ha transcurrido ésta, tengo pensado quedarme a ver unas películas en el cuarto, ya que Steph seguramente se irá de fiesta y yo podré estar tranquila. Tener el programa de todas mis clases me facilita las cosas, y puedo adelantar mucho trabajo. Tomo mi bolsa y salgo temprano para ir a buscar un café que me aporte una inyección de energía adicional para recibir el fin de semana.

—Eres Tessa, ¿verdad? —dice una voz femenina que tengo detrás en la fila de la cafetería.

Al volverme veo a la chica del pelo rosa de la fiesta. Si no recuerdo mal, Steph la llamó Molly.

—Sí, así me llamo —respondo, y me vuelvo de nuevo hacia el mostrador en un intento de evitar establecer más conversación.

—¿Vas a venir esta noche a la fiesta? —pregunta.

Debe de estar burlándose de mí, de modo que, suspirando, me vuelvo de nuevo y estoy a punto de negar con la cabeza cuando añade:

—Deberías. Va a ser genial.

Y se pasa sus pequeños dedos por una enorme hada que tiene tatuada en el antebrazo.

Me quedo parada un instante, pero sacudo la cabeza y contesto:

—Lo siento, tengo planes.

—Vaya. Sé que Zed quería verte. —No puedo evitar reír al oír eso, pero ella sólo sonríe—. ¿Qué? Justo ayer estuvo hablando de ti.

—Lo dudo mucho... pero, aunque así fuera, tengo novio —le digo, y su sonrisa se intensifica.

—Qué pena, podríamos haber tenido una doble cita —dice de manera ambigua, y yo doy gracias a Dios para mis adentros cuando el mesero me pregunta qué quiero.

Con las prisas, agarro la taza demasiado rápido y un poco de café se derrama y me quemo la mano. Maldigo entre dientes y espero que ésta no sea la tónica general de mi fin de semana. Molly se despide de mí con la mano y yo sonrío amablemente antes de irme. Sus comentarios se repiten en mi cabeza. ¿Una doble cita con quién? ¿Con ella y Hardin? ¿Están saliendo de verdad? Por muy agradable y atractivo que sea Zed, Noah es mi novio, y yo jamás haría nada que pudiera hacerle daño. Sé que no hemos hablado mucho esta última semana, pero es que los dos hemos estado muy ocupados. Tomo nota mental de llamarlo esta noche para ponernos al corriente y ver qué tal le está yendo sin mí.

Tras mi incómodo encuentro con la señorita del pelo rosa, mi día mejora. Landon y yo habíamos hecho planes de empezar a quedar en la cafetería antes de las clases que tenemos en común, de modo que ahí está, apoyado contra la pared de ladrillo. Cuando me acerco, me recibe con una enorme sonrisa.

—Hoy tengo que irme a la media hora de empezar la clase. Se me olvidó decirte que me marcho en avión a casa para el fin de semana —dice.

Me alegro de que vaya a visitar a su novia, pero detesto la idea de pasarme la clase de literatura británica sin él, y con Hardin, si es que aparece. El miércoles no vino, aunque tampoco es que estuviera pendiente de si venía o no.

Me vuelvo hacia él.

—¿Tan pronto? Si acaba de empezar el semestre.

—Es el cumpleaños de Dakota, y hace meses le prometí que estaría allí —dice encogiéndose de hombros.

En clase, Hardin se sienta a mi lado pero no dice nada, ni siquiera cuando, como me había anunciado, Landon se marcha a los treinta minutos, cosa que de repente acentúa la presencia de Hardin en el asiento contiguo.

—El lunes empezaremos con *Orgullo y prejuicio* de Jane Austen —anuncia el maestro Hill al final de la clase.

Incapaz de ocultar la emoción, estoy casi segura de que se me ha escapado un alarido de alegría. He leído esa novela al menos diez veces, y es una de mis favoritas.

Aunque no me ha dicho absolutamente nada durante toda la clase, Hardin camina muy cerca de mí. Juro que sabía lo que iba a decirme al ver esa socarrona mirada en sus ojos.

—Deja que lo adivine —dice—: estás perdidamente enamorada del señor Darcy.

—Todas las mujeres que han leído la novela lo están —contesto sin mirarlo a los ojos.

Llegamos a una intersección y miro en ambas direcciones antes de cruzar la calle.

—Por supuesto que sí —se ríe, y continúa siguiéndome por la bulliciosa banqueta.

—Seguro que eres incapaz de comprender el atractivo del señor Darcy —replico.

Me viene a la cabeza el recuerdo de la inmensa colección de novelas que tiene Hardin en su habitación. Es imposible que sean suyas. ¿O no?

—¿Un hombre rudo e insufrible convertido en un héroe romántico? Es absurdo. Si Elizabeth tuviese algo de sentido común, lo habría mandado a la mierda desde el principio.

Me echo a reír ante su elección de palabras, pero me cubro la boca y me detengo. La verdad es que estoy disfrutando de nuestra pequeña discusión, y de su presencia, pero sólo es cuestión de tiempo —tres minutos, con un poco de suerte— hasta que diga algo inconveniente. Al levantar la vista veo los hoyuelos de su sonrisa y no puedo evitar admirar lo guapo que es, a pesar de los *piercings* y demás.

—¿Estás de acuerdo en que Elizabeth es una estúpida? —Levanta una ceja.

—No, es uno de los personajes más fuertes y más complejos que jamás se hayan escrito —digo en su defensa, usando las palabras de una de mis películas favoritas.

Él se echa a reír de nuevo y yo también. Pero al cabo de unos segundos, al sorprenderse riéndose a gusto conmigo, para de repente y sus risas se disipan. Algo destella en sus ojos.

—Ya nos veremos, Theresa —dice, y a continuación da media vuelta y desaparece en la dirección por la que hemos venido.

«Pero ¿qué le pasa?», me digo. Antes de que pueda siquiera empezar a analizar su actitud, mi teléfono empieza a sonar. El nombre de Noah aparece en la pantalla, y me siento extrañamente culpable al contestar.

—Hola, Tess, iba a responder a tu mensaje, pero he pensado que era mejor llamar —dice Noah con la voz entrecortada y algo distante.

—¿Qué haces? Pareces estar ocupado.

—No, voy de camino al asador; he quedado con unos amigos —explica.

—Ah, bueno, entonces no te retengo mucho. Menos mal que ya es viernes. ¡Estaba deseando que llegara el fin de semana!

—¿Vas a ir a otra fiesta? Tu madre aún está decepcionada.

Un momento..., ¿por qué se lo ha contado a mi madre? Me encanta que tenga tanta confianza con ella, pero a veces salir con él es como tener a un hermanito pequeño que cuenta todo lo que hago. Detesto pensar de ese modo, pero es la verdad.

En lugar de reclamarle, me limito a decirle:

—No, me quedaré en la residencia este fin de semana. Te extraño.

—Yo también a ti, Tess. Muchísimo. Llámame luego, ¿de acuerdo?

Le digo que sí e intercambiamos un «te quiero» antes de colgar.

Al llegar a mi habitación, Steph se está preparando para otra fiesta, e imagino que es la que Molly me ha comentado, en la casa de la fraternidad de Hardin. Entro en la página de Netflix y echo un vistazo a las películas.

—Vamos, ven —dice Steph—. Te prometo que no pasaremos allí la noche esta vez. Vente aunque sea un ratito. ¡Ver películas sola en esta pequeña habitación será aburridísimo! —lloriquea, y yo me echo a reír.

Sigue rogándome mientras se arregla el pelo y se cambia de ropa tres veces hasta que se decide por un vestido verde que deja muy poco a la imaginación. He de admitir que el estridente color combina muy bien con su intenso pelo rojo. Envidio su seguridad en sí misma. Yo tengo seguridad en mí hasta cierto punto, pero soy consciente de que mis caderas y mis pechos son más grandes que los de la mayoría de las chicas de mi edad. Tengo tendencia a vestir prendas que oculten mi prominente busto, mientras que ella intenta captar toda la atracción posible hacia el suyo.

—Ya... —digo para contentarla.

Pero entonces, la pantalla de mi *laptop* se queda en negro de repente. Le doy al botón de encendido y espero... y espero. Nada, la pantalla sigue en negro.

—¡¿Lo ves?! Eso es una señal de que tienes que venir. Mi *laptop* está en el departamento de Nate, así que no puedo prestártelo. —Sonríe con malicia y se arregla el pelo de nuevo.

Al mirarla, me doy cuenta de que en realidad no quiero quedarme en el cuarto sola sin nada que ver ni hacer.

—Está bien —digo, y mi compañera empieza a brincar y a dar palmas de alegría—. Pero nos iremos antes de la medianoche.

CAPÍTULO 15

Me pongo unos *jeans* nuevos que todavía no he estrenado. Son un poco más estrechos que mis pantalones habituales, pero todavía no he puesto ninguna lavadora, así que no tengo otra opción. En la parte de arriba llevo una sencilla blusa negra sin mangas con una cinta de encaje en los hombros.

—¡Vaya! Me encanta lo que llevas puesto —dice Steph.

Sonrío mientras ella intenta ofrecerme su lápiz de ojos de nuevo.

—Esta vez, no —le digo al recordar lo emborronado que quedó después de llorar la última vez. ¿Por qué he accedido a volver a esa casa?

—Bueno. Hoy vendrá Molly a recogernos en lugar de Nate; acaba de mandarme un mensaje para decirme que llegará en cualquier momento.

—Creo que no le caigo muy bien —digo mirándome al espejo.

Steph ladea la cabeza.

—¿Qué? Claro que sí. Es sólo que tiene un poco de mala vibra y es demasiado sincera a veces. Y creo que se siente intimidada por ti.

—¿Por mí? ¿Por qué iba a sentirse intimidada? —Me echo a reír. Steph debe de estar confundida.

—Creo que es porque eres muy diferente de nosotros —añade, y sonríe. Sé que soy distinta de ellos, aunque para mí los «raros» son ellos, no yo—. Pero no te preocupes por ella: esta noche estará ocupada.

—¿Con Hardin? —pregunto antes de poder refrenarme.

Sigo mirándome al espejo, pero no puedo evitar percatarme de cómo me mira Steph, con una ceja levantada.

—No, con Zed seguramente. Cambia de chico cada semana.

Decir eso de una amiga es bastante duro, pero ella simplemente sonríe y se ajusta la parte de arriba del vestido.

—¿No está saliendo con Hardin?

Me viene a la cabeza la imagen de los dos fajando en la cama.

—Qué va. Hardin nunca sale con nadie. Se acuesta con muchas chicas, pero no sale con ninguna. Jamás.

—Vaya. —Es lo único que consigo decir.

La fiesta de esta noche es igual que la de la semana pasada. El jardín y la casa están repletos de gente borracha. ¿Por qué no me habré quedado en la habitación a mirar a las paredes?

Molly desaparece en cuanto llegamos. Yo encuentro un hueco en el sillón y me quedo ahí sentada durante al menos una hora. Entonces, de pronto, aparece Hardin.

—Estás... diferente —dice después de una breve pausa. Recorre mi cuerpo de arriba abajo con la mirada y vuelve a subirla y a fijarla en mi rostro. Ni siquiera se esfuerza en hacerlo con algo de disimulo. Yo permanezco callada hasta que sus ojos se encuentran con los míos—. Esta noche llevas ropa de tu talla.

Pongo los ojos en blanco y me ajusto la blusa, deseando de repente llevar mi ropa holgada de costumbre.

—Me sorprende verte aquí.

—Y a mí me sorprende haber acabado aquí de nuevo también —digo, y me alejo de él.

No me sigue, pero por algún motivo desearía que lo hubiera hecho.

Unas horas después, Steph está borracha de nuevo. Bueno, como todos los demás.

—¡Juguemos a Verdad o reto! —balbucea Zed, y su pequeño grupo de amigos se reúne alrededor del sillón.

Molly le pasa una botella de alcohol transparente a Nate, y él le da un trago. La mano de Hardin es tan grande que cubre todo su vaso rojo de plástico mientras bebe. Otra chica con fachas similares a las de ellos se une al juego, de modo que ya son Hardin, Zed, Nate, su compañero de habitación, Tristan, Molly, Steph y la chica nueva.

Estoy pensando que jugar a Verdad o reto estando borrachos no puede traer nada bueno, cuando Molly dice con una sonrisa malévola:

—Tú también deberías jugar, Tessa.

—Preferiría no hacerlo —contesto, y centro la atención en una mancha color café que hay sobre la alfombra.

—Para jugar tendría que dejar de ser una mojigata durante cinco minutos —señala Hardin, y todos se echan a reír excepto Steph.

Sus palabras me enfurecen. No soy ninguna mojigata. Sí, admito que no soy salvaje ni alocada, pero no soy ninguna monja de clausura. Fulmino a Hardin con la mirada y me siento con las piernas cruzadas en su pequeño círculo, entre Nate y otra chica. Hardin se ríe y le susurra algo a Zed antes de empezar.

Durante las primeras pruebas, Zed ha sido retado a beberse una lata de cerveza de un trago; Molly a enseñarle el pecho al grupo, cosa que ha hecho, y Steph a revelar que tiene *piercings* en los pezones.

—¿Verdad o reto, Theresa? —pregunta Hardin, y yo trago saliva.

—¿Verdad? —grazno.

Él se ríe y mascula:

—Claro.

Decido ignorarlo mientras Nate se frota las manos.

—Bien. ¿Eres... virgen? —pregunta tomándome por sorpresa.

A nadie parece sorprenderle la indiscreta pregunta aparte de a mí. Siento que me pongo roja y veo que todos me miran con socarronería.

—¿Y bien? —me presiona Hardin.

A pesar de lo mucho que quiero salir huyendo y esconderme, me limito a asentir. Por supuesto que soy virgen. A lo único que hemos llegado Noah y yo es a besarnos y a manosearnos un poco por encima de la ropa.

Sin embargo, nadie parece sorprenderse con mi respuesta; sólo parecen intrigados.

—Entonces ¿Noah y tú han estado saliendo dos años y nunca lo han hecho? —pregunta Steph, y yo me revuelvo incómoda en el sitio.

Niego con la cabeza.

—Le toca a Hardin —me apresuro a decir con la esperanza de desviar la atención de mi persona.

CAPÍTULO 16

—Reto —responde Hardin antes de que llegue a preguntarle qué opción elige.

Sus ojos verdes me atraviesan con una intensidad que me dice que soy yo la que está en un compromiso, soy yo la que tiene el desafío de hacer algo.

Y titubeo, porque no tenía nada pensado ni esperaba esa reacción. ¿A qué debería retarlo? Sé que hará lo que sea, sólo por quedar como un gallito.

—Hum... Te reto a...

—¿A qué? —inquiere con impaciencia.

Casi lo reto a decir algo agradable de cada una de las personas que conformamos el grupo, pero al final lo descarto, por muy divertido que hubiese sido.

—¡A quitarte la camiseta y no volver a ponértela durante el resto del juego! —grita Molly.

Yo me alegro, y no porque Hardin vaya a quitarse la camiseta, por supuesto, sino porque no se me ocurría nada y así no tengo la presión de tener que pedirle que haga algo.

—Qué infantil —protesta él, pero se quita la camiseta por la cabeza.

Sin pretenderlo, mis ojos van directos a su largo torso y se centran en el tatuaje negro que se extiende por su piel sorprendentemente bronceada. Debajo de las aves de su pecho lleva tatuado un árbol grande dibujado en el estómago, con las ramas desnudas y un aire fantasmagórico. En los antebrazos tiene muchos más tatuajes de los que esperaba. Imágenes e iconos pequeños que aparentemente no guardan relación unos con otros cubren sus hombros y sus caderas. Steph me da un codazo y yo aparto la vista de él al tiempo que rezo para que nadie me haya visto mirarlo.

El juego continúa. Molly besa a Tristan y a Zed. Steph nos habla sobre su primera vez. Nate besa a otra chica.

¿Cómo he acabado en este grupo de chicos malos inadaptados con las hormonas a flor de piel?

—Tessa, ¿verdad o reto? —pregunta Tristan.

—¿Para qué preguntas?... Todos sabemos que va a decir verdad —empieza Hardin.

—Reto —respondo para su sorpresa y también para la mía propia.

—Hum... Tessa..., Te reto a... beber un trago de vodka —me provoca Tristan sonriendo.

—No bebo alcohol.

—Por eso es un reto.

—Oye, si no quieres hacerlo... —empieza a decir Nate, pero al levantar la vista veo a Hardin y a Molly riéndose de mí.

—Bueno, sólo un trago —accedo.

Imagino que Hardin seguirá mirándome con desprecio ante mi respuesta pero, cuando nuestras miradas se encuentran, veo que tiene una expresión extraña.

Alguien me pasa la botella de vodka blanco, y cometo el error de acercármela para oler el hediondo líquido. Me arden las fosas nasales. Arrugo la nariz e intento pasar por alto las risitas que oigo detrás de mí. Trato de no pensar en todas las bocas que han pasado por esta botella antes que la mía. La levanto y le doy un trago. La bebida me quema todo, desde la lengua hasta el estómago, pero consigo tragármela. Sabe horriblemente mal. El grupo aplaude y se ríe un poco. Todos excepto Hardin. Si no lo conociera, pensaría que está enojado o decepcionado. Es un chico muy extraño.

Al cabo de un rato, siento el calor en mis mejillas, y algo más tarde, la pequeña cantidad de alcohol en mis venas que crece con cada ronda en la que me desafían a dar otro trago. Yo cedo, y he de admitir que me siento bastante relajada para variar. Me siento bien. Todo aparenta ser más fácil. La gente a mi alrededor me parece más divertida que antes.

—Lo mismo de antes —dice Zed, riendo, y le da un trago a la botella antes de pasármela a mí por quinta vez.

Ni siquiera recuerdo los besos, las verdades y los retos que han tenido lugar durante las últimas rondas. Esta vez doy un par de buenos tragos al vodka, hasta que me quitan la botella de las manos.

—Creo que ya has bebido suficiente —dice Hardin, y le pasa la botella a Nate, que bebe un sorbo.

¿Quién diablos es Hardin Scott para decirme si he bebido suficiente o no? Todos los demás están bebiendo, así que yo también puedo. Le quito la botella a Nate y me la llevo a los labios de nuevo, no sin antes dirigirle a Hardin una sonrisa de suficiencia.

—No puedo creer que no te hayas emborrachado nunca, Tessa. Es divertido, ¿verdad? —pregunta Zed, y yo suelto unas risitas.

Me vienen a la cabeza los discursos de mi madre acerca de ser responsable, pero los descarto. Es sólo una noche.

—Hardin, ¿verdad o reto? —pregunta Molly.

Él responde reto, obviamente.

—¿A que no te atreves... a besar a Tessa? —dice ella, y le regala una falsa sonrisa.

Hardin abre unos ojos como platos y, aunque el alcohol hace que todo me parezca más emocionante, tengo ganas de salir huyendo.

—No, tengo novio —replico, y todos se ríen a mi alrededor por enésima vez.

«¿Por qué sigo con esta gente que no para de reírse de mí?»

—¿Qué más da? Es sólo un juego. Tú hazlo —dice Molly, presionándome.

—No. No voy a besar a nadie —digo, y me levanto.

Hardin no me mira, sino que se limita a dar un sorbo a la bebida que tiene en el vaso. Espero que se sienta ofendido. En realidad, me da igual si lo está o no. Me niego a seguir interactuando con él de esta manera. Me detesta, y es demasiado grosero conmigo.

Cuando me levanto, siento de golpe los efectos del alcohol. Me tambaleo, pero consigo mantener el equilibrio y alejarme del grupo. No sé muy bien cómo, logro encontrar la puerta de la casa a través de la multitud. En cuanto llego al exterior siento la brisa otoñal. Cierro los ojos y respiro el aire fresco antes de ir a sentarme en el pequeño muro de piedra de la otra vez. Sin pensar en lo que estoy haciendo, de repente tengo el teléfono en la mano y estoy llamando a Noah.

—¿Diga? —contesta.

La familiaridad de su voz y el vodka en mi organismo hacen que lo añore más todavía.

—Hola…, cariño —digo, y me pego las rodillas al pecho.

Pasa un segundo de silencio.

—Tessa, ¿estás borracha? —me pregunta con la voz cargada de reproche. No debería haberlo llamado.

—No…, claro que no —miento, y cuelgo.

Decido apagar el teléfono. No quiero que me llame. Me está arruinando la agradable sensación que me produce el vodka, más todavía que Hardin.

Regreso tambaleándome al interior, pasando por alto los silbidos y los comentarios ordinarios de los miembros borrachos de la fraternidad. Tomo una botella de licor tostado del mueble de la cocina y le doy un trago demasiado largo. Sabe aún peor que el vodka, y siento que me arde la garganta. Tanteo con las manos en busca de un vaso de algo que me quite el desagradable sabor de la boca. Acabo abriendo un mueble y usando un vaso de cristal para beber un sorbo de agua de la llave. Esto me alivia un poco, pero no mucho. A través de un hueco entre la gente, veo que mi grupo de «amigos» sigue reunido en un círculo, jugando a ese estúpido juego.

¿Son mis amigos? No lo creo. Sólo me quieren aquí para poder burlarse de mi falta de experiencia. ¿Cómo se atreve Molly a decirle a Hardin que me bese? Sabe que tengo novio. A diferencia de ella, yo no voy por ahí metiéndome con todos. Sólo he besado a dos chicos en mi vida: a Noah y a Johnny, un chico pecoso en tercero de primaria que me dio una patada en la espinilla justo después.

¿Habría llevado a cabo Hardin el desafío? Lo dudo. Sus labios son rosados y carnosos. Mi mente empieza a imaginarlo inclinándose sobre mí para besarme y el pulso se me acelera.

«Maldita sea. ¿Por qué estoy pensando en él de esta manera?» No voy a volver a beber jamás.

Unos minutos después, la habitación comienza a darme vueltas y me siento mareada. Mis pies me llevan al baño del piso de arriba y me siento delante del excusado, esperando vomitar. No sucede. Gruño y me levanto. Quiero volver ya a la residencia, pero sé que Steph no querrá irse hasta dentro de varias horas. No debería haber vuelto aquí.

Sin poder evitarlo, me encuentro girando la manilla de la única habitación que me resulta algo familiar en esta enorme casa. El dormitorio de Hardin se abre sin problemas. Dice que siempre cierra la puerta con llave, pero está claro que no es verdad. Está igual que la otra vez, aunque ahora todo parece girar bajo mis pies inestables. *Cumbres borrascosas* ha desaparecido de su lugar en el librero, pero lo encuentro sobre la mesita de noche, al lado de *Orgullo y prejuicio*. Me vienen a la cabeza los comentarios de Hardin sobre la novela. Está claro que ya lo ha leído antes, y que lo ha entendido, cosa rara para alguien de nuestra edad, y especialmente para un chico. Quizá tuvo que leerlo por algún trabajo de clase antes, eso lo explicaría. Pero ¿para qué ha sacado el ejemplar de *Cumbres borrascosas*? Lo tomo, me siento en la cama y abro el libro por la mitad. Mis ojos se centran en las páginas y la habitación deja de dar vueltas.

Estoy tan perdida en el mundo de Catherine y Heathcliff que, cuando la puerta se abre, ni siquiera la oigo.

—¿Qué parte de que «Nadie entra en mi habitación» no has entendido? —gruñe Hardin. Su expresión iracunda me estremece, pero me hace gracia al mismo tiempo.

—P... perdona, es que...

—Largo —dice con los dientes apretados, y yo lo fulmino con la mirada.

Los efectos del vodka siguen en mi sistema, y son demasiado intensos como para dejar que Hardin me grite.

—¡No tienes por qué ser tan imbécil! —le digo en un tono de voz más alto de lo que pretendía.

—Estás en mi cuarto, otra vez, después de que te dijera que no entraras. ¡Lárgate! —me grita acercándose a mí.

Y al ver a Hardin delante de mí, furioso, destilando desprecio y haciéndome sentir que soy la peor persona del mundo para él, algo se rompe en mi interior. Pierdo la compostura y le planteo la pregunta que me ha estado rondando todo el tiempo por la cabeza, aunque no quiera admitirlo.

—¿Por qué no te gusto? —inquiero mirándolo a los ojos.

Es una pregunta justa pero, sinceramente, no creo que mi ego, ya herido, pueda soportar la respuesta.

CAPÍTULO 17

Hardin me mira. Es una mirada agresiva pero vacilante.

—¿Por qué me preguntas esto?

—No lo sé... Porque yo sólo he intentado ser amable, y tú no dejas de mostrarte grosero conmigo. —Y entonces añado—: Y la verdad es que había llegado a pensar que podíamos convertirnos en buenos amigos. —Sé que suena tan estúpido que me pellizco el puente de la nariz con los dedos mientras espero una respuesta.

—¿Nosotros? ¿Amigos? —Se echa a reír y levanta las manos—. ¿Acaso no es evidente por qué no podemos ser amigos?

—Para mí, no.

—Bien, pues, para empezar, tú eres demasiado mojigata. Seguramente te habrás criado en la típica casita perfecta de revista, idéntica al resto de las viviendas del vecindario. Tus padres te compraban todo lo que querías y nunca tuviste que anhelar nada. Con tus estúpidas faldas plisadas..., en serio, ¿quién se viste así con dieciocho años?

Me quedo boquiabierta.

—¡No sabes nada de mí, idiota condescendiente! ¡Mi vida no ha sido así en absoluto! El alcohólico de mi padre nos abandonó cuando yo tenía diez años, y mi madre tuvo que trabajar mucho para que yo pudiera ir a la universidad. Empecé a trabajar en cuanto cumplí los dieciséis para poder ayudarla a pagar las facturas, y resulta que me gusta mi ropa. ¡Lo siento si no visto como una puta, como todas las demás chicas que te rodean! ¡Para ser una persona que se esfuerza tanto en destacar y en ser diferente, juzgas con demasiada ligereza a los que son distintos de ti! —le grito, y siento que las lágrimas inundan mis ojos.

Me vuelvo para no darle el gusto de verme de esta manera y veo que sus manos forman puños. Como si le enojara lo que acabo de contarle.

—¿Sabes qué? De todas maneras, no quiero ser amiga tuya, Hardin —le digo, y alargo el brazo hacia la manilla de la puerta.

El vodka que me ha envalentonado también me está haciendo sentir lo triste de esta situación, de nuestros gritos.

—¿Adónde vas? —pregunta él entonces. Su carácter es tan impredecible, tan variable.

—A la parada del autobús para volver a la residencia, y no pienso regresar aquí jamás. Estoy harta de intentar hacerme su amiga.

—Es demasiado tarde para andar en autobús sola.

Me vuelvo de nuevo para mirarlo.

—No estarás intentando actuar como si te importase lo más mínimo que pueda pasarme algo, ¿verdad? —Suelto una carcajada. Su tono no para de cambiar.

—Yo no he dicho eso... Sólo te lo estoy advirtiendo. Es una mala idea.

—Bueno, Hardin, pues es la única opción que tengo. Todo el mundo está borracho, incluida yo.

Y entonces empiezo a derramar lágrimas. Me siento tremendamente humillada de que sea precisamente Hardin, de toda la gente que hay aquí, quien tenga que estar viéndome llorar. Otra vez.

—¿Siempre lloras en las fiestas? —pregunta ladeando la cabeza, aunque sonríe ligeramente.

—Sólo en las que estás tú. Y puesto que estas dos son las únicas a las que he ido nunca... —Alargo la mano hacia la manilla de nuevo y abro la puerta.

—Theresa... —dice en un tono tan suave que apenas si lo oigo. Su expresión es difícil de interpretar. La habitación me da vueltas de nuevo y me agarro al ropero que tengo a mi lado—. ¿Estás bien? —pregunta. Asiento, aunque tengo náuseas—. ¿Por qué no descansas aquí unos minutos y luego vas a la parada del autobús?

—Creía que nadie podía pisar tu habitación —digo sentándome en el suelo.

Me entra hipo y él me lanza una advertencia de inmediato:

—Como vomites en mi cuarto...

—Creo que sólo necesito un poco de agua —respondo, y me dispongo a levantarme.

—Toma —dice apoyándome una mano en el hombro para que no me levante y pasándome su vaso rojo.

Pongo los ojos en blanco y lo aparto.

—He dicho agua, no cerveza.

—Es agua. Yo no bebo —replica.

Un sonido a medio camino entre un grito sofocado y una carcajada escapa de mis labios. Es imposible que Hardin no beba.

—Vamos. No vas a quedarte aquí a hacerme de niñera, ¿verdad?

Quiero quedarme sola en mi patético estado, y ya se me está pasando la peda, así que empiezo a sentirme culpable por haberle gritado.

—Sacas lo peor de mí —digo en voz alta, sin pretenderlo.

—Vaya, qué halago —dice en tono serio—. Y sí, voy a quedarme aquí a hacerte de niñera. Estás borracha por primera vez en tu vida, y tienes la costumbre de tocar mis cosas cuando no estoy presente. —Se aleja y se sienta en la cama con las piernas en lo alto.

Tomo el vaso de agua y le doy un trago. Al hacerlo, advierto un ligero sabor a menta, y no puedo evitar preguntarme cómo sabrá la boca de Hardin. Pero entonces el agua impacta contra el alcohol que tengo en el estómago y ya no siento tanto calor.

«Mierda, no pienso volver a beber jamás», me recuerdo mientras me apoyo contra la pared de nuevo.

Al cabo de unos minutos de silencio, por fin dice algo:

—¿Puedo hacerte una pregunta?

La mirada en su rostro me indica que debería responderle que no, pero la habitación todavía no está del todo estable, así que pienso que hablar a lo mejor ayuda.

—Claro —digo.

—¿Qué quieres hacer después de la universidad?

Lo miro, esta vez con nuevos ojos. Eso es, literalmente, lo último que esperaba que me preguntara. Pensaba que iba a preguntarme por qué era virgen, o por qué no bebo.

—Pues quiero ser escritora o editora, lo que surja primero.

Seguramente no deba ser sincera con él; sólo se burlará de mí. Pero al ver que no me suelta ninguna impertinencia, me animo y le planteo la misma pregunta. Hardin pone los ojos en blanco pero no responde.

Al final, digo:

—¿Esos libros son tuyos? —Aunque seguramente tampoco me responda.

—Sí —dice.

—¿Cuál es tu favorito?

—No tengo favoritos.

Suspiro y jalo un hilito de mis pantalones.

—¿Sabe el señor Perfecto que estás en una fiesta otra vez?

—¿El señor Perfecto? —lo miro de nuevo. No lo entiendo.

—Tu novio. Qué idiota.

—No hables así de él. Él es... es... lindo —tartamudeo. Hardin se ríe, y yo me levanto. No conoce a Noah en absoluto—. Ya quisieras tú ser tan lindo como él —le digo con aspereza.

—¿*Lindo*? ¿Es ésa la primera palabra que te viene a la cabeza al hablar de tu novio? *Lindo* es el eufemismo que utilizas para no llamarlo *aburrido*.

—No lo conoces.

—Ya, pero sé que es aburrido. Salta a la vista, con esa chamarra de punto y esos mocasines...

Hardin inclina la cabeza hacia atrás muerto de la risa, y no puedo evitar fijarme en sus hoyuelos.

—No lleva mocasines —replico, pero tengo que taparme la boca para no reírme con él de mi novio. Tomo el agua y bebo otro sorbo.

—Bueno, pero ha estado saliendo dos años contigo y no te la ha metido todavía, así que es un anticuado.

Escupo el agua en el vaso de nuevo.

—¿Qué demonios acabas de decir?

Justo cuando pensaba que empezábamos a llevarnos bien, tenía que decir algo así.

—Ya me has oído, Theresa. —Su sonrisa es cruel.

—Eres un imbécil, Hardin —le digo, y le tiro el vaso medio vacío a la cara.

Su reacción es justo la que esperaba: de absoluta sorpresa. Mientras se seca el rostro, me levanto como puedo agarrándome al librero para estabilizarme. Un par de libros se caen al suelo, pero no los recojo y salgo corriendo de la habitación. Me tambaleo por la escalera y me abro paso a través de la multitud en dirección a la cocina. La rabia que siento es mayor que las náuseas, y lo único que quiero es borrar la sonrisa de superioridad de Hardin de mi cabeza. Veo el pelo negro de Zed entre la gente en la habitación contigua y me acerco hasta donde está sentado con un chico atractivo bastante fresa.

—Hola, Tessa, éste es mi amigo Logan —nos presenta.

Logan me sonríe y me ofrece la botella que tiene en la mano.

—¿Quieres un poco? —me pregunta, y me la pasa.

La abrasadora sensación del líquido descendiendo por mi garganta me resulta agradable; activa mi cuerpo de nuevo y consigo olvidarme de Hardin por un instante.

—¿Has visto a Steph? —pregunto, pero Zed niega con la cabeza.

—Creo que se ha ido con Tristan.

«¿Que se ha ido? ¿Sin avisar?» Debería importarme más, pero el vodka me nubla el juicio y me sorprendo pensando que Tristan y ella hacen una bonita pareja. Un par de tragos después, me siento de maravilla.

Ésta debe de ser la razón por la que la gente bebe sin parar. Recuerdo vagamente haber jurado no volver a beber alcohol en mi vida pero, después de todo, no está tan mal.

Quince minutos más tarde, me estoy riendo tan a gusto con Zed y Logan que me duele la barriga. Son una compañía mucho más grata que Hardin.

—Hardin es un auténtico imbécil —les digo, y ambos sonríen ampliamente.

—Sí, a veces puede serlo —responde Zed, y me pasa el brazo por la cintura.

Me gustaría apartárselo, pero no quiero violentarlo, porque no pretende nada con ello. Pronto, la gente empieza a disiparse, y yo me siento algo cansada. Entonces me doy cuenta de que no tengo manera de volver a la residencia.

—¿Hay autobuses toda la noche? —balbuceo.

Zed se encoge de hombros, y justo entonces la melena rizada de Hardin aparece delante de mí.

—¿Zed y tú...? —dice en un tono que soy incapaz de descifrar.

Me levanto y lo empujo para pasar, pero él me agarra del brazo. No tiene límites.

—Suéltame, Hardin. —Busco otro vaso que tirarle a la cara y digo—: Sólo le estaba preguntando por el autobús.

—Relájate... Son las tres de la mañana. No hay autobuses. Tu recién estrenado estilo de vida ha hecho que te quedes aquí tirada otra vez. —El brillo en sus ojos al decir eso es tan socarrón que me dan ganas de pegarle—. A no ser que quieras irte a casa con Zed...

Cuando me suelta el brazo, vuelvo al sillón con Zed y Logan sólo porque sé que el hecho lo molestará. Él se queda donde está, asiente por un momento y da media vuelta indignado.

Con la esperanza de que la habitación donde pasé la noche la semana pasada siga vacía, le pido a Zed que me acompañe al piso de arriba para buscarla.

CAPÍTULO 18

Encontramos la habitación, pero por desgracia una de las camas está ocupada por un tipo borracho que ronca.

—¡Al menos la otra cama está libre! —exclama Zed, y se echa a reír—. Yo voy a volver andando a casa; si quieres venir... Tengo un sillón donde puedes dormir —añade.

A través de mi estado de confusión, intento pensar con claridad por un segundo y llego a la conclusión de que Zed, como Hardin, se mete con muchas chicas diferentes. Si accedo a esto, puede que lo interprete como que me estoy ofreciendo a besarlo. Y estoy segura de que, con lo atractivo que es Zed, no debe de resultarle difícil conseguir que las chicas hagan algo más que eso.

—Creo que voy a quedarme aquí por si vuelve Steph —contesto.

Su rostro refleja una ligera decepción, pero me ofrece una sonrisa comprensiva. Me dice que tenga cuidado y me da un abrazo de despedida. Cierra la puerta al marcharse y yo pongo el seguro. Nunca se sabe quién puede entrar. Observo al roncador comatoso y estoy convencida de que tardará un buen rato en despertarse. El cansancio que sentía abajo ha desaparecido por alguna extraña razón, y ahora no paro de pensar en Hardin y en su comentario acerca del hecho de que Noah todavía no se ha acostado conmigo. Puede que a él le resulte extraño, porque se acuesta con una chica distinta cada fin de semana, pero Noah es un caballero. No necesitamos practicar sexo, nos divertimos juntos haciendo otras cosas como..., bueno..., vamos al cine y a pasear.

Con eso en mente, me acuesto, pero pronto me encuentro mirando al techo, contando los paneles en un intento de dormirme. De vez en cuando, el tipo ebrio da media vuelta en la otra cama, pero finalmente mis ojos se cierran y empiezo a quedarme dormida.

—No te había visto nunca por aquí —balbucea una voz grave en mi oreja.

Doy un brinco y su cabeza me golpea en la barbilla, lo que provoca que me muerda la lengua. Tiene la mano apoyada sobre la cama, a tan sólo unos centímetros de mis muslos. Su respiración es pesada, y huele a vómito y a alcohol.

—¿Cómo te llamas, encanto? —exhala, y a mí me dan arcadas.

Levanto un brazo para empujarlo y alejarlo de mí, pero no funciona.

Él se echa a reír.

—No voy a hacerte daño... Sólo vamos a divertirnos un poco —dice, y se relame los labios, dejando un hilo de saliva colgando sobre su barbilla.

Se me revuelve el estómago y lo único que se me ocurre es propinarle un fuerte rodillazo. Con fuerza y justo *ahí*. Se agarra la entrepierna y retrocede como puede. Yo aprovecho la oportunidad y salgo corriendo. Cuando mis dedos temblorosos quitan el seguro, corro por el pasillo, donde varias personas me miran como si fuera un bicho raro.

—¡Vamos, vuelve aquí! —Oigo que grita con su voz desagradable no muy lejos de mí.

Por extraño que suene, a nadie parece sorprenderle que un tipo persiga a una chica por el pasillo. Se encuentra a tan sólo unos metros de distancia, pero por suerte está tan borracho que no para de tambalearse contra la pared. Mis pies se mueven libremente, y me llevan por el pasillo hasta el único lugar que conozco en esta maldita casa.

—¡Hardin! ¡Hardin, abre la puerta, por favor! —grito al tiempo que golpeo la madera con la otra mano e intento girar la manilla bloqueada—. ¡Hardin! —grito de nuevo, y entonces la puerta se abre.

No sé qué me ha llevado a regresar a su dormitorio, pero espero que Hardin se muestre igual de categórico que antes con el tipo ebrio que intenta propasarse conmigo.

—¿Tess? —pregunta confundido mientras se frota los ojos con la mano.

Sólo lleva puesto un bóxer negro, y tiene el pelo todo revuelto. Curiosamente, estoy más sorprendida por lo guapo que está que por el hecho de que me haya llamado Tess en lugar de Theresa.

—Hardin, ¿puedo pasar, por favor? Ese tipo... —digo, y miro a mis espaldas.

Él me aparta y mira por el pasillo. Ve a mi perseguidor, y éste, al instante, pasa de dar miedo a parecer asustado. Me mira una vez más antes de dar media vuelta y volver por el pasillo.

—¿Lo conoces? —pregunto con un tembloroso hilo de voz.

—Sí, pasa —dice él, y me jala del brazo hacia el interior del cuarto.

No puedo evitar fijarme en el modo en que sus músculos se mueven por debajo de su piel tatuada mientras camina hacia su cama. En la espalda no lleva ningún tatuaje, lo cual es algo extraño, ya que tiene el pecho, los brazos y el abdomen repletos. Se frota los ojos de nuevo.

—¿Estás bien? —Su voz suena más ronca de lo habitual.

—Sí..., sí. Siento haber venido aquí y haberte despertado. Es que no sabía qué...

—No te preocupes. —Se pasa la mano por el pelo alborotado y suspira—. ¿Te ha tocado? —pregunta sin rastro de sarcasmo ni de socarronería.

—No, pero lo ha intentado. No sé cómo se me ocurre encerrarme en un cuarto con un extraño bebido. Supongo que ha sido culpa mía.

La idea de que ese baboso haya tratado de ponerme las manos encima hace que me entren ganas de llorar, otra vez.

—No ha sido culpa tuya que haya hecho eso. No estás acostumbrada a este tipo de... situación. —Su tono es amable y totalmente distinto del habitual.

Recorro la habitación en dirección a su cama y, sin hablar, le pido permiso para sentarme. Él golpetea el colchón y yo me siento con las manos sobre los muslos.

—No tengo intención de acostumbrarme. Ésta es definitivamente la última vez que pienso venir aquí, o a cualquier fiesta. No sé ni por qué lo he intentado. Y ese tipo... ha sido tan...

—No llores, Tess —susurra Hardin.

Y lo curioso del caso es que no me había dado cuenta de que lo estaba haciendo. Él levanta la mano y casi me aparto de un modo reflejo, pero entonces la yema de su pulgar atrapa la lágrima que rueda por mi mejilla. Separo los labios, sorprendida ante la ternura de su gesto. «¿Quién es este chico y dónde está el Hardin grosero y mordaz?» Levanto la vista para ver sus ojos verdes y observo cómo se le dilatan las pupilas.

—No me había dado cuenta de lo grises que son tus ojos —dice en un tono tan leve que tengo que acercarme para oírlo.

Su mano continúa en mi rostro mientras los pensamientos se agolpan en mi mente. Entonces atrapa el aro que perfora su labio inferior con los dientes. Nuestras miradas se encuentran, y yo bajo la vista, sin saber muy bien qué está pasando. Pero cuando él aparta la mano, miro sus labios de nuevo y siento la lucha interna entre mi sentido común y mis hormonas.

Sin embargo, el sentido común pierde la batalla y mis labios impactan contra los suyos, tomándolo totalmente desprevenido.

CAPÍTULO 19

No tengo ni idea de qué estoy haciendo, pero no puedo evitarlo. Cuando mis labios tocan los de Hardin, siento cómo él inspira súbitamente, atónito. Sus labios saben tal y como había imaginado. Percibo el leve toque a menta en su lengua cuando abre la boca y me besa. Me besa con ganas. Su lengua cálida lame la mía y noto el frío metal de su labio en la comisura de los míos. Siento que me arde todo el cuerpo; nunca había sentido algo así. Levanta las manos y recoge entre ellas mis ruborizadas mejillas antes de bajarlas hacia mis caderas. Entonces se aparta un poco y me da un leve beso en los labios.

—Tess —exhala, y vuelve a pegar rápidamente la boca contra la mía y a introducir su cálida y deliciosa lengua en ella.

El sentido común me ha abandonado; la agradable sensación se ha apoderado de todo mi ser. Hardin me jala las caderas para acercarme a él y se acuesta sobre la cama sin interrumpir nuestro beso. Sin saber muy bien qué hacer con las manos, las pego contra su pecho y dejo que asciendan por su torso. Le arde la piel y su pecho sube y baja violentamente a causa de su agitada respiración. Aparta la boca de la mía y yo expreso un quejido ante la falta de contacto, pero antes de que me dé tiempo de protestar, empieza a besarme el cuello. Sus dientes se aferran a mi clavícula y gimo. La intensa sensación recorre todo mi cuerpo cuando comienza a lamerme suavemente. Sentiría vergüenza de no estar tan embriagada, por Hardin y por el alcohol. Nunca había besado a nadie de esta manera, ni siquiera a Noah.

«¡Noah!»

—Hardin..., detente —digo, pero no reconozco mi propia voz. Es grave y rasposa, y tengo la boca seca.

No se detiene.

—¡Hardin! —repito, esta vez con voz clara y firme, y entonces me suelta el pelo. Cuando lo miro a los ojos, veo que están más oscuros, aunque ahora parecen más cálidos, y sus labios están más rosados e hinchados de besarme—. No podemos hacerlo —digo.

Aunque en realidad quiero seguir besándolo, sé que no puedo hacerlo.

La calidez de sus ojos desaparece. Entonces se incorpora y me aparta hacia el otro lado de la cama. «¿Qué acaba de suceder?»

—Lo siento. Lo siento —digo, pues es lo único que se me ocurre. Noto que el corazón me va a estallar en cualquier momento.

—¿Qué es lo que sientes? —dice, y se acerca a su ropero.

Saca una camiseta negra y se la pasa por la cabeza. Desvío la mirada hacia su bóxer de nuevo y veo que está visiblemente más estirado por la parte delantera.

Me pongo colorada y aparto la vista.

—Haberte besado... —contesto, aunque una parte de mí no quiere disculparse por ello—. No sé por qué lo he hecho.

—Sólo ha sido un beso; la gente se besa sin parar —me suelta.

Por alguna razón, sus palabras hieren mis sentimientos. Aunque en realidad me da igual que no haya sentido lo que he sentido yo... «¿Qué he sentido?» Sé que no me gusta de verdad. Sólo estoy borracha, y él es bastante atractivo. Ha sido una noche muy larga y el alcohol ha hecho que lo bese. Algo en el fondo de mi mente se esfuerza por contener unos pensamientos que dicen lo mucho que deseaba que eso sucediera. Pero es que estaba siendo muy agradable, por eso ha sucedido.

—¿Te importaría que esto no saliera de aquí? —pregunto.

Me sentiría humillada si se lo contara a todo el mundo. Yo no soy así. Yo no bebo, ni engaño a mi novio en fiestas.

—Créeme, yo tampoco quiero que nadie se entere de esto —me dice—. Deja de hablar de ello.

Su arrogancia vuelve a hacer acto de presencia.

—Vaya, veo que vuelves a ser el de siempre.

—Nunca he sido otra persona. No vayas a pensar que porque me has besado, básicamente en contra de mi voluntad, ahora tenemos alguna especie de vínculo.

Vaya. «¿En contra de su voluntad?» Todavía siento la fuerza con la que su mano me agarraba del pelo, la manera en que me jalaba para que me pusiera encima de él, y cómo sus labios pronunciaban mi nombre antes de besarme de nuevo.

Me levanto de la cama de inmediato.

—Podrías haberme parado.

—Habría sido difícil —replica, y siento ganas de llorar otra vez.

Me pone los sentimientos a flor de piel. Me resulta demasiado humillante, demasiado doloroso, oírle decir que lo he obligado a besarme. Entierro el rostro entre las manos por un momento y me dirijo hacia la puerta.

—Puedes pasar aquí la noche, ya que no tienes adónde ir —dice tranquilamente, pero yo niego con la cabeza.

No quiero estar cerca de él. Todo esto forma parte de su jueguecito. Me ofrece que me quede en su cuarto para que crea que es una persona decente, pero seguro que cuando me quede dormida me dibuja alguna vulgaridad en la frente.

—No, gracias —replico, y me marcho.

Cuando llego a la escalera, me parece oírle gritar mi nombre, pero sigo avanzando. Fuera, mi piel agradece notar la fresca brisa. Me siento en el pequeño muro de piedra y enciendo el celular de nuevo. Son casi las cuatro de la mañana. Debería despertarme dentro de una hora para darme un baño y empezar a estudiar, y en lugar de eso estoy aquí sentada en este muro de mampostería, sola y a oscuras.

Con algunos rezagados deambulando alrededor, y sin saber qué hacer, miro el teléfono y veo que tengo varios mensajes de Noah y de mi madre. Por supuesto, ha tenido que contárselo. Muy típico de él...

Sin embargo, no puedo reprochárselo. Acabo de ponerle los cuernos. No tengo derecho a enojarme.

CAPÍTULO 20

A una cuadra de la casa de la fraternidad, las calles están oscuras y silenciosas. Las demás casas de fraternidades no son tan grandes como la de Hardin. Al cabo de una hora y media de caminar consultando el GPS de mi celular como una posesa, por fin llego al campus. Totalmente sobria ya, pienso que, en vista de la hora que es, casi es mejor que ya no me acueste, de modo que entro en el 7-Eleven a por un café.

Cuando la cafeína hace su efecto me doy cuenta de que hay muchas cosas que no entiendo de Hardin. Como por qué está en una fraternidad con un montón de niños de papá cuando él es un chico malo, y por qué pasa de un extremo a otro tan rápidamente. Sin embargo, son sólo especulaciones, ya que ni siquiera sé por qué pierdo el tiempo pensando en él, y después de lo de esta noche definitivamente no voy a seguir intentando hacerme amiga suya. No puedo creer que lo haya besado. Ése ha sido, posiblemente, el peor error que podría haber cometido, y en el instante en que he bajado la guardia, me ha atacado con mayor crudeza que nunca. No soy tan ingenua como para pensar que no se lo va a contar a nadie, pero espero que la vergüenza de confesar a la gente que ha besado a la «virgen» haga que mantenga la boca cerrada. Si alguien me pregunta, lo negaré hasta la muerte.

Tengo que pensar en una buena explicación que darles a Noah y a mi madre por mi comportamiento de anoche. No por lo del beso, obviamente, de eso no se van a enterar jamás, sino por estar en una fiesta. Otra vez. Pero también debo mantener una conversación muy en serio con Noah acerca de lo de ir contándole a mi madre las cosas. Ahora soy una persona adulta, y no hace falta que sepa lo que hago en todo momento.

Cuando llego a la puerta de mi habitación, me duelen las piernas y los pies, y suspiro de alivio cuando giro la manilla.

No obstante, casi me da un ataque al corazón cuando veo que Hardin está sentado en mi cama.

—¡Por favor! —digo medio gritando cuando por fin recupero la compostura.

—¿Dónde estabas? —pregunta tranquilamente—. He estado dando vueltas con el coche intentando encontrarte durante casi dos horas.

«¿Qué?»

—¿Cómo? ¿Por qué?

Si iba a hacer eso, ¿por qué no se ha ofrecido a llevarme a casa antes? Y, lo que es más importante, ¿por qué no se lo he pedido yo en cuanto me he enterado de que no había bebido alcohol?

—Es que no me parece buena idea que andes por ahí de noche, sola.

Y, ante el hecho de que ya soy incapaz de interpretar sus expresiones, y de que Steph esté no sé dónde, y de que me encuentro a solas con él —con la persona que parece suponer el verdadero peligro para mí—, lo único que puedo hacer es echarme a reír. Es una risa nerviosa, frenética, poco típica de mí. Desde luego no me estoy riendo porque me haga gracia la situación, sino porque estoy demasiado agotada mentalmente como para hacer otra cosa.

Hardin me mira con el ceño fruncido, y eso hace que me ría más fuerte aún.

—Lárgate, Hardin. ¡Lárgate!

Él me mira y se pasa las manos por el pelo. Al menos eso me da alguna pista. En el poco tiempo que conozco a este hombre tan frustrante llamado Hardin Scott, he aprendido que cuando hace eso es porque algo lo estresa o porque se siente incómodo. Ahora mismo espero que sean las dos cosas.

—Theresa, yo... —empieza, pero unos terribles golpes en la puerta y unos gritos interrumpen sus palabras.

—¡Theresa! ¡Theresa Young, abre la puerta ahora mismo!

Mi madre. Es mi madre. A las seis de la mañana. Y hay un chico en mi habitación.

Me pongo en acción de inmediato, como hago siempre que tengo que enfrentar su furia.

—Mierda, Hardin, métete en el ropero —susurro agarrándolo del brazo para levantarlo de la cama.

Él me mira con expresión divertida.

—No pienso esconderme en el ropero. Tienes dieciocho años.

En cuanto lo dice, sé que tiene razón, pero él no conoce a mi madre. Gruño con frustración cuando ella golpea la puerta otra vez. Hardin se ha cruzado de brazos y su postura desafiante me indica que no voy a poder moverlo, de modo que me miro al espejo, me paso los dedos por debajo de los ojos, agarro la pasta de dientes y me echo un poco en la lengua para camuflar el olor a vodka, que se percibe a pesar de haberme tomado el café. Puede que las tres esencias combinadas confundan su olfato o algo.

Compongo una sonrisa agradable y abro la puerta, pero entonces veo que mi madre no ha venido sola. Noah está a su lado, cómo no. Ella parece furiosa, y él parece... ¿preocupado? ¿Dolido?

—¡Hola! ¿Qué hacen aquí? —les digo, pero mi madre me aparta y va directa hacia Hardin.

Noah entra en silencio a la habitación, dejando que ella vaya primero.

—¿Ésta es la razón por la que no contestabas al teléfono? ¡¿Porque tienes a este... a este... —grita mientras hace aspavientos con los brazos en su dirección— este desvengonzado tatuado metido en tu habitación a las seis de la mañana?!

Me hierve la sangre. Suelo mostrarme tímida y temerosa en lo que respecta a ella. Nunca me ha pegado ni nada, pero jamás se contiene a la hora de echarme en cara mis errores: «No irás a ponerte eso, ¿verdad, Tessa?». «Deberías haberte peinado otra vez, Tessa.» «Podrías haber obtenido una mejor calificación en ese examen, Tessa»...

Me ha presionado tanto para que sea la niña perfecta que resulta agotador.

Por su parte, Noah se limita a quedarse ahí plantado, fulminando a Hardin con la mirada. Y yo quiero gritarles a los dos, bueno..., en realidad a los tres. A mi madre por tratarme como si fuera una niña. A Noah por ir de soplón. Y a Hardin por ser... Hardin.

—¿Es esto lo que haces en la universidad, jovencita? ¿Pasarte la noche en vela y traer a los chicos a tu habitación? El pobre Noah estaba preocupadísimo por ti, y hemos manejado hasta aquí para sorprenderte relacionándote con estos extraños —dice, y Noah y yo sofocamos un grito.

—En realidad, acabo de llegar. Y Tessa no estaba haciendo nada malo —interviene Hardin, lo que me deja boquiabierta.

No tiene ni idea de lo que está enfrentando. Aunque, bien pensado, él es un objeto inamovible y mi madre una fuerza implacable. Puede que fuera una pelea bastante igualada. Mi subconsciente me tienta a tomar una bolsa de palomitas y a sentarme en primera fila para disfrutar del espectáculo.

El rostro de mi madre se vuelve iracundo.

—¿Disculpa? No estaba hablando contigo. Ni siquiera sé qué hace alguien como tú cerca de mi hija.

Hardin absorbe el golpe en silencio y simplemente permanece ahí de pie, mirándola.

—Madre —digo con los dientes apretados.

No estoy muy segura de por qué lo estoy defendiendo, pero lo hago. Puede que en parte sea porque ella suena demasiado a como yo traté a Hardin el día que lo conocí. Noah me mira, después mira a Hardin, y a continuación me mira a mí de nuevo. ¿Intuirá que lo he besado? El recuerdo está tan fresco en mi memoria que se me eriza el vello sólo de pensarlo.

—Tessa, estás descontrolada. Puedo oler el alcohol en tu aliento desde aquí, e imagino que eso ha sido gracias a la influencia de tu encantadora compañera de habitación y de *éste* —dice mi madre señalándolo con un dedo acusador.

—Tengo dieciocho años, mamá. No he bebido nunca antes ni he hecho nada malo. Sólo estoy haciendo lo que hacen todos los demás estudiantes. Siento que se me agotara la pila del celular y que hayan manejado hasta aquí, pero estoy bien.

Exhausta de repente tras los acontecimientos de las últimas horas, me siento en la silla de mi escritorio tras mi discurso y ella suspira.

Al verme tan resignada, mi madre se relaja; no es un monstruo, después de todo. Se vuelve hacia Hardin y dice:

—Joven, ¿te importaría dejarnos a solas un minuto?

Él me mira como preguntándome si estaré bien. Cuando asiento, él también asiente y sale de la habitación. Noah lo sigue con la mirada y se apresura a cerrar la puerta a sus espaldas. Es una sensación muy rara, que yo y Hardin estemos unidos contra mi madre y mi novio. De alguna manera, sé que estará esperando fuera en alguna parte hasta que se hayan ido.

Durante los siguientes veinte minutos, mi madre se sienta en mi cama y me explica que sólo está preocupada porque no quiere que eche a perder esta increíble oportunidad de estudiar y no quiere que vuelva a beber. También me dice que no aprueba mi amistad con Steph, Hardin ni ningún otro miembro del grupo. Me obliga a prometerle que dejaré de salir con ellos, y yo accedo. De todas formas, después de esta noche no quiero estar de nuevo cerca de Hardin, y no pienso volver a ir a ninguna fiesta con Steph, así que es imposible que mi madre sepa si sigo siendo amiga de ella o no.

Por fin se levanta y junta las manos.

—Y, ya que estamos aquí, vayamos a desayunar, y tal vez de compras después.

Asiento, y Noah sonríe desde su posición, apoyado en la puerta. Me parece una idea fantástica, y me muero de hambre. Mi mente sigue algo nublada por el alcohol y el cansancio, pero el paseo hasta la residencia, el café y la plática de mi madre han hecho que vuelva a estar sobria. Me dirijo a la puerta, pero me detengo cuando ella carraspea.

—Supongo que antes tendrás que ordenar un poco esto y cambiarte de ropa —dice, y me sonríe de forma condescendiente.

Saco ropa limpia del cajón y me cambio junto al ropero. Me retoco el maquillaje de anoche y ya estoy lista para salir. Noah abre la puerta y a continuación los tres miramos hacia el lugar donde espera Hardin sentado en el suelo, apoyado contra la puerta que hay enfrente en el pasillo. Cuando levanta la mirada, Noah me agarra fuertemente de la mano con actitud protectora.

A pesar de ello, me sorprendo a mí misma queriendo soltarme. «Pero ¿qué me pasa?»

—Vamos al centro —le digo a Hardin.

En respuesta, él asiente varias veces, como si estuviera contestándose alguna pregunta que se ha hecho a sí mismo. Y, por primera vez, parece vulnerable, y tal vez también un poco dolido.

«Te ha humillado», me recuerda mi subconsciente. Y es verdad, pero no puedo evitar sentirme culpable cuando Noah pasa por delante de él jalándome, mi madre le lanza una sonrisa triunfal y él aparta la mirada.

—No me gusta nada ese tipo —dice Noah, y yo asiento.

—A mí tampoco —susurro.

Pero sé que estoy mintiendo.

CAPÍTULO 21

El desayuno con Noah y mi madre se me hace eterno. Ella no para de sacar a relucir mi «noche salvaje», y aprovecha la menor oportunidad para preguntarme si estoy cansada o cruda. Es cierto que lo de anoche no es propio de mí, pero no necesito que me lo recuerde constantemente. ¿Siempre ha sido así? Sé que sólo quiere lo mejor para mí, pero la cosa parece haber empeorado ahora que estoy en la universidad; o a lo mejor el hecho de haber pasado una semana lejos de casa me ha dado una nueva perspectiva respecto a ella.

—¿Adónde vamos de compras? —pregunta Noah entre un bocado y otro de *hot cakes*, y yo me encojo de hombros.

Ojalá hubiese venido solo. Me gustaría pasar tiempo con él. Necesito hablar con él sobre lo de no contarle a mi madre cada detalle de mi vida, especialmente los malos, y si estuviéramos solos sería más fácil.

—Podríamos ir al centro comercial que está a una cuadra de aquí. Todavía no conozco muy bien la zona —les digo cortando los últimos trozos de mi pan francés.

—¿Has pensado ya dónde quieres trabajar? —pregunta Noah.

—No estoy segura. Tal vez en una librería. Ojalá encontrara algún contrato de prácticas o algo relacionado con la industria editorial o la escritura —les digo, y mi madre sonríe con orgullo al oírme.

—Sí, sería fantástico que encontrases algún sitio donde pudieras trabajar hasta que terminaras la facultad y que después te contrataran a tiempo completo —responde sonriendo de nuevo.

Intento ocultar mi sarcasmo con un «Sí, eso sería ideal», pero Noah lo pesca y me agarra de la mano y me da un apretón conspirativo por debajo de la mesa.

Al meterme el tenedor en la boca, el metal me recuerda el *piercing* del labio de Hardin y me quedo parada un instante. Noah se percata de ello, y me mira con ojos interrogantes.

Tengo que dejar de pensar en Hardin. De inmediato. Le sonrío a Noah y jalo su mano para besársela.

Después de desayunar, vamos en el coche de mi madre al centro comercial Benton, que es enorme y está atestado.

—Yo voy a entrar en Nordstrom, los llamaré cuando haya terminado —nos dice para mi alivio.

Noah me toma entonces de la mano de nuevo y entramos en unas cuantas tiendas. Me habla del partido de futbol americano que jugó el viernes, y de cómo marcó el gol de la victoria. Yo lo escucho con interés y le digo lo estupendo que suena todo.

—Estás muy guapo hoy —lo piropeo, y él sonríe.

Su sonrisa blanca y perfecta es adorable. Lleva puesta una chamarra de punto rojo oscuro, unos pantalones caqui y unos zapatos de vestir. Sí, la verdad es que lleva mocasines, pero son bastante monos y, en cierta forma, encajan con su personalidad.

—Tú también, Tessa —dice, y me encojo.

Sé que tengo un aspecto horrible, pero es demasiado educado como para decírmelo. A diferencia de Hardin. Él me lo diría sin pensarlo dos veces. «Uf, otra vez Hardin...» Desesperada por quitarme de la cabeza a don Grosero, jalo el cuello de la chamarra de Noah en mi dirección. Cuando me dispongo a besarlo, él sonríe pero se aparta.

—¿Qué haces, Tessa? Nos está mirando todo el mundo —dice, y señala a un grupo de adultos que se están probando lentes de sol en un puesto.

Me encojo de hombros con aire juguetón.

—No es verdad. Además, ¿qué más da? —Lo cierto es que me da igual. Normalmente sí me importaría, pero hoy necesito que me bese—. Bésame, por favor —prácticamente le ruego.

Debe de haber visto la desesperación reflejada en mis ojos, porque me levanta la barbilla y me besa. Es un beso tierno y lento, sin apremio. Su lengua apenas toca la mía, pero es agradable. Es familiar y cálido. Espero que el fuego se encienda en mi interior, pero no sucede.

No puedo comparar a Noah con Hardin. Noah es mi novio, al que quiero, y Hardin es un idiota que se acuesta con un montón de chicas.

—¿Qué te pasa? —bromea él cuando intento pegar su cuerpo al mío.

Me pongo roja y niego con la cabeza.

—Nada, es que te extrañaba, eso es todo —respondo. «Ah, y anoche te puse los cuernos», añade mi subconsciente. Descarto esos pensamientos y digo—: Pero, Noah, ¿puedes dejar de contarle a mi madre todo lo que hago? Me incomoda mucho. Me encanta que se lleven tan bien, pero me siento como una niña cada vez que, básicamente, me acusas.

Me siento aliviada al haberme quitado esa espinita.

—Tessa, lo siento muchísimo. Sólo estaba preocupado por ti. Te prometo que no volveré a hacerlo. De verdad. —Me pasa el brazo sobre los hombros y me besa la frente. Lo creo.

El resto del día transcurre mejor que la mañana, principalmente porque mi madre me lleva a un salón de belleza, donde me escalan un poco el pelo. Sigo teniéndolo largo, pero el nuevo corte le da más volumen y ahora está mucho más bonito. Noah me halaga durante todo el trayecto de vuelta a la residencia, y me siento genial. Me despido de ellos en la puerta y prometo una vez más que me mantendré al menos a ciento cincuenta kilómetros de distancia de cualquiera que lleve tatuajes. Cuando llego a mi cuarto, me siento algo decepcionada al encontrarlo vacío, aunque no estoy segura de si esperaba ver a Steph o a otra persona.

Ni siquiera me molesto en quitarme los zapatos cuando me tumbo en la cama. Estoy demasiado agotada, y necesito descansar. Duermo durante toda la noche y no me despierto hasta el mediodía. Al hacerlo, veo que Steph está durmiendo en su cama. Salgo a comer y, cuando vuelvo, ya se ha ido. El lunes por la mañana todavía no ha regresado, y empiezo a sentir una acuciante necesidad de saber qué ha estado haciendo durante todo el fin de semana.

CAPÍTULO 22

Antes de dirigirme a mi primera clase, me paro a pedir mi café de siempre en la cafetería, y veo que Landon me está esperando con una sonrisa. Tras nuestros respectivos saludos, una chica nos interrumpe para pedirnos que le indiquemos una dirección algo complicada, de modo que no tenemos ocasión de ponernos al corriente hasta que nos dirigimos a la última clase del día. La clase que llevaba todo el día temiendo, pero a la vez deseando que llegara.

—¿Qué tal el fin de semana? —me pregunta Landon, y yo gruño.

—Fatal, la verdad. Fui a otra fiesta con Steph —le cuento, y él pone cara de dolor y se echa a reír—. Seguro que el tuyo fue mucho mejor. ¿Qué tal con Dakota?

Su sonrisa se intensifica cuando menciono su nombre, y caigo en la cuenta de que yo no le he dicho que vi a Noah el sábado. Landon me dice que su novia ha solicitado plaza en una escuela de ballet de Nueva York y lo feliz que está por ella. Durante toda la conversación, no paro de preguntarme si los ojos de Noah se iluminan como los suyos cuando habla de mí.

Al entrar en clase, Landon me cuenta que su padre y su madrastra se alegraron mucho de verlo, pero yo estoy inspeccionando el salón y no le presto mucha atención; el asiento de Hardin está vacío.

—¿No se te hará duro que Dakota se vaya tan lejos? —consigo preguntar mientras nos sentamos.

—Bueno, ya estamos separados ahora, y funciona. La verdad es que sólo deseo lo mejor para ella, y si eso es Nueva York, pues ahí es donde quiero que esté.

El maestro entra en clase y nos callamos. «¿Dónde está Hardin? No irá a saltarse las clases sólo para evitarme, ¿no?»

Nos sumergimos en el mundo de *Orgullo y prejuicio*, un libro mágico que ojalá todo el mundo leyera y, sin apenas darme cuenta, la clase llega a su fin.

—Te has cortado el pelo, Theresa. —Me vuelvo y veo a Hardin sonriendo detrás de mí.

Landon y él intercambian unas incómodas miradas y yo intento pensar en algo que decir. No sería capaz de mencionar nuestro beso delante de Landon, ¿verdad? Sus hoyuelos, tan profundos como siempre, me dicen que sí, que sí sería capaz.

—Hola, Hardin —digo.

—¿Qué tal el fin de semana? —pregunta con aire engreído.

Jalo a Landon del brazo.

—Bien. Bueno, ¡ya nos veremos! —grito nerviosa, y Hardin se echa a reír.

Una vez fuera, al percatarse de mi extraño comportamiento, Landon me pregunta:

—¿Qué fue eso?

—Nada, es que no me gusta Hardin.

—Al menos no tienes que verlo mucho.

Hay algo raro en su tono de voz. Y ¿por qué habrá dicho eso? ¿Sabe lo del beso?

—Hum..., sí. Gracias a Dios —es lo único que consigo decir.

Se detiene.

—No iba a decirte nada porque no quería que me asociases con él, pero —sonríe algo nervioso— el padre de Hardin está saliendo con mi madre.

«¿Qué?»

—¿Qué?

—Que el padre de Hardin...

—Sí, sí, ya te he oído, pero ¿el padre de Hardin vive aquí? ¿Qué hace Hardin en Washington? Pensaba que era británico. Y si su padre está aquí, ¿por qué no vive con él?

Agobio a Landon con preguntas hasta que consigo refrenarme. Parece confundido, pero menos nervioso que hace un momento.

—Es de Londres; su padre y mi madre viven cerca del campus, pero Hardin y su padre no tienen una buena relación. Así que, por favor, no le cuentes nada de esto. Ya nos llevamos bastante mal de por sí.

Asiento.

—Claro, por supuesto.

88

Me vienen a la cabeza un millón de preguntas más, pero permanezco en silencio mientras mi amigo empieza a hablarme de nuevo de Dakota, y sus ojos se iluminan con cada palabra que pronuncia sobre ella.

De regreso en mi habitación, Steph todavía no ha vuelto, ya que sus clases terminan dos horas más tarde que las mías. Organizo los libros y los apuntes para estudiar, pero decido que prefiero llamar a Noah. No me contesta, y de nuevo desearía que estuviera aquí conmigo en la facultad. Las cosas serían mucho más fáciles y cómodas. Podríamos estar estudiando o viendo una película juntos ahora mismo.

No obstante, sé que pienso en estas cosas porque la culpabilidad que siento por haber besado a Hardin me está consumiendo. Noah es un encanto, y no se merece que le ponga los cuernos. Soy afortunada de tenerlo en mi vida. Siempre está ahí para mí, y me conoce mejor que nadie. Nos conocemos básicamente de toda la vida. Cuando sus padres se mudaron a nuestra calle, yo me alegré mucho de que hubiese alguien de mi edad con quien poder relacionarme, y esa alegría se fue intensificando conforme fui conociéndolo y vi que era un chico tradicional, como yo. Pasábamos nuestro tiempo juntos leyendo, viendo películas y dando vida al invernadero del jardín trasero de casa de mi madre. El invernadero siempre ha sido mi refugio; cuando mi padre bebía, yo me escondía allí, y nadie excepto Noah sabía dónde encontrarme. La noche en que mi padre nos dejó fue horrible para mí, y mi madre todavía se niega a hablar de ello. Al hacerlo se le caería la máscara perfecta que ha creado para sí, pero yo aún necesito sacar a relucir el tema de vez en cuando. Aunque lo odiaba por beber tanto y por maltratar a mi madre, en el fondo sigo sintiendo la necesidad de tener un padre. Aquella noche, refugiada en el invernadero mientras mi padre gritaba y perdía el control, no paraba de oír cristales que se hacían pedazos en la cocina, y entonces, cuando todo terminó, unos pasos. Me aterraba la idea de que mi padre viniese por mí, pero era Noah. Y nunca había sentido tanto alivio en toda mi vida de ver a alguien que me hacía sentir segura. Ese día nos hicimos inseparables. Con los años, nuestra amistad se convirtió en algo más, y ninguno de los dos ha salido con otra persona desde entonces.

Le mando un mensaje para decirle que lo quiero y decido dormir un poco antes de empezar a estudiar. Saco mi agenda y compruebo el trabajo que tengo una vez más para asegurarme de que puedo permitirme una siesta de veinte minutos.

No llevo ni diez dormida cuando oigo que alguien llama a la puerta. Supongo que Steph se ha olvidado la llave y abro la puerta medio atontada.

Evidentemente, no es ella. Es Hardin.

—Steph aún no ha vuelto —digo, y vuelvo a la cama dejando la puerta abierta.

Me sorprende que se haya molestado en llamar, porque sé que Steph le dio una llave por si ella la olvidaba. Tendré que hablar con mi compañera de cuarto al respecto.

—La esperaré —dice, y se deja caer sobre la cama de Steph.

—Como quieras —gruño, y paso por alto su risita mientras me cubro con la cobija y cierro los ojos.

Bueno, más bien intento pasarla por alto. Sé que no voy a dormirme sabiendo que Hardin está en mi habitación, pero prefiero fingir que duermo a tener que enfrentarme a la incómoda e irrespetuosa conversación que tendríamos si no lo hiciera. Trato de hacer caso omiso del ruido de su golpeteo en la cabecera de la cama hasta que suena la alarma de mi celular.

—¿Vas a alguna parte? —pregunta, y yo pongo los ojos en blanco aunque no me vea.

—No, quería descansar veinte minutos —le digo, y me incorporo.

—¿Te pones la alarma para asegurarte de que sólo tomas una siesta de veinte minutos? —dice en tono divertido.

—Pues sí, pero ¿a ti qué más te da? —Agarro mis libros, los coloco en el orden de mis clases y apilo los apuntes correspondientes encima de cada uno de ellos.

—¿Tienes un trastorno obsesivo-compulsivo o algo así?

—No, Hardin. No todo el mundo está chiflado por querer hacer las cosas de una manera concreta. No tiene nada de malo ser organizado —le ladro.

Y, por supuesto, él se echa a reír. Me niego a mirarlo, pero veo con el rabillo del ojo que se levanta de la cama.

«Por favor, no te acerques. Por favor, no te acerques...»

Se coloca delante de mí, mirando hacia el lugar donde yo estoy sentada sobre mi cama. Agarra mis apuntes de literatura y les da la vuelta un par de veces, exagerando como si estuviera ante un extraño artefacto. Intento tomarlos pero, como el imbécil irritante que es, levanta más el brazo, de modo que me pongo en pie para quitárselos. Entonces, Hardin los suelta en el aire y estos caen al suelo desordenados.

—¡Recógelos! —grito.

Él me mira con una sonrisa maliciosa y dice:

—Está bien.

Pero a continuación toma mis apuntes de sociología y hace lo mismo con ellos.

Me apresuro a recogerlos antes de que los pise, pero eso también parece hacerle gracia.

—¡Hardin, para! —le grito justo cuando hace lo mismo con el siguiente montón.

Enfurecida, me incorporo y lo aparto de un empujón de mi cama.

—Vaya, parece que a alguien no le gusta que le toqueteen sus cosas —dice riéndose todavía.

«¿Por qué siempre se está burlando de mí?»

—¡Pues no! ¡No me gusta! —replico, y me dispongo a propinarle un nuevo empujón.

Él avanza hacia mí, me agarra de la muñeca y me empuja contra la pared. Su rostro está a unos centímetros del mío, y de repente me doy cuenta de que mi respiración es demasiado agitada. Quiero gritarle que me suelte y exigirle que recoja mis apuntes. Quiero cachetearlo y echarlo de mi cuarto. Pero no puedo hacerlo. Estoy paralizada contra la pared, y sus ojos verdes me tienen hechizada.

—Hardin, por favor. —Son las únicas palabras que consigo pronunciar.

Y, por el tono suave en que lo hago, no estoy segura de si le estoy rogando que me suelte o que me bese. Mi respiración no se ha ralentizado; siento que la suya se acelera también, y su pecho se hincha y se deshincha a gran velocidad. Los segundos parecen horas. Finalmente, aparta una de sus manos de mis muñecas, pero la otra es lo bastante grande como para sujetarme las dos.

Por un segundo creo que va a darme una cachetada, pero asciende la mano hasta mi pómulo y me acomoda un mechón de pelo detrás de la oreja. Juraría que puedo oír su pulso cuando acerca los labios a los míos, y un fuego interior hace que me arda la piel.

Esto es lo que he estado anhelando desde el sábado por la noche. Si tuviera que elegir una sensación para el resto de mi vida, sería ésta.

No me permito pensar por qué lo estoy besando de nuevo; tampoco quiero plantearme qué cosas horribles me dirá después. En lo único que deseo concentrarme es en la manera en que presiona el cuerpo contra el mío cuando me suelta las muñecas y me acorrala contra la pared, y en el sabor a menta de su boca. En cómo mi lengua danza con la suya y en cómo mis manos se deslizan sobre sus anchos hombros. Me agarra de la parte trasera de los muslos y me levanta. Mis piernas, como por instinto, rodean su cintura, y me quedo fascinada al comprobar que mi cuerpo, de alguna manera, sabe cómo responder a sus movimientos. Hundo los dedos en su pelo y jalo suavemente mientras Hardin retrocede hacia mi cama sin separar los labios de los míos.

La vocecita responsable que oigo en mi cabeza me recuerda que esto no está bien, pero la hago callar. No pienso parar esta vez. Jalo su pelo con más fuerza, hasta que gime. El sonido me hace gemir a mí también, y ambos gemidos se mezclan de una manera deliciosa. Es el sonido más sensual que he oído jamás, y estoy dispuesta a hacer lo que haga falta con tal de oírlo de nuevo. Se sienta en mi cama y me coloca sobre su regazo. Sus largos dedos se clavan en mi piel, y el dolor que siento es maravilloso. Mi cuerpo empieza a mecerse suavemente hacia adelante y hacia atrás sobre su regazo, y él me agarra entonces con más fuerza.

—Uff... —exhala en mi boca, y cuando lo hace experimento algo que jamás había sentido al notarlo duro contra mí.

«¿Hasta dónde voy a dejar que llegue esto?», me pregunto, pero lo cierto es que no tengo la respuesta.

Sus manos alcanzan el doblez de mi blusa y la jalan, levantándomela. No puedo creer que esté dejando que haga esto, pero no quiero detenerlo. Interrumpe nuestro beso acalorado para quitarme la blusa por encima de la cabeza. Me mira a los ojos, y después desciende la vista hacia mi pecho mientras se muerde el labio inferior.

—Eres muy sexi, Tess.

Nunca me ha atraído la idea de decir cochinadas pero, por alguna razón, esas palabras proviniendo de la boca de Hardin se convierten en la cosa más sensual que he oído en mi vida. Jamás compro ropa interior especial porque nadie, literalmente nadie, me ha visto nunca con ella, pero en estos momentos desearía llevar algo que no fuera mi sencillo brasier negro. «Aunque probablemente ya haya visto todos los tipos de sostenes que existen», me recuerda la vocecita de mi cabeza. Trato de apartar esos pensamientos de mi mente, me agito con fuerza sobre su regazo y él me envuelve la espalda con los brazos y acerca mi cuerpo al suyo, hasta que nuestros torsos se tocan...

Entonces oigo la manilla de la puerta. Despierto al instante del trance en el que me encontraba, salto del regazo de Hardin y agarro mi blusa.

Steph entra por la puerta y se detiene de golpe al vernos a mí y a Hardin. Cuando asimila la escena que tiene delante, su boca forma una «O» enorme.

Sé que tengo las mejillas coloradas, no por la vergüenza, sino por las cosas que me hace sentir.

—¿Qué diablos me he perdido? —pregunta mirándonos a los dos con una enorme sonrisa. Juraría que sus ojos prácticamente aplauden de alegría.

—No mucho —dice Hardin, y se pone de pie.

Se dirige a la puerta y no se vuelve cuando sale de la habitación, dejándome a mí jadeando y a Steph riéndose.

—En serio, ¿qué diablos ha pasado aquí? —me pregunta, y entonces se cubre el rostro bromeando como si estuviera horrorizada. Sin embargo, está demasiado emocionada por el chisme, y vuelve a asomar inmediatamente—. Hardin y tú... ¿Hardin y tú se están acostando?

Me vuelvo y finjo ordenar las cosas de mi escritorio.

—¡No! ¡Qué va! No nos estamos acostando —le digo. «¿Nos estamos acostando?» No, sólo nos hemos besado... dos veces. Y él me ha quitado la blusa, y yo estaba básicamente montándolo, pero no nos estamos acostando, en el sentido estricto de la palabra—. Tengo novio, ¿recuerdas?

Se acerca y me mira a la cara.

—¿Y qué? Eso no significa que no puedas acostarte con Hardin... ¡Pero es que no lo puedo creer! Creía que se odiaban. Bueno, Hardin odia a todo el mundo, pero suponía que a ti te odiaba más que al resto —dice, y se echa a reír—. ¿Cuándo...? ¿Cómo ha empezado esto?

Me siento en su cama y me arreglo el pelo.

—No lo sé. Bueno, el sábado, cuando te fuiste de la fiesta, acabé en su cuarto porque un pervertido intentó aprovecharse de mí, y entonces lo besé. Decidimos no volver a hablar de ello, pero hoy se ha presentado aquí y ha empezado a joderme, pero no de esa manera. —Señalo a la cama, y mi gesto hace que su sonrisita se intensifique—. Ha empezado a tirar mis cosas por ahí. Yo lo he empujado y no sé cómo hemos acabado en la cama.

Suena fatal cuando lo cuento. Esto no es propio de mí, como diría mi madre. Me llevo las manos a la cara. ¿Cómo he podido hacerle esto a Noah... otra vez?

—Vaya, qué morbo —dice Steph, y yo pongo los ojos en blanco.

—Qué va, es horrible, y está mal. Quiero a Noah, y Hardin es un imbécil. No quiero ser una conquista más que añadir a su lista.

—Podrías aprender mucho de él... en lo que a sexo se refiere.

Me quedo boquiabierta.

«¿Lo dice en serio? ¿Sería capaz ella de hacer algo así? Un momento..., ¿lo ha hecho? ¿Hardin y ella...?»

—Ni hablar. No quiero aprender nada de Hardin. Ni de nadie que no sea Noah —contesto.

No me imagino a Noah y a mí fajando de esa manera. En mi mente se repiten las palabras de Hardin: «Eres muy sexi, Tess». Noah jamás diría algo así. Y nadie me ha dicho nunca que fuese sexi. Noto que me pongo colorada mientras lo pienso.

—¿Tú lo has hecho? —pregunto con un poco de vergüenza.

—¿Con Hardin? No. —Y, por algún motivo, es un alivio oírlo. Pero entonces continúa—: Bueno..., no me he acostado con él, pero tuvimos algo cuando nos conocimos, aunque me dé vergüenza admitirlo. No obstante, no llegó a nada; fuimos amigos con derecho durante una se-

94

mana más o menos. —Lo dice como si no fuera nada del otro mundo, pero no puedo evitar sentir celos.

—Vaya, ¿con derecho? —pregunto.

Se me seca la boca, y de repente me sorprendo a mí misma furiosa con Steph.

—Sí, nada importante. Nos besamos y nos toqueteamos un poco. Nada serio —explica, y siento como si me clavara un puñal en el pecho.

La verdad es que no me sorprende, pero desearía no haberle preguntado.

—¿Tiene Hardin muchas amigas con derecho? —No quiero oír la respuesta, pero no puedo evitar preguntar.

Steph suelta una risotada y se sienta en su cama delante de mí.

—Sí, las tiene. A ver, no tiene cientos, pero es un chico atractivo... y activo.

Es evidente que se ha dado cuenta de mi reacción y está intentando endulzarlo. Por enésima vez, tomo mentalmente la decisión de alejarme de él. No quiero ser la amiga con derecho de nadie. Nunca.

—No lo hace por ser cruel ni para utilizar a las chicas; prácticamente se lanzan a sus brazos, y él les deja claro desde el principio que no busca una relación —añade, y recuerdo que ya me lo contó. Sin embargo, a mí él no me ha dicho eso cuando...

—¿Por qué no quiere tener una relación? —«¿Por qué no puedo parar de preguntar estas cosas?»

—Pues la verdad es que no lo sé... Escucha —dice bastante preocupada—, creo que podrías pasártelo muy bien con Hardin, pero también creo que él podría hacerte daño. A menos que sepas que serás capaz de no sentir nada por él, yo que tú me mantendría alejada. He visto a muchas chicas que se han enamorado de él, y no es agradable.

—No, créeme, no siento nada por él. No sé en qué estaba pensando. —Me echo a reír y espero que al menos la risa parezca sincera.

Steph asiente.

—Bien. Bueno, y ¿qué tal con tu madre y con Noah?

Le cuento lo de la plática de mi madre, excepto la parte en que me hizo prometerle que dejaría de ser amiga suya. Nos pasamos el resto de la noche hablando de las clases, de Tristan, y de cualquier otra cosa que no sea Hardin.

CAPÍTULO 23

Al día siguiente, Landon y yo nos citamos en la cafetería antes de la clase para comparar nuestros apuntes de sociología. Me lleva casi una hora ordenar todos los míos después de la irritante escenita de ayer de Hardin. Quiero hablarle a Landon de ello, pero no me gustaría que pensara mal de mí, y menos ahora que sé lo de su padre y la madre de Hardin. Landon debe de saber mucho sobre él, y debo obligarme constantemente a no preguntarle nada. Además, en realidad me da igual lo que Hardin haga o deje de hacer con su vida.

El día pasa deprisa, y por fin llega la hora de la clase de literatura. Como de costumbre, Hardin se sienta a mi lado, pero hoy no parece dispuesto a mirar en mi dirección.

—Hoy será el último día que hablaremos sobre *Orgullo y prejuicio* —nos informa el maestro—. Espero que hayan disfrutado y, puesto que todos han leído el final, creo conveniente dedicar el debate de hoy al uso de la anticipación de Austen. Díganme, como lectores, ¿esperaban que Darcy y ella acabasen siendo pareja al final?

Varias personas murmuran, y se ponen a rebuscar en sus libros como si estos fuesen a proporcionarles una respuesta inmediata, pero sólo Landon y yo levantamos la mano, como siempre.

—Señorita Young —me da la palabra.

—Bueno, la primera vez que leí la novela, estaba en ascuas todo el tiempo, sin saber si acabarían juntos o no. Incluso ahora que la he leído al menos diez veces, sigo sintiendo cierta ansiedad al principio de su relación. El señor Darcy es tan cruel y dice cosas tan terribles sobre Elizabeth y su familia que al leerlas nunca sé si ella será capaz de perdonarlo, y mucho menos de amarlo.

Landon asiente ante mi respuesta, y yo sonrío.

—Qué tontería —dice entonces una voz interrumpiendo el silencio. Es Hardin.

—¿Señor Scott? ¿Le gustaría añadir algo? —pregunta el maestro, claramente sorprendido ante su participación.

—Claro, he dicho que eso es una estupidez. Las mujeres desean lo que no pueden tener. La actitud grosera del señor Darcy es lo que hace que Elizabeth se sienta atraída hacia él, de modo que era evidente que acabarían juntos —dice Hardin, y empieza a limpiarse las uñas como si este debate no le interesara lo más mínimo.

—No es cierto que las mujeres deseen lo que no pueden tener. El señor Darcy sólo era malvado con ella porque era demasiado orgulloso como para admitir que la amaba. Cuando dejó de comportarse de esa forma tan detestable, Elizabeth se dio cuenta de que en realidad estaba enamorado de ella —digo, mucho más alto de lo que pretendía.

Mucho más alto. Miro a los presentes en el salón y veo que todo el mundo nos está mirando a Hardin y a mí.

Hardin exhala.

—No sé con qué clase de tipos te has relacionado, pero opino que, si él la amara, no habría sido malvado con ella. La única razón por la que acabó pidiendo su mano en matrimonio fue porque ella no dejaba de lanzarse a sus brazos —responde con énfasis, y se me cae el alma a los pies. Sin embargo, por fin llegamos a lo que piensa de verdad.

—¡Ella no se lanzaba a sus brazos! ¡Él la manipulaba, le hacía creer que era amable y se aprovechaba de su debilidad! —grito, y el salón se queda en absoluto silencio.

Hardin está rojo de furia, y supongo que yo debo de estar igual.

—¿Que él la manipulaba? Léelo otra vez, ella es..., quiero decir, que ella estaba tan aburrida con su vida aburrida que tenía que buscar emociones en alguna parte, de modo que sí, ¡se lanzaba a sus brazos! —grita en respuesta, agarrándose al asiento con fuerza.

—¡Bueno, igual si él no hubiera sido tan mujeriego, lo habría dejado estar después de la primera vez en lugar de presentarse en su habitación! —En cuanto esas palabras abandonan mi boca sé que nos he delatado, y empiezan a oírse risitas y gritos sofocados de sorpresa.

—Bien, es una discusión muy agitada. Creo que ya hemos hablado suficientemente del tema por hoy... —empieza a decir el maestro, pero yo agarro mi bolsa y salgo del salón.

Desde alguna parte por detrás de mí en los pasillos, oigo la voz furiosa de Hardin, gritando:

—¡No vas a huir esta vez, Theresa!

Salgo y me encuentro atravesando el verde pasto, a punto de llegar a la esquina del edificio, cuando me agarra del brazo y yo me suelto de un jalón.

—¿Por qué siempre me agarras así? ¡Como vuelvas a agarrarme del brazo, te doy una cachetada! —grito. Mis duras palabras me sorprenden, pero ya me he hartado de tanta tontería.

Me agarra del brazo de nuevo, pero no soy capaz de cumplir mi amenaza.

—¿Qué quieres, Hardin? ¿Decirme que estoy desesperada? ¿Reírte de mí por dejar que te me acerques otra vez? Estoy harta de este jueguecito, y no voy a seguir jugando. Tengo un novio que me quiere, y tú eres una persona horrible. ¡Deberías ir a un especialista para que te receten algo para tus cambios de humor! No te entiendo. Un segundo eres agradable, y al siguiente, detestable. ¡No quiero tener nada que ver contigo, así que hazte un favor y búscate a otra con quien jugar, porque yo no estoy interesada!

—Es verdad que saco lo peor de ti, ¿eh? —dice.

Me vuelvo para intentar desviar mi atención hacia la bulliciosa banqueta que está a nuestro lado. Las miradas de unos cuantos estudiantes curiosos se centran en Hardin y en mí durante un instante demasiado largo. Cuando lo miro de nuevo, veo que se está pasando los dedos por un pequeño agujero que tiene en su camiseta negra desgastada.

Espero encontrarlo sonriendo o riendo, pero no lo hace. Si no lo conociera, pensaría que parece... ¿herido? Pero lo conozco, y sé que esto no podría importarle menos.

—No estoy jugando a nada contigo —dice, y se pasa las manos por la cabeza.

—Entonces ¿qué estás haciendo? Porque tus cambios de humor me dan dolor de cabeza —digo.

Una pequeña multitud se ha reunido alrededor de nosotros, y quiero que me trague la tierra. Sin embargo, necesito saber qué es lo que tiene que decir. «¿Por qué no puedo mantenerme alejada de él?» Sé que no me conviene, y que es perjudicial para mí. Nunca había sido tan antipática con nadie como lo soy con él. Y sé que se lo merece, pero no me gusta ser así con nadie.

Hardin me agarra del brazo una vez más y me jala hacia un pequeño callejón entre dos edificios apartado de la gente.

—Tess, yo... No sé lo que estoy haciendo. Tú me besaste primero, ¿no es así? —me recuerda de nuevo.

—Sí..., estaba borracha, ¿recuerdas? Y tú me besaste primero ayer.

—Sí..., y tú no me detuviste. —Hace una pausa—. Debe de ser agotador —dice.

«¿Cómo?»

—¿El qué?

—Fingir que no me deseas, cuando ambos sabemos que sí lo haces —añade, y da un paso hacia mí.

—¿Qué? Yo no te deseo, Hardin. Tengo novio. —Las palabras brotan de mi boca demasiado rápido, suenan totalmente ridículas y lo hacen sonreír.

—Un novio con el que te aburres. Admítelo, Tess. No me lo digas si no quieres, pero admítelo para ti misma. Te aburres con él. —Baja la voz y la ralentiza hasta alcanzar un ritmo sensual—. ¿Alguna vez te ha hecho sentir como te hago sentir yo?

—¿Qué?... Por supuesto que sí —miento.

—No..., no es verdad. Es obvio que nunca te han tocado... que nunca te han tocado de verdad.

Sus palabras reavivan un fuego ahora familiar que me recorre todo el cuerpo.

—Eso no es asunto tuyo —digo, y retrocedo.

Cuando lo hago, él avanza tres pasos hacia mí.

—No tienes ni idea de lo bien que puedo hacerte sentir —añade, y sofoco un grito.

¿Cómo puede pasar de gritarme a esto? Y ¿por qué me gusta tanto que lo haga? Me quedo sin palabras. El tono y las sucias palabras de

Hardin me vuelven débil y vulnerable, y me confunden. Estoy atrapada en la boca del lobo.

—No hace falta que lo admitas. Lo sé —dice con una voz cargada de arrogancia.

Pero lo único que puedo hacer es negar con la cabeza. Su sonrisa se intensifica y yo me apoyo de manera instintiva contra la pared. Avanza otro paso hacia mí, y respiro profundamente, esperanzada. Otra vez, no.

—Se te ha acelerado el pulso, ¿verdad? Y tienes la boca seca. Piensas en mí y notas eso... ahí abajo. ¿Verdad, Theresa?

Todo lo que dice es cierto, y cuanto más me habla así, más lo deseo. Es extraño anhelar y detestar a alguien al mismo tiempo. La atracción que siento es absolutamente física, lo que me sorprende teniendo en cuenta lo poco que se parece a Noah. No recuerdo haberme sentido atraída nunca antes por nadie que no fuera él.

Sé que, si no digo nada ahora, él ganará. No quiero que tenga esta influencia sobre mí, y que encima se salga con la suya.

—Te equivocas —le digo.

Pero él sonríe, e incluso eso hace que sienta chispas en mi interior.

—Yo nunca me equivoco —dice—, no en esto.

Doy un paso a un lado antes de que me acorrale por completo contra la pared.

—¿Por qué no paras de decir que me lanzo a tus brazos si eres tú el que me arrincona ahora? —pregunto cuando la ira supera la lujuria que siento por este exasperante chico tatuado.

—Porque fuiste tú quien hizo el primer movimiento. No me malinterpretes, a mí me sorprendió tanto como a ti.

—Estaba borracha y había sido una noche muy larga, como bien sabes. Estaba confundida porque estabas siendo amable conmigo; bueno, tu versión de ser amable.

Paso por su lado y me siento en la orilla para alejarme. Hablar con él resulta agotador.

—Yo no soy malo contigo —dice acercándose a mí de nuevo, pero suena más a pregunta que a afirmación.

—Sí que lo eres. Eres muy cruel conmigo. Bueno, en realidad eres cruel con todo el mundo. Pero parece que conmigo te ensañas.

No puedo creer que esté siendo tan sincera con él. Sé que es cuestión de minutos que esto se vuelva en mi contra.

—Eso no es verdad. No soy peor contigo que con el resto de la población.

Me levanto. Sabía que no podía tener una conversación normal con él.

—¡No sé por qué sigo malgastando el tiempo contigo! —grito, y echo a andar hacia el camino principal y el pasto.

—Vamos, perdona. Vuelve aquí.

Gruño, pero mis pies reaccionan antes que mi cerebro y acabo a tan sólo unos pasos de él.

Se sienta en la orilla donde estaba yo hace un momento.

—Siéntate —me ordena.

Y lo hago.

—Estás demasiado lejos —dice, y pongo los ojos en blanco—. ¿No confías en mí?

—No, claro que no. ¿Por qué iba a hacerlo?

Su rostro se ensombrece ligeramente ante la crudeza de mis palabras, pero se recupera enseguida. «¿Qué más le da si confío en él o no?»

—¿Podemos decidir ya si vamos a mantenernos alejados el uno del otro o a ser amigos? No quiero seguir peleándome contigo —suspiro.

Hardin se acerca un poco a mí e inspira hondo antes de hablar.

—Yo no quiero mantenerme alejado de ti —dice.

«¿Qué?» El corazón se me sale del pecho.

—Me refiero a que no creo que podamos mantenernos alejados el uno del otro, porque una de mis mejores amigas es tu compañera de cuarto y todo eso. Así que supongo que tendremos que intentar ser amigos.

Me siento decepcionada, pero eso es lo que quiero, ¿no? No puedo seguir besando a Hardin y engañando a Noah.

—Bien, entonces ¿amigos? —digo dejando a un lado ese sentimiento.

—Amigos —conviene él, y me ofrece la mano.

—Pero amigos sin derecho —especifico mientras se la estrecho, y siento cómo me ruborizo.

Suelta una carcajada y se lleva la mano a la ceja para juguetear con su *piercing*.

—¿Por qué dices eso?

—Como si no lo supieras... Steph me lo ha contado.

—¿Lo que pasó entre nosotros?

—Sí, y lo que pasa contigo y con todas las demás chicas. —Intento fingir una risa, pero me sale una especie de tos, de modo que toso un poco más para intentar que no se note.

Él arquea las cejas como si no entendiera de qué le estoy hablando, pero decido pasarlo por alto.

—Bueno, lo mío con Steph... fue divertido. —Sonríe como si estuviera recordando algo, y yo me trago la bilis que me sube por la garganta—. Y sí, me acuesto con algunas chicas. Pero ¿por qué iba a importarte eso a ti, amiga?

No parece darle la menor importancia al asunto, y yo, en cambio, estoy estupefacta. No debería afectarme que me cuente que se acuesta con otras chicas, pero me afecta. No es mío. Noah lo es. Noah lo es. «Noah lo es», me recuerdo a mí misma.

—No me importa. Sólo quiero dejar claro que yo no voy a ser una de esas chicas.

—Vaya..., ¿estás celosa, Theresa? —bromea, y yo le doy un empujón.

Jamás lo admitiré.

—En absoluto —replico—. Siento lástima por esas chicas.

Levanta las cejas de manera insinuante.

—Pues no deberías. Lo disfrutan, créeme.

—Bien, bien. Ya lo entiendo. ¿Podemos cambiar de tema? —Suspiro y echo la cabeza atrás para mirar al cielo. Necesito borrar la imagen de Hardin y su harén de mi mente—. Entonces ¿vas a ser más simpático conmigo a partir de ahora?

—Claro. Y ¿tú vas a intentar no ser tan presumida y tener tan mala vibra todo el tiempo?

Mientras observo las nubes, digo ensoñadoramente:

—Yo no tengo mala vibra; es que tú eres ofensivo.

Lo miro y me echo a reír. Afortunadamente, él también lo hace. Esto es mucho mejor que estar gritándonos el uno al otro. Sé que en realidad no hemos solucionado el verdadero problema, que son los sentimientos que pueda o no albergar hacia él, pero si consigo que deje de besarme podré volver a centrarme en Noah y cerrar este horrible capítulo antes de que la cosa empeore.

—Míranos, siendo amigos. —Su acento es tan lindo cuando no está siendo grosero...

Diablos, e incluso cuando lo es, pero cuando su voz es relajada, su acento la hace mucho más suave, como el terciopelo. La manera en que sus palabras se deslizan por su lengua y a través de sus labios rosados... No debo pensar en sus labios. Aparto los ojos de su rostro, me levanto y me sacudo la falda.

—Esa falda es terriblemente espantosa, Tess —dice entonces—. Si vamos a ser amigos, vas a tener que dejar de ponértela.

Me siento dolida durante un instante, pero al mirarlo veo que está sonriendo. Ésta debe de ser su manera de bromear; sigue siendo algo grosera, pero prefiero esto a su malicia habitual.

La alarma de mi teléfono vibra.

—Tengo que irme a estudiar —le digo.

—¿Te pones la alarma para estudiar?

—Me pongo la alarma para muchas cosas; es una costumbre que tengo.

Espero que deje en paz ese tema de una vez.

—Bueno, pues póntela para que hagamos algo divertido mañana después de clase —dice.

«¿Quién es éste y dónde está el auténtico Hardin?»

—No creo que mi idea de «algo divertido» coincida con la tuya —replico. Ni siquiera puedo imaginarme qué es la diversión para Hardin.

—Bueno, sólo despellejaremos a unos cuantos gatos, prenderemos fuego a algunos edificios...

No puedo evitar que se me escapen unas risitas, y él sonríe.

—En serio, te vendrá bien divertirte, y ahora que somos amigos deberíamos hacer algo.

Necesito unos momentos para considerar si debería pasar tiempo a solas con él antes de contestar. Pero antes de que me dé tiempo a hacerlo, da media vuelta para marcharse.

—Bien, me alegro de que aceptes. Nos vemos mañana.

Y desaparece.

No contesto nada, simplemente me siento de nuevo en la orilla. Los últimos veinte minutos se repiten en mi cabeza. Primero, básicamente me ha ofrecido sexo, y me ha dicho que no tengo ni idea de lo bien que puede hacerme sentir. Luego, unos minutos después, ha accedido a intentar ser más simpático conmigo; después nos hemos reído y bromeado, y eso ha estado bien. Sigo teniendo muchas preguntas sobre él, pero creo que puedo ser amiga de Hardin, como lo es Steph. Bueno, igual como ella no, pero como Nate o como alguno de los otros amigos que salen con él.

Sé que esto es lo mejor. Nada de besos ni insinuaciones sexuales por su parte. Sólo amigos.

Sin embargo, en el camino de vuelta a mi habitación, mientras paso entre los despreocupados estudiantes ajenos a Hardin y a sus ardides, no puedo librarme del temor de pensar que acabo de caer en una de sus trampas.

CAPÍTULO 24

Intento estudiar al volver a mi cuarto, pero no puedo concentrarme. Después de mirar fijamente los apuntes durante un par de horas sin haber leído en realidad ni una palabra, decido que un baño podría ayudarme. Cuando están abarrotados, los baños mixtos aún me incomodan, pero nadie me molesta, así que me estoy acostumbrando a ellos.

El agua caliente me sienta genial, y noto cómo me relaja los músculos, que estaban tensos. Debería sentirme aliviada y feliz de que Hardin y yo hayamos alcanzado algo así como una tregua, pero ahora la ira y el enojo han sido reemplazados por el nerviosismo y la confusión. He accedido a quedar con Hardin mañana para hacer algo divertido, y ahora estoy aterrada. Sólo quiero que salga bien. No espero convertirme en su mejor amiga ni nada por el estilo, pero necesito que lleguemos a un punto en el que no terminemos gritándonos cada vez que hablamos.

Estoy tan a gusto en la regadera que me quedo ahí durante un buen rato y, cuando regresa al cuarto, Steph ya ha venido y ha vuelto a marcharse. Encuentro una nota suya en la que dice que Tristan la lleva a cenar fuera del campus. Me gusta Tristan. Parece un buen chico, a pesar del uso excesivo que hace del lápiz de ojos. Si Steph y él siguen saliendo cuando Noah venga a visitarme, podríamos hacer algo todos juntos. ¿A quién pretendo engañar? Noah no querría relacionarse con gente como ellos, pero sé de sobra que hasta hace tres semanas yo tampoco lo habría hecho.

Termino llamando a Noah antes de irme a la cama. No hemos hablado en todo el día. Es tan educado que nada más contestar ya me está preguntando cómo me ha ido el día. Le respondo que bien. Debería contarle que Hardin y yo vamos a salir mañana, pero no lo hago. Me cuenta que su equipo de futbol ha ganado al Seattle High por goleada, a pesar de que estos son tremendamente buenos. Me alegro por él, porque parece muy contento de haber jugado tan bien.

El día siguiente transcurre muy rápido. Cuando Landon y yo entramos en clase de literatura, Hardin ya está en su sitio.

—¿Estás preparada para nuestra cita de esta noche? —me pregunta, y me quedo con la boca abierta. Y Landon también.

No sé qué me da más pena: que Hardin hable así del tema o cómo afectará esto a la opinión que Landon tiene de mí. El primer día en nuestra misión de ser amigos ya no está yendo muy bien.

—No es una cita —le digo, y después me vuelvo hacia Landon, pongo los ojos en blanco y, con aire despreocupado, le explico—: Vamos a salir como amigos.

—Viene a ser lo mismo —responde Hardin.

Lo evito durante el resto de la clase, lo cual me resulta fácil porque no vuelve a intentar hablar conmigo después de eso.

Al terminar, mientras Landon empieza a guardar sus cosas en la mochila, mira a Hardin y me dice en voz baja:

—Ten cuidado esta noche.

—Sólo intentamos llevarnos bien porque mi compañera de cuarto es una buena amiga suya —le contesto con la esperanza de que Hardin no me oiga.

—Lo sé, y de verdad que eres una amiga fantástica. Pero no acabo de estar seguro de que Hardin merezca tu simpatía —me dice levantando la voz a propósito, y yo lo miro de inmediato.

—¿No tienes nada mejor que hacer que estar aquí criticándome? —ladra Hardin por detrás de mí—. Anda, lárgate, güey.

Landon frunce el ceño y vuelve a mirarme.

—Tú recuerda lo que te he dicho.

Entonces se va y me quedo preocupada, preguntándome hasta qué punto se habrá disgustado conmigo.

—Oye, no hace falta que seas cruel con él... Son prácticamente hermanos —le digo a Hardin.

Él abre unos ojos como platos.

—¿Qué acabas de decir? —ruge.

—Bueno, tu padre y su madre...

¿Landon me mintió? ¿Se suponía que no tenía que hablar de esto? Me dijo que no le mencionara nada a Hardin sobre su relación con su padre, pero no creí que se refiriera a toda la historia en cuestión.

—Eso no es asunto tuyo. —Hardin mira con furia hacia la puerta por la que acaba de salir mi amigo—. No sé por qué te lo ha contado ese idiota. Me parece que voy a tener que cerrarle el hocico.

—Déjalo tranquilo, Hardin. Ni siquiera quería contármelo, yo se lo sonsaqué. —Pensar que Hardin pueda hacerle daño a Landon me pone enferma. Necesito cambiar de tema—. Bueno, ¿adónde vamos a ir? —le pregunto, y él me fulmina con la mirada.

—No vamos a ir a ningún sitio, esto ha sido una mala idea —me suelta de repente, y gira sobre sus talones y se marcha.

Yo me quedo allí durante un minuto, esperando a ver si Hardin cambia de idea y vuelve.

«Pero ¿qué demonios le pasa?» Es bipolar, estoy segura.

Regreso a mi habitación y me encuentro allí a Zed, a Tristan y a Steph, sentados en su cama. Tristan no le quita los ojos de encima a Steph, y Zed prende una y otra vez con el pulgar un encendor de metal. Normalmente estaría molesta ante esa cantidad de visitantes inesperados, pero la verdad es que Zed y Tristan me caen bien, y necesito distraerme.

—¡Hola, Tessa! ¿Qué tal las clases? —me pregunta Steph, y me regala una amplia sonrisa.

No puedo evitar fijarme en el modo en que el rostro de Tristan se ilumina cada vez que la mira.

—Bien, ¿y las tuyas?

Dejo los libros sobre un mueble mientras me cuenta que su maestro se ha derramado el café encima y los ha dejado salir antes.

—Estás muy guapa hoy, Tessa —me dice Zed.

Le agradezco el cumplido y me uno a ellos en la cama de mi compañera. Es muy pequeña para que estemos todos, pero conseguimos acoplarnos. Después de hablar durante algunos minutos sobre varios maestros de lo más raros, la puerta se abre y todos nos volvemos para ver quién es.

Es Hardin. «¡Uf!»

—Güey, a ver si llamas a la puerta aunque sea por una vez —lo regaña Steph. Él se encoge de hombros—. Podrías haberme encontrado desnuda o algo. —Se ríe. Obviamente, no está enojada por su falta de educación.

—No es nada que no haya visto ya —bromea él, y el rostro de Tristan se ensombrece mientras los otros tres se ríen.

Yo tampoco le veo la gracia. Detesto imaginarme a Steph y a Hardin juntos.

—Cállate —dice ella, aún riéndose, y agarra a Tristan de la mano. Él recupera la sonrisa y se acerca un poco más a ella.

—¿Qué hacen? —pregunta Hardin, y se sienta enfrente de nosotros, en mi cama.

Quiero decirle que se levante, pero no lo hago. Por un momento he creído que había venido a disculparse, pero ahora veo que sólo pretendía pasar el rato con sus amigos, y yo no soy uno de ellos.

Zed sonríe.

—Pues íbamos a ir al cine. Tessa, ¿te vienes?

Antes de que pueda responder, Hardin interviene:

—La verdad es que Tessa y yo tenemos planes.

Detecto algo extraño en su tono.

Dios santo, ¿por qué cambia tanto de humor?

—¿Qué? —exclaman Zed y Steph al unísono.

—Sí, sólo venía a recogerla. —Se levanta y se mete las manos en las bolsas, señalando la puerta con el cuerpo—. ¿Estás lista o qué?

En mi mente grito «¡No!», pero asiento y me levanto de la cama de Steph.

—Bueno, luego nos vemos —anuncia Hardin, y prácticamente me empuja por la puerta.

Una vez fuera, me lleva hasta su coche y, para mi sorpresa, me abre la puerta. Me quedo parada, cruzada de brazos, mirándolo.

—Bueno, recordaré que nunca jamás tengo que volver a abrirte la puerta.

Sacudo la cabeza.

—¿A qué demonios ha venido eso? Sé perfectamente que no has ido a mi cuarto a recogerme. ¡Me has dejado bastante claro que no querías salir conmigo! —grito.

Y ya estamos gritándonos otra vez. Me vuelve loca, literalmente.

—Sí, es verdad, y ahora métete en el coche.

—¡No! Si no admites que no has venido aquí por mí, volveré ahí dentro y me iré al cine con Zed —digo, y noto que su mandíbula se tensa.

«Lo sabía.» No sé qué pensar acerca de esa revelación, pero de alguna manera sabía que lo que Hardin no quería era que fuese al cine con Zed, y ésa es la única razón por la que está intentando salir conmigo ahora.

—Admítelo, Hardin, o me largo.

—Muy bien, sí, lo admito. Y ahora sube al maldito coche. No voy a volver a pedírtelo —dice, y se dirige al lado del conductor.

Aunque sé que no debería, subo y me siento.

Hardin aún parece enojado cuando sale del estacionamiento. Pone la estridente música a un volumen demasiado alto. Alargo la mano y la apago.

—No toques mi radio —me regaña.

—Si vas a comportarte como un imbécil todo el tiempo, no quiero salir contigo. —Lo digo en serio. Si esto va a ser así, me da igual adónde vayamos, pediré aventón o lo que haga falta para volver a la residencia.

—No lo haré, pero no toques mi radio.

Me viene a la cabeza el recuerdo de Hardin tirando mis apuntes por el aire, y me dan ganas de devolvérsela agarrando el radio y lanzándolo por la ventana. Si supiera que puedo arrancarlo del tablero, lo haría.

—¿Qué más te da que vaya al cine con Zed? Steph y Tristan también iban a ir.

—No me parece que Zed tenga muy buenas intenciones —responde tranquilamente, con la vista fija en la carretera.

Empiezo a reírme y él frunce el ceño.

—Ah, ¿y tú sí? Al menos Zed es agradable conmigo.

No puedo parar de reírme. La idea de que Hardin esté intentando protegerme me resulta hilarante. Zed es un amigo, nada más. Igual que él.

∞

Él pone los ojos en blanco, pero no me responde. Enciende la música de nuevo y las guitarras y el bajo me perforan los oídos.

—¿Te importaría bajar el volumen, por favor? —le ruego.

Para mi sorpresa, lo hace, pero la deja como música de fondo.

—Esa música es espantosa.

Se echa a reír y tamborilea el volante.

—No, no lo es. Aunque me encantaría saber qué consideras tú que es buena música.

Cuando sonríe así parece tan despreocupado..., y más de este modo, con la ventana abajo y el viento moviendo su pelo. Levanta una mano y se aparta el cabello de la cara. Me encanta cómo le sienta cuando lo lleva así, hacia atrás. Sacudo la cabeza para borrar esos pensamientos de mi mente.

—Pues me gustan Bon Iver y The Fray —respondo finalmente.

—Obvio —dice, y se ríe de manera burlona.

Defiendo a mis dos bandas favoritas.

—¿Qué tienen de malo? Tienen muchísimo talento, y su música es maravillosa.

—Sí..., tienen talento. Talento para hacer que la gente se duerma.

Cuando alargo la mano y le doy una palmada en el hombro de broma, él finge hacer una mueca de dolor y se ríe.

—Pues a mí me encantan —digo con una sonrisa.

Si pudiésemos mantener este estado de bromas y risas, podríamos pasarla genial. Miro por la ventana por primera vez, pero no tengo ni idea de dónde estamos.

—¿Adónde vamos?

—A uno de mis lugares favoritos.

—¿Que está...?

—Tienes que saberlo todo de antemano, ¿verdad?

—Sí..., me gusta...

—¿Controlarlo todo?

No contesto. Sé que tiene razón, pero yo soy así.

—Pues no voy a decírtelo hasta que hayamos llegado..., lo que será dentro de unos cinco minutos.

Me relajo en el asiento de piel de su coche y vuelvo la cabeza para mirar a la parte de atrás. En un lado hay una pila desordenada de libros de texto y de papeles sueltos y, en el otro, una gruesa sudadera negra.

—¿Ves algo que te guste ahí atrás? —pregunta Hardin, sorprendiéndome para mi vergüenza.

—¿Qué coche es éste? —pregunto. Necesito distraerme, tanto del hecho de no saber adónde vamos, como de que me haya llamado la atención por ser curiosa.

—Un Ford Capri. Es un clásico —alardea, claramente orgulloso.

Continúa contándome detalles sobre el coche, aunque no entiendo nada de lo que me está diciendo. Aun así, me gusta observar sus labios mientras habla; ver cómo se mueven lentamente mientras las palabras brotan de su boca más lentamente todavía. Después de mirarme unas cuantas veces durante la conversación, al final dice sin reparos:

—No me gusta que me miren fijamente. —Sin embargo, a continuación sonríe ligeramente.

CAPÍTULO 25

Nos desviamos por una carretera de grava y Hardin apaga la música, por lo que sólo que se oye es el crujido de las piedritas bajo las ruedas. De repente me doy cuenta de que estamos en medio de la nada, y empiezo a ponerme nerviosa. Estamos solos. Por completo. No hay coches, ni edificios..., nada.

—No te preocupes, no te he traído aquí para matarte —bromea, y yo trago saliva.

Dudo que sea consciente de que temo más a lo que pueda hacer yo estando a solas con él que a que intente matarme.

Medio kilómetro después, detiene el coche. Miro por la ventanilla y no veo nada más que hierba y árboles. Unas flores silvestres salpican de amarillo el paisaje, y la brisa es cálida y agradable. La verdad es que es un sitio precioso y tranquilo. Pero ¿por qué me ha traído aquí?

—¿Qué vamos a hacer aquí? —le pregunto mientras salgo del coche.

—Bueno, pues empezaremos caminando un poco.

Suspiro.

«¿Me ha traído aquí para hacer ejercicio?»

Al advertir mi amarga expresión, añade:

—Será un paseo corto.

Empieza a caminar por una zona de hierba que parece más plana de tanto que la han pisado.

Caminamos en silencio la mayor parte del tiempo, excepto por algunos exabruptos groseros de Hardin quejándose de que soy demasiado lenta. Lo ignoro y admiro el paisaje que me rodea. Estoy empezando a entender por qué le gusta este lugar aparentemente aleatorio. Es muy tranquilo. Se respira paz. Podría quedarme aquí eternamente, siempre y cuando me trajera un libro conmigo. Se desvía del camino y se acerca a una zona arbolada. Mi desconfianza innata se activa, pero lo sigo. Unos minutos después salimos del bosque y llegamos a un arroyo. No tengo ni idea de dónde estamos, pero el agua parece bastante profunda.

Hardin se quita la camiseta sin decir nada. Me fijo en su torso tatuado. El modo en que están dibujadas las ramas desnudas del árbol muerto resulta más atractivo que fantasmagórico bajo la luz del sol. Después se agacha y se desata las agujetas de sus botas negras y sucias. Me mira y me sorprende observando su cuerpo semidesnudo.

—¿Por qué te estás desnudando? —pregunto, y entonces miro en dirección al arroyo. «¡Ay, no!»—. ¿Vas a nadar? ¿Ahí? —Señalo el agua.

—Sí, y tú también. Yo lo hago todo el tiempo.

Se desabrocha los pantalones y tengo que obligarme a no mirar cómo se contraen y se relajan sus músculos cuando se inclina para quitárselos.

—No pienso nadar ahí. —No me importa nadar, pero no voy a hacerlo en un lugar perdido en medio de la nada.

—Y ¿por qué no? —Señala hacia el río—. El agua está tan limpia que puedes ver el fondo.

—Porque... seguro que hay peces y Dios sabe qué más ahí dentro. —Soy consciente de lo absurdo que suena mi argumento, pero me da igual—. Además, no me has dicho que íbamos a nadar, y no he traído ropa de baño. —Eso no puede rebatírmelo.

—¿Me estás diciendo que eres de esa clase de chicas que no llevan ropa interior? —dice con una sonrisa maliciosa, y lo miro con la boca abierta, a él y a sus hoyuelos—. Vamos, puedes quedarte en ropa interior.

«¿En serio pensaba que iba a venir aquí y que me quitaría la ropa para nadar con él?»

Algo se remueve en mi interior, y siento una extraña calidez al pensar en estar desnuda en el agua con Hardin. Pero ¿qué me pasa con él? Nunca antes había tenido esta clase de pensamientos.

—No pienso nadar en ropa interior, pervertido. —Me siento en la suave hierba—. Me quedaré aquí a mirarte —le digo.

Frunce el ceño. Ahora lleva puesto sólo un bóxer ajustado, y la tela negra se ciñe a su cuerpo. Es la segunda vez que lo veo sin camiseta, y es todavía más fascinante aquí, a plena luz.

—Eres una aburrida. Y tú te lo pierdes —dice simplemente, y se lanza al agua.

Me quedo mirando la hierba, arranco unas cuantas hojas y jugueteo con ellas entre los dedos. Oigo a Hardin gritar desde el arroyo:

—¡El agua está caliente, Tess!

Desde donde estoy sentada, veo las gotas de agua deslizándose entre su cabello, que ahora parece negro. Sonríe mientras se aparta el pelo empapado y se pasa la mano por la cara.

Por un instante me sorprendo deseando ser otra persona, alguien más valiente. Alguien como Steph. Si yo fuera ella, me quitaría la ropa y me lanzaría al agua con Hardin. Chapotearía por ahí y volvería a la orilla para tirarme de nuevo y salpicarlo. Sería divertida y desenfadada.

Pero no soy Steph. Soy Tessa.

—¡Esta amistad está resultando ser tremendamente aburrida!... —exclama Hardin, y se acerca nadando a la orilla. Pongo los ojos en blanco, y él se echa a reír—. Quítate al menos los zapatos y mójate los pies. Está increíble, y pronto estará demasiado fría para nadar.

Mojarme los pies no me parece tan mala idea. De modo que me quito los zapatos y me remango los pantalones lo suficiente como para sumergir los pies en el agua. Hardin tenía razón, el agua está caliente y limpia. Meneo los dedos y no puedo evitar sonreír.

—Está buena, ¿verdad? —pregunta, y asiento—. Vamos, métete.

Niego con la cabeza y él me salpica. Me echo hacia atrás y lo miro con el ceño fruncido.

—Si te metes en el agua, contestaré a una de tus impertinentes preguntas. A la que quieras, pero sólo a una —me advierte.

La curiosidad me supera, e inclino la cabeza, pensando. Son tantos los misterios que lo rodean... y ahora tengo la oportunidad de resolver uno de ellos.

—La oferta expira dentro de un minuto —dice, y desaparece debajo del agua.

Observo su largo cuerpo nadando debajo del agua clara. Parece divertido, y la oferta de Hardin es difícil de rechazar. Sabe cómo usar mi curiosidad en mi contra.

—Tessa —dice cuando asoma la cabeza de nuevo por la superficie—. Deja de cavilar tanto y salta.

—No tengo nada que ponerme. Si me meto con ropa, tendré que volver empapada —protesto.

Casi quiero meterme en el agua. Bueno, sé que quiero hacerlo.

—Ponte mi camiseta —ofrece, para mi sorpresa, de modo que espero un segundo a que me diga que era una broma, pero no lo hace—. Vamos, ponte mi camiseta. Será lo bastante larga como para que te cubra, y puedes dejarte la ropa interior puesta, si quieres —dice con una sonrisa.

Acepto su consejo y dejo de pensar.

—Está bien, pero date la vuelta y no me mires mientras me cambio. ¡En serio! —Me esfuerzo todo lo posible por intentar intimidarlo, pero él se echa a reír.

Se da la vuelta y mira en la dirección opuesta, de modo que me quito la blusa por la cabeza y tomo su camiseta lo más rápido que puedo. Me la pongo y veo que tenía razón. Me llega hasta la mitad del muslo. La verdad es que huele de maravilla, a una mezcla de colonia y un olor que sólo podría describir como el de Hardin.

—Maldita sea, date prisa o me doy la vuelta —dice, y me dan ganas de tirarle un palo a la cabeza.

Me desabrocho los pantalones y me los quito. Doblo cuidadosamente mi ropa y la coloco al lado de mis zapatos, sobre la hierba. Hardin se vuelve y yo jalo hacia abajo el doblez de su camiseta todo lo posible.

Sus ojos se abren más de lo normal y veo cómo recorre mi cuerpo con la mirada. Atrapa su labio inferior entre los dientes y observo que sus mejillas se sonrojan. Debe de tener frío, porque no puedo creer que reaccione así por mí.

—Este..., métete ya en el agua, ¿sí? —dice en un tono más grave de lo habitual.

Yo asiento y me acerco lentamente a la orilla.

—¡Tírate!

—¡Ya voy! ¡Ya voy! —grito, nerviosa, y él se echa a reír.

—Encarrérate.

—Está bien.

Retrocedo ligeramente y empiezo a correr. Me siento estúpida pero no voy a permitir que mi tendencia a cavilar en exceso me arruine el momento.

Cuando doy el último paso, miro el agua y me detengo justo en el borde.

—¡Anda! ¡Ibas bien! —Inclina la cabeza hacia atrás, riendo, y está adorable.

«¿Hardin, adorable?»

—¡No puedo hacerlo! —exclamo.

No sé qué me lo impide; el agua es lo bastante profunda como para saltar, pero no demasiado. Donde está Hardin, le cubre sólo hasta el pecho, es decir, que a mí me llegaría hasta la barbilla.

—¿Te da miedo? —pregunta en tono tranquilo pero serio.

—No..., no lo sé. Supongo —admito, y él se acerca caminando hacia mí.

—Siéntate en la orilla y yo te ayudaré a entrar.

Me siento y junto las piernas con fuerza para que no me vea los calzones. Al percatarse de ello, sonríe mientras alarga los brazos hacia mí. Me agarra de las caderas y, una vez más, estallo en llamas. «¿Por qué mi cuerpo tiene que responder de este modo con él?» Estoy intentando que seamos amigos, así que debo pasar por alto este ardor.

Desplaza las manos hasta mi cintura y me pregunta:

—¿Estás preparada?

En cuanto asiento, me levanta y me sumerge en un agua cálida y agradable que alivia el calor de mi piel. Hardin me suelta demasiado pronto, y me quedo de pie en el agua. Estamos cerca de la orilla, así que sólo me cubre hasta el pecho.

—No te quedes ahí parada —dice burlándose de mí.

Paso por alto sus burlas, pero empiezo a caminar un poco. La camiseta flota y se me sube. Lanzo un grito y la jalo hacia abajo. Una vez colocada de nuevo, parece que se queda en el sitio.

—Podrías quitártela y ya está —dice con una sonrisa malévola, y lo salpico—. ¿Me has salpicado? —Se ríe.

Yo asiento y lo salpico de nuevo.

Sacude su cabeza mojada y se lanza por mí por debajo del agua. Sus largos brazos se enroscan alrededor de mi cintura y me jalan. Me llevo la mano a la cara para taparme la nariz. Todavía no he conseguido bucear sin hacerlo. Cuando emergemos, Hardin se parte de risa, y yo no puedo evitar reírme con él. He de admitir que me estoy divirtiendo, y mucho, de verdad, no la típica diversión de estar sentada viendo una película.

—No sé qué me hace más gracia, si el hecho de que la estés pasando bien o que tengas que taparte la nariz —dice entre risas.

En un alarde de valentía, nado hasta él, pasando por alto el hecho de que la camiseta esté flotando de nuevo, e intento hundirle la cabeza debajo del agua. Como era de esperar, es demasiado fuerte para mí, de modo que no cede, y empieza a reírse con más ganas, mostrando su perfecta dentadura. ¿Por qué no puede ser así siempre?

—Creo que me debes la respuesta a una pregunta —le recuerdo.

Desvía la mirada hacia la orilla.

—Claro, pero sólo una.

Dudo sobre qué preguntar. Tengo tantas dudas... Pero, antes de decidirme, oigo mi voz decidiendo por mí:

—¿A quién quieres más en este mundo?

«¿Por qué le pregunto eso? Quiero saber cosas más específicas, como por qué es tan patán, o por qué vive en los Estados Unidos.»

Me mira con recelo, como si lo confundiera mi pregunta.

—A mí mismo —responde, y vuelve a sumergirse durante unos segundos.

Asoma de nuevo y sacude la cabeza.

—Eso no puede ser verdad —lo desafío. Sé que es arrogante, pero debe de querer a alguien—. ¿Qué me dices de tus padres? —le pregunto, y me arrepiento al instante.

Se le tuerce el gesto y sus ojos pierden la calidez que estaba empezando a adorar.

—No vuelvas a mencionar a mis padres, ¿entiendes? —me ladra, y quiero golpearme por arruinar el bonito momento que estábamos teniendo.

—Lo siento. Sólo tenía curiosidad. Has dicho que responderías a una pregunta —le recuerdo en voz baja. Su rostro se relaja un poco y se acerca hacia mí. El agua ondea a nuestro alrededor—. Lo siento de verdad, Hardin, no volveré a mencionarlos —le prometo.

La verdad es que no quiero pelearme con él aquí; si lo enojo demasiado, seguramente se largará y me dejará aquí tirada.

Me toma por sorpresa cuando me agarra de la cintura y me levanta en el aire. Comienzo a patalear y a sacudir los brazos gritándole que me suelte, pero él sólo responde riéndose y lanzándome al agua. Aterrizo a unos metros de distancia y, cuando emerjo, sus ojos resplandecen de júbilo.

—¡Vas a pagar por esto! —grito.

Él finge bostezar en respuesta, de modo que nado en su dirección y él me agarra de nuevo, pero esta vez envuelvo su cintura con los muslos sin darme apenas cuenta, y un grito ahogado escapa de sus labios.

—Perdona —balbuceo, y aparto las piernas.

No obstante, él las agarra de nuevo y vuelve a colocarlas donde estaban. La extraña energía que surge entre nosotros aparece de nuevo, esta vez con más intensidad que nunca. «¿Por qué siempre pasa con él?» Desconecto mis pensamientos y rodeo su cuello con los brazos para no perder el equilibrio.

—¿Por qué me haces esto, Tess? —dice tiernamente, y me acaricia el labio inferior con el pulgar.

—No lo sé... —respondo con sinceridad siguiendo su dedo, que continúa recorriendo mi boca.

—Estos labios... y las cosas que podrías hacer con ellos —dice en tono suave y seductor, y siento ese ardor en el vientre que me vuelve de plastilina en sus brazos—. ¿Quieres que me detenga?

Me mira a los ojos. Sus pupilas están tan dilatadas que sólo se ve un fino aro de sus ahora oscuros ojos verdes.

Sin darme tiempo a reaccionar, sacudo la cabeza y pego el cuerpo al suyo bajo el agua.

—No podemos ser sólo amigos, lo sabes, ¿verdad? —añade.

Sus labios tocan mi barbilla y me hacen temblar. Continúa trazando una línea de besos por mi mandíbula, y asiento. Sé que tiene razón. No tengo ni idea de qué somos, pero sé que nunca podré ser tan sólo su amiga. Sus labios rozan el punto justo debajo de mi oreja, y gimo, lo que propicia que repita el movimiento, aunque esta vez succiona mi piel.

—Hardin —gimo, y lo estrecho entre mis piernas.

Desciendo las manos por su espalda y clavo las uñas en su piel. Creo que podría estallar sólo con que siguiera besándome el cuello.

—Quiero hacer que gimas mi nombre, Tessa, una y otra vez. Por favor, permítemelo. —Su voz suena cargada de desesperación.

En el fondo de mi ser, sé que no puedo negarme.

—Dilo, Tessa. —Atrapa el lóbulo de mi oreja entre los dientes. Yo asiento de nuevo, esta vez con más intensidad—. Necesito que lo digas, nena, bien alto, con palabras, para saber que de verdad quieres que lo haga. —Su mano desciende y se cuela por debajo de la camiseta de su propiedad que cubre mi cuerpo.

—Quiero... —Me apresuro a decir, y él sonríe pegado a mi cuello mientras su boca continúa con su dulce asalto.

Sin decir nada, me agarra de los muslos y me levanta un poco más sobre su torso mientras empieza a salir del agua. Cuando llega a la orilla, me deja en el suelo. Yo gimoteo, alimentando aún más su ego, pero en estos momentos no me importa. Lo único que sé es que lo deseo, lo necesito. Alarga los brazos para agarrarme de las manos y me saca a la orilla junto a él.

Sin saber muy bien qué hacer, me quedo de pie sobre la hierba, sintiendo la camiseta pesada y empapada de Hardin sobre mis hombros y pensando que está demasiado lejos de mí.

Desde su posición, se agacha un poco para mirarme a los ojos.

—¿Quieres hacerlo aquí o en mi habitación?

Me encojo de hombros, nerviosa. No quiero ir a su cuarto, porque está demasiado lejos y el trayecto me dará demasiado tiempo para pensar en lo que estoy haciendo.

—Aquí —digo, y miro a mi alrededor.

No hay nadie a la vista, y rezo para que siga siendo así.

—¿Estás ansiosa? —Sonríe y yo intento poner los ojos en blanco, pero probablemente parezca más bien un parpadeo desesperado.

El calor de mi cuerpo se va extinguiendo lentamente cuanto más tiempo pasa sin que Hardin me toque.

—Ven aquí —dice entonces con voz grave, y las llamas de mi interior se avivan de nuevo.

Mis pies avanzan lentamente por la suave hierba hasta que me encuentro tan sólo a unos centímetros de él. Agarra inmediatamente el doblez de la camiseta y lo jala hacia arriba para quitármela. Su modo de mirarme me vuelve loca, y tengo las hormonas revolucionadas. El pulso se me acelera al ver cómo recorre mi cuerpo con los ojos una vez más antes de tomarme de la mano.

Coloca la camiseta sobre la hierba a modo de cobija.

—Échate —dice, y me guía hasta el suelo con él.

Me acuesta sobre la tela mojada y él se tiende de lado, apoyándose en un codo, de cara a mi cuerpo tendido boca arriba.

Nadie me había visto nunca tan desnuda, y Hardin ha visto a muchas chicas; chicas mucho más atractivas que yo. Levanto las manos para cubrirme el cuerpo, pero él se incorpora, me agarra de las muñecas y me las coloca a los costados.

—No te tapes delante de mí jamás —dice mirándome a los ojos.

—Es que... —empiezo a explicarme, pero él me interrumpe.

—No, no quiero que te cubras, no tienes nada de lo que avergonzarte, Tess. —«¿Lo dice en serio?»—. Lo digo en serio, mírate —continúa, como si me hubiese leído la mente.

—Es que has estado con muchas chicas —digo, y él frunce el ceño.

—Ninguna como tú.

Sé que podría interpretar eso de muchas maneras, pero decido dejarlo por la paz.

—¿Tienes un condón? —le pregunto, intentando recordar las pocas cosas que sé respecto al sexo.

—¿Un condón? —Se ríe—. No voy a cogerte —dice, y me entra el pánico.

«¿Es éste otro de sus jueguecitos para humillarme?»

—Ah —es lo único que consigo decir, y empiezo a incorporarme.

Hardin me agarra de los hombros y me empuja hacia el suelo de nuevo. Estoy segura de que me he puesto roja como un jitomate, y no quiero exponerme ante sus sarcásticos ojos de esta manera.

—¿Adónde vas? —empieza, pero entonces se da cuenta de lo que ha dicho—. Ah. No, Tess, no quería decir eso, es sólo que tú nunca has hecho nada... nada en absoluto, así que no pienso cogerte. —Me observa durante un momento—. Hoy —añade, y siento que parte de la presión que noto en el pecho desaparece—. Hay muchas otras cosas que quiero hacer primero.

Se monta encima de mí y apoya todo su peso en las manos, como si estuviera haciendo flexiones. Gotas de agua caen sobre mi rostro desde su pelo mojado y me retuerzo.

—No puedo creer que nunca te haya cogido nadie —susurra, y se aparta para acostarse de lado de nuevo.

Sube la mano hasta mi cuello y luego la hace descender, acariciándome únicamente con la yema de sus dedos, por el valle de mis senos y por mi estómago, hasta que se detiene justo por encima de mi ropa interior.

«Esto es en serio. ¿Qué va a hacerme? ¿Me dolerá?» Cientos de pensamientos pasan por mi cabeza, pero desaparecen en cuanto desliza la mano por debajo de mis calzones. Oigo que toma aliento entre los dientes y acerca la boca a la mía.

Mueve ligeramente los dedos, y la sensación me deja perpleja.

—¿Te gusta? —pregunta con su boca pegada a la mía.

«Sólo me está acariciando, ¿por qué es tan agradable?» Asiento, y él hunde un poco más los dedos.

—¿Te gusta más que cuando lo haces tú?

«¿Qué?»

—Dime —insiste.

—¿Qué?... —consigo articular, aunque he perdido el control de mi cuerpo y de mi mente.

—Cuando te tocas, ¿te gusta tanto como esto?

No sé qué decir y, cuando lo miro, algo se ilumina en sus ojos.

—Espera..., nunca has hecho eso tampoco, ¿verdad? —Su tono está cargado de sorpresa y de algo más..., ¿de lujuria?

Continúa besándome, y sigue moviendo los dedos de arriba a abajo.

—Tu cuerpo reacciona a mí de una manera tan exquisita, y estás tan húmeda... —dice, y dejo escapar un gemido.

¿Por qué me resulta tan sensual que me diga esas obscenidades? Noto una ligera presión y una corriente eléctrica recorre todo mi cuerpo.

—¿Qué... ha sido... eso? —pregunto gimiendo.

Él se ríe y no contesta, pero siento que lo hace de nuevo, y mi espalda se levanta del suelo, arqueándose. Su boca desciende por mi cuello, hasta mi pecho. Desliza la lengua por debajo de la copa del brasier y su mano masajea mi otro seno. Siento una presión que se acumula en mi vientre, y es una sensación fantástica. Cierro los ojos con fuerza y me muerdo el labio. Levanto la espalda de la hierba de nuevo y empiezan a temblarme las piernas.

—Eso es, Tessa, vente para mí —dice, y sus palabras me acercan a una espiral de sensaciones fuera de control—. Mírame, nena —ronronea.

Abro los ojos, y la imagen de su boca mordisqueándome la piel de mis pechos me hace estallar y todo se vuelve de color blanco durante unos instantes.

—Hardin —musito, y vuelvo a repetir su nombre, y, por el rubor de sus mejillas, sé que le encanta que lo haga.

Saca la mano lentamente y la apoya sobre mi vientre mientras intento que mi respiración vuelva a la normalidad. Mi cuerpo nunca había sentido semejante descarga de energía, y nunca había estado tan relajada como ahora.

—Te daré un minuto para que te recuperes —dice riendo para sus adentros, y se aparta de mí.

Arrugo la frente. Quiero que se quede cerca, pero soy incapaz de articular una palabra. Después de los mejores minutos de mi vida, me incorporo y miro a Hardin. Ya se ha puesto los pantalones y las botas.

—¿Ya nos vamos? —digo con timidez.

Había dado por hecho que él también querría que yo lo tocara. Aunque no sé qué tengo que hacer, él podría explicármelo.

—Sí, ¿querías quedarte más tiempo?

—Es que pensaba... No sé. Creía que tal vez tú querías algo... —No sé muy bien cómo expresarlo, pero por suerte él lo capta.

—Ah, no. Estoy bien, por ahora —dice, y me regala una leve sonrisa.

¿Va a ponerse odioso otra vez? Espero que no, no después de esto. Acabo de compartir con él la experiencia más íntima de mi vida. No seré capaz de superarlo si vuelve a tratarme mal. Ha dicho «por ahora». ¿Significa eso que quiere que le haga algo más tarde? Ya estoy arrepintiéndome de esto. Me pongo la ropa sobre la ropa interior mojada y paso por alto la suave humedad entre mis piernas. Hardin recoge su camiseta empapada y me la pasa.

Al ver mi expresión de confusión, me dice que me «limpie», y señala con la mirada la zona donde se unen mis muslos.

Ah. Me desabrocho los pantalones, y él no se molesta en volverse mientras me paso la camiseta por mi parte más sensible. No se me escapa el modo en que se lame ligeramente el labio inferior mientras me observa. Se saca el celular de la bolsa del pantalón y desliza el pulgar por la pantalla varias veces. Termino de hacer lo que me ha aconsejado y le devuelvo la camiseta. Cuando me pongo los zapatos, el ambiente entre nosotros ha pasado de ser apasionado a ser frío y distante, y desearía estar lo más lejos posible de él.

Espero que me diga algo de camino al coche, pero no abre la boca. En mi mente empiezo a vislumbrar la peor de las situaciones que pueden darse después. Me abre la puerta y asiento a modo de agradecimiento.

—¿Te pasa algo? —me pregunta mientras maneja de regreso por la carretera de grava.

—No lo sé. ¿Por qué estás tan raro ahora? —le pregunto, aunque temo su respuesta y no puedo mirarlo directamente a los ojos.

—Yo no estoy raro, la que está rara eres tú.

—No, no me has dicho nada desde..., bueno, ya sabes.

—Desde que te he provocado tu primer orgasmo.

Me quedo boquiabierta y me pongo roja al instante. «¿Por qué me sigue sorprendiendo su sucio lenguaje?»

—Eh..., sí. No has dicho nada desde eso. Te has vestido y nos hemos ido. —La sinceridad parece ser la mejor opción en estos momentos, de modo que añado—: Me hace pensar que me estás utilizando o algo.

—¿Qué? Es obvio que no te estoy utilizando. Para utilizar a alguien habría sacado algo a cambio —dice, tan a la ligera que de repente siento las lágrimas humedeciendo mis ojos. Hago todo lo posible para contenerlas, pero una se me escapa—. ¿Estás llorando? ¿Qué he dicho? —Acerca la mano y la apoya en mi muslo. Para mi sorpresa, el gesto me tranquiliza—. No quería parecer insensible, lo siento. Es que no estoy acostumbrado a lo que se supone que tengo que hacer después de estar con alguien; además, no iba a dejarte en tu cuarto y largarme. Había pensado que podíamos ir a cenar o algo, seguro que estás muerta de hambre. —Me da un ligero apretón en el muslo.

Le sonrío, aliviada por sus palabras. Me seco la lágrima que se me ha escapado de manera prematura y mi preocupación desaparece con ella.

No sé qué tiene Hardin que me pone tan sensible, en todos los sentidos. La idea de que me utilice me angustia más de lo que debería. Lo que siento por él me tiene muy confundida. Un instante lo detesto y, al siguiente, quiero besarlo. Me hace sentir cosas que jamás pensé que sentiría, y no sólo en lo referente al sexo. Me hace reír y llorar, gritar y chillar pero, sobre todo, hace que me sienta viva.

CAPÍTULO 26

La mano de Hardin sigue en mi muslo, y espero que nunca la aparte. Aprovecho la oportunidad para analizar algunos de los tatuajes que cubren sus brazos. El símbolo del infinito que tiene encima de la muñeca capta mi atención de nuevo, y no puedo evitar preguntarme si tendrá algún significado especial para él. Parece algo personal, al tenerlo ahí, justo encima de la piel sin tatuar de su mano. Miro su otra muñeca para ver si tiene algún otro símbolo, pero no hay ninguno. El símbolo del infinito es bastante común, sobre todo entre las mujeres, pero el hecho de que la curva de los extremos tenga forma de corazón despierta mi curiosidad todavía más.

—¿Qué clase de comida te gusta? —dice.

Me sorprende que me pregunte algo tan trivial. Me recojo el pelo casi seco en un chongo y me planteo por un instante qué se me antoja comer.

—La verdad es que me gusta todo, siempre que sepa lo que es y que no lleve cátsup.

Se ríe.

—¿No te gusta la cátsup? ¿No se supone que a todos los estadounidenses los vuelve locos esa salsa? —bromea.

—No tengo ni idea, pero es asquerosa.

Los dos nos echamos a reír.

—¿Quieres que sea una cena sencilla, entonces? —añade.

Asiento y él se dispone a subir el volumen de la música, pero se detiene y vuelve a apoyar la mano sobre mí.

—¿Qué planes tienes para cuando termines la universidad? —pregunta.

Es algo que ya me había preguntado antes, en su habitación.

—Tengo intención de mudarme a Seattle inmediatamente, y espero trabajar en una editorial o ser escritora. Sé que es una tontería —digo, de repente avergonzada por mis grandes ambiciones—. Pero ya me lo preguntaste, ¿recuerdas?

—No, no lo es. Conozco a alguien que trabaja en la editorial Vance; está un poco lejos, pero a lo mejor podrían hacerte un contrato de formación. Si quieres, hablo con él.

—¿En serio? ¿Harías eso por mí? —pregunto con una voz aguda a causa de la sorpresa; aunque ha estado muy simpático durante la última hora, no esperaba esto para nada.

—Sí, no es para tanto. —Parece algo cohibido. Estoy segura de que no está acostumbrado a hacerle favores a nadie.

—Vaya, gracias. En serio. Necesito conseguir un trabajo o un contrato de prácticas pronto, y eso sería un sueño hecho realidad —exclamo uniendo las manos con entusiasmo.

Se ríe y sacude la cabeza.

—De nada.

Nos detenemos en un pequeño estacionamiento al lado de un viejo edificio de ladrillo.

—La comida aquí es fantástica —dice, y sale del coche.

Se dirige a la cajuela, la abre... y saca otra camiseta negra lisa. Debe de tener millones de ellas. Estaba disfrutando tanto viendo su torso desnudo que había olvidado que en algún momento iba a tener que cubrírselo.

Entramos y nos sentamos en el local vacío. Una anciana se acerca a la mesa y nos entrega los menús, pero él los rechaza y pide una hamburguesa con papas y hace un gesto para indicarme que debería pedir lo mismo. Confío en su criterio y la pido, pero sin cátsup, claro.

Mientras esperamos, le hablo a Hardin de mi infancia en Richland. Al ser inglés, no conoce el lugar. No se pierde gran cosa; es un sitio pequeño, donde todo el mundo hace las mismas cosas y nadie se marcha nunca. Nadie excepto yo: jamás volveré allí. Él no me cuenta demasiado sobre su pasado, pero espero que algún día lo haga. Parece tener mucha curiosidad por saber cómo era mi vida cuando era pequeña, y frunce el ceño cuando le hablo sobre el problema de mi padre con la bebida. Ya se lo había mencionado, cuando discutimos, pero esta vez entro en detalles.

Durante una pausa en la conversación, la mesera aparece con nuestra comida, que tiene un aspecto delicioso.

—Está buena, ¿eh? —pregunta Hardin cuando doy el primer bocado.

Asiento y me limpio la boca. Está exquisita, y ambos dejamos los platos vacíos. Creo que no había tenido tanto apetito en mi vida.

El trayecto de regreso a la residencia transcurre de manera tranquila mientras sus largos dedos me acarician la pierna trazando suaves círculos. Cuando veo el cartel con las siglas «WCU» de la Universidad de Washington Central al llegar al estacionamiento del campus siento una ligera tristeza.

—¿La pasaste bien? —le pregunto.

Me siento mucho más cerca de él ahora que hace un rato. Puede ser un auténtico encanto cuando se lo propone.

—La verdad es que sí. —Parece sorprendido—. Oye, te acompañaría a tu cuarto, pero no tengo energías para soportar el interrogatorio de Steph... —Sonríe y se vuelve hacia mí.

—Tranquilo. Nos vemos mañana —le digo.

No sé si debo besarlo para despedirme o no, de modo que siento un gran alivio cuando me agarra unos mechones de pelo rebeldes y me los coloca detrás de la oreja. Apoyo la cara en la palma de su mano y él se inclina y roza mis labios con los suyos. Empieza con algo tan simple y tierno como un beso, pero siento un torrente de calor que recorre mi cuerpo y necesito más. Hardin me agarra del brazo y me jala para indicarme que me traslade a su asiento. Obediente, me coloco a horcajadas sobre su regazo, con la espalda contra el volante. Noto cómo el asiento se inclina ligeramente, proporcionándonos más espacio, y le levanto la camiseta para deslizar los brazos por debajo de ella. Su torso es firme y le arde la piel. Dibujo con los dedos el tatuaje que tiene en el estómago.

Su lengua masajea la mía y me estrecha entre sus brazos con fuerza. La sensación es casi dolorosa, pero es un dolor que estoy dispuesta a soportar para estar así de cerca de él. Gime en mi boca cuando subo más las manos por debajo de su camiseta. Me encanta hacer que él gima también; causar ese efecto en él. Estoy a punto de perder la razón y dejarme llevar por los sentidos de nuevo cuando de repente suena mi teléfono.

—¿Otra alarma? —bromea.

Sonriendo, abro la boca para responderle alguna fresca, pero cuando miro la pantalla y veo que es Noah, me detengo. Miro a Hardin y sé que se imagina quién es. La expresión de su rostro cambia y, temiendo perderlo, y temiendo que mude su estado de ánimo, rechazo la llamada y dejo caer el celular en el asiento del acompañante. No estoy pensando en Noah en estos momentos. Lo relego al último rincón de mi mente y lo encierro con llave.

Me inclino de nuevo para seguir besando a Hardin, pero él me detiene y se aparta.

—Tengo que irme —dice en tono cortante, y me entra el pánico.

Cuando me echo hacia atrás para mirarlo, su mirada es distante y su frialdad apaga mi fuego.

—Hardin, no he contestado. Voy a hablar con él de esto. Aunque no sé cómo ni cuándo, pero será pronto, te lo prometo.

En el fondo sabía que tendría que romper con Noah desde el momento en que besé a Hardin por primera vez. No puedo seguir con él después de traicionarlo. Siempre estaría sobre mi conciencia como una nube negra de culpa, y ninguno de los dos quiere eso. Lo que siento por Hardin es otro motivo por el que no puedo continuar estando con él. Quiero a Noah, pero si de verdad lo amara como se merece, no tendría estos sentimientos hacia Hardin. No deseo hacerle daño, pero ya no hay vuelta atrás.

—¿De qué vas a hablar con él? —pregunta en tono áspero.

—De todo esto —digo agitando la mano entre nosotros—. De nosotros.

—¿Nosotros? No estarás diciéndome que vas a romper con él... por mí, ¿verdad?

Empiezo a agobiarme. Sé que debería levantarme de su regazo, pero estoy paralizada.

—¿Es que... no quieres que lo haga? —empiezo a balbucear.

—Ya te he dicho que yo no busco una relación, Theresa —dice.

Me quedo paralizada como un cervatillo ante los faros de un coche;

lo único que hace que sea posible que me quite de encima de él es el hecho de que me niego a dejar que me vea llorar otra vez.

—Eres un pendejo —le digo amargamente, y recojo mis cosas del suelo. Hardin me mira como si quisiera decir algo, pero no lo hace—. ¡No quiero que vuelvas a acercarte a mí! ¡Lo digo en serio! —grito, y él cierra los ojos.

Camino todo lo rápido que puedo hasta la residencia, hasta mi habitación y, no sé cómo, consigo contener las lágrimas hasta que estoy en ella y cierro la puerta. Siento un alivio tremendo al ver que Steph no está. Me dejo caer contra la puerta hasta el suelo y comienzo a sollozar. ¿Cómo he podido ser tan idiota? Sabía cómo era cuando accedí a quedar a solas con él, y aun así me he lanzado a la menor oportunidad. Sólo porque hoy ha sido agradable conmigo he pensado... ¿qué?, ¿que sería mi novio? Me río entre sollozos de lo estúpida e ingenua que soy. Ni siquiera puedo enojarme con Hardin. Es verdad que me dijo que no quería nada serio con nadie, pero la hemos pasado tan bien, y él estaba tan simpático y alegre, que por algún motivo he pensado que estábamos estableciendo una especie de relación.

Pero no era más que una pantomima para meterse en mis calzones. Y yo he dejado que lo hiciera.

CAPÍTULO 27

Para cuando Steph regresa del cine, he dejado de llorar, me he dado un baño y estoy más serena.

—¿Qué tal tu... día con Hardin? —pregunta, y saca su pijama del ropero.

—Bien, ha sido tan encantador como siempre —le digo, y consigo echarme a reír.

Quiero contarle lo que hemos hecho, pero me da demasiada vergüenza. Sé que no me va a juzgar y, a pesar de que quiero poder contárselo a alguien, al mismo tiempo no quiero que nadie lo sepa.

Steph me mira con preocupación y aparto la mirada.

—Ten cuidado, ¿de acuerdo?; eres demasiado buena para alguien como Hardin.

Quiero abrazarme a ella y llorar sobre su hombro pero, en lugar de hacerlo, le pregunto:

—¿Qué tal el cine? —Quiero cambiar de tema.

Me cuenta que Tristan no ha parado de darle palomitas y que le está empezando a gustar de verdad. Me entran ganas de vomitar, pero sé que sólo estoy celosa porque Tristan siente por ella algo que Hardin no siente por mí. Sin embargo, me recuerdo a mí misma que yo tengo a alguien que me quiere, y que debo empezar a tratarlo mejor y mantenerme alejada de Hardin, esta vez de verdad.

A la mañana siguiente me levanto hecha pedazos. No tengo energía y siento ganas de llorar a todas horas. Tengo los ojos rojos e hinchados del berrinche de anoche, de modo que me acerco al mueble de Steph y tomo su estuche de maquillaje. Saco el lápiz de ojos café y me pinto una raya muy fina debajo de los ojos y en el párpado superior. Ahora están mucho mejor. Me doy unos toques de polvos para darle a mi piel algo de color. Añado un poco de rímel y estoy como nueva. Satisfecha con mi aspecto, me pongo mis *jeans* ceñidos y una camiseta de tirantes. Me siento algo desnuda, de modo que saco una chamarra de punto blanca del ropero. Es la primera vez que cuido tanto mi aspecto para ir a clase desde el día que nos hicieron la foto para la orla del último año de instituto.

Landon me envía un mensaje para decirme que tendremos que vernos en el salón, de modo que cuando me paso por la cafetería pido un café para él también. Todavía falta bastante para que empiece la clase, así que camino más despacio que de costumbre.

—Hola, Tessa, ¿qué tal? —oigo que me saluda una voz masculina.

Me vuelvo y veo a un chico bastante fresa que viene en mi dirección.

—Bien, Logan, ¿y tú? —digo, y él asiente para indicarme que está bien también.

—¿Vendrás este fin de semana también? —pregunta.

Debe de ser miembro de la fraternidad; es evidente, se ve de dinero y es bastante guapo.

—No, este fin de semana, no. —Me río, y él lo hace también.

—Vaya, la pasamos bien contigo. Bueno, si cambias de idea, ya sabes dónde estamos. Tengo que irme, ya nos veremos. —Se despide quitándose un sombrero invisible para hacer una reverencia y se marcha.

En clase, Landon ya está sentado y me agradece efusivamente que le haya llevado el café.

—Hoy estás distinta —dice mientras me siento.

—Me he maquillado —bromeo, y él sonríe.

No me pregunta por mi noche con Hardin, cosa que le agradezco. No sé qué le diría.

Justo cuando el día empezaba a mejorar, y yo había dejado de pensar en él durante un rato, llega la hora de literatura.

Hardin se sienta delante en su sitio de siempre. Para mi sorpresa, esta vez lleva una camiseta blanca, y es tan fina que se transparentan sus tatuajes. Me fascina lo atractivos que encuentro sus tatuajes y sus *pier-*

cings cuando antes nunca me habían gustado. Aparto rápidamente la mirada, me siento en mi sitio habitual también, a su lado, y saco mis apuntes. No voy a renunciar a mi privilegiada posición por un chico desagradable. No obstante, espero que Landon no tarde en llegar para no sentirme tan sola con Hardin.

—¿Tess? —susurra Hardin cuando el salón empieza a llenarse.

«No. No le contestes. Haz como que no lo oyes», me repito a mí misma.

—¿Tess? —dice, esta vez más alto.

—No me hables, Hardin —replico con los dientes apretados mientras evito mirarlo para no volver a caer en su trampa.

—Ay, vamos —dice, y noto por el tono de su voz que la situación le parece muy chistosa.

Mi tono es severo, pero me da igual.

—Lo digo en serio, Hardin. Déjame en paz.

—Está bien, como quieras —dice con la misma aspereza, y suspiro.

Landon llega y siento un alivio tremendo. Al notar la tensión entre Hardin y yo, me pregunta con su típico tono amable:

—¿Estás bien?

—Sí, estoy bien —miento, y comienza la clase.

Hardin y yo seguimos sin hablarnos durante toda la semana, y cada día que pasa se me hace más fácil no pensar tanto en él. Steph y Tristan han estado saliendo a diario, de modo que he tenido la habitación prácticamente para mí sola, lo cual ha tenido sus cosas buenas y también sus cosas malas. Buenas porque he podido estudiar un montón, pero malas porque me he quedado sola pensando en Hardin. Cada día me he ido maquillando un poco más, pero sigo vistiendo mi ropa holgada y conservadora. El viernes por la mañana siento que ya he tenido suficiente con todo este drama con Hardin. Hasta que todo el mundo empieza a hablar de la fiesta en la casa de la fraternidad. En serio, celebran una todos los viernes, y normalmente los sábados también, así que no consigo entender por qué se emocionan tanto cada vez que se acerca el fin de semana.

Después de que al menos diez personas me pregunten si voy a ir, decido hacer la única cosa que sé que logrará evitar que vaya y llamo a Noah.

—¡Hola, Tessa! —me saluda animadamente por teléfono.

Han pasado varios días desde la última vez que hablamos en el sentido estricto de la palabra, y extrañaba su voz.

—Oye, ¿por qué no vienes a verme? —pregunto.

—Claro. ¿Te queda bien el siguiente fin de semana?

Gruño decepcionada.

—No, me refería a hoy. Ahora mismo. ¿Puedes salir ahora mismo?

—Tessa, tengo entrenamientos después de clase. Y aún estoy en el instituto, es la hora de comer —explica.

—Noah, por favor, te extraño mucho. ¿No puedes salir ya y pasar aquí el fin de semana? ¿Por favor...? —Sé que estoy suplicando, pero me da igual.

—Eh..., está bien, sí. Ahora mismo salgo. ¿Va todo bien?

La felicidad me invade, y me sorprende mucho que el formal de mi novio haya accedido a venir, pero me alegro de que lo haya hecho.

—Sí, sólo te extraño. Hace casi dos semanas que no te veo —le recuerdo.

Se ríe.

—Yo también te extraño. Voy a pedir permiso y saldré dentro de unos minutos, así que te veo dentro de unas tres horas. Te quiero, Tessa.

—Yo también te quiero —digo, y cuelgo.

Bueno, solucionado. Así desaparece cualquier posibilidad de que acabe en esa fiesta.

Una extraña sensación de alivio me inunda de camino a literatura mientras recorro el magnífico edificio de ladrillo en el que se encuentra el salón. Un alivio que desaparece en cuanto entro en clase y veo a Hardin sobre el asiento de Landon.

«¿Qué diablos pasa?»

Me acerco corriendo y llego justo cuando Hardin golpea con la mano la mesa y ruge:

—¡No vuelvas a decir nada parecido, pendejo!

Landon se dispone a levantarse, pero sería una locura que intentara enfrentarse a Hardin. Está fuerte y eso, pero es tan bueno que no me lo imagino golpeando a nadie.

Agarro el brazo de Hardin y lo jalo para alejarlo de Landon. Él levanta la otra mano en el aire y me encojo, pero cuando se da cuenta de que soy yo, la baja y maldice entre dientes.

—¡Déjalo en paz! —le grito, y me vuelvo hacia Landon.

Él parece igual de furioso que Hardin, pero permanece sentado.

—Métete en tus asuntos, Theresa —me suelta Hardin, y se va a su sitio.

Debería sentarse en la parte de atrás o algo.

Me siento entre ambos, me inclino hacia Landon y le susurro:

—¿Estás bien? ¿Qué fue eso?

Mira en dirección a Hardin y suspira.

—Nada. Es que es un cabrón, básicamente —dice en voz alta, y sonríe.

Me río un poco y a continuación me pongo seria. Oigo la respiración agitada de Hardin a mi lado y se me ocurre una idea. Es algo infantil, pero pienso ponerla en práctica de todos modos.

—¡Tengo buenas noticias! —le digo a Landon con mi voz alegre más falsa.

—¿En serio? ¿El qué?

—¡Noah va a venir a visitarme hoy, y pasará aquí el fin de semana! —digo, y sonrío mientras aplaudo de alegría. Soy consciente de que me estoy pasando, pero sé que Hardin me está mirando y me ha oído.

—¿En serio? ¡Eso es genial! —dice Landon con sinceridad.

La clase empieza y termina sin que Hardin me diga ni una palabra. Así es como van a ser las cosas a partir de ahora, y me parece bien. Le deseo a Landon un buen fin de semana y vuelvo caminando a mi habitación para retocarme el maquillaje y comprar algo de comer antes de que llegue Noah. Me río un poco de mí misma mientras me arreglo. «¿Desde cuándo soy la clase de chica que tiene que "retocarse el maquillaje" antes de que llegue su novio?» Creo que la experiencia con Hardin aquel día en el arroyo me cambió, aunque el daño que me hizo después me cambió todavía más. El maquillaje no es más que una ligera variación, pero sé que está ahí.

Como y ordeno un poco el cuarto. Doblo la ropa de Steph y la guardo en su ropero esperando que no le moleste. Por fin, Noah me manda un mensaje para anunciarme que ya ha llegado, y salto de la cama, donde estaba descansando, y salgo corriendo a recibirlo. Está más guapo que nunca, con unos pantalones azul marino y una chamarra de punto de color crema y una camisa blanca debajo. La verdad es que siempre lleva chamarras de punto, pero me encantan. Su sonrisa me enternece el corazón y me estrecha entre sus brazos y me dice que se alegra mucho de verme.

De camino a mi cuarto, me mira un instante y me pregunta:

—¿Te has maquillado?

—Sí, un poco. He estado experimentando —le explico.

Él sonríe.

—Estás guapa —dice, y me da un beso en la frente.

En mi habitación, acabamos buscando en la sección de comedias románticas de Netflix una película que ver. Steph me manda un mensaje para decirme que está con Tristan y que no volverá esta noche, de modo que apago las luces y nos acurrucamos contra la cabecera de mi cama. Noah me pasa el brazo alrededor del hombro y yo apoyo la cabeza en su pecho.

«Ésta soy yo —me digo—, no una chica salvaje nadando con la camiseta de un patán.»

Empezamos a ver una película de la que no había oído hablar, y no pasan ni cinco minutos cuando, de repente, alguien abre la puerta. Imagino que tal vez sea Steph, que ha olvidado algo que necesita.

Pero, cómo no, es Hardin. Sus ojos van directos al lugar donde estamos Noah y yo acurrucados en la cama, iluminados por el resplandor de la televisión. Me pongo roja. Ha venido a contarle lo nuestro a Noah, lo sé. El pánico se apodera de todo mi ser y me aparto de mi novio, haciendo que parezca un sobresalto de sorpresa.

—¿Qué haces tú aquí? —ladro—. ¡No puedes irrumpir en mi cuarto de esta manera!

Hardin sonríe.

—He quedado con Steph —contesta, y se sienta—. Hola, Noah, me alegro de volver a verte. —Sonríe de nuevo, y Noah parece incómodo.

Probablemente se esté preguntando por qué tiene Hardin una llave de la habitación y no se molesta en llamar.

—Está con Tristan, probablemente en tu casa —le digo lentamente, rogando en silencio para que se marche. Como se lo cuente a Noah ahora, no sé cómo voy a superarlo.

—¿Ah, sí? —dice. Sé por su sonrisa maliciosa que sólo ha venido a atormentarme. Probablemente se quedará aquí hasta que yo misma me sincere con él—. ¿Van a venir a la fiesta?

—No..., no vamos a ir. Estamos intentando ver una película —le digo, y Noah me toma de la mano.

Incluso en la oscuridad, veo cómo Hardin fija la mirada donde la mano de Noah toca la mía.

—Qué pena. Será mejor que me marche... —Se vuelve hacia la puerta y me siento algo aliviada, pero entonces da media vuelta—. Ah, Noah... —empieza, y se me cae el alma a los pies—. Llevas una chamarra preciosa.

Exhalo el aire que había contenido sin darme cuenta.

—Gracias, es de GAP —responde él. El pobre no tiene ni idea de que Hardin le está tomando el pelo.

—Me lo imaginaba. Que se diviertan —dice éste, y sale de la habitación.

CAPÍTULO 28

—Supongo que no es tan antipático —dice Noah cuando la puerta se cierra.

Me da la risa nerviosa.

—¿Qué?

Al ver que me mira con una ceja levantada, continúo:

—No pasa nada, es que me sorprende que digas eso —miento pegada a su pecho.

La tensión que inundaba el ambiente hace unos instantes ha desaparecido.

—No estoy diciendo que me gustaría ser amigo suyo, pero es bastante agradable.

—Hardin no sabe lo que es ser agradable —digo, y Noah se ríe y me rodea con los brazos.

Si supiera las cosas que han pasado entre nosotros, que nos hemos besado, cómo gemí su nombre cuando él...

«Mierda, Tessa, basta ya.»

Levanto la cabeza y beso a Noah en la mandíbula. Él sonríe. Quiero que me haga sentir como me hace sentir Hardin. Me incorporo y me vuelvo para mirarlo. Le agarro el rostro entre las manos y pego los labios a los suyos. Su boca se abre y me devuelve el beso. Sus labios son suaves..., como su beso. No es suficiente. Necesito el fuego, necesito la pasión. Coloco las manos en su cuello y me monto sobre su regazo.

—Espera, Tessa, ¿qué estás haciendo? —pregunta, e intenta apartarme suavemente.

—¿Qué? Nada, sólo... quiero que nos toqueteemos, supongo —digo, y bajo la mirada.

No suelo mostrarme cohibida delante de Noah, pero éste es un tema del que no solemos hablar.

—Está bien —dice, y lo beso otra vez.

Siento su calidez, pero no las llamas. Empiezo a menear las caderas con la esperanza de avivarlas de alguna manera. Sus manos descienden hasta mi cintura, pero me la agarra para detener mis movimientos. Sé que habíamos decidido esperar hasta el matrimonio, pero sólo nos estamos besando. Le tomo las manos, se las aparto y continúo meciéndome contra él. Por más que intento besarlo con más intensidad, su boca permanece blanda y tímida. Noto que se excita, pero no hace nada al respecto.

Sé que estoy haciendo esto por las razones equivocadas, pero en estos momentos me da igual, sólo necesito saber que Noah puede hacerme lo mismo que Hardin. «En realidad no es a Hardin a quien deseo, sino la sensación..., ¿verdad?»

Dejo de besarlo y me aparto de su regazo.

—Eso ha estado bien, Tessa. —Sonríe y yo le devuelvo el gesto.

«Ha estado bien.» Es tan prudente, demasiado... Pero lo quiero. Pulso la tecla «Play» para seguir viendo la película y, al cabo de unos minutos, empiezo a quedarme dormida.

—Tengo que irme —dice Hardin mirándome con sus ojos verdes.

—¿Adónde? —No quiero que se vaya.

—Me alojaré en un hotel cercano; volveré por la mañana —explica, y después de mirarlo durante un momento, su rostro se transforma en el de Noah.

Doy un brinco y me froto los ojos. Noah. Es Noah. En ningún momento ha sido Hardin.

—Te estás durmiendo, y no puedo quedarme a pasar la noche aquí —dice Noah con ternura, y me acaricia la mejilla.

Quiero que se quede, pero ahora temo lo que pueda ver o decir en sueños. De todos modos, es evidente que Noah considera que no es de personas decentes quedarse en mi habitación. Hardin y Noah son polos opuestos. En todos los sentidos.

—Está bien, gracias otra vez por venir —digo, y él me besa suavemente en la mejilla antes de deslizarse por debajo de mí.

—Te quiero —dice.

Asiento, entierro la cabeza bajo la almohada y me pierdo en unos sueños que no recuerdo.

A la mañana siguiente, me despierto cuando Noah me llama por teléfono. Me dice que viene de camino, de modo que salto de la cama, corro a las regaderas y pienso en algo que hacer hoy. No hay mucho que hacer por aquí, a menos que vayamos al centro; quizá debería mandarle un mensaje a Landon para preguntarle qué se puede hacer aquí aparte de ir a fiestas de fraternidades. Es el único amigo que tengo en el campus que podría saberlo.

Tras decidir ponerme mi falda gris plisada y una blusa azul sencilla, hago caso omiso de la vocecita de Hardin que me dice que es horrible y me visto.

Noah me espera en el pasillo junto a mi puerta cuando vuelvo con la toalla todavía enrollada en el pelo.

—Estás preciosa —afirma con una sonrisa en la cara, y me pasa el brazo por encima del hombro mientras abro la puerta.

—Sólo tengo que peinarme y maquillarme un poco —le digo, y agarro el maquillaje de Steph, contenta de que no se lo llevara.

Voy a tener que comprarme uno propio ahora que sé que me gusta cómo me queda.

Noah espera pacientemente sentado en mi cama mientras me seco el pelo y me enchino las puntas. Me vuelvo para darle un beso en la mejilla antes de aplicarme el maquillaje.

—¿Qué quieres hacer hoy?

Termino de ponerme el rímel y me acomodo el pelo.

—La facultad te sienta muy bien, Tessa. Estás más guapa que nunca —dice Noah—. No lo sé, podríamos ir a un parque o algo, y después a cenar.

Miro el reloj. ¿Ya es la una de la tarde? Le mando un mensaje a Steph y le digo que estaré fuera casi todo el día. Ella contesta y me dice que no volverá hasta mañana. Básicamente vive en la casa de la fraternidad de Hardin los fines de semana.

Noah abre la puerta del acompañante de su Toyota. Sus padres se aseguraron de que tuviera el coche más seguro, de último modelo. El interior está impecable, sin pilas de libros ni ropa sucia. Damos una vuelta buscando un parque, y no tardamos en hallarlo. Es pequeño, un espacio tranquilo con pasto verde y amarillo y unos pocos árboles.

Cuando nos detenemos en un estacionamiento, Noah pregunta:

—Oye, ¿cuándo vas a conseguir un coche?

—Pues creo que esta semana. Y también voy a empezar a buscar trabajo.

No menciono lo de las prácticas en la editorial Vance que me comentó Hardin. Ni siquiera sé si todavía puedo contar con esa opción, ni cómo se lo explicaría a Noah si así fuera.

—Eso es estupendo. Si necesitas ayuda con lo que sea, dímelo —dice.

Damos una vuelta por el parque y nos sentamos a una mesa de picnic. Noah habla la mayor parte del tiempo y yo me limito a asentir. Me sorprendo a mí misma conectando y desconectando de la conversación sin parar, pero él no parece percatarse. Acabamos paseando un poco más y llegamos a un pequeño arroyo. Suelto una carcajada ante la ironía de la situación, y Noah me mira sin entender nada.

—¿Se te antoja nadar? —le pregunto sin saber muy bien por qué fuerzo aún más la situación.

—¿Aquí? Ni hablar —dice riéndose, y yo me desinflo un poco.

Me cacheteo mentalmente. Tengo que dejar de comparar a Noah con Hardin.

—Sólo era una broma —miento, y lo jalo por el camino.

Son casi las siete cuando nos marchamos del parque, de modo que decidimos pedir una pizza al volver a mi cuarto y ver un clásico: Meg Ryan enamorándose de Tom Hanks a través de un programa de radio. Me muero de hambre para cuando llega la pizza, y me como casi la mitad yo sola. En mi defensa, he de decir que no he comido nada en todo el día.

A mitad de la película suena mi teléfono y Noah alarga el brazo para acercármelo.

—¿Quién es Landon? —pregunta. No hay recelo en su tono, sólo curiosidad.

Nunca ha sido celoso; nunca ha tenido motivos. «Hasta ahora», me recuerda mi subconsciente.

—Es un amigo de la facultad —digo.

¿Por qué me llamará Landon tan tarde? Nunca me ha llamado para nada que no sea para comparar apuntes.

—¡¿Tessa?! —grita por el auricular.

—Sí, ¿está todo bien?

—Pues... No, la verdad es que no. Sé que Noah está ahí, pero... —vacila.

—¿Qué pasa, Landon? —Se me empieza a acelerar el corazón—. ¿Estás bien?

—Sí, no es por mí. Es Hardin.

El pánico se apodera de mí.

—¿Har... Hardin? —tartamudeo.

—Sí, si te doy una dirección, ¿puedes venir, por favor? —Oigo el ruido de algo rompiéndose de fondo.

Salto de la cama y me pongo los zapatos sin apenas darme cuenta. Noah también se levanta, casi por solidaridad.

—Landon, ¿está intentando hacerte daño? —Mi mente es incapaz de pensar qué otra cosa puede estar pasando.

—No, no —responde.

—Mándame un mensaje con la dirección —le digo, y entonces oigo otro estrépito.

Me vuelvo hacia Noah.

—Noah, necesito tu coche.

Él ladea la cabeza.

—¿Qué pasa?

—No lo sé... Es Hardin. Dame tus llaves —le exijo.

Se lleva la mano a la bolsa y las saca.

—Voy contigo —afirma rotundamente.

Pero yo le quito las llaves de la mano y niego con la cabeza.

—No, tú... Tengo que ir sola.

Mis palabras le duelen. Parece herido. Y sé que no está bien dejarlo aquí, pero ahora mismo en lo único en lo que puedo pensar es en llegar hasta Hardin.

CAPÍTULO 29

Landon me envía un mensaje con la dirección: «2875 Cornell Road». La copio y la pego en el programa de navegación de mi celular, que dice que está a quince minutos en coche. ¿Qué puede estar pasando ahí para que Landon me necesite?

Cuando llego al lugar de destino, estoy tan confundida como al salir de mi habitación. Noah me ha llamado dos veces, pero no he contestado. Necesitaba que el GPS siguiera en la pantalla y, sinceramente, la expresión de desconcierto de su rostro me atormenta.

Todas las casas de la calle son enormes y parecen mansiones. Ésta, en particular, es al menos tres veces más grande que la de mi madre. Es una vivienda de ladrillo antigua, con un jardín en pendiente que hace que parezca que está asentada sobre una colina. Es preciosa incluso bajo la luz de los faroles. Supongo que debe de ser la casa del padre de Hardin, ya que no puede pertenecer a un estudiante universitario, y es la única razón que se me ocurre para que Landon pudiera estar aquí. Inspiro hondo, espiro y subo los escalones. Golpeo con fuerza la puerta de caoba oscura y ésta se abre al cabo de unos segundos.

—Tessa, gracias por venir. Lo siento, sé que tienes compañía. ¿Ha venido Noah contigo? —pregunta Landon, y mira hacia el coche al tiempo que me indica que pase.

—No, está en la residencia. ¿Qué pasa? ¿Dónde está Hardin?

—En el patio trasero. Está fuera de control —suspira resignado.

—Y ¿para qué me has hecho venir? —pregunto lo más amablemente que puedo.

«¿Qué tengo que ver yo con que Hardin esté fuera de control?»

—No lo sé, sé que lo detestas, pero tú hablas con él. Está muy borracho, y se ha puesto muy agresivo. Se ha presentado aquí y ha abierto una botella de whisky de su padre. ¡Se ha bebido más de media! Y después ha empezado a romper cosas: todos los platos de mi madre, un mueble de cristal, y básicamente todo lo que ha encontrado.

—¿Qué? ¿Por qué?

Hardin me dijo que no bebía. ¿Eso también era mentira?

—Su padre le ha dicho que va a casarse con mi madre...

—Bien. —Sigo confundida—. Y ¿Hardin no quiere que se casen? —pregunto mientras Landon me guía hacia la amplia cocina.

Me quedo boquiabierta al ver el auténtico desastre que ha organizado Hardin. Hay un montón de platos rotos tirados por el suelo y una vitrina grande de madera volcada, con los cristales de las puertas hechos añicos.

—No, pero es una larga historia. Justo después de que su padre lo llamara para contárselo, se marcharon de la ciudad durante el fin de semana para celebrarlo. Creo que por eso ha venido aquí, para enfrentarlo. Nunca pisa esta casa —me explica, y abre la puerta trasera.

Veo una sombra sentada en una pequeña mesa en el patio. Es Hardin.

—No sé qué crees que puedo hacer yo, pero lo intentaré.

Landon asiente. Se inclina y me coloca la mano en el hombro.

—Estaba gritando tu nombre —me dice en voz baja, y mi corazón se detiene.

Camino hacia Hardin y él levanta la vista. Tiene los ojos inyectados en sangre, y el pelo escondido bajo un gorro de lana gris. Abre unos ojos como platos, y entonces estos se ensombrecen y quiero retroceder. Su aspecto casi resulta aterrador bajo la tenue luz del patio.

—¡¿Qué estás haciendo tú aquí?! —grita, y se pone de pie.

—Landon me ha... —contesto, y entonces desearía no haberlo hecho.

—Carajo, ¡¿la has llamado?! —grita en dirección a Landon, que vuelve a entrar en la casa.

—Déjalo en paz, Hardin. Está preocupado por ti —lo reprendo.

Se sienta de nuevo, y me hace un gesto para que haga lo mismo. Tomo asiento delante de él y lo observo mientras agarra la botella casi vacía de licor oscuro y se la lleva a la boca. Veo cómo su manzana se mueve mientras la apura. Cuando ha terminado, deja la botella con fuerza contra la mesa de cristal y doy un respingo al pensar que podría haberse roto la botella, la mesa o las dos cosas.

—Vaya pareja. Qué predecibles son. El pobrecito Hardin está enojado, ¡así que se alían en mi contra para intentar hacer que me sienta mal por haber destrozado una maldita vajilla! —dice arrastrando las palabras con una sonrisa enfermiza.

—¿No decías que no bebías? —inquiero, y me cruzo de brazos.

—Y no lo hacía. Hasta ahora, supongo. No seas condescendiente conmigo; tú no eres mejor que yo —replica apuntándome con un dedo, y agarra la botella para darle otro trago.

Me da miedo, pero no puedo negar que estar cerca de él, aunque esté así de borracho, hace que me sienta viva. He extrañado cómo me hace sentir.

—No he dicho que sea mejor que tú. Sólo quiero saber por qué estás bebiendo.

—Y ¿a ti qué te importa? ¿Dónde está tu «novio»? —Me mira directamente a los ojos, y el sentimiento que los suyos me transmiten es tan intenso que me veo obligada a apartar la mirada. Ojalá supiera de qué sentimiento se trata; imagino que es odio.

—Está en mi habitación —digo—. Sólo quiero ayudarte, Hardin. —Me inclino un poco sobre la mesa para tocarle la mano, pero él la aparta.

—¿Ayudarme? —Se echa a reír.

Deseo preguntarle por qué estaba gritando mi nombre si va a seguir comportándose de este modo tan despreciable, pero no quiero volver a delatar a Landon.

—Si de verdad quieres ayudarme, lárgate.

—¿Por qué no me cuentas qué te pasa? —Me miro las manos y empiezo a limpiarme las uñas.

Suspira, se quita el gorro de lana y se pasa la mano por el pelo antes de volver a colocárselo.

—Mi padre ha decidido contarme, precisamente ahora, que va a casarse con Karen, y que la boda es el mes que viene. Debería habérmelo dicho hace tiempo, y desde luego no por teléfono. Estoy convencido de que Landon el perfecto lo sabe desde hace tiempo.

«¡Vaya!» La verdad es que no esperaba que me lo contara, así que ahora no sé muy bien qué decir.

—Seguro que tenía sus motivos para no decírtelo.

—Tú no lo conoces. No le importo una mierda. ¿Sabes cuántas veces hemos hablado el último año? ¡Unas diez! Lo único que le importa es su enorme casa, su ahora futura esposa y su nuevo hijito perfecto —balbucea, y da otro trago. Yo aguardo en silencio mientras prosigue—: Deberías ver el cuchitril en el que vive mi madre en Inglaterra. Ella dice que le gusta, pero sé que no es verdad. ¡Toda la casa es más pequeña que el dormitorio que tiene mi padre aquí! Mi madre prácticamente me obligó a venir a estudiar a los Estados Unidos, para que estuviera más cerca de él, ¡y mira cómo ha salido todo!

Tras la información que me ha proporcionado, creo que empiezo a entenderlo mucho mejor. Hardin está dolido; por eso es como es.

—¿Cuántos años tenías cuando se fue? —le pregunto.

Me mira con recelo, pero contesta:

—Diez. Pero incluso antes de que se marchara, nunca estaba en casa. Se pasaba cada noche en un bar diferente. Y ahora es don Perfecto y posee toda esta mierda —dice señalando con la mano hacia la casa.

Su padre los abandonó cuando tenía diez años, como el mío, y ambos eran alcohólicos. Tenemos más en común de lo que pensaba. Este Hardin herido y borracho parece mucho más pequeño, mucho más frágil que la persona enérgica y socarrona que había conocido hasta ahora.

—Siento que los abandonara, pero...

—No, no necesito tu compasión —me interrumpe.

—No es compasión. Sólo intento...

—¿Qué intentas?

—Ayudarte. Estar aquí para ti —digo con ternura.

Él sonríe. Es una sonrisa preciosa pero vacía, y, aunque me gustaría tener esperanzas de poder ayudarlo con esto, sé perfectamente lo que viene a continuación.

—Eres patética. ¿No ves que no te quiero aquí? No quiero que estés aquí para mí. Sólo porque me haya metido contigo no significa que quiera nada de ti. Pero aquí estás, y dejas al «lindo» de tu novio, que sorprendentemente soporta estar contigo, para venir a verme e intentar «ayudarme». Eso, Theresa, es la pura definición de la palabra *patética* —dice marcando las sílabas mientras dibuja unas comillas en el aire.

Su voz está cargada de ponzoña, tal y como imaginaba, pero decido pasar por alto el dolor que siento en el pecho y lo miro.

—Sé que no has querido decir eso.

Me viene a la mente el recuerdo de hace una semana, cuando estaba riéndose y hundiéndome en el agua, y no tengo claro si es un gran actor o un auténtico mentiroso.

—Claro que sí. Lárgate —dice, y levanta la botella para dar otro trago.

Alargo el brazo por encima de la mesa, se la quito de las manos y la lanzo por el patio.

—¡¿Qué mierda haces?! —grita, pero yo hago caso omiso y me dirijo hacia la puerta trasera.

Oigo cómo se tambalea y se planta delante de mí.

—¿Adónde vas? —dice con el rostro a unos centímetros del mío.

—A ayudar a Landon a limpiar el desastre que has armado, y después me voy a casa.

Mi voz suena mucho más calmada de lo que estoy en realidad.

—Y ¿por qué vas a ayudarlo? —pregunta con absoluto desprecio.

—Porque, a diferencia de ti, él merece que alguien lo ayude —replico, y su rostro se ensombrece.

Debería decirle más cosas. Debería gritarle por todas las cosas hirientes que me ha dicho, pero sé que eso es lo que quiere. A eso es a lo que se dedica, a hacer daño a todos los que lo rodean, y después se regocija en el caos que eso provoca.

Finalmente, se aparta despacio de mi camino.

Una vez dentro, encuentro a Landon agachado, intentando levantar la vitrina.

—¿Dónde está la escoba? —pregunto cuando ha terminado.

Él me regala una sonrisa de agradecimiento.

—Ahí mismo —señala—. Gracias por todo.

Asiento y empiezo a barrer los platos rotos. Hay muchísimos. Me siento fatal al pensar que cuando regrese la madre de Landon se encontrará con que todos sus platos han desaparecido. Espero que no tuvieran un gran valor sentimental para ella.

—¡Ay! —exclamo al clavarme un pedazo de cristal en el dedo.

Unas gotitas de sangre caen sobre el suelo de madera y corro hacia el fregadero.

—¿Estás bien? —pregunta Landon preocupado.

—Sí, es sólo un ligero corte, no sé por qué sale tanta sangre.

La verdad es que no me duele mucho. Cierro los ojos, dejo caer el agua sobre mi dedo y, al cabo de unos minutos, oigo que la puerta trasera se abre. Abro los ojos de nuevo, me vuelvo y veo a Hardin en el umbral.

—Tessa, ¿podemos hablar, por favor? —pregunta.

Sé que debería contestar que no, pero al ver el contorno de sus ojos enrojecido, asiento. Desvía la mirada hacia mi mano y después hacia la sangre en el suelo.

Se acerca a mí rápidamente.

—¿Estás bien? ¿Qué te ha pasado?

—No es nada, me he clavado un cristalito —le contesto.

Toma mi mano y la saca del agua. Y, cuando me toca el brazo, siento esa electricidad. Me mira el dedo, frunce el ceño, me suelta y se dirige hacia Landon. «¿Acaba de llamarme patética y ahora se muestra preocupado por mi salud?» Me va a volver loca, literalmente, y acabarán teniendo que encerrarme en una habitación acolchada.

—¿Dónde están los curitas? —le pregunta a Landon con tono exigente.

Él le contesta que están en el baño. Al cabo de un minuto, Hardin regresa y me toma la mano de nuevo. Primero vierte un poco de gel antibacterial en el corte y después me envuelve el dedo con cuidado. Permanezco callada, tan confundida ante las acciones de Hardin como Landon parece estarlo.

—¿Podemos hablar, por favor? —pregunta de nuevo, y aunque sé que no debería..., ¿desde cuándo hago lo que debo cuando Hardin está implicado?

Asiento, y él me agarra de la muñeca y me lleva afuera de nuevo.

CAPÍTULO 30

Cuando volvemos a la mesa del patio, Hardin me suelta de la muñeca y mueve la silla para que me siente. Noto que la piel me arde literalmente tras su tacto, y me paso los dedos por encima mientras él agarra la otra silla y la arrastra por el suelo de piedra para sentarse delante de mí. Cuando lo hace, está tan cerca que sus rodillas casi tocan las mías.

—¿Y bien?, ¿de qué quieres hablar, Hardin? —le pregunto con el tono más frío que soy capaz de adoptar.

Inspira hondo, se quita el gorro de lana de nuevo y lo deja sobre la mesa. Observo cómo se pasa los largos dedos por su tupido pelo y me mira a los ojos.

—Lo siento —dice con una intensidad que me obliga a apartar la mirada y a fijarla en el árbol grande del patio. Se aproxima—. ¿Me has oído? —pregunta.

—Sí, te he oído —le contesto, y vuelvo a mirarlo.

Está más loco de lo que yo creía si piensa que sólo porque haya dicho que lo siente voy a olvidar todas las cosas horribles que no deja de hacerme casi a diario.

—Eres una persona muy difícil —dice, y se apoya contra el respaldo de la silla.

Tiene en la mano la botella que he tirado antes por el patio, y le da otro trago. ¿Cómo es posible que no haya perdido el conocimiento todavía?

—¿Que *yo* soy difícil? —inquiero—. ¡¿No hablarás en serio?!... ¿Qué esperas que haga, Hardin? Eres cruel conmigo. Tremendamente cruel —digo, y me muerdo el labio inferior.

No pienso llorar delante de él otra vez. Noah nunca me ha hecho llorar; hemos discutido algunas veces en todos estos años, pero nunca me he sentido tan mal como para llorar.

—No lo pretendo —dice con voz grave, y sus palabras parecen cortar el aire nocturno.

—Sí lo pretendes, y lo sabes. Lo haces a propósito. Nunca nadie me había tratado tan mal en toda mi vida.

Me muerdo el labio con más fuerza. Siento el nudo en la garganta. Si lloro, ganará él. Eso es lo que quiere.

—Y ¿por qué sigues relacionándote conmigo? ¿Por qué no lo dejas?

—Porque... no lo sé. Pero te aseguro que, después de lo de esta noche, se terminó. Voy a dejar la clase de literatura. Ya la haré el semestre que viene. —No había planeado hacer eso hasta ahora, pero es justo lo que debería hacer.

—Por favor, no hagas eso.

—¿A ti qué te importa? No querrás verte obligado a estar cerca de alguien tan patético como yo, ¿verdad? —Me hierve la sangre. Si supiera las palabras exactas que pudieran hacerle el mismo daño que él me hace a mí siempre, las diría sin pensar.

—No quería decir eso... Yo soy el patético aquí.

Lo miro directamente.

—No voy a discutírtelo —contesto.

Da otro trago y, cuando me dispongo a quitarle la botella, la aparta.

—¿Qué pasa? ¿Eres el único que puede emborracharse? —pregunto, y en su rostro se forma una sonrisa sarcástica.

La luz del patio se refleja en el aro de su ceja mientras me tiende la botella.

—Pensaba que ibas a tirarla otra vez —dice.

Debería hacerlo, pero me la llevo a los labios. El licor está caliente y sabe a regaliz quemado y empapado de alcohol desinfectante. Me dan arcadas, y Hardin se ríe.

—¿Con qué frecuencia bebes? Me dijiste que no bebías nunca —digo. Tengo que volver a enojarme con él después de que conteste.

—Antes de esta noche habían pasado seis meses. —Desvía la mirada al suelo como si estuviera avergonzado.

—Pues no deberías beber nada. Te hace ser peor persona que de costumbre.

—¿Crees que soy mala persona? —dice mirando todavía al suelo con expresión seria.

«¿Qué pasa? ¿Está tan borracho que se considera bueno?»

—Sí —digo.

—No lo soy. Bueno, puede que lo sea. Quiero que tú... —empieza, pero se detiene, se incorpora y se apoya en el respaldo de la silla.

—¿Quieres que yo qué?

Necesito saber qué iba a decir. Le paso la botella, pero él la deja sobre la mesa. No quiero beber; con un trago es suficiente, y no quiero acabar en el mismo estado en que se encuentra Hardin.

—Nada —dice, mintiendo.

«¿Qué estoy haciendo aquí?» Noah está en mi habitación, esperándome, y yo estoy aquí, perdiendo aún más el tiempo con Hardin.

—Tengo que irme. —Me levanto y me dispongo a dirigirme hacia la puerta trasera.

—No te vayas —dice él con voz suave.

Mis pies se detienen de inmediato ante su ruego. Me vuelvo y me encuentro a Hardin a pocos centímetros de mí.

—¿Por qué no? ¡¿Aún no has terminado de insultarme?! —grito, y doy media vuelta.

Me agarra del brazo y me obliga a volverme de nuevo de un jalón.

—¡No me des la espalda! —grita todavía más alto que yo.

—¡Debería habértela dado hace mucho tiempo! —le espeto, y lo golpeo en el pecho—. ¡Ni siquiera sé qué estoy haciendo aquí! ¡He venido corriendo en cuanto Landon me ha llamado! ¡He dejado a mi novio, que, como tú mismo has dicho, es el único que soporta estar conmigo, porque estaba preocupada por ti! ¿Sabes qué? Tienes razón, Hardin: soy patética. Soy patética por venir aquí, y soy patética por intentar siquiera...

Pero, entonces, pega los labios a los míos e interrumpe mi discurso. Lo golpeo en el pecho para detenerlo, pero no cede. Cada milímetro de mi ser quiere devolverle el beso, pero me contengo. Siento su lengua intentando abrirse paso entre mis labios, y me envuelve con sus fuertes brazos, estrechándome más contra sí a pesar de mis intentos por evitarlo. No sirve de nada; es más fuerte que yo.

—Bésame, Tessa —dice contra mis labios.

Sacudo la cabeza y él gruñe con frustración.

—Por favor, bésame. Te necesito.

Sus palabras me detienen. Este hombre horrible, borracho y grosero acaba de decir que me necesita, y por alguna razón ha sonado como poesía para mis oídos. Hardin es como una droga. Cada vez que consumo la dosis más mínima de él, ansío más y más. Absorbe mis pensamientos e invade mis sueños.

En el momento en que mis labios se separan, él pega la boca a la mía de nuevo, pero esta vez no me resisto. No puedo. Sé que ésta no es la respuesta a mis problemas, y que lo único que hago así es cavarme un agujero más hondo, pero ahora mismo todo me da igual. Lo único que importa son sus palabras, y cómo las ha pronunciado: «Te necesito».

¿Es posible que Hardin me necesite con la misma desesperación que yo a él? Lo dudo, pero por ahora quiero pensar que sí. Eleva una de sus manos hasta mi mejilla y me acaricia el labio inferior con la lengua. Me estremezco, y él sonríe. El *piercing* de su labio me hace cosquillas en la comisura de la boca. Oigo un crujido y me aparto. Él permite que interrumpa nuestro beso, pero sigue envolviéndome fuertemente con los brazos, con el cuerpo pegado al mío. Miro hacia la puerta y rezo para que Landon no haya presenciado mi terrible lapsus. Afortunadamente, no lo veo.

—Hardin, de verdad, tengo que irme —digo a continuación bajando la mirada—. No podemos seguir haciendo esto; no nos hace ningún bien.

—Sí podemos —responde él, y me levanta la barbilla para obligarme a mirarlo a sus ojos verdes.

—No, no podemos. Tú me detestas, y yo no quiero seguir siendo tu saco de boxeo. Me confundes. Me dices que no me soportas o me humillas después de que compartí contigo la experiencia más íntima de mi vida. —Abre la boca para interrumpirme, pero yo pongo un dedo contra sus labios rosados y prosigo—: Y al momento siguiente me besas y me dices que me necesitas. No me gusta la clase de persona en la que me convierto cuando estoy contigo, y odio sentirme como me siento cuando me dices cosas horribles.

—¿En qué clase de persona te conviertes cuando estás conmigo? —Sus ojos verdes analizan mi rostro mientras espera una respuesta.

—En alguien que no quiero ser, alguien que engaña a su novio y que llora constantemente —le explico.

—¿Sabes quién creo que eres cuando estás conmigo? —Me acaricia la línea de la mandíbula con el pulgar y yo intento mantenerme centrada.

—¿Quién?

—Tú misma. Creo que eres la verdadera Tessa, y que sólo estás demasiado ocupada preocupándote por lo que los demás puedan pensar de ti como para darte cuenta.

No sé qué pensar al respecto, pero parece tan sincero, tan seguro de su respuesta, que me tomo un segundo para meditar sobre sus palabras.

—Y sé lo que te hice después de masturbarte. —Se da cuenta de mi gesto de incomodidad y continúa—: Siento... lo de nuestra experiencia, sé que no estuvo bien. Me sentí fatal cuando bajaste del coche.

—Lo dudo —le digo al recordar lo mucho que lloré esa noche.

—Es verdad, te lo juro. Sé que crees que soy una mala persona..., pero tú haces que... —Se interrumpe—. Olvídalo.

«¿Por qué se detiene?»

—Termina la frase, Hardin, o me voy ahora mismo —le advierto, y lo digo en serio.

La manera en que sus ojos parecen llamear cuando me mira, y el modo en que sus labios se separan lentamente, como si cada palabra ocultara algo, una verdad o una mentira, hacen que aguarde su respuesta.

—Tú... haces que quiera ser buena persona —dice al fin—. Quiero ser bueno por ti, Tess.

CAPÍTULO 31

Intento apartarme de él, pero me retiene con demasiada fuerza. Debo de haberlo entendido mal. Mis emociones me están confundiendo, de modo que desvío la vista hacia la oscuridad del patio para tratar de entender el significado que se esconde tras esas palabras. ¿Hardin quiere ser mejor persona por mí? «¿En qué sentido? No puede estar diciéndolo en serio..., ¿verdad?»

Vuelvo a mirarlo, con los ojos empañados de lágrimas.

—¿Qué?

Parece sereno..., ¿sincero? ¿Esperanzado? «¿Qué?»

—Ya me has oído.

—No. Creo que no te he entendido bien.

—Me has entendido perfectamente. Haces que sienta... cosas que no había sentido antes. No sé cómo manejar esta clase de sentimientos, Tessa, así que hago lo único que sé hacer. —Hace una pausa y deja escapar el aliento contenido—. Comportarme como un pendejo.

Una vez más, me encuentro en trance.

—Esto no funcionaría, Hardin, somos muy diferentes. Y, para empezar, tú no buscas una relación, ¿recuerdas?

—No somos tan diferentes, nos gustan las mismas cosas; a los dos nos apasiona leer, por ejemplo —dice con el aliento cargado de alcohol.

Aunque lo estoy viviendo, no me puedo creer que Hardin esté intentando convencerme de que podríamos estar bien juntos.

—Tú no buscas una relación —le recuerdo de nuevo.

—Lo sé, pero podríamos... ¿ser amigos?

Ya estamos. Hemos vuelto al principio.

—Tú mismo dijiste que no podíamos ser amigos. Y no quiero ser amiga tuya, sé lo que quieres decir con eso. Quieres todas las ventajas de un novio sin tener que comprometerte.

Entonces, se tambalea. Se apoya contra la mesa y me suelta.

—¿Qué tiene eso de malo? ¿Por qué necesitas una etiqueta? —replica.

Agradezco el espacio que hay ahora entre nosotros y el aire fresco sin olor a whisky.

—Porque, aunque últimamente no lo he demostrado, tengo amor propio. No pienso ser tu juguete, y menos si eso implica que me trates como un trapo. —Elevo los brazos en el aire—. Y, además, ya estoy con alguien, Hardin.

Sus malévolos hoyuelos aparecen acompañando a su sonrisa.

—Sí, pero mira dónde estás ahora.

Reflexiono y le digo:

—Yo lo quiero, y él me quiere a mí.

Y entonces veo cómo cambia la expresión en su rostro. Se tambalea hasta apoyarse en la silla.

—No me digas eso —dice arrastrando las palabras, que salen más rápidas que antes.

Casi había olvidado lo borracho que estaba.

—Sólo dices esas cosas porque estás borracho; mañana volverás a odiarme.

—No te odio. —Se inclina ligeramente hacia adelante.

Ojalá no tuviera este efecto en mí. Ojalá pudiera largarme sin más. Pero, en lugar de hacerlo, me quedo y lo oigo decir:

—Si eres capaz de mirarme a los ojos y decirme que quieres que te deje en paz y que no vuelva a hablarte nunca, lo haré. Te juro que desde hoy mismo no volveré a acercarme a ti. Sólo tienes que decirlo.

Abro la boca para decirle justo eso: que no se acerque a mí; para decirle que no quiero volver a verlo.

Pero entonces se vuelve hacia mí y se aproxima.

—Dímelo, Tessa. Dime que no quieres volver a verme nunca.

Me toca. Me acaricia los brazos y se me eriza todo el vello del cuerpo inmediatamente.

—Dime que no quieres volver a sentir mi tacto —susurra, y desliza la mano hasta mi cuello. Su dedo índice recorre mi clavícula y asciende de nuevo por mi garganta. Oigo cómo mi respiración se acelera cuando acerca los labios a pocos centímetros de los míos—. Dime que no quieres que vuelva a besarte —dice, y percibo el olor del whisky y siento el calor de su aliento—. Dímelo, Theresa —repite, y yo gimo.

—Hardin —susurro.

—No puedes resistirte a mí, Tessa, del mismo modo que yo no puedo resistirme a ti. —Sus labios están tan cerca de los míos que casi se rozan—. Quédate conmigo esta noche —me dice, y hace que yo desee obedecerlo ciegamente.

Un movimiento junto a la puerta llama entonces mi atención y me aparto de Hardin de golpe. Levanto la vista y veo el rostro confundido de Landon. Entonces da media vuelta y desaparece del umbral.

Vuelvo a la realidad al instante.

—Tengo que irme —digo, y Hardin maldice entre dientes.

—Por favor, quédate. Quédate conmigo sólo esta noche, y si por la mañana decides que no quieres volver a verme... Por favor, quédate. Te lo estoy suplicando, y yo no suplico, Theresa.

Me sorprendo a mí misma asintiendo antes de poder refrenarme.

—Y ¿qué voy a decirle a Noah? Me está esperando, y yo tengo su coche.

«No puedo creer que me esté planteando esto en serio.»

—Dile que tienes que quedarte porque... No sé. No le digas nada. ¿Qué es lo peor que puede hacer?

Me estremezco. Se lo contará a mi madre, sin duda. De repente me siento furiosa con Noah; no debería preocuparme de que mi novio vaya de soplón con mi madre, aunque haga algo malo.

—Además, probablemente ya esté durmiendo —dice Hardin.

—No, no tiene manera de volver a su hotel.

—¿Su hotel? ¿Es que no se queda a dormir contigo?

—No, ha reservado una habitación en un hotel cercano.

—Y ¿tú te quedas allí con él?

—No, él duerme allí —digo algo avergonzada—, y yo en mi habitación.

—¿Seguro que es hetero? —pregunta Hardin, y sus ojos inyectados en sangre brillan de diversión.

Abro unos ojos como platos.

—¡Por supuesto que sí!

—Perdona, pero es que hay algo que no me checa. Si fueras mía, no sería capaz de mantenerme alejado de ti. Te cogería a cada ocasión que tuviera.

Me quedo boquiabierta. Las palabras groseras de Hardin surten un extraño efecto en mí. Me pongo roja y aparto la vista.

—Vayamos adentro —lo oigo decir—. Los árboles no paran de balancearse, y creo que eso es un indicio de que he bebido demasiado.

—¿Vas a dormir aquí? —Había dado por hecho que volvería a la casa de la fraternidad.

—Sí, y tú también. Vamos.

Me agarra de la mano y nos dirigimos a la puerta trasera.

Tendré que buscar a Landon e intentar explicarle lo que ha visto a través de la puerta. No sé qué me está pasando, así que no tengo muy claro cómo voy a explicárselo, pero debo conseguir que lo entienda de alguna manera. Mientras cruzamos la cocina, veo que el desastre está casi recogido del todo.

—Tendrás que limpiar el resto mañana —le digo a Hardin, y él asiente.

—Lo haré —promete. Otra promesa que espero que cumpla.

Con mi mano en la suya, me guía hacia la enorme escalera. Rezo para que no nos encontremos con Landon por el pasillo, y me siento aliviada al ver que no lo hacemos.

Hardin abre la puerta que da a un cuarto totalmente oscuro y me jala despacito para que pase.

CAPÍTULO 32

Mis ojos se adaptan a la oscuridad, aunque la única claridad que hay es la de la luz de la luna que se filtra por el amplio ventanal.

—¿Hardin? —susurro.

Oigo que maldice al tropezar con algo e intento no reírme.

—Estoy aquí —dice, y enciende una lámpara del escritorio.

Observo la enorme habitación, que me recuerda a la de un hotel. Una cama con dosel con sábanas oscuras está centrada contra la pared que hay al otro extremo del cuarto; parece de tamaño extragrande, con al menos veinte almohadones encima. El escritorio de madera de cerezo también es enorme, y el monitor de la computadora que reposa sobre éste es más grande que la televisión de mi habitación en la residencia. El gran ventanal tiene un banco adosado, mientras que las demás ventanas están cubiertas por unas gruesas cortinas azul marino que impiden que entre la luz de la luna.

—Éste es mi... cuarto —dice Hardin, y se frota el cuello con la mano. Parece casi avergonzado.

—¿Tienes un cuarto aquí? —pregunto, aunque es evidente que sí.

Es la casa de su padre, y Landon vive aquí. Él me dijo que Hardin nunca venía, así que tal vez por eso parece más un museo, con todo nuevo y un aire muy impersonal.

—Sí... Nunca he dormido aquí... hasta esta noche.

Se sienta en un baúl que hay a los pies de la cama y se desata las botas. Se quita los calcetines y los mete dentro del calzado. No puedo creer que vaya a formar parte de una primera vez de algo para Hardin.

—Vaya, ¿y eso por qué? —pregunto, aprovechándome de su ebria honestidad.

—Porque no quiero. Odio esta casa —responde en voz baja.

Se desabrocha los pantalones negros y los desliza por sus piernas.

—¿Qué estás haciendo?

—Desnudarme —responde, afirmando lo obvio.

—Pero ¿por qué?

Aunque una parte de mí está deseando sentir sus manos sobre mi cuerpo de nuevo, espero que no crea que voy a practicar sexo con él.

—No querrás que duerma con pantalones y botas —dice medio riéndose.

Se aparta el pelo de la frente y éste se le queda de punta. Todos sus gestos avivan el fuego salvaje que recorre mi cuerpo.

—Ah —respondo.

Se quita la camiseta y yo aparto la mirada. Su estómago tatuado es perfecto. Me lanza la prenda pero no la agarro y dejo que caiga al suelo. Levanto una ceja y él sonríe.

—Póntela para dormir. Supongo que no querrás meterme en la cama con la ropa interior. Aunque, por supuesto, a mí no me importaría en absoluto que lo hicieras. —Me guiña un ojo y me río como una tonta.

«¿Por qué me estoy riendo?»

No puedo dormir con su camiseta, me sentiré demasiado desnuda.

—Dormiré con lo que llevo puesto —decido.

Observa mi ropa. No ha hecho ningún comentario grosero respecto a mi falda larga ni mi blusa azul holgada, así que espero que no empiece ahora.

—Bueno, como quieras; si prefieres estar incómoda, adelante.

Se dirige a la cama, vestido sólo con su bóxer, y empieza a tirar los cojines de decoración de la cama al suelo.

Me acerco y abro el baúl, que, como había imaginado, está vacío.

—No los tires al suelo. Van aquí —le digo, pero él se ríe y arroja otro más al suelo.

Gruñendo, recojo los cojines y los guardo en el baúl. Hardin se ríe de nuevo y retira la colcha antes de dejarse caer sobre el colchón. A continuación se lleva los brazos detrás de la cabeza, cruza los pies y me sonríe. Las palabras tatuadas en sus costillas se estiran por la posición de sus brazos. Su cuerpo largo y definido es exquisito.

—No irás a lloriquear por tener que dormir en la cama conmigo, ¿verdad? —pregunta, y pongo los ojos en blanco.

No pensaba hacerlo. Sé que está mal, pero deseo dormir en la cama con Hardin más de lo que he deseado nunca nada antes.

—No, la cama es lo bastante grande para los dos —respondo con una sonrisa.

No sé si es por su sonrisa o por el hecho de que sólo lleve puesto el bóxer, pero estoy de mucho mejor humor que antes.

—Ésa es la Tessa que a mí me gusta —bromea, y el corazón se me sale del pecho ante su elección de palabras. Sé que no le gusto, y que nunca le gustaré, no de esa manera, pero me ha encantado oírlo de sus labios.

Me meto en la cama y me acurruco en un extremo, lo más alejada del cuerpo de Hardin que puedo. Un centímetro más y me caeré al suelo. Oigo cómo se ríe y me vuelvo para mirarlo.

—¿Qué te hace tanta gracia?

—Nada —miente, y se muerde el labio para intentar no reírse.

Me gusta este Hardin juguetón; su humor es contagioso.

—¡Dímelo! —digo haciendo pucheros.

Sus ojos se centran en mi boca y se lame los labios antes de atrapar el *piercing* entre los dientes.

—Nunca has dormido con un chico, ¿verdad?

Se pone de lado y se acerca un poco a mí.

—No —respondo sencillamente, y su sonrisa se intensifica.

Estamos sólo a medio metro de distancia y, sin pensar, alargo la mano y le meto el dedo en el hoyuelo de la mejilla. Él me mira a los ojos sorprendido. Me dispongo a apartar la mano, pero él me la agarra y vuelve a pegarla a su cara, después empieza a subirla y a bajarla por su mejilla lentamente.

—No entiendo por qué nadie te ha cogido todavía; con toda esa planificación que haces, debes de oponer una buena resistencia —dice, y trago saliva.

—Nunca he tenido que resistirme con nadie —admito.

Los chicos del instituto me encontraban atractiva y me echaban los perros, pero nadie intentó nunca hacerlo conmigo. Todos sabían que estaba con Noah; éramos populares y a los dos nos votaban como reyes del baile todos los años.

—O estás mintiendo o fuiste a un instituto de ciegos —replica—. Sólo con mirarte los labios se me pone dura.

Sofoco un grito ante sus palabras, y él se ríe. Acerca mi mano a su boca y la pasa por sus labios húmedos. Siento su aliento cálido en mis dedos, y me sorprende cuando saca los dientes y me muerde la yema del dedo índice con suavidad, lo que me provoca ese extraño hormigueo en la parte inferior del estómago. Desliza mi mano por su piel y las puntas de mis dedos recorren el tatuaje de una enredadera que tiene en el cuello. Hardin me observa detenidamente, pero no me frena.

—Te gusta cómo te hablo, ¿verdad? —Su expresión es oscura, pero muy sexi... Contengo la respiración, y él sonríe—. Veo cómo te sonrojas, y oigo cómo se altera tu respiración. Contéstame, Tessa, utiliza esos labios carnosos que tienes —dice, y me río tímidamente.

No sé qué otra cosa hacer. Jamás admitiré que sus palabras activan algo en lo más profundo de mi ser.

Me suelta la mano pero envuelve mi muñeca con sus dedos y hace desaparecer el espacio que nos separa. Tengo calor, demasiado. Necesito refrescarme o no tardaré en empezar a sudar.

—¿Puedes encender el ventilador? —pregunto, y él arruga la frente—. Por favor.

Suspira, pero se levanta de la cama.

—Si tienes calor, ¿por qué no te quitas toda esa ropa tan pesada? Además, parece que esa falda pica.

Ya me extrañaba que no se metiera con mi ropa, pero su comentario me hace sonreír porque sé cuáles son sus verdaderas intenciones.

—Deberías vestirte acorde con tu figura, Tessa. Esa ropa esconde todas tus curvas. Si no te hubiese visto en ropa interior, jamás habría imaginado lo sexi que eres y las magníficas curvas que tienes. Esa falda es como un saco de papas.

Me río ante esa especie de insulto y cumplido a la vez.

—¿Qué sugieres que me ponga? ¿Medias de rejilla y tops palabra de honor?

—No. Bueno, me encantaría verte con eso, pero no. Puedes taparte, pero llevar ropa de tu talla. Esa blusa también esconde tu pecho, y tienes unos pechos preciosos que no deberías ocultar.

—¡Deja de usar esas palabras! —lo reprendo, y él sonríe.

Vuelve a la cama y acurruca su cuerpo prácticamente desnudo cerca del mío. Sigo teniendo calor, pero los extraños cumplidos de Hardin me han infundido una nueva seguridad en mí misma. Me levanto de la cama.

—¿Adónde vas? —pregunta asustado.

—A cambiarme —contesto, y recojo su camiseta del suelo—. Date la vuelta y no mires —digo con las manos en cintura.

—No.

—¿Cómo que no?

«¿Por qué se niega?»

—No pienso volverme. Quiero verte.

—Ah, está bien —digo.

Sin embargo, me limito a sonreír, sacudo la cabeza y apago la luz. Hardin protesta, y yo sonrío para mis adentros mientras me bajo el cierre de la falda. La dejo caer a mis pies y, de repente, se enciende otra luz.

—¡Hardin!

Me apresuro a recoger la falda y a subírmela de nuevo. Él está apoyado sobre un codo y recorre mi cuerpo con la mirada sin ninguna vergüenza. Me ha visto con menos ropa, y sé que no va a hacerme caso, así que respiro hondo y me quito la blusa por la cabeza. He de admitir que estoy disfrutando de este juego. En el fondo sé que quiero que me mire, que me desee. Llevo ropa interior blanca y sencilla, nada del otro mundo, pero la expresión de Hardin hace que me sienta sexi. Tomo su camiseta y me la pongo. Huele de maravilla, como él.

—Ven aquí —susurra desde su posición.

Entonces acallo la vocecita de mi subconsciente que me dice que huya lo más rápidamente que pueda y me dirijo a la cama.

CAPÍTULO 33

Hardin fija su mirada ardiente en mis ojos mientras me acerco a él. Apoyo la rodilla sobre el colchón y me doy impulso para subirme. Al mismo tiempo, él se incorpora de manera que su espalda queda apoyada contra la cabecera y me ofrece la mano. En el mismo instante en el que poso mi mano pequeña en la suya, la envuelve con los dedos y me jala hacia él. Coloco las rodillas a ambos lados de su cuerpo de manera que quedo a horcajadas sobre su regazo. Ya he hecho esto antes con él, pero nunca llevando tan poca ropa. Mantengo la espalda erguida apoyándome en las rodillas para que nuestros cuerpos no se toquen, pero Hardin no piensa permitirlo. Coloca las manos en mis caderas y me empuja hacia abajo suavemente. Su camiseta se arruga a mis costados, dejando mis muslos completamente al descubierto, y entonces me alegro de haberme rasurado las piernas esta mañana. En cuanto nuestros cuerpos se tocan siento mariposas en el estómago. Sé que esta felicidad no durará, y me siento como Cenicienta, esperando a que el reloj dé la hora y mi noche de dicha llegue a su fin.

—Mucho mejor —dice, y me sonríe con malicia.

Sé que está ebrio y que por eso está siendo tan agradable, bueno, agradable tratándose de él, pero ahora mismo no me importa. «Si de verdad ésta es la última vez que voy a estar con él, así es como quiero pasarla», me digo, y no paro de repetírmelo. Esta noche puedo comportarme como quiera con Hardin, porque cuando llegue la luz del día, voy a decirle que no vuelva a acercarse a mí jamás, y él lo aceptará. Es lo mejor, y sé que es lo que querrá él también cuando se le pase la borrachera. En mi defensa, he de decir que Hardin me embriaga tanto como a él la botella de whisky que ha ingerido. También me repito esto a mí misma constantemente.

Él sigue mirándome directamente a los ojos, y empiezo a ponerme nerviosa. ¿Qué he de hacer ahora? No tengo ni idea de hasta adónde quiere llevar esto, y no quiero quedar como una idiota intentando tomar la iniciativa.

Parece darse cuenta de mi expresión de apuro.

—¿Qué pasa? —pregunta, y acerca la mano a mi cara. Su dedo recorre mi pómulo y yo cierro los ojos de manera involuntaria ante su caricia sorprendentemente suave.

—Nada..., es que no sé qué hacer —admito, y bajo la mirada.

—Haz lo que quieras, Tess. No le des vueltas.

Me inclino un poco hacia atrás para dejar al menos treinta centímetros de distancia entre nuestros cuerpos y levanto la mano hacia su torso desnudo. Lo miro para pedirle permiso y él asiente. Pego las dos manos contra su pecho con suavidad y veo cómo cierra los ojos. Mis dedos trazan el contorno de las aves que tiene tatuadas y descienden hasta el árbol muerto de su estómago. Parpadea mientras recorro la frase que tiene escrita en las costillas. Su expresión es relajada, pero su pecho asciende y desciende más agitado que hace unos instantes. Incapaz de controlarme, bajo la mano y meto el dedo índice por debajo del elástico de su bóxer. Abre los ojos al instante y parece nervioso. «¿Hardin, nervioso?»

—¿Puedo... eh... tocarte? —pregunto con la esperanza de que capte a qué me refiero sin necesidad de tener que decirlo.

No me reconozco. «¿Quién es esta chica que está subida en este patán y pidiéndole permiso para tocarlo... ahí abajo?» Vuelvo a pensar en lo que me ha dicho antes acerca de que soy yo misma cuando estoy con él. Puede que tenga razón. Me encanta cómo me siento ahora mismo. Me gusta la electricidad que recorre mi cuerpo cuando estamos así.

Asiente.

—Por favor.

De modo que bajo la mano, por debajo de la prenda interior, y alcanzo lentamente el ligero bulto que se esconde bajo la tela. Contiene el aliento mientras lo rozo con la mano. No sé qué hacer, así que simplemente sigo tocándolo, pasando los dedos arriba y abajo. Me da demasiada vergüenza mirarlo, por lo que mantengo la vista fija en su creciente entrepierna.

—¿Quieres que te enseñe lo que tienes que hacer? —pregunta en voz baja y temblorosa.

Su actitud presuntuosa se ha transformado en algo misterioso.

Asiento y Hardin coloca la mano sobre la mía y me la baja para que lo toque de nuevo. Me abre la mano y coloca mis dedos unidos alrededor de su miembro. Cuando lo oigo tomar aire súbitamente, lo miro con los ojos entornados. Aparta la mano de la mía y me proporciona control absoluto.

—Carajo, Tessa, no hagas eso —gruñe.

Confundida, detengo la mano y estoy a punto de retirarla cuando dice:

—No, no, eso no. Sigue haciendo *eso*. Me refería a que no me miraras de esa manera.

—¿De qué manera?

—De esa manera tan inocente, porque me dan ganas de hacerte un montón de perversiones.

Quiero tumbarme sobre la cama y dejar que me haga lo que quiera. Quiero ser suya, liberarme por un momento de lo que sea que hace que tenga tanto temor algunas veces. Le sonrío débilmente y empiezo a mover la mano de nuevo. Quiero quitarle los calzoncillos, pero me da miedo. Un gemido escapa de sus labios y lo agarro con más fuerza; quiero oír ese sonido de nuevo. No sé si debería mover la mano más rápido o no, de modo que mantengo mis movimientos lentos pero firmes, y a él parece gustarle. Me inclino y pego los labios contra la húmeda piel de su cuello, lo que provoca otro gemido por su parte.

—Mierda, Tess, me encanta sentir tu mano alrededor de mí. —Aprieto con algo más de fuerza y hace una mueca de dolor—. No tan fuerte, nena —dice con una voz suave que suena como si nunca pudiera volver a ser el mismo que se burlaba de mí.

—Perdona —repongo, y le beso el cuello de nuevo.

Lamo la piel que tiene debajo de la oreja y su cuerpo salta como un resorte. Apoya las manos en mis pechos.

—¿Puedo... quitarte... el... brasier? —dice con voz áspera y descontrolada.

Me fascina el efecto que ejerzo sobre él. Asiento, y sus ojos se iluminan de emoción. Mete sus manos temblorosas por debajo de la camise-

164

ta, asciende por mi espalda y me desabrocha el sostén en cuanto sus dedos tocan los broches con tanta destreza que por un momento pienso en cuántas veces lo habrá hecho antes. Me obligo a no pensar en eso, y Hardin desliza los tirantes por mis brazos, obligándome a soltarlo. Tira mi brasier al suelo, vuelve a meter las manos por debajo de la camiseta y me agarra los pechos de nuevo. Me pellizca ligeramente los pezones al tiempo que se inclina para besarme. Gimo en su boca y alargo la mano para volver a agarrar su miembro.

—Tessa, voy a venirme —dice, y siento cómo la humedad de mis calzones aumenta a pesar de que únicamente me está tocando el pecho.

Creo que podría terminar también con sólo oír sus gemidos y sentir sus manos masajeándome los senos. Sus piernas se tensan por debajo de mí y su beso se vuelve descuidado. Deja caer las manos a los costados. Entonces siento cómo la humedad se extiende a través de su bóxer y aparto la mano. Nunca había hecho que nadie se viniera. Me arde el pecho, henchido con la nueva y extraña sensación de que estoy un paso más cerca de ser una mujer. Observo la mancha de humedad en los calzoncillos de Hardin y me encanta el control que siento que tengo sobre él. Me encanta ser capaz de proporcionarle a su cuerpo tanto placer como él se lo proporciona al mío.

Él deja caer la cabeza hacia atrás y respira hondo unas cuantas veces mientras yo permanezco sentada sobre sus muslos sin saber qué hacer. Al cabo de un momento, abre los ojos, levanta la cabeza y me mira. Una leve sonrisa se dibuja en su rostro, y se inclina hacia adelante para besarme en la frente.

—Nunca me había venido así —dice, y vuelvo a sentir vergüenza.

—¿No lo he hecho bien? —pregunto, e intento levantarme de sus piernas. Me lo impide.

—¿Qué? No, lo has hecho de maravilla. Normalmente necesito algo más aparte de que me toquen por encima de los calzones.

Me muero de celos. No quiero pensar en todas las otras chicas que habrán hecho que Hardin se sienta así. Al percatarse de mi silencio, me toma de las mejillas y me acaricia la sien con el pulgar. Me consuela el hecho de que las demás hayan tenido que esforzarse más que yo, pero aun así desearía que no hubiese otras. No sé por qué me siento de este modo. Hardin y yo no estamos juntos. Nunca vamos a salir ni a hacer nada más que esto pero, ahora mismo, sólo quiero disfrutar del momento, solos él y yo. Me río al pensar eso. No soy de esa clase de personas que «viven el momento».

—¿En qué estás pensando? —me pregunta, pero yo niego con la cabeza.

No quiero hablarle de mis celos. No es justo, y no quiero tener esa conversación.

—Vamos, Tessa, dímelo —dice, y yo niego con la cabeza otra vez.

Entonces hace algo nada propio de él: me agarra de las caderas y empieza a hacerme cosquillas. Grito muerta de la risa y me dejo caer sobre la blanca cama. Sigue haciéndome cosquillas hasta que ya no puedo respirar. Su risa retumba por toda la habitación, y es el sonido más bonito que he oído jamás. Nunca lo había oído reír de esta manera, y algo me dice que casi nadie lo habrá hecho. A pesar de sus muchos defectos, me siento afortunada de poder verlo así.

—¡Bueno, bien! ¡Te lo diré! —grito, y se detiene.

—Buena decisión —asiente. Pero entonces baja la mirada y añade—: Pero espera un momento. Tengo que cambiarme los calzones.

Me ruborizo.

CAPÍTULO 34

Hardin se acerca al mueble, abre el primer cajón, saca un bóxer de cuadros azules y blancos y lo sostiene en el aire con cara de asco.

—¿Qué pasa? —pregunto recostada sobre el codo con la cabeza apoyada en la mano.

—Esto es horrible —dice.

Me río, pero también me alegro de que mis dudas sobre si había ropa o no en el mueble se hayan resuelto por fin. La madre de Landon o el padre de Hardin deben de haber comprado toda la ropa de la habitación para él, y es triste que comprasen todo esto y llenasen el mueble con la esperanza de que Hardin viniera algún día.

—No están tan mal —le digo, y pone los ojos en blanco.

No creo que haya nada que le quede mejor que su bóxer ajustado de siempre, pero tampoco creo que haya nada que pueda quedarle mal.

—En fin, a caballo regalado... Vuelvo enseguida —dice, y sale del cuarto vestido sólo con los calzoncillos mojados.

«Mierda. ¿Y si Landon lo ve? —pienso—. Qué humillación.» Mañana a primera hora tengo que buscar a Landon y explicarle lo que ha pasado. Pero ¿qué voy a decirle? ¿Que no es lo que parecía? ¿Que sólo estábamos hablando, y entonces accedí a pasar la noche con él, y no sé cómo acabé en calzones y camiseta y le hice lo más parecido que he hecho a masturbar a alguien? Eso suena fatal.

Apoyo la cabeza en la almohada y miro al techo. Considero levantarme y comprobar mi celular, pero no lo hago. Lo último que necesito ahora es leer mensajes de Noah. Seguramente estará asustado pero, la verdad, mientras no se lo cuente a mi madre, no me importa como debería. Si he de ser completamente sincera conmigo misma, no he sentido lo mismo por él desde que besé a Hardin por primera vez.

Quiero a Noah; siempre lo he querido. Pero empiezo a preguntarme si realmente lo quiero como novio o como a alguien con quien quiero pasar el resto de mi vida, o si lo quiero porque me aportaba estabilidad. Siempre que lo he necesitado ha estado ahí y, en apariencia, somos la pareja perfecta, pero no puedo pasar por alto lo que siento cuando estoy con Hardin. Nunca había tenido esta clase de sensaciones. Y no me refiero sólo a cuando estamos el uno encima del otro, sino a las mariposas que siento cuando me mira, a cómo necesito verlo desesperadamente incluso cuando estoy furiosa con él y, principalmente, a cómo invade mis pensamientos incluso cuando intento convencerme a mí misma de que lo detesto.

Hardin se ha introducido en mi sistema, por más que intente negarlo. Estoy en su cama en lugar de con Noah. Entonces, la puerta se abre e interrumpe mis pensamientos. Miro hacia allí y veo a Hardin con los calzoncillos de cuadros y me río. Le están un poco grandes, y son mucho más largos que su bóxer habitual pero, de todos modos, le sientan genial.

—Me gustan. —Sonrío y él me fulmina con la mirada, apaga la luz y enciende la televisión.

Se mete en la cama y se acuesta cerca de mí.

—Bueno, ¿qué ibas a decirme? —me pregunta, y hago una mueca de fastidio. Esperaba que lo hubiese olvidado—. No te hagas la tímida ahora. Acabas de hacer que me venga en los calzones —bromea, y me acerca hacia sí.

Entierro la cabeza en la almohada y se echa a reír.

Asomo la cabeza de nuevo y él me acomoda el pelo detrás de la oreja antes de darme un tierno beso en los labios. Es la primera vez que me besa así, y me parece un gesto más íntimo que cuando nos besamos con lengua. Apoya la cabeza en la almohada y cambia de canal. Quiero decirle que me abrace hasta que me quede dormida, pero tengo la sensación de que él no es de la clase de chicos que se acurrucan con su pareja.

«Quiero ser buena persona por ti, Tess.» Sus palabras se reproducen en mi cabeza y me pregunto si lo decía de verdad o si era el alcohol el que hablaba.

—¿Todavía estás borracho? —pregunto, y apoyo la cabeza en su pecho.

Se pone rígido, pero no me aparta.

—No, creo que nuestra competición de gritos en el patio me ha despejado —dice.

Sostiene el mando a distancia con una mano mientras mantiene la otra suspendida en el aire sin saber muy bien qué hacer con ella.

—Bueno, al menos, de nuestra discusión ha salido algo positivo.

Gira la cabeza hacia mí.

—Sí, supongo —dice, y por fin apoya la mano en mi espalda.

Su abrazo me reconforta de una manera increíble. Me diga las cosas horribles que me diga mañana, no podrá arrebatarme este momento. Éste se ha convertido en mi nuevo lugar favorito, con mi cabeza apoyada en su pecho y su mano sobre mi espalda.

—Creo que en realidad me gusta más el Hardin ebrio —digo bostezando.

—¿En serio? —repone, y me mira de nuevo.

—Puede —bromeo, y cierro los ojos.

—Se te da muy mal desviar la atención de las cosas. Y ahora, habla.

—Estaba pensando en todas las chicas con las que has..., ya sabes, hecho cosas.

Intento esconder el rostro en su pecho, pero él deja el mando sobre la cama y me levanta la barbilla para que lo mire.

—¿Por qué estabas pensando en eso?

—No lo sé..., porque no tengo ninguna experiencia, y tú tienes mucha. Steph incluida —contesto.

Cada vez que me los imagino juntos, me dan ganas de vomitar.

—¿Estás celosa, Tess? —dice con voz socarrona.

—No, claro que no —miento.

—Entonces, no te importará que te dé detalles, ¿verdad?

—¡No! ¡Por favor, no lo hagas! —le ruego, y él se ríe y me estrecha con su brazo un poco más.

No dice nada más al respecto, y siento un alivio tremendo. No podría soportar oír los detalles de sus romances. Noto que empiezan a pesarme los párpados e intento centrarme en la televisión. Me siento tan a gusto aquí, entre sus brazos...

—No te estarás durmiendo, ¿verdad? Aún es pronto —dice, pero sus palabras apenas logran espabilarme.

—¿En serio?

Tengo la sensación de que son, por lo menos, las dos de la mañana. He llegado aquí sobre las nueve.

—Sí, son sólo las doce.

—Eso no es pronto. —Bostezo de nuevo.

—Para mí, sí. Además, quiero devolverte el favor.

«¿Qué?... Ah.»

La piel me arde al instante.

—Se te antoja que lo haga, ¿verdad? —ronronea, y yo trago saliva.

Por supuesto que quiero. Lo miro e intento ocultar mi sonrisa ansiosa. Sin embargo, se da cuenta y, con un rápido pero delicado movimiento, hace que cambiemos de postura, de manera que queda suspendido encima de mí. Apoya el peso en un solo brazo y baja la otra mano. Levanto la pierna hasta su costado y, cuando flexiono la rodilla, él desliza la mano desde mi tobillo hasta la parte superior de mi muslo.

—Eres tan suave... —dice, y repite el movimiento.

Me da un apretón en el muslo y se me eriza el vello en cuestión de segundos. Hardin se inclina y me da un beso en un lado de la rodilla. El gesto hace que estire la pierna como por acto reflejo. Me la sujeta y se ríe mientras la envuelve con su brazo.

«¿Qué va a hacer?» La anticipación me está matando.

—Quiero saborearte, Tessa —dice con la vista fija en mi rostro para analizar mi reacción.

Se me seca la boca al instante. «¿Por qué me pide besarme si sabe que puede hacerlo cuando quiera?» Separo los labios y lo espero.

—No. Aquí abajo —me explica deslizando la mano entre mis piernas.

Debe de estar sorprendido ante mi tremenda falta de experiencia, pero al menos intenta contener la sonrisa. Lo miro con el ceño fruncido y me toca con el dedo por encima de los calzones, lo que provoca que inspire súbitamente y contenga el aliento. Sus dedos acarician suavemente mi sexo por encima de la ropa mientras sigue mirándome a los ojos.

—Ya estás mojada. —Su voz es más grave que de costumbre. Su aliento caliente me arde en la oreja, y desliza la lengua por mi lóbulo—. Háblame, Tessa. Dime cuánto lo deseas.

Sonríe y yo me estremezco cuando aplica más presión en mi zona más sensible.

Soy incapaz de articular una palabra porque mi cuerpo está en llamas a causa de sus caricias. Unos segundos después, aparta la mano y gimo en señal de protesta.

—No quería que pararas —imploro.

—No has dicho nada —responde, y yo retrocedo.

No me gusta este Hardin. Quiero al Hardin alegre y juguetón.

—¿Es que no era evidente? —le pregunto al tiempo que me dispongo a levantarme.

Él se incorpora y se sienta sobre mis muslos, apoyando el peso de su cuerpo sobre sus rodillas separadas. Acaricia con los dedos la parte superior de mis muslos y mi cuerpo reacciona al instante, elevando las caderas para rozar el suyo.

—Dilo —me ordena.

Sé que sabe perfectamente que lo deseo, pero quiere que lo diga en voz alta. Asiento y él menea el dedo de un lado a otro delante de mí.

—Nada de asentir. Dime que quieres que lo haga, nena —insiste, y se aparta de mis rodillas.

Sopeso mentalmente los pros y los contras de esta situación. ¿Merece la pena que me humille y le diga a Hardin que quiero que me... bese ahí abajo a cambio de la sensación que puedo obtener si lo hace? Si es parecido a lo que me hizo con los dedos el otro día, sí que merece la pena. Alargo la mano y lo agarro del hombro para evitar que siga apartándose de mí. Sé que estoy dándole demasiadas vueltas a esto, pero no puedo evitarlo.

—Quiero que lo hagas —digo acercándome más a él.

—¿Quieres que haga qué, Theresa?

Ay, vamos; sabe perfectamente lo que está haciendo.

—Pues eso..., besarme —digo, y su sonrisa se intensifica.

Se inclina y me besa en los labios. Pongo los ojos en blanco y me besa en los labios otra vez.

—¿Era esto lo que querías? —dice con una sonrisa traviesa, y le doy una palmada en el brazo. Quiere que le suplique.

—Bésame... ahí. —Me pongo roja y me tapo la cara con las manos. Él me las aparta, riéndose, y lo miro con el ceño fruncido—. Me estás haciendo pasar vergüenza a propósito. —Sus manos todavía están sobre las mías.

—No pretendo hacerte pasar vergüenza. Sólo quiero oír lo que quieres de mí.

—Olvídalo, Hardin —digo, y suspiro sonoramente.

Siento vergüenza, y tal vez tenga las hormonas revolucionadas y estén confundiendo mis emociones, pero ahora el momento ha pasado y estoy furiosa con su ego y su constante necesidad de provocarme. Me doy la vuelta y me pongo de lado, de espaldas a él, y me cubro con la sábana.

—Oye, lo siento —dice, pero finjo no oírlo.

Sé que una parte de mí sólo está enojada conmigo misma por convertirme en la típica adolescente cuando estoy cerca de él.

—Buenas noches —digo, y oigo cómo suspira con resignación.

Entre dientes dice algo que suena como «está bien», pero no le pido que lo repita. Me obligo a cerrar los ojos e intento pensar en otras cosas que no sean la lengua de Hardin o el modo en que su brazo me cubre el cuerpo mientras me quedo dormida.

CAPÍTULO 35

Tengo calor, demasiado calor. Intento destaparme pero no lo consigo. Cuando abro los ojos me viene a la mente la noche anterior: Hardin gritándome en el patio, el whisky en su aliento, el cristal roto en la cocina, Hardin besándome, Hardin gimiendo mientras lo tocaba, su bóxer mojado. Intento levantarme, pero pesa demasiado. Tiene la cabeza apoyada sobre mi pecho y el brazo alrededor de mi cintura, cubriéndome por completo con su cuerpo. Me sorprende que acabáramos así; debe de haberse movido durmiendo. Admito que no quiero salir de la cama, ni separarme de Hardin, pero tengo que hacerlo. Tengo que volver a mi habitación. Noah está ahí. Noah. Noah...

Empujo con suavidad el hombro de Hardin y lo coloco boca arriba. Se da la vuelta y se pone boca abajo, gruñendo, pero no se despierta.

Me apresuro a levantarme y recojo mi ropa del suelo. Como la cobarde que soy, quiero marcharme de aquí antes de que se despierte. No creo que le importe, así no tendrá que malgastar energías hiriéndome a propósito si me marcho por mi propia voluntad. Esto es lo mejor para los dos. A pesar de lo mucho que nos reímos juntos ayer, nada es igual a la luz del día. Hardin recordará que nos entendimos bastante bien anoche, y sentirá la necesidad de ser aún más detestable para compensarlo. Es su manera de actuar, pero esta vez no estaré ahí para aguantarlo. Ayer, por un instante, me pasó por la mente que tal vez nuestra noche juntos lo haría cambiar de opinión, haría que quisiera tener algo más conmigo. Pero sé que no es así.

Doblo su camiseta, la coloco sobre el mueble y me subo el cierre de la falda. Mi blusa está arrugada por haber estado tirada en el suelo, pero ésa es la menor de mis preocupaciones en este momento. Me pongo los zapatos y, mientras abro la puerta, pienso que una miradita más no me va a matar.

Hardin sigue durmiendo. Su pelo revuelto descansa sobre la almohada y su brazo está ahora extendido hacia un costado. Está tan sereno, tan guapo a pesar de los *piercings* de metal que salpican su rostro...

Me doy la vuelta y giro la manilla.

—¿Tess?

Se me cae el alma a los pies. Me vuelvo lentamente hacia Hardin, esperando ver sus severos ojos verdes mirándome con furia, pero están cerrados; ahora está frunciendo ligeramente el ceño, pero sigue dormido. No sé si me alivia que esté dormido o si me entristece que haya pronunciado mi nombre en sueños. «Pero ¿lo ha hecho o estoy empezando a tener alucinaciones?»

Salgo de la habitación y cierro la puerta con cuidado. No tengo ni idea de cómo se sale de esta casa. Avanzo por el pasillo y siento alivio al encontrar la escalera fácilmente. Desciendo por ella y casi choco con Landon. Se me acelera el pulso mientras intento pensar en algo que decir. Sus ojos analizan mi rostro y permanece en silencio, esperando una explicación, supongo.

—Landon..., yo... —No tengo ni idea de qué decir.

—¿Estás bien? —pregunta preocupado.

—Sí, estoy bien. Debes de pensar que...

—No pienso nada. Te agradezco de verdad que vinieras anoche. Sé que no te gusta Hardin, y significa mucho para mí que vinieras a ayudarme a controlarlo.

«Vaya. Qué bueno es. Demasiado bueno.» Casi deseo que me diga lo disgustado que está de que haya pasado la noche con Hardin, dejando a mi novio solo en mi cuarto después de llevarme su coche y correr al rescate sólo para sentirme todo lo mal que debería.

—Entonces ¿Hardin y tú son amigos otra vez? —pregunta, y yo me encojo de hombros.

—No tengo ni idea de lo que somos. No sé lo que estoy haciendo. Es que... él... —Empiezo a sollozar.

Landon me estrecha entre sus brazos para darme un abrazo de consuelo.

—Tranquila. Sé que a veces puede ser horrible —dice con voz suave.

Un momento..., cree que estoy llorando porque Hardin me ha hecho algo espantoso. Seguramente jamás imaginaría que estoy llorando por lo que siento por él.

Tengo que largarme de aquí antes de arruinar la buena opinión que Landon tiene de mí y antes de que Hardin se despierte.

—Debo irme —digo—. Noah me estará esperando.

Landon me sonríe con comprensión y se despide de mí.

Me subo al coche de Noah y manejo de regreso a la residencia lo más rápido que puedo, llorando durante la mayor parte del trayecto. ¿Cómo voy a explicarle todo esto a Noah? Sé que tengo que hacerlo, no puedo mentirle. No quiero ni imaginarme el daño que le voy a hacer.

Soy una persona horrible por hacerle esto. ¿Por qué no me habré mantenido alejada de Hardin?

Me calmo lo más que puedo antes de dejar el coche en el estacionamiento de estudiantes. Camino todo lo despacio que soy capaz, sin saber muy bien cómo voy a enfrentar a Noah.

Cuando abro la puerta de mi habitación, lo encuentro acostado sobre mi pequeña cama, mirando al techo. Salta en cuanto me ve entrar.

—¡Carajo, Tessa! ¡¿Dónde has estado toda la noche?! ¡Te he llamado sin parar! —grita.

Es la primera vez que me levanta la voz. Hemos discutido antes, pero esto resulta bastante intimidante.

—Noah, lo siento muchísimo, de verdad. Fui a casa de Landon porque Hardin estaba borracho y estaba destrozándolo todo, y supongo que no me di cuenta de la hora que era. Cuando terminamos de recogerlo todo ya era muy tarde y se me había acabado la pila —miento.

No me puedo creer que esté mintiéndole a la cara. Después de todas las veces que ha estado ahí cuando lo he necesitado, aquí estoy yo ahora, mintiéndole descaradamente. Sé que debería contárselo, pero no quiero hacerle daño.

—Y ¿por qué no me has llamado desde otro teléfono? —dice en tono agresivo, pero entonces hace una pausa—. Bueno, olvídalo. ¿Hardin estaba destrozándolo todo? ¿Estás bien? ¿Por qué te quedaste allí si estaba siendo agresivo?

Tengo la sensación de que me está haciendo mil preguntas a la vez, y empiezo a agobiarme.

—No estaba siendo agresivo; sólo estaba borracho. Nunca me haría daño —digo, y me tapo la boca, deseando desesperadamente poder tragarme esas últimas palabras.

—¿Qué quieres decir con que «nunca te haría daño»? ¡No lo conoces, Tessa! —exclama, y se aproxima a mí.

—Quería decir que no me haría daño físicamente. Lo conozco lo suficiente como para saber eso. Sólo estaba intentando ayudar a Landon, que también estaba allí —contesto.

Pero lo cierto es que Hardin sí me haría daño. Emocionalmente ya lo ha hecho, y estoy segura de que volvería a hacerlo. Sin embargo, aquí estoy, defendiéndolo.

—Creía que ibas a dejar de relacionarte con esa clase de gente. Nos lo prometiste a tu madre y a mí. Tessa, esas compañías no te hacen ningún bien. Has empezado a beber y a pasarte toda la noche de fiesta, y anoche me dejaste aquí tirado. No sé para qué me has hecho venir si luego te marchas así. —Se sienta y apoya la cabeza entre las manos.

—No son malas personas; tú no los conoces. ¿Desde cuándo eres tan sentencioso? —le pregunto.

Debería estar suplicándole que me perdonara por lo mal que lo he tratado, pero no puedo evitar sentirme irritada por cómo está hablando de mis amigos.

«Especialmente de Hardin», puntualiza la voz de mi conciencia, y me dan ganas de asesinarla.

—No soy sentencioso, pero tú nunca te habías relacionado con góticos antes.

—¿Qué? No son góticos, Noah, sólo son ellos mismos —respondo, y estoy tan sorprendida ante mi tono rebelde como él.

—Me da igual. No me gusta que salgas con ellos. Te están cambiando. Ya no eres la misma Tessa de la que me enamoré. —No detecto malicia en su tono. Sólo tristeza.

—Verás, Noah... —empiezo, pero entonces la puerta se abre de golpe.

Mi mirada sigue la línea de visión de Noah hasta un furioso Hardin que acaba de irrumpir en la habitación.

Miro a Hardin, después a Noah, y luego a Hardin otra vez. Sé que esto no va a acabar bien.

CAPÍTULO 36

—¿Qué haces tú aquí? —le pregunto a Hardin, aunque no quiero saber la respuesta, y menos delante de Noah.

—¿Tú qué crees? Te has ido a escondidas cuando dormía. ¡¿Por qué carajo has hecho eso?! —brama.

Contengo el aliento mientras su voz retumba contra las paredes. El rostro de Noah se inunda de ira, y sé que está empezando a encajar las piezas del rompecabezas.

Me encuentro dividida entre explicarle a mi novio lo que está pasando o tratar de explicarle a Hardin por qué me he marchado.

—¡Contéstame! —vocifera Hardin, y se planta delante de mí.

Me sorprendo al ver que Noah se interpone entre nosotros.

—No le grites —le advierte.

Me quedo paralizada mientras observo el rostro de Hardin enfureciéndose. ¿Por qué está tan enojado porque me haya ido? Anoche se burlaba de mi falta de experiencia, y probablemente me habría echado él de todas maneras. Tengo que decir algo antes de que todo esto me explote en la cara.

—Hardin..., por favor, no hagas esto —le ruego.

Si se marcha ahora, puedo intentar explicarle a Noah lo que está sucediendo.

—¿Que no haga qué, Theresa? —pregunta, y empieza a caminar alrededor de Noah.

Espero que mi novio mantenga la distancia. No creo que Hardin vacilase a la hora de golpearlo. Noah está bastante fuerte de jugar al futbol, sobre todo en comparación con el cuerpo definido y fibroso de Hardin, pero estoy convencida de que él es capaz de dar lo suyo, y probablemente vencería.

¿Cómo ha cambiado tanto mi vida que ahora tengo que preocuparme de que Noah y Hardin no se peleen?

—Hardin, por favor, márchate y ya hablaremos de esto más tarde —digo intentando calmar los ánimos.

Pero Noah niega con la cabeza.

—¿Hablar de qué? ¿Qué carajo está pasando aquí, Tessa?

«Mierda.»

—Díselo. Vamos, díselo —insiste Hardin.

No puedo creer que esté haciendo esto. Sé hasta qué punto puede ser cruel, pero esto ya es mucho.

—¿Qué es lo que tienes que decirme, Tessa? —pregunta Noah, y veo que su actitud es agresiva a causa de Hardin, pero se suaviza cuando se dirige a mí.

—Nada, lo que ya sabes, que he pasado la noche en casa de Hardin y Landon —miento.

Intento mirar a Hardin a los ojos con la esperanza de que acabe con esto de inmediato, pero él aparta la mirada.

—Díselo, Tessa, o lo haré yo —gruñe.

Sé que está todo perdido. Sé que ya no tiene sentido ocultarlo, y me echo a llorar. Pero quiero que Noah lo sepa de mi boca, no de la del pendejo engreído que nos ha llevado a este punto. Me siento humillada, no por mí, sino por Noah. No se merece esto, y me avergüenzo de cómo lo he tratado y de lo que voy a tener que confesarle delante de Hardin.

—Noah..., yo... Hardin y yo hemos estado... —empiezo.

—Dios mío —balbucea él, y sus ojos empiezan a humedecerse.

«¿Cómo he podido hacerle esto? ¿En qué demonios estaba pensando?» Noah es tan bueno..., y Hardin, en cambio, es tan cruel que es capaz de hacer que le rompa el corazón delante de él.

Noah se lleva las manos a la frente y sacude la cabeza.

—¿Cómo has podido, Tessa? Después de todo lo que hemos vivido juntos. ¿Cuándo empezó esto? —Las lágrimas descienden por su rostro desde sus brillantes ojos azules.

Jamás me había sentido tan mal. Yo he provocado esas lágrimas. Miro a Hardin, y el odio que siento hacia él es tan intenso que lo empujo en lugar de contestarle a Noah. Lo tomo desprevenido y se tambalea hacia atrás, pero recupera el equilibrio antes de caerse.

—Noah, lo siento muchísimo —digo—. No sé en qué estaba pensando.

Corro hacia mi novio e intento abrazarlo, pero él se niega a que lo toque. Y tiene todo el derecho del mundo. La verdad es que no me he portado bien con él desde hace algún tiempo. No sé en qué demonios estaba pensando. Supongo que en algo tan absurdo como que Hardin se transformara en una buena persona y en romper con Noah para salir con él. ¿Cómo he podido ser tan estúpida? O en que podría mantenerme alejada de Hardin y Noah jamás se enteraría de lo que había sucedido entre nosotros. El problema es que no puedo mantenerme alejada de Hardin. Soy como una polilla ante su llama, y él nunca duda en quemarme. Ambas eran ideas totalmente estúpidas e ingenuas, pero desde que conocí a Hardin no pienso con claridad.

—Yo tampoco sé en qué estabas pensando —responde Noah con los ojos cargados de dolor y pesar—. No te reconozco.

Y, dicho eso, se marcha, de la habitación y de mi vida.

—¡Noah, por favor, espera! —grito.

Me dispongo a correr tras él, pero Hardin me agarra del brazo e intenta retenerme.

—¡No me toques! —grito—. ¡No puedo creer que hayas hecho eso! Ha sido demasiado rastrero incluso viniendo de ti, Hardin —le grito, y libero mi brazo de un jalón.

Lo empujo de nuevo, con fuerza. Nunca había empujado a nadie hasta hoy, y lo odio con toda mi alma.

—Si te marchas detrás de él, esto se ha acabado —dice, y me quedo boquiabierta.

—¿Que se ha acabado? ¿El qué se ha acabado? ¿Que juegues con mis sentimientos? ¡Te odio! —No quiero alimentarlo con mi furia, de modo que me relajo un poco y digo—: No se puede acabar algo que nunca ha empezado.

Él deja caer las manos a los costados y abre la boca, pero no dice nada.

—¡Noah! —grito, y cruzo la puerta a toda prisa.

Corro por el pasillo y salgo al magnífico pasto. Por fin lo alcanzo en el estacionamiento y veo cómo acelera el paso.

—Noah, por favor, escúchame. Lo siento muchísimo. Había bebido. Sé que no es excusa, pero yo... —Me seco los ojos, y la expresión de su rostro se suaviza.

—No puedo seguir escuchándote... —dice.

Tiene los ojos rojos. Intento tomarlo de la mano, pero la aparta.

—Noah, por favor. Lo siento. Perdóname, por favor. —No puedo perderlo. No puedo.

Cuando llega a su coche, se pasa la mano por su pelo perfectamente peinado y se vuelve para mirarme.

—Necesito tiempo, Tessa. Ahora mismo no sé qué pensar.

Suspiro, derrotada, sin saber qué responder a eso. Necesita tiempo para superarlo, y después podremos volver a la normalidad. Sólo necesita tiempo, me digo a mí misma.

—Te quiero, Tessa —dice Noah, y me sorprende cuando me besa en la frente antes de subirse en su coche y alejarse manejando.

CAPÍTULO 37

Cuando vuelvo a mi cuarto, Hardin está sentado en mi cama como la persona desagradable que es. Empiezo a imaginarme estampándole la lámpara en la cabeza, pero no tengo energías para pelearme con él.

—No voy a disculparme —me dice cuando paso por delante de él en dirección a la cama de Steph.

No pienso sentarme en mi cama mientras él esté en ella.

—Ya lo sé —respondo, y me recuesto.

No pienso ceder ante sus provocaciones y no espero que se disculpe. Ya lo voy conociendo. Aunque, vistos los últimos acontecimientos, creo que no lo conozco en absoluto. Anoche pensé que sólo era un chico enojado porque su padre lo había abandonado, y que se aferraba a ese dolor usando la única emoción que conocía para mantener a la gente alejada. Pero esta mañana he visto que en realidad es una persona horrible y detestable. Hardin no tiene un ápice de bondad. Si en algún momento pensé que sí, fue sólo porque él me engañó para que lo pensara.

—Tenía que saberlo —dice.

Me muerdo el labio para intentar contener las lágrimas. Permanezco callada hasta que oigo que Hardin se levanta y se aproxima.

—Vete —le ruego, pero cuando levanto la vista, él está de pie frente a mí.

Cuando se sienta en la cama, me levanto.

—Tenía que saberlo —repite, y me hierve la sangre de rabia. Sé que sólo quiere provocarme.

—¿Por qué, Hardin? ¿Por qué tenía que saberlo? ¿Qué tiene de positivo hacerle daño? A ti no te afectaba lo más mínimo que él no lo su-

181

piera. Podrías haber pasado el día tranquilamente sin decírselo. No tenías ningún derecho a hacerle eso, ni a él ni a mí. —Siento que las lágrimas amenazan con aparecer de nuevo, pero esta vez no puedo detenerlas.

—Yo querría saberlo si fuera él —dice en tono frío.

—Pero tú no eres él, y nunca lo serás. He sido una estúpida por pensar que podrías llegar a ser algo parecido. Además, ¿desde cuándo te importa hacer lo correcto?

—No te atrevas a compararme con él —salta.

Detesto cuando decide responder sólo a una de mis frases, y que tergiverse mis palabras para provocarse a sí mismo. Se levanta y avanza hacia mí, pero yo retrocedo hacia el otro lado de la cama.

—No hay comparación. ¿Es que no lo entiendes? Tú eres un cabrón cruel y desagradable que sólo piensa en sí mismo, y él... él me quiere. Él está dispuesto a intentar perdonarme por mis errores. —Lo miro a los ojos—. Mis horribles errores —añado.

Hardin da un paso atrás como si lo hubiese empujado.

—¿Perdonarte?

—Sí, me perdonará esto. Sé que lo hará, porque me quiere. Así que tu patético plan de hacer que rompa conmigo para poder reírte a gusto no ha funcionado. Y ahora sal de mi cuarto.

—Eso no era... Yo... —empieza.

Pero lo interrumpo. Ya he malgastado bastante el tiempo con él.

—¡Largo! —grito—. Sé que probablemente ya estarás planeando tu próximo movimiento contra mí, pero ¿sabes qué, Hardin? Ya no va a funcionar. ¡Y ahora lárgate de mi maldita habitación! —Me sorprendo de mis propias palabras, pero no me siento mal por usarlas contra él.

—Eso no es lo que estoy haciendo, Tess. Pensaba que después de lo de anoche... No sé, creía que tú y yo... —Parece que no le salen las palabras, cosa extraña en él.

Una parte de mí, una enorme parte de mí, se muere por saber lo que va a decirme, pero así es como acabé metiéndome en este problema en primer lugar. Utiliza mi curiosidad en mi contra, como si todo fuera un juego para él. Me seco los ojos con furia y me alegro de no haberme maquillado ayer.

—No esperarás que me trague eso, ¿verdad? Que sientes algo por mí.

Tengo que detenerme, y él tiene que marcharse antes de que pueda clavarme más sus garras.

—Por supuesto que siento algo por ti, Tessa. Haces que me sienta tan...

—¡Basta! No quiero oírlo, Hardin. Sé que estás mintiendo y éste es tu maquiavélico modo de evadir tu responsabilidad. Hacerme creer que sientes por mí lo mismo que yo siento por ti, y después le darás la vuelta. Ya sé cómo funciona esto, y no pienso seguir cayendo.

—¿Lo mismo que tú sientes por mí? ¿Estás diciendo que tú... sientes algo por mí? —Sus ojos relucen con algo que parece ser esperanza. Es mucho mejor actor de lo que pensaba.

Sabe perfectamente que sí, es imposible que no lo sepa. ¿Por qué, si no, iba a mantener activo este círculo vicioso y malsano que hay entre nosotros? Con un temor que no había sentido antes, me doy cuenta de que, aunque había admitido mis sentimientos por él ante mí misma, ahora se los he revelado de viva voz, y le he proporcionado acceso para acabar con ellos. Aún más de lo que ya lo ha hecho.

Siento cómo mis muros empiezan a desmoronarse bajo la mirada de Hardin, y no puedo hacer nada por evitarlo.

—Vete —digo—. No voy a volver a pedírtelo. Si no te marchas llamaré a seguridad del campus.

—Tess, contéstame, por favor —me ruega.

—No me llames Tess. Ese nombre está reservado para mi familia y mis amigos, para la gente que se preocupa por mí. ¡Márchate! —grito, mucho más fuerte de lo que pretendía.

Necesito que se vaya y que se aleje de mí. Detesto que me llame Theresa, pero detesto aún más que me llame Tess. Hay algo en el movimiento de sus labios cuando lo pronuncia que hace que suene tan íntimo..., tan encantador. «Maldita sea, Tessa. Ya basta.»

—Por favor, necesito saber si tú...

—¡Qué fin de semana tan largo, chicos! ¡Estoy agotada! —dice Steph irrumpiendo en la habitación con un tono alegre y cansado.

Sin embargo, al ver mis mejillas cubiertas de lágrimas, se detiene y mira con recelo a Hardin.

—¿Qué pasa aquí? ¡¿Qué le has hecho?! —le grita—. ¿Dónde está Noah? —pregunta, y me mira.

—Se ha marchado. Y Hardin también se iba ya —le contesto.

—Tessa... —empieza Hardin.

—Steph, por favor, haz que se vaya —le ruego, y ella asiente.

Hardin abre la boca, indignado ante el hecho de que haya usado a Steph contra él. Pensaba que me tenía atrapada otra vez.

—Vamos, Chico Maravilla —dice. Lo agarra del brazo y lo arrastra hacia la puerta.

Miro hacia la pared hasta que oigo que la puerta se cierra, pero oigo inmediatamente sus voces en el pasillo.

—Carajo, Hardin. Te dije que la dejases en paz. Es mi compañera de cuarto y no es como las otras chicas a las que enredas. Ella es agradable, inocente y, sinceramente, demasiado buena para ti.

Me alegra y me sorprende que Steph me defienda así. Pero eso no alivia el dolor que siento en el pecho. Me duele el corazón, literalmente. Creía que se me había roto aquel día en el arroyo, pero aquello no fue nada comparado con cómo me siento ahora mismo. Detesto admitirlo, pero sé que pasar la noche con Hardin ha avivado todavía más mis sentimientos por él. Oírlo reír cuando me hacía cosquillas, la ternura con la que me besaba los labios, cómo me envolvían sus brazos tatuados..., todo ha hecho que me enamore aún más de él. Esos momentos íntimos que hemos compartido han hecho que me importe más y, por tanto, también hacen que esto sea mucho más doloroso. Y para colmo de males, le he hecho mucho daño a Noah, y sólo puedo rezar para que me perdone.

—No quiero engañarla. —Molesto, su acento se ha vuelto más marcado, y pronuncia las palabras de manera entrecortada.

—Vamos, Hardin —replica Steph—. Te conozco. Búscate a otra con la que divertirte. Hay un montón de chicas más. Ella no es la persona adecuada para que hagas esto; ¡tiene novio, y no sabe llevar esta situación de mierda!

No me gusta oírla decir que soy demasiado sensible, como si fuese débil o algo así, aunque supongo que tiene razón. No he hecho nada más que llorar desde que conocí a Hardin, y ahora ha intentado acabar con mi relación con Noah. No tengo lo que hay que tener para ser su amiga con derecho, a pesar de cómo me hace sentir. Tengo demasiado amor propio como para meterme en algo así, y soy demasiado sentimental.

—Está bien. Me alejaré de ella —dice él entonces, furioso—. Pero no la vuelvas a traer a ninguna fiesta en mi casa.

Luego oigo cómo se marcha. Mientras se aleja por el pasillo, su voz se aleja también cuando grita:

—¡Lo digo en serio! ¡No quiero volver a verla porque, como lo haga, acabaré con ella!

CAPÍTULO 38

Steph entra en la habitación y me abraza inmediatamente. Es curioso cómo sus frágiles brazos pueden resultar tan reconfortantes.

—Gracias por sacarlo de aquí —sollozo, y ella me abraza con más fuerza. Ahora estoy llorando con ganas, y no creo que vaya a parar en un buen rato.

—Hardin es amigo mío, pero tú también lo eres, y no quiero que te haga daño —explica—. Lo siento mucho, todo esto es culpa mía. Sabía que debería haberle dado mi llave a Nate, y no debería haber dejado que se acercara a ti todo el tiempo. A veces puede ser un verdadero pendejo.

—No, no es culpa tuya en absoluto. Lo siento, no quería entrometerme en su amistad.

—No seas tonta —dice.

Cuando me aparto, veo que me mira con preocupación. Agradezco que esté aquí, más de lo que pueda imaginar. Me siento completamente sola: Noah se va a tomar un tiempo para decidir si rompe conmigo o no, Hardin es un imbécil, a mi madre le daría algo si le contara esto, y Landon se sentiría muy decepcionado conmigo si supiera la verdad de mi situación con Hardin. No puedo contar con nadie más que con esta chica tatuada con el pelo de fuego que jamás creí que llegaría a ser mi amiga. Pero me alegro mucho de que lo sea.

—¿Quieres hablar de ello? —me pregunta.

La verdad es que sí. Necesito desahogarme. Se lo cuento todo, desde la primera vez que besé a Hardin, lo del día en el arroyo, el orgasmo que le provoqué y cómo dijo mi nombre en sueños, hasta la manera en que ha acabado con todo el respeto que pudiera sentir por él al obligarme a contarle lo nuestro a Noah. Su rostro pasa de la preocupación a la sorpresa y de la sorpresa a la tristeza durante mi historia. Para cuando termino mi relato, tengo la blusa empapada de lágrimas y ella me sostiene la mano.

—Vaya, no tenía ni idea de que habían pasado tantas cosas. Deberías habérmelo contado después de la primera vez. Me imaginé que ocurría algo la tarde que íbamos a ir al cine y apareció Hardin. Acababa de hablar con él por teléfono, y de repente se presentó aquí, así que supuse que había venido para verte. Mira, Hardin es un buen tipo, a veces. Quiero decir, en el fondo lo que le pasa es que no sabe cómo tratar a alguien como a ti, bueno..., como a la mayoría de las chicas les gusta que las traten. Si yo estuviera en tu lugar, intentaría arreglar las cosas con Noah, porque Hardin no es capaz de mantener una relación seria con nadie —dice, y me aprieta la mano.

Sé que todo eso es verdad, y que tiene razón. Pero entonces ¿por qué me duele tanto?

El lunes por la mañana, Landon está apoyado contra la pared de ladrillo de la cafetería, esperándome. Lo saludo al verlo, pero entonces me doy cuenta de que tiene el ojo derecho morado. Cuando me acerco, veo que tiene otra magulladura en la mejilla.

—¡¿Qué te ha pasado en el ojo?! —exclamo corriendo hacia él.

Entonces caigo en la cuenta, alarmada.

—¡Landon! ¿Esto te lo ha hecho Hardin? —digo con voz temblorosa.

—Sí... —admite, y me quedo horrorizada.

—¿Por qué? ¿Qué ha pasado? —Quiero matar a Hardin por hacerle daño a este chico.

—Salió hecho una furia de casa después de que te fueras, pero una hora más tarde volvió. Estaba muy borracho. Empezó a buscar más cosas que destrozar, de modo que lo detuve. Bueno, nos peleamos. En realidad no fue para tanto. Creo que los dos descargamos la rabia que sentimos. Él también se llevó lo suyo —alardea.

No sé qué decir. Me sorprende la ligereza con la que Landon habla sobre su pelea con Hardin.

—¿Seguro que estás bien? ¿Puedo hacer algo? —le pregunto.

Tengo la sensación de que esto es culpa mía. Hardin estaba enojado por lo nuestro. Pero ¿agredir a Landon?

—No, de verdad, estoy bien. —Sonríe.

Mientras nos dirigimos a clase, me cuenta que el padre de Hardin adelantó su vuelo y llegó a casa antes de que se mataran, y que su madre se echó a llorar cuando vio que Hardin había roto todos sus platos. Aunque no tenían ningún valor sentimental, le dolió que fuera capaz de hacer eso de todos modos.

—Pero en otro orden de cosas, tengo buenas noticias: Dakota va a venir a visitarme la semana próxima. ¡Viene para la hoguera! —Sonríe.

—¿La hoguera?

—Sí, ¿no has visto los carteles por todo el campus? Es un acontecimiento anual, para empezar el Año Nuevo. Todo el mundo va. No suelo asistir a ese tipo de eventos, pero ya que viene ella... Deberías decirle a Noah que venga también. Podríamos quedar los cuatro.

Sonrío y asiento. Tal vez invitar a Noah sea una manera de demostrarle que tengo buenos amigos, como Landon. Sé que Hardin y Landon..., quiero decir, Noah y Landon se llevarían de maravilla, y tengo muchas ganas de conocer a Dakota.

Ahora que él ha mencionado lo de la hoguera, veo los carteles por todas partes. Supongo que la semana pasada estuve demasiado distraída y ni siquiera me percaté de que estaban ahí.

Sin apenas darme cuenta, estoy en clase de literatura y miro el salón en busca de Hardin, a pesar de que mi conciencia me dice que no lo haga. Al no verlo, sus palabras resuenan en mi cabeza: «Acabaré con ella».

¿Qué podría hacerme que fuese peor que obligarme a confesarme con Noah? No lo sé, pero empiezo a imaginarme todo tipo de cosas hasta que Landon me saca de mi ensimismamiento.

—Creo que no ha venido. Lo oí hablando con ese tal Zed sobre intercambiarse las clases. Qué lástima. Me habría gustado que vieras su ojo morado. —Landon me sonríe y miro de inmediato hacia la parte delantera del salón.

Quiero negar que estaba buscando a Hardin, pero sé que no puedo. ¿Él también tiene el ojo morado? Espero que esté bien. Bueno, no, en realidad espero que le duela muchísimo.

—Ah, bueno —digo, y jugueteo con mi falda.

Landon no vuelve a mencionar a Hardin durante el resto de la clase.

El resto de la semana transcurre exactamente de la misma manera: yo no hablo de Hardin con nadie, y nadie me lo menciona. Tristan se ha estado pasando por nuestra habitación todos los días, pero no me importa. La verdad es que me cae genial, y Steph se ríe mucho con él. Hasta yo me río, a veces, a pesar de que estoy viviendo lo que parece ser la peor semana de mi vida. Me he estado poniendo cualquier cosa limpia que tenía a mano, y me he recogido el pelo en un chongo a diario. Mi corta relación con el lápiz de ojos ha terminado, y he vuelto a mi rutina de siempre: dormir, ir a clase, estudiar, comer, dormir, ir a clase, estudiar, comer...

Cuando llega el viernes, Steph hace todo lo posible por sacar de su encierro a esta solterona.

—Vamos, Tessa, es viernes. Vente con nosotros y te traeremos de vuelta antes de ir a casa de Har..., a la fiesta —insiste, pero yo niego con la cabeza.

No me apetece hacer nada. Necesito estudiar y llamar a mi madre. He estado evitando sus llamadas toda la semana, y necesito hablar también con Noah y averiguar si ya ha tomado una decisión. Le he estado dando espacio estos días, y sólo le he mandado unos cuantos mensajes amistosos con la esperanza de que venga. Me encantaría que viniera para la hoguera del próximo viernes.

—Creo que no... Mañana quiero conseguir un carro, así que necesito descansar —digo, y es una verdad a medias.

Es cierto que quiero mirar coches mañana, pero sé que no voy a descansar nada aquí sola con mis pensamientos sobre lo que va a pasar con Noah y sobre cómo Hardin hablaba en serio cuando dijo que se alejaría de mí, cosa que me alegra, si bien no me lo puedo quitar de la cabeza. «Sólo necesito un poco más de tiempo», me repito sin cesar.

No obstante, su manera de actuar la última vez que lo vi, como si quisiera algo de mí, se me ha quedado grabada.

Mi mente se traslada a un lugar imaginario en el que Hardin es agradable y divertido; un lugar en el que nos llevamos bien; en el que salimos, como una pareja, y en el que él me lleva al cine, o a cenar. Me rodea con los brazos y se siente orgulloso de que sea suya. Me coloca la chamarra sobre los hombros cuando tengo frío, me besa para darme las buenas noches y me promete que nos veremos al día siguiente.

—¿Tessa? —dice Steph.

Y mis pensamientos se desvanecen como una nube de humo. Sólo eran una fantasía, y el chico con el que soñaba despierta jamás podría ser Hardin.

—Vamos, mujer. Llevas toda la semana con esos pantalones grises —bromea Tristan, y me río.

Son mis pantalones de pijama favoritos, y me gusta llevarlos especialmente cuando estoy enferma o atravesando una ruptura, o dos. Sigo confundida respecto al hecho de que Hardin y yo hayamos terminado algo que en realidad no era nada.

—Está bien, está bien, pero quiero que me traigan de vuelta justo después de cenar, porque mañana pienso madrugar —les advierto.

Steph aplaude y empieza a dar saltos de alegría.

—¡Bien! Pero deja que te haga un favor —dice con una inocente sonrisita mientras parpadea con aire suplicante.

—¿Cuál? —pregunto con recelo sabiendo que no planea nada bueno.

—Deja que te haga un pequeño cambio de *look*. ¡Por favooor...! —Alarga la palabra con fines dramáticos.

—Ni hablar. —Ya me estoy viendo con el pelo rosa y kilos de maquillaje y llevando sólo un brasier a modo de camiseta.

—Nada exagerado. Sólo quiero que no parezca... que has estado hibernando en pijama durante toda la semana —sonríe, y Tristan intenta contener la risa.

Cuando por fin cedo y digo «Bien», empieza a aplaudir de nuevo.

CAPÍTULO 39

Después de que Steph me depile las cejas, cosa que duele mucho más de lo que nunca habría imaginado, me da una vuelta completa y se niega a que me vea hasta que termine. Intento ignorar el gusanillo que siento en el estómago mientras ella me echa los polvos sobre la cara. Le recuerdo una y otra vez que no se pase con el maquillaje, y ella me promete una y otra vez que no lo hará. Me cepilla el pelo y me lo enchina antes de cubrir mi cabeza y media habitación con *spray*.

—Maquillaje y pelo: ¡listos! Vamos a que te cambies, y luego podrás verte. Tengo unas cuantas cosas que te quedarán bien.

Es evidente que se siente orgullosa de su trabajo. Yo tan sólo espero no parecer un payaso. Mientras la sigo hasta el ropero, intento mirarme de reojo en el pequeño espejo, pero ella me aparta de un jalón.

—Toma, ponte esto —me dice descolgando un vestido negro de un gancho—. ¡Tú, fuera! —le grita a Tristan, y él se ríe, pero tiene el detalle de marcharse de la habitación.

El vestido no lleva tirantes y me parece tremendamente corto.

—¡No voy a ponérmelo!

—Está bien... ¿Qué tal éste entonces?

Saca otro vestido negro. Debe de tener al menos diez. Éste me parece más largo que el anterior y lleva dos tirantes anchos. El escote me preocupa, porque tiene forma de corazón y tengo el pecho grande, al contrario que Steph.

Al ver que me paso demasiado tiempo observándolo, ella suspira.

—Tú pruébatelo, ¿sí?

Cedo y me quito la cómoda pijama, la doblo y la apilo con esmero. Ella me mira con los ojos en blanco, de broma, y sonrío mientras meto las piernas por el vestido. Me lo subo y ya lo noto un poco justo antes siquiera de subir el cierre. Steph y yo tenemos una talla similar, pero ella es más alta y yo tengo más curvas. La tela despide un ligero brillo y es muy sedosa. De largo, el vestido me llega hasta la mitad del muslo. No es tan corto como imaginaba, pero es lo más corto que yo me pondría jamás. Me siento casi desnuda con las piernas tan expuestas. Intento estirar la tela un poquito hacia abajo.

—¿Quieres unas medias? —me pregunta.

—Sí, me siento tan... desnuda. —Me río. Ella rebusca en un cajón y saca dos pares de medias diferentes—. Éstas son negras lisas y éstas tienen un estampado de encaje.

Las medias de encaje me parecen demasiado, sobre todo teniendo en cuenta que debo de llevar unos cuatro kilos de maquillaje encima. Tomo las lisas y me las deslizo por las piernas mientras Steph busca unos zapatos en el ropero.

—¡No sé llevar tacones! —le recuerdo. No sé, literalmente, parezco un pato mareado con ellos.

—Bueno, tengo tacones bajos o cuñas. Tessa, lo siento, pero tus Toms no quedan bien con este vestido.

La miro con el ceño fruncido, de broma. No tengo ningún problema con llevar las Toms a diario. Ella saca un par de tacones negros con pedrería plateada en la parte delantera, y debo admitir que me llaman la atención. No sería capaz de ponérmelos, pero por una vez desearía poder hacerlo.

—¿Te gustan estos?

Asiento.

—Sí, pero no voy a saber llevarlos —le digo, y ella frunce el ceño.

—Sí, ya lo verás, se abrochan alrededor del tobillo para que no te caigas.

—¿Para eso sirven las correas? —pregunto.

Se ríe.

—No, pero ayudan. —Vuelve a reírse—. Tú pruébatelos.

Me siento sobre la cama y estiro una pierna al tiempo que le hago una señal para que me los ponga.

Me ayuda a ponerme de pie, y ando unos cuantos pasos. Es cierto que las correas ayudan a mantener el equilibrio.

—¡Ya no aguanto más! Mírate —me dice, y abre la otra puerta del ropero.

Me miro en el espejo de cuerpo entero y me quedo pasmada. ¿Quién diablos es ésa? El reflejo es igual que yo, pero mucho mejor. Tenía miedo de que se pasara con el maquillaje, pero no ha sido así. Mis ojos grises parecen más claros en contraste con la sombra castaña, y el rubor rosado de mis mejillas hace que éstas parezcan más prominentes. Mi pelo está brillante y rizado en grandes bucles, no en los pequeños ricitos que esperaba.

—¡Estoy impresionada! —Sonrío y me miro más de cerca. Me toco la mejilla con un dedo para asegurarme de que lo que estoy viendo es real.

—¿Lo ves? Sigues siendo tú misma, pero un poco más sexi y arreglada. —Suelta una risita y llama a Tristan para que se una a nosotras.

Al entrar, se queda con la boca abierta.

—¿Dónde está Tessa? —pregunta, y mira por toda la habitación bromeando. Levanta una almohada y mira debajo.

—¿Qué te parece? —pregunto, y vuelvo a estirar el vestido.

—Estás guapa, muy guapa. —Tristan sonríe y rodea la cintura de Steph con un brazo. Ella se apoya en él, y aparto la mirada.

—Ah, una cosa más —dice entonces Steph, y se acerca al ropero, de donde saca un tubo de brillo de labios, y frunce la boca.

Cierro los ojos y la imito mientras ella esparce el pegajoso brillo por mis labios.

—¿Lista? —pregunta Tristan, y ella asiente.

Antes de salir, agarro la bolsa y echo un par de Toms dentro, por si acaso.

Durante el trayecto, me siento en la parte de atrás, miro por la ventanilla y dejo vagar la mente. Cuando llegamos al restaurante, me intimida ver la cantidad de motos que hay fuera. Había supuesto que iríamos a algún sitio tipo T.G.I. Friday's o Applebee's, no a un bar de motociclistas. Cuando entramos, me siento como si todo el mundo estuviera mirándome, aunque es muy probable que no sea así.

Steph me toma de la mano y me arrastra con ellos hasta una zona reservados con sillones de respaldo alto.

—Nate va a venir. Te parece bien, ¿no? —pregunta cuando tomamos asiento.

—Sí, claro —le digo. Mientras no sea Hardin, me da igual. Además, me vendría bien algo de compañía, porque ahora mismo me siento un mal tercio.

Una mujer con más tatuajes que Steph y Tristan se acerca a la mesa y toma nota de las bebidas. Ellos piden cerveza. Debe de ser por eso por lo que les gusta venir aquí, porque no les exigen identificación. La mujer levanta una ceja cuando pido una Coca-Cola, pero no quiero beber alcohol. Tendré que seguir estudiando en cuanto vuelva a la residencia. Unos minutos después nos trae las bebidas, y mientras le estoy dando un trago a la mía oigo un silbido de halago en el momento en que Nate y Zed se acercan a nuestra mesa. Cuando se aproximan, el pelo rosa de Molly se hace visible... seguido de Hardin.

Escupo el trago de Coca-Cola al vaso.

A Steph se le salen los ojos de las órbitas cuando lo ve también, y enseguida me mira.

—Te juro que no sabía que iba a venir. Podemos irnos ya si quieres —susurra mientras Zed se desliza por el asiento y se coloca junto a mí.

Tengo que obligarme a no mirar a Hardin.

—Madre mía, Tessa, estás impresionante —proclama Zed, y yo me sonrojo—. ¡En serio, alucinante! Nunca te había visto así.

Le doy las gracias con una pequeña sonrisa. Nate, Molly y Hardin se sientan a la mesa de detrás. Quiero pedirle a Steph que me cambie el sitio para darle la espalda a Hardin, pero soy incapaz. Debo evitar mirarlo a los ojos todo el rato. Puedo hacerlo.

—Estás buenísima, Tessa —dice Nate por encima del separador, y yo sonrío porque no estoy acostumbrada a tanta atención. Hardin no ha hecho ningún comentario sobre mi nuevo aspecto, pero tampoco esperaba que lo hiciera. Me alegro de que al menos no me esté insultando.

Hardin y Molly están sentados justo en mi línea de visión. Puedo ver la cara de él a través del espacio que queda entre los hombros de Steph y Tristan.

«No me dolerá si miro una sola vez...» Lo miro de reojo antes de poder detenerme a mí misma, y me arrepiento al momento. El brazo de Hardin rodea los hombros de Molly.

Me invaden los celos, es el castigo por mirarlo cuando no debo. Es evidente que vuelven a estar juntos. O siguen. Supongo que nunca lo han dejado. Recuerdo lo cómoda que estaba ella montada sobre él en la fiesta, y me trago la bilis que aflora a mi garganta. Hardin es libre de hacer lo que quiera y de estar con quien quiera.

—Está preciosa, ¿verdad? —los alienta Steph, y todos asienten.

Siento los ojos de Hardin fijos en mí, pero no puedo volver a mirarlo. Lleva una camiseta blanca, que seguro que deja entrever sus tatuajes, y el pelo perfectamente despeinado, pero me da igual. No me importa lo guapo que esté o lo vulgar que Molly vaya vestida.

«No la soporto, con ese ridículo pelo rosa y esa ropa ordinaria. Es una zorra.»

Me sorprenden mis pensamientos y mi odio hacia ella, pero es cierto. No la trago en absoluto. Creo que es la primera vez que llamo *zorra* a alguien, incluso mentalmente.

Y ella, por supuesto, escoge este preciso instante para hacerme un cumplido.

—Estás muy guapa, chica, ¡mejor que nunca! —dice, y acto seguido se apoya en el pecho de Hardin.

La miro a los ojos y finjo una sonrisa.

—¿Te importa si le doy un trago? —pregunta Zed, pero toma mi vaso antes de que responda.

Le dejo beber de mi copa, algo de lo que suelo estar en contra, pero me siento tan incómoda ahora mismo que no puedo pensar con claridad. Se toma de un trago media Coca-Cola, y le doy un ligero empujón.

—Lo siento, nena, ahora te pido otra —dice con suavidad.

La verdad es que es muy atractivo, y tiene aspecto más de modelo que de universitario. Si no tuviera tantos tatuajes, seguramente sería modelo.

Entonces se oye un ruido en la otra mesa, y clavo la mirada en Hardin. Él vuelve a aclararse la garganta, en alto, observándome con sus penetrantes ojos. Quiero apartar la vista, pero no puedo, me quedo atrapada en su mirada mientras Zed levanta un brazo y lo apoya en el respaldo del sillón, justo por detrás de mí.

Hardin entrecierra los ojos, y decido divertirme un poco.

Al recordar que antes era bastante insistente con que no saliera con Zed, me voy inclinando poco a poco hacia él. A Hardin casi se le salen los ojos de las órbitas, pero enseguida se recupera. Sé lo inmaduro y ridículo que es todo esto, pero me da igual. Si tengo que estar cerca de él, quiero que esté tan incómodo como yo.

La mesera vuelve y toma nota de la comida. Me pido una hamburguesa con papas, sin cátsup, y todos los demás piden alitas picantes. Ella le trae a Hardin una Coca-Cola y al resto otra ronda de cervezas. Yo sigo esperando mi Coca-Cola, pero no quiero ser fastidiosa al recordárselo a la mujer.

—Aquí hacen las mejores alitas —me informa Zed, y yo le sonrío.

—¿Vas a ir a la hoguera el próximo fin de semana? —le pregunto.

—No lo sé, creo que no es lo mío. —Le da un trago a su cerveza y baja el brazo del respaldo para apoyarlo sobre mi hombro—. ¿Tú vas a ir?

No miro en su dirección, pero me imagino lo indignado que estará Hardin. La verdad es que me siento culpable por ligar con Zed descaradamente, y es la primera vez que intento ligar con alguien, así que estoy segura de que se me da fatal.

—Sí —digo—, con Landon.

Todos estallan en carcajadas.

—¿Landon Gibson? —pregunta Zed, todavía riéndose.

—Sí, somos amigos —respondo cortante. No me gusta que todos se rían de él de esa forma.

—¿¡Que va a ir a la hoguera!? Es penoso —dice Molly.

—No, en realidad, no —replico mirándola con odio—. Es genial —añado en su defensa. Entiendo que mi definición de *genial* no es la misma que la de ellos, pero la mía es mejor.

—*Landon Gibson* y *genial* no encajan en la misma frase —dice Molly, y le aparta el pelo de la frente a Hardin.

«La odio.»

—Siento que no sea lo bastante bueno para estar con ustedes, pero es... —comienzo a gritar y a enderezarme cada vez más en el asiento, apartando así el brazo de Zed de mis hombros.

—Eh, Tessa, relájate. Estamos bromeando —dice Nate, y Molly me dedica una sonrisa maliciosa. Me da la impresión de que yo tampoco le caigo muy bien.

—Bueno —replico—, pues no me gusta que la gente se meta con mis amigos, sobre todo si él no está aquí para defenderse.

Tengo que calmarme... Las emociones se están adueñando de mí por estar cerca de Hardin y por cómo se está comportando con Molly delante de mí.

—Bueno, bueno. Lo siento. Además, tengo que reconocerle algo de mérito por ponerle el ojo morado a Hardin —señala Zed, y me rodea de nuevo con el brazo.

Todos menos Hardin se ríen, hasta yo.

—Sí, menos mal que aquel maestro detuvo la pelea, o ese perdedor le habría dado una buena paliza —dice Nate, y acto seguido me mira—. Perdona, se me ha escapado —añade, y me dedica una sonrisa de disculpa.

«¿Un maestro?» La pelea no la detuvo un maestro, la detuvo el padre de Hardin. O Landon me mintió o... Un momento, me pregunto si esta gente sabe siquiera que Hardin y Landon van a ser hermanastros dentro de poco. Miro a Hardin, que ahora parece preocupado. Les ha mentido. Debería delatarlo ahora mismo, delante de todos.

Pero no puedo. No soy como él. Me cuesta más que a él hacer daño a la gente.

«Excepto a Noah», me recuerda mi subconsciente, pero lo reprimo.

—En fin, creo que lo de la hoguera va a estar bien —digo.

Zed me mira con interés.

—Puede que aparezca por allí después de todo.

—Yo voy a ir —añade Hardin de pronto desde la otra mesa.

Todos se vuelven para mirarlo, y Molly se ríe.

—Sí, seguro que sí. —Ella pone los ojos en blanco y vuelve a reírse.

—No, en serio, no va a ser tan horrible —insiste Hardin por lo bajo, ganándose otra mirada en blanco de Molly.

«¿Hardin va a ir porque Zed también irá?» Quizá ligar se me da mejor de lo que pensaba.

La mesera nos trae la comida y me pasa la hamburguesa. Tiene muy buen aspecto, si no fuera por la cátsup que gotea por un lado. Arrugo la nariz e intento quitar todo lo posible con una servilleta. Odio devolver comida, y ya la estoy pasando bastante mal esta noche. Lo último que necesito es llamar aún más la atención.

Los demás comienzan a comer las alitas, y yo voy comiendo las papas fritas mientras la plática sobre la fiesta de esta noche se adueña del ambiente. En un momento dado, la mesera vuelve a acercarse a las mesas y nos pregunta si queremos algo más.

—No, así está bien... —dice Tristan, y ella comienza a alejarse.

—Espera. Ella había pedido la hamburguesa sin cátsup —dice Hardin en voz muy alta, y se me cae una papa en el plato.

La mesera me mira consternada.

—Lo siento. ¿Quieres que la devuelva?

Estoy tan avergonzada que lo único que me sale es negar con la cabeza.

—Sí. Sí quiere —responde Hardin por mí.

«¿Qué diablos está haciendo? Y ¿cómo se ha enterado de que llevaba cátsup?» Su única intención es hacerme sentir incómoda.

—Vamos, cariño, dame el plato. —La mesera sonríe y extiende el brazo—. Voy a traerte otra.

Se lo tiendo y bajo la mirada mientras le doy las gracias.

—Y ¿eso qué ha sido? —oigo que Molly le pregunta a Hardin. Debería practicar más esa voz susurrada.

—Nada, es que no le gusta la cátsup —dice él sin más.

Ella resopla antes de darle un trago a su cerveza.

—¿Y? —inquiere a continuación, y Hardin la fulmina con la mirada.

—Y nada. Olvídalo.

Al menos sé que no soy la única con la que es antipático.

Llega la nueva hamburguesa sin cátsup, y me la como casi toda a pesar de mi falta de apetito. Zed acaba invitándome a la cena, lo cual me parece un detalle bonito y raro al mismo tiempo.

La molestia de Hardin parece aumentar cuando Zed vuelve a rodearme con el brazo en el paseo de después.

—¡Logan dice que la fiesta ya está a tope de gente! —anuncia Nate leyendo un mensaje.

—Deberías venir conmigo —se ofrece Zed.

Pero frunce el ceño cuando ve que niego con la cabeza.

—No voy a ir a la fiesta. Tristan va a llevarme a casa.

—Puedo llevarla yo a casa, he venido en coche —dice Hardin.

Casi me voy de boca al oírlo pero, por suerte, Steph me sujeta por un brazo al tiempo que dice sonriendo:

—No, Tristan y yo la llevamos. Zed también puede venir con nosotros si quiere.

Si las miradas matasen, Steph estaría desplomándose en el suelo ahora mismo.

Hardin se vuelve entonces hacia Tristan.

—No creo que quieras manejar borracho por el campus; es viernes, y la policía va a estar buscando gente a la que multar.

Steph me mira a la espera de que intervenga, pero no sé qué decir. No quiero estar a solas con Hardin en el coche, pero tampoco quiero ir con Tristan cuando ha estado bebiendo. Me encojo de hombros y me apoyo en Zed mientras ellos llegan a un acuerdo.

—Está bien, vamos a dejarla y a pasar un buen rato —dice Molly a Hardin, pero él niega con la cabeza.

—No, tú vas con Tristan y Steph —dice él, tajante, y Molly se amilana.

—Por favor, ¿podemos meternos de una vez en los coches y marcharnos? —protesta Nate, y saca las llaves.

—Sí, vámonos, Tessa —dice Hardin, y yo miro a Zed y después a Steph.

—¡Tessa! —grita Hardin de nuevo mientras abre la puerta del coche.

Se vuelve para mirarme, y tengo la sensación de que, si no voy, es capaz de arrastrarme hasta allí. Pero ¿por qué iba a querer estar conmigo si le dijo a Steph que más me valía que me mantuviera alejada? Hardin desaparece en el interior del coche y arranca el motor.

—Todo irá bien, mándame un mensaje en cuanto llegues a la habitación —dice Steph, y yo asiento y me dirijo al coche.

Me puede la curiosidad, y tengo que saber cuáles son sus intenciones. Tengo que salir de dudas.

CAPÍTULO 40

Da igual lo mucho que me haya esforzado en evitarlo durante la semana, no sé muy bien cómo he acabado con él en su coche. No me mira mientras entro ni cuando me abrocho el cinturón. Vuelvo a estirarme el vestido en un intento por cubrirme los muslos. Permanecemos un momento en silencio, y entonces sale del estacionamiento. Lo único que lo salva es que no ha dejado que Molly venga con nosotros. Habría preferido caminar hasta casa que ver cómo la piropea.

—¿Y ese nuevo *look*? —pregunta por fin una vez que hemos salido a la avenida.

—Pues..., bueno, supongo que Steph quería probar algo diferente conmigo —digo.

Mantengo la vista fija en los edificios que van pasando al otro lado de la ventanilla. La música heavy que le gusta escuchar está sonando de fondo.

—¿Es un poco excesivo, no crees? —pregunta, y yo cierro los puños sobre el regazo. Ya sé su plan de hoy: insultarme todo el camino de vuelta.

—No hacía falta que me llevaras a la residencia, ¿sabes? —Apoyo la cabeza contra el cristal en un intento por crear todo el espacio posible entre nosotros.

—No te pongas a la defensiva; lo único que estoy diciendo es que tu pequeño cambio de imagen es un poco extremo.

—Pues me alegro de que no me importe lo que pienses, pero teniendo en cuenta lo poco que te gusta mi apariencia normal, me sorprende que no te parezca que estoy mejor así —le suelto, y cierro los ojos. Ya estoy agotada de estar con él, y está absorbiendo las pocas energías que me quedan.

Lo oigo reírse entre dientes, y apaga el radio.

—Yo nunca he dicho nada malo sobre tu aspecto. Sobre tu ropa, sí, pero sin duda preferiría verte con esas horrorosas faldas largas que con este vestido.

Está intentando explicarse, pero su respuesta no tiene mucho sentido. Parece gustarle que Molly vaya vestida de este modo, aunque mucho más vulgar, así que, ¿por qué no yo?

—¿Me has oído, Tessa? —pregunta al ver que no respondo, y siento que me toca el muslo.

Rehúyo su contacto y abro los ojos.

—Sí, te he oído. Pero no tengo nada que decir al respecto. Si no te gusta cómo voy vestida, no me mires.

Lo bueno de hablar con Hardin es que, por una vez en toda mi vida, puedo decir todo lo que me venga a la mente sin tener que preocuparme por herir sus sentimientos, ya que por lo visto no los tiene.

—Ése es justamente el problema, ¿sabes? Que no puedo dejar de mirarte. —Cuando las palabras salen de su boca, considero abrir la puerta del coche y lanzarme a la calle.

—Vamos, ¡por favor! —Me río.

Sé que va a decirme cosas lo bastante bonitas, aunque ambiguas, para que luego sea aún más doloroso que las retire y me insulte.

—¿Qué? Es la verdad. Me gusta tu ropa nueva, pero no necesitas tanto maquillaje. Las chicas normales llevan toneladas de maquillaje para estar tan guapas como tú sin él.

«¿Qué?» Debe de haber olvidado que no nos hablamos, que intentó arruinar mi vida hace menos de una semana y que nos despreciamos el uno al otro.

—No querrás que te dé las gracias, ¿no? —digo medio riéndome.

Es tan complicado...; tan pronto está en plan enigmático y enojado como al momento no puede dejar de mirarme.

—¿Por qué no les has contado la verdad sobre Landon y yo? —pregunta cambiando de tema.

—Porque, evidentemente, no querías que lo supieran.

—Aun así, ¿por qué me guardas el secreto?

—Porque no me corresponde a mí contarlo.

Me mira con suspicacia y una ligera sonrisa en los labios.

—No te habría culpado si lo hubieras hecho, teniendo en cuenta que yo sí le conté el tuyo a Noah.

—Sí, bueno, yo no soy tú.

—No, no lo eres —dice con voz mucho más suave.

Y después permanece en silencio durante el resto del viaje, igual que yo. No tengo nada que decirle.

Cuando llegamos al campus, deja el coche en el estacionamiento más alejado de mi habitación. Obviamente.

Alcanzo la puerta, y Hardin vuelve a tocarme el muslo. —¿No vas a darme las gracias? —Sonríe.

Yo niego con la cabeza.

—Gracias por traerme —digo con ironía—. Date prisa, Molly te está esperando —añado mientras me bajo. Espero que no me haya oído. No sé por qué le he dicho eso.

—Sí... Debería, me divierto mucho con ella cuando está borracha —replica con una sonrisa burlona.

Intentando ocultar el hecho de que me siento como si acabara de darme un puñetazo en el estómago, me inclino para mirarlo por la ventanilla del acompañante, y entonces él baja el cristal.

—Sí, seguro que sí. De todas formas, Noah va a venir dentro de poco —miento, y veo cómo entrecierra los ojos.

—¿Ah, sí? —Juguetea con las uñas de sus dedos, un hábito nervioso, supongo.

—Sí. Nos vemos. —Sonrío y me alejo.

Oigo cómo se baja del coche y cierra la puerta.

—¡Espera! —llama, y me doy la vuelta—. Este..., da igual, es que pensaba que, eh..., que se te había caído algo, pero no. —Se sonroja.

Es evidente que está mintiendo, y quiero saber lo que iba a decir, pero tengo que alejarme de él, así que eso es lo que me limito a hacer.

—Adiós, Hardin. —Esas palabras significan mucho más de lo que aparentan. No miro atrás para ver si viene detrás de mí, porque sé que eso no va a pasar.

Me quito los tacones antes incluso de llegar al edificio y ando descalza el resto del camino por el campus. En cuanto entro en la habitación vuelvo a ponerme la pijama y llamo a Noah. Responde al segundo tono.

—Hola —digo con una voz demasiado chillona.

«Es Noah, ¿por qué estoy tan nerviosa entonces?»

—Hola, Tessa, ¿qué tal te ha ido el día? —pregunta con suavidad. No parece el mismo Noah distante del resto de la semana. Suspiro de alivio.

—Bien, aunque esta noche mi plan es quedarme en casa. Y ¿tú qué haces? —Omito a propósito la cena con Steph y los demás, incluido Hardin. Sé que no me va a beneficiar en mi campaña titulada «Por favor, perdóname».

—Acabo de salir del entrenamiento. Estoy pensando en estudiar esta noche porque mañana voy a ayudar a los nuevos vecinos a cortar un árbol.

Siempre está ayudando a los demás. Es demasiado bueno para mí.

—Yo también voy a estudiar esta noche.

—Ojalá pudiéramos estudiar juntos —dice, y sonrío mientras arranco las diminutas bolitas de pelusa de mis calcetines polares.

—¿De verdad?

—Sí, claro, Tessa. Sigo queriéndote, y te extraño. Pero tengo que saber que nada de esto volverá a suceder. Estoy dispuesto a dejarlo atrás, pero tienes que prometerme que te mantendrás alejada de él —dice. No le hace falta decir su nombre.

—Por supuesto que sí, lo juro. ¡Te quiero! —Una parte de mí sabe que estoy tan desesperada por que Noah me perdone porque no quiero quedarme sola e ir detrás de Hardin, pero no le hago caso.

Después de intercambiar unos cuantos más «te quiero» con Noah, accede a acompañarme a la hoguera el próximo fin de semana y colgamos el teléfono. Busco en internet el concesionario de coches más cercano al campus, y por suerte parece haber una gran cantidad de distribuidores dispuestos a desplumar a estudiantes universitarios. Tras anotar las direcciones de unos cuantos, rebusco en la bolsa de Steph hasta que encuentro las toallitas para desmaquillarme. Tardo una eternidad, y este odioso proceso hace que no quiera volver a maquillarme nunca más, por muy guapa que estuviera.

CAPÍTULO 41

Saco los apuntes y los libros de texto y me sumerjo en mis estudios. Estoy trabajando en las tareas de la próxima semana. Me gusta llevar al menos una semana de adelanto para no correr el riesgo de quedarme rezagada. Pero mis pensamientos se desvían hacia Hardin y sus cambios de humor, así que en realidad no estoy prestando atención al ensayo que se supone que estoy escribiendo. No han pasado más que dos horas desde que colgué el teléfono con Noah, pero parecen cuatro.

Decido buscar una película y tumbarme en la cama hasta quedarme dormida, y elijo *Votos de amor*, a pesar de que la he visto mil veces. Cuando la película lleva menos de diez minutos, oigo a alguien maldiciendo en el pasillo. Subo el volumen de la *lap*, pero no le hago caso; es viernes, lo que significa gente borracha por toda la residencia. Unos minutos después, vuelvo a oír las maldiciones. Es una voz masculina, y a ella se une una femenina. El chico empieza a gritar más alto, y entonces reconozco el acento. Es Hardin.

Salto de la cama y abro la puerta para encontrármelo sentado en el suelo con la espalda pegada a la pared exterior de mi habitación. Una chica con el pelo rubio platino está delante de él con el ceño fruncido y las manos en la cintura.

—¿Hardin? —digo, y él levanta la mirada. Una enorme sonrisa aparece en su cara.

—Theresa... —dice, y comienza a levantarse.

—¿Puedes, por favor, decirle a tu novio que se largue de mi puerta? ¡Ha derramado vodka por todo el suelo! —grita la chica furiosa.

Miro a Hardin.

—No es mi... —comienzo a decir, pero él me agarra la mano y me arrastra hacia la puerta de mi habitación.

—Siento haberlo derramado —dice, y le dedica una mirada en blanco a la rubia.

Ella resopla, se adentra echando humo en su habitación y cierra de un portazo.

—¿Qué estás haciendo aquí, Hardin? —le pregunto.

Él intenta pasar por mi lado para meterse en el cuarto, pero le bloqueo la entrada.

—¿Por qué no puedo entrar, Tessa? Me portaré bien con tu abuelo. —Se ríe, y yo pongo los ojos en blanco. Sé que se está burlando de Noah.

—No está.

—¿Por qué no? Bueno, entonces déjame entrar —dice.

—No. ¿Estás borracho? —Estudio su cara. Tiene los ojos rojos, y esa sonrisa burlona lo traiciona. Se muerde el labio y mete las manos en las bolsas—. Creía que no bebías, pero hoy estás hasta la madre.

—Sólo han sido dos veces. Relájate —dice, y me aparta para entrar y se deja caer en mi cama—. Y ¿por qué no ha venido Noah?

—No lo sé —miento.

Él asiente varias veces, como si se lo estuviera tomando muy en serio.

—Claro. Seguro que en GAP tienen las chamarras rebajadas y por eso te ha dejado plantada —dice, y comienza a doblarse de la risa.

La energía que llena la habitación es tan grande que no puedo evitar unirme a él.

—Y ¿dónde está Molly? —inquiero—. ¿En las rebajas de Nacolandia?

Él se interrumpe un instante y luego comienza a reírse aún más fuerte.

—Ha sido un intento nefasto de seguirme el juego, Theresa —bromea, y le doy una patada en el punto donde sus espinillas sobresalen de la cama.

—De todas formas, no puedes quedarte. Noah y yo volvemos a estar juntos, es oficial.

Noto cómo se le esfuma la sonrisa, y se frota las rodillas con las manos.

—Bonita pijama —dice, y yo bajo la vista.

¿Por qué está siendo tan caballeroso? No hemos arreglado nada, y la última vez, que yo recuerde, íbamos a mantenernos alejados el uno del otro.

—Hardin, tienes que irte —repito.

—Déjame adivinar: ¿una de las condiciones de Noah para la reconciliación es que tienes que mantenerte alejada de mí? —Su tono es más serio ahora.

—Sí. Y, que yo recuerde, tú y yo no somos amigos ni nos hablamos. ¿Por qué dejaste la clase de literatura y por qué le pegaste a Landon?

—¿Por qué haces siempre tantas preguntas? —refunfuña—. ¡Ahora no quiero hablar de eso! ¿Qué estaban haciendo tú y tu estupenda pijama antes de que entrara? Y ¿por qué tienes la luz apagada?

Hardin es mucho más divertido cuando bebe, pero estoy empezando a preguntarme por qué ha comenzado a beber de repente si antes no lo hacía.

—Estaba viendo una película —le digo; quizá si soy simpática con él, responda a alguna de mis preguntas.

—¿Qué película?

—*Votos de amor* —respondo, y lo miro. Sé que va a reírse de mí, y tras unos segundos lo hace.

—¿Cómo puede gustarte una película tan cursi? No es nada realista.

—Está basada en una historial real —lo corrijo.

—Sigue siendo muy mala.

—¿La has visto acaso? —inquiero, y él niega con la cabeza.

—No me hace falta verla para saber lo mala que es. Puedo contarte el final: ella recupera la memoria y viven felices para siempre —dice en un tono de voz muy chillón.

—Pues te equivocas; de hecho, no acaba así. —Me río.

Hardin me saca de quicio la mayor parte del tiempo, pero en contadas ocasiones como ésta hace que no recuerde lo terrible que puede llegar a ser. Se me olvida que debería odiarlo, y en lugar de eso me encuentro lanzándole una de las almohadas de Steph. Él deja que le dé, aunque podría haberla detenido con facilidad, y empieza a gritar como si le hubiese hecho daño de verdad, así que ambos nos reímos de nuevo.

—Deja que me quede y vea la película contigo —medio pregunta, medio exige.

—No creo que sea buena idea —le digo, y él se encoge de hombros.

—Las peores ideas suelen ser las mejores —repone—. Además, no querrás que vuelva borracho, ¿no? —Sonríe, y no puedo resistirme, aunque sé que debería.

—Está bien, pero te sientas en el suelo o en la cama de Steph.

Hace pucheros, pero me mantengo firme. Dios sabe lo que podría pasar si nos acostamos los dos en mi estrecha cama. Me sonrojo ante las posibilidades y me reprendo a mí misma por pensar en ello cuando acabo de prometerle a Noah que me mantendría alejada de Hardin. Parece una promesa muy sencilla, pero de alguna forma siempre acabo encontrando el camino hasta Hardin. O bien, como esta noche, él encuentra el camino hasta mí.

Hardin se desliza hasta el suelo, y yo me tomo un momento para admirar lo bueno que está con una simple camiseta blanca. El contraste de la tinta negra con la tela blanca es perfecto, y me encanta la forma en que la enredadera de la base de su cuello sobresale por el borde de la camiseta y la tinta negra se entrevé por debajo del tejido.

Le doy al «Play» y, acto seguido, me pregunta:

—¿Tienes palomitas?

—No, deberías haberlas traído tú —bromeo, y giro la pantalla para que vea mejor desde el suelo.

—Siempre puedo ir por otro tipo de botana —dice, y le doy con la mano abierta en la cabeza de broma.

—Mira la película, y no hables más o te pongo de patitas en la calle.

Hardin finge cerrarse los labios con candado y me tiende una llave invisible, ante lo que me da una risita floja mientras finjo tirarla por detrás de mí. Cuando se recuesta contra la cama, me siento más tranquila y en paz que en toda la semana.

Hardin me mira a mí más que a la película, pero no me importa. Me doy cuenta de cómo sonríe cuando me río en una escena divertida, de cómo frunce el ceño cuando lloro por Paige cuando pierde la memoria, y de cómo también suspira aliviado cuando Paige y Leo acaban juntos al final.

—¿Qué te ha parecido? —le pregunto mientras busco otra película.

—Pura basura. —Pero sonríe, y le revuelvo el pelo antes de darme cuenta de lo que hago. Me incorporo, y él se vuelve hacia la pared.

«Bravo, Tessa, por hacer que esto sea cada vez más raro.»

—Déjame elegir la siguiente película —dice, y agarra la *lap*.

—¿Quién ha dicho que puedes quedarte a ver otra? —inquiero, y pone los ojos en blanco.

—No puedo manejar. Sigo borracho —contesta con una sonrisa traviesa.

Sé que está mintiendo. Ya está casi sobrio, pero tiene razón. Debería quedarse. Aguantaré todo lo que se le ocurra hacerme mañana con tal de poder pasar más tiempo con él. Soy muy patética, como él mismo dijo. Y, en estos momentos, me da igual.

Me gustaría preguntarle por qué ha venido y por qué no está en la fiesta de su fraternidad, pero decido esperar hasta que acabe la película, porque sé que se pondrá insoportable en cuanto empiece a hacerle preguntas. Hardin elige una de Batman que no había visto y jura que es la mejor película de la historia. Me río ante su entusiasmo mientras intenta contarme las anteriores entregas de la trilogía, pero no entiendo de qué me está hablando. Noah y yo siempre vemos películas juntos, pero nunca he disfrutado tanto como con Hardin. Noah mira la pantalla en silencio, mientras que Hardin no deja de comentarla, y de esa forma le añade un toque sarcástico divertidísimo.

—Se me ha dormido el trasero de estar en el suelo —se queja en cuanto empieza la película.

—La cama de Steph es muy cómoda y suave —digo, y frunce el ceño.

—No se ve la pantalla desde allí. Vamos, Tessa, tendré las manos quietas.

—Está bien —gruño, y me hago a un lado.

Él sonríe, se tumba junto a mí boca abajo y me imita doblando las rodillas y levantando los pies. Apoya la cabeza en sus manos entrelazadas, lo que acaba con toda su arrogancia y hace que parezca adorable. La película es mucho mejor de lo que esperaba, y debo de haberle prestado más atención que a Hardin, porque cuando aparecen los créditos y lo miro, veo que se ha quedado dormido.

Está tan perfecto, tan en paz cuando duerme... Me encanta la forma en que se le agitan los párpados, el modo en que se le mueve el pecho arriba y abajo y el encantador suspiro que se escapa de sus labios carnosos. Quiero estirar el brazo y acariciarle la cara, pero no lo hago. A pesar de que debería despertarlo y hacer que se marche, lo tapo con mi cobija y me levanto a cerrar la puerta con llave antes de acostarme en la cama de Steph. Vuelvo a mirarlo, y admiro la forma en que la tenue luz de la pantalla le ilumina la cara. Parece más joven y mucho más feliz cuando duerme.

En cuanto empiezo a quedarme dormida, me doy cuenta de que ya he pasado un par de noches con Hardin, pero ninguna con Noah. Mi subconsciente me recuerda amablemente que he hecho *muchas cosas* con Hardin que nunca he hecho con Noah.

CAPÍTULO 42

Un débil zumbido se entromete en mi sueño a intervalos fijos. ¿Por qué no para? Me doy la vuelta, sin querer despertarme, pero el odioso sonido insiste en que lo haga. Estoy desorientada, y he olvidado dónde me encuentro. Cuando al fin me percato de que estoy en la cama de Steph, tardo un poco en darme cuenta de que Hardin está conmigo en la habitación.

¿Cómo es que siempre acabamos juntos? Y, lo que es más importante, ¿de dónde proviene ese molesto zumbido? Bajo la tenue luz de la calle que se filtra por la ventana, sigo el ruido y éste me conduce a la bolsa de Hardin. Me siento como si ese sonido me estuviera llamando en sueños. Me debato entre meter la mano o no, con los ojos clavados en el bulto que forma el celular en la bolsa delantera de sus apretados pantalones. Deja de sonar cuando me acerco a mi cama, así que aprovecho la oportunidad para observar lo tranquilo que está Hardin mientras duerme. La suave arruga que le sale en la frente de tanto fruncir el ceño ha desaparecido, así como la mueca de sus labios rosados. Suspiro y doy media vuelta, pero el zumbido vuelve a empezar. Voy a tomarlo, no se va a despertar. Bajo la mano e intento llegar a la bolsa. Si no llevara unos pantalones tan ajustados podría sacar el teléfono..., pero no tengo esa suerte.

—¿Qué estás haciendo? —gruñe.

De la impresión, retrocedo unos pasos.

—Tu celular no para de vibrar y me ha despertado —susurro, a pesar de que estamos solos en la habitación.

Lo observo en silencio mientras él mete la mano en la bolsa y saca el teléfono, no sin dificultad.

—¿Qué? —responde de forma abrupta cuando consigue sacarlo. Se frota la frente con la mano al oír la respuesta—. No voy a volver esta noche, estoy en casa de una amiga —dice.

«¿Somos amigos?» Claro que no, no soy más que una oportuna excusa por la que no va a volver a la fiesta. Empiezo a sentirme incómoda, y cambio el peso de una pierna a la otra.

—No, no puedes ir a mi habitación. Mira, voy a seguir durmiendo, así que no vuelvas a despertarme. Y mi puerta está cerrada con llave: no hace falta que pierdas el tiempo intentando entrar.

Cuelga, y yo retrocedo de forma instintiva. Es evidente que está de mal humor, y no quiero ser el blanco de su ira. Me subo con sigilo a la cama de Steph y me tapo con la cobija.

—Siento que el teléfono te haya despertado —dice con suavidad—. Era Molly.

—Ah.

Suspiro y me tumbo de lado, de cara a mi cama. Hardin me dedica una ligera sonrisa, como si supiera lo que pienso sobre Molly. No soy capaz de ignorar ese pequeño extra de adrenalina por el hecho de que él esté aquí en lugar de estar con Molly, aunque sus acciones no tengan ningún sentido para mí.

—No te cae bien, ¿verdad? —dice. Se pone de costado, y su pelo alborotado se desparrama encima de mi almohada.

Niego con la cabeza.

—No mucho, pero no se lo digas, por favor. No quiero dramas —le ruego. Sé que no puedo confiar en él, pero con suerte se le olvidará utilizar esa información para meter cizaña.

—No lo haré; no es que ella me importe mucho —murmura.

—Claro, se nota que no te gusta nada —digo con tanta ironía como soy capaz.

—En serio. A ver, es divertida y tal, pero es bastante pesada —admite, con lo que el extra de adrenalina se intensifica un poco más.

—Bueno, entonces, a lo mejor deberías dejar de meterte con ella —insinúo, y le doy la espalda para que no pueda verme la cara.

—¿Hay algún motivo por el que no deba meterme con ella?

—No. Es que..., si piensas que es una pesadita, ¿por qué sigues con ella? —Sé que no quiero saber la respuesta, pero no puedo evitarlo.

—Para mantenerme ocupado, supongo.

Cierro los ojos y respiro hondo. Hablar del romance de Hardin con Molly me hace más daño del que debería.

Su suave voz interrumpe mis pensamientos cargados de celos.

—Ven a acostarte conmigo —dice.

—No.

—Anda, nada más recostarnos juntos. Duermo mejor cuando estás cerca —añade como si fuera una confesión.

Me incorporo y lo miro.

—¿Qué?... —No puedo ocultar la sorpresa que me provocan sus palabras. Ya sea en serio o no, hace que me derrita por dentro.

—Duermo mejor cuando estás conmigo. —Aparta la mirada y luego la baja—. El fin de semana pasado dormí mejor que hace mucho tiempo.

—Sería el whisky, no yo.

Intento no darle importancia a su confesión. No sé qué más hacer o decir.

—No, fuiste tú —me asegura.

—Buenas noches, Hardin. —Me doy la vuelta. Si sigue diciendo ese tipo de cosas y continúo escuchándolo, podrá volver a hacer conmigo lo que quiera.

—¿Por qué no me crees? —dice casi en un susurro.

—Porque siempre haces lo mismo: dices unas cuantas cosas bonitas y luego cambias el chip y termino llorando.

—¿Te hago llorar?

«¿Acaso no lo sabe?» Me ha visto llorar más que cualquier otra persona que conozca.

—Sí, bastante —contesto apretando la cobija de Steph con fuerza.

Oigo cómo su cama cruje un poco y cierro los ojos por miedo, y por algo más también. Los dedos de Hardin me rozan el brazo cuando se sienta al borde de la cama de Steph, y me digo a mí misma que son las cuatro de la madrugada y que es demasiado tarde, bueno..., pronto, para esto.

—No es mi intención hacerte llorar.

Abro los ojos y lo miro.

—Sí. Sí que es tu intención. Es justo lo que pretendes cada vez que me dices cosas hirientes. Y también era tu intención cuando me obligaste a contarle lo nuestro a Noah. Y cuando me humillaste en tu cama la semana pasada porque no era capaz de decir justo lo que tú querías. Hoy me dices que duermes mejor cuando estás conmigo pero, si me acostara contigo, en cuanto nos despertáramos me dirías lo fea que soy, o que no me soportas. Después del día del arroyo, pensé que... Da igual. Podríamos tener esta conversación una y otra vez.

—Respiro hondo un par de veces, alterada por haberme desahogado con él.

—Esta vez te escucho.

No sé descifrar su mirada, pero me invita a continuar.

—Es que no entiendo por qué te gusta tanto jugar al gato y al ratón conmigo. Ahora eres bueno, ahora cruel. Le dices a Steph que vas a «acabar conmigo» si me acerco a ti, y después quieres traerme a la residencia. Parece que no te decides.

—No lo dije en serio..., lo de que acabaría contigo. Es que..., no sé, a veces digo cosas así —replica pasándose las manos por el pelo.

—¿Por qué dejaste la clase de literatura? —pregunto por fin.

—Porque quieres que me mantenga alejado de ti, y yo necesito apartarme de ti.

—Y entonces ¿por qué no lo haces?

Empiezo a ser consciente del cambio de energía entre nosotros. De alguna forma, nos hemos acercado y nuestros cuerpos están a pocos centímetros de distancia.

—No lo sé —resopla. Entrelaza las manos y las apoya sobre las rodillas.

Quiero decir algo, lo que sea, pero no puedo sin contarle que no quiero que se aleje de mí, que pienso en él cada segundo de cada día.

Al final, él rompe el silencio.

—Si te hago una pregunta, ¿serás totalmente sincera?

Asiento.

—¿Me has... me has extrañado esta semana? —Era lo último que esperaba que me preguntara.

Parpadeo unas cuantas veces para aclarar mis frenéticas ideas. Le he dicho que le diría la verdad, pero me da miedo.

—¿Y bien? —insiste.

—Sí —murmuro, y escondo la cara entre las manos, pero él las aparta y el contacto de sus dedos en mis muñecas hace que me arda la piel.

—¿Sí, que? —Su voz suena tensa, como si estuviera desesperado por oír mi respuesta.

—Te he extrañado. —Trago saliva, a la espera de lo peor.

Lo que no esperaba es un suspiro de alivio y una sonrisa que se extiende en su precioso rostro. Quiero preguntarle si él me ha extrañado también, pero comienza a hablar antes de que tenga la ocasión.

—¿De verdad? —pregunta, casi como si no me creyera.

Asiento en respuesta, y me dedica una tímida sonrisa. Hardin, ¿tímido? Más bien satisfecho por mi confesión, porque eso le dice que me tiene comiendo de su mano.

—¿Puedo acostarme ya? —protesto. Sé que no va a corresponder a mi confesión, y es muy tarde.

—Sólo si nos acostamos juntos. Me refiero a dormir, en la misma cama, claro. —Sonríe.

Suspiro y murmuro «Vamos, Hardin, ¿no podemos irnos a dormir sin más?», mientras me doy la vuelta con cuidado de no tocarlo. Pero un repentino jalón en las piernas me hace gritar de sorpresa, y enseguida me encuentro a Hardin levantándome de la cama y echándome sobre sus hombros. Ignora mis patadas y mis súplicas de que me baje hasta que llega a mi cama, apoya una rodilla en ella y me acuesta poco a poco en el lado de la pared antes de echarse junto a mí. Me quedo mirándolo en silencio con el temor de que, si me paso con él, se marchará, y eso es algo que no quiero que suceda.

Alcanza y recoge la almohada que le he arrojado antes y la coloca entre nosotros a modo de barrera con una sonrisa traviesa.

—Mira, ya puedes dormir, segura y protegida.

Le devuelvo la sonrisa. No puedo evitarlo.

—Buenas noches —digo con una risita.

—Buenas noches, Tessa. —Él también se ríe.

Me pongo de costado. Pero, de repente, me doy cuenta de que no tengo nada de sueño, así que me quedo mirando la pared con la esperanza de que esa electricidad entre nosotros se disipe y me deje dormir. Bueno, una esperanza parcial al menos.

Unos minutos después, noto que la almohada se mueve y que el brazo de Hardin me rodea la cintura y me aprieta contra su pecho. No me muevo, ni le llamo la atención por sus acciones. Estoy disfrutando mucho el momento.

—Yo también te he extrañado —susurra contra mi pelo.

Sonrío, sabiendo que no puede verme. Noto la ligera presión de sus labios sobre la nuca, y se me encoge el estómago. Por mucho que me guste la sensación, me siento más confundida que nunca cuando me quedo dormida.

CAPÍTULO 43

La alarma suena muy temprano, y me doy la vuelta. Levanto el brazo para propinarle un manotazo y parar el odioso ruido que me está destrozando los oídos. Mi mano choca con una superficie suave y cálida, y abro los ojos de golpe para encontrar a Hardin mirándome. Tomo la almohada para taparme de vergüenza, pero él me la quita de un jalón.

—Buenos días para ti también —dice con una sonrisa frotándose el brazo.

Le devuelvo la mirada mientras se me ocurre una disculpa. «¿Cuánto tiempo ha estado mirándome?»

—Estás adorable cuando duermes —bromea, y yo me incorporo tan rápido como puedo, convencida de que debo de tener unas fachas bastante horrorosas, como es habitual por las mañanas.

Me pasa el celular.

—¿Para qué es la alarma?

La apago y me bajo de la cama.

—Voy a ir a buscar un coche, así que puedes irte cuando quieras —replico.

Él frunce el ceño.

—Está claro que lo tuyo no es madrugar —dice.

Me hago una cola, en un intento por evitar que mi pelo parezca un nido de pájaros.

—Es que... no quiero entretenerte. —Me siento un poco culpable por hablarle de un modo tan antipático pero, para ser sincera, era lo que esperaba de él.

—Y no es el caso. ¿Puedo ir contigo?

Miro a mi alrededor en la habitación mientras me pregunto si lo he oído bien. Entonces me vuelvo hacia él con una mirada de sospecha.

—¿A ver un coche? Y ¿por qué ibas a querer venir?

—¿Por qué tiene que haber una razón? Te comportas como si estuviera tramando matarte o algo así. —Se ríe y se levanta, tras lo cual se revuelve el pelo.

—Bueno, me sorprende bastante verte de tan buen humor por la mañana..., que quieras ir conmigo a un sitio... y que no me estés insultando —admito.

Me aparto de él y recojo la ropa y las cosas del baño. Tengo que bañarme antes de ir a ningún sitio.

Indiferente ante mi sinceridad, Hardin sigue presionándome un poco más.

—La pasaremos bien, lo prometo. Pero tienes que dejar que te demuestre que podemos ser... que puedo ser amable. Sólo por un día.

Su sonrisa es preciosa y convincente. Sin embargo, estoy segura de que Noah me dejará y no volverá a hablarme nunca si se entera de que Hardin ha pasado la noche aquí conmigo, en mi cama, agarrándome mientras dormíamos. No sé por qué tengo ese miedo constante a perder a Noah; quizá sea miedo a la reacción de mi madre si cortamos, o quizá sea que mi antiguo yo sigue muy unido a él. Siempre ha estado ahí, y me siento como si nos debiera, tanto a él como a mí, continuar con la relación. No obstante, creo que la razón más importante es que sé que Hardin no podrá y no querrá darme el tipo de relación que necesito y que, francamente, quiero de él.

Mientras estoy sumida en mis pensamientos, parece que por fin consigo admitir que, por escuchar la pausada respiración de Hardin junto a mi oído mientras dormía, vale la pena que Noah no vuelva a hablarme nunca más.

—¡Tierra llamando a Tessa! —dice Hardin desde el otro lado de la habitación, y yo vuelvo en mí.

Me he quedado paralizada, debatiendo conmigo misma, y he olvidado por completo que Hardin estaba aquí.

—¿Pasa algo? —pregunta, y se acerca.

«No, nada, sólo que por fin estoy reconociéndome a mí misma que siento algo por ti y que quiero más, aunque ya sé que a ti no te importa nadie en este mundo, y menos aún yo.»

—Intento decidir qué ponerme —miento.

Baja la vista hasta la ropa que sujeto entre las manos e inclina la cabeza, pero se limita a decir:

—Entonces ¿puedo acompañarte? Así te será más fácil, porque no tendrás que tomar el autobús.

Bueno, podría ser divertido. Y, desde luego, más sencillo.

—Bueno, está bien —digo—. Voy a arreglarme.

Camino hacia la puerta, y me sigue.

—¿Qué haces? —inquiero.

—Ir contigo.

—Eh..., voy a darme un baño.

Balanceo la bolsa de aseo frente a su cara y me la arrebata de las manos.

—¡Qué casualidad! ¡Yo también!

Dichosos baños mixtos. Me adelanta y abre la puerta sin mirar atrás. Me doy prisa en alcanzarlo y jalo su camiseta.

—Qué detalle que te unas —bromea, y pongo los ojos en blanco.

—El día no ha hecho más que empezar y ya eres una lata —digo en respuesta.

Unas cuantas chicas pasan por nuestro lado y entran en los baños; no disimulan en absoluto al quedarse embobadas mirando a Hardin.

—Chicas —las saluda él, y ellas ríen por lo bajo como si fueran colegialas. Bueno, técnicamente *son* colegialas, pero también son adultas, así que deberían comportarse como tales.

CAPÍTULO 44

Después de una parada para ir al servicio, salgo y no veo ni oigo a Hardin en los baños, así que mi mente, cómo no, comienza a elucubrar que podría haberse ido a algún sitio con las chicas de antes. Ni siquiera se ha traído ropa, así que, si al final se baña, tendrá que volver a ponerse la ropa sucia. Hardin podría ponerse cualquier cosa llena de lodo y seguiría estando más guapo que cualquier otro chico que haya visto. «Excepto Noah», me recuerdo.

Tras un baño rápido, me seco, me visto y vuelvo a la habitación, donde me alivia encontrar a Hardin sentado en mi cama. «¡Tomen eso, colegialas!», grita una parte de mí. Está sin camiseta, y el agua ha oscurecido aún más su ya de por sí oscuro cabello. Cierro la boca para asegurarme de que no me cuelga la lengua.

—Has tardado un buen rato —dice. Se le contraen los músculos cuando lleva los brazos hacia atrás para apoyarse contra la pared.

—Se supone que tienes que ser simpático, ¿recuerdas? —replico, y me acerco al ropero de Steph y abro la puerta para usar el espejo. Tras tomar el estuche de maquillaje de mi compañera, me siento y cruzo las piernas frente a él.

—¡Pero si estoy siendo simpático!

Permanezco en silencio e intento maquillarme un poco. Después de tres intentos por hacerme una raya recta en el párpado superior, lanzo el lápiz de ojos contra el espejo, y Hardin se ríe.

—Ya sabes que no te hace falta —me dice.

—Me gusta —replico, y él pone los ojos en blanco.

—Pues nada, vamos a quedarnos aquí sentados todo el día mientras intentas pintarte la cara —contesta. Y hasta aquí el Hardin amable.

Se da cuenta y enseguida me dice «Perdona, perdona» mientras me limpio los ojos. Pero me rindo con el maquillaje. Es un poco complicado de hacer con alguien como Hardin mirándome.

—Estoy lista —digo finalmente, y él se levanta de un salto—. ¿Vas a ponerte una camiseta? —le pregunto.

—Sí, tengo una en la cajuela.

Tenía razón: debe de tener millones de ellas ahí dentro. No quiero ni pensar en las razones que hay detrás.

Fiel a su palabra, Hardin saca una camiseta negra lisa de la cajuela y termina de vestirse en el estacionamiento.

—Deja de mirarme y sube al coche —bromea.

Intento negarlo, y le hago caso.

—Me gustas más con camiseta blanca —digo cuando ambos estamos dentro, y las palabras se me escapan antes de que pueda procesarlas.

Ladeando la cabeza, me dedica una sonrisa engreída.

—¿Ah, sí? —Levanta una ceja—. Bueno, a mí me gustas con esos *jeans*. Te hacen un trasero irresistible —dice, y me deja pasmada. Hardin y sus obscenidades.

Le doy un puñetazo, de broma, y se ríe, pero mentalmente me doy una palmadita en la espalda por ponerme estos pantalones. Quiero que Hardin me mire, aunque nunca lo admitiría, y me siento halagada por su extraña forma de dedicarme un cumplido.

—¿Adónde? —pregunta, y saco el celular. Le leo la lista de distribuidores de coches de segunda mano en un radio de unos ocho kilómetros y le cuento un par de opiniones de cada uno.

—Le das demasiadas vueltas a todo. No vamos a ir a ninguno de esos sitios.

—Sí que vamos a ir. Ya lo tenía previsto; hay un Prius que quiero ver en el concesionario Bob's Super Cars —le digo, y siento vergüenza ajena por un nombre tan ridículo.

—¿Un Prius? —dice indignado.

—Sí, ¿por? Tienen un buen rendimiento y son seguros y...

—Aburridos. No sé por qué, pero sabía que querrías un Prius. Te falta gritar: «¡Señorita con agenda busca Prius!» —se burla adoptando una voz de mujer, y empieza a partirse de risa.

—Búrlate de mí todo lo que quieras, pero me ahorraré una lana en gasolina todos los años —le recuerdo, riéndome a mi vez, cuando se inclina y me toca la mejilla con un dedo.

Me quedo mirándolo, asombrada porque haya hecho algo tan simple pero encantador. Hardin parece tan sorprendido por lo que acaba de hacer como yo.

—A veces eres adorable —me dice.

Vuelvo a mirar al frente.

—Hombre, gracias.

—Lo digo en el buen sentido, porque a veces haces cosas adorables —dice. Parece que lo incomoda pronunciar esas palabras, y sé que no está acostumbrado a decir nada de ese estilo.

—Está bien... —digo, y miro por la ventanilla del acompañante.

A cada segundo que paso con Hardin, mis sentimientos hacia él crecen, y sé que es peligroso dejar que se den este tipo de pequeños y, en apariencia, insignificantes momentos entre nosotros, pero no puedo controlarme cuando se trata de él. Me he convertido en una simple observadora en todo este torbellino.

Hardin acaba dirigiéndose a Bob's Super Cars, y le doy las gracias. Bob resulta ser un hombre bajo, sudoroso y con exceso de gel que huele a nicotina y a cuero, y en cuya sonrisa destaca un diente de oro. Mientras hablo con él, Hardin se queda cerca y se dedica a hacer muecas cuando él no está mirando. Al hombrecillo parece que lo intimida el tosco aspecto de Hardin, pero no lo culpo. Echo un vistazo al estado del Prius de segunda mano, y decido no quedármelo. Tengo la sensación de que se estropeará en cuanto salga del estacionamiento, y Bob tiene la norma estricta de no aceptar devoluciones.

Visitamos unos cuantos distribuidores más, y todos son igual de malos. Después de pasar la mañana con incontables hombres de calva incipiente, decido suspender la búsqueda del coche. Tendré que alejarme mucho más del campus para encontrar uno decente, y hoy ya no quiero seguir con ello. Decidimos comprar algo de comer en el servicio para coches de un bar de carretera y, mientras nos lo comemos, para mi sorpresa Hardin me cuenta la historia de cuando arrestaron a Zed por vomitar por todo el suelo en un Wendy's el año pasado. El día está yendo mucho mejor de lo que esperaba, y por una vez siento que podríamos pasar el semestre sin matarnos el uno al otro.

En el camino de vuelta al campus, pasamos por un hermoso y pequeño establecimiento de yogur helado, y le pido a Hardin que se detenga. Él gruñe y actúa como si no quisiera, pero veo un atisbo de sonrisa oculto bajo sus disgustadas facciones. Hardin me dice que busque un sitio libre, y él va por los yogures, que trae llenos de todos los tipos de dulce y galleta imaginables. Tienen un aspecto asqueroso, pero me convence de que es la única forma de amortizar lo que valen. Por repugnante que parezca, está buenísimo. No consigo tomarme ni la mitad del mío, pero él acaba felizmente el suyo y los restos del mío.

—¿Hardin? —dice la voz de un hombre.

Él levanta la cabeza y entorna los ojos. «¿Puede ser que tenga acento?» El desconocido sujeta una mochila y una bandeja llena de envases de yogur.

—Ah... Hola —dice Hardin, y sé por instinto que es su padre.

El hombre es alto y delgado, como él. Sus ojos tienen la misma forma, aunque son color café oscuro en lugar de verdes. Aparte de eso, son polos opuestos. Su padre lleva unos pantalones de vestir grises y un chaleco de punto. En su cabello castaño se distinguen algunas canas, repartidas por los lados, y su porte es fríamente profesional. Hasta que sonríe, eso es, y muestra una amabilidad similar a la de Hardin cuando deja de empeñarse en comportarse como un imbécil.

—Hola, soy Tessa —digo con educación al tiempo que le tiendo la mano.

Hardin me lanza una mirada fulminante, pero lo ignoro. No es que él fuera a presentarme.

—Hola, Tessa, soy Ken, el padre de Hardin —dice el hombre, y me estrecha la mano—. No me habías dicho que tenías novia —añade dirigiéndose a él—. Deberían venir los dos a cenar esta noche. Karen va a preparar una cena estupenda. Es una excelente cocinera.

Quiero mantener a raya el mal humor de Hardin y decirle a su padre que no soy su novia, pero él se me adelanta.

—Esta noche no podemos. Yo tengo una fiesta, y ella no va a querer ir —le suelta.

Ahogo una exclamación por la forma en que Hardin le habla a su padre. Ken se queda boquiabierto, y me siento fatal por él.

—En realidad, me encantaría ir —intervengo—. También soy amiga de Landon; vamos a clase juntos.

La sonrisa afable de Ken reaparece.

—¿Ah, sí? Eso es genial. Landon es un buen chico. Me encantaría que vinieras esta noche —repite Ken, y sonríe.

Siento la mirada penetrante de Hardin clavada en mí.

—¿A qué hora vamos? —digo.

—¿«Vamos»? —pregunta su padre, y yo asiento—. Bueno..., ¿pongamos a las siete? Tengo que avisar a Karen con tiempo o seré hombre muerto —bromea, y yo sonrío.

Hardin está furioso, y permanece mirando por la ventana.

—¡Genial! —digo—. ¡Nos vemos esta noche!

Ken se despide de su hijo, quien lo ignora de malas maneras, a pesar de que le doy un toque en el pie por debajo de la mesa. Un minuto después de que su padre se marche del local, Hardin se levanta de golpe y estampa su silla contra la mesa. Ésta cae por el otro lado, y entonces comienza a propinarle patadas en medio del bar antes de salir corriendo por la puerta y dejarme sola ante las miradas de todos.

Sin saber muy bien qué hacer, dejo el yogur donde está, balbuceo una disculpa y enderezo la silla con torpeza antes de salir detrás de él.

CAPÍTULO 45

Llamo a Hardin, pero me ignora. Cuando ya está a medio camino del coche, se da la vuelta tan rápido que casi choco contra él.

—¡Carajo, Tessa! ¡¿Qué mierda has hecho?! —me grita. La gente que pasa por nuestro lado empieza a mirarme, pero él continúa—: ¿A qué clase de juego intentas jugar? —Se acerca a mí. Está enojado, más que enojado en realidad.

—No es ningún juego, Hardin. ¿Es que no has visto lo mucho que quería que fueras? Estaba intentando llegar a ti, ¡y tú has sido tan maleducado! —No estoy segura de por qué estoy gritando, pero no voy a dejar que me hable así sin más.

—¿Llegar a mí? ¿Qué mierda dices? ¡A lo mejor tendría que haberse preocupado por llegar a mí cuando abandonó a su familia! —Las venas del cuello se le tensan bajo la piel.

—¡Deja de decir majaderías! ¡Quizá está intentando recuperar el tiempo perdido! La gente comete errores, Hardin, y es evidente que le importas. Tiene una habitación para ti en su casa, llena de ropa por si...

—¡No sabes una mierda sobre él, Tessa! —grita, y se estremece de rabia—. ¡Vive en un pedazo de mansión con su nueva familia, mientras mi madre se mata a trabajar cincuenta horas a la semana para pagar las facturas! Así que ahórrate el sermón. ¡No te metas donde no te llaman!

Se sube al coche y cierra de un portazo. Me apresuro a entrar también, por miedo a que se le ocurra dejarme tirada; está histérico. Se acabó nuestro día sin discusiones.

Está hecho una furia, pero por suerte permanece callado cuando salimos a la carretera principal. Si pudiera mantener este silencio el resto del viaje, sería feliz. Pero una parte de mí insiste en que Hardin tiene que entender que no puede gritarme así. Es uno de los puntos a favor que tengo que reconocer de mi madre: me enseñó cómo no debe tratarme un hombre.

—Está bien —digo fingiendo serenidad—. No voy a meterme donde no me llaman, pero pienso aceptar la invitación de esta noche, vayas tú o no.

Como si fuera un animal salvaje enfurecido, se vuelve hacia mí.

—No, ¡ya te digo que no!

Manteniendo la falsa calma, añado:

—No es de tu incumbencia lo que yo hago o dejo de hacer, Hardin, y, por si no te has dado cuenta, me ha invitado. Puede que le pregunte a Zed si quiere venir conmigo.

—¡¿Qué acabas de decir?!

Toda la suciedad y el polvo del coche se levantan cuando Hardin gira el volante de golpe y se detiene en la cuneta de la transitada carretera.

Sé que he ido demasiado lejos, pero a estas alturas estoy igual de encabronada que él, y le grito:

—¡¿Se puede saber qué demonios te pasa? ¿Cómo te sales así de la carretera?!

—¡La cuestión es qué demonios te pasa *a ti*! ¿Le dices a mi padre que voy a ir a su casa a cenar y luego tienes el descaro de insinuar que vas a ir con Zed?

—Ah, claro, perdona; ¿tus queridos amigos no saben que Landon es tu hermanastro y te da miedo que se enteren? —digo, y me río de lo ridículo que me parece.

—Uno, no es mi hermanastro, y dos, ya sabes que no es por eso por lo que no quiero que vaya Zed. —Ha bajado mucho el tono de voz, pero sigue enfurecido.

Sin embargo, a pesar del caos que reina en el coche, vuelvo a sentir un poco de esperanza ante los celos de Hardin. Sé que su actitud tiene más que ver con la rivalidad que con una preocupación real por que salga con Zed, pero hace que sienta mariposas en el estómago igualmente.

—Pues si no vienes conmigo, tendré que invitarlo. —En realidad, nunca lo haría, pero eso él no lo sabe.

Hardin se queda mirando al frente durante unos segundos y entonces suspira, con lo que expulsa parte de la tensión.

—Tessa, de verdad que no quiero ir. No quiero estar con la familia perfecta de mi padre. Los evito por algo.

Yo también relajo el tono.

—Bueno, no quiero obligarte a ir si vas a sentirte mal, pero me encantaría que vinieras conmigo. Yo voy a ir de todas formas.

Hemos pasado de tomar un yogur a gritarnos mutuamente, y ahora volvemos a estar en paz. La cabeza me da vueltas, y tengo el corazón acelerado.

—¿Sentirme mal? —Suena incrédulo.

—Sí, si te va a molestar tanto estar allí, no voy a intentar convencerte de que vayas —respondo.

Sé que jamás podría conseguir que Hardin hiciera algo que no quiere; no hay antecedentes de que haya cooperado nunca.

—Y ¿a ti qué te importa que me sienta mal? —Su mirada se encuentra con la mía, e intento desviarla, pero vuelve a tenerme embrujada.

—Pues claro que me importa; ¿por qué no iba a ser así?

—La pregunta es por qué *sí* te importa.

Me mira suplicante, como si quisiera que pronunciara las palabras, pero no puedo. Las utilizaría en mi contra, y lo más seguro es que no querría volver a quedar conmigo nunca más. Me convertiría en la chica pesada que va detrás de él, la clase de chica de la que me habló Steph.

—Me importan tus sentimientos —le digo, y espero que la respuesta sea lo bastante buena para él.

Interrumpiendo el momento, mi celular comienza a sonar. Lo saco de la bolsa y veo que es Noah. Sin pensarlo, rechazo la llamada antes siquiera de darme cuenta de lo que estoy haciendo.

—¿Quién es? —Hardin es un chismoso.

—Noah.

—¿No vas a responder? —Parece sorprendido.

—No, estamos hablando. —«Y prefiero hablar contigo», añade mi subconsciente.

—Ah. —Es lo único que dice, pero su sonrisa es evidente.

—Entonces ¿vas a venir conmigo? Hace bastante tiempo que no como comida casera, así que no voy a desperdiciar la oportunidad.

—Sonrío; el ambiente en el coche es ahora más tranquilo, aunque sigue siendo tenso.

—No. De todas formas, tengo planes —murmura.

No quiero saber si esos planes incluyen a Molly.

—Ah, bueno —digo—. ¿Te enojarías conmigo si voy yo?

Me parece un poco raro ir a la casa del padre de Hardin sin más, pero Landon es mi amigo, y me han invitado.

—Siempre estoy enojado contigo, Tess —dice y, cuando me mira, veo la diversión en sus ojos.

Me río.

—Yo también estoy siempre molesta contigo —replico, y él se ríe por lo bajo—. ¿Podemos irnos ya? Si viene la policía, nos va a multar.

Asiente mientras arranca el coche y volvemos a la carretera. La discusión con Hardin ha pasado mucho más rápido de lo que esperaba. Supongo que está mucho más acostumbrado que yo a los conflictos constantes, aunque yo preferiría pasar el tiempo con él sin tener que discutir.

Me he prometido a mí misma no preguntarle, pero tengo que saberlo...

—Y... ¿qué... qué... planes tienes hoy?

—¿Por qué lo preguntas?

Aunque siento su mirada sobre mí, mantengo la vista fija en la ventanilla.

—Por curiosidad —digo—. Como has dicho que tenías planes, he sentido curiosidad.

—Tenemos otra fiesta. Es lo que suelo hacer todos los viernes y los sábados, excepto anoche y el sábado pasado...

Trazo un círculo en la ventanilla con un dedo.

—¿No te cansa? ¿Hacer lo mismo todos los fines de semana con los mismos borrachos? —Espero que no se ofenda.

—Sí..., supongo que sí. Pero estamos en la universidad, y estoy en una fraternidad; ¿qué más se puede hacer?

—No lo sé..., es que parece pesado tener que limpiar lo que los demás ensucian todos los fines de semana, sobre todo cuando tú ni siquiera bebes.

—Lo es, pero no he encontrado nada mejor que hacer con mi tiempo, así que... —Se interrumpe.

Sé que todavía me está mirando, pero mantengo la vista apartada. El resto del viaje transcurre en silencio. No es incómodo, sino tranquilo.

Mientras camino sola desde el estacionamiento hasta la residencia, estoy tan atacada que creo que me va a dar algo. Acabo de pasar la noche y la mayor parte de la tarde con Hardin y nos hemos aguantado, más o menos. Me la he pasado bien, muy bien. ¿Por qué no podré pasarla tan bien con alguien a quien le guste de verdad? Como Noah. Sé que debería devolverle la llamada, pero quiero disfrutar del momento.

De regreso en mi habitación, me sorprende ver a Steph; normalmente pasa el fin de semana fuera.

—¿Dónde has estado, señorita? —bromea, y se lleva un puñado de palomitas con queso a la boca.

Me río, y me quito los zapatos antes de desplomarme sobre la cama.

—He estado buscando un coche.

—¿Lo has encontrado? —pregunta, y me dispongo a contarle los cuchitriles en los que he estado, sin mencionar la presencia de Hardin.

Unos minutos después, alguien toca a la puerta y Steph se levanta para abrir.

—¿Qué haces tú aquí? —gruñe.

«Hardin.» Levanto la vista, nerviosa, y él se acerca hasta mi cama. Tiene las manos metidas en las bolsas, y se balancea sobre los talones.

—¿Me he dejado algo en tu coche? —pregunto, y oigo un gritito ahogado de Steph. Tendré que explicárselo después, aunque tampoco tengo muy claro cómo hemos acabado pasando el día juntos.

—Eh..., no. Es que, bueno, he pensado que quizá podría llevarte a casa de mi padre esta noche. Como no has encontrado ningún coche... —suelta de golpe, sin que parezca que se esté dando cuenta o que le importe que Steph esté en la habitación con la mandíbula inferior rozándole el suelo—. Si no..., tampoco pasa nada, sólo quería ofrecerme.

Me incorporo, y él se muerde el aro del labio con los dientes. Me encanta que haga eso. Estoy tan sorprendida por su oferta que casi se me pasa responderle.

—Sí..., sería genial. Gracias.

Sonrío, y él me devuelve la sonrisa y se muestra agradable y visiblemente aliviado. Saca una mano de la bolsa y se la pasa por el pelo antes de volver a meterla donde estaba.

—Bueno... Vendré a las seis y media para que llegues a tiempo.

—Gracias, Hardin.

—Tessa —dice con suavidad, y sale de la habitación cerrando la puerta tras de sí.

—Carajo, ¡¿qué me he perdido?! —exclama Steph.

—La verdad es que no lo sé —admito. Justo cuando pensaba que Hardin no podía ser más complicado, va y hace una cosa así.

—¡No me puedo creer lo que acaba de pasar! O sea, Hardin..., su forma de entrar, ¡como si estuviera nervioso o algo! ¡Madre mía! Y se ha ofrecido a llevarte a casa de su padre... Un momento, ¿por qué vas a ir tú a casa de su padre? Y ¿pensabas que te habías dejado algo en su coche? ¡¿Cómo es que estoy tan perdida?! ¡Dame detalles! —grita prácticamente, y se coloca al pie de mi cama.

Así que se lo cuento todo, le explico que se presentó aquí anoche y que vimos una película y se quedó a dormir, que hoy hemos ido a mirar coches... y que no le he mencionado antes que él ha estado aquí porque suponía que, si había insistido tanto en que me ayudara a mantenerlo alejado, habría sido un poco raro admitir que había estado con él. Apenas digo nada sobre el padre de Hardin, excepto que voy a ir a su casa a cenar, pero de todas formas Steph parece estar más interesada en la noche anterior.

—No puedo creer que se quedara aquí, es todo un acontecimiento. Hardin nunca se queda, nunca. Y nunca deja que nadie se quede con él. He oído que tiene pesadillas o algo parecido, no lo sé. Pero, en serio, ¿qué le has hecho? ¡Ojalá hubiera grabado la forma en que te ha mirado cuando ha entrado! —grita, y se ríe—. Sigue sin parecerme una buena idea pero, visto lo visto, te llevas mejor con él que la mayoría. Aun así, ten cuidado —me advierte de nuevo.

«¿Que qué le he hecho?» Nada, seguro. No está acostumbrado a ser amable, pero por alguna razón lo está siendo conmigo. ¿Quizá es su forma de vencerme en alguna clase de juego o de demostrar que sabe fingir tener modales?

Saco el tema de Tristan, y a partir de ahí Steph toma las riendas de la conversación. Intento prestar atención a sus historias de la fiesta de anoche, a cómo Molly acabó sin camiseta (qué sorpresa) y cómo Logan venció a Nate en un combate ebrio de pulso (jura que es una de esas cosas que tienen mucha más gracia cuando estás allí). Mis pensamientos vuelven a Hardin, claro, y miro el reloj para asegurarme de que tengo suficiente tiempo para arreglarme para esta noche. Son las cuatro en punto, así que debería empezar a vestirme a las cinco.

Steph sigue hablando hasta las cinco y media, y se vuelve loca cuando le pido que me peine y me maquille. No sé muy bien por qué me estoy esforzando tanto en estar presentable para una cena familiar a la que no debería ir, pero sigo adelante igualmente. Ella me maquilla de una forma tan sutil que apenas se nota, pero me veo genial. Natural pero guapa. Luego me enchina el pelo igual que la otra vez. Decido ponerme mi vestido café favorito, a pesar de los intentos de Steph por que me ponga algo de su ropero. El vestido café es bonito y conservador, perfecto para una cena familiar.

—Al menos ponte las medias de encaje debajo o déjame que le corte las mangas al vestido —gruñe.

—Bueno, está bien, dame las medias. Aun así, no está tan mal, es entallado —le rebato.

—Ya lo sé, pero es... aburrido. —Arruga la nariz. Parece más satisfecha cuando me pongo las medias y accedo a llevar tacones altos. Sigo llevando el par de Toms en la bolsa desde ayer, por si acaso.

A medida que se acercan las seis y media, me doy cuenta de que estoy más nerviosa por el trayecto a su casa que por la cena en sí. Me incomodan las medias, y ando por la habitación unas cuantas veces para practicar antes de que Hardin se presente aquí. Steph me dedica una extraña sonrisa, y yo abro la puerta.

—Madre mía, Tessa, estás..., eh..., estás muy guapa —dice él, y yo sonrío. ¿Desde cuándo dice un «eh» en cada frase?

Steph nos acompaña a la puerta, me guiña un ojo y exclama cual madre orgullosa:

—¡Pásenla bien!

Hardin le enseña el dedo de en medio, cuando ella le devuelve el gesto, él le cierra la puerta en las narices.

CAPÍTULO 46

El trayecto a casa del padre de Hardin es agradable. La suave música de fondo no parece más que una distracción, y me fijo en que agarra el volante con demasiada fuerza. Durante el viaje tengo la sensación de que está nerviosísimo, pero sé que, si quisiera hablar sobre algo, no tendría problemas en exponerlo.

Me bajo del coche y subo los escalones del camino de entrada. Con el sol todavía en lo alto del cielo, distingo unas viejas enredaderas que ascienden por los lados de la casa y las pequeñas flores blancas que las acompañan. De improviso, oigo cómo se abre y se cierra la puerta de Hardin, y el ruido de sus botas en el camino de entrada. Me vuelvo para ver que está a unos pocos pasos detrás de mí.

—¿Qué estás haciendo? —le pregunto.

—Es evidente: ir contigo. —Pone los ojos en blanco y da un gran paso para colocarse a mi lado al final de la escalera.

—¿En serio? Creía que no...

—Ya. Vamos a entrar ya y a pasar la peor noche de nuestras vidas.

Contrae las facciones y esboza la sonrisa más falsa que he visto en mi vida. Le doy un codazo y llamo al timbre.

—No me gustan los timbres —me dice, y abre la puerta.

Supongo que no importa porque es la casa de su padre, pero aun así me hace sentir algo incómoda.

Cruzamos la puerta y entramos en el vestíbulo cuando su padre aparece. La sorpresa es evidente en su rostro, pero nos muestra su encantadora sonrisa y se acerca a abrazar a su hijo. Hardin, sin embargo, lo esquiva y pasa de largo. El bochorno se hace patente en las hermosas facciones del señor Scott, pero aparto la vista antes de que se dé cuenta de que he visto su expresión.

—Muchas gracias por recibirnos, señor Scott —digo mientras nos adentramos en la casa.

—Muchas gracias por venir, Tessa. Landon me ha hablado un poco sobre ti. Parece que te tiene mucho cariño. Y, por favor, llámame Ken. —Sonríe, y lo sigo hasta la sala.

Landon está sentado en el sillón con el libro de literatura en el regazo cuando entro. Se le ilumina la cara y cierra el libro en cuanto me acerco y me siento a su lado. No sé adónde ha ido Hardin, pero aparecerá tarde o temprano.

—¿Hardin y tú van a darle otra oportunidad a su amistad? —pregunta Landon con el ceño ligeramente fruncido.

Me gustaría contarle lo que está ocurriendo entre Hardin y yo pero, para ser sincera, ni yo misma lo sé.

—Es complicado. —Intento sonreír, pero titubeo.

—Sigues con Noah, ¿no? Porque parece que Ken piensa que Hardin y tú están saliendo. —Se ríe. Espero que mi risa no suene tan falsa como me parece a mí—. No he tenido valor para contárselo, pero estoy seguro de que Hardin lo hará —añade.

Me revuelvo incómoda sin saber qué decir.

—Sí, sigo con Noah, es que...

—¡Tú debes de ser Tessa! —La voz de una mujer resuena en la habitación.

La madre de Landon camina hacia mí y yo me levanto para estrecharle la mano. Tiene una mirada radiante y una sonrisa encantadora. Lleva un vestido turquesa, parecido a mi vestido café, y encima un delantal estampado con pequeñas fresas y plátanos.

—Me alegro de conocerla, gracias por invitarme. Tiene una casa preciosa —le digo.

Una amplia sonrisa se extiende por su rostro, y me aprieta la mano.

—De nada, cielo, el placer es mío. —Un chiflido comienza a sonar entonces en la cocina, y ella se sobresalta un poco—. Bueno, voy a terminar de preparar la cena. Los veo a todos en el comedor dentro de unos minutos.

—¿En qué estás trabajando? —le pregunto a Landon cuando ella se marcha, y él me muestra una carpeta.

—En las tareas de la próxima semana. El ensayo sobre Tolstói va a acabar conmigo.

Me río y asiento; me costó horas escribir ese ensayo.

—Sí, es mortal. Lo terminé hace unos días.

—Bueno, si los estudiosos han acabado de comparar apuntes, me encantaría cenar antes del año que viene —dice Hardin.

Lo fulmino con la mirada, pero Landon se limita a reírse y a dejar el libro antes de dirigirse al comedor. Parece que, después de todo, la pelea les ha ido bien.

Los sigo a los dos hasta el enorme comedor. Hay una larga mesa decorada con muy buen gusto, con los cubiertos ya dispuestos y varias fuentes de comida en el centro. No cabe duda de que Karen se ha dejado la piel en esto; será mejor que Hardin se comporte, o tendré que matarlo.

—Tessa, Hardin y tú se sientan en este lado —nos indica Karen, y hace un gesto hacia la parte izquierda de la mesa.

Landon se sienta enfrente de Hardin. Ken y Karen toman asiento junto a él.

Le doy las gracias y me siento al lado de Hardin, que está callado y parece incómodo. Observo cómo Karen sirve el plato de Ken, y él le da las gracias con un beso en la mejilla. Es un gesto tan dulce que tengo que apartar la mirada. Me sirvo carne, papas y calabazas, y por último coloco un panecillo encima. Hardin se ríe por lo bajo ante tal cantidad de comida.

—¿Qué? Tengo hambre —susurro.

—Nada, las chicas hambrientas son las mejores. —Vuelve a reírse y se sirve una montaña de comida más grande que la mía.

—Dime, Tessa, ¿te está gustando la Washington Central? —pregunta Ken.

Mastico a toda prisa para poder responder.

—Me está encantando. De todas formas, es mi primer semestre, pregúnteme de nuevo dentro de unos meses —bromeo, y todos se ríen, excepto Hardin.

—Eso está muy bien. ¿Estás en algún club del campus? —pregunta entonces Karen, y se limpia la boca con la servilleta.

—Todavía no, tengo pensado apuntarme al club de literatura el próximo semestre.

—¿En serio? Hardin era miembro —añade Ken.

Miro a Hardin. Ha entornado los ojos, y parece molesto.

—¿Qué tal se vive en los alrededores de la WCU? —pregunto para desviar la atención de él.

Su mirada se suaviza, y me imagino que es su forma de agradecérmelo.

—Muy bien. Cuando Ken fue ascendido a rector vivíamos en una casa mucho más pequeña, hasta que encontramos ésta y nos enamoramos de ella al instante.

Se me cae el tenedor en el plato de cristal.

—¿Rector? ¿De la WCU? —digo tras dar un respingo.

—Sí. ¿Hardin no te lo ha dicho? —pregunta Ken al tiempo que desvía la mirada hacia su hijo.

—No..., no lo he hecho.

Karen y Landon siguen la mirada de Ken hasta Hardin, y éste se revuelve nervioso.

Por su parte, Hardin le devuelve a su padre una penetrante mirada de odio. De pronto, se pone en pie y empieza a gritar:

—¡No! Está bien, no, no se lo he dicho, y no entiendo por qué carajo es tan importante. ¡No necesito ni tu nombre ni tu posición!

Mientras se aleja de la mesa echando humo, Karen parece que va a echarse a llorar, y a Ken se le ha puesto la cara roja.

—Lo siento muchísimo, no esperaba que... —empiezo a decir.

—No, no te disculpes por sus malos modales —me dice Ken.

Oigo el portazo de la puerta trasera y me levanto.

—Si me disculpan —digo, y salgo del comedor para buscar a Hardin.

CAPÍTULO 47

Cruzo corriendo la puerta trasera y veo a Hardin caminando de un lado a otro en el porche. No sé qué puedo hacer para ayudar, dada la situación, pero sé que prefiero estar aquí fuera con él a enfrentarme a su familia en el comedor después del numerito. Aun así, me siento culpable, ya que he aceptado la invitación a pesar de que Hardin no quería. Si de pronto él comenzara a quedar con mi madre, sé que no me haría mucha gracia.

«Ja, seguro que ella permitiría que eso ocurriera», señala mi subconsciente.

Como si me hubiera leído el pensamiento, Hardin me mira enojado. Cuando me acerco a él, se aparta.

—Hardin...

—No, Tessa, para —dice tajante—. Ya sé que me vas a decir que tengo que entrar y disculparme. Pero no voy a hacerlo ni de broma, ¡así que no gastes saliva! ¿Por qué no vuelves adentro, disfrutas de la cena y me dejas en paz de una vez?

Doy un paso hacia él, pero lo único que consigo decir es:

—No quiero volver adentro.

—¿Por qué no? Encajas perfectamente con sus mojigatas y aburridas personalidades.

«¡Ay! ¿Qué hago aquí otra vez?» Ah, sí, eso es: ser el saco de boxeo de Hardin.

—¿Sabes qué? ¡Genial! Me voy. ¡No sé por qué no puedo dejar de intentarlo contigo! —grito, pero espero que no me oigan dentro.

—Porque no eres capaz de captar la indirecta, supongo.

En cuanto las palabras salen de su boca, siento que se me forma un nudo en la garganta.

—Ya me ha quedado bien clara —replico.

Permanezco mirando el patio de piedra e intento tragarme la punzada de dolor de sus palabras, pero es imposible. Cuando levanto la vista para mirar a Hardin, sus fríos ojos se encuentran con los míos.

—¿Ya está? ¿Ésa es tu respuesta? —Empieza a reírse y se revuelve el pelo con las manos.

—No te mereces ni un minuto más de mi tiempo. ¡Ni siquiera te mereces que te hable, ni que esa buena gente se moleste en organizar una cena para que tú la arruines! Eso es lo que haces: arruinar cosas, ¡arruinarlo todo! Y ya me he hartado de ser una de esas cosas.

Las lágrimas me empapan la cara cuando Hardin se acerca a mí. Retrocedo, y tropiezo con algo. Él me sujeta, pero me agarro a una silla del patio en su lugar. No quiero ni necesito su ayuda.

Al levantar la vista, noto que parece agotado. También lo percibo en su voz cuando dice por lo bajo:

—Tienes razón.

—Ya lo sé. —Y me aparto de él.

A una velocidad que no esperaba, me agarra de la muñeca y me jala hacia su pecho. Me apoyo contra él sin dudarlo, con unas ganas tremendas de tocarlo. No obstante, he aprendido la lección: siento la alarma en los latidos de mi corazón, acelerado bajo mi pecho. Me pregunto si Hardin también puede oírlos, o notar mi pulso en su mano. Su mirada está cargada de furia, y sé que la mía es un reflejo de la suya.

Sin previo aviso, estampa los labios contra los míos, y el ímpetu de su boca me resulta casi doloroso. Su reacción está tan movida por la desesperación y el deseo que estoy perdida. Perdida por Hardin. Perdida en el salado sabor de mis lágrimas en nuestros labios, perdida en sus dedos enroscados en mi pelo. Desliza las manos desde mi cabeza hasta mi cintura, y me levanta hasta el barandal del porche. Separo las piernas para él, y se coloca entre ellas sin despegar un solo instante la boca de la mía. Nos enredamos el uno en el otro en una ola de calor y gemidos. Mis dientes rozan su labio inferior, lo que lo hace gruñir y apretarme aún más contra sí.

Entonces, la puerta trasera rechina al abrirse, acabando así con la magia. Al mirar hacia allí, me horroriza encontrarme con la dulce mirada de Landon. Se ha puesto rojo, y tiene los ojos muy abiertos. Aparto a Hardin de un empujón, salto del barandal y me coloco bien el vestido en cuanto toco el suelo.

—Landon, yo... —empiezo a decir.

Él me muestra la palma de la mano para acallarme y se acerca a nosotros. La respiración de Hardin es tan pesada que juro que retumba entre la casa y los árboles. Tiene las mejillas encendidas, y una mirada apasionada.

—No lo entiendo. Pensaba que se odiaban, pero mira... Tienes novio, Tessa, no esperaba esto de ti. —Las palabras de Landon son duras, pero el tono de su voz es suave.

—No es lo que... No sé qué es. —Hago un gesto entre Hardin y yo. Él permanece en silencio, de lo cual me alegro—. Noah lo sabe, bueno..., lo de antes. Iba a decírtelo, pero no quiero que cambie tu forma de verme —replico casi a modo de disculpa.

—No sé qué pensar... —dice Landon, y vuelve a entrar en la casa.

Y entonces, como sacado de una película, el estallido de un trueno atraviesa el aire.

—Parece que va a haber tormenta —comenta Hardin estudiando el cielo, que ha empezado a oscurecerse. A pesar de estar tan alterado, su voz suena tranquila.

—¿Tormenta? Landon acaba de atraparnos... besándonos —digo mientras siento cómo la pasión entre nosotros va desapareciendo poco a poco.

—No te preocupes por él —repone.

Lo miro y espero ver en él una expresión engreída, pero no hay ni rastro. Lleva una mano a mi espalda y me la frota suavemente.

—¿Quieres volver a entrar o prefieres que te lleve a casa? —pregunta.

Es alucinante la velocidad a la que su estado de ánimo puede pasar de la ira al deseo o a la calma.

—Me gustaría entrar y terminar de cenar. ¿Qué quieres hacer tú?

—Supongo que volver a entrar; la comida está bastante buena —dice sonriendo, y yo suelto una risita—. Es un sonido adorable —señala, y nuestras miradas se encuentran.

—Ahora estás de mucho mejor humor —digo, y él vuelve a sonreír.

Se frota la nuca, como hace siempre.

—Yo tampoco lo entiendo.

«Entonces ¿está tan confundido como yo?» Ojalá mis sentimientos por él no fueran tan intensos; podríamos llevarnos mucho mejor. Cuando dice cosas así hace que me preocupe mucho más por él. Ojalá él pudiera sentir lo mismo, pero ya me han advertido tanto Steph como el propio Hardin que eso no va a suceder nunca.

Vuelve a tronar, y Hardin me da la mano.

—Entremos antes de que empiece a llover.

Asiento, y me guía hacia el interior. No me suelta la mano mientras volvemos al comedor. Landon enseguida se da cuenta de ello, pero no dice nada. A pesar de que no quiero que mi amigo lo vea, me encanta la sensación de tener la mano de Hardin sobre la mía. Me gusta demasiado como para retirarla. Landon vuelve a concentrarse en su plato mientras nosotros regresamos a nuestros asientos. Cuando me suelta la mano, Hardin mira a su padre y a Karen.

—Siento haberte gritado así —murmura. La sorpresa es evidente en los rostros de todos los presentes, y Hardin baja la vista hacia la mesa—. Espero no haber arruinado la cena en la que ambos se esforzaron tanto —añade.

No puedo evitarlo. Estiro el brazo por debajo de la mesa y apoyo la mano encima de la de Hardin para darle un ligero apretón.

—No pasa nada, lo entendemos —dice Karen—. No vamos a dejar que se estropee la noche; aún podemos disfrutar de la cena.

Sonríe, y Hardin la mira y le dedica una pequeña sonrisa, un gesto que sé que le cuesta horrores. Ken no dice nada, aunque asiente para mostrar su acuerdo con el sentimiento general.

Retiro la mano despacio, pero Hardin entrelaza los dedos con los míos y me mira de reojo. Espero no estar poniendo la cara de tonta que me imagino. Podría decirse que es la primera vez en mi vida que no estoy dándole vueltas a todo, como, por ejemplo, por el motivo por el que le estoy dando la mano cuando estoy saliendo con Noah.

La cena va bien, pero Ken me intimida un poco ahora que sé que es el rector de la facultad. Es un cargo muy importante. Hablamos de su marcha de Inglaterra, de lo mucho que adora los Estados Unidos y el Estado de Washington en concreto. Hardin sigue tomándome de la mano, y ambos nos las ingeniamos para comer con una sola, aunque a ninguno parece importarnos.

—El tiempo podría ser mejor, pero se vive muy bien aquí —explica Ken, y yo asiento para mostrar que estoy de acuerdo.

—¿Qué planes tienes cuando acabes la universidad? —me pregunta Karen mientras los demás terminan de comer.

—Quiero mudarme a Seattle, y espero trabajar en el sector editorial mientras escribo mi primer libro —digo con confianza.

—¿En una editorial? ¿Tienes alguna en mente? —pregunta Ken.

—La verdad es que no. Quiero aprovechar cualquier oportunidad que se me presente para entrar en el sector.

—Qué bien. Resulta que tengo buenos contactos en Vance. ¿Has oído hablar de ella? —pregunta, y miro a Hardin. Él ya me había mencionado que conocía a alguien allí.

—Sí, he oído muy buenas opiniones sobre ella. —Sonrío.

—Puedo llamarlos de tu parte si quieres; sería una gran oportunidad para ti. Pareces una joven brillante, y me encantaría ayudarte.

Suelto a Hardin y entrelazo ambas manos bajo la barbilla.

—¿En serio? ¡Sería muy amable por su parte! Se lo agradecería mucho —exclamo.

Ken me dice que va a llamar a quienquiera que sea su contacto el lunes, y le doy las gracias una y otra vez. Me asegura que no es nada y que le encanta ayudar siempre que puede. Vuelvo a meter la mano por debajo de la mesa, pero Hardin ha apartado la suya, y cuando Karen se levanta para recoger la mesa, él se disculpa y se va al piso de arriba.

CAPÍTULO 48

Karen sonríe agradecida cuando me ofrezco a ayudarla con los platos, y parece sorprenderle un poco que lo haga. Lleno el lavaplatos mientras ella lava los refractarios. Me doy cuenta de que la vajilla parece recién estrenada, y pienso en el estropicio que Hardin causó la otra noche. Puede llegar a ser muy cruel.

—Si me permites la pregunta, ¿cuánto tiempo llevan saliendo Hardin y tú? —Se ruboriza al preguntarme, pero le dedico una cálida sonrisa.

Haciendo lo posible por evitar el tema de salir juntos, digo:

—Nos conocemos desde hace un mes más o menos; él es amigo de mi compañera de habitación, Steph.

—Sólo conocemos a unos pocos amigos de Hardin. Tú eres..., bueno, eres distinta de los demás.

—Sí, somos muy diferentes.

Los relámpagos destellan en el cielo y la lluvia comienza a golpear las ventanas.

—Vaya, está lloviendo mucho ahí fuera —señala, y cierra la pequeña ventana que hay frente al fregadero—. Hardin no es tan malo como parece —dice entonces, aunque en realidad da la impresión de que se lo esté recordando a sí misma—. Lo que pasa es que se siente herido. Me encantaría creer que no será así siempre. Debo decir que me ha sorprendido mucho que viniera hoy, y creo que ha sido gracias a tu influencia sobre él.

Tomándome desprevenida, se acerca a mí y me abraza. Sin saber muy bien qué decir, le devuelvo el abrazo. Al separarse, mantiene sus cuidadas manos sobre mis hombros.

—De verdad, gracias —dice, y acto seguido se seca los ojos con un pañuelo que saca del bolsillo del delantal antes de seguir fregando los platos.

Es demasiado amable como para decirle que no tengo influencia alguna sobre Hardin. Simplemente ha venido esta noche porque quería molestarme. Cuando acabo de llenar el lavaplatos, miro por la ventana y me fijo en las gotas de lluvia que se deslizan por el cristal. Cabe destacar que Hardin, que odia a todo el mundo excepto a sí mismo, y quizá a su madre, tiene a toda esta gente que se preocupa por él y, sin embargo, se niega a preocuparse por ellos. Es afortunado por tenerlos..., de tenernos. Sé que soy una de esas personas. Haría cualquier cosa por él; aunque lo niegue, sé que es verdad. Yo no tengo a nadie, excepto a Noah y a mi madre, y ni siquiera los dos juntos se preocupan tanto por mí como la futura madrastra de Hardin se preocupa por él.

—Voy a ver a Ken. Estás en tu casa, cielo —me dice Karen.

Asiento y decido ir a buscar a Hardin, o a Landon, al primero que encuentre.

No veo a Landon por ninguna parte de la planta baja, así que subo la escalera y me dirijo a la habitación de Hardin. Si no está arriba, supongo que iré a sentarme abajo yo sola. Intento abrir, pero la puerta está cerrada con llave.

—¿Hardin? —Intento hablar bajito para que nadie pueda oírme.

Golpeo la puerta con los nudillos, pero no oigo nada. Cuando me dispongo a darme la vuelta, se oye el ruido de la cerradura y abre la puerta.

—¿Puedo pasar? —le pregunto, y asiente una vez y abre la puerta lo justo para que entre.

Corre una brisa por la habitación y el fresco olor de la lluvia entra por el ventanal. Hardin se aleja y se sienta en el banco empotrado levantando las rodillas. Se queda mirando el exterior, pero no me dice una sola palabra. Tomo asiento frente a él y espero mientras el constante repiqueteo de la lluvia crea una melodía relajante.

—¿Qué ha pasado? —Me decido a preguntar. Cuando me mira con cara de confusión, le explico—: Abajo, quiero decir. Me estabas dando la mano y... ¿por qué la has retirado? —Me avergüenza el tono de desesperación de mi voz. Sueno un poco pesada, pero las palabras ya están dichas—. ¿Es por las prácticas? ¿Es que no quieres que las haga por algo? ¿Porque te ofreciste tú antes a ayudarme?

—De eso se trata, Tessa —dice, y vuelve a fijar la vista en el exterior—. Quiero ser yo el que te ayude, no él.

—¿Por qué? Esto no es una competición, tú te ofreciste antes, y te lo agradezco. —Quiero que se relaje con este tema, aunque no entiendo por qué es tan importante.

Deja escapar un suspiro airado y se abraza las rodillas. El silencio se instala entre nosotros mientras ambos miramos por la ventana. El viento vuelve a soplar meciendo los árboles de un lado a otro, y los relámpagos se hacen más frecuentes.

—¿Quieres que me vaya? Puedo llamar a Steph y ver si Tristan puede recogerme —susurro.

No quiero marcharme, pero permanecer aquí en silencio con Hardin me está volviendo loca.

—¿Irte? ¿De dónde sacas que quiero que te vayas al explicarte que quiero ayudarte? —pregunta alzando la voz.

—No... no lo sé. Como no me dices nada y la tormenta está empeorando... —balbuceo.

—Eres desesperante, totalmente desesperante, Theresa.

—¿Cómo? —pregunto con voz chillona.

—Intento decirte que... que quiero ayudarte, y te doy la mano, pero no sirve de nada... Tú sigues sin entenderlo. Ya no sé qué más hacer. —Se cubre la cara con las manos.

«No se referirá a lo que creo, ¿no?»

—¿Entender qué? ¿Qué es lo que no entiendo, Hardin?

—Que te deseo. Más de lo que he deseado nada ni a nadie en toda mi vida. —Aparta la vista.

Se me encoge el estómago una y otra vez, y la cabeza comienza a darme vueltas. El aire empieza a correr entre nosotros de nuevo. La espontánea declaración de Hardin me deja de piedra. Porque yo también lo deseo. Más que a nada.

—Sé que tú no... que tú no sientes lo mismo, pero... —comienza a decir, pero esta vez soy yo la que lo interrumpe.

Le separo las manos de las rodillas y las jalo para atraerlo hacia mí. Él se inclina sobre mí con una mirada de incertidumbre en sus ojos verdes. Engancho un dedo en el cuello de su camiseta y lo pego a mí. Cara a cara. Apoya una rodilla junto a mis piernas en el banco, y yo vuelvo a mirarlo a los ojos. Respira hondo un par de veces mientras su mirada alterna entre mis labios y mis ojos. Se pasa la lengua por el labio inferior, y me aproximo a él poco a poco. Esperaba que ya me hubiera besado.

—Bésame —le ruego.

Y sigue acercando la cabeza, recostándose sobre mí, y me recorre la espalda con el brazo para que me acueste, hasta que tengo la espalda completamente apoyada en el acolchado banco del ventanal. Separo las piernas para él, por segunda vez en el día de hoy, y él se coloca entre ellas. Su cara está a escasos centímetros de la mía cuando levanto la cabeza para besarlo. No puedo esperar más. Cuando nuestros labios entran en contacto, se aparta un poco, me acaricia el cuello con la nariz y deposita un pequeño beso en él para después volver a acercar los labios a los míos lentamente. Me besa la comisura de la boca, el mentón, y me provoca escalofríos de placer por todo el cuerpo. Sus labios acarician los míos de nuevo mientras pasa la lengua por mi labio inferior antes de cerrar la boca contra la mía y volver a abrirla. El beso es suave y lento, y hace girar la lengua alrededor de la mía. Una de sus manos descansa en mi cadera aferrada al vestido, que se me ha subido por encima de los muslos. Con la otra mano me acaricia la mejilla mientras me besa; yo tengo los brazos cruzados a su espalda y lo abrazo con fuerza. Cada fibra de mi ser quiere morderle los labios, quitarle la camiseta, pero su suave y tierna forma de besarme me hace sentir incluso mejor que la calentura habitual.

Los labios de Hardin se amoldan a los míos, y yo deslizo las manos por su espalda. Sus estrechas caderas se mecen contra las mías, y un gemido escapa de mis labios. Él amortigua mis jadeos con la boca.

—Tessa, me encanta lo que me haces..., cómo me haces sentir —susurra contra mis labios.

Sus palabras hacen que me desate, y busco el extremo de su camiseta para quitársela. Su mano desciende desde mi mejilla, por mi pecho, hasta llegar al estómago, donde se me pone la piel chinita. Mueve la mano hacia el pequeño hueco que queda entre nuestros cuerpos, donde mis piernas se separan, y jadeo cuando me acaricia con ternura por encima de las medias de encaje. Aplica un poco más de presión, y yo gimo y arqueo la espalda en el banco.

Da igual lo mucho que me haga enfurecer, que en cuanto me toca estoy a su merced. Sin embargo, parece estar perdiendo la calma y el control; está intentando contenerse, pero veo cómo se quiebra su fuerza de voluntad. Me acaricia la mejilla con la nariz mientras yo le quito la camiseta, pero se le atasca en la cabeza y se separa de mí para darle un jalón. Deja caer la prenda al suelo y acto seguido vuelve a bajar la cabeza y a buscar mis labios. Le agarro la mano y vuelvo a ponerla entre mis piernas. Él deja escapar una risita y me mira desde arriba.

—¿Qué quieres que hagamos, Tessa? —Tiene la voz ronca.

—Lo que sea —le digo, y va en serio.

Haría cualquier cosa con él, y no me importan las consecuencias que pueda tener en el futuro. Me ha dicho que me desea, y soy suya. Lo he sido desde la primera vez que lo besé.

—No digas «lo que sea», porque hay muchas cosas que puedo hacerte —gruñe, y vuelve a presionar el pulgar contra mis medias y mis calzones.

Se me dispara la imaginación y se me ocurren muchas ideas.

—Tú decides —susurro en un jadeo mientras él mueve el pulgar en círculos.

—Te has mojado para mí, puedo sentirlo bajo tus medias. —Se humedece los labios, y yo vuelvo a jadear—. Voy a quitártelas, ¿está bien? —pregunta.

Pero, antes de que pueda responderle, se separa de mí. Me sube el vestido y comienza a bajarme las medias, a la vez que los calzones. Al sentir el aire fresco, doy un respingo.

—Carajo —susurra mientras observa mi cuerpo y se detiene entre mis piernas.

Incapaz de contenerse, baja la mano y desliza un dedo alrededor de mi sexo. Luego se lleva el dedo a los labios y comienza a chupárselo con los ojos entornados. «Uf.» Mirarlo hace que una ola de calor me recorra todo el cuerpo.

—¿Recuerdas cuando te dije que quería saborearte? —pregunta, y yo asiento—. Bien, quiero hacerlo ahora. ¿Sí?

El deseo domina su expresión. La idea me da un poco de vergüenza, pero si va a gustarme tanto como sus caricias en el arroyo, quiero que lo haga. Vuelve a humedecerse los labios y clava la mirada en la mía. La última vez que lo dejé que hiciera esto acabamos discutiendo porque se pasó conmigo. Espero que no vuelva a estropearlo.

—¿Quieres que lo haga? —pregunta, y se me escapa un gemido.

—Por favor, Hardin, no me obligues a decirlo —le ruego.

Vuelve a bajar la mano y desliza los dedos por mi entrepierna trazando amplios círculos.

—No voy a hacerlo —me promete.

Me siento aliviada. Asiento con la cabeza, y él suspira.

—Deberíamos recostarnos en la cama para que tengas más espacio —propone, y me tiende la mano.

Me bajo el vestido cuando me levanto, y él me sonríe con malicia. Se acerca a un lado del ventanal y jala una cuerda para soltar las gruesas cortinas azules, con lo que la habitación se oscurece.

—Quítatelo —me pide en voz baja, y hago lo que me dice.

El vestido se arremolina a mis pies, y lo único que llevo es el brasier. Es blanco, liso, con un lacito entre las dos copas. Se queda embobado mirando y se recrea en mi pecho, tras lo cual estira el brazo para sujetar el lacito entre sus largos dedos.

—Adorable. —Sonríe, y yo me siento avergonzada.

Tengo que invertir en ropa interior nueva si Hardin va a seguir viéndome así. Intento tapar mi cuerpo desnudo para que no lo vea. Me siento mucho más cómoda con él que con nadie, pero eso no quita que me dé vergüenza estar delante de él sin nada más que el sostén. Echo una mirada a la puerta, y él se acerca para asegurarse de que está cerrada con llave.

—¿Estás jugando? —lo regaño, y él niega con la cabeza.

—Qué va. —Se ríe entre dientes y me guía a la cama—. Ponte en la orilla, con los pies en el suelo para que pueda arrodillarme delante de ti —me explica.

Me acomodo sobre el enorme colchón, y Hardin me agarra por los muslos y me jala hasta la orilla. Me cuelgan los pies, pero no llegan al suelo.

—Acabo de darme cuenta de lo alta que es esta cama —dice, y se ríe—. Así que mejor apóyate contra la cabecera.

Obedezco, y él me sigue. Rodea mis muslos con los brazos y dobla un poco las rodillas, con lo que queda agachado frente a mí, entre mis piernas. La expectación por saber qué se siente me está volviendo loca. Ojalá tuviera más experiencia para saber qué esperar.

Sus rizos me hacen cosquillas en los muslos cuando baja la cabeza.

—Voy a hacerte disfrutar mucho —murmura contra mi estómago.

Siento el tamborileo de mi pulso en los oídos, y por un momento me olvido de que estamos en una casa ajena.

—Abre las piernas, nena —susurra, y yo lo hago.

Me dedica una embelesada sonrisa, baja la cabeza y me besa justo debajo del ombligo. Su lengua recorre mi pálida piel, y, tras un rápido pestañeo, cierro los ojos. Él mordisquea y succiona, y gimo. Molesta un poco, pero hay algo tan sensual en ello que no me importa el dolor.

—Hardin, por favor... —suspiro. Tengo que encontrar alguna forma de aliviar esta lenta y excitante tortura.

Y entonces, sin previo aviso, presiona la lengua contra mi centro, haciéndome gemir de placer. Va dando cortas pasadas con la lengua, y yo me aferro al edredón de la cama. Me estremezco bajo su experimentada lengua, y él aprieta más los brazos para mantenerme en esa posición. Siento que su dedo acompaña las caricias de su lengua, y comienzo a notar un intenso calor en el estómago. Noto el frío metal de su aro, que añade una textura y una temperatura diferente a la sensación.

Sin mi permiso, Hardin desliza un dedo suavemente dentro de mí y comienza a moverlo con cuidado. Cierro los ojos con fuerza a la espera de que ese molesto ardor se vaya.

—¿Estás bien? —Levanta un poco la cabeza. Sus gruesos labios están húmedos de mí.

Asiento, incapaz de encontrar las palabras adecuadas, y él retira el dedo despacio y vuelve a introducirlo. Es una sensación increíble al combinarla con la lengua. Gimo y apoyo una mano sobre su suave cabello, en el que enredo las manos, y lo jalo. Su dedo sigue entrando y saliendo de mí poco a poco. Los truenos resuenan por toda la casa, retumban en las paredes y por todos lados, pero estoy demasiado ocupada para darle importancia.

—Hardin... —jadeo cuando su lengua encuentra ese punto extremadamente sensible y lo chupa con cuidado.

Nunca había imaginado que pudiera sentir algo así, que pudiera gustarme tanto. El placer se adueña de mi cuerpo, y miro de reojo a

Hardin, que está tremendamente sexi entre mis piernas, y cómo sus fuertes músculos se contraen bajo la piel mientras introduce y saca el dedo.

—¿Te gustaría venirte así? —pregunta.

Gimo al perder el contacto de su lengua, y asiento a toda prisa. Él me sonríe con malicia y vuelve a lamerme, esta vez dando golpecitos en el punto que, en sentido literal, he empezado a adorar.

—Uf, Hardin... —gimo, y él jadea contra mí y envía las vibraciones directas a mi centro.

Las piernas se me entumecen, y murmuro su nombre una y otra vez a medida que pierdo el control. Se me nubla la vista y cierro con fuerza los ojos. Hardin me sujeta y acelera el ritmo de la lengua. Retiro la mano de su cabeza y me tapo la boca con ella, hasta me muerdo para asegurarme de que no voy a gritar. Unos segundos después, hundo la cabeza en la almohada y mi pecho se agita arriba y abajo mientras intento recuperar el aliento. Siento un hormigueo por todo el cuerpo a causa del estado de euforia que acabo de experimentar.

Apenas sí me doy cuenta de que Hardin se ha movido y se ha acostado a mi lado. Se apoya sobre un codo y me acaricia la mejilla con el pulgar. Me da tiempo a volver a la realidad antes de incitarme a hablar.

—¿Te ha gustado? —pregunta, y noto en su voz un atisbo de duda cuando vuelvo la cabeza para mirarlo.

—Ajá... —asiento, y él se ríe por lo bajo.

Ha sido increíble, más que increíble. Ahora entiendo por qué todo el mundo hace este tipo de cosas.

—Es relajante, ¿verdad? —bromea.

Con la yema del pulgar me acaricia el labio inferior. Saco la lengua para humedecerme los labios, y ésta roza su dedo.

—Gracias. —Sonrío con timidez.

No sé por qué me siento avergonzada después de lo que acabamos de hacer, pero así es. Hardin me ha visto en el estado más vulnerable, un estado que nadie más conoce, y es algo que me aterroriza al tiempo que me excita.

—Debería haberte avisado de que iba a usar los dedos. He intentado hacerlo con cuidado —dice a modo de disculpa.

Niego con la cabeza.

—No pasa nada, me ha gustado. —Me sonrojo.

Él sonríe y me acomoda un mechón de pelo detrás de la oreja.

Un ligero escalofrío me recorre la columna, y Hardin frunce las cejas.

—¿Tienes frío? —pregunta, y asiento. Me sorprende que deshaga un lado de la cama y tape con el edredón mi cuerpo casi desnudo.

Un arranque de valentía me lleva a pegarme aún más a él. Me observa con detenimiento mientras me encojo y apoyo la cabeza sobre la dura superficie de su estómago. Su piel está más fría de lo que esperaba, aunque la brisa de la tormenta todavía corre por la habitación. Jalo la sábana hasta cubrirle el pecho, y quedo tapada por completo. Él la levanta para dejarme la cara al descubierto, pero me escondo y comienzo a reírme mientras jugamos a nuestro particular escondite.

Ojalá pudiera quedarme aquí acostada con él durante horas sin dejar de sentir el latido de su corazón en mi mejilla.

—¿Cuánto tiempo nos queda antes de volver abajo? —pregunto.

Él se encoge de hombros.

—Deberíamos bajar ya, antes de que piensen que estamos cogiendo —bromea, y ambos nos reímos un poco.

Me estoy acostumbrando poco a poco a lo malhablado que es, pero me sigue pareciendo un poco chocante oírlo emplear ese tipo de palabras de una forma tan natural. Lo que más me sorprende es el hormigueo que me produce en la piel cuando las dice.

Refunfuño y me bajo de la cama. Siento la mirada de Hardin clavada en mí cuando me agacho para recuperar la ropa. Le tiro la camiseta, y se la pone, tras lo cual se revuelve el pelo, ya de por sí alborotado. Me pongo los calzones y me contoneo para subírmelos bajo su atenta mirada. Lo siguiente son las medias, y por poco me caigo de bruces cuando empiezo a ponérmelas.

—Deja de mirarme; me estás poniendo nerviosa —le digo, y él sonríe. Se le marcan los hoyuelos como nunca.

Mete las manos en las bolsas de los pantalones y alza la vista al techo. Yo suelto una risita mientras termino de subirme las medias.

—¿Puedes abrocharme el vestido cuando me lo ponga? —le pregunto.

Él me estudia de arriba abajo, y a un metro de distancia me doy cuenta de que se le dilatan las pupilas. Bajo la vista y entiendo por qué. El brasier me realza mucho el pecho, y las medias de encaje me quedan por encima de las caderas; de repente me siento como una chica de calendario.

—Sí..., claro —balbucea.

Es alucinante que a un hombre tan guapo y sexi como Hardin le altere tanto alguien como yo. Sé que la gente me considera atractiva, pero no soy nada comparada con las chicas con las que él suele salir. No llevo tatuajes, ni *piercings*, y tengo un estilo de vestir muy conservador.

Me pongo el vestido y me doy la vuelta, con la espalda al descubierto frente a él y a la espera de que me suba el cierre. Me recojo el pelo y me lo sujeto sobre la cabeza. Él me acaricia el hueco de la columna con un dedo, esquivando el brasier, antes de cerrar el vestido. Me estremezco y apoyo la espalda contra él. Levanto las nalgas y oigo que ahoga un suspiro. Sus manos descienden hasta mis caderas, que aprieta con suavidad. Noto que se va endureciendo, lo que me provoca el enésimo escalofrío del día.

—¿Hardin? —Se oye la voz de Karen en el pasillo, seguida de unos delicados golpecitos en la puerta, y doy miles de gracias por que ambos estemos vestidos.

Él pone los ojos en blanco.

—Luego —me promete susurrándome al oído, y se aproxima a la puerta. Enciende la luz antes de abrirla y revelar la presencia de Karen.

—Siento mucho molestar, pero he hecho unos postres y he pensado que quizá los quieran probar —ofrece con dulzura.

Hardin no responde, pero se vuelve para mirarme a la espera de mi respuesta.

—Sí, sería genial —digo con una sonrisa, que ella me devuelve.

—¡Estupendo! Nos vemos abajo —nos dice, y se aleja.

—Yo ya me he comido el postre —dice Hardin con malicia, y le doy un puñetazo en el brazo.

CAPÍTULO 49

Karen ha preparado un montón de dulces. Me como unos cuantos mientras hablamos de su pasión por la repostería. Landon no se une a nosotros en el comedor, pero eso no parece levantar sospechas. Miro en dirección al sillón en el que está sentado con el libro en el regazo y me recuerdo que tengo que hablar con él cuanto antes. No quiero perder su amistad.

—A mí también me gusta mucho la repostería, pero no se me da tan bien como a usted —le digo a Karen, y ella se ríe.

—Me encantaría enseñarte —repone.

La esperanza es evidente en sus ojos castaños, y asiento.

—Eso sería genial —digo.

No tengo el valor de decirle que no. Siento lástima por ella; se está esforzando mucho en conocerme. Cree que soy la novia de Hardin, y no puedo decirle lo contrario. Hardin no ha dado el paso de contárselo, ni a su padre tampoco, lo cual me da un poco de esperanza. Ojalá esta noche fuera un ejemplo de cómo podría ser siempre mi vida. Disfrutar del tiempo compartido con Hardin, de su mirada encontrándose todo el rato con la mía mientras platico con su padre y su futura madrastra. Está siendo simpático, al menos durante la última hora, y me acaricia los nudillos con el pulgar en un gesto tierno que me hace sentir el constante aleteo de mariposas en el estómago. Fuera sigue lloviendo, y el viento ruge.

Cuando acabamos los postres, Hardin se levanta de la mesa. Lo miro dubitativa, y él se inclina hacia mi oído:

—Ahora vuelvo, voy al baño —me susurra, y veo cómo desaparece por el pasillo.

—No podemos agradecértelo lo suficiente. Es tan maravilloso tener a Hardin aquí, aunque sólo sea para cenar —dice Karen, y Ken toma su mano por encima de la mesa.

—Tiene razón, para un padre es maravilloso que su único hijo esté enamorado. Siempre me ha preocupado que no fuera capaz... Era un... niño problemático —murmura Ken, y me mira. Supongo que se percata de que me revuelvo en el asiento, porque continúa diciendo—: Lo siento, no era mi intención hacerte sentir incómoda, es que nos encanta verlo feliz.

«¿Enamorado? ¿Feliz?» Me atraganto con mi propia saliva y comienzo a toser repetidas veces; el agua fría del vaso desciende por mi garganta y me alivia, y vuelvo a mirarlos. ¿Creen que Hardin está enamorado de mí? Sería demasiado grosero reírme de ellos, pero es obvio que Ken no conoce a su hijo.

Antes de que tenga ocasión de responder, Hardin vuelve y doy gracias por no haber respondido a sus amables pero falsas suposiciones. Hardin no se sienta, sino que se queda de pie detrás de mí con las manos apoyadas en el respaldo de la silla.

—Deberíamos irnos ya. Tengo que llevar a Tessa de vuelta a la residencia —dice.

—Vamos, deberían quedarse a pasar la noche aquí —repone Karen—. Está lloviendo, y tenemos espacio de sobra, ¿verdad, Ken?

Su padre asiente.

—Claro, ambos están invitados.

Hardin me mira. Quiero quedarme. Para pasar más tiempo con él en esta especie de realidad paralela al mundo, sobre todo cuando está de tan buen humor.

—Me parece bien —digo.

Sin embargo, no quiero que se enoje por querer quedarme más tiempo. No consigo descifrar su mirada, pero no parece molesto.

—¡Estupendo! —exclama Karen—. Ya está decidido. Voy a enseñarle la habitación a Tessa... O ¿vas a quedarte con Hardin en la suya? —pregunta. No pretende juzgarme, sólo ser amable.

—No, preferiría una habitación para mí sola, por favor. Si a usted le parece bien.

Hardin me fulmina con la mirada.

«Entonces ¿quería que me quedara con él en su habitación?» Me emociono sólo de pensarlo, pero me sentiría incómoda si supieran que Hardin y yo ya hemos llegado a ese punto. Mi sarcástico subconsciente me recuerda que no estamos saliendo, ni nada parecido, así que no es posible que estemos en «ese punto». Que tengo novio, y que no es Hardin. Lo ignoro, como es habitual, y sigo a Karen hacia arriba. Me pregunto por qué quiere que nos acostemos ya, pero no tengo la confianza suficiente para preguntárselo.

Me conduce a una habitación que está justo enfrente de la de Hardin. No es tan grande, pero está decorada con el mismo buen gusto. La cama es un poco pequeña y descansa sobre un marco blanco contra la pared. En las paredes hay colgados varios cuadros de barcos y anclas. Le doy las gracias varias veces, y ella vuelve a abrazarme antes de marcharse.

Deambulo por la habitación y me paro frente a la ventana. El patio trasero es mucho más grande de lo que pensaba; sólo he visto el porche y los árboles del lado izquierdo. En el lado derecho hay una pequeña construcción que parece un invernadero, pero no puedo distinguirlo entre la abundante lluvia.

Mientras observo la tormenta, dejo volar los pensamientos. Hoy lo he pasado mejor que nunca con Hardin, a pesar de sus numeritos. Me ha dado la mano, algo que nunca hace; me ha cogido por la espalda mientras caminábamos, y se ha esforzado en consolarme cuando estaba dándole vueltas a lo de Landon. Es lo más lejos que hemos llegado en nuestra... amistad, o lo que sea. Ésa es la parte complicada: sé que no podemos y que no saldremos juntos, pero ¿quizá pueda conformarme con lo que tenemos ahora, sea lo que sea? Nunca había imaginado que sería la amiga con derecho de nadie, pero sé que no sería capaz de estar lejos de él. Lo he intentado muchas veces, y nunca funciona.

Un suave golpe en la puerta me devuelve a la realidad. Espero ver a Karen o a Hardin, pero en su lugar encuentro a Landon cuando abro. Tiene las manos metidas en las bolsas y en su bonito rostro luce una ligera y extraña sonrisa.

—Hola —dice, y yo sonrío.

—Hola, ¿quieres pasar? —le pregunto, y él asiente.

Me acerco a la cama y me siento; él jala la silla pegada a una pequeña mesa en el rincón y toma asiento.

—Yo... —decimos ambos al mismo tiempo, y nos reímos.

—Tú primero —propone.

—Bueno. Siento muchísimo que te hayas enterado de lo mío con Hardin de esa manera. No he salido al porche con esa intención. Sólo quería asegurarme de que estaba bien; todo esto de la cena con su padre le estaba afectando mucho, y no sé cómo hemos acabado... besándonos. Sé que está fatal por mi parte, y sé que soy lo peor por ponerle los cuernos a Noah, pero estoy muy confundida, y he intentado mantenerme alejada de Hardin. De verdad.

—No te estoy juzgando, Tessa. Es que me ha sorprendido verlos en el porche. Cuando he salido pensaba que los iba a encontrar gritándose el uno al otro. —Se ríe y continúa—: Supe que había algo entre ustedes cuando discutieron en medio de la clase de literatura, y cuando te quedaste el fin de semana pasado, y cuando él volvió y se peleó conmigo. Los indicios estaban por todas partes, pero pensé que me lo contarías, aunque entiendo por qué no lo hiciste.

Siento que desaparece una pesada carga de mis hombros.

—Entonces ¿no estás enojado conmigo? ¿Ni me ves de otra forma?

Landon niega con la cabeza.

—No, claro que no. Aunque me tienes preocupado. No quiero que Hardin te haga daño, y creo que acabará pasando. Siento decírtelo, pero como amigo necesito que sepas que acabará pasando.

Quiero ponerme a la defensiva, o incluso molestarme, pero una parte de mí sabe que tiene razón. Sin embargo, desearía que no fuera así.

—Y ¿qué vas a hacer con Noah?

Suspiro.

—No tengo ni idea. Tengo miedo de arrepentirme si lo dejo, pero lo que le estoy haciendo no es justo. Necesito un poco más de tiempo para decidirme.

Él asiente.

—Landon, me alegra mucho que no estés enojado conmigo. Antes me he portado como una idiota. No sabía qué decir. Lo siento.

—Yo también, y lo entiendo perfectamente.

Nos levantamos, y él me da un abrazo. Un cálido y reconfortante abrazo justo cuando la puerta se abre.

—Eh..., ¿interrumpo algo? —La voz de Hardin resuena en la habitación.

—No, pasa —le digo, y él pone los ojos en blanco. Espero que siga de buen humor.

—Te he traído ropa para dormir —explica.

Deja un pequeño montón de ropa sobre la cama y se dirige a la puerta.

—Gracias, pero puedes quedarte —digo. No quiero que se vaya.

Él mira a Landon y dice: «No, da igual», y luego se va.

—¡Es tan temperamental! —protesto, y me dejo caer sobre la cama.

Landon se ríe bajito y vuelve a sentarse.

—Sí, *temperamental*, por no decir otra cosa.

Ambos estallamos en carcajadas, y luego Landon empieza a hablar de Dakota y de las ganas que tiene de que venga a visitarlo el próximo fin de semana. Casi me había olvidado de la hoguera. Noah va a ir. Quizá debería decirle que no lo haga. Pero ¿qué pasa si este cambio en mi relación con Hardin es sólo producto de mi imaginación? Siento que hoy ha cambiado algo entre nosotros y, de hecho, me ha dicho que me desea más de lo que nunca ha deseado a nadie. No obstante, en ningún momento ha dicho que sienta algo por mí, sólo que me desea.

Una hora después de que Landon y yo platicamos de todo un poco, desde Tolstói hasta las vistas de Seattle, me da las buenas noches, se marcha a su habitación y me deja a solas con mis pensamientos y el sonido de la lluvia.

CAPÍTULO 50

Tomo la ropa que Hardin me ha traído: una de sus características camisetas negras, unos pantalones de pijama de cuadros rojos y grises y unos enormes calcetines negros. Me da risa al imaginarme a Hardin con esto puesto, pero enseguida caigo en cuenta de que lo habrá agarrado del mueble de ropa sin estrenar. Levanto la camiseta y noto que huele a él. Se la ha puesto, y hace poco. Es un aroma embriagador, mentolado y maravilloso, y acaba de convertirse en mi olor favorito del mundo entero. Me cambio y veo que los pantalones me quedan demasiado grandes, pero son muy cómodos.

Me tumbo en la cama y me tapo con la cobija hasta el cuello, con la vista fija en el techo mientras pienso en todo lo que ha ocurrido hoy. Noto que me voy quedando dormida y que empiezo a soñar con ojos verdes y camisetas negras.

—¡NO! —La voz de Hardin me sobresalta.

«¿Ahora oigo voces?»

—¡Por favor! —vuelve a gritar.

Salgo de la cama de un salto y corro al pasillo. Busco el frío metal de la manilla de la puerta de su habitación y, gracias a Dios, ésta se abre.

—¡No, por favor...! —grita de nuevo.

No me he parado a pensar; si alguien le está haciendo daño, no tengo ni idea de qué voy a hacer. Avanzo a tropezones hasta la lámpara y la enciendo. Hardin está sin camiseta, enredado en el grueso edredón, agitándose y golpeando el aire. Sin pensar, me siento en la cama y le toco el hombro. Está muy caliente, ardiendo.

—¡Hardin! —digo con suavidad para intentar despertarlo. Él vuelve la cabeza hacia un lado con brusquedad y gimotea, pero no se despierta.

—¡Hardin, despierta! —le pido, y lo sacudo con más fuerza mientras me subo a la cama para subirme en él.

Apoyo ambas manos sobre sus hombros y vuelvo a sacudirlo.

De pronto, abre los ojos; una mirada de pánico se apodera de ellos un instante antes de dar paso a la confusión, y luego al alivio. El sudor le perla la frente.

—Tess —dice, sofocado.

Su forma de pronunciar mi nombre me parte el corazón, para luego curarlo. En cuestión de segundos, desenreda los brazos y me rodea con ellos para arrastrarme y acostarme sobre él. La humedad de su pecho me sobresalta, pero no me muevo. Oigo el latido de su corazón, que bombea acelerado contra mi mejilla. Pobre Hardin. Llevo las manos a sus costados y lo abrazo. Él me acaricia el pelo mientras repite mi nombre una y otra vez, como si fuera su mantra en la oscuridad.

—Hardin, ¿estás bien? —Mi tono es más bajo que un susurro.

—No —confiesa.

Su pecho se hincha y se deshincha más despacio, pero sigue teniendo la respiración acelerada. No quiero que se sienta presionado a hablar sobre la pesadilla que acaba de tener. No le pregunto si quiere que me quede; de alguna forma sé que sí quiere. Cuando me separo de él para apagar la luz, se pone tenso.

—Iba a apagar la luz; ¿quieres que la deje encendida? —le pregunto.

En cuanto se da cuenta de mi intención, se relaja y me deja alcanzar la lámpara.

—Apágala, por favor —me pide.

Una vez que la habitación vuelve a estar a oscuras, apoyo de nuevo la cabeza sobre su pecho. Supongo que permanecer en esta posición, montada en él, va a ser complicado, pero a ambos nos parece reconfortante. Oír el latido de su corazón bajo la dura superficie de su pecho es relajante, más aún que el sonido de la lluvia sobre el tejado. Haría lo que fuera, daría lo que fuera por pasar cada noche con él, por estar acostados así, por tener sus brazos a mi alrededor mientras escucho su pausada respiración.

Me despierto cuando Hardin se revuelve. Sigo estando acostada sobre él, con las rodillas a los lados. Levanto la cabeza y me encuentro con sus intensos ojos verdes. A la luz del día, no creo que me desee de la misma forma que anoche. No soy capaz de descifrar su expresión, lo que da pie a que los nervios se apoderen de mí. Decido levantarme, porque me duele el cuello de dormir en esa posición, y quiero estirar las piernas.

—Buenos días. —Me dedica una amplia sonrisa, que revela sus hoyuelos y apacigua mis temores.

—Buenos días.

—¿Adónde vas? —pregunta.

—Me duele el cuello —le digo, y me arrastra para que me acueste de lado junto a él, con la espalda contra su pecho.

Me sobresalto cuando lleva una mano a mi cuello, pero me recupero al instante cuando empieza a masajeármelo. Cierro los ojos y hago una mueca de dolor cuando llega a la zona entumecida, pero el dolor desaparece poco a poco mientras me masajea.

—Gracias —dice de pronto.

Giro la cabeza para mirarlo.

—¿Por?

«¿A lo mejor quiere que le dé las gracias por el masaje del cuello?»

—Por... venir —contesta—. Por quedarte.

Se sonroja y aparta la vista. Está avergonzado. Hardin, avergonzado; nunca deja de sorprenderme, ni de confundirme.

—No tienes que darme las gracias —replico—. ¿Quieres hablar de ello? —Espero que sí. Quiero saber qué sueña.

—No —niega rotundamente, y yo asiento.

Me gustaría seguir insistiendo, pero sé qué sucederá si lo hago.

—Pero podemos hablar de lo increíblemente sexi que te queda mi camiseta —me susurra al oído.

Me da un suave empujón con la cabeza y pega los labios a mi piel. Yo cierro los ojos en respuesta a los cariñosos jalones de sus carnosos labios en el lóbulo de mi oreja. Noto cómo se le va poniendo dura, y estoy tan a gusto que empiezo a adormilarme. Disfruto con este tipo de cambios de humor.

—Hardin... —susurro, y él se ríe contra mi cuello.

Desliza ambas manos por mi cuerpo; con el pulgar recorre el elástico del enorme pantalón de pijama. Noto que se me acelera el pulso y sofoco un gritito cuando su mano se pierde dentro. Siempre produce el mismo efecto en mí; en cuestión de segundos se me mojan los calzones. Con la otra mano me acaricia un pecho, y sisea cuando pasa el pulgar por el sensible pezón. Me alegra haber decidido quitarme el sostén para dormir.

—No podría cansarme de ti, Tess. —Su áspera voz se ha vuelto incluso más profunda, y está cargada de deseo.

Ahueca la mano por encima de mis calzones y me atrae todo lo posible hacia él. Noto la presión de su erección. Bajo el brazo y le saco la mano de mi pijama. Cuando me doy la vuelta para mirarlo, tiene el ceño fruncido.

—Qui... quiero hacerte algo —susurro despacio, avergonzada.

Una sonrisa sustituye el ceño fruncido, y me sujeta la barbilla entre los dedos para obligarme a mirarlo.

—¿Qué quieres hacerme? —pregunta.

No lo sé, lo único que sé es que quiero que disfrute tanto como él me hace disfrutar a mí. Quiero que pierda el control igual que yo ayer en esta misma habitación.

—No lo sé... —digo—. ¿Qué quieres que te haga? —En mi tono se adivina la falta de experiencia.

Hardin me agarra las manos y las desliza hasta el bulto de sus pantalones.

—Quiero sentir esos carnosos labios sobre ella.

Doy un brinco ante sus palabras, y siento la presión entre las piernas.

—¿Te gustaría hacerlo? —pregunta mientras me mueve las manos en círculos sobre su entrepierna. Sus oscuros ojos me observan, evalúan mi reacción.

Asiento y trago saliva, y obtengo una sonrisa de su parte. Se incorpora y me invita a hacer lo mismo. Tanto los nervios como el deseo inundan mi cuerpo. El ruidoso tono de su celular comienza a sonar, y él gruñe antes de agarrarlo de la mesita de noche. Cuando ve la pantalla, suspira.

—Vuelvo enseguida —me informa, y sale de la habitación.

Cuando regresa minutos después, su estado de ánimo vuelve a ser diferente.

—Karen está haciendo el desayuno —dice—. Ya casi está listo.

Abre el mueble y saca una camiseta, que se pone sin siquiera mirar en mi dirección.

—Bueno. —Me levanto y me dirijo a la puerta para ir a ponerme el brasier antes de bajar a ver a su familia.

—Nos vemos abajo. —Su tono no muestra ninguna emoción.

Me trago el nudo que se me ha formado en la garganta. El Hardin a la defensiva es el Hardin que menos me gusta, incluso menos que el Hardin enojado. «¿Quién lo ha llamado y por qué está tan distante? ¿Por qué no puede seguir de buen humor?»

Asiento, y cuando cruzo el pasillo noto el olor del tocino, que hace que me ruja el estómago.

Me pongo el sostén y me ajusto el cordón de los pantalones tanto como puedo. Sopeso la opción de ponerme el vestido de nuevo, pero no me apetece estar incómoda a estas horas de la mañana. Después de mirarme en el espejo de la pared, me peino con las manos el rebelde pelo y me froto los ojos para quitarme el sueño.

Cuando cierro la puerta del dormitorio, Hardin abre la del suyo. En lugar de mirarlo, me concentro en el papel pintado de la pared y avanzo por el pasillo. Oigo sus pasos detrás de mí, y cuando llego a la escalera me agarra por el codo y me jala ligeramente.

—¿Qué pasa? —pregunta con expresión preocupada.

—Nada, Hardin —le respondo tajante. Estoy muy susceptible, y ni siquiera he desayunado todavía.

—Dímelo —me exige bajando la cabeza en mi dirección.

Cedo.

—¿Quién te ha llamado?

—Nadie.

«Miente.»

—¿Era Molly? —inquiero, aunque en realidad no quiero saberlo.

No dice nada, pero la expresión lo delata y sé que tengo razón. Ha salido de la habitación justo cuando iba a... hacerle eso..., ¿para responder a una llamada de Molly? Me sorprende menos de lo que debería.

—Tessa, no es... —empieza a decir.

Me quito su mano de encima de un jalón, y él aprieta la mandíbula.

—Hola, chicos. —Landon aparece entonces en el pasillo, y sonrío. Tiene el pelo algo alborotado y lleva unos pantalones de cuadros parecidos a los míos. Está adorable y adormilado. Paso junto a Hardin y me acerco a él. Me niego a que Hardin sepa lo avergonzada y herida que me siento por que haya respondido a la llamada de Molly estando en una situación así.

—¿Qué tal has dormido? —me pregunta Landon. Lo sigo escaleras abajo y dejo solo al frustrado Hardin.

Karen se ha esmerado al máximo con el desayuno, como era de esperar. Hardin se une a la mesa unos minutos después, pero yo ya me he llenado el plato de huevos, tocino, pan, un *waffle* y unas cuantas uvas.

—Muchas gracias por prepararnos el desayuno —le digo a Karen, de mi parte y de la de Hardin; sé que a él no va a molestarle que le dé las gracias.

—Es un placer, cielo —sonríe ella—. ¿Qué tal han dormido? Espero que la tormenta no los haya desvelado.

Hardin comienza a ponerse tenso, supongo que por miedo a que mencione su pesadilla. A estas alturas ya debería saber que yo nunca haría algo así, por lo que su falta de confianza en mí me hace enojar aún más.

—La verdad es que he dormido genial. ¡No he extrañado la cama de la residencia para nada!

Me río, y todos se unen, excepto Hardin, claro. Le da un trago a su jugo de naranja y mantiene la vista fija en la pared. Luego hablamos de cosas triviales mientras Ken y Landon bromean sobre un partido de futbol americano.

Después del desayuno, ayudo a Karen a recoger la cocina de nuevo. Hardin se queda merodeando en la puerta, sin ofrecerse a ayudar y limitándose a observarme.

—Si no le importa que pregunte, ¿lo que hay en el patio trasero es un invernadero? —le digo a Karen.

—Sí, eso es. No lo he utilizado mucho este año, pero me encanta la jardinería. Tendrías que haberlo visto el verano pasado —señala—. ¿Te gustan las plantas?

—Mucho. Mi madre también tiene un invernadero en la parte de atrás de casa, y allí era donde me pasaba la mayor parte del tiempo cuando era pequeña.

—¿De verdad? Bueno, si vinieran más a menudo, podríamos hacer algo con el mío —dice Karen. Es tan buena, y tan cariñosa. Todo lo que desearía en una madre.

Sonrío.

—Eso sería estupendo.

Hardin se esfuma unos minutos, y cuando vuelve se aclara la garganta en alto. Ambas nos volvemos para mirarlo.

—Deberíamos irnos ya —dice, y frunzo el ceño.

Lleva en las manos mi ropa y mi bolsa, del que asoman las Toms. Es un poco raro que no me haya dado tiempo a quitarme la pijama, y un poco incómodo que haya husmeado entre mis cosas, pero lo paso por alto. Nos despedimos y abrazo a Karen y a Ken mientras Hardin me espera impaciente en la puerta.

Les prometo que volveremos pronto, y espero que así sea. Sabía que mi presencia aquí llegaría a su fin, pero ha sido un descanso estupendo de mi vida diaria, sin listas, sin alarmas, sin obligaciones. No estoy preparada para que se acabe.

CAPÍTULO 51

El viaje es extraño. Sujeto mi ropa sobre el regazo y miro por la ventanilla, a la espera de que Hardin rompa el silencio que reina entre nosotros. No parece tener intención de hablar, así que saco el celular de la bolsa. Está apagado; debió de acabarse la pila anoche. Intento encenderlo de todas formas y la pantalla cobra vida. Me alegra comprobar que no tengo mensajes de voz ni de texto. El único ruido que se oye en el coche es el de la llovizna y el chirrido de los limpiaparabrisas.

—¿Sigues enojada? —pregunta Hardin por fin cuando llegamos al campus.

—No —miento. *Enojada* no sería la palabra, sino más bien *herida*.

—Pues no lo parece. No te comportes como una niña.

—Ya te he dicho que no. Me da exactamente igual que vayas a dejarme en la residencia para ir a meterte con Molly. —Las palabras escapan de mi boca antes de que pueda detenerlas.

Odio sentirme así por lo suyo con Molly. Me pongo fatal sólo de imaginarlos juntos. Además, ¿qué es lo que tiene de especial? ¿El pelo rosa? ¿Tatuajes?

—No voy a hacer eso. Aunque tampoco es que deba importarte —dice.

—Ya, pues te ha faltado tiempo para responder la llamada cuando estaba a punto de..., bueno, ya sabes —murmuro.

Debería haberme mordido la lengua. No quiero pelearme con Hardin. Sobre todo cuando no sé cuándo volveré a verlo. Ojalá no hubiera dejado la clase de literatura. Me saca de mis casillas, de todas y cada una de ellas.

—No es lo que crees, Theresa —dice.

«¿Ya estamos otra vez con lo de Theresa?»

—¿En serio, Hardin? Porque a mí me parece que sí. De todas formas, me importa un comino. Sabía que esto no duraría —admito por fin, ante él y ante mí.

La razón por la que no quería irme de la casa de su padre es que sabía que, en cuanto Hardin y yo estuviéramos solos, volveríamos a esto. Siempre pasa igual.

—¿Qué no duraría?

—Esto... Nosotros. Que te portes bien conmigo. —No me atrevo a mirarlo; así es como consigue siempre hacer conmigo lo que quiere.

—Y ¿ahora qué? ¿Vas a evitarme durante otra semana? Ambos sabemos que, para cuando llegue el fin de semana que viene, volverás a estar en mi cama —me suelta.

No puede haber dicho eso.

—¡¿Perdona?! —grito.

Me he quedado sin palabras. Nadie me ha hablado nunca de esa forma, nadie me ha tratado nunca con tan poco respeto como él. Las lágrimas comienzan a manar de mis ojos cuando estaciona el coche.

Antes de que me responda, abro la puerta, agarro mis cosas y salgo corriendo hacia la residencia. Cruzo por la hierba empapada, y me maldigo por no haber ido por la banqueta, pero tengo que alejarme de Hardin todo lo posible. Cuando me dijo que me deseaba, quería decir *sexualmente*. Ya lo sabía, pero duele asimilarlo.

—¡Tessa! —lo oigo gritar.

Uno de los tacones de Steph cae al suelo, pero sigo corriendo. Iré a comprarle otro par.

—¡Carajo, Tessa! ¡Detente! —vuelve a gritar.

No esperaba que me siguiera. Me obligo a correr más deprisa y por fin llego al edificio, donde recorro el pasillo a toda velocidad. Cuando llego a mi habitación, estoy llorando a moco tendido. Abro la puerta y cierro de un portazo. Las lágrimas se mezclan con las gotas de lluvia, y me doy la vuelta para buscar la toalla de baño para secarme...

Me quedo paralizada cuando veo a Noah sentado en mi cama.

«Dios mío, ahora no.» Hardin entrará por esa puerta en cualquier momento.

Noah se levanta y corre hacia mí.

—Tessa, ¿qué ha pasado? ¿Dónde has estado?

Intenta cubrirme la mejilla con la mano, pero giro la cabeza. El dolor se refleja en su mirada cuando me aparto de su contacto.

—Es... Lo siento muchísimo, Noah —exclamo cuando Hardin abre la puerta de un jalón, y las bisagras rechinan y crujen por el ímpetu.

A Noah se le desencaja la mandíbula cuando su mirada se encuentra con la de él. Se aleja de mí con una expresión de horror.

Hardin deja caer el zapato que he perdido antes en el pasto y se adentra en la habitación sin prestarle la más mínima atención a Noah.

—No quería decir eso, lo de antes —dice acercándose a mí.

—¿Estabas con él? —interviene Noah. El odio envenena su voz—. ¿Has estado con él toda la noche? Y ¿ésa es su ropa? Me he pasado toda la noche y toda la mañana llamándote y enviándote mensajes. Te he dejado un millón de mensajes de voz, y ¿estabas con él?

—¿Qué...? —empiezo a decir, pero entonces me vuelvo hacia Hardin—. Agarraste mi celular, ¿verdad? ¡Me has borrado los mensajes! —le grito.

Mi mente me dice que le responda a Noah, pero mi corazón sólo tiene ojos para Hardin.

—Sí..., es verdad —admite.

—Y ¿por qué demonios lo has hecho? ¡¿Tú puedes responder a las llamadas de Molly, pero me borras los mensajes de mi novio?!

Su rostro se contrae en una mueca de dolor cuando digo que Noah es mi novio.

—¿Cómo te atreves a jugar así conmigo, Hardin? —grito, llorando de nuevo.

Noah me sujeta de la muñeca y hace que me vuelva para mirarlo, lo que provoca que Hardin le dé un empujón en el hombro.

—No la toques —gruñe.

«Esto no está pasando», me digo mientras me limito a observar cómo el drama en el que se ha convertido mi vida se desarrolla ante mí.

—Tú no vas a decirme lo que tengo que hacer con mi novia, imbécil —replica Noah furioso, y le devuelve el empujón.

Hardin avanza hacia él, pero entonces jalo su camiseta. Quizá debería dejar que se peleen. Hardin se merece un buen puñetazo en la boca.

—¡Ya basta! ¡Hardin, vete! —Me seco las lágrimas.

Él mira a Noah con odio y se planta entre nosotros. Alargo el brazo y le toco la espalda con suavidad, con la esperanza de ayudar a calmarlo.

—No, esta vez no me voy, Tessa. Ya lo he hecho demasiadas veces. —Suspira y se peina el pelo con los dedos.

—¡Tessa, haz que se vaya! —me ruega Noah, pero lo ignoro. Tengo que saber qué tiene que decir Hardin.

—No he dicho en serio lo del coche, y no sé por qué respondí la llamada de Molly. Por costumbre, supongo. Por favor, dame otra oportunidad. Sé que ya me has dado muchas, pero sólo necesito una más. Por favor, Tess. —Deja escapar un profundo suspiro. Parece agotado.

—Y ¿por qué iba a hacerlo, Hardin? —replico—. He estado dándote la oportunidad de ser mi amigo una y otra vez. Me parece que no tengo ganas de seguir intentándolo.

Apenas me doy cuenta de que Noah nos está mirando boquiabierto, pero en ese momento me da igual. Sé que esto está mal, que lo estoy dañando, pero nunca en mi vida he querido algo con tantas ganas.

—No quiero que seamos sólo amigos... —contesta Hardin—. Quiero algo más.

Al oírlo, me quedo sin aliento.

—No es cierto —digo.

«Hardin no sale con nadie», me advierte mi subconsciente.

—Sí, sí quiero.

—Me dijiste que no salías con nadie y que yo no era tu tipo —le recuerdo.

Mi mente todavía se niega a aceptar el hecho de que estoy teniendo esta conversación con Hardin, y encima delante de Noah.

—No eres mi tipo, de la misma forma que yo no soy el tuyo —dice—. Pero por eso somos buenos el uno para el otro. Somos muy diferentes, pero a la vez iguales. Una vez me dijiste que saco lo peor de ti. Pues tú sacas lo mejor de mí. Sé que tú también lo sientes, Tessa. Y, sí, no me gustaba salir con nadie, hasta ahora. Haces que quiera salir contigo, que quiera ser mejor persona. Quiero que pienses que te merezco; quiero que me desees como yo te deseo a ti. Quiero discutir contigo, incluso que nos gritemos hasta que uno de los dos admita que se equivoca. Quiero hacerte reír, y escuchar tus desvaríos sobre los grandes clásicos... Te necesito. Sé que a veces soy cruel..., bueno, casi siempre lo soy, pero eso es porque no sé ser de otra manera. —Su voz se convierte apenas en un susurro, y me mira con los ojos desorbitados—. He sido así durante tanto tiempo que nunca había querido cambiar. Hasta ahora, hasta que te conocí.

Estoy alucinando. Acaba de decir todo lo que quería que dijera y que nunca pensaba que diría. Éste no es el Hardin que conozco, pero la forma en que le ha salido todo de golpe, acompañado de esa respiración agitada, lo ha hecho más auténtico y natural.

Ni siquiera sé cómo me mantengo en pie después de semejante declaración.

—¿Qué mierda es todo esto, Tessa? —dice Noah, histérico.

—Deberías irte —susurro sin dejar de mirar a Hardin.

Noah da entonces un paso al frente y alardea triunfal:

—¡Gracias! Pensaba que esto no iba a acabar nunca.

Hardin parece realmente destrozado, hecho polvo.

—Noah, te he dicho que te vayas —repito.

Ambos hombres respiran muy hondo. El alivio se adueña de Hardin, y le tomo las temblorosas manos y entrelazo mis delgados dedos con los suyos.

—¡¿Qué?! —grita Noah—. ¡No puedes hablar en serio, Tessa! Nos conocemos desde hace tanto tiempo... Este tipo sólo quiere utilizarte. Se deshará de ti en cuanto haya acabado contigo, ¡y yo te quiero! No cometas un error, Tessa —me ruega.

Lo siento por él, y me duele tener que hacerle algo así, pero sé que no puedo estar con Noah. Deseo a Hardin. Más que nada que haya deseado en toda mi vida.

Y Hardin me desea a mí. Y quiere algo más.

Me da un vuelco el corazón, y miro a Noah, que abre la boca para decir algo.

—Yo que tú, me callaría —le advierte Hardin—. Pero ya.

—Lamento mucho que haya sido así, de verdad —le digo.

Él no dice nada más. Parece destrozado cuando recoge la mochila que había traído consigo y se marcha de la habitación.

—Tessa... ¿De verdad sientes lo mismo? —me pregunta Hardin, y yo asiento.

«¿En serio no lo sabe ya a estas alturas?»

—No asientas. Por favor, dilo. —La desesperación alimenta sus palabras.

—Sí, Hardin, siento lo mismo —le digo. No me sale un discurso tan bonito o significativo como el suyo, pero esas sencillas palabras parecen bastarle.

La sonrisa que recibo alivia un poco el dolor que siento por haberle partido el corazón a Noah.

—Y ¿qué hacemos ahora? —pregunta—. Soy nuevo en esto —añade sonrojándose.

—Bésame —le digo.

Entonces me agarra por la espalda, con la mano aferrada a la tela de su camiseta, y me atrae hacia sí. Tiene los labios fríos, y siento la calidez de su lengua cuando la desliza dentro de mi boca. A pesar de toda esta locura que acaba de ocurrir en mi pequeño cuarto, estoy tranquila. Todo parece un sueño. De alguna forma, sé que se trata de la calma que precede a la tormenta, pero ahora mismo Hardin es mi ancla. Y espero que no me hunda.

CAPÍTULO 52

Cuando Hardin interrumpe el beso, se sienta en mi cama y yo lo sigo. Nos quedamos en silencio unos minutos, así que empiezo a ponerme nerviosa, como si tuviera que comportarme de forma diferente ahora que somos... algo más, pero no tengo ni idea de qué forma es ésa.

—¿Qué planes tienes para el resto del día? —pregunta.

—Ninguno, sólo estudiar —digo.

—Qué bien. —Chasquea la lengua contra el paladar. También parece estar nervioso, y me alegra no ser la única.

—Ven aquí. —Hardin me hace un gesto y abre los brazos.

En cuanto me siento en su regazo, la puerta se abre y él refunfuña. Steph, Tristan y Nate entran de golpe y se quedan mirándonos mientras yo me levanto y me siento en el otro extremo de la cama.

—¿Es que ahora son amigos con derecho? —dice Nate con tono indiferente.

—¡No! Qué va —contesto por lo bajo.

No sé qué más añadir, así que me limito a esperar a que Hardin diga algo. Él permanece en silencio mientras Tristan y Nate comienzan a hablarle de la fiesta de anoche.

—Parece que no me he perdido mucho —señala Hardin, y Nate se encoge de hombros.

—Hasta que Molly se quitó la ropa. Se quedó encuerada, tendrías que haber estado allí —responde Nate.

Me inquieto y miro a Steph, que a su vez está mirando fijamente a Tristan, supongo que con la esperanza de que no diga nada inconveniente sobre el desnudo de Molly.

Hardin sonríe.

—Nada que no haya visto antes —replica.

Se me escapa una exclamación, pero intento disimularla tosiendo. «No ha dicho eso.»

Él baja la vista, por lo que parece que ha entendido lo que acaba de suceder.

Quizá esto sea una mala idea; ya empieza a parecerme todo muy raro, y ahora que están todos, aquí la sensación se magnifica. ¿Por qué no les ha dicho que estamos saliendo? «¿Estamos saliendo?» Ni yo misma lo entiendo muy bien. Después de su declaración, creía que sí, pero en realidad no lo hemos dicho en ningún momento. «¿A lo mejor no es necesario?» Esta incertidumbre me está matando; en todo el tiempo que he estado con Noah nunca he tenido que preocuparme por lo que sentía por mí. Nunca he tenido que tratar con sus examigas con derecho. Soy la única chica que Noah ha besado en su vida, y la verdad es que me gustaba que fuera así. Ojalá Hardin nunca hubiera hecho nada con otra, o al menos hubiera hecho cosas con menos chicas.

—Nos vamos al boliche en cuanto me cambie. ¿Quieres venir? —me pregunta Steph, y yo niego con la cabeza.

—Tengo que ponerme al corriente con las clases. Apenas he estudiado este fin de semana —le digo, y aparto la vista cuando los recuerdos de los dos últimos días inundan mi mente.

—Deberías venir, lo pasaremos bien —dice Hardin, pero niego con la cabeza.

Tengo que quedarme en la residencia, y supongo que esperaba que él se quedara conmigo. Steph abre la puerta del ropero, se cambia detrás y reaparece al cabo de unos minutos vestida con una ropa distinta.

—¿Están listos, chicos? ¿Seguro que no quieres venir? —me pregunta.

Asiento.

—Estoy segura.

Todos se levantan para marcharse, y Hardin se despide de mí con la mano y una pequeña sonrisa antes de salir. Me decepciona su forma de decir adiós, y espero que ya hubiera quedado con ellos antes de este fin de semana y del drama de hoy.

Pero ¿qué esperaba? ¿Que corriera hacia mí y me besara? ¿Que me dijera que iba a extrañarme? Me río de pensarlo. No sé si va a cambiar

269

algo entre Hardin y yo, aparte de dejar de evitarnos constantemente el uno al otro. Estoy demasiado acostumbrada a cómo son las cosas con Noah, así que no tengo ni idea de cómo va a salir esto, y odio no tener el control de todas las situaciones.

Después de pasarme una hora estudiando y de intentar tomar una siesta, tomo el celular para escribirle un mensaje a Hardin. «Un momento... —me digo—. Si ni siquiera tengo su número.» No me lo había planteado antes; nunca hemos hablado por teléfono ni nos hemos mandado mensajes. Aunque tampoco había hecho falta: no nos soportábamos. Esto va a ser más complicado de lo que imaginaba.

Llamo a mi madre para ver cómo está, y sobre todo para saber si Noah le ha contado ya lo sucedido. No tardará en llegar a casa, ya que el viaje dura dos horas, y estoy segura de que no va a perder el tiempo y se lo va a contar todo. Me responde con un simple «Hola», y eso me dice que todavía no sabe nada. Le hablo de mi fracaso a la hora de buscar un coche, y de las posibles prácticas en Vance. Por supuesto, ella me recuerda que llevo ya un mes en la universidad y que aún no he encontrado coche. Pongo los ojos en blanco y la dejo hablar sobre lo que ha hecho el fin de semana. La pantalla del celular se ilumina mientras la escucho. Pongo el manos libres y leo el mensaje:

Deberías haber venido con nosotros, conmigo.

Se me acelera el corazón; es Hardin.

Fingiendo que escucho a mi madre, murmuro «Mmm..., ah...» un par de veces mientras le contesto:

Y tú deberías haberte quedado.

Permanezco mirando la pantalla a la espera de su respuesta, que tarda una eternidad.

Voy a ir a recogerte.

¿Qué? No, no quiero jugar a los bolos, y ya estás allí. Quédate.

Voy de camino. Prepárate.

Es exigente hasta en los mensajes.

Mi madre sigue hablando y no tengo ni idea de qué dice. He dejado de escucharla cuando Hardin me ha escrito.

—Mamá, ahora te llamo —la interrumpo.

—¿Por qué? —pregunta con sorpresa y desdén.

—Pues... porque... he derramado el café sobre los apuntes. Tengo que dejarte.

Cuelgo, me apresuro a quitarme la pijama de Hardin y me pongo los *jeans* nuevos y una camiseta lisa de color violeta. Me cepillo el pelo, que está bastante decente teniendo en cuenta que no me lo he lavado. Miro la hora y voy al baño a lavarme los dientes. Cuando vuelvo, Hardin me está esperando sentado en la cama.

—¿Dónde estabas? —pregunta.

—Cepillándome los dientes —le digo, y dejo la bolsa de aseo a un lado.

—¿Lista? —Se levanta y camina en mi dirección.

Una parte de mí espera que me abrace, pero no lo hace, sino que se limita a acercarse a la puerta.

Asiento y recojo la bolsa y el celular.

Una vez en el coche, mantiene bajo el volumen del radio mientras maneja. No se me antoja en absoluto ir al boliche. Odio los bolos, pero quiero estar con él. No me gusta sentirme ya tan dependiente.

—¿Cuánto tiempo crees que estaremos allí? —pregunto después de unos minutos de silencio.

—No lo sé..., ¿por? —dice volviendo la cabeza para mirarme.

—No lo sé..., no me gustan mucho los bolos.

—No va a estar tan mal. Están todos allí —me asegura. Espero que ese «todos» no incluya a la perra de Molly.

—Si tú lo dices... —mascullo, y miro por la ventanilla.

—¿No quieres ir? —Su tono es suave.

—Lo cierto es que no, por eso he dicho que no desde el principio. —Me río sin ganas.

—¿Por qué no vamos a otro sitio?

—¿Adónde? —Estoy molesta con él, pero no sé bien por qué.

—A mi casa —propone, y sonrío y asiento. Él también sonríe, dejando ver los hoyuelos que he acabado adorando—. A mi casa, entonces.

Extiende un brazo y me pone la mano sobre el muslo. Se me templa la piel, y coloco la mano sobre la suya.

Quince minutos después llegamos al edificio de su fraternidad. No he vuelto aquí desde que Hardin y yo nos peleamos y me volví a la residencia. Mientras me conduce a la escalera, ningún chico se molesta en dedicarnos más de una mirada; deben de estar acostumbrados a que Hardin traiga chicas a casa. Se me encoge el estómago de pensarlo. Tengo que dejar de pensar en eso, porque me va a volver loca y no puedo hacer nada para cambiarlo.

—Aquí es —dice Hardin, y abre la cerradura de la puerta.

Entro tras él, y enciende la luz antes de quitarse las botas y tirarlas al suelo. Se acerca a la cama y da una palmadita a su lado.

Cuando camino en su dirección, la curiosidad se apodera de mí.

—¿Molly estaba allí? ¿En el boliche? —inquiero al tiempo que miro por la ventana.

—Sí, claro que estaba —responde con indiferencia—. ¿Por?

Me siento en la blanda cama, y Hardin me atrae hacia sí por los tobillos. Me río y me pego a él todavía más, con la espalda apoyada en la cama, las rodillas levantadas y los pies al otro lado de sus piernas.

—Simple curiosidad... —le digo, y él sonríe.

—Siempre va a estar; es parte del grupo.

Sé que es estúpido por mi parte sentir celos de ella, pero es que no la aguanto. Actúa como si le cayera bien, cuando sé que no es así, y sé que le gusta Hardin. Ahora que somos... lo que sea, no quiero que se acerque a él.

—No estarás preocupada de que me la eche, ¿no?

Le doy un manotazo en el brazo por hablar así. Me encanta oír expresiones malsonantes de su boca, pero no cuando él está involucrado.

—No. Bueno..., puede ser. Ya sé que lo has hecho antes, pero no quiero que vuelvas a hacerlo —digo.

Estoy convencida de que se va a burlar de mis celos, así que giro la cabeza a un lado.

Apoya la mano en mi rodilla y la aprieta con suavidad.

—No lo haría..., ya no. No te preocupes por ella, ¿de acuerdo? —Su tono es cariñoso, y lo creo.

—¿Por qué no le has contado a nadie lo nuestro? —Sé que debería mantener la boca cerrada, pero es algo a lo que he estado dándole vueltas.

—No lo sé... No estaba seguro de que quisieras que se lo dijera. Además, lo que hagamos es cosa nuestra. No suya —explica. Su respuesta es mucho mejor que lo que esperaba.

—Supongo que tienes razón. Pensaba que te daría vergüenza o algo por el estilo.

—¿Y por qué iba a avergonzarme de ti? —Se ríe—. Mírate.

Sus ojos se oscurecen cuando desliza la mano hasta mi estómago. Me levanta la camiseta y comienza a trazar círculos con las yemas sobre mi piel desnuda. Se me pone la piel chinita, y él sonríe.

—Me encanta cómo reacciona tu cuerpo ante mí —susurra.

Sé lo que viene ahora, y estoy impaciente.

CAPÍTULO 53

Los dedos de Hardin se aventuran aún más lejos por debajo de mi camiseta y se me acelera la respiración. Una sonrisa se dibuja en su precioso rostro cuando se da cuenta.

—Una caricia y ya estás jadeando —susurra con voz ronca.

Aparta mis pies de su regazo y lleva la boca a mi cuello. Traza una sola línea con la lengua y me estremezco. Enrosco los dedos en sus rizos y los jalo cuando me da una mordida. A continuación desliza una mano hacia mi entrepierna pero lo tomo de la muñeca y lo detengo.

—¿Qué pasa? —pregunta.

—Nada... Sólo es que pensaba que esta vez podía hacer yo algo por ti.

Aparto la vista pero me agarra de la barbilla y me obliga a mirarlo a los ojos. Intenta ocultar una sonrisa de satisfacción.

—Y ¿qué te gustaría hacer por mí?

—Pues... He pensado que podría..., ya sabes...

No sé por qué me cuesta tanto soltarme la lengua con Hardin cuando él dice lo que se le ocurre cuando se le ocurre, pero es que la palabra *mamada* no forma parte de mi vocabulario.

—¿Quieres chuparme la verga? —pregunta sorprendido.

Es oficial: estoy espeluznada. Y, aun así, me excita.

—Pues... sí. Quiero decir, si tú quieres.

Espero que, si nuestra relación progresa, llegaré a poder hablar abiertamente de esa clase de cosas. Me encantaría llegar al punto de poder decirle todo lo que quiero hacerle, de estar tan cómoda con él que me sienta valiente en ese sentido.

—Pues claro que quiero —dice—. Quiero sentir tu boca desde la primera vez que te vi. —Me siento extrañamente halagada pese a lo bestia del cumplido, pero entonces me pregunta—: ¿Estás segura de querer hacerlo? ¿Alguna vez... has visto una verga?

Estoy segura de que ya sabe la respuesta. ¿O es que quiere que se lo diga?

—Por supuesto que sí. No una de verdad, pero he visto fotos, y una vez caché a un vecino viendo una película porno —le digo, y reprime la risa—. No te rías de mí, Hardin —le advierto.

—Perdona, nena, no me estaba riendo de ti. Es que nunca había conocido a nadie con tan poca experiencia. Aunque eso es bueno, te lo juro. A veces tu inocencia me desconcierta. Y, dicho esto, me calienta muchísimo ser la única persona en el mundo que ha hecho que te vengas.

Esta vez no se ríe, y me siento mejor.

—Bueno... Vamos allá.

Sonríe y me acaricia la mejilla con el pulgar.

—Tienes chispa, eso me gusta —dice, y se levanta.

—¿Adónde vas? —le pregunto.

—A ninguna parte —sonríe él—. Sólo voy a quitarme los pantalones.

—Pero eso quería hacerlo yo —digo con un mohín, y se ríe y vuelve a subírselos.

—Todo tuyo, nena. —Se lleva las manos a las caderas.

Sonrío, me acerco y le bajo los pantalones. ¿Debería bajarle también el bóxer? Hardin da un paso atrás y apoya los talones contra la cama antes de sentarse. Me arrodillo delante de él y respira hondo.

—Acércate más, nena.

Me agacho un poco más y me apoyo en sus rodillas.

—¿Estás bien? —me pregunta con cuidado.

Asiento y me levanta por los codos.

—Vamos a besarnos un rato, ¿sí? —sugiere, y me sienta encima de él.

Tengo que admitir que es un gran alivio. Aún quiero hacerlo, pero necesito un momento para procesarlo, y seguro que besándolo me siento más cómoda. Me besa, primero despacio, pero en unos segundos saltan chispas y es como si estuviera ardiendo por dentro. Me agarro a sus brazos y muevo las caderas. El bóxer forma una tienda de campaña y jalo a Hardin del pelo.

«Ojalá me hubiera puesto falda, así podría levantármela y sentirlo contra mi piel...», me digo. Me asombra lo que se me pasa por la cabeza mientras lo acaricio por encima del bóxer con la palma de la mano.

—Carajo, Tessa. Si sigues haciendo eso, voy a venirme otra vez en los calzones —gime y me detengo.

Me bajo de su regazo y me arrodillo otra vez.

—Quítate los pantalones —me ordena, y asiento antes de desabrochármelos y bajármelos.

Como me siento valiente, me quito también la camiseta. Hardin se muerde el labio y me coloco de nuevo delante de él. Meto los dedos por el elástico del bóxer y jalo. Él se levanta de la cama lo justo para que se lo baje.

Abro unos ojos como platos y oigo mi exclamación de sorpresa cuando la masculinidad de Hardin queda al descubierto. Madre mía, qué grande es. Es mucho mayor de lo que creía.

«Pero ¿cómo voy a metérmela en la boca?»

Me quedo mirándola unos segundos. La toco con el índice. Hardin se ríe cuando se mueve un poco y al instante vuelve a su sitio.

—¿Cómo...? Quiero decir... ¿Por dónde empiezo? —balbuceo. Me intimida el tamaño, pero quiero hacerlo.

—Te lo enseñaré. A ver... Agárrala como la última vez...

La rodeo con los dedos y los ajusto lo mejor que puedo. La piel que la recubre es muy suave. Sé que la estoy tocando y examinando como si fuera un experimento de la clase de ciencias, pero es que es algo tan nuevo que bien podría serlo.

La tomo con suavidad y muevo la mano arriba y abajo, despacio.

—¿Así? —pregunto, y él asiente. Su pecho sube y baja.

—Ahora... métetela en la boca. No toda, bueno, si te cabe... Sólo métetela todo lo que puedas.

Respiro hondo y me lanzo. Abro la boca y me la meto, aunque sólo hasta la mitad. Suspira y me pone las manos en los hombros. Me aparto un poco y noto un sabor salado. ¿Ya terminó? El sabor desaparece y empiezo a subir y a bajar la cabeza. Un instinto que no sabía que tenía me dice que deslice la lengua por su pene mientras me muevo.

—Carajo, así, así. Sí... —ruge Hardin, y repito lo que acabo de hacer.

Me agarra con más fuerza y sus caderas empujan hacia adelante, hacia mi boca. Me esfuerzo un poco más y me la meto casi toda. Alzo la vista. Tiene los ojos en blanco y está buenísimo. Los músculos fibrosos y tatuados se tensan bajo la piel tersa, y la inscripción en sus caderas se mueve lentamente. Me concentro en seguir chupando y aumento la velocidad.

—Usa la mano... en... el resto... —jadea.

Muevo la mano desde la base hasta mi boca, que está encargándose de la punta. Succiono y vuelve a gemir.

—Uff..., uff, Tessa. Estoy... estoy a punto —consigue decir—. Si no quieres que termine... en tu boca... deberías... deberías parar.

Lo miro, pero no me la saco. Me encanta que pierda el control por mí.

—Mierda... Mírame.

Su cuerpo se tensa mientras me observa. Parpadeo con coquetería. Hardin maldice y pronuncia mi nombre una y otra vez y siento que se sacude en mi boca y un líquido salado y tibio me llena la garganta en pequeñas descargas. Me dan arcadas y me aparto. No sabe tan mal como esperaba, pero tampoco es que esté rico. Sus manos abandonan mis hombros y me acarician las mejillas.

Está sin aliento, aturdido.

—¿Qué... qué tal?

Me siento a su lado en la cama. Él me rodea con un brazo y apoya la cabeza en mi hombro.

—Yo creo que ha sido agradable —digo, y se carcajea.

—¿Agradable?

—Ha sido divertido, por decirlo de alguna manera. Poder verte así... Y no sabe tan mal como pensaba —confieso. Debería sentirme avergonzada por admitir que me ha gustado, pero no es así—. ¿A ti te ha gustado? —pregunto nerviosa.

—Me he llevado una agradable sorpresa. Ha sido la mejor mamada de mi vida.

Me pongo roja como un jitomate.

—Sí, claro —me río, aunque agradezco que intente que no me sienta mal por ser tan inexperta.

—No, lo digo de verdad. Eres tan... pura. Mierda, y cuando me has mirado...

—¡Ya vale! —lo corto, y levanto las manos. No quiero repasar cada detalle de la primera vez que he hecho eso.

Hardin se ríe y me acuesta en el colchón.

—Ahora vamos a ver si puedo hacerte sentir tan bien como tú me has hecho sentir a mí —me susurra al oído mientras me lame el cuello. Sus dedos se enroscan en mis calzones y me los baja—. ¿Prefieres los dedos o la lengua? —susurra seductor.

—Ambos —respondo, y sonríe.

—Como quieras.

Mete la cabeza entre mis piernas y lo jalo del pelo. Sé que lo hago a menudo, pero parece que le gusta.

Arqueo la espalda a los pocos minutos. Estoy eufórica y grito su nombre mientras termino.

Cuando el ritmo de mi respiración vuelve a ser normal, me siento y, con los dedos, recorro la tinta negra de su pecho. Me observa detenidamente pero no me aparta la mano. Está recostado a mi lado, en silencio, dejándome disfrutar de mi estado de semiconsciencia.

—Nadie me ha acariciado nunca así —dice, y me trago todas las preguntas que me muero por hacerle.

En vez de interrogarlo, le sonrío y lo beso en el pecho.

—¿Duermes conmigo esta noche? —me pregunta entonces.

Niego con la cabeza.

—No puedo. Mañana es lunes y tenemos clase. —Quiero quedarme con él, pero no en domingo.

Me mira con ternura.

—Por favor.

—No tengo nada que ponerme.

—Ponte lo mismo que hoy. Por favor, duerme conmigo. Sólo una noche. Te prometo que llegarás puntual a clase.

—No sé...

—Me aseguraré de que llegas quince minutos antes y con tiempo suficiente para pasar por la cafetería y ver a Landon —dice, y me quedo boquiabierta.

—¿Cómo sabes que hago todo eso?

—Porque te observo... No a todas horas. Pero me fijo en ti.

El corazón se me va a salir del pecho. Me estoy enamorando. Me estoy enamorando a toda velocidad y como una colegiala.

—Está bien, me quedo —le digo, pero levanto la mano para que me deje hablar—. Con una condición.

—¿Cuál?

—Vuelve a la clase de literatura —le digo.

Él levanta una ceja y contesta:

—Trato hecho.

Su respuesta me hace sonreír, y me estrecha contra su pecho.

CAPÍTULO 54

Tras pasar unos minutos entre sus brazos, me pregunto si acceder a pasar aquí la noche ha sido una buena idea.

—¿Cómo voy a bañarme por la mañana? —digo.

—Puedes hacerlo aquí.

Me besa en la mandíbula. Sus labios sobre mi piel me nublan la razón. Sabe muy bien lo que hace.

—¿En la casa de la fraternidad? ¿Y si entra alguien mientras me estoy bañando?

—Uno: la puerta se cierra por dentro. Dos: yo te acompañaré —dice entre beso y beso.

No me gusta su tono, pero decido ignorarlo.

—Bueno, pero me gustaría hacerlo ahora, antes de que se haga más tarde.

Asiente, se levanta y toma los pantalones. Sigo su ejemplo y me pongo los míos, pero sin calzones.

—¿Sin calzones? —se burla.

No le hago ni caso. Pongo los ojos en blanco y le pregunto:

—¿Tienes champú? Ni siquiera me he traído el peine. —Estoy empezando a ponerme nerviosa de pensar en todas las cosas que no tengo aquí—. ¿Y bastoncillos para los oídos? ¿Hilo dental? —continúo.

—Relájate. Tenemos bastoncillos para los oídos. Creo que también tenemos algún cepillo de dientes de sobra, y sé que hay uno o dos peines por ahí. También es probable que haya ropa interior de todas las tallas en alguna parte, por si también necesitas eso —me informa.

—¿Ropa interior? —pregunto antes de comprender que se refiere a las que se han dejado otras chicas—. Lo mismo da —añado, y se parte de la risa.

Espero que Hardin no coleccione la ropa interior de todas las chicas con las que se ha acostado.

Me acompaña al baño. Me siento más cómoda de lo que imaginaba con él aquí, pero sólo porque ya he estado varias veces en este cuarto de baño.

Abre la llave y se quita la camiseta.

—¿Qué haces? —pregunto.

—¿Bañarme?

—Ah. Creía que iba yo primero.

—Hazlo conmigo —dice tan tranquilo.

—¡No! ¡De eso, nada! —me río. No puedo bañarme con él.

—¿Por qué no? Te he visto desnuda y tú me has visto a mí. ¿Qué problema hay?

—No sé... Es que no quiero.

Sé que ya me ha visto desnuda, pero esto parece demasiado íntimo. Incluso más íntimo que lo que acabamos de hacer.

—Bueno. Entonces, tú primero —concede, pero en su voz hay una nota de mala vibra.

Le sonrío con dulzura, me desvisto e ignoro su tono quejumbroso. Me pega un buen repaso y luego mira hacia otra parte. Compruebo la temperatura del agua y me meto.

Él permanece en silencio mientras me mojo el pelo. Está demasiado callado.

—¿Hardin? —lo llamo. ¿Me habrá dejado sola en el baño?

—¿Sí?

—Creía que te habías ido.

Aparta la cortina y mete la cabeza.

—No, sigo aquí.

—¿Qué te pasa? —le pregunto frunciendo el ceño, preocupada por él.

Menea la cabeza pero no dice nada. ¿Se ha emberrinchado como un niño porque no dejo que se bañe conmigo? Me dan ganas de invitarlo a que se meta, pero quiero que entienda que no puede salirse siempre con la suya. Lo oigo sentarse sobre la tapa del excusado.

El champú y el gel huelen mucho a almizcle. Extraño mi champú de vainilla, aunque éste servirá. Habría sido mejor que Hardin se quedase a dormir en mi habitación, pero Steph estará allí y no quiero tener que darle explicaciones. Tampoco creo que Hardin fuera tan cariñoso con ella cerca. Me molesta pensarlo, así que procuro no hacerlo.

—¿Me pasas una toalla? —digo cerrando la llave—. O dos, si te sobra alguna. —Me gusta tener una toalla para el pelo y otra para el cuerpo.

Su mano aparece por detrás de la cortina con dos toallas. Le doy las gracias y él musita algo que no consigo entender.

Se baja los pantalones mientras me seco y vuelve a abrir la llave. Corre la cortina con sus brazos largos y no puedo evitar quedarme embelesada con su cuerpo desnudo. Cuanto más lo veo así, más bonitos me parecen sus tatuajes. Se mete y yo sigo mirándolo. Se moja el pelo y corre la cortina. Debería haberme bañado con él. No porque se haya hecho berrinche, sino porque era lo que de verdad quería hacer.

—Vuelvo a la habitación —le digo. Total, va a ignorarme de todos modos.

Descorre la cortina de un jalón y se caen algunas anillas.

—No, de eso nada.

—Está bien, y ¿ahora qué te pasa? —salto.

—Nada, pero no vas a volver tú sola al cuarto. En esta casa viven treinta hombres, no te quiero vagando por los pasillos.

—No, ése no es el problema. Llevas de mal humor desde que te he dicho que no iba a bañarme contigo.

—No... No es verdad.

—Dime por qué o voy a salir de aquí sólo con la toalla puesta —lo amenazo, aunque sé que nunca sería capaz de hacerlo.

Entorna los ojos, intenta agarrarme del brazo para que no me vaya y salpica agua en el suelo.

—No me gusta que me digan que no —dice con un tono mucho más dulce que el de hace un instante.

Imagino que, cuando se trata de chicas, Hardin no está acostumbrado a que le digan que no. Si es que se lo han dicho alguna vez... Mi cabeza me pide que le comunique que ya puede empezar a acostumbrarse, pero yo tampoco le había dicho nunca que no. Una caricia y hago todo lo que quiere.

—Yo no soy como las demás chicas, Hardin —replico. Ahí están mis celos.

Sonríe mientras el agua se desliza por su rostro.

—Eso ya lo sé, Tess. Lo sé.

Corre de nuevo la cortina, me visto y él cierra la llave.

—¿Quieres que te preste algo para dormir? —pregunta, y asiento.

Apenas lo oigo porque su cuerpo chorreante de agua me tiene muy distraída. Se seca el pelo con una toalla blanca hasta que se lo deja de punta; luego se la anuda alrededor de la cintura. La lleva tan baja que es la viva imagen del sexo. Es como si la temperatura del baño acabara de subir veinte grados. Se agacha, abre un mueble, saca un cepillo del pelo y me lo pone en la mano.

—Vamos —me dice, y yo meneo la cabeza intentando olvidar todas mis ideas indecentes.

Atravesamos el pasillo, doblamos la esquina y un tipo alto y rubio casi me aplasta... Alzo la vista y se me hiela la sangre en las venas.

—Cuánto tiempo sin verte —ronronea, y se me revuelve el estómago.

—Hardin —digo con voz aguda.

Sólo tarda un momento en acordarse de que es el mismo tipo que intentó manosearme.

—Déjala en paz, Neil —gruñe, y el tal Neil palidece.

Antes no debe de haber visto a Hardin. Gran error.

—Perdona, Scott —dice, y echa a andar.

—Gracias —le susurro a Hardin.

Él me toma de la mano y abre la puerta de su cuarto.

—Debería partirle la cara, ¿no crees? —dice cuando me siento en la cama.

—¡No! ¡No lo hagas, por favor! —le suplico.

No sé si lo dice en serio, pero tampoco quiero averiguarlo. Agarra el control y enciende la televisión antes de abrir un cajón y pasarme una camiseta y un bóxer.

Me quito los pantalones y me pongo el bóxer. Le doy un par de vueltas al elástico de la cintura.

—¿Me dejas la camiseta que llevabas puesta hoy? —No me doy cuenta de lo raro que suena hasta que ya lo he dicho.

—¿Qué? —sonríe.

—No... Es que... Da igual. No sabía lo que decía —miento.

«¿Quiero ponerme tu camiseta sucia porque huele muy bien?» Va a pensar que soy una rara y que estoy loca de atar.

Se ríe, recoge la camiseta sucia del suelo y me la acerca.

—Toda tuya, nena.

Me alegro de que no me haya avergonzado más, pero me siento bastante tonta.

—Gracias —respondo feliz.

Me quito el brasier y mi camiseta y me pongo la suya. Respiro hondo y compruebo que huele tan bien como me imaginaba.

Me ha visto hacerlo y sus ojos se vuelven más tiernos.

—Eres preciosa —señala y luego aparta la mirada. Me parece que no quería decirlo en voz alta, y eso me alegra el corazón todavía más.

Le sonrío y me acerco a él.

—Tú también.

—Ya déjalo —dice sonriendo y ruborizándose—. ¿A qué hora tienes que levantarte?

Se sienta en la cama y cambia de canal.

—A las cinco, pero puedo poner yo sola la alarma.

—¿A las cinco? ¿A las cinco de la mañana? ¿A qué hora tienes la primera clase?, ¿a las nueve? ¿Por qué madrugas tanto?

—No lo sé, para prepararme —contesto mientras me cepillo el pelo.

—¿Y si nos levantamos a las siete? Mi cuerpo no funciona antes de las siete —me dice, y protesto.

Hardin y yo somos muy distintos.

—¿A las seis y media? —digo intentando encontrar un término medio.

—Bueno, a las seis y media.

Pasamos el resto de la noche viendo la televisión. Hardin se duerme con la cabeza en mi regazo mientras le acaricio el pelo. Me acuesto a su lado, intentando no despertarlo.

—¿Tess? —dice moviendo las manos como si me estuviera buscando.

—Aquí estoy —le susurro desde atrás.

Se da la vuelta, me abraza y se duerme otra vez. Dice que duerme mejor conmigo que solo, y creo que yo también duermo mejor con él.

A la mañana siguiente, la alarma de mi celular suena a las seis y media y corro a ponerme la ropa de ayer y a despertar a Hardin para que se vista. Es un dormilón. Voy atolondrada y sin tiempo para prepararme, pero llegamos a mi cuarto en la residencia a las siete y cuarto. Tengo tiempo suficiente para cambiarme de ropa, cepillarme el pelo y lavarme los dientes. Steph ni se mueve, y le prohíbo a Hardin que la despierte regándola con agua fría. Me alegro de que tampoco me diga ninguna crueldad cuando me pongo una de mis faldas largas y una blusa azul lisa.

—¿Lo ves? Son sólo las ocho. Todavía nos sobran veinte minutos antes de que vayamos andando a la cafetería —comenta Hardin muy satisfecho.

—¿«Vayamos»?

—Sí. ¿Te importa que vaya contigo? Si no, no pasa nada —dice mirando hacia otra parte.

—Claro que puedes venir conmigo.

No sé qué ha cambiado entre Hardin y yo, pero no estoy acostumbrada a esto. Será agradable no tener que evitarlo ni tener que preocuparme por tropezarme con él.

«¿Qué va a pensar Landon? ¿Se lo contaremos?»

—Y ¿qué vamos a hacer con esos veinte minutos? —sonrío.

—Se me ocurren varias cosas —replica. Sus labios dibujan una sonrisa y me atrae hacia sí.

—Steph está durmiendo —le recuerdo mientras me lame debajo de la oreja.

—Lo sé. Sólo nos estamos besando —dice riéndose y acercándome su entrepierna.

Salimos antes de que Steph se despierte, y Hardin se ofrece a llevarme la bolsa. Es un gesto tan bonito como inesperado.

—¿Y tus libros? —pregunto.

—No los traigo nunca. Siempre pido uno prestado en todas las clases, así no tengo que cargar con ellos como tú —dice señalando mi bolsa.

Pongo los ojos en blanco y me río de él.

Cuando llegamos a la cafetería, Landon está apoyado contra la pared de ladrillo y parece muy sorprendido de vernos a Hardin y a mí juntos. Lo miro con cara de «Luego te lo explico» y él me sonríe.

—Bueno, mejor me voy. Tengo que tomar una siesta en un par de clases —dice Hardin, y asiento.

«Y ¿ahora qué hago? ¿Lo abrazo?»

Antes de que consiga decidirme, suelta mi bolsa y me agarra de la cintura, me estrecha contra su pecho y me besa. No me lo esperaba. Le devuelvo el beso y me suelta.

—Hasta luego —dice con una sonrisa, y mira a Landon.

Esto no podría ser más incómodo. A Landon la mandíbula le llega al suelo, y la osadía de Hardin me tiene pasmada.

—Perdona... —digo.

No me entusiasman las muestras de afecto en público. Noah y yo nunca hemos hecho nada parecido, excepto cuando traté de besarlo en el centro comercial para intentar olvidarme de Hardin.

—Tengo mucho que contarte —le digo a Landon, que recoge mi bolsa.

CAPÍTULO 55

Landon escucha en silencio el relato de mi ruptura con Noah y mi diatriba sobre cómo debo calificar mi relación con Hardin. Yo creo que estamos saliendo, pero tampoco nos hemos parado a ponerle nombre.

—Sé que ya te he avisado, así que no voy a volver a hacerlo —dice mientras ocupamos nuestros asientos—. Pero, por favor, ten mucho cuidado con él. Aunque he de admitir que parece tan fascinado contigo como alguien como él es capaz de estar.

Significa mucho para mí que, pese a que detesta a Hardin, esté haciendo todo lo posible para comprenderme y apoyarme.

Entro en mi tercera clase de la mañana y el maestro de sociología me pide que me acerque a la tarima.

—Acaban de llamarme para decirme que vaya usted a la oficina del rector —me dice.

«¿Qué? ¿Por qué?» Me entra el pánico y de repente recuerdo que el rector es el padre de Hardin y me relajo un poco. Pero entonces me pongo de los nervios por otros motivos. ¿Qué querrá? Sé que la universidad es distinta del instituto, pero es como si me enviaran al despacho del director, sólo que el director es el padre... ¿de mi novio?

Me echo la bolsa al hombro y atravieso el campus en dirección al edificio de administración. Es un buen paseo, y tardo media hora larga. Le digo a la secretaria mi nombre y no tarda en anunciarme. Lo único que consigo oír es «doctor Scott».

—Te está esperando —dice con una sonrisa muy profesional mientras señala la puerta de madera al otro lado del vestíbulo.

Me dispongo a llamar a la puerta, pero ésta se abre de repente y Ken me recibe con una sonrisa.

287

—Tessa, muchas gracias por venir —dice indicándome que pase y me siente.

Él se instala en un enorme sillón giratorio que hay detrás de una gigantesca mesa de madera de cerezo. En esta oficina me intimida mucho más que en su casa.

—Perdona que te haya sacado de clase. No tenía otra forma de contactar contigo, y sabes que hablar con Hardin puede resultar... difícil.

—No pasa nada, de verdad. ¿Ha ocurrido algo? —pregunto muy nerviosa.

—No, no. Me gustaría hablar de un par de asuntos contigo. Empecemos con las prácticas. —Apoya las manos en la mesa—. He hablado con mi amigo en Vance y le encantaría conocerte, cuanto antes. Mañana sería perfecto, si te va bien.

—¿De verdad? —exclamo. Me pongo en pie de un brinco de la emoción y vuelvo a sentarme a toda prisa, avergonzada—. Es maravilloso. ¡Muchísimas gracias! No sabe lo mucho que se lo agradezco.

Es una noticia fantástica. Es increíble que se haya tomado tantas molestias por mí.

—Ha sido un placer, Tessa. —Levanta las cejas con interés—. Entonces ¿le digo que vas mañana?

No quiero perder más clases, pero esto lo vale y, de todas maneras, lo llevo todo bastante adelantado.

—Sí, por favor. Muchas gracias de nuevo. Caray... —digo, y se echa a reír.

—En segundo lugar, y si dices que no lo entenderé, tengo que pedirte un favor personal. No te preocupes, que aunque me digas que no seguirás teniendo tus prácticas en Vance —dice, y me pongo muy nerviosa. Asiento y él sigue hablando—. No sé si Hardin te ha comentado que Karen y yo nos casamos dentro de dos semanas...

—Sabía que la boda iba a celebrarse en breve. Enhorabuena —le digo.

Sin embargo, no sabía que fuera a ser tan pronto. Me acuerdo de cuando Hardin les destrozó la casa y se bebió casi una botella entera de whisky escocés.

Me sonríe amablemente.

—Muchas gracias. Lo que me preguntaba era si crees que es posible... Si tú podrías... convencer a Hardin para que asista. —Aparta la vista y se queda mirando la pared—. Sé que me estoy extralimitando, pero odiaría que se lo perdiera y, si te soy sincero, creo que eres la única persona capaz de convencerlo de que vaya. Se lo he pedido en varias ocasiones y siempre me contesta que no —dice con un suspiro de frustración.

No sé qué decir. Me encantaría llevar a Hardin a la boda de su padre, pero dudo mucho que me escuche. ¿Por qué todo el mundo piensa que a mí me hace caso? Recuerdo cuando Ken me dijo que creía que Hardin estaba enamorado de mí, lo cual es ridículo y falso.

—Hablaré con él. Me encantaría que fuera a la boda —le digo de corazón.

—¿De verdad? Muchas gracias, Tessa. Espero que no te hayas sentido presionada. Me encantará que asistan los dos.

«¿De boda con Hardin?» A priori parece una idea hermosa, pero Hardin es un hueso duro de roer.

—Karen te aprecia mucho, y le ha gustado tenerte en casa este fin de semana. Puedes volver cuando quieras.

—Yo también la he pasado muy bien. A lo mejor podría llamarla para que me enseñe a hacer panquecitos: se ofreció a darme clases.

Me echo a reír y él también. Se parece tanto a Hardin cuando sonríe que me inspira mucha ternura. El padre de Hardin se muere por tener cualquier clase de relación con su hijo, ese loco enojado con el mundo. Me da mucha lástima. Si puedo hacer algo por ayudar a Ken, lo haré.

—¡Estará encantada! Pásate por casa cuando quieras —me anima, y me pongo en pie.

—Muchas gracias por ayudarme con las prácticas. Significan muchísimo para mí.

—He visto tu solicitud y tus notas y ambas son impresionantes. Hardin podría aprender mucho de ti —dice con la mirada rebosante de esperanza.

Noto que se me encienden las mejillas. Le sonrío y me voy. Para cuando he vuelto al campus, al edificio de literatura, sólo faltan cinco minutos para que empiece la clase. Hardin está sentado en su antiguo asiento, y no puedo evitar sonreír como una colegiala al verlo.

—Has cumplido tu parte del trato y yo estoy cumpliendo la mía —dice devolviéndome la sonrisa.

Saludo a Landon y me siento entre los dos.

—¿Cómo es que llegas tan tarde? —me susurra Hardin cuando el maestro empieza con la clase.

—Te lo cuento luego.

Sé que si saco el tema ahora, me va a hacer una escena en mitad de clase.

—Dímelo —insiste.

—Te he dicho que te lo cuento luego. No es nada importante —le prometo.

Suspira y deja el tema.

Termina la clase. Hardin y Landon se levantan y no sé muy bien a cuál de los dos dirigirme. Normalmente hablo con Landon al salir, mientras caminamos juntos, pero ahora que Hardin ha vuelto, no sé qué hacer.

—¿Sigue en pie lo de ir a ver la hoguera el viernes con Dakota y conmigo? —dice entonces Landon—. Se me ha ocurrido que podrías venir a cenar primero, a mi madre le encantaría.

—Sí, sigue en pie —respondo—. Lo de la cena suena muy bien. Dime la hora y allí estaré.

Me muero por conocer a Dakota. Hace a Landon feliz, y sólo por eso ya me cae bien.

—Te mandaré un mensaje —dice, y se va.

—«Te mandaré un mensaje...» —se mofa Hardin, y yo pongo los ojos en blanco.

—No te burles de él —le advierto.

—Ah, sí, se me olvidaba que te vuelves una fiera. Recuerdo que estuviste a punto de abalanzarte sobre Molly cuando se metió con él.

Se muere de risa y le doy una cachetadita.

—Va en serio, Hardin. Déjalo en paz —le digo, y luego añado—: Por favor —para no parecer tan severa.

—Vive con mi padre —replica—. Tengo derecho a burlarme de él.

Me sonríe y me echo a reír. Salimos del edificio y decido que es ahora o nunca.

—Hablando de tu padre... —Alzo la vista y veo que Hardin ya se ha puesto tenso. Me mira con recelo, a la espera de que acabe la frase—. Por eso he llegado tarde: estaba en su oficina. Me ha conseguido una entrevista en Vance mañana. ¿No es genial?

—¿Que ha hecho qué? —resopla.

«Ahí vamos otra vez.»

—Me ha conseguido una entrevista. Es una gran oportunidad, Hardin —digo intentando que me comprenda.

—Bien —suspira.

—Hay más.

—Claro...

—Me ha invitado a la boda la semana que viene... Bueno, a los dos. Nos ha invitado a los dos. —Me ha costado un mundo decirlo porque me está desollando con la mirada.

—Yo no voy. Punto.

Da media vuelta y echa a andar sin mí.

—Espera, ¿quieres escucharme, por favor? —Lo tomo de la muñeca pero me aparta.

—No. No te metas en esto, de verdad, Tessa. No es broma. Métete en tus asuntos por una vez —me dice.

—Hardin... —repito, pero me ignora y desaparece en el estacionamiento.

Tengo los pies de plomo y no puedo seguirlo. Su coche blanco abandona el estacionamiento. Está exagerando y no voy a echar leña al fuego. Necesita tiempo para calmarse antes de que volvamos a hablar. Sabía que no quería ir, pero esperaba que al menos estuviera dispuesto a hablarlo.

«¿A quién quiero engañar?» Sólo hace dos días que hemos pasado a más. No sé por qué sigo esperando que las cosas sean distintas. En algunos aspectos lo son: en general, Hardin es más amable conmigo y me besa en público, lo cual es sorprendente. No obstante, sigue siendo Hardin, y es muy necio y tiene un problema de actitud. Suspiro, me cuelgo la bolsa del hombro y echo a andar hacia mi cuarto.

Steph está sentada con las piernas cruzadas en el suelo, viendo la televisión.

—¿Dónde estuviste anoche? No es propio de ti salir entre semana, jovencita.

—Estaba... por ahí —le digo. No sé si debería decirle que me quedé a dormir con Hardin.

—Con Hardin —añade por mí, y miro hacia otra parte—. Sé que estabas con él. Me pidió que le diera tu teléfono, se fue del boliche y no volvió. —Sonríe, se nota que se alegra por mí.

—No se lo digas a nadie —digo—. Ni yo misma sé muy bien qué está pasando.

Steph me promete no decir ni una palabra y nos pasamos la tarde hablando de ella y de Tristan, hasta que él viene a buscarla para llevarla a cenar. La besa en cuanto se abre la puerta, la abraza mientras recoge sus cosas y le sonríe sin parar. ¿Por qué Hardin no puede ser así conmigo?

No sé nada de él desde hace varias horas, pero no quiero escribirle yo primero. Es infantil, lo sé, pero me da igual. Cuando Steph y Tristan se van, termino de estudiar y preparo mis cosas para darme un baño. Hasta que me vibra el celular. El corazón me da un salto mortal en cuanto veo el nombre de Hardin en la pantalla. Abro el mensaje de inmediato:

¿Duermes esta noche conmigo?

Lleva horas sin hablarme, pero ¿quiere que duerma con él otra vez?

¿Por qué? ¿Para que puedas volver a comportarte como un cabrón conmigo?

Quiero verlo, aunque sigo enojada.

Voy hacia allá. Prepara tus cosas.

Pongo los ojos en blanco. Es un mandón, pero aun así me hace ilusión verlo.

Corro a bañarme para no tener que hacerlo en la fraternidad. Para cuando termino, apenas me queda tiempo para prepararme la ropa de mañana. Odio tener que ir en autobús hasta Vance cuando en coche sólo se tardan treinta minutos. Tengo que volver a intentar comprarme un coche. Estoy doblando pulcramente mi ropa y guardándola en mi bolsa cuando Hardin abre la puerta, por supuesto sin llamar.

—¿Lista? —pregunta agarrando mi monedero.

Asiento, me echo la bolsa al hombro y lo sigo. Caminamos hacia su coche en silencio y rezo para que el resto de la noche no sea así.

CAPÍTULO 56

Me vuelvo hacia la ventanilla del coche; no quiero ser la primera en hablar. Pasadas un par de cuadras, Hardin enciende el radio y lo pone a todo volumen. Pongo los ojos en blanco pero trato de ignorarlo. Hasta que no lo soporto más. Odio su gusto musical, y me está dando dolor de cabeza. Sin pedir permiso, bajo el volumen y Hardin me mira.

—¿Qué? —salto.

—Caray, parece que alguien tiene mala vibra —dice.

—No, sólo es que no quería escuchar eso, y si alguien está de mal humor aquí, ése eres tú. Antes te has portado fatal conmigo, y luego vas y me mandas un mensaje pidiéndome que me quede a dormir contigo. No lo entiendo.

—Estaba enojado porque has sacado el tema de la boda. Ahora que ya hemos decidido que no vamos a ir, ya no tengo por qué estar de mal humor —replica en tono tranquilo y seguro.

—No hay nada decidido, ni siquiera lo hemos hablado.

—Sí que lo hemos hablado, y ya te he dicho que no voy a ir, así que déjalo de una vez, Theresa.

—Puede que tú no vayas a ir, pero yo sí. Y esta semana pienso ir a casa de tu padre a aprender a hacer pasteles con Karen —le digo.

Aprieta los dientes y me mira fijamente.

—No vas a ir a la boda. Y ¿qué pasa?, ¿de repente Karen es tu mejor amiga? ¡Si acabas de conocerla!

—¿Y qué si acabo de conocerla? ¡A ti también acabo de conocerte!

Agacha la cabeza y me siento fatal, pero es la pura verdad.

—¿Por qué estás tan respondona?

—Porque no pienso permitir que me digas lo que debo o no debo hacer, Hardin. Olvídalo. Si quiero ir a la boda, iré, y me gustaría mucho que vinieras conmigo. Podría ser divertido, a lo mejor hasta te la pasas bien. Significaría mucho para tu padre y para Karen, aunque a ti eso parece darte igual.

No dice nada. Deja escapar una larga bocanada de aire y yo me vuelvo otra vez hacia la ventanilla. El resto del trayecto transcurre en silencio, estamos demasiado molestos para hablar. Cuando llegamos a la fraternidad, Hardin saca mi bolsa del asiento de atrás y se la echa al hombro.

—¿Por qué eres miembro de una fraternidad? —le pregunto. Llevo queriendo saber la respuesta desde que descubrí que tenía una habitación aquí.

Respira hondo, echamos a andar hacia los escalones de la entrada.

—Porque, para cuando llegué aquí, todas las residencias de estudiantes estaban llenas, y ni de broma iba a vivir con mi padre. Así que ésta era una de las pocas opciones que me quedaban.

—Y ¿por qué te has quedado?

—Porque no quiero vivir con mi padre, Tessa. Además, mira qué casa: está muy bien, y tengo la habitación más grande. —Sonríe satisfecho consigo mismo y me alegro de ver que se le está pasando el enojo.

—¿Por qué no te vas a vivir fuera del campus? —le pregunto.

Se encoge de hombros. Es posible que no quiera tener que buscarse un trabajo. Lo sigo a su habitación en silencio y espero a que abra la puerta. ¿De dónde le viene la obsesión de no dejar que nadie entre en su cuarto?

—¿Por qué no dejas que nadie entre en tu habitación? —pregunto.

Hardin pone los ojos en blanco al tiempo que deja mi bolsa en el suelo.

—¿Por qué siempre haces tantas preguntas? —gruñe, y se sienta en una silla.

—No lo sé... Y ¿por qué tú nunca las contestas? —replico y, por supuesto, él me ignora—. ¿Puedo colgar mi ropa para mañana? No quiero que se arrugue de estar en la bolsa.

Lo piensa un segundo antes de asentir y sacar un gancho del ropero. Saco la blusa y la falda y las cuelgo sin hacer ni caso de la mueca que hace al verlas.

—Mañana tengo que levantarme más pronto que de costumbre —le informo—. Debo estar en la estación de autobuses a las nueve menos cuarto. Hay una parada a tres calles que está en la ruta que me deja a dos cuadras de Vance.

—¿Qué? ¿Vas a ir allí mañana? ¿Por qué no me lo has dicho?

—Te lo he dicho, pero estabas demasiado ocupado enojándote como para prestarme atención —disparo.

—Te llevo yo, no hace falta que gastes una hora en el autobús.

Quiero rechazar su oferta sólo por molestarlo, pero no lo hago. Prefiero el coche de Hardin a un autobús atestado de gente.

—Voy a tener que comprarme un coche, no creo que pueda vivir sin uno mucho más tiempo. Si me aceptan para las prácticas, tendré que ir en autobús.

—Te llevaría yo —dice casi en un susurro.

—Me compraré un coche —insisto—. Lo último que necesito es que un día te enojes conmigo y no vengas a recogerme.

—Yo nunca te haría eso —replica en tono serio.

—Sí lo harías, y yo me volvería loca intentando encontrar un autobús de vuelta a casa. No, gracias —digo medio en broma.

Creo que podría confiar en él, pero no voy a arriesgarme. Es demasiado temperamental.

Hardin enciende la televisón y se pone de pie para cambiarse. Me quedo mirándolo. Por muy enojada que esté con él, nunca me perdería la oportunidad de verlo desnudarse. Primero se quita la camiseta y luego sus músculos se contraen bajo su piel mientras se desabrocha y se baja los pantalones negros y ajustados. En un primer momento pienso que va a dejarse puesto sólo el bóxer, pero luego saca un pantalón de algodón fino del ropero. Sin embargo, no se pone camiseta, qué suerte la mía.

—Ven —musita, y me tiende la camiseta que acaba de quitarse.

No puedo evitar sonreír cuando la tengo en mis manos. Es nuestra costumbre, veo que le gusta que duerma con su camiseta tanto como a mí el olor de su fragancia en la tela. Hardin se pone a ver la televisión mientras yo me cambio y me pongo su camiseta y unos pantalones de hacer yoga. Son más bien unas mallas de licra, pero son cómodas. Doblo mi brasier y mi ropa y Hardin me mira. Se aclara la garganta y sus ojos recorren mi cuerpo.

—Son... muy... sexis.

Me ruborizo.

—Gracias.

—Mucho mejor que los pantalones de franela con nubecitas —bromea, y me echo a reír.

Me siento en el suelo. No sé por qué, pero estoy muy a gusto en su habitación. Puede que sean los libros, o Hardin, no lo tengo claro.

—Lo que has dicho en el coche, lo de que apenas me conoces..., ¿iba en serio? —dice en voz baja. Es una pregunta que no esperaba.

—Más o menos. No es fácil llegar a conocerte.

—Yo tengo la impresión de que te conozco —responde mirándome a los ojos.

—Sí, porque te dejo. Te cuento cosas sobre mí.

—Yo también te cuento cosas. Puede que no lo parezca, pero me conoces mejor que nadie.

Baja la mirada y luego vuelve a mirarme a los ojos. Parece triste y vulnerable, nada que ver con su intensa rabia de siempre, aunque sigue igual de cautivador.

No estoy muy segura de cómo responder a su confesión. Creo que conozco a Hardin de un modo muy personal, como si conectásemos a un nivel mucho más profundo que simplemente conocer detalles de información el uno del otro, pero ni mucho menos lo conozco bien. Necesito saber más.

—Tú también me conoces mejor que nadie —le digo.

Me conoce, a la verdadera Tessa. No a la Tessa que tengo que fingir que soy con mi madre o con Noah. Le he contado a Hardin cosas sobre cómo mi padre abandonó a mi madre, le he hablado de las críticas de mi madre y de miedos que jamás le había referido a nadie.

A Hardin le complace lo que he dicho, una sonrisa ilumina su bello rostro, se levanta del sillón y se me acerca. Me toma de las manos y las jala para ayudarme a ponerme en pie.

—¿Qué quieres saber, Tessa? —me pregunta, y el corazón se me derrite.

Hardin por fin está dispuesto a hablar de sí mismo. Estoy un poco más cerca de comprender a este hombre complicado, enojado con el mundo y, a la vez, adorable.

Nos acostamos en la cama, mirando al techo, y le hago al menos un centenar de preguntas. Me habla del lugar en el que creció, Hampstead, y de lo mucho que le gustaba vivir allí. Me habla de la cicatriz que tiene en la rodilla, que se la hizo la primera vez que montó en bicicleta sin ruedecillas auxiliares; su madre se desmayó al ver la sangre. Su padre se pasaba todo el día en el bar, de sol a sol, así que tuvo que enseñarle su madre. Me habla del posgrado y de que se pasaba el día leyendo. Nunca ha sido muy sociable y, con el transcurso de los años, su padre empezó a beber más y más y sus padres se peleaban de continuo. Me cuenta que a los dieciséis años lo expulsaron del instituto porque se peleaba con los demás y su madre suplicó para que lo readmitieran. Empezó con los tatuajes a los dieciséis, se los hacía un amigo en el sótano de su casa. Lo primero que se tatuó fue una estrella, y en cuanto estuvo terminada supo que quería muchos más. Me cuenta que no hay ninguna razón en concreto para que no se haya tatuado la espalda, sólo es que aún no se ha dado la ocasión. Odia los pájaros a pesar de que lleva dos tatuados en la clavícula, y le encantan los coches clásicos. El mejor día de su vida fue el día en que aprendió a manejar y, el peor, el día en que sus padres se divorciaron. Su padre dejó de beber cuando él tenía catorce años, y desde entonces ha estado intentando compensar los horrores del pasado, pero Hardin no quiere saber nada.

Estoy mareada de tanta información, y siento que por fin empiezo a entenderlo. Aún quedan muchas cosas que me gustaría saber de él, pero se queda dormido hablándome de una casita de juguete que su madre, una amiga y él construyeron con cajas de cartón cuando tenía ocho años. Cuando duerme parece mucho más joven ahora que sé cómo fue su infancia. Por lo visto fue muy feliz hasta que el alcoholismo de su padre lo envenenó todo y nació el Hardin enojado con el mundo. Le doy al rebelde orgulloso un beso en la mejilla antes de acurrucarme y cerrar los ojos.

No quiero despertarlo, así que sólo me echo el edredón por encima. Esa noche sueño con un niño de pelo rizado que se cae de la bici.

—¡No!

Me sobresalto al oír la voz atormentada de Hardin. Lo busco y me lo encuentro retorciéndose en el suelo. Me levanto de un brinco y corro a su lado. Lo tomo por los hombros con cuidado para intentar despertarlo. La última vez me costó mucho, así que me agacho y lo rodeo con los brazos cuando intenta apartarse de mí. Un balbuceo se escapa de sus labios perfectos y abre los ojos.

—Tess —dice con un grito ahogado.

Me abraza. Está jadeante, sudoroso. Debería preguntarle por sus pesadillas, pero tampoco quiero pasarme. Me ha contado mucho más de lo que esperaba.

—Aquí estoy, aquí estoy —digo para consolarlo.

Lo jalo del brazo para que se levante y vuelva conmigo a la cama. Cuando sus ojos encuentran los míos, el miedo y la confusión desaparecen lentamente.

—Creía que te habías ido —susurra.

Nos acostamos y me estrecha contra sí todo lo físicamente posible. Le peino con los dedos el pelo húmedo y enredado y cierra los ojos.

No digo nada, sólo sigo pasándole los dedos por el pelo.

—No me dejes nunca, Tess —susurra antes de quedarse dormido.

El corazón casi se me sale del pecho al oír su ruego, y sé que mientras él quiera aquí estaré.

CAPÍTULO 57

A la mañana siguiente me despierto antes que Hardin y me las ingenio para quitármelo de encima y desenredar nuestras piernas sin despertarlo. El recuerdo de oírlo pronunciar mi nombre aliviado y de todos los secretos que me ha contado hace que me revoloteen mariposas en el estómago. Anoche estaba tan relajado y tan abierto que hizo que me enamorara aún más. Me asusta cuán profundos son mis sentimientos hacia él. Sé que están ahí, pero aún no estoy preparada para hacerles frente. Agarro las tenazas y el pequeño estuche de maquillaje de Steph, que me he llevado prestado con su permiso, por supuesto, y me voy al baño.

El pasillo está vacío y nadie llama a la puerta mientras me arreglo. No tengo tanta suerte de vuelta a la habitación. Tres chicos avanzan por el pasillo, y uno de ellos es Logan.

—¡Hola, Tessa! —me saluda alegremente y me deslumbra con su sonrisa perfecta.

—¿Qué tal? —Estoy muy incómoda con los tres mirándome fijamente.

—Bien, íbamos a salir. ¿Te vas a quedar a vivir aquí? —me pregunta, y se echa a reír.

—Para nada. Sólo estoy... de visita. —No sé qué decir. El tipo alto se agacha para susurrarle algo a Logan al oído. No oigo lo que dice, pero miro hacia otra parte—. Bueno, los veo luego —añado.

—Sí, nos vemos esta noche en la fiesta —dice Logan, y se marcha.

¿Qué fiesta? ¿Por qué Hardin no me ha comentado nada de ninguna fiesta? A lo mejor es que no tiene pensado quedarse. «O no quiere que vayas», añade mi subconsciente. Y ¿quién demonios celebra una fiesta un martes?

300

Cuando llego a la puerta de la habitación de Hardin, ésta se abre antes de que toque la manilla.

—¿Dónde estabas? —pregunta, y la abre lo justo para que yo pueda entrar.

—Peinándome. Quería dejarte dormir —contesto.

—Te he dicho que no te pasees por los pasillos, Tessa —me regaña.

—Y yo te he dicho que no me des órdenes, Hardin —replico con sarcasmo, y sus rasgos se suavizan.

—*Touché.*

Se ríe y da un paso hacia mí. Con una mano me toma de la cintura y mete la otra por debajo de mi camiseta y toca mi vientre. Tiene los dedos ásperos, pero los desliza con delicadeza sobre mi piel, ascendiendo por mi estómago.

—De todos modos, deberías llevar sostén cuando vagas por los pasillos de una fraternidad, Theresa. —Acerca la boca a mi oreja en el mismo instante en que sus dedos encuentran mis pechos. Acaricia los pezones con los pulgares y estos se ponen duros al instante. Respira y yo me quedo helada, aunque el corazón me late a toda velocidad—. Uno nunca sabe con qué clase de pervertido puede encontrarse —me susurra al oído.

Sus pulgares dibujan círculos en mis pezones y luego los pellizca un poco. Dejo caer la cabeza contra su pecho y no puedo controlar mis gemidos mientras sus dedos continúan el asalto.

—Apuesto a que podría hacer que te vengas sólo con esto —dice aplicando más presión.

No tenía ni idea de que esto pudiera ser tan... agradable. Asiento, y Hardin se ríe con la boca pegada a mi oreja.

—¿Eso quieres? ¿Quieres que haga que te vengas? —pregunta, y asiento de nuevo con la cabeza.

¿Para qué me lo pregunta? Mis rodillas temblorosas y mis gemidos hablan por sí solos.

—Buena chica. Vamos a... —empieza a decir.

Pero entonces suena la alarma de mi celular y vuelvo al mundo real.

—¡Mierda! Tenemos que salir dentro de diez minutos y tú ni siquiera te has vestido. ¡Y yo ni siquiera me he vestido!

Me aparto, pero él menea la cabeza y me atrae de nuevo hacia sí, esta vez bajándome los pantalones y los calzones. Agarra mi celular y lo apaga.

—Sólo necesito dos minutos. Me quedan ocho para vestirme.

Me toma en brazos y me lleva hasta la cama. Me sienta en ella, se arrodilla delante de mí y me jala de los tobillos hasta que me tiene justo en el borde.

—Abre las piernas —susurra, y obedezco.

No lo tenía previsto en el horario de la mañana, pero no se me ocurre mejor forma de empezar el día. Sus dedos largos recorren mis muslos. Luego hunde la cabeza entre ellos y me lame arriba y abajo, frunce los labios y succiona. Ayyy, es ese puntito otra vez. Echo las caderas hacia adelante y casi me caigo al suelo. Vuelve a sentarme en la orilla, sin soltarme. Con la otra mano, me mete un dedo. Va mucho más deprisa que antes. No sé si me gusta más lo que me hace la mano o la boca, pero la combinación de ambas es alucinante. En unos segundos siento ese ardor en lo más profundo de mi vientre. Mete y saca el dedo más deprisa.

—Voy a intentar meterte dos, ¿está bien? —me dice.

Asiento con un gemido. La sensación es extraña y un tanto incómoda, como la primera vez que me metió un dedo, pero cuando su boca vuelve y empieza a succionar de nuevo me olvido del leve dolor. Gimoteo cuando Hardin retira la boca otra vez.

—No mames, estás bien apretadita, nena. —Me bastan sus palabras para rematarme—. ¿Todo bien? —me pregunta.

Lo agarro del pelo y llevo su cabeza a la zona entre mis muslos. Se ríe y luego aplica la boca con esmero. Gimo su nombre y lo jalo del pelo y tengo el orgasmo más increíble de mi vida. No es que haya tenido muchos, pero éste ha sido el más rápido y también el más intenso.

Hardin me da un pequeño beso en lo alto de la pelvis, se pone de pie y camina hasta el ropero. Levanto la cabeza e intento recobrar el aliento. Vuelve y me seca con una camiseta. Me daría vergüenza si no estuviera todavía medio en la luna.

—Vuelvo enseguida —dice—. Voy a lavarme los dientes.

Sonríe y sale de la habitación. Me levanto, me visto y miro la hora. Tenemos que salir dentro de tres minutos. Cuando Hardin regresa, se viste en un santiamén y nos vamos.

—¿Sabes cómo llegar? —pregunto cuando arranca el coche.

—Sí, el mejor amigo de mi padre de sus días de universidad es Christian Vance —me dice—. He estado allí un par de veces.

—Caray... Vaya.

Sabía que Ken tenía contactos allí, pero no sabía que el presidente fuera su mejor amigo.

—No te preocupes, es un buen tipo. Un poco cuadrado, pero chido. Encajarás a la perfección. —Su sonrisa es contagiosa—. Por cierto, estás muy guapa.

—Gracias. Parece que hoy estás de buen humor —digo coqueta.

—Sí, empezar el día con la cabeza entre tus muslos es una señal de buen augurio.

Suelta una carcajada y me toma la mano.

—¡Hardin! —lo riño, pero él se echa a reír otra vez.

El trayecto se pasa rápido y casi sin darnos cuenta ya estamos dejando el coche en el estacionamiento que hay detrás de un edificio de seis pisos con cristales de espejo y una gran «V» en la fachada.

—Estoy nerviosa —le confieso a Hardin mientras me retoco el maquillaje en el espejo.

—No lo estés. Lo vas a hacer muy bien. Eres muy inteligente, y tiene que verlo —me reconforta él.

Dios santo, cómo me gusta cuando es tan amable.

—Gracias —respondo, y me acerco para besarlo. Es un beso dulce y sencillo.

—Te espero aquí en el coche —me dice y me da otro beso.

El interior del edificio es tan elegante como el exterior. Cuando llego a la recepción, me dan un pase de un día y me indican que suba a la sexta y última planta. Una vez en el mostrador de la sexta, le digo a la joven que lo atiende mi nombre.

Me lanza una sonrisa blanca de anuncio, me acompaña a una oficina enorme y le dice a un hombre de mediana edad con barba clara que puedo ver desde el pasillo:

—Señor Vance, la señorita Theresa Young está aquí.

El señor Vance me hace un gesto para que entre y me da la mano. Sus ojos verdes se ven desde la otra punta de la habitación, y su sonrisa es muy agradable y hace que me relaje. Me dice que tome asiento.

—Es un placer conocerte, Theresa. Gracias por venir.

—Tessa, llámeme Tessa. Gracias por recibirme —respondo con una sonrisa.

—Dime, Tessa, ¿estás en primero de Filología Inglesa? —pregunta.

—Sí, señor. —Asiento con la cabeza.

—Ken Scott me ha dado muy buenas referencias. Dice que perdería una gran oportunidad si no te diera un puesto de becaria.

—Ken es muy amable —digo.

Él asiente y luego se acaricia la barba con los dedos. Me pregunta qué he leído últimamente, mis autores favoritos y aquellos que no me gustan, o me gustan poco, y que le explique el porqué. Asiente y me anima a seguir durante mi explicación y, cuando termino, sonríe.

—Bueno, Tessa, ¿cuándo puedes empezar? Ken dice que será fácil agrupar tus materias para que puedas venir aquí dos días a la semana y asistir a clase los otros tres.

La mandíbula me llega al suelo.

—¿De verdad? —es todo lo que consigo decir.

No me lo esperaba. Imaginaba que iba a tener que ir a clases por la noche y venir aquí durante el día... En caso de que me aceptaran.

—Sí, y también recibirás créditos por las horas que pases aquí.

—Muchísimas gracias. Es una oportunidad increíble. Gracias, gracias otra vez. —Tengo tanta suerte que no puedo creerlo.

—Hablaremos de tus honorarios el lunes, cuando empieces.

—¿Tengo un sueldo? —Pensaba que eran prácticas no remuneradas.

—Por supuesto que cobrarás por tu tiempo —sonríe.

Me limito a asentir con la cabeza por miedo a abrir la boca y volver a darle las gracias por enésima vez.

Vuelvo corriendo al coche y Hardin sale a recibirme al verme llegar.

—¿Y bien? —me pregunta, y yo suelto un gritito.

—¡Me lo han dado! Me van a pagar y las primeras semanas tendré que venir cada día para agarrar el ritmo, pero luego sólo tengo que trabajar dos días a la semana, así que podré ir a clase los otros tres, y me van a dar créditos y el señor Vance era supersimpático y tu padre es genial por hacer esto por mí, y tú también, claro está. ¡Estoy muy emocionada y...! En fin..., creo que eso es todo.

Me echo a reír y me rodea con los brazos, me estrecha contra su pecho y me levanta del suelo.

—Me alegro mucho por ti —dice, y hundo los dedos en sus rizos.

—Gracias —le contesto al tiempo que me deja en el suelo—. De verdad, muchas gracias por haberme traído y por haberme esperado en el coche.

Me asegura que no ha sido ninguna molestia, nos subimos al coche y me pregunta:

—¿Qué quieres hacer hoy?

—Volver a clase, por supuesto. Todavía podemos llegar a literatura.

—¿De verdad? Apuesto que se nos ocurre algo mucho más divertido.

—No, ya me he perdido muchas clases esta semana. No quiero faltar a más. Voy a ir a literatura y tú también. —Sonrío.

Pone los ojos en blanco pero asiente con la cabeza.

Llegamos justo antes de que empiece la clase y le cuento a Landon todo sobre las prácticas. Me felicita y me da un fuerte abrazo. Hardin, que es un maleducado, hace como si tuviera arcadas detrás de nosotros, y le pego una patada.

Al salir de clase, Hardin se queda con Landon y conmigo y hablamos de las hogueras de este viernes. Me cito con Landon en su casa a las cinco para cenar y luego nos iremos a las hogueras a las siete. Hardin permanece en silencio durante la conversación, y me pregunto si me acompañará. En cierto momento dijo que sí iría, pero estoy casi segura de que sólo lo decía por competir con Zed. Landon se despide cuando llegamos al estacionamiento y sigue su camino a pie y silbando.

—¡Scott! —llama alguien entonces.

Los dos nos volvemos y vemos a Nate y a Molly, que vienen hacia nosotros. Molly... Genial. Lleva una camiseta de tirantes y una falda roja de cuero. Sólo estamos a martes y ya va de zorra para toda la semana. Debería reservarse esos modelitos para los fines de semana.

—Hola —saluda Hardin, y se separa de mí.

—Hola, Tessa —me dice Molly.

Le devuelvo el saludo y me quedo de pie, incomodísima, mientras Hardin y Nate intercambian saludos.

—¿Estás listo? —le pregunta Nate, y entonces me queda claro que Hardin se ha citado aquí con ellos.

No sé por qué pensaba que íbamos a estar juntos. Está claro que no podemos pasar todo el tiempo juntos, pero al menos podría haberme dicho algo.

—Sí, estoy listo —contesta Hardin. Me mira—. Nos vemos, Tessa —dice como si nada, y se va con ellos.

Molly se vuelve y me mira con una sonrisa de cretina en su cara embadurnada de maquillaje. Se sube en el asiento del acompañante del coche de Hardin y Nate se acomoda detrás.

Y yo me quedo plantada en el asfalto preguntándome qué diablos acaba de pasar.

CAPÍTULO 58

Durante el paseo de vuelta a la residencia me doy cuenta de lo tonta que he sido al esperar que Hardin fuera distinto esta vez. Debería habérmelo imaginado. Debería haber sabido que era demasiado bueno para ser verdad. Hardin besándome delante de Landon. Hardin siendo amable y queriendo más. Hardin hablándome de su infancia. Debería haber sabido que, en cuanto sus amigos aparecieran, volvería a ser el Hardin al que detestaba hace tan sólo dos semanas.

—¡Eh, Tessa! ¿Te vienes esta noche? —me pregunta Steph en cuanto entro en nuestra habitación.

Tristan está sentado en la cama, mirándola con adoración. Ojalá Hardin me mirase a mí de ese modo.

—No, voy a estudiar —digo.

Es bonito saber que todo el mundo está invitado y, aun así, Hardin ha olvidado mencionarme la fiesta. Probablemente para poder pasar un rato con Molly sin distracciones.

—¡Vamos, mujer! Será divertido. Estará Hardin. —Me sonríe y me obligo a sonreírle.

—No, de verdad. Tengo que llamar a mi madre y preparar los trabajos de la semana que viene.

—¡Chismooooosa! —Se burla Steph agarrando su bolsa—. Como quieras. Estaré fuera toda la noche, llámame si necesitas algo.

Me da un abrazo de despedida y se marcha con Tristan.

Llamo a mi madre y le cuento lo de las prácticas y, como buena madre, le da mucho gusto que me hayan dado una oportunidad. No menciono a Hardin, pero sí a Ken, aunque le digo que es el futuro padrastro de Landon, cosa que es verdad. Me pregunta por Noah, pero me hago la tonta. Estoy sorprendida y agradecida de que Noah no se lo haya contado. No me debe nada, pero le agradezco la omisión. Después de escucharla hablar durante mil años sobre su nueva compañera de trabajo, que ella cree que está teniendo una aventura con el jefe, le digo que tengo que ponerme a estudiar y cuelgo. De inmediato empiezo a pensar en Hardin, como siempre. Mi vida era mucho más sencilla antes de conocerlo y ahora, después de..., es complicada y estresante, y o bien estoy muy feliz o bien siento esta quemazón en el pecho cuando me lo imagino con Molly.

Voy a volverme loca si me quedo aquí sentada, y sólo son las seis cuando me doy por vencida y dejo de estudiar. ¿Y si voy a dar una vuelta? Necesito ver a alguien. Tomo el teléfono y llamo a Landon.

—¡Hola, Tessa! —Parece animado, y me calma un poco la ansiedad.

—Hola, Landon, ¿estás ocupado?

—No, sólo estaba viendo el partido. ¿Por? ¿Pasa algo?

—No. Es que me preguntaba si podrías venir un rato... O, si a tu madre no le importa, podría ir a verlos y aceptar su oferta de enseñarme a hacer panquecitos. —Dejo escapar una leve risita.

—Claro. Le va a encantar. Voy a decirle que vas a venir.

—Bueno. El próximo autobús no sale hasta dentro de media hora, pero estaré ahí lo antes posible.

—¿El autobús? Ah, sí. Se me olvidaba que aún no has encontrado un coche. Iré a recogerte.

—No, no hace falta, de verdad. No quiero ser una molestia.

—Tessa, no son ni veinte kilómetros. Salgo hacia allí —dice, y accedo.

Tomo la bolsa y miro la pantalla del celular por última vez. Pues claro que Hardin ni me ha escrito ni ha llamado. Odio cómo dependo de él. No quiero obsesionarme.

Decido emanciparme y apago el teléfono. Si lo dejo encendido, me volveré loca mirándolo cada cinco minutos. Lo mejor será que lo deje en la habitación, así que lo guardo en el cajón de arriba del mueble antes de salir a esperar a Landon en la entrada.

Aparece unos minutos más tarde y toca el claxon. Bajo de la banqueta de un brinco al oírlo, sorprendida, y los dos nos reímos mientras subo al coche.

—Mi madre lo ha organizado muy bien. Prepárate para una clase con todo lujo de detalles.

—¿Sí? ¡Me encantan los detalles!

—Lo sé, en eso nos parecemos —dice encendiendo el radio.

Escucho los compases familiares de una de mis canciones favoritas.

—¿Puedo subir el volumen? —pregunto, y asiente.

—¿Te gusta The Fray? —dice sorprendido.

—¡Sí! ¡Es mi grupo favorito! Me encantan. ¿A ti te gustan?

—¡Claro! ¿A quién no? —Se echa a reír.

Estoy a punto de decirle que a Hardin no le gustan, pero decido callarme.

Cuando llegamos a su casa, Ken nos recibe en la puerta con una acogedora sonrisa. Espero que no estuviera esperando que viniera con Hardin, pero no veo ni rastro de decepción en su rostro. Le devuelvo la sonrisa.

—Karen está en la cocina. Estás advertida —me dice en tono travieso.

No bromeaba. Karen tiene la gigantesca isleta de cocina llena de moldes, cuencos y un montón de artilugios que no sé ni qué son.

—¡Tessa! ¡Estoy terminando de prepararlo todo! —Está resplandeciente de felicidad, y con una mano me señala todos los extraños utensilios.

—¿Puedo ayudarla con algo?

—De momento, no. Casi he terminado... Ya, listo.

—Espero no haber avisado de que iba a venir con muy poca antelación.

—Ay, no, cielo. Aquí siempre eres bienvenida —me asegura, y se nota que lo dice de corazón.

Me pasa un delantal y me recojo el pelo en un chongo en la coronilla. Landon se sienta en la bancada y nos habla un par de minutos mientras Karen me enseña todos los ingredientes necesarios para hacer panquecitos caseros. Los echo en el robot de cocina y lo dejo trabajar al mínimo.

—Ya me siento como una profesional —digo.

Me río y Landon se acerca y me pasa la mano por la mejilla.

—Perdona, es que te habías manchado de harina. —Se ruboriza y sonrío.

Empiezo a verter la masa de los panquecitos en los moldes. Cuando termino, los metemos en el horno y hablamos de la universidad y de nuestra casa. Landon abandona la «plática de mujeres» y se va a ver terminar el partido.

Nos perdemos en la conversación mientras nuestras creaciones se hornean y se enfrían y, cuando Karen me dice que es hora de ponerles la cobertura, los miro y me siento muy orgullosa de cómo han salido los míos. Karen me enseña a usar la manga pastelera para dibujar una letra «L» encima de un panquecito, y lo reservo para Landon. Ella, que es una experta, dibuja flores y hojas de pasto en los suyos. Yo hago lo que puedo con los míos.

—La próxima vez haremos galletas. —Sonríe y coloca los panquecitos en un refractario.

—Por mí, genial —le digo, y le doy una mordida a uno de mis panquecitos.

Mientras Karen arregla los panquecitos para que luzcan en la fuente, me pregunta:

—¿Dónde está Hardin?

Mastico muy despacio mientras intento comprender por qué ha tenido que preguntarme eso.

—En su casa —me limito a responder.

Ella frunce el ceño pero no insiste.

Landon reaparece entonces en la cocina y Karen sale para llevarle unos panquecitos a Ken.

—¿Ésa es para mí? —pregunta Landon sosteniendo el panquecito con la «L» mal hecha.

—Sí, tengo que mejorar mucho con la manga pastelera.

Le da una mordida.

—Lo importante es que está muy rico —dice con la boca llena.

Me río, y él se limpia la boca.

Mientras me como otro panquecito, Landon me habla del partido. Me importa un comino, pero es muy lindo y finjo escucharlo. Mi mente viaja otra vez hacia Hardin y me quedo mirando por la ventana.

—¿Te encuentras bien?

Landon me saca de mi ensimismamiento.

—Sí, perdona. Estaba prestando atención... al principio. —Sonrío a modo de disculpa.

—No pasa nada. ¿Es por Hardin?

—Sí... ¿Cómo lo sabes?

—¿Dónde está?

—En la fraternidad. Celebran una fiesta esta noche... —empiezo a decir, y luego decido contárselo todo—. Y no me ha dicho nada. Ha quedado con sus amigos y se ha despedido con un «Nos vemos, Tessa». Me siento como una idiota sólo de decirlo, sé que parezco imbécil, pero es que me está volviendo loca. Solía meterse con esa chica, Molly, y ahora está con él y no me ha dicho qué somos... Si es que somos algo —añado con un pesado suspiro.

—Pero ¿ustedes no están saliendo? —pregunta Landon.

—Ya... Bueno, eso pensaba yo, pero ahora ya no lo sé.

—Y ¿por qué no intentas hablar con él? ¿O vas a la fiesta?

Lo miro.

—No puedo ir a la fiesta.

—¿Por qué no? Ya has estado en sus fiestas, y Hardin y tú están saliendo, o lo que sea, y tu compañera de habitación estará allí. Si yo fuera tú, iría.

—¿De verdad? Steph me ha invitado... pero no sé.

Quiero ir sólo para ver si Hardin está con Molly, pero pareceré una idiota cuando llegue allí.

—Yo creo que deberías ir.

—¿Vienes conmigo? —pregunto.

—Ah, no, no. Lo siento, Tessa. Somos amigos, pero no, gracias.

Sabía que no iba a querer, pero tenía que intentarlo.

—Creo que yo sí voy a ir. Al menos, para hablar con él.

—Bien. Pero será mejor que primero te limpies la harina de la cara.

Suelta una carcajada y le pego en el brazo. Me quedo un rato más con Landon. No quiero que piense que sólo lo he estado utilizando para que me acompañara a la fiesta, aunque sé que en realidad él no piensa eso.

—Buena suerte. Llámame si me necesitas —me dice cuando me bajo del coche delante de la fraternidad.

Luego se va y pienso que es irónico que me haya dejado el celular en la residencia para no pensar en Hardin y, aun así, he acabado presentándome en su casa.

Hay un grupo de chicas ligeras de ropa en el jardín y, al verlas, contemplo mi atuendo: *jeans* y chamarra de punto. Apenas me he maquillado y llevo el pelo recogido en la nuca. «Pero ¿en qué estaría pensando cuando he decidido venir aquí?»

Me trago la ansiedad y entro en la casa. No veo a nadie conocido excepto a Logan, que se está bebiendo un trago del cuerpo de una chica que sólo lleva ropa interior. Entro en la cocina y alguien me pasa un vaso de plástico de alcohol puro. Me lo bebo. Si voy a enfrentarme a Hardin, necesito alcohol. Me abro paso entre la multitud que abarrota la sala de estar, hacia el sillón en el que su grupo suele sentarse. Entre cuerpos y espaldas, aparece el pelo rosa de Molly...

Y me pongo mala en cuanto veo que no está sentada en el sillón, sino en el regazo de Hardin, que tiene la mano en su muslo mientras ella está recostada encima de él, riéndose con sus amigos como si fuera lo más normal del mundo.

¿Cómo me he metido en esto? Debería haberme mantenido bien lejos de él. Lo sabía y ahora lo tengo delante, restregándomelo por la cara. Debería irme. Éste no es mi sitio y no quiero volver a llorar delante de esta gente. Estoy harta de llorar por Hardin, y estoy harta de intentar convertirlo en lo que no es. Cada vez que pienso que he tocado fondo, hace algo que me lleva a pensar que no tenía ni idea del dolor que causan los sentimientos no correspondidos. Veo que Molly toma la mano de Hardin. Él la aparta pero sólo para ponérsela en la cadera y apretar para hacerle cosquillas. Ella se ríe. Intento obligarme a moverme, a retroceder, a echar a correr, a hacerme una bola... Lo que sea con tal de salir de aquí. Pero mis ojos no se apartan del chico del que me estaba enamorando mientras él no le quita el ojo de encima a ella.

—¡Tessa! —me llama alguien entonces.

Hardin se vuelve y sus ojos verdes encuentran los míos. Los abre como platos. Molly mira en mi dirección y se pega más a Hardin, que abre los labios como si fuera a decir algo pero no dice nada.

Zed aparece a mi lado y por fin consigo desviar la mirada de la de Hardin. Intento sonreír, pero tengo todas mis energías empleadas en no convertirme en un mar de lágrimas.

—¿Quieres beber algo? —me pregunta.

Bajo la mirada. «¿Yo no llevaba un vaso de plástico en la mano?»

El vaso está en el suelo. La cerveza se ha derramado en la alfombra. Doy un paso atrás. Normalmente lo limpiaría y pediría perdón, pero ahora mismo voy a fingir que no he sido yo. Aquí hay tanta gente que nadie lo notará.

Tengo dos opciones: puedo salir corriendo de aquí con lágrimas en los ojos y dejar que Hardin sepa que me ha hecho daño, o puedo hacerme la valiente y actuar como si me importaran un comino él y el modo en que Molly sigue acurrucada en su regazo.

Me decido por la segunda opción.

—Me encantaría —digo con voz forzada.

CAPÍTULO 59

Acompaño a Zed a la cocina, mentalizándome de que voy a sobrevivir a esta fiesta. Quiero ir a donde está Hardin y maldecirlo, decirle que no vuelva a hablarme en la vida, darle una buena cachetada y arrancarle a Molly el pelo rosa de la cabeza. No obstante, es probable que se limite a reírse de mí en mi cara, así que decido beberme de un trago el vodka sour de cereza que me prepara Zed y pedirle otro. Hardin me ha arruinado demasiadas noches, y me niego a ser la imbécil otra vez.

Zed me prepara otro vodka sour pero, cuando vuelvo a entregarle la copa vacía a los pocos minutos, se ríe y levanta las manos.

—Eh, baja el ritmo, muchacha, que ya llevas dos.

—Es que están muy buenos. —Me río y relamo la última gota de cereza de mis labios.

—Está bien, pero éste te lo tienes que beber más despacio, ¿sí?

Asiento, me prepara otro y dice:

—Creo que vamos a jugar a otra ronda de Verdad o reto.

«Pero ¿qué le pasa a esta gente con el pinche Verdad o reto?» Pensaba que uno dejaba de jugar a estos estúpidos juegos de Reto al acabar el instituto. Vuelve a dolerme el pecho y no puedo dejar de pensar en la cantidad de cosas a las que Hardin y Molly se habrán retado ya esta noche.

—¿Qué me he perdido en la última ronda? —pregunto con la sonrisa más coqueta que soy capaz de componer.

Es probable que parezca una loca, pero Zed me sonríe. Parece que funciona.

—Sólo a un puñado de borrachos besuqueándose, lo de siempre —responde encogiéndose de hombros.

El nudo que tengo en la garganta sube, pero me lo trago junto con la bebida. Suelto una risa falsa y sigo bebiendo sin parar mientras regresamos junto a los demás. Zed se sienta en el suelo, en diagonal con respecto al sitio que Hardin y Molly ocupan en el sillón. Me siento a su lado, más cerca de lo que me sentaría normalmente, pero ésa es la idea. Una parte de mí daba por sentado que ya se habría quitado a Molly de encima, pero no. Así que me acerco todavía más a Zed.

Hardin entorna los ojos hasta que son dos rayitas oscuras pero hago como si no lo viera. Molly sigue en sus brazos como la zorra que es, y Steph me lanza una mirada comprensiva y luego se queda mirando a Hardin. El vodka empieza a hacer efecto para cuando le toca a Nate.

—¿Verdad o reto? —dice Steph.

—Verdad —contesta.

Ella pone los ojos en blanco.

—Cobarde. —Su colorido lenguaje nunca deja de sorprenderme—. Bueno... ¿Es verdad que la semana pasada orinaste en el ropero de Tristan? —pregunta, y todos se echan a reír menos yo. No tengo ni idea de qué están hablando.

—¡No! ¡Güey, ya les he dicho que no fui yo! —gruñe, y todo el mundo se dobla de la risa.

Zed me mira y me guiña un ojo entre las carcajadas de todos.

No me había dado cuenta antes, pero está bueno. Está muy bueno.

—¿Juegas, Tessa? —me pregunta Steph.

Asiento. Levanto la vista para ver a Hardin y compruebo que me está mirando. Le sonrío y vuelvo a mirar a Zed. El ceño fruncido de Hardin me alivia un poco la presión que siento en el pecho. Debería sentirse tan mal como yo.

—Bueno, ¿verdad o reto? —pregunta Molly.

Obvio, tenía que ser ella la que me retara.

—Reto —digo con valentía. Sólo Dios sabe lo que me hará hacer.

—Te reto a que beses a Zed.

Se oyen algunas risitas nerviosas y gritos quedos.

—Ya sabemos lo que opina de los besos; elige a otra persona —masculla Hardin.

—No pasa nada —replico. Si quiere jugar, jugaremos.

—No creo que... —insiste él.

—Cierra el hocico, Hardin —interviene Steph, y me infunde valor con su sonrisa.

No me puedo creer que haya accedido a besar a Zed, y eso que es uno de los hombres más atractivos que he visto. Sólo he besado de verdad a Noah y a Hardin; imagino que Johnny en tercero de primaria no cuenta, más que nada, porque sabía a pegamento.

—¿Estás segura? —me pregunta Zed. Está intentando parecer preocupado, pero veo en sus rasgos perfectos que no le disgusta la idea.

—Segura —digo.

Toma otra copa y me obligo a no mirar a Hardin, no sea que cambie de opinión. Todas las miradas están puestas en nosotros. Zed se me acerca para besarme. Está frío por el hielo de su copa, y su lengua sabe a jugo de cereza. Sus labios son suaves y firmes a la vez, y su lengua se mueve con destreza con la mía. Noto ese calor en el vientre, no tan intenso como con Hardin, pero es tan agradable que cuando Zed me agarra de la cintura, los dos nos ponemos de rodillas para...

—¡Eh, ya está bien, chinga!... Ha dicho que se besen, no que cojan delante de todo el mundo —protesta Hardin.

Molly le dice que se calle.

Lo miro. Está enojado, más que enojado. Él se lo ha buscado.

Me separo de Zed y noto que se me sonrojan las mejillas cuando todo el mundo se nos queda mirando. Steph levanta dos hermosos pulgares en mi dirección pero yo agacho la cabeza. Zed parece estar muy contento y yo me siento avergonzada pero más que satisfecha con la reacción de Hardin.

—Tessa, te toca retar a Tristan —dice Zed.

Tristan elige reto, así que le lanzo el reto menos imaginativo posible y lo dejo seguir a él.

—Zed, ¿verdad o reto? —pregunta Tristan.

Me termino la bebida y, cuanto más bebo, más se adormecen mis emociones.

—Reto —responde Zed, y Steph le susurra a Tristan al oído algo que lo hace sonreír.

—Te reto a que te lleves a Tessa diez minutos arriba —dice Tristan, y yo me atraganto. Esto ya es demasiado.

—¡Muy bueno! —exclama Molly, y se ríe de mí.

Zed me mira como preguntándome si me parece bien. Sin pensar, me pongo en pie y le tomo la mano. Parece tan sorprendido como los demás, pero se levanta.

—Esto no es Verdad o reto —suelta Hardin—, esto es... Eh... Puf, esto es una pendejada.

—Y ¿qué más da? Los dos están solteros y es divertido. ¿A ti qué te importa?—le dice Molly.

—A mí... me da igual. Sólo que creo que es ridículo —replica Hardin, y me duele el pecho otra vez.

Salta a la vista que no tiene pensado decirles a sus amigos que somos..., que éramos... lo que fuéramos. Me ha estado utilizando todo el tiempo, sólo he sido una más para él. He sido una tonta, una reverenda tonta, por creer lo contrario.

—Bueno, por suerte no es asunto tuyo, Hardin —salto, y me llevo a Zed de la mano.

«¡Tómala!», «¡Carajo!», oigo decir a algunos, y Hardin les suelta un improperio mientras Zed y yo hacemos mutis por el foro.

Encontramos un dormitorio cualquiera al subir la escalera, él cierra la puerta y enciende la luz.

Ahora que estoy lejos de Hardin empieza a ponerme muy, muy nerviosa estar a solas con Zed. Por muy enojada que esté, no quiero meterme con él. Bueno, no es que no quiera, es que no sé si debo. No soy esa clase de chica.

—¿Qué quieres hacer? —pregunto con vocecita chillona.

Se echa a reír y me lleva a la cama.

«Ay, madre.»

—¿Y si hablamos un rato? —dice, y asiento y miro el suelo—. No es que no quiera hacer otras muchas cosas contigo, pero estás borracha y no quiero aprovecharme de ti.

Trago saliva.

—¿Sorprendida? —Me sonríe y me echo a reír.

—Un poco —confieso.

—¿Por qué? No soy un cabrón como Hardin —dice, y aparto la mirada otra vez—. Por un instante pensé que entre él y tú había algo.

—No... Sólo somos... Bueno, éramos amigos. Pero ya no. —No quiero admitir lo idiota que he sido por tragarme las mentiras de Hardin.

—¿Sigues viendo a tu novio del instituto?

Es un alivio no tener que hablar de Hardin. Me relajo y contesto:

—No, hemos roto.

—Vaya, qué lástima. Era un tipo con suerte —me dice con una sonrisa muy dulce.

Zed es encantador. De repente estoy mirando esos ojos de color caramelo; tiene las pestañas más largas que yo.

—Gracias —digo.

—A lo mejor podría invitarte a salir algún día, una cita de verdad... Nada que se parezca a un dormitorio en una fiesta de fraternidad —dice, y se echa a reír nervioso.

—Hum... —No sé qué decir.

—¿Y si vuelvo a preguntártelo mañana, cuando estés sobria?

Es mucho más lindo de lo que imaginaba. Normalmente los chicos que son así de guapos son unos cabrones... Como Hardin.

—Hecho.

Vuelve a tomarme de la mano.

—¡Estupendo! Será mejor que regresemos con los demás.

Cuando llegamos abajo, Hardin y Molly aún están en el sillón, pero ahora él tiene una copa en la mano y Molly ha movido las piernas para rodearlo por un lado con ellas. Los ojos de Hardin se clavan en mi mano entrelazada con la de Zed, y la retiro sin pensar. Luego la vuelvo a agarrar. Hardin aprieta los dientes y yo miro a la gente de la fiesta.

—¿Qué tal ha ido? —sonríe Molly con malicia.

—Muy divertido —contesto.

Zed no dice nada. Más tarde le daré las gracias por no haberme corregido.

—Le toca a Molly —anuncia Nate mientras Zed y yo nos sentamos otra vez en el suelo.

—¿Verdad o reto? —pregunta Hardin.

—Reto, por supuesto.

Hardin me mira a los ojos y dice:

—Te reto a que me beses.

El corazón deja de latirme en el pecho. Se detiene. Es mucho más cabrón de lo que imaginaba. Me zumban los oídos. Molly me mira muy ufana y se abalanza sobre Hardin. Toda la furia que sentía hace un momento se esfuma y la sustituye el dolor, un dolor que arrasa con todo, y las lágrimas me queman las mejillas. No puedo seguir viéndolo. No puedo.

En cuestión de segundos me he puesto de pie y estoy abriéndome paso a empujones entre el gentío. Zed y Steph me llaman pero todo me da vueltas y, cuando cierro los ojos, sólo veo a Molly y a Hardin. Tropiezo con la gente pero no miro atrás. Por fin llego a la puerta y el aire fresco me llena los pulmones y me devuelve a la realidad.

«¿Cómo puede ser tan cruel?»

Bajo corriendo los escalones que conducen a la banqueta. Tengo que largarme de aquí. Desearía no haberlo conocido. Desearía haber tenido otra compañera de habitación. Incluso desearía no haber venido nunca a estudiar a la WCU.

—¡Tessa!

Volteo al oírlo, convencida de que son imaginaciones mías, hasta que veo a Hardin, que corre hacia mí.

CAPÍTULO 60

Nunca he sido deportista, pero voy a tope de adrenalina y corro pies para qué los quiero. Llego al final de la calle pero empiezo a cansarme. ¿Adónde diablos voy? No recuerdo cuál es el camino que tomé la última vez para volver a la residencia y, como una estúpida, me he dejado el celular en la habitación. Por demostrarme no sé qué a mí misma. Porque soy independiente y no necesito a Hardin. Hardin, que me pisa los talones y grita:

—¡Tessa, espera!

Y me paro. Freno en seco.

«¿Por qué huyo de él? Es él quien tiene que explicarme por qué sigue jugando conmigo de este modo.»

—¿Qué te ha dicho Zed?

«¿Perdona?»

Me vuelvo para mirarlo. Lo tengo sólo a unos metros y su expresión es de sorpresa. No esperaba que parase de correr.

—Oye... —Por una vez se ha quedado sin habla—. ¿Qué te ha contado Zed?

—Nada. ¿Acaso tiene algo que contarme?

Doy otro paso hacia él, ahora estamos frente a frente. El enojo me llega en oleadas.

—Lo siento, ¿está bien? —dice en voz baja.

Me mira a los ojos y estira la mano para tomar la mía, pero la aparto. Aunque no responde a mi pregunta sobre Zed, estoy demasiado encabronada para que me importe.

—¿Que lo sientes? ¿Lo sientes? —repito, y mi voz suena a carcajada.

—Sí, lo siento.

—Vete al infierno, Hardin.

Empiezo a andar pero me toma del brazo. Es la gota que colma el vaso. Mi mano levanta el vuelo y lo abofeteo, con fuerza. Me sorprende mi propia violencia tanto como a él y casi quiero disculparme por haberle pegado, pero el daño que me ha hecho supera con creces una mejilla colorada.

Se lleva la mano a la cara y se frota lentamente la piel enrojecida. Me mira. La ira y la confusión brillan en sus ojos.

—Pero ¿qué chingados te pasa? ¡Tú has besado a Zed primero! —me grita.

Pasa un coche y el conductor nos mira, pero me da igual. Me da igual si armamos una escena.

—Pero ¿cómo tienes la cara de echarme a mí la culpa? ¡Me has mentido y has jugado conmigo como si fuera estúpida, Hardin! Justo cuando empezaba a pensar que podía confiar en ti, ¡vas y me humillas! Si lo que querías era estar con Molly, ¿por qué no me has dicho que te dejara en paz? Pero no, en vez de eso, me vienes con el cuento de que quieres más y me suplicas que pase la noche contigo, ¡sólo para utilizarme! ¿Por qué? ¡¿Qué te has ganado aparte de una mamada?! —le grito. La palabra suena rara saliendo de mi boca.

—¿Qué? ¿Eso crees que estaba haciendo? ¿Crees que te estaba utilizando? —replica.

—No. No es que lo crea, Hardin, es que lo sé. Pero ¿sabes qué? Se acabó. Estoy harta, estoy más que harta. ¡Cambiaré de residencia si es necesario con tal de no tener que volver a verte!

Lo he dicho muy en serio. No necesito que esta gente me amargue más la vida.

—Estás exagerando —dice como si nada, y me cuesta lo inimaginable no volver a madrearle la cara.

—¿Que estoy exagerando? No les has hablado a tus amigos de nosotros, no me dijiste que había una fiesta y luego me dejas tirada en el estacionamiento como a una imbécil y te vas con Molly. ¡Con Molly! Entonces vengo aquí y me la encuentro sentada en tu regazo, y encima vas y la besas delante de mis narices, Hardin. Creo que mi reacción está más que justificada —digo, aunque mi voz acaba siendo un suspiro hastiado.

Me seco las lágrimas de los ojos y parpadeo mirando al cielo nocturno.

—¡Tú también has besado a Zed delante de mí! —ruge—. ¡Y no te he dicho que había una fiesta porque no tengo por qué contártelo! De todas formas, no habrías querido venir. Habrías preferido quedarte en tu cuarto estudiando o mirando las musarañas.

Miro su figura borrosa a través de mis ojos llorosos y simplemente le pregunto:

—¿Por qué pierdes el tiempo conmigo? ¿Para qué te has molestado en seguirme, Hardin?

Su silencio me da la respuesta.

—Ya, eso mismo pensaba yo —añado—. Creías que vendrías, te disculparías y yo aceptaría seguir siendo un secreto, tu novia aburrida escondida en el ropero. Pues te equivocas. Confundes mi amabilidad con debilidad y te vas a llevar un buen chasco.

—¿Mi novia? ¿Has pensado que eras mi novia? —exclama.

Sus palabras multiplican por mil el dolor que siento en el pecho; casi ni me tengo de pie.

—No... Yo... —Quiero decir algo, pero no sé qué.

—¿Pensabas que eras mi novia? —dice riéndose a carcajadas.

—Mira, pues sí —confieso. Ya me ha humillado de lo lindo, así que no tengo nada que perder—. Me soltaste ese cuento de que querías más y te creí. Me tragué todo lo que me dijiste, todas las cosas que decías que nunca le habías contado a nadie... Aunque imagino que también era mentira. Estoy segura de que nada de eso ha pasado en realidad. —Me encojo de hombros abatida—. Pero ¿sabes qué? Ni siquiera estoy enojada contigo. Estoy enojada conmigo misma por haberte creído. Sabía cómo eras antes de que empezara a enamorarme de ti, y sabía que ibas a hacerme daño. ¿Cómo fue eso que me dijiste?, ¿que ibas a «destruirme»? No, que ibas a «acabar conmigo...» Pues enhorabuena, Hardin. Tú ganas —sollozo.

El dolor le nubla la mirada... Bueno, parece dolor. Probablemente sea que le parezco chistosa.

Me da igual ganar o perder o jugar a todos estos jueguecitos absurdos. Doy media vuelta y echo a andar otra vez hacia la casa; seguro que allí podré encontrar a alguien que me preste su celular para llamar a Landon o conseguir que alguien me lleve a la residencia.

—¿Adónde vas? —pregunta.

Me duele que no tenga nada que decir, que no me haya ofrecido una explicación. Sólo me ha confirmado lo que yo ya sabía, que no tiene corazón.

Camino más deprisa, ignorándolo. Me sigue, me llama un par de veces pero me niego a dejarme engatusar de nuevo por su voz.

Cuando llego a los escalones de la entrada de la fraternidad, me encuentro con el pelo rosa de Molly.

—¡Anda, mira, si te está esperando y todo. Son perfectos el uno para el otro! —le grito a Hardin sin volver la vista atrás.

—No es verdad, y lo sabes —gruñe él.

—Lo único que sé es que no sé nada —replico subiendo los peldaños de dos en dos.

Zed aparece entonces en la puerta y corro a su lado.

—¿Me dejas usar tu celular, por favor? —le suplico, y él asiente.

—¿Te encuentras bien? He salido a buscarte pero no te he visto —me dice.

Hardin se planta delante de nosotros mientras yo llamo a Landon y le pido que venga a recogerme. Zed y Hardin se miran a la cara un segundo cuando me oyen pronunciar el nombre de Landon, luego Zed desvía la mirada de Hardin y me mira a mí.

—¿Va a venir? —pregunta en tono preocupado.

—Sí, llegará dentro de unos minutos. Gracias por prestarme el teléfono —le digo ignorando a Hardin.

—No hay de qué. ¿Quieres que me quede a esperarlo contigo? —añade.

—No, yo me quedo con ella —interviene Hardin con la voz cargada de veneno.

—Me encantaría que te quedaras, Zed —digo, y empiezo a bajar los escalones con él.

Hardin, que es un cabrón, nos sigue y se queda detrás de nosotros. Es todo muy incómodo. Steph, Tristan y Molly aparecen también.

—¿Estás bien? —me pregunta Steph.

—Sí —digo asintiendo con la cabeza—. Pero me voy ya. No debería haber venido.

Cuando Steph me abraza, Molly susurra por lo bajo:

—En eso tienes razón.

Vuelvo la cabeza en su dirección en cuanto termina la frase. Odio los enfrentamientos, pero a Molly la odio mucho más.

—Pues mira, ahí le has atinado —le grito—. ¡No debería estar aquí! No soy tan aficionada como tú a emborracharme y a restregarme con todo lo que respira.

—¿Perdona? —replica ella.

—Ya me has oído.

—¿A ti qué te pasa? ¿Te encabrona que haya besado a Hardin? Porque, verás, bonita, yo beso a Hardin cuando quiero —presume.

El color se me va de la cara. Miro a Hardin, que no dice nada. ¿Ha estado todo este tiempo mediéndose con Molly? No me sorprende. Ni siquiera sé cómo responderle. Intento pensar en una buena contestación, pero la verdad es que no se me ocurre nada. Estoy segura de que en cuanto me vaya me vendrán como cincuenta a la cabeza, pero ahora mismo me he quedado en blanco.

—Vayamos adentro —sugiere Tristan llevando a Molly y a Steph del brazo. Intento dirigirle una sonrisa de agradecimiento en cuanto echan a andar.

—Tú también, Hardin. No te quiero ni ver —le digo mirando a la calle.

—No la he besado, al menos no últimamente. Sólo esta noche, lo juro —dice él.

«¿Por qué lo dice delante de todo el mundo?»

Molly se vuelve.

—Me importa una mierda con quién vayas besuqueándote por ahí. Ahora piérdete —repito.

Siento un gran alivio cuando finalmente veo el coche de Landon.

—Gracias otra vez —le digo a Zed.

—De nada. No olvides lo que hemos hablado —me dice esperanzado, recordándome nuestra supuesta cita.

—Tessa... —me llama Hardin mientras camino hacia el coche. Como lo ignoro, grita mi nombre con más fuerza—: ¡Tessa!

—¡No tengo nada más que decirte, Hardin! No pienso volver a escuchar tus mentiras. ¡Déjame en paz de una maldita vez! —grito volviéndome para mirarlo a la cara.

Soy consciente de que todo el mundo nos está mirando, pero ya no puedo más.

—Tessa..., yo... yo...

—¿Qué? ¡¿Qué, Hardin?! —grito aún más alto.

—Yo... ¡Te quiero! —grita.

Y me quedo sin aire en los pulmones.

Y a Molly parece que le va a dar un soponcio.

Y Steph parece que ha visto un fantasma.

Durante unos segundos nadie se mueve, como si hubiera pasado un extraterrestre y nos hubiera congelado tal cual. Cuando por fin consigo hablar, digo en voz baja:

—Estás enfermo, Hardin. Eres un maldito enfermo.

A pesar de que sé que esto forma parte de su jueguecito, oírlo pronunciar esas palabras me remueve algo por dentro. Me dispongo a abrir la puerta del coche de Landon, pero Hardin me toma la mano.

—Lo digo de verdad —dice—. Te quiero. Sé que no me crees, pero es la verdad. Te quiero.

Se le llenan los ojos de lágrimas. Aprieta los labios y se cubre el rostro con las manos. Da un paso atrás, luego otro hacia adelante, y cuando baja las manos sus ojos verdes parecen sinceros, asustados.

Hardin... Es un gran actor, mejor de lo que creía. No me puedo creer que esté armando este circo delante de todo el mundo.

Le doy un empujón para quitármelo de encima y abro la puerta del coche. Pongo el seguro antes de que recupere el equilibrio. Landon arranca y se pone en marcha. Hardin golpea con los puños la ventanilla y yo me tapo la cara con las manos para que no me vea llorar.

CAPÍTULO 61

Cuando por fin dejo de llorar, Landon me pregunta en voz baja:

—¿Le he oído decir que te quiere?

—Sí... Yo qué sé... Sólo estaba intentando montarme un número o a saber —digo casi echándome a llorar otra vez.

—¿Tú crees que...? En fin, no te enojes conmigo, pero... ¿Crees que lo ha dicho en serio? ¿Que de verdad... te quiere?

—¿Qué? Pues claro que no. Ni siquiera estoy segura de que le guste. Cuando estamos los dos solos cambia por completo y entonces pienso que le importo. Pero sé que no me quiere. Sólo se quiere a sí mismo, es incapaz de querer a nadie más —le explico.

—Estoy de tu parte, Tessa —contesta Landon—. Pero deberías haber visto la cara que ha puesto cuando nos íbamos... Parecía que le habían roto el corazón. Y eso sólo pasa si estás enamorado.

Eso no puede ser verdad. Yo he notado cómo se me partía el corazón cuando ha besado a Molly, pero no estoy enamorada de él.

—¿Tú lo quieres?

—No, no lo quiero... Es... es un cabrón. No hace ni dos meses que lo conozco, y la mitad de ese tiempo... en realidad, todo ese tiempo, no hemos hecho más que pelearnos. No puedes estar enamorado de alguien que conoces de hace dos meses. —Mi voz suena cansada y atropello las palabras—. Además, es un pendejo.

—Eso ya lo has dicho —replica Landon, y noto que una sonrisa asoma a sus labios aunque intenta mantener una expresión neutral.

No me gusta la opresión que siento en el pecho mientras hablamos de si quiero a Hardin. Me da ganas de vomitar, y el interior del coche se me hace mucho más pequeño. Bajo un poco la ventanilla y pego la cara al cristal para sentir la pequeña corriente de aire.

—¿Quieres que vayamos a mi casa o a tu residencia? —me pregunta.

Quiero ir a la residencia y hacerme un ovillo en la cama, pero me da miedo que Steph o Hardin aparezcan. La probabilidad de que Hardin se presente en casa de su padre es remota, por tanto, es la mejor opción.

—A tu casa, pero ¿te importa si pasamos por la residencia para que agarre algo de ropa? Perdóname por tenerte llevándome de un lado a otro.

—Tessa, es un trayecto corto y eres mi amiga. Deja de darme las gracias y de pedirme disculpas —dice muy serio, pero su dulce sonrisa hace que me entren ganas de reír.

Es la mejor persona que he conocido aquí, y soy afortunada por tenerlo.

—Bueno, pues vas a tener que dejar que te dé las gracias una vez más, la última, por ser tan buen amigo —le digo, y frunce el ceño juguetón.

—De nada. Ahora, a otra cosa.

Me apresuro a recoger mi ropa y mis libros. Es como si ya nunca estuviera en mi habitación. Es la primera vez en varios días que no duermo con Hardin. Estaba empezando a acostumbrarme, tonta de mí. Saco el celular de la bolsa y vuelvo al coche de Landon.

Cuando llegamos a su casa son las once pasadas. Estoy agotada y agradecida de que Ken y Karen ya estén acostados. Landon mete una pizza en el horno y yo me como otro panquecito de los de antes. Parece que han pasado semanas, y no horas, desde que estuve aquí haciendo panquecitos con Karen. Ha sido un día muy largo y había empezado muy bien, con Hardin, las prácticas... Y luego va y lo estropea, igual que hace siempre.

Nos comemos la pizza, subimos al piso de arriba y Landon me lleva a la habitación de invitados donde dormí la otra vez. Bueno, en realidad no llegué a dormir porque me despertaron los gritos de Hardin. El tiempo no tiene ni pies ni cabeza desde que lo conocí; todo ha pasado tan deprisa, y me marea pensar en los buenos momentos y en cómo están repartidos entre muchísimas peleas y discusiones. Le doy las gracias a Landon otra vez, me pone mala cara y se retira a su habitación.

Enciendo el celular y me encuentro un montón de mensajes de Hardin, de Steph y de mi madre. Los borro todos sin leerlos menos los de mi madre. Ya sé lo que dicen y ya he tenido bastante por hoy. Les quito el sonido a los avisos de mensajes y notificaciones, me pongo la pijama y me acuesto.

Es la una de la madrugada y tengo que levantarme dentro de cuatro horas. Mañana va a ser un día muy largo. Si no fuera porque hoy he faltado a clase, me quedaría en casa, o más bien, aquí. O regresaría a la residencia. ¿Por qué tuve que convencer a Hardin de que volviera a literatura? Doy mil vueltas; me levanto para mirar la hora: son casi las tres. A pesar de que hoy ha sido uno de los mejores, y de los peores días de mi vida, estoy demasiado cansada para dormir.

Antes de darme cuenta de lo que hago, estoy en la puerta de la habitación de Hardin. Y entro. No hay nadie cerca para juzgarme, así que abro el segundo cajón y agarro una camiseta blanca. Se nota que está sin estrenar, pero me da igual. Me quito la mía y me pongo ésta. Me tumbo en la cama y hundo la cara en la almohada. La fragancia fresca de Hardin llena mis fosas nasales y por fin me duermo.

CAPÍTULO 62

Cuando me despierto, tardo un segundo en recordar que no estoy en la cama con Hardin. El sol brilla pacíficamente en la ventana y de repente veo que hay alguien. Me incorporo a toda velocidad para orientarme. Mis ojos se acostumbran a la luz y estoy segura de que he perdido la cabeza.

—¿Hardin? —digo en voz baja restregándome los ojos.

—Hola —responde desde su sillón orejero, con los codos apoyados en las rodillas.

—¿Qué demonios haces tú aquí? —salto. Me duele el corazón.

—Tessa, tenemos que hablar —dice. Tiene unas bolsas enormes bajo los ojos.

—¿Has estado observándome mientras dormía? —pregunto.

—No, claro que no. Acabo de llegar —repone.

Me pregunto si ha tenido pesadillas sin mí. Si no las hubiera visto en vivo y en directo, pensaría que son parte de sus jueguecitos, pero recuerdo su cara sudorosa entre mis manos y la mirada de pánico en sus ojos verdes.

Me quedo callada. No quiero discutir con él. Sólo quiero que se vaya. Bueno, lo cierto es que no quiero que se vaya y lo odio, pero tiene que irse.

—Tenemos que hablar —repite.

Cuando niego con la cabeza, se pasa las manos por el pelo e inspira hondo.

—Tengo clase —le digo.

—Landon ya se ha ido. Te he quitado la alarma del celular. Ya son las once.

—¡¿Que has hecho qué?!

329

—Estuviste despierta hasta tarde y creía que... —empieza a decir.

—¿Cómo te atreves a...? Vete.

Tengo muy reciente el dolor que me causó ayer con su comportamiento, tanto que supera el coraje que me da haberme perdido las clases de la mañana, pero no puedo dar señales de debilidad o las aprovechará para atacarme. Como hace siempre.

—Estás en mi habitación —señala.

Salto de la cama sin importarme no llevar encima nada más que una camiseta, su camiseta.

—Tienes razón, ya me voy —asiento con un nudo en la garganta y los ojos a punto de llenárseme de lágrimas.

—No, lo que quería decir es que estás en mi habitación, ¿por qué estás en mi habitación? —dice con la voz quebrada.

—No lo sé, sólo es que... Sólo... No podía dormir —confieso. Tengo que cerrar el hocico—. En realidad no es tu habitación. He dormido aquí tantas veces como tú. De hecho, alguna más —puntualizo.

—¿No te cabía tu camiseta? —pregunta con la mirada fija en la camiseta blanca. Ahí está, burlándose de mí.

—Adelante, ríete de mí —digo con las lágrimas agolpándose en mis párpados.

Me mira pero aparto la vista.

—No me estaba riendo de ti. —Se levanta del sillón y da un paso hacia mí. Retrocedo y levanto las manos para impedirle que siga avanzando—. Sólo escúchame, ¿quieres?

—¿Qué más tienes que decir, Hardin? Siempre hacemos lo mismo. Tenemos la misma pelea una y otra y otra vez, sólo que cada vez es peor. No lo aguanto más. No puedo.

—Ya te he pedido disculpas por haberla besado —dice.

—No es eso. Bueno, en parte sí lo es, pero hay mucho más. El hecho de que no lo veas me demuestra que estamos perdiendo el tiempo. Nunca serás quien necesito que seas, y yo no soy lo que quieres que sea.

Me seco las lágrimas y él mira por la ventana.

—Sí eres lo que yo quiero —dice.

Ojalá pudiera creerlo. Ojalá Hardin no fuera incapaz de sentir nada.

—Pero tú no —es todo cuanto consigo decir.

No quería llorar delante de él, pero no puedo evitarlo. He llorado tanto desde que lo conozco y, si me enredo de nuevo en sus redes, así es como será siempre.

—¿No soy qué?

—No eres la persona que yo necesito, sólo sabes hacerme daño.

Paso junto a él, cruzo el pasillo y entro en el cuarto de invitados. Me pongo los pantalones a toda velocidad y recojo mis cosas sin que Hardin me quite la vista de encima.

—¿No oíste lo que te dije ayer? —Ha tardado en hablar. Esperaba que lo mencionara—. Contéstame —insiste.

—Sí... Lo oí —le digo evitando mirar en su dirección.

Su tono se vuelve hostil.

—Y ¿no tienes nada que decir al respecto?

—No —miento. Se me pone delante—. Déjame —le suplico.

Lo tengo peligrosamente cerca y sé lo que va a hacer en cuanto se agacha para besarme. Trato de apartarme de él, pero sus fuertes manos me sujetan con fuerza. Sus labios acarician los míos, su lengua intenta abrirse paso hacia mi boca, pero no lo dejo.

Echa la cabeza ligeramente atrás.

—Bésame, Tess —me ordena.

—No. —Lo empujo en el pecho.

—Dime que no sientes lo mismo que yo y me iré.

Tengo su cara a centímetros de la mía, su aliento tibio en mi piel.

—No siento lo mismo. —Me duele decirlo pero tiene que irse.

—Sí lo sientes —dice con tono de desesperación—. Sé que sientes lo mismo.

—No, Hardin, y tú tampoco. ¿De verdad creías que me lo iba a tragar? Me suelta.

—¿No crees que te quiero?

—Pues claro que no. ¿Me tomas por imbécil?

Se me queda mirando un segundo, abre la boca y vuelve a cerrarla.

—Tienes razón —admite.

—¿Qué?

Se encoge de hombros.

—Tienes razón, no siento lo mismo. No te quiero. Sólo estaba añadiendo dramatismo a todo el asunto —escupe, y se echa a reír.

Sabía que no lo decía en serio, pero no por eso su sinceridad me duele menos. Una parte de mí, una parte mayor de lo que quiero admitir, esperaba que lo dijera de verdad.

Se apoya contra la pared y salgo de la habitación con mi bolsa en la mano.

Cuando llego a la escalera, Karen me sonríe.

—¡Tessa, cielo, no sabía que estuvieras aquí! —Se le borra la sonrisa de la cara en cuanto nota que me va a dar algo—. ¿Estás bien? ¿Qué ha ocurrido?

—No, nada, estoy bien. Es que anoche no conseguí entrar en mi habitación y...

—Karen —dice la voz de Hardin detrás de mí.

—¡Hardin! —Su sonrisa reaparece—. ¿Se les antoja algo para desayunar? Bueno, para almorzar. Ya casi es mediodía.

—No, gracias. Ya me iba a la residencia —le digo bajando la escalera.

—Yo tengo hambre —dice Hardin detrás de mí.

Karen parece sorprendida. Nos mira primero a mí y luego a él.

—¡Genial! —exclama—. ¡Estaré en la cocina!

Desaparece y sigo andando hacia la puerta.

—¿Adónde vas? —Hardin me toma por la muñeca. Me resisto unos segundos hasta que la suelta.

—A la residencia, acabo de decirlo.

—¿Vas a ir andando?

—Pero ¿a ti qué te pasa? Actúas como si no ocurriera nada, como si no nos hubiéramos peleado, como si no hubieras hecho nada. Estás mal de la cabeza, Hardin, loco de atar. Necesitas un manicomio, medicación y paredes acolchadas. ¿Me dices unas cosas horribles y luego te ofreces a llevarme? —No puedo con él.

—No te he dicho nada tan horrible. De hecho, lo único que he dicho es que no te quiero, cosa que dices que ya sabías. Además, no me estaba ofreciendo a llevarte, sólo te preguntaba si ibas a ir andando.

Su expresión satisfecha me nubla la vista. ¿Por qué viene a buscarme aquí si no le importo? ¿Es que no tiene nada mejor que hacer que torturarme?

—¿Qué te he hecho yo? —pregunto al fin. Hace tiempo que quiero preguntárselo, pero la respuesta me daba demasiado miedo.

—¿Qué?

—¿Qué te he hecho yo para que me odies así? —pregunto intentando bajar la voz para que Karen no me oiga—. Podrías tener a cualquier chica que se te antojara, pero sigues perdiendo tu tiempo y el mío buscando nuevas maneras de hacerme daño. ¿Para qué? ¿Tanto me detestas?

—No, no es eso. No te detesto, Tessa. Sólo es que eres un blanco fácil... Es la emoción de la persecución y todo eso, ¿sabes? —dice muy orgulloso de sí mismo.

Antes de que pueda añadir nada más, Karen lo llama y le pregunta si quiere pepinillos en su sándwich.

Se va a la cocina para contestarle y yo salgo por la puerta.

En la parada del autobús llego a la conclusión de que he faltado tanto a clase últimamente que puedo faltar también a las de hoy e ir a mirar coches. Por suerte, el autobús llega al cabo de pocos minutos y me siento al fondo.

Me desplomo sobre el asiento, pensando en lo que Landon dijo sobre los corazones rotos y que, a menos que ames a una persona, no te lo pueden romper. Hardin me rompe el corazón una y otra vez, incluso cuando creo que ya no quedan más pedazos por romper.

Y lo quiero. Amo a Hardin.

CAPÍTULO 63

El vendedor da asco y huele a cigarros rancios, pero no puedo permitirme seguir siendo tan quisquillosa. Tras una hora negociando, le entre-
go un cheque para la entrada del coche y él me da las llaves de un Coro-
lla de 2010 en un estado decente. La pintura blanca ha saltado en unos
cuantos sitios, pero he conseguido que me rebaje lo suficiente como
para que no me importe. Llamo a mi madre antes de salir del concesionario y, por supuesto, me dice que debería haber comprado un coche
más grande y enumera todas las razones a favor. He tenido que fingir
que me quedaba sin cobertura y apagar el celular.

Es genial volver a manejar. Ya no tendré que depender del transporte público y puedo ir sola a las prácticas. Espero que romper todos
los lazos con Hardin no cambie nada. No creo que tenga que ver, pero
¿y si se aburre de hacerme llorar y decide amuinarme? Tal vez debería
hablar con Ken y explicarle que Hardin y yo ya no estamos... ¿saliendo?
Él cree que tenemos una relación, así que tendría que inventarme algo
distinto de «Su hijo es la persona más cruel del mundo y conmigo es
tóxico, por eso ya no puedo seguir con él».

Enciendo el radio y lo pongo mucho más alta que de costumbre,
pero eso logra lo que necesito. Ahoga mis pensamientos y me concentro en la letra de cada canción. Ignoro el hecho de que todas me recuerdan a Hardin.

Antes de regresar al campus decido ir a comprarme ropa nueva.
Empieza a hacer frío, necesitaré más pantalones. Además, me estoy
cansando de llevar siempre falda larga. Compro un par de conjuntos
para ponerme cuando vaya a Vance, blusas lisas, chamarras de punto
y dos *jeans*. Son más ajustados que los que suelo llevar, pero me sientan bien.

334

Steph no está en la habitación. Mejor. Creo que debería considerar seriamente la idea de cambiarme de cuarto. Steph me cae bien, pero no podremos seguir viviendo juntas si Hardin continúa rondando por aquí. Según lo que gane con las prácticas, podría rentar un departamento fuera del campus. A mi madre le daría un ataque, pero eso es problema suyo.

Doblo mi ropa nueva y la guardo. Agarro mi bolsa de aseo y me dirijo a las regaderas. Cuando vuelvo, Steph y Zed están sentados en la cama, mirando su computadora.

«Genial.»

Steph parece soñolienta.

—Hola, Tessa. ¿Al final Hardin te encontró anoche?

Asiento, y añade:

—¿Lo han arreglado?

—No. Bueno, creo que sí. Se ha acabado —le digo.

Abre unos ojos como platos. Al parecer, pensaba que iba a volver a tenerme entre sus garras.

—Pues yo me alegro mucho —sonríe Zed.

Steph le da un manotazo. En ese momento su celular empieza a sonar y mira la pantalla.

—Tristan ya está aquí, tenemos que irnos. ¿Te vienes? —me pregunta.

—No, gracias. Hoy me quedo en casa. ¡Pero me he comprado un coche! —añado, y ella grita de emoción.

—¿De verdad? ¡Eso es genial! —Asiento—. Me lo tienes que enseñar cuando vuelva —dice, y se dirigen hacia la puerta.

Steph sale, pero Zed se queda un momento en el umbral.

—Tessa —dice con una voz suave como el terciopelo. Alzo la vista y me sonríe—. ¿Has pensado en nuestra cita? —pregunta mirándome a los ojos.

—Pues... —Estoy a punto de rechazarlo, pero ¿por qué? Es muy atractivo y parece muy dulce. No se aprovechó de mí cuando le habría sido muy fácil hacerlo. Sé que será mejor compañía que Hardin, aunque eso lo sería cualquiera, la verdad—. Sí. —Sonrío.

—¿Sí vas a salir conmigo? —Su sonrisa se hace más amplia.

—Sí, ¿por qué no? —respondo.

—¿Esta noche?

—Sí, esta noche me parece bien.

No creo que esta noche sea buena idea porque tengo que recuperar muchas horas de estudio, pero aún voy adelantada a pesar de haber perdido unas cuantas clases esta semana.

—Estupendo. Te recojo a las siete, ¿de acuerdo?

—Bien.

Se muerde el labio inferior con sus dientes perfectos.

—Te veo esta noche, preciosa —dice, y me ruborizo.

Le digo adiós con la mano y sale de la habitación.

Son las cuatro. Tengo tres horas. Me seco el pelo y me enchino las puntas. Para mi sorpresa, queda muy bien. Me aplico un maquillaje ligero y me pongo uno de mis conjuntos nuevos: *jeans* oscuros, camiseta blanca de tirantes y una chamarra café de punto. Cuando me miro al espejo estoy muy nerviosa. «¿Y si me pongo otra cosa?» Me cambio y me pongo una camiseta de tirantes azul y una camisa encima. No puedo creer que tenga una cita con Zed. Sólo he tenido un novio y ahora voy a salir con Zed después de todo el desastre con Hardin. ¿Será que ahora lo mío son los chicos con *piercings* y tatuajes?

Saco mi viejo ejemplar de *Orgullo y prejuicio* y leo para matar el tiempo. Pero mi mente se distrae y me pongo a pensar en Noah. ¿Debería llamarlo? Agarro el celular y busco su número. Me quedo mirando la pantalla. El sentimiento de culpa y el sentido común luchan hasta que dejo caer el teléfono sobre la cama.

Parece que tan sólo han transcurrido unos minutos cuando alguien llama a la puerta. Sé que es Zed porque Hardin nunca se molesta en llamar. Entraría a la carga como el séptimo de caballería y tiraría todas mis cosas al suelo.

Cuando abro la puerta, me quedo boquiabierta. Zed lleva unos *jeans* negros ajustados, zapatos blancos, camiseta y una chamarra de mezclilla gastada. Está para comérselo.

—Estás preciosa, Tessa —dice, y me da una flor.

«¿Una flor?»

Me sorprende y me halaga el regalo tan considerado de Zed.

—Gracias. —Sonrío y huelo el alcatraz blanco.

—¿Estás lista? —pregunta con mucha educación.

—Sí, ¿adónde vas a llevarme? —digo mientras caminamos hacia la salida.

—He pensado en algo tranquilo: cena y película —sonríe contento.

Me dispongo a abrir la puerta del acompañante, pero me detiene.

—Si me permites... —dice con una chispa de travesura en la voz.

—Gracias.

Estoy nerviosa, pero Zed es tan lindo que todo parece muy fácil y me relajo. Cuando los dos estamos sentados en el coche, no enciende el radio, sino que me da conversación, me pregunta por mi familia y por mis planes para cuando acabe la universidad. Me cuenta que va a estudiar Ciencias Ambientales en la WCU, lo cual me sorprende y me intriga.

Llegamos a una cafetería-restaurante muy tranquila y agradable y nos sentamos en el patio. Pedimos y seguimos hablando hasta que llega la comida. Zed limpia su plato y luego empieza a quitarme mis papas fritas.

Blando el tenedor con gesto de amenaza.

—Si me robas otra papa, te mato —protesto.

Me mira con cara de inocente y se echa a reír con la lengua entre los dientes. Yo también me río durante lo que se me antoja una eternidad. Es fantástico.

—Tienes una risa adorable —me dice, y pongo los ojos en blanco.

Acabamos yendo a ver una comedia barata que no nos gusta a ninguno de los dos, pero da igual porque nos pasamos el rato bromeando y, cuando la película está a punto de terminar, él pone la mano sobre la mía. No es para nada incómodo, como si ya me hubiera hecho a la idea de que lo iba a hacer, pero no es lo mismo que con Hardin. Entonces me doy cuenta de que hace horas que no pienso en él. Es un gran cambio, llevo mucho tiempo pensando en él diariamente y a todas horas.

Cuando Zed me lleva de vuelta al campus son casi las once. Me alegro de que sea miércoles; sólo faltan dos días para el fin de semana y entonces podré recuperar el sueño perdido.

Sale del coche y se me acerca mientras me cuelgo la bolsa del hombro.

—La he pasado muy bien —dice—. Gracias por acceder a salir conmigo.

—Yo también la he pasado muy bien. —Sonrío.

—Estaba pensando... ¿Te acuerdas de que me preguntaste si iba a ir a la hoguera?

Asiento.

—¿Te importa si te acompaño? —pregunta.

—Claro, sería genial. Aunque voy a ir con Landon y su novia.

No recuerdo que Zed se sumara al grupo que estuvo metiéndose con Landon, pero igualmente quiero que sepa que no estuvo bien.

—Por mí, bien, parece buen chico —dice, y le sonrío.

—De acuerdo entonces. ¿Nos vemos allí? —sugiero.

Ni de broma voy a llevarlo a cenar a casa de Landon.

—Perfecto. Gracias otra vez por esta noche.

Da un paso hacia mí.

«¿Irá a besarme?»

Me entra el pánico. Pero no, me toma la mano con delicadeza, se la lleva a los labios y me da un beso en el dorso. Sus labios son suaves y me arde la piel. Es un gesto muy dulce.

—Que pases buena noche, Tessa —dice, y vuelve a subir al coche.

Dejo escapar un largo suspiro. Qué alivio que no haya intentado besarme. Es muy galán y besaba muy bien la noche de Verdad o reto, pero éste no es el mejor momento.

A la mañana siguiente, Landon me está esperando en la cafetería y le cuento la cita con Zed.

Me resulta muy molesto que lo primero que me diga sea:

—¿Lo sabe Hardin?

—No, y no tiene por qué saberlo. No es asunto suyo. —Me doy cuenta de que eso ha sonado un poco grosero, y añado—: Perdona, es que es un tema delicado.

—Evidentemente. Pero ten cuidado —me advierte con cariño, y le prometo que lo tendré.

El resto del día transcurre en un abrir y cerrar de ojos. Landon no vuelve a mencionar ni a Hardin ni a Zed. Llega la clase de literatura y contengo la respiración en cuanto entramos en el salón. Hardin está sentado donde siempre. Me duele el pecho al verlo. Echa un vistazo en nuestra dirección pero enseguida vuelve a mirar hacia el pizarrón.

—Conque anoche saliste con Zed, ¿eh? —pregunta en cuanto me siento.

Estaba rezando para que no me dirigiera la palabra.

—No es asunto tuyo —le respondo en voz baja.

Se vuelve en su asiento y acerca la cara para añadir:

—Las noticias viajan a toda velocidad en nuestro grupo, Tessa. No lo olvides.

«¿Me está amenazando con contarles a sus amigos todas las cosas que hemos hecho?»

Sólo de pensarlo se me llena la boca de bilis.

Aparto la cara y me centro en el maestro, que se aclara la garganta y dice:

—Muy bien, vamos a continuar donde lo dejamos ayer. Vamos a hablar de *Cumbres borrascosas*.

Se me cae el alma a los pies. Esta semana no tocaba hablar de *Cumbres borrascosas*. Eso me pasa por faltar a clase. Noto que Hardin me está mirando. Tal vez se esté acordando de lo mismo que yo, de la primera vez que estuve en su dormitorio y me cachó leyendo su ejemplar de la novela.

El maestro se pasea por el salón con las manos a la espalda.

—Como todos sabemos —dice—, Catherine y Heathcliff tuvieron una relación muy apasionada. Tal era la magnitud de su pasión que arruinaba las vidas de todos los personajes a su paso. Hay quienes creen que eran lo peor el uno para el otro; otros defienden que deberían haberse casado desde el principio en vez de luchar contra su amor. —Hace una pausa, mirándonos a todos—. ¿Qué opinan ustedes?

Normalmente levantaría la mano de inmediato, orgullosa de poder demostrar lo bien que me conozco los clásicos, pero ésta me toca de cerca.

Desde las últimas filas alguien dice:

—Creo que eran lo peor el uno para el otro. Se peleaban todo el tiempo, y Catherine se negaba a admitir que amaba a Heathcliff. Se casó con Edgar a pesar de que sabía que quería a Heathcliff. Si se hubieran dejado de tonterías y hubiesen estado juntos desde el principio, todo el mundo habría sido mucho menos desgraciado.

Hardin me mira y siento que me ruborizo.

—Yo creo que Catherine era una pesada altanera y egoísta —dice en voz alta.

En clase sólo se oyen gritos quedos y exclamaciones de sorpresa. El maestro le lanza una mirada de advertencia a Hardin, pero él continúa:

—Lo siento, pero es que se creía demasiado buena para Heathcliff, y puede que lo fuera, pero sabía que Edgar nunca podría compararse con Heathcliff y aun así se casó con él. Catherine y Heathcliff eran muy parecidos y por eso les resultaba difícil llevarse bien, pero si Catherine no hubiese sido tan necia podrían haber sido muy felices para siempre juntos.

Me siento un poco estúpida porque yo también empiezo a compararnos a Hardin y a mí con los personajes de la novela. La diferencia es que Heathcliff amaba a Catherine con locura, tanto que aguantó que se casara con otro hombre antes de decidirse a casarse él con otra mujer. Hardin a mí no me quiere de esa manera. No me quiere y punto. Así que no tiene derecho a compararse con Heathcliff.

La clase entera me mira, esperando que le responda. Seguro que aguardan una discusión como la de la última vez, pero permanezco en silencio. Sé que Hardin está intentando provocarme y no pienso morder el anzuelo.

CAPÍTULO 64

Después de clase me despido de Landon y voy a hablar con el maestro para justificar mis inasistencias. Me felicita por mis prácticas y me explica que ha modificado un poco el programa de la materia. Sigo hablando con él hasta que Hardin se va.

Regreso a mi cuarto y coloco los apuntes y los libros de texto sobre la cama. Intento estudiar pero estoy nerviosa, como si esperase que Steph, Hardin o cualquiera de las personas que siempre están entrando y saliendo de mi habitación aparecieran en cualquier momento. Recojo mis libros, los meto en la mochila y voy por el coche. Quiero encontrar un sitio fuera del campus donde pueda estudiar, tal vez una cafetería.

De camino a la ciudad veo una pequeña biblioteca en la esquina de una calle muy animada. Sólo hay unos pocos coches en el estacionamiento, así que entro. Camino hacia el fondo y me siento junto a la ventana. Saco mis cosas y me pongo a trabajar. Por primera vez puedo estudiar en paz, sin distracciones. Éste será mi nuevo santuario. El sitio perfecto para estudiar.

—Vamos a cerrar dentro de cinco minutos —me dice la anciana bibliotecaria.

«¿Ya van a cerrar?»

Miro por la ventana y veo que es de noche. Ni me he enterado de la puesta de sol. Estaba tan enfrascada en mis libros que se han pasado las horas sin darme cuenta. Tengo que venir aquí más seguido.

—Uy, está bien, gracias —respondo recogiendo mis cosas.

Miro el celular. Tengo un mensaje de Zed.

Sólo quería desearte buenas noches. Qué ganas tengo de que sea viernes.

Es un encanto, así que le contesto:

Muchas gracias, es todo un detalle. Yo también tengo ganas.

Ya en mi habitación, y sin rastro de Steph, me pongo la pijama y agarro *Cumbres borrascosas*. Me quedo dormida enseguida, soñando con Heathcliff y los páramos.

El jueves transcurre con normalidad. Hardin y yo nos ignoramos mutuamente en clase. Me paso la tarde en la pequeña biblioteca hasta la hora del cierre y me acuesto temprano.

Cuando me despierto el viernes, tengo un mensaje de Landon. Me dice que no podrá venir hoy al campus porque Dakota llegará antes de lo previsto. Analizo la idea de saltarme literatura pero finalmente decido ir. No voy a permitir que Hardin me arruine otra de las cosas que me gustan.

Tardo más de lo habitual en arreglarme. Me hago un semirrecogido con una trenza y me enchino las puntas. Se supone que va a hacer calor, así que me pongo un chaleco morado de franela y unos *jeans*. Cuando llego a la cafetería, antes de clase, resulta que tengo a Logan delante de mí en la cola. Me ve antes de que pueda escaparme sin ser vista.

—Hola, Tessa —me saluda.

—¿Qué hay, Logan? —pregunto con educación.

—Todo bien. ¿Vas a venir esta noche?

—¿A la hoguera?

—No, a la fiesta. La hoguera va a estar de hueva, como siempre.

—Ah, pues yo voy a ir a la hoguera. —Me río tímidamente y él me acompaña.

—Bueno, pues si te aburres ya sabes dónde estamos —me dice sujetando su café.

Le doy las gracias y se marcha. Me alegro de que al grupito de Hardin no le interese la hoguera. Eso significa que no tendré que ver a ninguno de ellos esta noche.

Cuando llega la hora de literatura entro en clase y voy directa a mi sitio sin mirar ni una sola vez hacia Hardin. Continúa el debate sobre *Cumbres borrascosas* pero él no interviene. En cuanto acaba la clase, recojo mis cosas y prácticamente salgo corriendo.

—¡Tessa! —me llama Hardin.

Aprieto el paso. Sin Landon me siento más vulnerable. Cuando llego a la banqueta noto que me tocan el brazo. Sé que ha sido él por el cosquilleo que siento en la piel.

—¡¿Qué?! —grito.

Da un paso atrás y me muestra el cuaderno que lleva en la mano.

—Se te ha caído.

El alivio y la decepción se baten en duelo en mi interior. Desearía que se me pasase ya este dolor de pecho. En vez de mejorar, empeora cada día que pasa. No debería haber admitido que lo quiero, aunque sólo fuera a mí misma. Podría haber seguido ignorando la verdad, tal vez así dolería menos.

—Muchas gracias —musito tomando el cuaderno.

Sus ojos atrapan los míos y nos quedamos mirando unos segundos hasta que recuerdo que estamos en una banqueta muy transitada. Hardin menea la cabeza y se aparta el pelo de la cara antes de dar media vuelta y desaparecer.

Llego al coche y manejo directamente a casa de Landon. No me esperan hasta las cinco y sólo son las tres, pero no puedo quedarme sentada sola en mi habitación. Estoy medio vuelta loca desde que Hardin se metió en mi vida.

Cuando llego, Karen me abre la puerta y me invita a pasar con una enorme sonrisa en la cara.

—Estoy sola en casa. Dakota y Landon han ido a comprar un par de cosas que necesito —me dice acompañándome a la cocina.

—No pasa nada. Perdone que haya llegado tan pronto.

—No te preocupes. ¡Puedes ayudarme a cocinar!

Me pasa una tabla de cortar y unas cuantas cebollas y papas para que las corte mientras hablamos del tiempo y de la inminente llegada del invierno.

—Tessa, ¿todavía quieres ayudarme con el invernadero? Está climatizado, no tendremos que preocuparnos del invierno.

343

—¡Claro que sí! Me encantaría.

—Genial. ¿Qué tal mañana? La semana que viene voy a estar un poco atareada —bromea.

Su boda. Casi lo había olvidado. Intento devolverle la sonrisa.

—Sí, yo diría que sí. —Ojalá hubiera conseguido que Hardin accediera a asistir. Pero si antes era difícil, ahora ya es imposible.

Karen mete el pollo en el horno y prepara los platos y los cubiertos para que podamos poner la mesa.

—¿Va a venir Hardin a cenar? —pregunta mientras vamos colocando las cosas.

Está claro que intenta sonar como si no tuviera importancia, pero sé que la pregunta la pone un poco nerviosa.

—No, no va a venir —le digo, y agacho la cabeza.

Deja de colocar platos.

—¿Va todo bien entre ustedes? No quiero meterme donde no me llaman, pero...

—No, tranquila. —Ya en esto, mejor se lo cuento—. No creo que las cosas vayan bien.

—Ay, cielo, cuánto lamento oír eso. Se nota que hay algo entre los dos, o eso pensaba yo. Pero sé que es muy duro estar con alguien que tiene miedo de demostrar sus sentimientos.

Esta línea de conversación me incomoda un poco. Ni siquiera con mi madre puedo hablar de estas cosas, pero Karen es tan abierta que hace que estos temas me resulten más fáciles con ella.

—¿A qué se refiere?

—Bueno, no conozco a Hardin tan bien como querría, pero sé que emocionalmente se cierra a piedra y lodo. Ken ha pasado muchas noches en vela pensando en él. Dice que siempre ha sido un niño infeliz. —Se le humedecen los ojos—. Ni siquiera a su madre le decía que la quería.

—¿Cómo? —pregunto.

—No había manera de que lo dijera. No sé por qué. Ken no recuerda haberle oído decir que los quería ni una sola vez, a ninguno de los dos. Es muy triste, no sólo para él, sino también para Hardin.

Se seca los ojos.

Para ser alguien que se niega a decirle a nadie que lo quiere, incluso a sus padres, se dio mucha prisa en usar esas palabras en mi contra de un modo odioso.

—Es... es un chico difícil de entender —es todo lo que se me ocurre decir.

—Sí, sí que lo es. Pero, Tessa, espero que sigas visitándonos aunque las cosas no funcionen entre ustedes.

—Por supuesto.

Quizá porque nota mi tristeza, Karen cambia de tema y hablamos del invernadero mientras esperamos a que termine de hacerse la comida y retocamos la mesa. Entonces, de pronto, en mitad de una frase deja de hablar y sonríe de oreja a oreja. Me vuelvo y veo a Landon, que entra en la cocina seguido de una chica preciosa con el pelo chino. Sabía que iba a ser un bombón, pero es mucho más bonita de lo que podría haberme imaginado.

—Hola, tú debes de ser Tessa —dice en cuanto él abre la boca para presentarnos.

De inmediato se acerca y me abraza, y me cae bien al instante.

—Dakota, he oído hablar mucho de ti. ¡Qué alegría conocerte al fin! —le digo, y me sonríe.

Landon no le quita los ojos de encima. Dakota le da un fuerte abrazo a Karen y se sienta junto a la cocina.

—Nos hemos encontrado a Ken por el camino, estaba echando gasolina. Llegará en cualquier momento —le dice Landon a su madre.

—Perfecto. Tessa y yo ya hemos puesto la mesa.

Landon va junto a Dakota, le rodea la cintura con el brazo y la conduce a la mesa. Mi sitio está enfrente del suyo. Miro el plato vacío que hay a mi lado. Karen ha insistido en ponerlo por una «cuestión de simetría», pero me pone un poco triste verlo. En otra vida, Hardin estaría sentado junto a mí, tomándome la mano igual que Landon se la agarra a Dakota, y podría contar con él sin miedo al rechazo. Empiezo a desear haber invitado a Zed, aunque sé que habría sido una situación muy rara... Tener que cenar con dos parejas de tortolitos puede ser mucho peor.

Entonces entra Ken y me salva de mis pensamientos. Le da a Karen un beso en la mejilla antes de sentarse.

—Qué buen aspecto tiene la cena, cariño —dice colocándose la servilleta en el regazo—. Dakota, cada vez que te veo estás más bonita. —Le sonríe y luego me mira a mí—. Y Tessa, enhorabuena por las prácticas en Vance. Christian me ha llamado y me lo ha contado. Le causaste una inmejorable primera impresión.

—Gracias de nuevo por haberlo llamado. Es una oportunidad increíble.

Sonrío y nos quedamos en silencio mientras saboreamos el pollo asado de Karen, que es una delicia.

—¡Perdón por llegar tarde!

El tenedor se me cae de la mano y aterriza en el plato.

—¡Hardin! ¡No sabía que ibas a venir! —dice Karen con toda la amabilidad del mundo, y me mira. Aparto la vista. Ya se me está acelerando el pulso.

—Sí. Tessa, ¿no te acuerdas que lo hablamos la semana pasada? —Me lanza su sonrisa amenazadora y toma asiento a mi lado.

«Pero ¿qué mosca le ha picado? ¿Por qué no puede dejarme en paz?»

Sé que en parte es culpa mía porque sabe que me saca de quicio, pero disfruta jugando al gato y al ratón. Todo el mundo me mira, así que asiento y tomo el tenedor. Landon parece preocupado, y Dakota, confundida.

—Tú debes de ser Delilah —le dice Hardin.

—Dakota —lo corrige ella con amabilidad.

—Eso, Dakota. Lo mismo da —musita, y le doy un puntapié por debajo de la mesa.

Landon le lanza una mirada asesina pero Hardin no parece notarlo. Ken y Karen hablan de lo suyo, igual que Dakota y Landon. Yo me concentro en la comida que tengo en el plato y pienso en cómo salir de ésta.

—Bueno, ¿qué tal tu noche? —me pregunta Hardin haciéndose el inocente. Sabe que no voy a armar una escena y está intentando provocarme.

—Muy bien —respondo en voz baja.

—¿No vas a preguntarme por la mía? —Sonríe con suficiencia.

—No —mascullo llevándome otro bocado a la boca.

—Tessa, ¿es tu coche ese que he visto fuera? —me pregunta Ken. Asiento.

—¡Sí! ¡Por fin tengo coche! —digo con una dosis extra de entusiasmo para ver si todo el mundo interviene y no tengo que seguir hablando sólo con Hardin.

Él levanta una ceja en mi dirección.

—¿Desde cuándo?

—Desde el otro día —respondo.

«Ya sabes, el día en que me dijiste que lo tuyo era la emoción de la persecución y todo eso.»

—Ah. ¿De dónde lo has sacado?

—De un concesionario de coches de segunda mano —digo, y veo que tanto Karen como Dakota intentan disimular una sonrisa. Es mi oportunidad para dejar de ser el centro de atención—. Dakota, Landon me ha dicho que estabas pensando en ir a estudiar ballet a una escuela de Nueva York, ¿es verdad?

Nos cuenta sus planes de trasladarse a la gran ciudad, y Landon parece alegrarse mucho por ella a pesar de lo lejos que van a estar.

Cuando termina, él mira el celular y dice:

—Bueno, vamos a tener que irnos. La hoguera no espera a nadie.

—¿Por qué? —pregunta Karen—. Bueno, ¡pero al menos llévense el postre!

Landon asiente y la ayuda a poner parte del postre en un recipiente.

—¿Te llevo? —pregunta Hardin, y miro a mi alrededor porque no sé a quién se dirige—. Te estoy hablando a ti —aclara.

—¿Qué? No, tú no vas —le digo.

—Sí, sí voy. Y no puedes impedir que vaya; así las cosas, vente conmigo. —Sonríe y me pone la mano en el muslo.

—¿A ti qué te pasa? —inquiero por lo bajo.

—¿Podemos hablar fuera? —me pregunta al tiempo que mira a su padre de reojo.

—No —susurro.

Cada vez que Hardin y yo «hablamos», acabo hecha un mar de lágrimas.

Pero él se pone de pie a toda velocidad, me toma de la mano y me jala hasta que me levanto.

—Estaremos fuera —anuncia, y me arrastra por el pasillo en dirección a la puerta principal.

Una vez fuera, recupero mi brazo de un jalón.

—¡Que no me toques!

Se encoge de hombros.

—Perdona, pero no ibas a venir conmigo por las buenas.

—Eso es porque no quiero.

—Lo siento. Te pido perdón por todo, ¿está bien?

Sus dedos juegan con sus labios y yo evito mirarle la boca. Me concentro en cómo sus ojos estudian mi expresión.

—¿Que lo sientes? No lo sientes, Hardin. Sólo quieres engañarme. ¡Déjalo estar! Estoy harta de pelear contigo a todas horas. No puedo seguir así. ¿Es que no tienes a nadie más a quien incordiar? Demonios, si quieres te ayudo a buscar a una pobre chica dulce e inocente para que puedas torturarla a tu gusto, ¡pero a mí déjame en paz!

—No es eso lo que quiero. Sé que contigo estoy siempre en plan estira y afloja y no sé por qué lo hago. Pero si me das otra oportunidad, sólo una más, dejaré de hacerlo. He intentado alejarme de ti, pero no puedo. Te necesito...

Se mira los pies y se frota las puntas de las botas una con otra.

¿Cómo tiene el valor de venirme con ésas? Lo que acaba de decir me ayuda a contener las lágrimas, ya le he regalado demasiadas a su ego.

—¡¿Quieres parar?! ¿Por qué no paras de una vez? ¿No estás cansado de esto? Si me necesitaras, no me tratarías así. Tú mismo lo dijiste: te gusta la emoción de la persecución, ¿recuerdas? No puedes aparecer aquí después de todo y hacer como si no hubiera pasado nada.

—No lo decía en serio. Lo sabes.

—O sea, que admites que sólo lo dijiste para hacerme daño. —Le lanzo una mirada asesina e intento mantener la guardia alta.

—Sí... —Agacha la cabeza.

Me tiene hecha un caos. Me asegura que quiere algo más, luego besa a Molly. Me dice que me quiere y luego lo retira. Y ¿ahora se está disculpando otra vez?

—¿Por qué debería perdonarte? Acabas de admitir que hiciste algo sólo para herirme.

—¿Una última oportunidad? Por favor, Tess. Te lo contaré todo —suplica.

Casi creo el dolor que veo en sus ojos cuando me mira.

—No puedo —digo—. Tengo que irme.

—¿Por qué no puedo acompañarte?

—Porque... porque voy a ver allí a Zed.

Observo cómo cambia su expresión. Parece que va a desmoronarse ante mis ojos. Tengo que sacar fuerzas de flaqueza para no consolarlo. Pero él se lo ha buscado. Aunque de verdad le importe, es demasiado tarde.

—¿Zed? ¿Están... saliendo? —Lo dice con todo el asco del mundo.

—No, ni siquiera lo hemos hablado. Sólo estamos... No lo sé... Estamos pasando tiempo juntos.

—¿No lo han hablado? Y si te pidiera que salieras con él, ¿aceptarías?

—No lo sé... —Y es la pura verdad—. Es lindo y educado y me trata bien.

«¿Por qué diablos estoy dándole explicaciones?»

—Tessa, ni siquiera lo conoces. No sabes...

La puerta principal se abre entonces de par en par y aparece un Landon radiante.

—¿Listos?

Mira a Hardin, que por una vez parece tener la guardia baja y... el corazón roto.

Obligo a mis pies a moverse hacia mi coche y manejo detrás del de Landon cuando saca el suyo a la carretera. No puedo evitar echar la vista atrás y mirar a Hardin, que sigue en el porche, viendo cómo me marcho a la hoguera.

CAPÍTULO 65

Me estaciono junto al coche de Landon. Le envío un mensaje a Zed para que sepa que ya he llegado. Me responde al instante y me dice que está en el extremo izquierdo del estadio.

Se lo cuento a Landon.

—Suena bien —dice sin el menor rastro de emoción.

—¿Quién es Zed? —pregunta Dakota.

—Es... un amigo —respondo. Porque sólo somos amigos.

—Hardin es tu novio, ¿no?

Me la quedo mirando. No parece querer decir nada, sólo da la impresión de estar confusa. «Bienvenida al club.»

—No, cariño —ríe Landon—. Ninguno de los dos es su novio.

Yo también me echo a reír.

—No es tan malo como parece...

En cuanto llegamos a donde está todo el mundo, la banda empieza a tocar y el estadio se va llenando de gente. Siento un gran alivio al ver a Zed reclinado contra una valla. Lo señalo y nos dirigimos hacia él.

Dakota deja escapar un grito ahogado cuando nos acercamos. No sé si le han sorprendido sus *piercings* y sus tatuajes o lo guapo que es. O tal vez ambas cosas.

—Hola, preciosa —me saluda Zed con una enorme sonrisa y un abrazo.

Le devuelvo la sonrisa y el abrazo.

—Hola, soy Zed. Encantado de conocerlos —les dice a Landon y a Dakota.

Sé que a Landon ya lo conoce. A lo mejor sólo intenta ser educado.

—¿Hace mucho que estás aquí? —pregunto.

—Unos diez minutos. Hay mucha más gente de la que imaginaba.

Landon nos lleva a una zona más tranquila cerca del enorme escenario de madera y nos acomodamos en el pasto. Dakota se sienta entre sus piernas y se reclina en su pecho. El sol se está poniendo y empieza a correr una brisa fresca. Debería haberme puesto manga larga.

—¿Habías venido antes a alguna fiesta de éstas? —le pregunto a Zed.

Él niega con la cabeza.

—No, no es mi ambiente habitual —dice con una carcajada, y añade—: Pero me alegro de estar aquí esta noche.

Sonrío al oír el cumplido, y entonces alguien sube al escenario y nos da la bienvenida en nombre de la universidad y de la banda. Se pasa unos minutos hablando sin decir nada y empieza la cuenta atrás para encender la hoguera. Y tres, dos, uno... El fuego se enciende y se traga la montaña de madera con avidez. Es muy bonito estar tan cerca de las llamas, y creo que, pese a todo, no voy a pasar frío.

—¿Cuánto tiempo te quedarás por aquí? —le pregunta Zed a Dakota.

Ella frunce el ceño.

—Sólo un par de días. Ojalá pudiera volver para la boda, que es el fin de semana que viene.

—¿Qué boda? —pregunta Zed.

Miro a Landon, que le responde:

—La de mi madre.

—Ah...

Zed hace una pausa y baja la mirada, como si estuviera dándole vueltas a algo.

—¿Qué? —le pregunto.

—Nada. Es que estaba intentando recordar quién más me dijo algo de una boda el fin de semana que viene... Ah, sí. Fue Hardin, creo. Nos estaba preguntando qué se pone uno para ir a una boda.

Se me para el corazón. Espero que no se me note en la cara. Hardin no les ha contado a sus amigos que su padre es el rector, ni que va a casarse con la madre de Landon.

—Qué coincidencia, ¿no? —dice.

—No, van a... —empieza a decir Dakota.

—Sí —la interrumpo—, efectivamente es una coincidencia, pero en una ciudad tan grande probablemente debe de haber bastantes bodas todos los fines de semana.

Zed asiente y Landon le susurra algo a su novia al oído.

«¿Hardin está pensando en ir a la boda?», me digo.

Zed se echa a reír.

—La verdad es que no puedo imaginarme a Hardin en una boda.

—¿Por qué no? —Uy, no quería sonar tan pesada.

—No lo sé, porque es Hardin, supongo. La única manera de arrastrarlo a una boda sería diciéndole que después podría acostarse con las damas de honor. Con todas —añade poniendo los ojos en blanco.

—Creía que Hardin era tu amigo —replico.

—Y lo es. No estoy diciendo nada malo de él. Hardin es así. Se acuesta con una chica distinta cada fin de semana. A veces con más de una.

Me zumban los oídos y el fuego me quema la piel. Me levanto antes de darme cuenta de lo que estoy haciendo.

—¿Adónde vas? ¿Qué pasa? —me pregunta Zed.

—Nada, es sólo... Es que necesito un poco de aire. Aire fresco —digo. Sé lo estúpido que ha sonado eso, pero me da igual—. Vuelvo enseguida, sólo será un segundo.

Me voy a toda velocidad antes de que alguien se ofrezca a acompañarme.

«Pero ¿qué me pasa?»

Zed es dulce y le gusto de verdad, disfruta de mi compañía, y aun así basta con que alguien mencione a Hardin para que no pueda dejar de pensar en él. Doy un paseo rápido alrededor de las gradas y respiro hondo un par de veces antes de volver con los demás.

—Perdónenme, es que hacía... demasiado calor —miento, y vuelvo a sentarme.

Zed ha sacado el celular, me oculta la pantalla y se lo guarda en la bolsa. Me dice que no ocurre nada y nos pasamos una hora platicando con Landon y con Dakota.

—Me siento un poco cansada. He tomado el avión muy temprano —le dice Dakota a Landon, que asiente.

—Sí, yo también estoy cansado. Creo que nosotros nos vamos.

Landon se levanta y ayuda a Dakota a ponerse de pie.

—¿Quieres que nosotros nos vayamos también? —me pregunta Zed.

—No, por mí podemos quedarnos. A menos que tú quieras irte.

—Yo estoy a gusto —dice negando con la cabeza.

Nos despedimos de Landon y de Dakota y los vemos desaparecer entre la multitud.

—¿Por qué hacen la hoguera? —le pregunto a Zed, aunque no estoy muy segura de que él lo sepa.

—Creo que es para celebrar que se acaba la temporada de futbol americano —me dice—. O que está a la mitad, o algo así...

Miro alrededor y por primera vez me doy cuenta de que mucha gente lleva sudaderas.

—Ah. —Miro de nuevo a Zed—. Ya entiendo —asiento echándome a reír.

—Ya —me dice, y entorna los ojos—. ¿Ése no es Hardin?

Vuelvo la cabeza a toda velocidad. Pues sí, es él, y viene hacia nosotros con una morena bajita que lleva falda.

Me pego más a Zed. Precisamente por esto no he querido escuchar a Hardin en el porche: ya se ha buscado a una chica sólo para traerla aquí y molestarme.

—Hola, Zed —lo saluda ella con una voz muy aguda.

—Hola, Emma.

Zed me pasa el brazo por los hombros. Hardin le lanza una mirada de las que matan, pero se sienta con nosotros.

Sé que estoy siendo una maleducada por no presentarme a la chica, pero no puedo evitar que me caiga mal de entrada.

—¿Qué tal va la hoguera? —pregunta Hardin.

—Da calor. Casi ha terminado, o eso creo —contesta Zed.

Hay cierta tensión entre ambos. La noto. No sé a qué se debe; Hardin les ha dejado muy claro a sus amigos que le importo una mierda.

—¿No hay nada para comer? —pregunta la chica con su molesta voz.

—Sí, hay un puesto que vende cosas —le digo.

—Hardin, acompáñame a comprar algo de comer —le pide. Él pone los ojos en blanco pero se levanta.

—¡Tráeme un pan, ¿sí?! —le grita Zed sonriendo, y Hardin aprieta la mandíbula.

«¿Y a estos qué les pasa?»

Miro a Zed en cuanto él y la chica desaparecen.

—Oye, ¿podemos irnos? No se me antoja mucho ver a Hardin. No sé si se te ha olvidado, pero nos odiamos mutuamente. —Intento sonreír y que suene a medio broma, pero no me sale.

—Sí, claro que sí —me dice.

Nos levantamos y me tiende la mano. La acepto y caminamos agarrados. Miro a todas partes buscando a Hardin y rezando para no verlo.

—¿Quieres ir a la fiesta? —me pregunta Zed cuando llegamos al estacionamiento.

—No, la verdad es que tampoco quiero. —Es el último lugar sobre la faz de la Tierra al que querría ir.

—Bueno, pues si quieres podemos vernos otro... —empieza a decir.

—No, deseo estar contigo. Sólo que no quiero quedarme aquí ni ir a la fraternidad —me apresuro a responder.

Parece sorprendido, y sus ojos encuentran los míos.

—Está bien... Podemos ir... ¿a mi casa? Si quieres... Si no, podemos ir a otra parte. Aunque no se me ocurre ningún otro sitio en esta ciudad.

Se echa a reír y yo también me río.

—Tu casa me parece bien. Te sigo hasta allí.

Durante el trayecto, no puedo evitar imaginarme la cara de Hardin cuando vuelva y se encuentre con que nos hemos ido. Él ha aparecido con otra chica, así que no tiene derecho a enojarse, aunque eso no me alivia el dolor de estómago.

El departamento de Zed está justo al salir del campus. Es pequeño pero está limpio. Me ofrece una copa pero la rechazo porque mi intención es manejar de vuelta a la residencia esta noche.

Me siento en el sillón y me pasa el control de la televisión, luego va a la cocina por algo de beber.

—Pon lo que quieras. No sé qué programas te gusta ver.

—¿Vives solo? —le pregunto, y asiente con la cabeza.

Me siento un poco rara cuando se instala a mi lado y me rodea la cintura con el brazo, pero escondo mi nerviosismo detrás de una sonrisa. El celular de Zed vibra entonces en su bolsillo y se levanta para contestar. Alza un dedo para decirme que vuelve enseguida y se dirige a la pequeña cocina.

—Nos hemos ido —lo oigo decir—. Ya... Es justo... Se siente...

Lo poco que consigo escuchar de su conversación no tiene ningún sentido... Sólo entiendo lo de «nos hemos ido».

«¿Será Hardin?»

Me levanto y me acerco a la cocina. Zed cuelga.

—¿Quién era?

—Nadie importante —me asegura, y me conduce de vuelta al sillón—. Me alegro de que nos estemos conociendo. Eres distinta del resto de las chicas de por aquí —me dice con dulzura.

—Yo también —asiento—. ¿Conoces a Emma? —No puedo evitar preguntárselo.

—Sí, es la novia de la prima de Nate.

—¿La novia?

—Sí, llevan juntas bastante tiempo. Emma es genial.

Hardin no estaba allí con ella para lo que yo creía. Es posible que haya ido a la hoguera para volver a intentar hablar conmigo, no para hacerme daño con otra chica.

Miro a Zed justo cuando se acerca para besarme. Tiene los labios fríos de la bebida y sabe a vodka. Sus manos se mueven con delicadeza por mis brazos y son muy suaves. Luego bajan hasta mi cintura. Veo a Hardin, con cara de que le han roto el corazón, y cómo me ha suplicado que le dé una última oportunidad y yo no lo he creído. Veo cómo me miraba mientras me alejaba, el enojo que le dio en clase con Catherine y Heathcliff, cómo aparece siempre cuando no quiero verlo ni en pintura, el modo en que nunca le dice a su madre que la quiere y cómo dijo que me quería delante de todo el mundo y lo dolido que parecía. Veo cómo rompe cosas cuando se enfurece, cómo vino a buscarme a casa de su padre a pesar de que odia ese lugar, y cómo les ha preguntado a sus amigos qué tiene que ponerse para ir a una boda... Todo tiene sentido pero a la vez no lo tiene.

Hardin me quiere. A su manera tarada, pero me quiere. Si llega a ser un león, me come.

—¿Qué? —pregunta Zed poniendo fin a nuestro beso.

—¿Qué? —repito.

—Acabas de decir «Hardin».

—No —me defiendo.

—Sí, lo has dicho.

Se levanta y se aparta del sillón.

—Tengo que irme... Lo siento —digo agarrando mi bolsa y saliendo por la puerta como una exhalación sin darle tiempo a decir nada más.

CAPÍTULO 66

Tardo un segundo en pensar qué estoy haciendo. He dejado a Zed para irme a buscar a Hardin, pero tengo que pensar bien lo que pasará a continuación. Hardin me dirá cosas horribles, me lanzará improperios, hará que me vaya... O admitirá que siente algo por mí y que los dichosos jueguecitos son sólo su manera de no ser capaz de admitir ni expresar sus sentimientos de un modo normal, como todo el mundo. Si ocurre lo primero, que es lo que tiene más posibilidades, no estaré peor de lo que estoy ahora. Pero si ocurre lo segundo, ¿estoy lista para perdonarlo por todas las cosas horribles que me ha dicho y me ha hecho? Si ambos admitimos lo que sentimos por el otro, ¿cambiará todo lo demás? ¿Cambiará él? ¿Es capaz de quererme como necesito que me quiera? Y, de ser así, ¿seré capaz de aguantar sus cambios de humor?

El problema es que yo sola no puedo contestar a esas preguntas. A ninguna, la verdad. Odio el modo en que me nubla el juicio y me hace dudar de mí misma. Odio no saber lo que va a decir o hacer.

Aminoro al llegar a la famosa fraternidad en la que ya he pasado demasiado tiempo. Odio esta casa. Odio muchas cosas en este momento, y mi enojo con Hardin está en su punto. Me estaciono en la banqueta, subo corriendo los escalones y entro en la casa, que está llena. Voy directa al viejo sillón en el que Hardin suele sentarse pero no veo su mata de pelo. Me escondo detrás de un tipo antes de que Steph o los demás me vean.

Corro escaleras arriba hacia su habitación. Golpeo la puerta con el puño, molesta porque vuelve a estar cerrada con llave.

—¡Hardin! ¡Soy yo, abre! —grito desesperadamente sin dejar de dar golpes, pero no hay respuesta.

«¿Dónde diablos se habrá metido?»

No quiero telefonearlo para averiguarlo, aunque sería lo más fácil. Sin embargo, estoy enojada y sé que necesito seguir estándolo para poder decir lo que quiero decir, lo que necesito decir, sin sentirme mal por hacerlo.

Llamo a Landon para ver si Hardin está en casa de su padre, pero no, no está allí. Sólo se me ocurre otro sitio donde buscar: la hoguera. No obstante, dudo que siga allí. Aun así, ahora mismo no tengo otra opción.

Manejo de vuelta al estadio, estaciono el coche y repito mentalmente las palabras furibundas que tengo reservadas para Hardin para asegurarme de que no se me olvide nada en caso de que lo encuentre. Me acerco al campo, casi todo el mundo se ha ido y el fuego está ya casi apagado. Camino de un lado a otro entornando los ojos en la penumbra, fijándome en las parejas por si veo a Hardin y a Emma. No hay suerte.

Justo cuando estoy a punto de tirar la toalla, veo a Hardin apoyado contra una valla en la línea de gol. Está solo y no parece darse cuenta de que me estoy acercando. Se sienta en el pasto y se limpia la boca. Cuando aparta la mano, veo que la tiene roja.

«¿Está sangrando?»

De repente levanta la cabeza como si notara mi presencia y compruebo que sí, le sangra la comisura de la boca y la sombra de un moretón se está formando en su mejilla.

—Pero ¿qué demonios...? —digo arrodillándome delante de él—. ¿Qué te ha pasado?

Alza la vista y veo que sus ojos están tan torturados que mi ira se disuelve como azúcar en la boca.

—Y ¿a ti qué te importa? ¿Dónde está tu cita? —me ruge.

Me muerdo la lengua y le retiro la mano de la boca para poder examinar el labio partido. Me aparta pero me contengo.

—Cuéntame lo que ha pasado —le ordeno.

Él suspira y se pasa la mano por el pelo. Tiene los nudillos lastimados y llenos de sangre. El corte del dedo índice parece profundo y tiene aspecto de doler mucho.

—¿Te has metido en una pelea?

—¿A ti qué te parece?

—¿Con quién? ¿Estás bien?

—Sí, estoy bien. Ahora déjame en paz.

—He venido a buscarte —le digo, y me pongo de pie.

Me limpio la hierba seca de los pantalones.

—Bueno, pues ya me has encontrado. Vete.

—No tienes por qué ser tan pendejo —replico—. Creo que deberías irte a casa y asearte. Me parece que vas a necesitar puntos.

Hardin no responde, pero se pone de pie, echa a andar y me deja atrás. He venido a gritarle por ser un imbécil y a decirle cómo me siento y me lo está poniendo muy difícil. Ya lo sabía.

—¿Adónde vas? —pregunto yendo tras él como un perrito faldero.

—A casa. Bueno, voy a llamar a Emma a ver si puede volver a recogerme.

—¿Te ha dejado aquí? —Cada vez me cae peor.

—No. Bueno, sí, pero se lo he pedido.

—Yo te llevo a casa —le digo, y agarro su chamarra.

Me aparta de nuevo y quiero darle una patada en el trasero. Mi ira ha regresado y estoy aún más encabronada que antes. Las cosas han cambiado; nuestro..., lo que sea ha dado un giro en redondo. Normalmente soy yo la que huye de él.

—¡Deja de huir de mí! —le grito, y se vuelve con los ojos echando chispas—. ¡He dicho que yo te llevo a casa!

Está a punto de sonreír pero finalmente frunce el ceño y suspira.

—Bueno, ¿dónde está tu coche?

La fragancia de Hardin inunda el coche al instante. Sólo que ahora tiene un toque metálico. Aun así, sigue siendo mi olor favorito. Pongo la calefacción y me froto los brazos para entrar en calor.

—¿Para qué has venido? —me pregunta mientras saco el coche del estacionamiento.

—Para buscarte.

Intento recordar todo lo que tenía pensado decirle, pero tengo la mente en blanco y lo único en lo que puedo pensar es en besarle la boca magullada.

—¿Para qué? —añade en voz baja.

—Para hablar contigo. Tenemos mucho de que hablar.

Tengo ganas de reír y de llorar a la vez y no sé por qué.

—Creía que habías dicho que no teníamos nada que decirnos —replica, y se vuelve hacia la ventanilla con una parsimonia que de repente me molesta muchísimo.

—¿Me quieres? —Las palabras salen atropelladas y estranguladas de mi boca. No tenía pensado decirlas.

Se vuelve hacia mí como si tuviera un resorte en el cuello.

—¿Qué? —pregunta pasmado.

—Que si me quieres —repito. Me preocupa que el corazón se me salga del pecho.

Hardin mira al frente.

—No puede ser que me hagas esa pregunta mientras manejas.

—Y ¿qué más da dónde esté o cuándo te lo pregunte? Dímelo y ya está —casi le suplico.

—Yo... No sé... No lo sé.

Se vuelve de nuevo hacia la ventanilla, como si necesitara escapar.

—Y no puedes preguntarle a alguien si te quiere cuando lo tienes atrapado en un coche contigo... ¡¡Qué chingados te pasa, eh?! —me grita a viva voz.

«Ayyy.»

—Muy bien —es todo lo que consigo decir.

—¿Para qué quieres saberlo?

—No importa.

Ahora estoy confusa, tanto que mi plan de hablar de nuestros problemas se ha ido a pique en cuestión de segundos, junto con la escasa dignidad que aún me quedaba.

—Dime por qué me lo has preguntado —me ordena.

—¡No me digas lo que tengo que hacer! —le grito.

Aminoro cuando llegamos a la fraternidad y mira el jardín lleno de gente.

—Llévame a casa de mi padre —dice.

—¿Qué? No soy un pinche taxi.

—Te he dicho que me lleves a casa. Recogeré mi coche por la mañana.

360

Si su coche está aquí, ¿por qué no maneja él solito a casa de su padre? No obstante, como no quiero que acabe nuestra conversación, pongo los ojos en blanco y me dirijo a casa de su padre.

—Creía que odiabas esa casa —digo.

—La detesto, pero ahora mismo no quiero estar rodeado de gente —replica en voz baja, y a continuación añade en un tono más alto—: ¿Vas a decirme por qué me has preguntado eso? ¿Tiene algo que ver con Zed? ¿Te ha dicho algo?

Parece muy nervioso. ¿Por qué siempre me pregunta si Zed me ha dicho algo?

—No... No tiene nada que ver con Zed. Sólo quería saberlo.

Es verdad que no tiene nada que ver con él; tiene que ver conmigo y con el hecho de que lo quiero y que por un segundo pensé que él también me quería a mí. Cuanto más tiempo paso en su compañía, más ridícula me parece la idea.

—¿Adónde han ido Zed y tú después de irse de la hoguera? —pregunta cuando dejo el coche en la entrada de casa de su padre.

—A su departamento.

El cuerpo de Hardin se tensa y aprieta los puños, cosa que empeora las magulladuras de los nudillos.

—¿Te has acostado con él? —inquiere, y me deja boquiabierta.

—¿Qué? ¿Por qué diablos piensas eso? ¡A estas alturas deberías conocerme mejor! Además, ¿quién te crees que eres para hacerme una pregunta tan personal? Me has dejado claro que no te importo, así que, ¡¿qué pasa si lo he hecho?! —grito.

—Entonces ¿no te has acostado con él? —pregunta con una dura mirada.

—¡Por Dios, Hardin! ¡No! ¡Me ha besado, pero no me acostaría con alguien a quien apenas conozco!

Se acerca y apaga el motor del coche. Saca las llaves del contacto.

—¿Le has devuelto el beso? —Tiene los ojos entornados y parece como si me atravesara con la mirada.

—Sí... Bueno..., no lo sé. Creo que sí. —No recuerdo gran cosa, sólo que no dejaba de ver a Hardin.

—¿Cómo es que no lo sabes? ¿Has bebido? —pregunta subiendo el tono.

—No, es que...

—¡¿Qué?! —grita, y se vuelve para tenerme frente a frente.

No sé interpretar la energía que hay entre nosotros, y por un instante me quedo sentada inmóvil, tratando de controlar la situación.

—¡No podía parar de pensar en ti! —confieso.

Sus rasgos duros se suavizan y me mira a los ojos.

—Vayamos adentro —dice abriendo la puerta del coche—. Ven.

Salgo del coche y lo sigo.

CAPÍTULO 67

Karen y Ken están sentados en el sillón de la sala y levantan la cabeza cuando entramos.

—¡Hardin! ¿Qué ha pasado? —pregunta su padre asustado.

Se pone en pie de un brinco y viene hacia nosotros, pero Hardin lo aparta.

—Estoy bien —gruñe.

—¿Qué le ha pasado? —me pregunta Ken.

—Se ha metido en una pelea, pero no me ha dicho ni con quién ni por qué.

—¡Hola! Estoy aquí. ¡Y he dicho que estoy bien, chinga! —dice Hardin iracundo.

—¡No le hables así a tu padre! —lo regaño y él abre unos ojos como platos.

En vez de gritarme, me toma de la muñeca con la mano magullada y me saca de la habitación. Ken y Karen se quedan hablando sobre Hardin, que ha llegado cubierto de sangre, mientras él me arrastra escaleras arriba. Oigo a su padre, que se pregunta en voz alta cómo es que últimamente aparece tanto por casa cuando antes nunca solía hacerlo.

Cuando llegamos a su habitación, Hardin me da la vuelta, me sujeta por las muñecas contra la pared y se me acerca. Nuestras caras están a escasos centímetros.

—No vuelvas a hacer eso nunca —dice.

—¿El qué? Suéltame ahora mismo.

Pone los ojos en blanco pero me suelta y se dirige a la cama. Yo me quedo junto a la puerta.

—No vuelvas a decirme cómo debo hablarle a mi padre. Preocúpate de tu relación con el tuyo antes de intentar meterte en la mía.

363

En cuanto ha terminado de pronunciar la frase, se da cuenta de lo que ha dicho y de inmediato le cambia la expresión.

—Perdona... No quería decir eso... Se me ha escapado.

Se me acerca con los brazos abiertos, pero yo me pego a la puerta.

—Sí, siempre se te escapa, ¿verdad?

No puedo evitar que los ojos se me llenen de lágrimas. Se ha excedido metiendo a mi padre en esto, incluso para ser Hardin. Es demasiado.

—Tess, yo... —empieza a decir, pero se calla cuando levanto una mano.

«¿Qué hago aquí?»

¿Por qué sigo pensando que pondrá fin a la retahíla de insultos el tiempo suficiente para mantener una conversación de verdad conmigo? Porque soy imbécil, por eso.

—No pasa nada, de verdad —digo—. Es tu forma de ser, siempre haces lo mismo. Buscas el punto débil de los demás y te ensañas. Lo aprovechas. ¿Cuánto tiempo llevas esperando para poder decir algo sobre mi padre? ¡Apuesto que desde que nos conocimos! —grito.

—¡Mierda, no! ¡No es verdad! —grita aún más fuerte que yo—. ¡Lo he dicho sin pensar! ¡Y no te hagas la inocente porque me has provocado a propósito!

—¿Que yo te he provocado? ¡No me digas! ¡Explícate, por favor! —Sé que se nos oye en toda la casa pero, por una vez, me da igual.

—¡Siempre me estás provocando! ¡Siempre buscas pelea conmigo! ¡Estás saliendo con Zed, carajo! ¿Acaso crees que me gusta ponerme así? ¿Crees que me gusta no poder controlarme? Odio que me saques de quicio. ¡Detesto no poder dejar de pensar en ti! ¡Te odio... de verdad! Eres una niña pretenciosa... —Se interrumpe y me mira.

Me obligo a sostenerle la mirada, a fingir que no me ha hecho pedazos con cada sílaba.

—¡A esto justamente me refiero! —añade. Se pasa las manos por el pelo y empieza a dar vueltas por la habitación—. ¡Me vuelves loco, chinga, loco de remate! ¿Y luego vas y tienes el valor de preguntarme si te quiero? ¿Por qué carajo me preguntas eso? ¿Porque te lo dije una vez por accidente? Ya te he dicho que no lo dije en serio, ¿por qué tienes que sacar el tema otra vez? ¿Es que te encanta que te rechacen? ¿Por eso vuelves siempre por más?

Quiero echar a correr, salir de esta habitación y no mirar atrás nunca más. Tengo que echar a correr. Tengo que salir de aquí.

Intento contenerlo pero me ha encendido y enojado tanto, que grito lo único que sé que va a poder con él, que acabará con su control:

—No, ¡vuelvo siempre porque te quiero!

Me tapo la boca, deseando poder retirar lo que acabo de decir. No puede herirme más de lo que ya lo ha hecho y no quiero preguntarme dentro de unos años qué habría dicho si le hubiera confesado lo que siento por él. Puedo soportar que no me quiera. Me metí en esto a sabiendas de cómo es Hardin.

Está asombrado.

—¿Que tú qué? —Parpadea muy rápido, intentando procesar las palabras.

—Adelante, dime otra vez lo mucho que me odias. Dime que soy una boba por querer a alguien que no me soporta —replico. Mi voz es casi un quejido, y no sé de dónde sale. Me seco los ojos y lo miro otra vez, sintiendo que me ha derrotado y que necesito abandonar el campo de batalla para lamerme las heridas—. Me voy.

Me dispongo a darme la vuelta para marcharme cuando de un solo paso acorta la distancia que nos separa. Me niego a mirarlo a la cara cuando me pone la mano en el hombro.

—Maldita sea, no te vayas —dice con la voz cargada de emoción.

La cuestión es de qué emoción.

—¿Me quieres? —susurra, y con la mano magullada me alza la barbilla.

Aparto los ojos de los suyos y asiento muy despacio, esperando que se eche a reír en mi cara.

—¿Por qué? —Su aliento es como una llamarada en mi piel.

Por fin consigo mirarlo a los ojos y veo que parece... ¿asustado?

—¿Qué? —pregunto en voz baja.

—¿Por qué me quieres?... ¿Cómo es posible que me quieras? —Se le quiebra la voz y me mira fijamente.

Siento que las palabras que pronuncie a continuación sellarán mi destino.

—¿Cómo es posible que no sepas que te quiero? —pregunto en vez de responderle.

«¿No cree que lo quiera?» No tengo otra explicación, salvo que lo quiero. Me vuelve loca y me pone furiosa como nadie pero, de alguna manera, me he enamorado de él hasta la médula.

—Me dijiste que no me querías y saliste con Zed. Siempre me abandonas; antes me has dejado tirado en el porche a pesar de que te he suplicado que me dieras otra oportunidad. Te dije que te quería y me rechazaste. ¿Sabes lo duro que fue para mí? —replica.

Debo de estar imaginándome las lágrimas que se le acumulan en los ojos, aunque noto perfectamente sus dedos callosos en mi barbilla.

—Lo retiraste antes de que pudiera procesar lo que habías dicho. Has hecho tantas cosas para hacerme daño, Hardin... —le digo, y asiente con la cabeza.

—Lo sé... Perdóname. Te lo compensaré. Sé que no te merezco, no tengo derecho a pedirte nada, pero..., por favor, dame una oportunidad. No voy a prometerte que no vaya a discutir contigo o que no me enojaré, pero te prometo que me entregaré a ti por completo. Por favor, déjame intentar ser la persona que necesitas.

Parece tan inseguro que me derrito.

—Quiero pensar que puede funcionar, pero no sé cómo —respondo—. Ya nos hemos hecho mucho daño.

Sin embargo, mis ojos me traicionan cuando empiezan a derramar lágrimas. Hardin desliza los dedos por mi cara para interceptarlas. Una lágrima solitaria resbala por su mejilla.

—¿Te acuerdas cuando me preguntaste a quién quería más en el mundo? —me dice; su boca está tan sólo a unos centímetros de la mía.

Asiento, aunque parece que fue hace siglos y yo creía que no me estaba escuchando.

—A ti. Tú eres la persona a la que más quiero en el mundo.

Me toma por sorpresa y pone fin al dolor y a la ira que no me cabían en el pecho.

Antes de permitirme creerlo y de derretirme en sus brazos, le pregunto:

—Esto no será uno de tus jueguecitos, ¿verdad?

—No, Tessa. Se acabaron los juegos. Tú eres lo único que quiero.

Quiero estar contigo, tener una relación de verdad. Eso sí, vas a tener que enseñarme qué demonios significa eso.

Se ríe nervioso, y yo me uno gustosamente a él.

—Extrañaba tu risa —señala—, no he podido sacártela a menudo. Quiero hacerte reír, no llorar. Sé que soy bastante difícil...

Lo callo pegando los labios a los suyos. Sus besos son apresurados y noto el sabor de la sangre del labio partido. La electricidad recorre mi cuerpo y mis rodillas amenazan con dejar de sostenerme. Parece que ha pasado una eternidad desde la última vez que sentí su boca. Amo a este cabrón tarado que se odia a sí mismo, tanto, que me da miedo no poder soportarlo. Me levanta del suelo y enrosca mis muslos en su cintura. Le hundo los dedos en el pelo. Gime en mi boca, jadea y me atrae con más fuerza hacia sí. Mi lengua acaricia su labio inferior pero me aparto cuando hace una mueca de dolor.

—¿Con quién te has peleado? —le pregunto.

Se ríe.

—¿Me lo preguntas en este momento?

—Sí, quiero saberlo —sonrío.

—Siempre haces muchas preguntas. ¿No puedo contestarte luego? —Hace pucheros.

—No. Dímelo.

—Sólo si te quedas. —Me estrecha con fuerza—. Por favor...

—Bueno —contesto, y lo beso otra vez, olvidando por completo que le he hecho una pregunta.

CAPÍTULO 68

Dejamos de besarnos y me siento a los pies de la cama. Hardin me sigue y se acomoda junto a la almohada.

—Bien, ahora cuéntame con quién te has peleado —digo—. ¿Con Zed?

Me da miedo la respuesta.

—No. Ha sido con unos cuates que no conocía.

Es un gran alivio que no haya sido con Zed, pero entonces asimilo lo que ha dicho.

—Espera, ¿con unos cuates? ¿Cuántos eran?

—Tres... o cuatro. No estoy seguro —se ríe.

—No tiene gracia. Y ¿por qué te has peleado?

—No lo sé... —Se encoge de hombros—. Estaba furioso porque te habías marchado con Zed. En aquel momento parecía buena idea.

—Pues no lo era, y mira cómo te han dejado. —Frunzo el ceño y él ladea la cabeza con expresión perpleja—. ¿Qué?

—Nada... Ven aquí —dice, y extiende los brazos.

Asciendo por la cama, me siento entre sus piernas y me apoyo en su pecho.

—Perdona lo mal que te he tratado..., que te trato —me susurra al oído.

Un escalofrío me recorre el cuerpo al sentir su aliento en mi oreja y oír su disculpa. No he tenido que arrancársela.

—No pasa nada. Bueno, sí pasa, pero te daré otra oportunidad.

Espero que no haga que me arrepienta. No creo que pueda soportar más sus cuentos de «ahora sí, ahora no».

—Gracias. Sé que no me la merezco. Pero soy lo bastante egoísta para aceptarla —dice con la boca en mi pelo.

Me rodea con el brazo. Estar sentada así con él se me hace extraño y nostálgico a la vez. Permanezco en silencio y me vuelve un poco los hombros para verme la cara.

—¿Qué te pasa?

—Nada —digo—. Es que me da miedo que vuelvas a cambiar de opinión.

Quiero lanzarme de cabeza a la piscina, pero me aterra la posibilidad de que no haya agua.

—No lo haré. Nunca he cambiado de opinión, sólo luchaba contra lo que sentía por ti. Sé que ya no crees en mis palabras, pero quiero ganarme tu confianza. No volveré a hacerte daño —me promete al tiempo que apoya la frente en la mía.

—No, por favor —le suplico. Me da igual sonar patética.

—Te quiero, Tessa —dice, y el corazón se me sale del pecho.

Las palabras suenan perfectas en sus labios y haría lo que fuera por volver a oírlas.

—Te quiero, Hardin.

Es la primera vez que ambos lo decimos sin tapujos, y tengo que luchar contra el pánico que me entra al pensar en la posibilidad de que vuelva a retirar sus palabras. Aunque lo haga, siempre me quedará el recuerdo de este momento, de cómo me han hecho sentir.

—Dilo otra vez —susurra, y me voltea del todo para que estemos frente a frente.

En sus ojos veo más vulnerabilidad de la que nunca creí posible en él. Me pongo de rodillas y le agarro la cara entre las manos. Con los pulgares acaricio la sombra incipiente que cubre su rostro perfecto. Lo diré cuantas veces haga falta hasta que se crea que merece que alguien lo quiera.

—Te quiero —repito, y cubro sus labios con los míos.

Hardin gime agradecido, y su lengua roza la mía con ternura. Cada vez que lo beso es distinto, como si fuera la primera vez. Él es la droga de la que nunca tengo suficiente. Me abraza por la cintura y me estrecha hasta que no queda espacio entre nuestros pechos. La cabeza me dice que me lo tome con calma, que lo bese despacio y que saboree cada segundo de esta dulce calma. Pero mi cuerpo me dice que lo agarre del pelo y le arranque la camiseta. Sus labios recorren mi mandíbula y rodean mi cuello.

Se acabó. Ya no puedo controlarme más. Somos así: furia y pasión y, ahora, también amor. Se me escapa un gemido y él gruñe contra mi cuello, me toma de la cintura y me tumba sobre la cama. Lo tengo encima de mí.

—Te... he... extrañado... un montón —dice lamiéndome el cuello.

No puedo mantener los ojos abiertos, es demasiado agradable. Baja el cierre de mi chamarra y me mira con ojos golosos. No me pide permiso para quitármela ni tampoco para quitarme la camiseta de tirantes por la cabeza. Le cuesta respirar cuando ve que arqueo la espalda para que me desabroche el brasier.

—Extrañaba tu cuerpo... Cómo éste se amolda perfectamente a mi mano —dice con voz ronca al tiempo que coge un seno con cada una.

Gimo otra vez y aprieta las caderas contra mi bajo vientre para que note su excitación. Tenemos la respiración agitada y fuera de control, y nunca lo he deseado tanto. Parece que admitir lo que sentimos no ha hecho disminuir la abrasadora pasión que nos consume. Su mano se desliza por mi vientre desnudo y desabrocha el primer botón de mis pantalones. Mete los dedos en mi ropa interior y jadea contra mi boca:

—Extrañaba que siempre estés tan mojada por mí.

Sus palabras me hacen cosas indecibles, y levanto las caderas suplicando sentirlo.

—¿Qué quieres, Tessa? —susurra en el hueco de mi cuello.

—A ti —respondo antes de que mi mente procese lo que he dicho.

No obstante, sé que es verdad. Quiero a Hardin del modo más básico, más profundo y elemental posible. Sus dedos se delizan en mi interior con facilidad y echo hacia atrás la cabeza en la almohada mientras entran y salen.

—Me encanta mirarte, ver lo bien que puedo hacerte sentir —dice, y yo sólo consigo gemir en respuesta.

Mis manos se aferran a la espalda de su camiseta. Lleva demasiada ropa, pero no consigo formar una frase coherente para pedirle que se la quite. ¿Cómo hemos pasado de «Te odio» a «Te quiero» de este modo? Lo mismo da. Lo único que importa es lo que me está haciendo sentir, lo que me hace sentir siempre. Su cuerpo se echa sobre el mío y saca la mano de mi pantalón. Protesto por haber perdido su caricia y él sonríe.

Me baja los pantalones y los calzones y señalo su cuerpo, completamente vestido.

—Desnúdate —digo, y él se ríe.

—Sí, señora —se burla y se quita la camiseta dejando al descubierto su torso tatuado.

Quiero recorrer con la lengua todos y cada uno de los trazos de sus tatuajes. Me encanta el símbolo del infinito que lleva justo encima de la muñeca y que no pega para nada con las llamas que hay tatuadas justo debajo.

—¿Por qué te lo hiciste? —pregunto dibujando el contorno con la yema del índice.

—¿El qué? —Está distraído. Sólo tiene manos y ojos para mis pechos.

—Este tatuaje. Es muy distinto de los demás. Es mucho más... suave y un poco... ¿femenino?

Sus dedos vagan por mis pechos, se agacha y me clava su erección en la pierna.

—Conque femenino, ¿eh?

Sonríe y me roza los labios con los suyos antes de apartarse y mirarme con una ceja en alto.

Ya no me interesa el tatuaje ni por qué se lo hizo. Sólo quiero tocarlo, sentir su boca en la mía.

Antes de que ninguno de los dos pueda estropear el momento con más palabras, lo agarro del pelo y le bajo la cabeza. Lo beso un instante en los labios antes de seguir con su cuello. Tengo experiencia limitada, aunque intensiva, en complacer a Hardin, pero sé que lo vuelve loco el hueco que tiene justo encima de la clavícula. Se lo lleno de besos ardientes y húmedos y noto cómo se le tensa el cuerpo y tiembla cuando levanto las caderas y las aprieto contra él. La sensación de su pecho desnudo sobre el mío es exquisita. Nuestras pieles desnudas empiezan a brillar ligeramente por el sudor. Un pequeño movimiento y esto pasará a otro nivel, un nivel al que nunca he estado dispuesta a llegar hasta ahora. Los músculos duros de Hardin, que se contraen y se relajan mientras se frota contra mí jadeando, es más de lo que puedo resistir.

—Hardin... —gimo cuando se restriega otra vez contra mí.

—¿Sí, nena? —Deja de moverse. Llevo los talones a sus muslos y lo obligo a moverse otra vez. Cierra los ojos—. Carajo —gime.

—Quiero... —digo.

—¿Qué quieres? —Su aliento me quema y cae a fuego sobre mi piel pegajosa.

—Quiero..., ya sabes... —digo.

De repente me muero de la vergüenza a pesar de lo íntimo de nuestra postura.

—Ah —dice. Deja de moverse y me mira a los ojos. Parece estar librando una batalla contra sí mismo—. Yo... no sé si es buena idea...

«¿Qué?»

—¿Por qué? —exclamo, y lo aparto de un empujón. Ya estamos otra vez.

—No... no, nena. Me refiero a hacerlo precisamente esta noche.

Me rodea con los brazos, y se acuesta junto a mí. No puedo mirarlo. Me siento muy humillada.

—Eh, mírame —dice sujetándome la barbilla—. Quiero hacerlo, carajo, no sabes cuánto lo deseo. Más que nada en el mundo, créeme. Llevo deseando sentirte así desde que te conocí, pero creo... creo que después de todo lo que ha pasado hoy y... Sólo quiero que estés lista. Lista del todo, porque cuando lo hagamos, estará hecho. No se puede deshacer.

Mi humillación disminuye un poco y lo miro. Sé que tiene razón, sé que tengo que pensarlo bien pero me cuesta creer que mañana mi respuesta sea otra. Debería pensarlo cuando no esté bajo la influencia de su cuerpo desnudo restregándose contra el mío. Es peor que el alcohol cuando corre por mis venas.

—No te enojes conmigo, por favor. Sólo piénsalo un poco más y, si estás segura de que quieres hacerlo, te cogeré con mucho gusto. Una y otra vez, donde y cuando tú quieras. Quiero...

—¡Bueno, bueno! —Le tapo la boca con la mano.

Se ríe contra mi palma y se encoge de hombros. Cuando le quito la mano de la boca me muerde los dedos y me estrecha contra sí.

—Creo que debería ponerme algo encima para no ser una tentación —dice con picardía, y yo me ruborizo.

No consigo decidir qué es más sorprendente: si el hecho de que le haya sugerido que nos acostemos o el hecho de que me respete hasta el punto de haberme rechazado.

—Pero primero, voy a hacerte sentir bien —dice, y vuelve a acostarme boca arriba con un solo movimiento.

Su boca se cierra entre mis muslos y en cuestión de minutos me tiemblan las piernas y estoy cubriéndome la boca con la mano para no gritar su nombre y que nos oiga todo el mundo.

CAPÍTULO 69

Me despierto con los suaves ronquidos de Hardin, que tiene los labios en mi oreja. Tengo la espalda pegada a su pecho y él me rodea la cintura con las piernas. Los recuerdos de anoche me hacen sonreír antes de que el pánico sofoque la euforia.

¿Sentirá lo mismo el día después? ¿O me torturará y se burlará de mí por haberme ofrecido a él anoche? Me vuelvo lentamente para mirarlo, para examinar sus rasgos perfectos mientras su sempiterno ceño fruncido permanece relajado por el sueño. Le paso el dedo índice por el aro de la ceja, luego por el cardenal de la mejilla. Tiene mejor el labio y los nudillos porque anoche al final me dejó que se los limpiara bien.

Abre los ojos cuando mis labios acarician los suyos con avidez.

—¿Qué estás haciendo? —me pregunta.

No logro descifrar su tono y eso me pone nerviosa.

—Perdona..., sólo estaba... —No sé qué decir. No sé de qué humor se habrá despertado después de que anoche nos quedáramos dormidos el uno en brazos del otro.

—No te detengas —susurra, y vuelve a cerrar los ojos.

Me quita un peso de encima y sonrío antes de dibujar de nuevo la forma de sus labios carnosos, con cuidado de no tocarle la herida.

—¿Qué planes tienes para hoy? —pregunta unos minutos más tarde abriendo otra vez los ojos.

—Voy a ayudar a Karen con el invernadero —le digo mientras se incorpora.

—¿En serio?

Seguro que se ha enojado. No le gusta Karen, a pesar de que es una de las personas más dulces que he conocido.

—Sí —contesto.

—Bueno, imagino que no tengo que preocuparme de si vas a gustarle o no a mi familia. Creo que les caes mejor que yo. —Se ríe, me acaricia la mejilla con la yema del pulgar y me estremezco—. El problema es que si sigo viniendo por aquí mi padre va a pensar que empiezo a aceptarlo —dice con tono de broma pero una mirada muy seria.

—A lo mejor tu padre y tú podrían pasar un rato juntos mientras Karen y yo estamos en el jardín —sugiero.

—Ni hablar —protesta—. Regresaré a mi casa, a mi verdadera casa, y esperaré a que vuelvas.

—Me gustaría que te quedaras. Tal vez tarde, el invernadero va a necesitar bastante trabajo.

Parece que no sabe qué decir. Me resulta muy tierno que no quiera estar lejos de mí mucho tiempo.

—No sé, Tessa... Además, nó creo que mi padre quiera pasar un rato conmigo —murmura.

—Pues claro que quiere. ¿Cuándo fue la última vez que estuvieron los dos solos en la misma habitación?

Se encoge de hombros.

—No lo sé... Hace años. No sé si es buena idea —dice pasándose las manos por el pelo.

—Si estás incómodo, siempre puedes hacernos compañía a Karen y a mí —le aseguro.

La verdad es que me asombra que esté pensando en pasar un rato con su padre.

—Bueno... Pero sólo lo hago porque la idea de dejarte... aunque sólo sean unas horas... —Se detiene. Sé que no se le da bien expresar sus sentimientos, por eso aguardo en silencio, dándole tiempo para encontrar las palabras—. Bueno, digamos que es peor que pasar un rato con el cretino de mi padre.

Sonrío a pesar de la forma en que acaba de llamar a Ken. El padre que Hardin recuerda de cuando era niño no es el mismo hombre que está ahora aquí, y espero que Hardin se dé cuenta algún día. Me levanto de la cama y me acuerdo de que no tengo ropa que ponerme, ni cepillo de dientes ni nada.

—Tengo que ir a mi habitación por algunas cosas —le digo, y se pone tenso.

—¿Por qué?

—Porque aquí no tengo ropa y necesito cepillarme los dientes —digo. Cuando lo miro, su boca sonríe pero no sus ojos—. ¿Qué ocurre?

Me da miedo.

—Nada... ¿Cuánto vas a tardar?

—Pensaba que ibas a acompañarme.

En cuanto lo digo, se relaja.

«Y ¿ahora qué le pasa?»

—Ah.

—¿No vas a decirme por qué estás tan raro? —pregunto poniendo mis manos en la cintura.

—No estoy... Sólo es que pensaba que ibas a volver a marcharte. A dejarme.

Lo dice con un hilo de voz, y es tan poco propio de él que me entran ganas de darle un abrazo. Sin embargo, me limito a hacerle un gesto para que se levante y él asiente y se acerca hasta que lo tengo delante.

—No voy a ninguna parte. Sólo necesito mi ropa —le repito.

—Lo sé... Es que voy a tardar un poco en habituarme. Estoy acostumbrado a que huyas de mí, no a que te vayas para volver luego.

—Y yo estoy acostumbrada a que me apartes, así que los dos vamos a tener que adaptarnos.

Sonrío y apoyo la cabeza en su pecho. Es raro, pero me reconforta su preocupación. Me aterraba que volviera a cambiar de opinión esta mañana, y es agradable saber que sólo estaba asustado.

—Sí, eso parece. Te quiero —me dice, y me afecta igual que la primera vez, y que la vigésima de anoche.

—Yo también te quiero —le digo, y él frunce el ceño.

—No digas *también*.

—¿Y eso por qué? —La duda ataca de nuevo. Sospecho que va a rechazarme otra vez, aunque espero que no.

—No lo sé... Me hace sentir como si simplemente estuvieras siguiéndome la corriente. —Baja la vista.

Recuerdo que anoche me prometí a mí misma que haría todo lo que estuviera en mi mano para ayudarlo a superar su inseguridad.

—Te quiero —digo entonces, y levanta la cabeza.

Su mirada se suaviza y sus labios se aprietan contra los míos.

—Gracias —responde al apartarse.

Pongo los ojos en blanco. Está impecable con una camiseta blanca lisa y unos *jeans* negros. No se pone otra cosa: camiseta blanca y pantalones de mezclilla negros todos los días. Pero está perfecto, todos los días. No necesita seguir la última moda; su estilo sencillo le va de maravilla. Yo me pongo lo que llevaba anoche y él agarra mi bolsa. Bajamos la escalera.

Karen y Ken están en la sala.

—He preparado el desayuno —dice contenta.

Me siento un tanto incómoda porque Karen y Ken saben que anoche volví a dormir con Hardin. No parece que les suponga ningún problema, y somos adultos, pero eso no evita que me ruborice.

—Gracias. —Sonrío y ella me lanza una mirada de curiosidad. Sé que me hará preguntas en el invernadero.

Voy a la cocina y Hardin me sigue. Nos llenamos los platos de comida y nos sentamos a la mesa.

—¿Y Landon y Dakota? —le pregunto a Karen cuando entra en la cocina.

Dakota se va a quedar hecha un caos cuando me vea con Hardin después de haberme visto anoche con Zed, pero procuro borrar los pensamientos negativos.

—Han ido a Seattle a pasar el día. ¿Sigue en pie lo del invernadero?

—Por supuesto. Sólo voy a pasar por la residencia para cambiarme de ropa —le digo.

—¡Estupendo! Haré que Ken saque las bolsas de tierra del cobertizo.

—Si espera hasta que volvamos, tal vez Hardin podría ayudarlo... —sugiero, y miro a Hardin.

—¿Tú también vas a echar una mano? —le pregunta Karen con una sonrisa radiante.

¿Cómo es que no se da cuenta de que tiene mucha gente a quien le importa?

—Pues... sí. Iba a quedarme hoy por aquí... —balbucea—. Si te parece bien...

377

—¡Claro que sí! ¡Ken! ¿Has oído eso? ¡Hardin va a pasar aquí el día!

Está tan contenta que no puedo evitar sonreír. Hardin pone los ojos en blanco.

—Sé bueno —le susurro al oído, y él me dedica la sonrisa más falsa que he visto en mi vida.

Luego me echo a reír y le doy una patadita.

CAPÍTULO 70

Me doy un baño rápido y me cambio de ropa a pesar de que voy a ensuciarme en el invernadero con Karen. Hardin me espera pacientemente, curioseando mi cajón de la ropa interior para entretenerse. Cuando he terminado, me dice que empaque ropa para pasar otra noche con él y eso me hace sonreír. Pasaría con él todas las noches, si pudiera.

En el trayecto de vuelta, le pregunto:

—¿Quieres que vayamos a recoger tu coche y lo llevemos a casa de tu padre?

—No, no hace falta. Estaré bien siempre y cuando dejes de serpentear por la carretera.

—¿Perdona? Soy una conductora de primera —digo a la defensiva.

Hace un gesto de burla pero no dice nada.

—¿Cómo es que te decidiste a comprarte un coche?

—Por las prácticas, y porque no quería tener que ir en el autobús o depender de que otros me llevaran a todas partes.

—Ah... ¿Fuiste tú sola? —pregunta mirando por la ventanilla.

—Sí... ¿Por?

—Simple curiosidad —miente.

—Estaba sola. Ese día fue horrible para mí —le digo, y él se encoge en el asiento.

—¿Cuántas veces has quedado con Zed?

«¿A qué viene eso ahora?»

—Dos veces: salimos a cenar y a ver una película y a la hoguera. No tienes nada de qué preocuparte.

—¿Sólo te ha besado una vez?

«Uy...»

—Sí, sólo una vez. Además de... la que viste. ¿Podemos cambiar de tema? ¿Acaso te pregunto yo por Molly? —salto.

—Bueno, bueno. No nos peleemos. Creo que nunca habíamos pasado tanto tiempo sin sacarnos los ojos, a ver si no lo estropeamos —dice, y me toma la mano. Dibuja pequeños círculos con el pulgar sobre mi piel.

—Está bien —asiento, aunque todavía estoy un poco molesta. El recuerdo de Molly en su regazo me pone mal.

—Vamos, Tess... No te enojes. —Se echa a reír y me hace cosquillas.

No puedo evitar una risita nerviosa.

—¡No me distraigas, que estoy manejando!

—Es probable que éste sea el único momento en que no vas a dejar que te toque.

—Te advierto. No seas tan engreído.

Nuestras risas se mezclan en el coche y es un sonido adorable. Pone la mano en mi muslo y lo acaricia arriba y abajo con sus largos dedos.

—¿Estás segura? —Su voz áspera me hace cosquillas en la piel. Mi cuerpo responde a él al instante. Se me acelera el pulso. Trago saliva y asiento. Suspira y retira la mano—. Sé que no es verdad... Pero prefiero que no te salgas de la carretera. Tendré que esperar a cogerte con los dedos.

Le lanzo una mirada aplastante, roja como un jitomate.

—¡Hardin!

—Perdona, nena.

Sonríe y levanta las manos poniendo cara de inocente. Luego mira por la ventanilla. Me encanta que me llame *nena*. Noah y yo pensábamos que todos esos apelativos cariñosos que usa la gente eran demasiado juveniles para nosotros pero, viniendo de Hardin, la sangre me hierve en las venas.

Cuando llegamos de vuelta a casa de sus padres, Ken y Karen están esperándonos en el jardín. Él parece un pez fuera del agua, con *jeans* y una camiseta de la WCU. Nunca lo he visto con ropa informal y, vestido así, tiene un aire a Hardin. Nos saludan con una sonrisa que Hardin intenta devolverles, aunque se ve incómodo, se revuelve y se mete las manos en las bolsas.

—Cuando quieras —le dice su padre.

Parece estar tan incómodo como él, aunque más bien son nervios.

Hardin no parece muy entusiasmado. Me mira y yo asiento con la cabeza para decirle que adelante. Me sorprende haberme convertido de repente en la persona que le infunde seguridad. Parece que nuestra dinámica ha cambiado drásticamente, y eso me hace más feliz de lo que había imaginado.

—Estaremos en el invernadero, sólo tienen que traernos la tierra —dice Karen, y le da a Ken un breve beso en la mejilla.

Hardin mira a otra parte y por un segundo pienso que también va a besarme, pero no.

Sigo a Karen al invernadero y, nada más entrar, ahogo una exclamación. Es inmenso, mucho más grande de lo que parece desde fuera, y no bromeaba al decir que hay mucho trabajo que hacer. Está prácticamente vacío.

Con un gesto teatral, se lleva las manos a las caderas y dice alegremente:

—Es un proyecto muy ambicioso, pero creo que lo conseguiremos.

—Yo también lo creo —digo.

Hardin y Ken entran cargando dos sacos de tierra cada uno. Guardan silencio y los dejan donde Karen les dice. Luego se marchan otra vez. Veinte sacos de tierra y cientos de semillas de flores y verduras más tarde, se podría decir que la cosa promete.

No me he dado ni cuenta de que el sol ha empezado a desaparecer tras el horizonte. Llevo varias horas sin ver a Hardin. Espero que Ken y él sigan con vida.

—Creo que por hoy ya hemos hecho bastante —dice Karen secándose el sudor de la frente. Las dos tenemos tierra hasta en las orejas.

—Sí. Será mejor que vaya a ver qué tal le va a Hardin —comento, y ella se echa a reír.

—Significa mucho para nosotros, sobre todo para Ken, que Hardin venga más a menudo a casa. Sé que te lo debemos a ti. ¿Han arreglado sus diferencias?

—Creo que sí... Más o menos. —Se me escapa una risa nerviosa—. Seguimos siendo muy diferentes.

Si ella supiera...

Me dedica una sonrisa comprensiva.

—Bueno, a veces eso es justo lo que necesitamos. Y los retos son interesantes.

—Desde luego, es todo un reto.

Las dos nos echamos a reír y me da un abrazo.

—Jovencita, has hecho por nosotros más de lo que imaginas.

Noto que se me llenan los ojos de lágrimas y asiento.

—Espero que no le importe que me haya quedado a dormir tan a menudo. Hardin me ha pedido que me quede aquí también esta noche.

—Por supuesto que no. Son adultos y confío en que están tomando precauciones.

«Ay, ¡por favor!»

Sé que me estoy poniendo más roja que los bulbos que acabamos de plantar.

—Pues... es que no... Yo no... —tartamudeo.

¿Por qué le estoy contando esto a la futura madrastra de Hardin?

—Ah —dice ella igual de avergonzada—. Vayamos adentro.

La sigo hacia la casa. Nos quitamos los zapatos antes de entrar. En la sala, veo a Hardin en la orilla del sillón. Ken está sentado en otro. Los ojos de Hardin no tardan en dar con los míos y su mirada se torna de alivio.

—Prepararé algo de cenar mientras te limpias —dice Karen.

Hardin se levanta y se acerca. Parece muy contento de no tener que seguir en la misma habitación que su padre.

—Bajo enseguida —digo siguiendo a Hardin escaleras arriba—. ¿Qué tal ha ido? —pregunto cuando entramos en su habitación.

En vez de responder, me toma de la coleta y me besa. Andamos hacia atrás y nos pegamos a la puerta, su cuerpo contra el mío.

—Te extrañaba.

Me derrito.

—¿De verdad?

—Sí. Acabo de pasar horas, incómodo y en silencio, con mi padre y luego hemos tenido que hacer un par de comentarios irrelevantes aquí y allá. Necesito distraerme.

Me pasa la lengua por el labio inferior y me deja sin aire en los pulmones. Esto es distinto. Se agradece, y es ardiente, pero muy muy distinto.

Sus manos viajan por mi vientre y se detienen en el primer botón de mis pantalones.

—Hardin, tengo que bañarme. Estoy llena de tierra —digo entre risas.

Me lame la mejilla.

—Me gustas así: dulce y sucia.

Me regala la sonrisa de los hoyuelos, pero lo aparto y agarro mi bolsa de aseo antes de salir hacia el cuarto de baño. Tengo la respiración entrecortada y estoy un poco desorientada, por eso no entiendo lo que sucede cuando intento cerrar la puerta del cuarto de baño y ésta se queda entornada. Hasta que miro hacia abajo y veo la bota de Hardin.

—¿Puedo hacerte compañía? —sonríe, y entra en el baño sin esperar respuesta.

CAPÍTULO 71

Sus dedos se cierran sobre el doblez de la camiseta. Se la quita por la cabeza y luego estira el brazo para abrir la llave de la regadera.

—¡No podemos bañarnos juntos! Estamos en casa de tu padre, y Landon y Dakota volverán en cualquier momento —digo.

La idea de ver a Hardin completamente desnudo en el agua hace que me estremezca de placer, pero esto es demasiado.

—Bueno —repone—, pues entonces voy a darme un rico y calientito baño mientras tú te quedas aquí fuera decidiendo.

Sus pantalones caen al suelo. Y su bóxer. Luego se mete bajo el agua. La piel desnuda de su espalda es muy tersa, ceñida a los músculos. Recorre con la mirada mi cuerpo vestido del mismo modo en que mis ojos se pasean por su cuerpo desnudo. Está empapado y los tatuajes brillan bajo el agua. No me doy ni cuenta de que lo estoy mirando hasta que abre la cortina de golpe, escondiendo su cuerpo perfecto.

—¿No crees que un buen baño es lo mejor al final del día? —El agua amortigua su voz, pero aun así percibo su tono de satisfacción.

—No sabría decírtelo: un hombre desnudo y maleducado me ha robado el mío —protesto, y lo oigo reír.

—¿Un hombre desnudo, sexi y maleducado? —me provoca—. Anda, ven aquí antes de que se acabe el agua caliente.

—Yo...

Quiero meterme, pero bañarse con alguien es algo muy íntimo. Demasiado.

—Vamos, mujer. Es sólo un baño —dice abriendo la cortina—. Por favor.

Me ofrece la mano y mis ojos examinan su pecho, largo y tatuado, reluciente por las gotas de agua que bañan su piel.

—Está bien —susurro y me desvisto sin que él me quite los ojos de encima—. Deja de mirarme así —lo regaño.

Entonces finge que he herido sus sentimientos llevándose la mano al corazón.

—¿Cuestionas mi decencia? —Se echa a reír y asiento mientras intento contener la sonrisa—. Me has ofendido.

Me ofrece la mano para ayudarme a meterme. No puedo creer que me esté bañando con alguien. Hago lo que puedo para cubrirme con los brazos mientras espero que me deje sitio bajo el agua.

—¿Es muy raro que me guste lo pudorosa que eres? —dice apartándome los brazos que me servían de escudo.

Me quedo callada y, con delicadeza, me jala para acercarme al agua, que cae sobre su cuerpo. Baja la cabeza y me empapa el hombro desnudo.

—Creo que me atrae que seas tan tímida e inocente, y que aun así me dejes hacerte todo lo que me gusta. —Su aliento quema más que el agua. Parpadeo y sus manos descienden por mis brazos—. Y sé que te gusta que te diga cochinadas.

Trago saliva y sonríe contra mi cuello.

—¿Ves cómo se te acelera el pulso?... Prácticamente puedo ver cómo palpita bajo tu suave piel... —Pone un dedo en el pulso de mi cuello.

No tengo ni idea de cómo es que sigo en pie. Mis piernas son un flan y mi cerebro está en cortocircuito.

Sus manos recorren mi cuerpo y dejo de preocuparme por no estar solos en casa. Quiero perder la cabeza y permitir que Hardin me haga todo lo que quiera. Cuando sus dedos largos llegan a mis caderas, me acerco a él sin darme cuenta.

—Te quiero, Tessa. Me crees cuando te lo digo, ¿verdad? —pregunta.

Asiento. ¿Por qué me lo preguntará justamente ahora, después de que nos lo hemos dicho tantas veces en las últimas veinticuatro horas?

—Sí, te creo. —Tengo la voz ronca y me aclaro la garganta.

—Bien. Nunca antes he querido a nadie. —Pasa de juguetón a seductor y a ponerse serio a tal velocidad que a duras penas consigo seguirle el ritmo.

—¿Nunca? —inquiero.

Creo que ya lo sabía, pero la sensación es distinta cuando es él quien lo dice, sobre todo si estamos así. Pensaba que a estas alturas ya tendría la cabeza entre mis muslos, no que estaría expresando sus sentimientos.

—No, nunca. Ni siquiera nada parecido —confiesa.

Me pregunto si alguna vez ha tenido novia. No, en realidad no quiero saberlo. Me ha dicho que no había salido nunca con nadie, así que me quedo con eso.

—Ah —es todo lo que puedo decir.

—¿Me quieres igual que querías a Noah?

De mi boca sale algo entre un grito ahogado y una tos, y miro hacia otro lado. Tomo el champú. Aún no he empezado a asearme y ya llevamos aquí un rato.

—¿Y bien? —insiste.

No sé qué contestar a eso. Con Hardin es completamente distinto de como era con Noah. Yo quería a Noah, creo. Sé que lo quería, sólo que no así. Querer a Noah era cómodo y seguro; siempre fue muy tranquilo. Con Hardin es salvaje y emocionante; me tiene siempre en ascuas y no me canso de estar en su compañía. No quiero estar sin él. Lo extrañaba hasta cuando me volvía loca y me costaba mucho mantenerme lejos de él.

—Me lo tomaré como un no —dice dándome la espalda, y me da pleno acceso al agua.

Me agobio en este espacio tan reducido y me falta el aire, hay demasiado vapor del agua caliente.

—No es lo mismo —digo finalmente.

¿Cómo voy a poder explicárselo sin que parezca que me falta un tornillo? Baja los hombros. Sé que tiene el ceño fruncido. Le rodeo la cintura con la mano y lo beso en la espalda.

—No es lo mismo, pero no por lo que tú te imaginas —añado—. A ti te quiero de otra manera. Estar con Noah me resultaba tan cómodo que parecía que fuera de mi familia. Sentía que se suponía que tenía que quererlo, pero en realidad no lo quería, al menos no como te quiero a ti. Hasta que me di cuenta de que te amaba a ti, no vi lo diferente que era el amor de como yo creía que tenía que ser. No sé si tiene mucho sentido...

Siento una punzada de culpabilidad por decir que no quiero a Noah, pero creo que lo sé desde la primera vez que besé a Hardin.

—Lo tiene —replica.

Cuando se vuelve hacia mí, su mirada se ha suavizado. El deseo y la ansiedad de después han desaparecido. Ahora hay... ¿amor? O alivio... No sé decirlo, pero me da un beso en la frente.

—Quiero ser la única persona a la que ames; así serás mía.

¿Cómo es que antes era un cabrón integral y ahora me dice estas cosas tan bonitas? A pesar del toque posesivo en su voz, sus palabras son muy dulces y sorprendentemente humildes, viniendo de él.

—En lo que importa de verdad, lo eres —le prometo.

Parece satisfecho con mi respuesta y la sonrisa vuelve a su rostro.

—Y ¿ahora puedes apartarte para que me saque la tierra de encima antes de que se enfríe el agua? —digo con ternura mientras lo quito de en medio.

—Ya me encargo yo.

Enjabona la esponja. Contengo la respiración todo el rato que dedica a frotar y a eliminar la suciedad de mi cuerpo. Me estremezco cuando pasa por las zonas sensibles y se detiene un poco en ellas.

—Te pediría que me tallaras —dice—, pero no podría detener lo que pasaría después. —Me guiña un ojo y me ruborizo.

Quiero descubrir qué pasaría después y me encantaría acariciar cada centímetro de su cuerpo, pero seguramente Karen ya habrá terminado de cocinar y es posible que no tarde en venir a buscarnos.

Sé que lo más sensato y responsable es salir de la regadera, aunque me cuesta ser responsable cuando lo tengo desnudo delante de mí. Alargo la mano y le agarro la verga. Hardin da un paso atrás, pegándose a la pared. Me mira fijamente mientras la acaricio arriba y abajo sin soltarla.

—Tess —gime apoyando la cabeza en los mosaicos.

No lo suelto y gime otra vez. Me encantan los ruidos que hace. Bajo la vista y admiro cómo el agua salpica nuestros cuerpos y me ayuda a deslizar la mano con facilidad por toda su extensión.

—No sabes el gusto que me das.

Su mirada me pone un poco nerviosa, pero el modo en que aprieta los dientes y entorna los ojos es como si estuviera intentando mantenerlos abiertos para pedirme que le dé más placer. Mi pulgar acaricia la punta de su pene y Hardin maldice en voz baja.

—Voy a venirme ya. Carajo...

Cierra los ojos y siento su orgasmo tibio que se mezcla en mi mano con el agua caliente. No puedo evitar mirarlo fijamente hasta que sólo queda el agua. A continuación se acerca a mí, sin aliento, y me besa en la boca.

—Alucinante —susurra, y me besa otra vez.

Una vez limpia y más tranquila, aunque incandescente por las caricias de Hardin, me seco a toda velocidad y me pongo las mallas de hacer yoga y la camiseta que saco de la bolsa. Me cepillo el pelo y me hago un chongo en la coronilla. Hardin se envuelve una toalla alrededor de la cintura y se queda de pie detrás de mí, mirándome a través del espejo. Está divino, y es todo mío.

—Esas mallas van a ser una distracción —dice.

—¿Siempre has tenido una mente tan sucia? —me burlo, y él asiente.

Hasta que entramos en la cocina no me doy cuenta de las fachas que llevamos. Los dos tenemos el pelo mojado. Salta a la vista que acabamos de bañarnos juntos. A Hardin no parece importarle, pero eso es porque no tiene modales.

—Hay sándwiches en la cocina —anuncia Karen alegremente señalando hacia el lugar donde Ken está sentado con una torre de carpetas delante.

No parece que le sorprenda ni que le moleste nuestro aspecto; a mi madre le habría dado un ataque si supiera lo que acabo de hacer. Sobre todo con alguien como Hardin.

—Muchísimas gracias —digo.

—Lo he pasado muy bien hoy, Tessa —comenta Karen, y empezamos a hablar otra vez del invernadero mientras agarramos un sándwich cada uno y nos sentamos a comer.

Hardin come en silencio y me mira de vez en cuando.

—Podríamos seguir con el invernadero el fin de semana que viene —sugiero, pero enseguida me corrijo—: Quiero decir, dentro de dos semanas —digo entre risas.

—Sí, por supuesto.

—¿La boda tiene algún tema? —interrumpe Hardin.

Ken levanta la vista del trabajo.

—Bueno, en realidad no tiene ningún tema, pero hemos elegido la decoración en blanco y negro —dice Karen nerviosa.

Estoy segura de que es la primera vez que hablan con Hardin de la boda desde el día que Ken le dijo que iba a casarse y él hizo un desmadre.

—Ah. Entonces ¿qué debería ponerme? —pregunta sin darle mucha importancia.

Después de ver la reacción de su padre, me muero por comerme a Hardin a besos.

—¿Vas a venir? —pregunta Ken, sorprendido y muy feliz.

—Sí..., supongo. —Hardin se encoge de hombros y le da otra mordida a su sándwich.

Karen y Ken se miran y sonríen. Él se levanta y se acerca a Hardin.

—Gracias, hijo, significa mucho para mí —dice al tiempo que le da a Hardin una palmada en el hombro.

Él se pone tenso pero premia a su padre con una pequeña sonrisa.

—¡Qué gran noticia! —exclama Karen aplaudiendo.

—No es nada —gruñe Hardin.

Me siento a su lado y le agarro la mano por debajo de la mesa. Nunca pensé que podría convencerlo de que fuera a la boda, mucho menos hablar sobre ella delante de Ken y Karen.

—Te quiero —le susurro al oído cuando ellos están en otra cosa.

Sonríe y me aprieta la mano.

—Te quiero —me susurra.

—Hardin, ¿cómo van las clases? —pregunta Ken.

—Bien.

—He visto que has vuelto a cambiar de materias.

—Sí. ¿Y?

—Vas a graduarte en Inglés, ¿no? —continúa Ken, que, sin saberlo, está tentando su suerte. Noto que Hardin empieza a molestarse.

—Sí —responde.

—¡Eso está muy bien! Recuerdo cuando tenías diez años y recitabas pasajes de *El gran Gatsby* todos los días, a todas horas. Ya entonces se notaba que se te iba a dar muy bien la literatura —dice su padre.

—¿De verdad? ¿Eso recuerdas? —El tono de Hardin es muy áspero.

Le estrecho la mano intentando decirle que se calme.

—Sí, claro que me acuerdo —contesta Ken muy tranquilo.

Las aletas nasales de Hardin se agitan y pone los ojos en blanco.

—Me cuesta creerlo —replica—, porque estabas siempre borracho y, lo que yo recuerdo, y lo recuerdo como si fuera ayer, es que hiciste pedazos ese libro porque tropecé con tu whisky y lo derramé. Así que no intentes impresionarme con el baúl de los recuerdos a menos que sepas de qué chingados estás hablando.

Se levanta y Karen y yo tragamos saliva.

—¡Hardin! —lo llama Ken cuando se va de la cocina.

Corro tras él y oigo a Karen gritarle a Ken:

—¡No deberías haber ido tan lejos, Ken! Acaba de acceder a venir a la boda. ¡Creía que habíamos acordado ir poco a poco! Y tú vas y le dices una cosa así. ¿Por qué no lo has dejado en paz?

Aunque es obvio que está enojada, su voz entrecortada me indica que está llorando.

CAPÍTULO 72

Hardin da un portazo justo cuando termino de subir la escalera. Giro la manilla, esperando encontrarme la puerta de su habitación cerrada, pero se abre.

—Hardin, ¿estás bien? —pregunto sin saber qué otra cosa decir.

Me responde agarrando la lámpara de la mesita de noche y estampándola contra la pared. La base de cristal se hace pedazos. Doy un salto y grito sin querer. De dos pasos, llega al escritorio, toma el pequeño teclado, lo arranca de la computadora y lo estrella contra el suelo.

—¡Hardin, detente, por favor! —exclamo.

No me mira pero lanza el monitor contra el suelo y empieza a gritar.

—¿Por qué? ¿Por qué, Tessa? ¡Pueden permitirse comprar otra maldita computadora!

—Tienes razón —digo, y piso el teclado, aplastándolo un poco más.

—Pero ¿qué haces? —pregunta cuando lo estrello de nuevo contra el suelo.

No estoy muy segura de lo que estoy haciendo, pero el teclado ya está roto y ahora mismo es lo mejor que se me ocurre.

—Te estoy ayudando —le digo, y la confusión le cruza la mirada.

Luego parece que va a echarse a reír. Cojo el monitor y lo arrojo por tierra. Lo levanto otra vez, sonríe y me detiene antes de que lo vuelva a tirar. Me lo quita de las manos y lo deja de nuevo sobre el escritorio.

—¿No estás enojada conmigo por haberle gritado a mi padre? —me pregunta tomando mi cara entre sus manos y acariciándome las mejillas con los pulgares mientras sus ojos verdes se funden con los míos.

—No. Tienes derecho a expresarte. Nunca me enojaría por eso.

¿Acaba de pelearse con su padre pero lo que lo preocupa es que yo me moleste con él?

—A menos que estés siendo odioso sin motivo, pero en este caso no es así.

—Vaya... —dice.

Sin embargo, la pequeña distancia que separa nuestros labios es demasiado tentadora. La acorto y pego la boca a la suya. De inmediato la abre y el beso se vuelve más profundo. Mis dedos se enroscan en su pelo, gime y yo jalo con más fuerza. La ira se desvanece como una ola al llegar a la orilla. Lo empujo ligeramente y me voltea para que me apoye en el escritorio. Me agarra de las caderas y me sienta encima.

«Soy su distracción.»

La idea de ser lo que Hardin precisa hace que me sienta necesitada de un modo que desconocía. Me siento más real, fundamental en su vida, y echo la cabeza atrás mientras lo tengo entre las piernas y su lengua baila con la mía.

—Más cerca —gime en mi boca.

Sus manos me jalan de la corva de las rodillas hasta que estoy sentada justo en la orilla. Me agarro a sus pantalones y separa nuestras bocas.

—¿Qué...? —dice mirándome con una ceja levantada.

Debe de pensar que estoy loca. Primero vengo a ayudarlo a romper cosas y ahora intento desnudarlo. Es posible que lo esté, pero ahora mismo no me importa. Lo único que importa son las sombras curvas en la clavícula de Hardin, bañada por la luz de la luna que entra por la ventana, el modo en que me toma la cara como si fuera muy frágil a pesar de que hace unos minutos estaba dispuesto a romper todo lo que hay en la habitación.

Le respondo sin palabras enroscando las piernas en su cuerpo y estrechándolo con fuerza.

—Creía que ibas a entrar hecha una furia y a mandarme al diablo —sonríe, y apoya la frente en la mía.

—Pues te has equivocado —replico con una sonrisa de satisfacción.

—Mucho. No quiero volver a bajar esta noche —me dice estudiando mi reacción.

—Me parece bien. No tienes por qué.

Se relaja y esconde la cabeza en el hueco de mi cuello. Me sorprende lo fácil que resulta. Esperaba que se desquitara conmigo, que intentara echarme, pero aquí está, apoyado en mi hombro. Se nota que está tratando de llevar esta relación lo mejor que sabe, pese a que el chico es la contradicción andante.

—Te quiero —le digo, y noto cómo el aro del labio se mueve contra mi cuello cuando sonríe.

—Te quiero —contesta.

—¿Quieres hablarlo? —pregunto, pero él niega con la cabeza todavía escondida en mi cuello—. Bueno. ¿Se te antoja ver una película? ¿Una comedia? —sugiero.

Tras una larga pausa, mira la cama.

—¿Te has traído la *laptop*? —Asiento y continúa—: Vamos a ver *Votos de amor* —sugiere, y me echo a reír.

—¿Quieres decir esa película que tanto detestas?

—Sí... Bueno, *detestar* es una palabra muy fuerte. Sólo creo que es una historia de amor sentimental y mediocre —me corrige.

—Entonces ¿por qué quieres verla?

—Porque quiero verte a ti viéndola —responde convencido.

Recuerdo cómo me estuvo mirando todo el rato cuando la vimos en mi habitación. Parece que hace siglos de aquello. No tenía ni idea de lo que iba a pasar entre nosotros. Nunca me habría imaginado que acabaríamos así.

Mi sonrisa es toda la respuesta que necesita. Me toma de la cintura.

—Agárrate a mí con las piernas —me ordena, y me lleva hasta la cama.

A los pocos minutos lo tengo acurrucado a mi lado, estudiando mi cara mientras veo la película. Pero más o menos a la mitad, empiezan a pesarme los párpados.

—Me está dando sueño —digo con un bostezo.

—Mueren los dos; no te pierdes gran cosa.

Le doy un codazo.

—Eres horrible.

—Y tú estás adorable medio dormida.

Cierra la *laptop* y me coloca a su lado en la cama.

—Y tú eres muy amable cuando estoy medio dormida.

—No, soy amable porque te quiero —susurra, y yo babeo—. Duerme, preciosa.

Me besa en la frente y tengo demasiado sueño para pedir más.

A la mañana siguiente brilla el sol. Brilla demasiado. Me vuelvo para hundir la cara en el hombro de Hardin, que suspira en sueños y me estrecha contra su pecho. Cuando vuelvo a abrir los ojos, veo que está despierto, mirando al techo. Tiene los ojos entornados y una expresión indescifrable.

—¿Estás bien? —pregunto acurrucándome más en su pecho.

—Sí, muy bien —responde, pero sé que está mintiendo.

—Hardin, si algo va mal... —empiezo a decir.

—No, todo va bien.

Decido dejarlo en paz. No hemos discutido en todo el fin de semana y para nosotros eso es todo un récord. No quiero estropearlo. Levanto la cabeza y le doy un beso en la mandíbula. Me abraza con fuerza.

—Tengo cosas que hacer. Cuando estés arreglada, ¿podrías acercarme a casa? —pregunta.

El estómago me da un vuelco. Su voz ha sonado distante.

—Claro —contesto, y me libero de su abrazo.

Intenta agarrarme de la muñeca pero me muevo demasiado rápido. Tomo mi bolsa y me voy al baño a cambiarme y a cepillarme los dientes. Hemos pasado el fin de semana en nuestra pequeña burbuja, pero me temo que sin la protección de estas cuatro paredes no va a ser lo mismo.

Es un alivio no tropezarme con Landon o con Dakota en el pasillo y, gracias a Dios, Hardin ya está completamente vestido cuando vuelvo a la habitación. Quiero acabar con esto. Ha recogido los cristales del suelo, el teclado está en la papelera y, junto a ella, ha dejado el monitor y la lámpara.

Abajo, me despido de Ken y de Karen. Hardin se va sin decirles nada. Les aseguro que Hardin irá a la boda, a pesar del numerito de anoche. Les cuento lo sucedido con la computadora y la lámpara pero no le dan mucha importancia.

—¿Estás enojada o qué? —me pregunta Hardin tras diez minutos de silencio.

—No, no estoy enojada, sólo... nerviosa, creo. Noto que algo ha cambiado entre nosotros y esperaba que todo siguiera siendo como durante el fin de semana.

—A mí me parece que sigue igual.

—Pues a mí no.

—Vas a tener que explicármelo.

—Estás otra vez distante, y ahora quieres que te deje en la fraternidad. Yo pensaba que estábamos bien.

—¿Estás molesta porque tengo cosas que hacer?

Ahora que lo dice, me doy cuenta de lo ridícula y obsesiva que parezco. «¿Por eso estoy preocupada? ¿Porque no va a pasar el día conmigo?»

—Puede. —Me río de mi propia estupidez—. Es que no quiero verte tan distante.

—No lo estoy... O, al menos, no lo hago a propósito. Siento haberte hecho sentir así. —Me pone la mano en el muslo—. Nada va a cambiar, Tessa.

Sus palabras me tranquilizan, pero detrás de mi sonrisa sigue habiendo un poco de incertidumbre.

—¿Quieres venir conmigo? —dice al final.

—No, estoy bien. Además, tengo que estudiar.

—Bueno. Tess, tienes que recordar que esto es nuevo para mí. No estoy acostumbrado a tener en cuenta a otra persona cuando hago planes.

—Lo sé.

—¿Puedo ir a verte a la residencia cuando haya terminado? O quizá podríamos salir a cenar o algo.

Le acaricio la mejilla con la mano y luego lo peino con los dedos.

—Estoy bien, de verdad, Hardin. Sólo avísame cuando hayas terminado y ya vemos qué hacemos.

Cuando paro el coche, me da un beso rápido y sale.

—Te mando un mensaje —dice, y sube los escalones de la maldita fraternidad.

CAPÍTULO 73

El vacío que noto tras dejar a Hardin es muy raro, y me siento un poco patética. Después del corto trayecto hasta la residencia, me da la impresión de que llevo horas sin verlo. Steph no está en nuestra habitación, y me alegro. Necesito estudiar y prepararme para mañana, mi primer día en Vance. Tengo que decidir qué voy a ponerme, qué voy a llevarme y qué voy a decir.

Saco la agenda y planifico la semana al minuto. Lo siguiente es la ropa. Para mi primer día en Vance, la falda negra nueva, blusa roja y tacón negro (no muy alto, sólo un poco más de lo que habría llevado hace dos meses). Es un atuendo muy profesional pero femenino a la vez. Me pregunto si a Hardin le gustará.

Para no pensar en él, termino todos los trabajos que tengo que entregar esta semana y adelanto alguno más. Para cuando he acabado, el sol ha desaparecido del cielo y me muero de hambre, pero la cafetería ya ha cerrado. Hardin todavía no me ha escrito, así que imagino que no tiene pensado verme esta noche.

Agarro el monedero y salgo a buscar algo de comer. Recuerdo haber visto un restaurante chino cerca de la pequeña biblioteca pero, cuando llego, ya está cerrado. Busco el restaurante más cercano y encuentro uno llamado Ice House. Voy para allá. Es pequeño y parece hecho de aluminio, pero tengo hambre y el estómago me gruñe sólo de pensar en tener que buscar otro sitio en el que comer. Entro y veo que es más bien un bar en el que sirven comida y, aunque está bastante lleno, consigo encontrar una mesa al fondo.

Procuro ignorar la forma en que me mira la gente, que se pregunta qué hago aquí sola. Siempre como sola. No soy de esas personas que necesitan ir con alguien a todas partes. Hago las compras sola, como sola y he ido sola al cine unas cuantas veces cuando Noah no ha podido acompañarme. Nunca me ha importado estar sola... hasta ahora, para ser sincera. Extraño a Hardin más de lo que debería, y me preocupa que no se haya molestado siquiera en escribirme.

Pido y, mientras espero a que me sirvan, la mesera me trae una bebida rosa con una sombrilla.

—Esto no lo he pedido yo —le digo, pero me lo deja en la mesa de todas formas.

—Ha sido él. —Sonríe y ladea la cabeza en dirección a la barra.

No sé por qué pienso que es de Hardin y estiro el cuello para mirar. Pero no. Zed me saluda con la mano y una sonrisa deslumbrante. Nate se acerca y se sienta a su lado en un taburete. Me sonríe también.

—Ah, gracias.

Parece que en este campus sirven alcohol a diestra y siniestra aunque nadie tenga edad de beber. O que esta gente sólo va a esa clase de sitios. La camarera me asegura que mi comida estará lista dentro de un momento y se va.

Zed y Nate no tardan en venir a mi mesa, apartar las sillas de enfrente y sentarse. Espero que Zed no esté enojado conmigo por lo del viernes.

—Eres la última persona a la que esperaba ver aquí, menos aún en domingo —dice Nate.

—Ya, he venido por accidente. Quería cenar comida china, pero el restaurante estaba cerrado.

—¿Has visto a Hardin? —me pregunta Zed con una sonrisa.

Mira a Nate, que le devuelve una mirada misteriosa, y luego ambos me miran a mí.

—No. Hace ya rato que no. ¿Y ustedes? —Los nervios me traicionan.

—Hace horas que no, pero vendrá pronto —responde Nate.

—¿Aquí? —pregunto.

Llega la comida pero ya no tengo hambre. ¿Y si Molly viene con él? No podré soportarlo, no después del fin de semana que hemos pasado juntos.

—Sí, venimos a menudo. Puedo llamarlo y preguntarle a qué hora tiene pensado llegar —sugiere Zed, pero niego con la cabeza.

—No, no hace falta. Yo ya me iba. —Miro alrededor para pedir la cuenta.

—¿No te ha gustado la copa? —pregunta Zed.

—La verdad es que no la he probado. Gracias por el detalle, pero debería irme.

—¿Han vuelto a discutir? —pregunta.

Nate va a decir algo, pero Zed lo hace callar con una mirada. ¿Qué pasa aquí? Le da un trago a su cerveza y vuelve a mirar a Nate.

—¿Qué les ha contado? —pregunto.

—Nada, sólo que se llevan mejor —responde Zed por él.

El pequeño bar empieza a resultarme claustrofóbico y no veo el momento de marcharme.

—¡Mira! ¡Aquí están! —dice Nate.

Miro rápidamente hacia la puerta y veo a Hardin, a Logan, a Tristan, a Steph y a Molly. Lo sabía. Sé que son amigos y no quiero parecer una loca controladora, pero no soporto ver a Hardin cerca de esa chica.

Cuando los ojos de Hardin encuentran los míos parece sorprendido y diría que también un poco asustado. Otra vez no. La mesera pasa junto a la mesa.

—¿Podría ponerme la comida para llevar y traerme la cuenta, por favor? —le pregunto.

Parece sorprendida, luego mira al grupo que acaba de llegar y los saluda antes de regresar a la cocina.

—¿Por qué te vas? —pregunta Steph.

Los cinco se sientan en la mesa de al lado. Me niego a mirar a Hardin. Odio cómo se comporta cuando está con sus amigos. ¿Por qué no puede seguir siendo el mismo chico que he tenido para mí todo el fin de semana?

—Yo... Es que tengo que estudiar —miento.

Me sonríe animada.

—Deberías quedarte. ¡Estudias demasiado!

Toda esperanza de que Hardin me abrace y me diga que me ha extrañado se ha desvanecido. La mesera vuelve con mi comida, le doy un billete de veinte y me levanto dispuesta a marcharme.

—Pásenla bien —les digo.

Miro a Hardin y luego al suelo.

—Espera —dice él.

Me vuelvo y lo miro. Por favor, que no me suelte una vulgaridad de mal gusto y que no vuelva a besar a Molly.

—¿No vas a darme un beso de buenas noches? —sonríe.

Miro a sus amigos, que parecen sorprendidos, pero sobre todo confusos.

—¿Qué?... —balbuceo. Me pongo recta y lo miro otra vez.

—¿Ibas a irte sin darme un beso?

Se levanta y camina hacia mí. Esto era lo que yo quería, pero me está mirando todo el mundo y estoy incomodísima.

—Pues... —No sé qué decir.

—Y ¿por qué iba a besarte? —dice Molly entre risas.

«Dios, es que no la soporto.»

—Pues porque están juntos, obviamente —la informa Steph.

—¿Qué? —exclama Molly.

—Cierra la boca, Molly —le ordena Zed, y quiero darle las gracias pero hay algo en el tono de su voz que hace que me pregunte por qué ha elegido precisamente esas palabras. Esto no es incómodo, sino lo siguiente.

—Adiós, chicos —digo, y echo a andar hacia la puerta.

Hardin me sigue y me toma de la muñeca.

—¿Por qué te vas? Y ¿qué estabas haciendo aquí?

—Tenía hambre y he venido por algo de comer. Y ahora me marcho porque me estabas ignorando y...

—No te estaba ignorando, es que no sabía qué hacer o decir. No esperaba verte aquí. Me ha tomado por sorpresa —explica.

—Sí, ya lo imagino. No me has mandado ni un solo mensaje en todo el día y ahora estás aquí... ¿con Molly? —Mi voz suena mucho más quejumbrosa de lo que me gustaría.

—Y también con Logan, Tristan y Steph, no sólo Molly —recalca.

—Lo sé... Pero ustedes han tenido una historia y eso me molesta.

Seguro que acabo de batir un nuevo récord en la categoría de «la más rápida en ponerse celosa».

—Y eso es todo lo que fue, nena: una historia. No se parecía en nada a esto..., a nosotros.

Suspiro.

—Lo sé, pero es que no puedo evitarlo.

—Ya. ¿Cómo crees que me he sentido yo al entrar y verte con Zed?

—No es lo mismo. Molly y tú se han acostado juntos. —Me duele sólo de decirlo.

—Tess...

—Lo sé, es de locos, pero no puedo evitarlo. —Desvío la mirada.

—No es de locos. Lo entiendo. Sólo que no sé qué hacer al respecto. Molly es de nuestro grupo y, probablemente, siempre lo será.

No sé qué esperaba que dijera, pero el equivalente a «Si no te gusta, te aguantas» no era lo que quería oír.

—Bueno.

Debería alegrarme de que básicamente le haya dicho a todo el mundo que estamos saliendo, pero ha sido todo un poco... raro.

—Me voy —le digo.

—Te acompaño.

—¿Seguro que quieres dejar a tus amigos? —salto.

Pone los ojos en blanco y me sigue al coche. Intento ocultar la sonrisa cuando nos metemos dentro. Al menos sé que prefiere estar conmigo a estar con Molly.

—¿Cuánto tiempo llevabas ahí antes de que yo llegara? —pregunta mientras saco el coche del estacionamiento.

—Unos veinte minutos.

—Ah. No te citaste con Zed, ¿verdad?

—No. Es el único sitio que he encontrado abierto. No tenía ni idea de que estuviera ahí, ni de que tú ibas a venir, ¿sabes? Porque no me has escrito como prometiste.

—Ya —dice, y hace una pausa. Pero luego me mira otra vez—. Y ¿de qué han estado hablando?

—De nada. Sólo se ha sentado unos minutos conmigo antes de que tú llegaras. ¿Por?

—Curiosidad. —Tamborilea con los dedos en su rodilla—. Te he extrañado.

—Yo a ti también —digo cuando llegamos al campus—. He adelantado mucho trabajo y ya lo tengo todo preparado para mi primer día en Vance.

—¿Quieres que mañana te lleve yo?

—No, para eso tengo coche, ¿recuerdas? —Me río.

—Aun así, podría llevarte —se ofrece otra vez cuando entramos en la residencia.

—No, no hace falta. Pero gracias igualmente.

Justo cuando voy a preguntarle qué ha hecho con su día, y por qué no me ha enviado ningún mensaje si tanto me extrañaba, me quedo sin aire en los pulmones y el pánico se adueña de mí.

Mi madre está en la puerta de mi habitación, con los brazos cruzados sobre el pecho y cara de pocos amigos.

CAPÍTULO 74

Hardin sigue la dirección de mi mirada y abre unos ojos como platos al verla. Intenta tomarme de la mano, pero la retiro y echo a andar delante de él.

—Hola, mam...

—Pero ¡¿dónde diablos tienes la cabeza?! —me grita en cuanto nos tiene cerca.

Quiero hacerme diminuta y desaparecer.

—Yo... ¿Qué?

No sé qué es lo que sabe, así que mejor me callo. Del enojo, su pelo rubio parece más brillante y enmarca con severidad su perfecto rostro furibundo.

—¿Dónde tienes la cabeza, Theresa? Noah ha estado evitándome las últimas dos semanas. Al final, me he cruzado con la señora Porter mientras hacía las compras. Y ¿a que no adivinas lo que me ha contado? ¡Que han roto! ¿Por qué no me lo has dicho? ¡He tenido que enterarme del modo más humillante! —grita.

—No es para tanto, mamá. Sólo hemos roto —digo, y ahoga un grito.

Hardin permanece detrás de mí, pero noto que me pone la mano en la cintura.

—¿Cómo que no es para tanto? —prosigue mi madre—. ¿Cómo te atreves? Noah y tú llevan años juntos. Él es lo mejor para ti, Tessa. ¡Tiene futuro y es de buena familia! —Hace una pausa para recobrar el aliento pero no la interrumpo porque sé que hay más. Endereza la espalda y dice lo más calmada que puede—: Por suerte, he hablado con él y ha accedido a darte otra oportunidad a pesar de tu comportamiento promiscuo.

Siento una explosión de ira.

—¿Que cómo me atrevo? —replico—. No tengo por qué salir con él si no quiero. ¿Qué más da su familia? Lo importante es que no era feliz con él. ¿Cómo te atreves tú a hablar con él sobre nuestros asuntos? ¡Ya soy adulta!

Le doy un empujón al pasar junto a ella para abrir la puerta. Hardin me sigue de cerca y mi madre entra detrás.

—¡Ni te imaginas lo ridícula que te oyes diciendo esas cosas! Y apareces aquí con... este... este... ¡patán! Pero ¿tú lo has visto, Tessa? ¿Así es como te rebelas contra mí? ¿Qué he hecho yo para que me odies?

Hardin se queda junto al mueble apretando la mandíbula con las manos metidas en las bolsas. Si mi madre supiera que el padre de Hardin es el rector de la WCU y que tiene más dinero que la familia de Noah... Sin embargo, no pienso decírselo porque eso no tiene importancia.

—¡No tiene nada que ver contigo! ¿Por qué todo tiene que girar siempre a tu alrededor?

Las lágrimas amenazan con caer a chorro de mis ojos, pero me niego a que me vea llorar. Odio cuando me enojo y lloro, me hace parecer débil, pero no puedo evitarlo.

—Tienes razón, no tiene que ver conmigo —repone—. ¡Tiene que ver con tu futuro! Debes pensar en el futuro, no sólo en lo que sientes ahora. Sé que parece divertido y peligroso, ¡pero no tiene futuro! —añade señalando a Hardin—. No con este... este... ¡marginado!

Antes de darme cuenta, me abalanzo sobre mi madre y Hardin tiene que sujetarme por los codos para apartarme de ella.

—¡No hables así de él! —grito.

Ella abre unos ojos como platos. Los tiene rojos.

—¿Quién eres tú y dónde está mi hija? ¡Mi hija nunca me hablaría así! ¡Nunca pondría en peligro su futuro ni me faltaría al respeto!

Empiezo a sentirme culpable, pero deseo estar con Hardin y tengo que combatir ese sentimiento para defender lo que quiero.

—¡No estoy poniendo en peligro mi futuro! Mi futuro no es la cuestión. Tendré las mejores calificaciones y mañana empiezo las prácticas. Eres una egoísta, más que una egoísta, por venir aquí e intentar hacer que me sienta mal por ser feliz. Él me hace feliz, mamá, y si no puedes aceptarlo será mejor que te vayas.

—¿Cómo dices? —bufa, pero la verdad es que estoy tan sorprendida como ella—. ¡Te arrepentirás de esto, Theresa! ¡Me da asco mirarte!

La habitación empieza a darme vueltas. No estaba preparada para declararle la guerra a mi madre, al menos hoy no. Sabía que era cuestión de tiempo que se enterara, pero no me imaginaba que sería hoy.

—Sospeché desde la primera vez que lo vi en tu cuarto. ¡Pero no me imaginé que te abrirías tan rápido de piernas!

Hardin se mete entre las dos.

—Se está excediendo —le advierte muy serio.

Creo que Hardin es la única persona en el mundo capaz de hacer que mi madre huya para salvar el pellejo.

—¡Tú no te entrometas en esto! —salta ella cruzándose de brazos otra vez—. Si sigues viéndolo dejaré de hablarte, y estoy segura de que no puedes permitirte pagar tú sola la universidad. ¡Sólo la residencia ya cuesta una fortuna! —aúlla.

Estoy alucinada de que mi madre llegue a esos extremos.

—¿Estás amenazándome con privarme de mi educación sólo porque no apruebas de quién estoy enamorada?

—¿Enamorada? —se mofa—. Ay, Theresa, qué ingenua eres. No tienes ni idea de lo que es el amor. —Se echa a reír, aunque parece más bien una risotada enfermiza—. Y ¿te crees que él está enamorado de ti?

—La quiero —la interrumpe Hardin.

—¡Por supuesto! —Echa la cabeza atrás.

—Mamá...

—Te lo advierto, Theresa: si sigues viéndolo tendrás que cargar con las consecuencias. Me marcho, pero espero que me llames cuando se te hayan aclarado las ideas.

Sale de mi habitación hecha una furia y me asomo por la puerta para verla avanzar por el pasillo. El eco de sus tacones se oye en toda la residencia.

—Lo siento —digo volviéndome hacia Hardin.

—No tienes por qué disculparte. —Me toma la cara entre las manos—. Estoy orgulloso de que la hayas enfrentado.

Me da un beso en la punta de la nariz. Miro alrededor y me pregunto cómo hemos acabado así. Apoyo la cabeza en el pecho de Hardin y él me masajea los músculos tensos del cuello.

—Es increíble. No puedo creer que se haya puesto así y que haya amenazado con dejar de ayudarme a pagar la universidad. Ella no lo paga todo, tengo una beca parcial y varios préstamos de estudios. Sólo aporta el veinte por ciento, y la mayor parte de ese dinero es para costear la residencia. ¿Y si deja de pagarlo? Tendré que buscar un empleo además de hacer las prácticas —sollozo.

Su mano se traslada a mi cabeza y la atrae hacia sí para que pueda llorar en su pecho.

—Ya, ya... No pasa nada. Encontraremos una solución. Puedes venirte a vivir conmigo —dice.

Me echo a reír y me seco las lágrimas, pero él sigue hablando.

—Lo digo en serio. O podríamos buscarnos un departamento fuera del campus. Tengo dinero.

Alzo la vista para verlo bien.

—No lo dirás en serio...

—Muy en serio.

—No podemos irnos a vivir juntos. —Me río mientras me sorbo la nariz.

—¿Por qué no?

—Porque sólo nos conocemos desde hace dos meses y nos hemos pasado casi todo ese tiempo discutiendo —le recuerdo.

—¿Y? Este fin de semana no hemos reñido ni una vez.

Me sonríe y me río a carcajadas.

—Estás loco. No voy a irme a vivir contigo —replico, y Hardin me abraza de nuevo.

—Piénsalo. Además, quiero dejar la fraternidad. No sé si lo has notado, pero no encajo —dice, y él también se echa a reír.

Es verdad. Su pequeño grupo de amigos y él son los únicos allí que no llevan polos y pantalones de pinzas.

—Sólo me uní a la fraternidad para joder a mi padre, pero no ha funcionado tan bien como esperaba.

—Si no te gusta la fraternidad, puedes irte a vivir tú solo a un departamento —digo.

Ni de broma voy a irme a vivir con él tan pronto.

—Sí, pero eso no sería tan divertido. —Sonríe y me mira levantando las cejas.

—Seguiríamos divirtiéndonos.

Su sonrisa picarona crece. Me agarra el trasero con las dos manos y lo pellizca.

—¡Hardin! —lo riño en broma.

La puerta se abre entonces y el corazón se me sale por la boca. Recuerdo la furia de mi madre y me aterra que vuelva por la segunda ronda.

Así que es un gran alivio cuando veo a Steph y a Tristan.

—Parece que nos hemos perdido una buena. Tu madre acaba de sacarme el dedo en el estacionamiento —dice Steph, y no puedo evitar que me parezca chistoso.

CAPÍTULO 75

Al final, Hardin se queda a dormir en mi habitación y Steph se marcha con Tristan a su departamento. Pasamos el resto de la noche hablando y besándonos hasta que él se queda dormido con la cabeza en mi regazo. Sueño con el momento y el lugar en el que podamos vivir juntos. Me encantaría despertarme todas las mañanas a su lado, pero ahora mismo no es viable. Soy muy joven y eso supondría ir demasiado rápido.

Lunes por la mañana. La alarma suena diez minutos tarde y me descuadra todo el horario. Me baño y me maquillo a toda prisa. Despierto a Hardin antes de prender la secadora.

—¿Qué hora es? —gruñe.

—Las seis y media. Tengo que secarme el pelo.

—¿Las seis y media? No tienes que estar allí hasta las nueve... Vuelve a la cama.

—No. Debo peinarme e ir por un café. Tengo que salir a las siete y media porque se tarda cuarenta y cinco minutos en llegar allí.

—Llegarás con cuarenta y cinco minutos de antelación. No tienes que salir hasta las ocho. —Cierra los ojos y se pone boca abajo.

Lo ignoro y prendo la secadora. Se tapa la cabeza con una almohada. Me enchino el pelo y repaso la agenda para asegurarme de que no se me olvida nada.

—¿Vas a ir directamente a clase? —le pregunto a Hardin mientras me visto.

—Probablemente. —Sonríe y sale de la cama—. ¿Puedo usar tu cepillo de dientes?

—Pues, supongo que sí... Compraré uno nuevo a la vuelta.

Nadie me ha pedido nunca usar mi cepillo de dientes. Mentalmente me imagino metiéndomelo en la boca después de que lo haya usado... Pero no.

—Sigo opinando que no te hace falta salir antes de las ocho —insiste—. Piensa en la de cosas que podríamos hacer en esos treinta minutos —dice, y los miro a él y a sus tentadores hoyuelos y noto cómo me come con los ojos.

Mis ojos tampoco se contienen y aterrizan en la tienda de campaña de su bóxer y me acaloro al instante. Mis dedos dejan de moverse en el tercer botón de la blusa y, sin prisa, recorre la distancia que nos separa en la pequeña habitación y se pone de pie detrás de mí. Le hago un gesto para que me suba el cierre de la falda. Obedece pero, mientras lo sube, sus manos rozan con delicadeza mi piel desnuda.

—Tengo que irme. Todavía no me he tomado el café —me apresuro a decir—. ¿Y si hay tráfico? ¿O un accidente? ¿Y si se me poncha una llanta o tengo que parar a echar gasolina? Podría perderme o no encontrar estacionamiento. ¿Y si tengo que estacionarme muy lejos y luego me toca caminar un buen trecho y llego sudando y sin aliento y necesito unos minutos para...?

—Lo que necesitas es tranquilizarte, nena. Estás hecha un manojo de nervios —me sopla al oído. Miro su imagen en el espejo. Está perfecto recién levantado, y soñoliento no parece tan terrible.

—No puedo evitarlo, estas prácticas significan mucho para mí. No puedo arriesgarme a arruinarlo.

La cabeza me va a cien por hora. Estaré más calmada luego, cuando sepa a qué atenerme y pueda organizarme la semana en consecuencia.

—No deberías llegar tan nerviosa, te van a comer viva —dice sembrando un reguero de besos en mi cuello.

—Estaré bien.

«O eso espero.»

Su aliento en mi cuello me pone la piel chinita.

—Deja que te relaje antes de irte. —Su voz es grave, seductora y un poco soñolienta.

—Yo...

Con los dedos recorre mi clavícula y desciende hasta mi pecho. Sus ojos encuentran los míos en el espejo y suspiro mi rendición.

—¿Cinco minutos? —pregunto y suplico al mismo tiempo.

—Es todo lo que necesito.

Intento darme la vuelta pero no me deja.

—No, quiero que lo veas —me ronronea al oído.

Siento ese cosquilleo entre los muslos al oír eso. Trago saliva y me coloca el pelo sobre el hombro izquierdo. Pega el cuerpo al mío y su mano se desliza al doblez de mi falda.

—Al menos hoy no llevas leotardos. Debo decir que soy fan de esta falda. —Me la sube hasta la cintura—. Sobre todo cuando la llevas así.

No puedo dejar de mirar sus manos en el espejo y se me acelera el pulso. Mete los dedos en mis calzones; están un poco fríos, y me sobresalto al sentirlos. Se ríe contra mi cuello. Con la otra mano me rodea el pecho para que no me mueva. Me siento muy desnuda pero también muy excitada. Ver cómo me toca me hace pensar en cosas que ni siquiera sabía que existían. Sus dedos se deslizan lentamente dentro de mí y me besa el cuello con suavidad.

—Mira lo bonita que eres —susurra contra mi piel.

Me miro al espejo y apenas sí me reconozco. Tengo las mejillas sonrosadas, las pupilas dilatadas, la mirada salvaje... Con la falda enrollada en la cintura y los dedos de Hardin haciendo maravillas dentro de mí, me siento diferente... Incluso sexi.

Cierro los ojos y noto la tensión en mi vientre. Él continúa con su lento asalto y, con un gemido, me muerdo el labio inferior.

—Abre los ojos —me ordena.

Mis ojos encuentran los suyos y eso me remata. Hardin detrás de mí, abrazándome, mirando cómo me deshago con sus caricias... No necesito nada más. Dejo caer la cabeza en su hombro y las piernas empiezan a temblarme.

—Eso es, nena —me arrulla, y me sujeta con más fuerza, sosteniéndome mientras se me nubla la vista y gimo su nombre.

Cuando vuelvo a abrir los ojos, me besa en la sien y me acomoda un rizo detrás de la oreja. Luego me arregla la falda y la alisa contra mis muslos. Me vuelvo para verle la cara y mirar el reloj. Son sólo las siete y treinta y cinco.

«Era verdad que sólo necesitaba cinco minutos», pienso, y sonrío.

—¿Ves? Ya estás mucho más relajada y lista para hacerte el ama del mundo corporativo.

Sonríe feliz, muy orgulloso de sí mismo. No lo culpo.

—La verdad es que sí. Pero tú eres muy mal ejemplo —lo provoco y agarro mi bolsa.

—Nunca he dicho lo contrario —repone—. Última oportunidad: ¿quieres que te lleve yo? Aunque no tengo aquí el coche, así que tendría que llevarte en el tuyo.

—No, aunque te lo agradezco igualmente.

—Buena suerte. Lo harás muy bien.

Me besa otra vez, le doy las gracias, tomo mis cosas y lo dejo en mi habitación.

La mañana ha sido genial, a pesar de que la alarma haya sonado diez minutos tarde. El trayecto se pasa rápido y sin incidentes, por eso cuando llego al estacionamiento son sólo las ocho y media. Decido llamar a Hardin para matar el tiempo.

—¿Todo bien? —pregunta.

—Sí, ya he llegado —le digo. Me imagino que está muy ufano.

—Te lo he dicho. Podrías haber salido diez minutos más tarde y haberme hecho una mamada.

Me río como una tonta.

—Eres un pervertido incluso a primera hora de la mañana.

—Sí, genio y figura.

—No voy a discutírtelo.

Bromeamos un buen rato sobre su falta de virtud hasta que es hora de que me vaya a trabajar. Subo a la última planta, donde se encuentra la oficina de Christian Vance, y le digo mi nombre a la mujer del mostrador.

Hace una llamada y poco después me deslumbra con una sonrisa.

—El señor Vance desea darte la bienvenida personalmente. Estará aquí dentro de un segundo.

La puerta del despacho en el que hice la entrevista se abre y aparece el señor Vance.

—¡Tessa! —me saluda.

Lleva un traje tan elegante que me intimida un poco, pero doy gracias por haber elegido un atuendo formal. Lleva una abultada carpeta bajo el brazo.

—Buenos días, señor Vance. —Sonrío y le estrecho la mano.

—Llámame Christian. Te enseñaré tu oficina.

—¿Mi oficina?

—Sí, vas a necesitar tu propio espacio. No es gran cosa, pero es todo tuyo. Haremos allí el papeleo —explica sonriendo.

Luego echa a andar tan deprisa que me cuesta seguirlo llevando tacones. Gira a la izquierda y se adentra en un pasillo lleno de pequeños cubículos.

—Ya hemos llegado —anuncia.

En la puerta hay un letrero negro con mi nombre en letras blancas.

Estoy soñando. La oficina es tan grande como mi habitación de la residencia. El señor Vance y yo tenemos conceptos distintos de «no es gran cosa». Una mesa de tamaño medio de madera de cerezo, dos archivadores, dos sillas, una librería, una computadora... ¡Y una ventana! Él toma asiento frente a la mesa y yo ocupo mi puesto al otro lado. Me va a costar hacerme a la idea de que esta es mi oficina.

—Bueno, Tessa, hablemos de tus obligaciones —dice—. Tienes que leer al menos dos manuscritos a la semana. Si son excelentes y encajan con lo que publicamos en esta casa, me los envías. Si no valen la pena, tíralos a la papelera.

Me quedo boquiabierta. Estas prácticas son un sueño hecho realidad. Me van a pagar y me van a dar créditos académicos por leer.

—De entrada, recibirás quinientos dólares a la semana y, si todo marcha bien, a los noventa días se te dará un aumento.

«¡Quinientos dólares a la semana!» Debería ser suficiente para poder rentar un departamento.

—Muchísimas gracias, es mucho más de lo que esperaba —le digo. Estoy impaciente por llamar a Hardin para contárselo todo.

—Es un placer. Sé de buena tinta que eres muy trabajadora. Quizá incluso puedas contarle a Hardin lo mucho que te gusta esto, a ver si así vuelve a trabajar para mí.

—¿Cómo?

—Hardin trabajaba para nosotros antes de que Bolthouse nos lo robara. Empezó aquí el año pasado, de becario, hizo un gran trabajo y lo contraté. Pero le ofrecieron más dinero y le permitían trabajar desde casa. Dijo que no le gustaba tener que venir a la oficina, así que nos dejó. Figúrate. —Sonríe y se ajusta el reloj.

Me río nerviosa.

—Le recordaré lo maravilloso que es esto.

No tenía ni idea de que hubiera tenido un empleo. No me lo ha mencionado.

El señor Vance desliza entonces la carpeta hacia mí.

—Acabemos con el papeleo.

Después de treinta minutos de «Firma aquí» y «Pon tu nombre allá», el señor Vance me deja para que me «familiarice» con la computadora y la oficina.

Pero en cuanto se marcha y cierra la puerta al salir, en lo único en lo que puedo pensar es en dar vueltas en mi sillón giratorio y brincar de alegría. ¡Tengo una oficina!

CAPÍTULO 76

Vuelvo al coche después del mejor primer día posible y llamo a Hardin. No contesta. Quiero contarle lo bien que ha ido la mañana y preguntarle por qué no me ha dicho que había trabajado en Vance.

Cuando regreso al campus es sólo la una. Me han dejado salir pronto porque había una reunión muy importante o algo así. Básicamente tengo todo el día para rascarme la barriga, así que acabo yendo al centro comercial a pasearme. Después de entrar y salir en casi todas las tiendas, me decido por Nordstrom. Seguro que necesito un par de conjuntos más para las prácticas. Me pasan por la cabeza nuestras imágenes en el espejo esta mañana, y pienso que también me vendría bien ropa interior nueva. Mi ropa interior es muy sencilla y hace tiempo que la tengo. A Hardin no parece importarle, pero me encantaría ver la cara que pone cuando me quite la camiseta y se encuentre un sostén que no es liso y negro o liso y blanco. Repaso los rieles y encuentro varios conjuntos prometedores. Mi favorito es rosa chicle y casi todo de encaje. Me sonrojo simplemente al descolgarlo para mirarlo, pero me gusta mucho. Una dependienta de pelo chino que lleva demasiado labial se acerca a ayudarme.

—Ése es muy bonito, pero ¿qué me dice de éste? —Me enseña algo que parece un montón de tiras rosa fucsia.

—No es mi estilo —le digo bajando la vista.

—Veo que prefiere la ropa interior con más cobertura.

¿Por qué tenemos que hablar de mis preferencias en ropa interior? Esto no podría ser más humillante.

—Debería probar el estilo de slip de chico. Es sexi pero no en exceso —dice enseñándome el mismo conjunto rosa chicle que tengo en las manos pero con un calzón distinto.

413

Slip de chico. Nunca me había parado a pensar en mis calzones porque nadie más los veía... Quién me iba a decir que esto iba a ser tan humillante y tan complicado.

—Bueno.

Cedo y me saca unos cuantos más en blanco, negro y rojo. El rojo es demasiado, pero me intriga. Hasta el blanco y el negro parecen más exóticos que los que yo uso porque son de encaje.

Su amplia sonrisa da un poco de miedo.

—Pruébeselos. Son todos del mismo estilo.

Asiento educadamente y los tomo. Espero que no me siga al probador. Echo a andar y es un alivio descubrir que no me pisa los talones. Encuentro también un par de vestidos y unos zapatos que parecen cómodos. La cajera tiene que repetirme el importe tres veces antes de que me decida a pagar. La ropa interior bonita es mucho más cara de lo que creía. Espero que a Hardin le guste.

Cuando vuelvo a mi habitación, Steph no está, y no hay noticias de Hardin. Guardo la ropa nueva y apago la luz para tomar una siesta.

Me despierta el tono de un celular que no conozco. Me doy la vuelta y abro los ojos. Por supuesto, Hardin está sentado en la silla con los pies encima del mueble de Steph.

—¿Has dormido bien? —pregunta sonriente.

—La verdad es que sí. ¿Cómo has entrado? —Me restriego los ojos.

—Steph me ha devuelto la llave.

—Ah. ¿Cuánto llevas aquí?

—Una media hora. ¿Qué tal tu día en Vance? No pensé que fueras a estar de vuelta tan temprano: sólo son las seis. Pero aquí estás, durmiendo a pierna suelta y roncando. Debe de haber sido un día agotador —dice, y se echa a reír.

Me incorporo y me apoyo en el codo para mirarlo.

—Ha sido un gran día. Tengo mi propio despacho con mi nombre en la puerta. ¡Es increíble! Es maravilloso. Me van a pagar mucho más de lo que creía y voy a leer manuscritos. ¿No es perfecto? Lo único que me da miedo es arruinarlo porque es demasiado perfecto. ¿Sabes lo que quiero decir? —divago.

—Vaya, veo que le has caído bien a Vance. —Levanta una ceja—. Lo harás bien, no te preocupes.

—Me ha dicho que trabajabas allí. —A ver cómo reacciona.

—Le habrá faltado tiempo.

—¿Por qué no me lo habías contado? Tampoco me has dicho que sigues trabajando. ¿De dónde sacas el tiempo para trabajar?

—Siempre me haces muchas preguntas. —Se pasa la mano por el pelo—. Pero te contestaré —añade—. No te he contado que trabajaba allí porque..., bueno, no sé por qué. Y saco tiempo para trabajar. Cuando no estoy contigo, saco tiempo.

Me siento con las piernas cruzadas.

—Al señor Vance le caes muy bien, dice que le gustaría que volvieras a trabajar para él.

—Me lo imagino, pero no, gracias. Ahora gano más que cuando trabajaba allí y trabajo menos —presume, y pongo los ojos en blanco.

—Háblame de tu trabajo; ¿qué haces exactamente?

Se encoge de hombros.

—Leo manuscritos, los edito. Lo mismo que tú pero con un poco más de implicación.

—¿Y te gusta?

—Sí, Tessa, me gusta. —Su tono es un poco pesado.

—Qué bien. ¿Quieres trabajar para Portland Independent cuando te gradúes?

—No sé lo que quiero hacer. —Pone los ojos en blanco.

—¿He dicho algo malo? —pregunto.

—No, sólo es que siempre haces demasiadas preguntas.

—¿Qué? —¿Está siendo sarcástico o lo dice en serio?

—No necesitas saber hasta el último detalle de mi vida —salta.

—Sólo quería platicar un rato, conversar con normalidad sobre tu trabajo —digo—. Ésas son las cosas normales que hace la gente, perdona por interesarme por tu vida cotidiana.

No dice nada. ¿Qué mosca le habrá picado? He tenido un día fantástico y lo último que quiero es pelearme con él. Miro al techo y me callo. Descubro que tiene noventa y cinco paneles que sujetan cuarenta tornillos.

—Tengo que bañarme —digo un buen rato después.

—Pues báñate —bufa.

Pongo los ojos en blanco y agarro la bolsa de aseo.

—¿Sabes qué? Pensaba que eso era cosa del pasado y que habías dejado de comportarte como un cabrón sin motivo —le digo, y salgo de la habitación.

Me tomo mi tiempo en el baño. Me afeito las piernas y luego las repaso una segunda vez para el vestido que voy a ponerme mañana, mi primer día de verdad en Vance. Estoy muy nerviosa pero, sobre todo, entusiasmada. Ojalá Hardin no fuera tan maleducado. Lo único que he hecho ha sido preguntarle por un trabajo del que no me había dicho nada. Debería poder hablar con él de algo así sin problemas. Hay muchas cosas que no sé de él, y eso me hace sentir incómoda.

Intento encontrar un modo de hacérselo entender pero, para cuando vuelvo a la habitación, Hardin se ha ido.

CAPÍTULO 77

Me molesta muchísimo la actitud de Hardin, pero intento olvidarme del tema. Me desenredo el pelo mojado y me pongo el conjunto de ropa interior rosa que he comprado hoy y una camiseta. Luego preparo las cosas para mañana. Lo único en lo que puedo pensar es adónde habrá ido. Sé que soy obsesiva y que estoy un poco loca, pero no puedo evitar pensar que está con Molly.

Mientras decido si lo llamo o no, recibo un mensaje de Steph. No va a volver esta noche. No entiendo cómo es que no se va a vivir con Tristan y con Nate, si se queda a dormir allí cinco veces a la semana y Tristan la adora. Seguro que le habló de su trabajo en la segunda cita y que no es odioso con ella sin razón.

«Qué suerte tiene Steph», me digo mientras agarro el control de la televisión. Pulso los botones sin pensar y la dejo puesta en un episodio repetido de «Friends» que he visto por lo menos cien veces. No recuerdo la última vez que me senté a ver la televisión, pero es genial acostarse en la cama a disfrutar de una comedia sin complicaciones para escapar de la última pelea sin sentido con Hardin.

Después de varios episodios de distintas series, noto que empieza a entrarme sueño. En mi duermevela, se me olvida que estoy enojada y le escribo un mensaje de buenas noches a Hardin. Me duermo sin recibir respuesta.

—Mierda.

Un golpe seco me despierta. Me sobresalto, enciendo la lámpara y veo a un Hardin tambaleante que intenta encontrar su camino a oscuras.

—¿Qué haces? —le pregunto.

Levanta la vista. Tiene los ojos rojos y brillantes. Está borracho. «Genial.»

—He venido a verte —dice desplomándose en la silla.

—¿Por qué? —protesto.

Lo quiero aquí, pero no borracho y a las dos de la madrugada.

—Porque te extrañaba.

—Entonces ¿por qué te has ido?

—Porque me estabas dando lata.

«Ayyy.»

—Bueno. Voy a seguir durmiendo. Estás borracho y es evidente que vas a volver a tratarme mal.

—No te trato mal, Tessa, y no estoy borracho... Bueno, sí que lo estoy, ¿y?

—Me da igual que estés borracho, pero es entre semana y necesito dormir.

Me quedaría toda la noche despierta con él si supiera que no va a decirme barbaridades sólo por hacerme daño.

—«Es entre semana...» —me imita en tono de burla—. ¿Podrías ser más cuadrada? —Se echa a reír como si hubiera dicho la cosa más divertida del mundo.

—Será mejor que te vayas.

Me acuesto y le doy la espalda. No me gusta este Hardin. Quiero que me devuelvan a mi Hardin medio cariñoso, no este pendejo borracho.

—Vamos, nena... No te enojes conmigo —dice, pero no le hago ni caso—. ¿Quieres que me vaya de verdad? Ya sabes lo que pasa cuando no duermo contigo —dice apenas en un susurro.

Se me cae el alma a los pies. Sé lo que pasa, pero no es justo que lo utilice en mi contra cuando está borracho.

—Bien. Quédate. Yo me voy a dormir.

—¿Por qué? ¿No quieres estar un rato conmigo?

—Estás borracho y estás siendo un pesado —replico volviéndome para decírselo a la cara.

—No estoy siendo pesado —dice con expresión neutra—. Lo único que he dicho es que me dabas lata.

—Es muy grosero decir eso de alguien, sobre todo cuando lo único que he hecho ha sido preguntarte por tu trabajo.

—Dios, otra vez no. Vamos, Tessa, déjalo ya. No quiero hablar del tema —dice con tono quejumbroso y arrastrando las palabras.

—¿Por qué has bebido esta noche?

No me importa que beba, no soy su madre y ya es mayorcito. Lo que me molesta es que siempre bebe por algo, detrás siempre hay una razón. No bebe por diversión.

Desvía la mirada hacia la puerta, como si buscara una escapatoria.

—Yo... No lo sé... Quería tomarme una copa... o varias. Deja de estar enojada conmigo, por favor... Te quiero —dice buscándome con los ojos.

Esas dos palabras diluyen casi todo mi enojo y de repente me muero por que me estreche en sus brazos.

—No estoy molesta contigo, sólo es que no quiero que nuestra relación vaya hacia atrás. No me gusta cuando te desquitas conmigo sin motivo y desapareces. Si estás enojado por algo, quiero que me lo digas y lo hablemos.

—No te gusta no tenerlo todo bajo control —replica, y se tambalea ligeramente.

—¿Perdona?

—Eres de lo más controladora —añade, y se encoge de hombros como si fuera algo de dominio público.

—No, eso no es verdad. Sólo es que me gustan las cosas de cierta manera.

—Sí, a tu manera.

—Imagino que hemos terminado de discutir sobre eso. ¿Hay algo más que quieras reprocharme, ya que estamos en esto? —salto.

—No, sólo que eres muy controladora y que de verdad quiero que te vengas a vivir conmigo.

«¿Qué?» Sus cambios de humor son como una montaña rusa.

—Deberías venirte a vivir conmigo. He encontrado un departamento hoy. No he firmado nada, pero es bonito.

—¿Cuándo? —Me cuesta seguirles el ritmo a las cinco personalidades de Hardin Scott.

—Cuando me he ido de aquí.

—¿Antes de emborracharte?

Pone los ojos en blanco. La luz de la lámpara se refleja en el metal del aro de su ceja y lucho por hacer caso omiso de lo atractivo que me resulta.

—Sí, antes de emborracharme. ¿Qué me dices? ¿Te vienes a vivir conmigo?

—Sé que eres nuevo en esto de salir con alguien, pero normalmente uno no insulta a su novia y, en la misma frase, le pide que se vaya a vivir con él —lo informo mordiéndome el labio inferior para reprimir una sonrisa.

—Bueno, a veces ciertas novias deberían relajarse un poco —sonríe. Incluso borracho es terriblemente encantador.

—Bueno, a veces ciertos novios deberían dejar de comportarse como unos cabrones —contraataco.

Se echa a reír, se levanta de la silla y se acerca a mi cama.

—Estoy intentando no ser un cabrón, de verdad. A veces no puedo evitarlo. —Se sienta en la orilla—. ¡Se me da de maravilla!

—Lo sé —suspiro.

A pesar del episodio de esta noche, sé que se ha estado esforzando por ser más amable. No quiero buscarle excusas, pero ha hecho más de lo que esperaba.

—¿Te vienes a vivir conmigo? —sonríe esperanzado.

—Jesús, un paso detrás de otro. De momento, voy a dejar de estar enojada contigo —le digo, y me incorporo—. Ahora ven a la cama.

Levanta una ceja como diciéndome: «¿Lo ves? Eres muy controladora», pero se pone en pie para bajarse los pantalones. Cuando se quita la camiseta, la deja en la cama delante de mí. Me encanta que tenga las mismas ganas que yo de que me la ponga.

Me quito la que llevo puesta y me detiene.

—¡Ay! —dice, y levanto la vista—. ¿Qué llevas puesto?

Ha abierto mucho los ojos y su mirada es muy intensa.

—Me he comprado ropa interior nueva. —Me ruborizo y bajo la vista.

—Ya lo veo... ¡Ay! —repite.

—Eso ya lo has dicho. —Me río nerviosa.

La luz de los ojos de Hardin me ciega y me produce un cosquilleo en la piel.

—Estás increíble. —Traga saliva—. Siempre estás increíble, pero esto es...

Con la boca seca miro el bulto que crece en su bóxer. Es la quinta vez que la energía entre nosotros cambia esta noche.

—Iba a enseñártela antes, pero estabas muy ocupado comportándote como un pendejo.

—Mmm —musita.

Está claro que no ha oído lo que acabo de decir. Apoya la rodilla en la cama y me mira de arriba abajo antes de colocarse encima de mí.

Sabe a whisky y a menta, una combinación celestial. Nuestros besos son tiernos e incitantes, nuestros labios se acercan y se separan, su lengua baila juguetona con la mía. Me agarra del pelo y siento su erección contra mi vientre. Me suelta el pelo para apoyarse en un codo y acariciarme con la otra mano. Sus largos dedos recorren las costuras de mi brasier de encaje, se meten dentro y vuelven a salir. Se relame los labios cuando lleva la mano entre mis muslos y empieza a moverla arriba y abajo.

—No consigo decidir si quiero que te dejes esto puesto... —dice.

Me da igual: sus dedos maravillosos sobre mi piel me tienen totalmente fascinada.

—Fuera —dice finalmente desabrochándome el sostén.

Arqueo la espalda para que me lo pueda quitar y gruñe cuando su entrepierna se aprieta contra la mía.

—¿Qué quieres hacer, Tess? —pregunta con voz temblorosa y sin control.

—Ya te lo dije —contesto mientras aparta mis calzones.

Ojalá no hubiera bebido esta noche, aunque a lo mejor su embriaguez me hace parecer menos rara e incómoda.

Grito cuando me penetra con los dedos y lo rodeo con un brazo, intentando agarrarme a lo que sea. Pongo la otra mano entre nosotros y se la acaricio con la palma. Gime, aprieto y subo y bajo la mano con suavidad.

—¿Estás segura? —jadea, y veo la incertidumbre en sus cristalinos ojos verdes.

—Sí, estoy segura. ¡No lo pienses más!

Cómo han cambiado las cosas. Ahora soy yo la que le dice eso.

—Te quiero, lo sabes, ¿verdad?

—Sí. —Aprieto los labios contra los suyos—. Te quiero, Hardin —le digo sin separarme de su boca.

Sus dedos continúan, dentro y fuera, muy despacio, y su boca se cierra sobre mi cuello. Chupa con fuerza y luego me lame para aliviar el dolor. Lo repite una y otra vez, y es como si todo mi cuerpo estuviera en llamas.

—Hardin..., voy a... —comienzo a decir, y me saca los dedos al instante.

Me besa cuando gimoteo en protesta. Se echa un poco atrás, enrosca los dedos en mis calzones y me los baja. Luego me pone las manos en los muslos y me da un apretón antes de besarme el vientre y soplar con delicadeza en mi sexo húmedo. Mi cuerpo se arquea sin que yo se lo ordene y su lengua se mueve arriba y abajo mientras él tiene los brazos enroscados en mis muslos para mantenerme bien abierta. A los pocos segundos empiezan a temblarme las piernas; me agarro a las sábanas mientras él sigue dibujando círculos con la lengua.

—Dime lo mucho que te gusta —me pide sin apartar la boca.

De mis labios escapan sonidos guturales, intento decir algo, lo que sea. Hardin sigue soltando obscenidades y lamiéndome entre una y otra. Es un ritmo exquisito, me tiembla el cuerpo y estiro los pies extasiada. Cuando recupero el conocimiento me besa en la boca. Mi pecho sube y baja y mi respiración es irregular.

—¿Estás...?

—Cállate... Sí, estoy segura —le digo, y lo beso con ganas.

Le clavo las uñas en la espalda y le bajo el bóxer por debajo del trasero. Suspira al verse libre y ambos gemimos cuando nuestras pieles vuelven a entrar en contacto.

—Tessa, yo...

—Cállate... —le repito. Lo deseo más que nada y no quiero que siga hablando.

—Pero Tessa, tengo que contarte...

—Cállate ya, Hardin, por favor —le suplico, y lo beso otra vez.

Sujeto su erección y la acaricio cuan larga es. Él cierra los ojos y suspira. El instinto toma el control y le paso el pulgar por la punta para limpiar la gota que se acumula allí y sentirla palpitar en la mano.

—Si vuelves a hacer eso, me vengo —jadea.

De repente, se levanta de un salto de la cama. Antes de que pueda preguntarle adónde va, saca un pequeño envoltorio de sus pantalones.

«Vamos a hacerlo de verdad.»

Sé que debería estar asustada o nerviosa, pero lo único que siento es lo mucho que lo quiero y lo mucho que él me quiere a mí.

Sé lo que va a pasar, y la anticipación me llena de asombro y el tiempo parece que pasa mucho más despacio mientras aguardo a que vuelva a la cama. Siempre pensé que mi primera vez sería con Noah, en nuestra noche de bodas. Sería en una cama gigantesca en un bonito bungalow en una isla del trópico. En cambio, aquí estoy, en mi diminuta habitación de la residencia de estudiantes, con Hardin, y no cambiaría un solo detalle al respecto.

CAPÍTULO 78

Sólo he visto un condón en clase de educación sexual, e imponía bastante. Pero ahora mismo sólo quiero arrancárselo a Hardin de las manos y ponérselo lo más rápido que pueda. Menos mal que no puede leer mis pensamientos indecentes, aunque él dice cosas mucho más sucias que las que yo he pensado nunca.

—¿Estás...? —dice con voz ronca.

—Si me lo preguntas otra vez, te mato.

Me sonríe y agita el preservativo que sostiene entre el índice y el pulgar.

—Iba a preguntarte si quieres ayudarme a ponérmelo o lo hago yo solo...

Me muerdo el labio.

—Ah. Me gustaría hacerlo yo, pero... vas a tener que enseñarme cómo se hace.

Lo que aprendí sobre el preservativo en clase de educación sexual no me preparó para lo que se siente en un momento como éste, y no quiero arruinarlo.

—Bien.

Se sienta en la cama y yo cruzo las piernas. Me da un beso rápido en la frente. Rasga el envoltorio y alargo la mano, pero él suelta una carcajada y menea la cabeza.

—Ahora verás. —Me toma la mano, saca el pequeño disco y usa nuestras manos entrelazadas para colocarse el condón en la punta. El látex es viscoso y resbaladizo—. Ahora hay que desenrollarlo —dice con las mejillas coloradas.

Nuestras manos deslizan el condón por su piel firme. Entorna los ojos y su erección crece un poco más.

424

—No ha estado mal para una virgen y un borracho —me río.

Levanta una ceja y sonríe. Me alegro de que podamos bromear y no sea todo tan serio e intenso; eso hace que lo que va a suceder a continuación me ponga menos nerviosa.

—No estoy borracho, nena. Me he tomado un par de copas pero me he despejado discutiendo contigo, como siempre. —Me regala unos hoyuelos y me acaricia el labio inferior con el pulgar.

Es un alivio saberlo. No deseo en absoluto que se duerma a la mitad, o que me vomite encima. Me río de pensarlo y lo miro otra vez. Tiene la mirada despejada, no de borracho como hace una hora.

—Y ¿ahora qué? —pregunto sin poder contenerme.

Se ríe, me agarra la mano y se la lleva al pene.

—¿Me tienes ganas? —pregunta.

Asiento.

—Yo también te tengo ganas —confiesa, y me encanta sentir lo dura que está en mi mano.

Cambia de postura y se pone encima de mí. Con una rodilla me abre de piernas y luego me acaricia con los dedos.

Me pregunto si será cariñoso... Eso espero.

—Estás muy mojada, eso lo hará más fácil —dice, y toma aire.

Su boca encuentra la mía y me besa despacio, jugando con la lengua. Sus labios parecen hechos para los míos, a medida. Se separa un poco, me besa las comisuras, la nariz y otra vez en los labios. Lo abrazo intentando sentirlo más cerca.

—Despacio, nena. Tenemos que ir despacio —me susurra al oído—. Al principio te va a doler. Si quieres que pare, dímelo. Lo digo en serio —dice con ternura mientras me mira a los ojos esperando mi respuesta.

—Bueno —asiento, y trago saliva.

He oído que perder la virginidad duele, pero no puede ser tan malo. O, al menos, eso espero.

Hardin me besa otra vez. Noto el roce del condón en mi piel y me estremezco. Un segundo después intenta metérmela. Es una sensación muy rara... Cierro los ojos y me oigo jadear.

—¿Estás bien?

Asiento y la mete un poco más. Hago una mueca de dolor, es como si me pellizcaran muy adentro. Es tan malo como dice todo el mundo... O incluso peor.

—¡Oooh! —gime Hardin.

Está muy quieto, tenso, pero sigue siendo increíblemente desagradable.

—¿Puedo moverme? —pregunta con la voz estrangulada.

—Sí... —digo.

El dolor continúa, pero Hardin me besa por todas partes: en los labios, en las mejillas, en la nariz, en el cuello, en las lágrimas que se agolpan en mis ojos. Me concentro en agarrarme a sus brazos y en su lengua tibia en mi cuello.

—Dios... —gime, y echa la cabeza hacia atrás—. Te quiero, te quiero con locura, Tess —susurra pegado a mi mejilla.

Su voz me sirve de consuelo y hace que me olvide un poco del dolor, pero éste se agudiza cuando sus caderas empujan un poco más contra las mías.

Quiero decirle lo mucho que lo quiero, pero me da miedo que, si abro la boca para hablar, me eche a llorar.

—¿Quieres...? Carajo... ¿Quieres que pare? —tartamudea. En su voz puedo percibir cómo el placer y la preocupación libran una batalla en su interior.

Niego con la cabeza y, cuando cierra los ojos, lo observo fascinada. Aprieta la mandíbula para concentrarse. Sus músculos duros y firmes se contraen y se relajan bajo su piel tatuada. Viéndolo disfrutar así casi ni me acuerdo del dolor. Me acaricia la mejilla con los dedos y me besa otra vez antes de enterrar la cara en mi cuello. Su respiración se acelera, caliente y salvaje contra mi piel. Levanta la cabeza y abre los ojos. Soportaría el dolor una y otra vez con tal de poder sentirme así, de notar esta profunda conexión con Hardin, que llega a lugares dentro de mí que no sabía siquiera que existieran.

Sus ojos verdes brillan de emoción cuando me mira, y se me caen las lágrimas. Hacen que me olvide de todo, y luego me atrae de nuevo hacia sí. Lo quiero y no tengo ni la menor duda de que él también me quiere a mí. Aunque no dure para siempre, aunque acabemos por no dirigirnos la palabra, siempre sabré que este momento lo fue todo para mí.

Sé que le está costando un montón controlarse, ir despacio por mí, y eso hace que aún lo quiera más. El tiempo transcurre cada vez más despacio hasta que se detiene; acelera y se detiene otra vez al ritmo al que Hardin entra y sale de mí. Lleva en los labios el sabor salado del sudor cuando me besa, y quiero más. Lo beso en el cuello y en ese punto debajo de la oreja que sé que lo vuelve loco.

Se estremece y gime mi nombre.

—Lo estás haciendo muy bien, nena. Te quiero mucho.

Ya no duele, pero sigue siendo incómodo y sigue molestándome un poco cada vez que me embiste. Mis labios rozan su cuello y lo jalo del pelo.

—Te quiero, Hardin —consigo decir.

Gime y me besa con los labios hinchados.

—Voy a venirme, nena. ¿Te parece bien? —dice apretando los dientes.

Asiento y lo beso y le chupo el cuello. Los ojos de Hardin permanecen fijos en los míos mientras termina. Me promete amor incondicional para siempre mientras se tensa y se desploma con cuidado sobre mí.

Siento el fuerte latir de su corazón contra mi pecho y le beso el pelo húmedo de la coronilla. Su pecho deja de subir y bajar, se incorpora y sale de mí. Hago un gesto de dolor ante el repentino vacío. Se quita el condón, le hace un nudo y lo deja sobre el envoltorio, en el suelo.

—¿Te encuentras bien? ¿Cómo te sientes? —Sus ojos estudian mi rostro y parece mucho más vulnerable de lo que imaginaba posible.

—Estoy bien —le aseguro.

Cierro los muslos para aliviar el dolor. Veo la sangre en las sábanas pero no quiero moverme.

Hardin se aparta el pelo de la frente.

—¿Ha sido... ha sido como esperabas?

—Mejor —respondo con sinceridad.

A pesar del dolor, la experiencia ha sido deliciosa. No puedo dejar de fantasear con la próxima vez.

—¿De verdad? —Sonríe.

Asiento y se acerca más a mí y apoya la frente en la mía.

—¿A ti te ha gustado? —digo—. Será mejor cuando tenga un poco más de... experiencia.

Su sonrisa se desvanece y con los dedos me levanta la barbilla para que lo mire a la cara.

—No digas eso. Ha sido genial, nena. Ha sido mejor que genial, ha sido... El mejor —dice, y pongo los ojos en blanco.

Estoy segura de que ha estado con chicas mucho mejores que yo, que sabían lo que tenían que hacer en cada momento.

Como si me leyera el pensamiento, me responde:

—No estaba enamorado de ellas. Es una experiencia completamente diferente cuando amas a la otra persona. De verdad, Tessa. Es incomparable. Por favor, no dudes de ti misma ni degrades lo que acabamos de hacer.

Su voz es dulce y sincera. Siento que mi corazón está henchido de felicidad y lo beso en el puente de la nariz.

Sonríe y me rodea la cintura con el brazo. Me estrecha contra su pecho. Huele de maravilla. Hardin sudado, mi perfume favorito.

—¿Te duele?

Me peina con los dedos y enrosca un mechón entre ellos.

—Un poco. —Me río—. Me da miedo levantarme.

Me estrecha más fuerte y me besa en el hombro.

—Nunca lo había hecho con una virgen —dice en voz baja.

Alzo la vista y sus ojos son tiernos, sin una sombra de burla.

—Ah.

En mi cabeza se forman cientos de preguntas sobre su primera vez. Cuándo, dónde, con quién y por qué. Pero me las quito de la cabeza: no la quería. Nunca ha amado a nadie, sólo a mí. Ya no me importan las mujeres de su pasado. Son sólo eso: pasado. Lo único que me importa es el hombre guapo e imposible que acaba de hacer el amor por primera vez en su vida.

CAPÍTULO 79

Una hora más tarde, Hardin pregunta:

—¿Lista para levantarte?

—Sé que debería, pero es que no quiero —le digo restregando la mejilla contra su pecho.

—No quiero apurarte, pero me estoy orinando —contesta, y me echo a reír.

Me separo de él y me levanto de la cama.

—¡Ay...! —Se me ha escapado.

—¿Estás bien? —me pregunta por enésima vez. Extiende la mano para sujetarme y que no me caiga.

—Sí, sólo un poco adolorida.

Tuerzo el gesto al ver las sábanas. Las mira.

—Sí, habrá que tirarlas.

Saca las sábanas de la pequeña cama.

—Pero no aquí. Steph podría verlas.

—¿Dónde las tiro? —pregunta dando pequeños saltitos. Se ve que lleva un rato con la vejiga llena.

—No lo sé... ¿Podrías tirarlas a un contenedor cuando te vayas?

—¿Quién dice que voy a irme? ¿Te acuestas conmigo y luego me echas?

Le parece muy divertido. Recoge el bóxer y los pantalones del suelo y se los pone. Le paso la camiseta.

Le doy una palmada en el trasero.

—Ve a orinar y llévate las sábanas, por si acaso.

No sé por qué me importa tanto, pero lo último que necesito es a Steph interrogándome en busca de información sobre cómo he perdido la virginidad.

—Claro, porque nadie pensará que soy un pervertido o un loco peligroso si me ven metiendo en el coche unas sábanas ensangrentadas en mitad de la noche.

Le lanzo una mirada asesina. Hace una bola con las sábanas y se dirige hacia la puerta.

—Te quiero —dice antes de salir.

Ahora que se ha marchado tengo un momento para pensar. Me pregunto si mi aspecto reflejará lo bien que me siento, sosegada y a gusto. El recuerdo de Hardin encima de mí justo antes de penetrarme me corta la respiración. Ahora entiendo por qué la gente le da tanta importancia al sexo. Y yo me lo he estado perdiendo. No obstante, sé que mi primera vez no habría sido tan fantástica si no hubiera sido con él. Cuando me miro al espejo, la mandíbula me llega al suelo. Tengo el cutis resplandeciente y los labios hinchados. Me pellizco las mejillas y muevo los brazos. Se me ve distinta. Es un cambio imperceptible y no sé lo que es, pero me gusta. Me tomo un minuto para admirar las pequeñas marcas rojas en mi pecho. Ni siquiera recuerdo que me las haya hecho. Mi mente vuelve a Hardin haciéndome el amor, su boca ardiente y húmeda contra mi piel. La puerta se abre y me saca de mis ensoñaciones. Me sobresalto.

—¿Contemplándote en el espejo? —comenta Hardin burlón.

Cierra la puerta.

—No... Yo... —No sé qué decir porque estoy en cueros delante del espejo, fantaseando con sus labios sobre mi piel.

—No tienes de qué avergonzarte, nena. Si yo tuviera ese cuerpo, también me miraría al espejo.

Me ruborizo.

—Creo que voy a bañarme —le digo mientras intento cubrirme como puedo con las manos.

No quiero quitarme su olor de la piel, pero todo lo demás sobra.

—Yo también —dice. Lo miro arqueando una ceja y Hardin levanta las manos con gesto inocente—. Lo sé, no podemos bañarnos juntos... Pero si vivieras conmigo sí podríamos.

Algo ha cambiado en él, lo noto. Sonríe más a menudo y le brillan más los ojos. No sé si alguien más sería capaz de verlo, pero yo lo conozco mejor que nadie, a pesar de los muchos secretos que guarda y que planeo descubrir.

—¿Qué? —pregunta ladeando la cabeza.

—Nada. Te quiero —le digo.

Se ruboriza y sonríe de oreja a oreja, igual que yo. Parecemos dos quinceañeros embobados el uno con el otro. Me encanta.

Voy a tomar la bata de baño y se me acerca.

—¿Has pensado sobre lo de vivir conmigo?

—Me lo pediste ayer. Sólo puedo tomar una decisión de vital importancia al día. —Me río.

Se frota las sienes.

—Es que quiero firmar el contrato cuanto antes. Necesito salir de la dichosa fraternidad.

—¿Por qué no lo rentas tú solo? —sugiero otra vez.

—Porque quiero que sea nuestro.

—¿Por qué?

—Porque quiero pasar contigo todo el tiempo que pueda. ¿Por qué te muestras tan reticente? ¿Es por el dinero? Yo correré con todos los gastos.

—De eso, nada —protesto—. Si accedo a vivir contigo, quiero contribuir. No quiero ser una mantenida.

No me puedo creer que de verdad estemos hablando de irnos a vivir juntos.

—Entonces ¿cuál es el problema?

—No lo sé... Apenas nos conocemos. Siempre he pensado que no me iría a vivir con alguien hasta que estuviéramos casados... —le explico.

Ésa no es la única razón. Mi madre es una razón de peso, y también el miedo a tener que depender de alguien. Incluso de Hardin. Eso fue lo que hizo ella. Dependía de mi padre y de sus ingresos hasta que nos dejó y entonces se refugió en la posibilidad remota de que volviera. Siempre pensó que volvería a buscarnos, pero nunca lo hizo.

—¿Casados? Tienes una forma de pensar muy anticuada, Tessa. —Se echa a reír y se sienta en la silla.

—¿Qué tiene de malo el matrimonio? —pregunto—. No entre nosotros, sino en general —añado.

Se encoge de hombros.

—Nada, sólo que no es para mí.

Esto se ha puesto muy serio. No quiero hablar de matrimonio con Hardin, pero me preocupa que diga que no es para él. No he pensado en casarme con él, es demasiado pronto. Faltan años para eso. Pero me gustaría tener esa opción, y quiero estar casada cuando cumpla los veinticinco y tener al menos dos hijos. Tengo planeado todo mi futuro.

«Lo tenías planeado», me recuerda mi subconsciente. Lo tenía todo planeado hasta que conocí a Hardin. Ahora mi futuro cambia constantemente.

—Eso te preocupa, ¿no? —pregunta leyéndome otra vez el pensamiento.

Que hayamos hecho el amor nos ha unido, en cuerpo y alma, con un cordón invisible. Que mis planes hayan cambiado es para bien..., o eso creo.

—No. —Intento ocultar la emoción en mi voz, pero no lo consigo—. Sólo es que nunca había oído a nadie proclamar con tanta seguridad que no quiere casarse. Creía que eso era lo que todo el mundo quería, que es lo más importante en la vida.

—No exactamente. Yo creo que la gente sólo quiere ser feliz. Piensa en Catherine y mira lo que el matrimonio supuso para ella y para Heathcliff.

Me encanta que hablemos el mismo lenguaje narrativo. Nadie más podría hablarme de ese modo, que es el que yo entiendo mejor.

—Porque no se casaron el uno con el otro, ése fue el problema —digo con una carcajada.

Pienso en la época en que mi relación con Hardin guardaba un parecido tremendo con la de Catherine y Heathcliff.

—¿Rochester y Jane? —sugiere. Me sorprende que Hardin mencione *Jane Eyre*.

—Es una broma, ¿verdad? Él era frío y reservado. Además, le pidió a Jane que se casara con él sin decirle que ya estaba casado con una loca que tenía encerrada en el desván. No me estás dando argumentos válidos.

—Lo sé. Sólo es que me encanta oírte hablar sobre héroes literarios. —Se aparta el pelo de la frente y, en un momento de infantilismo, le saco la lengua—. Entonces ¿lo que me estás diciendo es que quieres casarte conmigo? Te prometo que no tengo a ninguna esposa loca escondida en casa.

Se acerca a mí. Ya, ya sé que no tiene esposa, pero me oculta un montón de cosas, y eso es lo que me preocupa.

El corazón se me sale del pecho cuando lo tengo delante.

—¿Qué? —digo—. No, claro que no. Sólo hablaba del matrimonio en general, no de nosotros en concreto.

Estoy desnuda y hablando con Hardin sobre el matrimonio. ¿Qué está pasando en mi vida?

—Entonces ¿no quieres casarte conmigo?

—No. Bueno, no lo sé. ¿Por qué estamos hablando de matrimonio?

Escondo la cara en su pecho y noto que se ríe, divertido.

—Era sólo por saberlo. Pero ahora que me has planteado un argumento válido tendré que reconsiderar mi postura en contra del matrimonio. Podrías hacer un hombre decente de mí.

Parece que lo dice en serio, pero me está tomando el pelo, o eso creo. Estoy empezando a preguntarme si ha perdido la razón cuando suelta una carcajada y me besa en la sien.

—¿Podemos hablar de otra cosa? —refunfuño.

Perder la virginidad y hablar de matrimonio en un mismo día es demasiado para mi cerebro melindroso.

—Claro. Pero no voy a cambiar de opinión sobre el departamento. Tienes hasta mañana para pensarlo —dice—. No voy a esperar eternamente.

—Qué tierno. —Pongo los ojos en blanco y se levanta para abrazarme.

—Ya me conoces, soy don Romántico. —Me da un beso en la frente—. Ahora vamos a bañarnos, que de tenerte desnuda me están entrando ganas de tirarte en la cama y volver a coger como un loco.

Meneo la cabeza y salgo de entre sus brazos; luego me pongo la bata.

—¿Gustas? —digo cambiando de tema y señalando mi bolsa de aseo para que venga a bañarse.

—No sabes cuánto, pero me temo que por ahora tendré que conformarme con un baño.

Me guiña el ojo y acepto el brazo que me ofrece; luego caminamos juntos por el pasillo.

CAPÍTULO 80

Para cuando los dos estamos limpios y en la cama, son casi las cuatro de la madrugada.

—Tengo que levantarme dentro de una hora —refunfuño contra su pecho.

—Llegarías puntual aunque durmieras hasta las siete y media —me recuerda.

No quiero tener que arreglarme corriendo, pero necesito las horas de sueño. Por suerte he dormido la siesta, a ver si eso me ayuda a no quedarme dormida de pie durante mi primer día de verdad en Vance.

—Mmm... —musito contra su piel.

—Pondré la alarma.

Me escuecen los ojos por la falta de sueño mientras intento enchinarme la maraña de pelo. Me pinto los ojos con un lápiz café y me pongo mi nuevo vestido rojo rubí. Tiene el escote cuadrado y lo bastante bajo para realzar mi busto sin ser indecente. El doblez acaba justo en mis rodillas, y el cinturón estrecho en la cintura crea la ilusión de que me he pasado horas arreglándome. Sopeso si debo ponerme rubor o no pero, gracias a mi noche con Hardin, tengo las mejillas sonrosadas. Me pongo los zapatos nuevos y me inspecciono delante del espejo. El vestido es muy favorecedor, y estoy más guapa de lo que imaginaba. Miro de reojo a Hardin, que sigue envuelto en las cobijas de mi minúscula cama. Se le salen los pies del colchón y sonrío. Espero hasta el último minuto para despertarlo. Me planteo si debo dejar que siga durmiendo, pero soy una egoísta y quiero darle un beso de despedida.

—Tengo que irme —digo dándole pequeños empujones en el hombro.

—Te quiero —dice, y me ofrece los labios sin abrir los ojos.

—¿Vas a ir a clase? —le pregunto después de besarlo.

—No —contesta, y vuelve a dormirse.

Le doy un beso en el hombro y agarro mi chamarra y mi bolsa. Me muero por volver a meterme en la cama con él.

«A lo mejor lo de vivir juntos no es mal plan. Al fin y al cabo, ya pasamos casi todas las noches juntos.»

Me quito la idea de la cabeza. No es un buen plan, es demasiado pronto. Demasiado pronto.

Aun así, me paso todo el trayecto imaginándome rentando un departamento con Hardin, escogiendo las cortinas y pintando las paredes. Para cuando subo al elevador en Vance, ya hemos comprado la cortina del baño y el tapete, pero cuando llego a la tercera planta un hombre joven con traje azul marino entra en el elevador y pierdo la concentración.

—Hola —dice, y se acerca a los botones.

Como ve que ya está pulsada la tecla de la última planta, se apoya en la pared del fondo.

—¿Eres nueva? —pregunta. Huele a jabón y tiene los ojos azul eléctrico, que, junto con su pelo negro, forman un extraño contraste.

—Sólo soy una becaria —le digo.

—¿Sólo una becaria? —Se ríe.

—Quiero decir que soy becaria aquí, no una empleada de verdad —me corrijo nerviosa.

—Yo empecé de becario hace unos años y luego me contrataron a jornada completa. ¿Estudias en la WCU?

—Sí. ¿Tú estudiaste allí?

—Sí. Me gradué el año pasado. Por fin. —Se ríe—. Te gustará trabajar aquí.

—Gracias. De momento me encanta —digo saliendo del elevador.

Cuando me dispongo a doblar la esquina, añade:

—No me has dicho tu nombre.

—Tessa, Tessa Young.

Sonríe y se despide con la mano.

Detrás del mostrador está sentada la misma mujer de ayer, y esta vez se presenta y me dice que se llama Kimberly. Me sonríe, me desea buena suerte y señala una mesa llena de comida y café. Le devuelvo la sonrisa y le doy las gracias. Tomo una dona con chispas de chocolate y una taza de café y me meto en mi oficina. En mi mesa encuentro una gruesa pila de papel con una nota del señor Vance, que dice que es mi primer manuscrito y me desea suerte. Me encanta la libertad con la que cuento en estas prácticas; tengo una suerte increíble. Muerdo la dona, guardo la nota y me pongo a trabajar.

El manuscrito es muy bueno y no puedo parar de leer. Llevo doscientas páginas cuando suena el teléfono que hay sobre mi mesa.

—¿Diga? —Me doy cuenta de que no tengo ni idea de qué botón tengo que pulsar para contestar. Para intentar parecer más madura, añado—: Aquí Tessa Young.

Me muerdo el labio y oigo una risita al otro lado.

—Señorita Young, tiene una visita. ¿La dejo pasar? —pregunta Kimberly.

—Tessa, llámame Tessa, por favor —le digo.

Me parece poco considerado por mi parte pedirle que me llame «señorita Young» cuando ella tiene más años y más experiencia que yo.

—Tessa —dice, y me imagino su sonrisa franca—. ¿Lo dejo pasar?

—Ah, sí. Espera..., ¿quién es?

—No estoy segura..., un chico joven... Lleva tatuajes, muchos tatuajes —susurra, y me entra la risa.

—Sí, dile que salgo a recibirlo. —Cuelgo.

Que Hardin haya venido me emociona y me asusta al mismo tiempo. Espero que vaya todo bien. Salgo al vestíbulo, donde me espera de pie con las manos en los bolsillos. Kimberly está al teléfono. Tengo la impresión de que sólo finge hablar, pero no podría asegurarlo. Espero que el hecho de recibir visitas en mi segundo día de trabajo no dé la impresión de que me estoy aprovechando de la gran oportunidad que se me ha dado.

—Hola, ¿va todo bien? —digo cuando ya lo tengo cerca.

—Sí, sólo quería ver cómo te va el trabajo. —Sonríe y le da vueltas con los dedos al aro de la ceja.

—Ah. Pues va muy bien, estoy... —empiezo a decir cuando el señor Vance se nos acerca a grandes pasos.

—Bueno, bueno, bueno... ¿Has venido a suplicarme que te devuelva tu empleo? —le dice a Hardin con una gran sonrisa y una palmada en el hombro.

—Eso quisieras tú, viejo zorro —dice Hardin, riéndose, y me deja boquiabierta.

El señor Vance se echa a reír y le da un puñetazo juguetón a Hardin en las costillas. Deben de estar más unidos de lo que yo creía.

—¿A qué debo el honor? ¿O sólo has venido a acosar a mi nueva becaria? —Me mira.

—Lo segundo. Acosar a las becarias es mi pasatiempo favorito.

Miro a uno y a otro y no sé qué decir. Me encanta ver este lado bromista y juguetón de Hardin. No lo saca muy a menudo.

—¿Tienes tiempo para salir a comer? Si es que no has comido ya... —me dice Hardin.

Miro el reloj que cuelga de la pared. Ya es mediodía. Se me ha pasado la mañana volando.

Miro al señor Vance, que se encoge de hombros.

—Tienes una hora para comer. ¡Una chica tiene que alimentarse! —Sonríe y se despide de Hardin antes de desaparecer por el pasillo.

—Te he mandado varios mensajes de texto para asegurarme de que habías llegado a la oficina, pero no me has contestado —me dice Hardin cuando subimos al elevador.

—No he mirado el teléfono en toda la mañana, estaba muy metida en una historia —respondo tomándolo de la mano.

—Estás bien, ¿verdad? ¿Estamos bien? —pregunta mirándome fijamente.

—Claro, ¿por qué no íbamos a estarlo?

—No lo sé... Empezaba a preocuparme que no respondieras a mis mensajes. Pensaba que... que te estabas arrepintiendo de lo de anoche. —Agacha la cabeza.

—¿Qué? Por supuesto que no. De verdad que no he mirado el celular. No me arrepiento de lo de anoche. Ni un poquito.

No puedo disimular la sonrisa que se me dibuja en la cara al recordarlo.

—Bien. Es un gran alivio —dice, y deja escapar un suspiro.

—¿Has venido hasta aquí porque pensabas que me había arrepentido? —le pregunto. Es un poco extremo, pero muy halagador.

—Sí... Bueno, no sólo por eso. También quería invitarte a comer. —Sonríe y se lleva mi mano a los labios.

Salimos del elevador y luego a la calle. Debería haberme puesto la chamarra. Tiemblo un poco y Hardin me mira.

—Tengo una chamarra en el coche —dice—. Podemos ir por ella y luego a Brio, está a la vuelta de la esquina y se come muy bien.

Caminamos hacia su coche y saca una chamarra negra de cuero de la cajuela. Me hace gracia. Creo que lleva toda la ropa ahí. Lleva sacando ropa de ahí dentro desde que lo conozco.

La chamarra abriga mucho y huele a Hardin. Me queda enorme y tengo que arremangármela.

—Gracias. —Le doy un beso en la mandíbula.

—Te queda muy bien, como un guante.

Me toma de la mano y andamos por la banqueta. Los hombres y las mujeres vestidos de traje nos miran sin disimulo. A veces se me olvida lo distintos que parecemos vistos desde fuera. Somos polos opuestos en casi todo pero, no sé cómo, nos va bien así.

Brio es un restaurante italiano pequeño y pintoresco. El suelo está cubierto de azulejos multicolores y el techo es un mural del cielo con querubines regordetes y sonrientes que esperan junto a unas puertas blancas y un par de ángeles, uno blanco y uno negro, abrazándose. El ángel blanco está intentando llevar al negro al otro lado.

—¿Tess? —dice Hardin jalándome de la manga.

—Voy —contesto, y vamos hacia nuestra mesa, que está al fondo.

Hardin se sienta en la silla que hay a mi lado, no en la de enfrente, y apoya los codos sobre la mesa. Pide para los dos, pero no me importa porque él ya ha comido antes aquí.

—¿Son muy amigos el señor Vance y tú? —pregunto.

—Yo no diría tanto. Pero nos conocemos bastante. —Se encoge de hombros.

—Parece que se llevan muy bien. Me gusta verte así.

Se le dibuja una pequeña sonrisa en los labios y me acaricia el muslo.

—¿Ah, sí?

—Sí. Me gusta verte feliz.

Siento que no me lo está contando todo sobre su relación con el señor Vance pero, por ahora, voy a dejarlo estar.

—Soy feliz. Más feliz de lo que creía que iba a serlo... nunca —añade.

—¿Qué mosca te ha picado? ¡Te estás ablandando! —bromeo, y se ríe.

—Si quieres puedo tirar unas cuantas mesas y romper un par de narices para refrescarte la memoria —replica, y choco el hombro contra el suyo.

—No, gracias. —Me río como una adolescente.

Nos sirven la comida y le doy las gracias al mesero. Tiene todo muy buen aspecto y me paro a disfrutar de los aromas antes de dar el primer bocado. Hardin ha pedido para los dos una especie de raviolis que están deliciosos.

—Está rico, ¿eh? —comenta muy satisfecho.

Se llena la boca. Asiento y hago lo propio.

Cuando terminamos, nos peleamos por la cuenta, pero al final gana él.

—Ya me lo pagarás luego —dice guiñándome un ojo cuando el mesero no mira.

Volvemos a la editorial y Hardin entra conmigo.

—¿Vas a subir? —le pregunto.

—Sí. Quiero ver tu oficina. Te prometo que luego me iré.

—Trato hecho.

Entramos en el elevador; cuando llegamos a la última planta le devuelvo su chamarra. Se la pone y se me hace la boca agua al ver lo bien que le sienta el cuero.

—Anda, hola otra vez —me saluda el chico de traje azul marino mientras caminamos por el pasillo.

—Hola otra vez. —Sonrío.

Mira a Hardin, que se presenta.

—Encantado de conocerte. Me llamo Trevor, trabajo en contabilidad. —Saluda con la mano—. En fin, ya nos veremos.

Y se marcha.

Entramos en mi oficina, Hardin me toma de la muñeca y me vuelve para mirarme a la cara.

—¿Qué mierda ha sido eso? —me dice.

«¿Está jugando?» Miro mi muñeca, que me sujeta con fuerza, y deduzco que no. No me hace daño pero tampoco me deja moverme.

—¿Qué?

—Ese tipo.

—¿Qué pasa con él? Lo he conocido esta mañana en el elevador.

Recupero mi muñeca de un jalón.

—No parecía que se acabaran de conocer. Estaban coqueteando en mi cara.

No puedo evitarlo. Suelto una carcajada que más bien parece un ladrido.

—¿Qué? Estás mal de la cabeza si crees que eso era coquetear. Estaba siendo educada, igual que él. ¿Por qué iba a coquetear con él?

Intento no subir la voz, no me conviene hacer una escena.

—Y ¿por qué no? Era guapo y fresa... Llevaba traje y todo —dice Hardin.

Me doy cuenta de que está más dolido que enojado. Mi instinto me dice que le regañe y lo mande al diablo, pero decido adoptar una estrategia distinta, igual que cuando se puso a romper cosas en casa de su padre.

—¿Eso crees? ¿Que quiero a alguien como él, no como tú? —le pregunto con un tono de voz suave.

Hardin abre unos ojos enormes, perplejo. Sé que esperaba que estallara, pero este cambio en la dinámica lo frena y tiene que pensar lo que va a decir a continuación.

—Sí... Bueno, no lo sé. —Sus ojos encuentran los míos.

—Pues, como de costumbre, te equivocas. —Sonrío.

Necesito hablar con él de esto más tarde, pero ahora mismo tengo más ganas de hacerle saber que no tiene de qué preocuparse que de corregirlo.

—Lamento que hayas pensado que estaba coqueteando con él. No es así. Yo no te haría eso —le aseguro.

Su mirada se suaviza y le acaricio la mejilla. ¿Cómo puede una persona ser tan fuerte y tan frágil a la vez?

—Bueno... —dice.

Me echo a reír y sigo acariciándole la mejilla. Me encanta agarrarlo con la guardia baja.

—¿Para qué lo quiero a él teniéndote a ti?

Parpadea y, al final, sonríe. Me alivia estar aprendiendo a desactivar la bomba con patas que es Hardin.

—Te quiero —me dice, y sus labios buscan los míos—. Perdona que haya saltado así.

—Acepto tus disculpas. ¿Qué te parece si te enseño mi oficina? —digo con alegría.

—No te merezco —añade en voz baja, demasiado baja.

Decido hacer como que no lo he oído y mantengo mi actitud animosa.

—¿Qué opinas? —Sonrío de oreja a oreja.

Se echa a reír y presta mucha atención mientras le muestro cada detalle, cada libro del librero y el marco vacío que hay en la mesa.

—Estaba pensando en poner una foto nuestra aquí —le digo.

No nos hemos hecho ninguna foto juntos, y no se me había ocurrido hasta que coloqué el marco sobre la mesa. Hardin no parece de la clase de personas que sonríen ante la cámara, ni siquiera ante la de un celular.

—Las fotos no son lo mío —dice confirmando mis sospechas. Sin embargo, cuando ve mi decepción, se esfuerza por añadir—: Quiero decir... que podríamos hacernos una. Pero sólo una.

—Luego lo pensamos. —Sonrío, y parece aliviado.

—Ahora hablemos de lo sexi que estás con ese vestido. Me está volviendo loco —dice en un tono más grave de lo habitual al tiempo que se acerca a mí.

Mi cuerpo entra en calor al instante; sus palabras siempre tienen este efecto en mí.

—Tienes suerte de que no abriera los ojos esta mañana —prosigue—. Si los hubiera abierto... —Recorre con la punta de los dedos el escote del vestido—, no te habría dejado salir de la habitación.

Con la otra mano sube el bajo del vestido y me acaricia el muslo.

—Hardin... —le advierto. Mi voz me traiciona y parece más un gemido que otra cosa.

—¿Qué, nena?... ¿No quieres que haga esto? —Me levanta del suelo y me sienta en la mesa.

—Es... —Con sus labios en el cuello no puedo pensar. Hundo los dedos en su pelo y me da pequeñas mordidas—. No podemos... Podría entrar alguien... o... algo. —Se me traba la lengua y no consigo decir nada que tenga sentido.

Lleva ambas manos a mis muslos y me separa las piernas.

—La puerta tiene seguro por algo... —replica—. Quiero hacértelo aquí, sobre la mesa. O puede que contra la ventana.

Su boca continúa bajando hacia mi pecho. Su propuesta es como una descarga eléctrica. Sus dedos rozan el encaje de mis calzones y noto cómo cambia su respiración.

—Me estás matando —gruñe mirando entre mis piernas para ver el conjunto de encaje blanco que me compré ayer.

No me puedo creer que esté consintiendo esto, en mi mesa, en mi oficina nueva, el segundo día de prácticas. La idea me excita y me aterra por igual.

—Cierra la... —empiezo a decir, pero me interrumpe el timbre del teléfono. Me sobresalto y contesto como puedo—: ¿Diga? Aquí Tessa Young.

—Señorita Young..., Tessa —corrige rápidamente Kimberly—. El señor Vance ha terminado su trabajo por hoy y va de camino a tu oficina —dice con una pizca de picardía en la voz.

Debe de haberse dado cuenta de lo irresistible que puede ser Hardin. Me ruborizo y le doy las gracias antes de bajarme de la mesa.

CAPÍTULO 81

Hardin se marcha después de discutir un buen rato sobre futbol americano con mi jefe. Me disculpo por tener visita, pero el señor Vance no le da ninguna importancia; me dice que Hardin es como de la familia y que siempre será bienvenido. No puedo dejar de imaginarme a Hardin haciéndome el amor encima de la mesa, y mi jefe tiene que repetirme lo que ha dicho sobre la siguiente nómina tres veces antes de que yo vuelva al mundo real.

Sigo leyendo el manuscrito; estoy tan enfrascada que cuando levanto la vista son las cinco pasadas. Debería haber salido hace una hora y tengo una llamada perdida de Hardin. Lo llamo en cuanto llego al coche, pero no contesta. Hay algo de tráfico y, cuando llego a mi habitación, me sorprende encontrar a Steph en la cama. A veces se me olvida que ella también vive aquí.

—¡Cuánto tiempo sin verte! —bromeo dejando caer la bolsa y quitándome los tacones.

—Sí... —dice sorbiendo por la nariz.

—¿Estás bien? ¿Qué ha pasado? —Me siento en su cama junto a ella.

—Creo que Tristan y yo hemos roto. —Solloza.

Es muy poco frecuente ver a Steph llorar, normalmente es muy fuerte y tiene mucho carácter.

—¿Por qué? Y ¿qué significa eso de *creo*? —le pregunto mientras le paso la mano por los hombros para consolarla.

—Nos hemos peleado y he roto con él, pero sin querer. No sé por qué lo he hecho. Me enojé porque estaba sentado con ésa, y sé muy bien cómo es.

—¿Quién? —pregunto, aunque creo que ya lo sé.

443

—Molly. Deberías haber visto cómo coqueteaba con él y se bebía sus palabras.

—Pero ella sabe que están juntos, ¿no es amiga tuya?

—Eso a ella le da igual. Haría cualquier cosa con tal de que los hombres le presten atención.

Observo a Steph llorar y secarse las lágrimas, y cada segundo que pasa detesto un poco más a la dichosa Molly.

—No creo que Tristan caiga, he visto cómo te mira. Le importas de verdad. Creo que deberías llamarlo y hablar del tema —le sugiero.

—¿Y si está con ella?

—No está con ella —le aseguro.

No veo a Tristan dejándose seducir por la serpiente de pelo rosa.

—¿Cómo lo sabes? A veces uno cree que conoce a las personas, pero no es así —dice, y me mira a los ojos—. Har...

—Hola —dice Hardin entrando en la habitación como Pedro por su casa. Luego procesa el cuadro que tiene delante—. Uy..., ¿mejor vuelvo dentro de un rato?

Se revuelve, incómodo. Hardin no es de los que consuelan a una chica llorosa, por muy amiga suya que sea.

—No, voy a ver si encuentro a Tristan y hacemos las paces —dice ella poniéndose en pie—. Muchas gracias, Tessa.

Me abraza y mira a Hardin. Intercambian unas miradas muy raras antes de que Steph salga de la habitación.

Él se vuelve y me da un beso.

—¿Tienes hambre?

—Sí, la verdad es que sí —le digo.

Tengo que aplicarme con las tareas, pero voy bastante adelantada. No tengo ni idea de cómo ni cuándo saca tiempo Hardin para estudiar y trabajar.

—Estaba pensando que, después de cenar algo, podrías llamar a Karen o a Landon y preguntarles qué debo ponerme para..., ya sabes, la boda.

Cuando menciona el nombre de Landon me remuerde la conciencia. Hace días que no hablo con él, y lo extraño. Quiero hablarle de las prácticas y puede que incluso le cuente cómo me va con Hardin. Esto último no lo tengo claro pero, aun así, quiero hablar con él.

—Sí, llamaré a Landon. ¡Una boda, qué emocionante! —digo, y entonces pienso en que yo también tengo que comprarme ropa para el gran día.

—Sí, gran cosa. Estoy que no quepo en mí de gozo —replica poniendo los ojos en blanco, y yo me echo a reír.

—Bueno, me alegro de que al menos vayas a ir. Significa mucho para Karen y para tu padre.

Menea la cabeza, pero ha cambiado mucho desde que lo conocí, y de eso no hace tanto.

—Ya, ya... Vamos a cenar —refunfuña y toma mi chamarra de la silla.

—Espera, voy a cambiarme primero —protesto.

Siento sus ojos fijos en mí mientras me desnudo, saco unos *jeans* y una sudadera de la WCU del ropero y me los pongo rápidamente.

—Estás adorable. Ejecutiva sexi de día y dulce estudiante de noche —me provoca.

Tengo mariposas en el estómago. Me pongo de puntillas y le doy un beso en la mejilla.

Decidimos ir al centro comercial a cenar para poder ir de compras a continuación. Llamo a Landon en cuanto nos sentamos y me dice que le preguntará a su madre qué debería ponerse Hardin y que me llamará en cuanto lo averigüe.

—¿Y si compramos lo tuyo primero? —sugiere.

—Yo tampoco sé qué ponerme —digo con una carcajada.

—Bueno, tienes la suerte de que estarás preciosa te pongas lo que te pongas.

—Eso no es verdad. Tú llevas como nadie el estilo ese de «Me importa una mierda mi aspecto pero siempre voy perfecto».

Me mira con suficiencia y se reclina en la silla.

—¿Tú también te has dado cuenta?

Pongo los ojos en blanco y noto que vibra mi celular.

—Es Landon.

—Hola —dice—, mi madre me ha dicho que le gustaría que tú fueras de blanco. Sé que no es lo habitual, pero eso es lo que ella quiere.

E intenta que Hardin se ponga pantalón de vestir y corbata, aunque, si te soy sincero, no creo que esperen gran cosa de él.

—Muy bien, haré lo que pueda para que se ponga corbata. —Miro a Hardin, que frunce el ceño con gesto divertido.

—Buena suerte. ¿Qué tal las prácticas?

—Bien, de hecho, fenomenal. Son un sueño hecho realidad. Es increíble: tengo mi propia oficina y básicamente me pagan por leer. Es perfecto. ¿Y las clases? Extraño literatura.

Hardin tiene el ceño fruncido y se ha puesto serio. Sigo la dirección de su mirada hacia el centro de la zona de restauración. Zed, Logan y un tipo al que no había visto en la vida se acercan a nosotros. Zed me saluda con la mano y le sonrío sin pensar. Hardin me lanza una mirada asesina y se levanta.

—Vuelvo enseguida —dice, y va a su encuentro.

Intento seguir hablando con Landon y observar a Hardin al mismo tiempo, pero no sé qué hacer.

—Sí, no es lo mismo sin ti, pero me alegro de que te vaya bien. Al menos Hardin no aparece por clase, así que no tengo que verlo —dice Landon.

—¿Cómo que no aparece por clase? ¿Hoy o más días? Ayer fue a clase, ¿no?

—No. Pensé que la había dejado porque tú ya no ibas, y es obvio que no puede estar más de cinco minutos sin ti —se burla, y mi corazón se alegra a pesar de que me preocupa que esté faltando a clase.

Miro en dirección a Hardin, que está de espaldas a mí, pero por la postura de los hombros sé que está tenso. El chico al que no conozco luce una sonrisa repugnante y Zed menea la cabeza. Logan no parece muy interesado, prefiere mirar a un grupo de chicas que tiene cerca. Hardin da un paso hacia el sujeto y no sé si están de broma o no.

—Perdona, Landon. Ahora te llamo —digo, y cuelgo.

Dejo las bandejas sobre la mesa y me acerco a ellos. Espero que nadie toque nuestra comida.

—Hola, Tessa, ¿cómo estás? —pregunta Zed, y se adelanta para abrazarme.

Me sonrojo y le devuelvo el abrazo por educación. Sé que lo mejor será que no mire a Hardin en un rato. Zed lleva el pelo liso y despeinado hacia adelante y está para comérselo. Va todo de negro y lleva puesta una chamarra de cuero llena de parches por delante y por detrás.

—Hardin, ¿no vas a presentarme a tu amiga? —dice el extraño.

Sonríe y se me ponen los pelos de punta. Sé que no es buena persona.

—Sí —dice Hardin señalando a uno y a otro—. Ésta es mi amiga Tessa; Tessa, te presento a Jace.

¿Amiga? Me siento como si me hubieran dado una patada en el estómago. Hago lo que puedo por ocultar mi humillación y sonreír.

—¿Estudias en la WCU? —pregunto. Mi voz suena mucho más entera de lo que me siento.

—No, por Dios. Yo paso de la universidad. —Se ríe como si fuera lo mejor—. Pero si todas las universitarias son tan guapas como tú, voy a tener que replanteármelo.

Trago saliva y espero a que Hardin diga algo. Ah, no, si sólo soy su amiga. ¿Por qué iba a decir nada? Permanezco en silencio. ¿Por qué no me habré quedado en la mesa?

—Vamos a ir a los muelles esta noche. Deberían ir —dice Zed.

—No podemos. La próxima vez será —contesta Hardin.

Me planteo interrumpir y decir que yo sí que puedo, pero estoy demasiado ofendida para hablar.

—¿Por qué no? —pregunta Jace.

—Mañana trabaja. Supongo que yo podría pasarme más tarde. Solo —añade él.

—Qué lástima. —Jace me sonríe. El pelo rubio de color arena le cae sobre los ojos y se lo aparta con un movimiento de la cabeza.

Hardin aprieta la mandíbula y lo mira. Me he perdido algo. Y ¿quién es este tipo?

—Ya. Bueno, los llamo cuando vaya para allá —dice Hardin, y yo empiezo a caminar.

Oigo sus botas a mi espalda pero sigo andando. No me llama porque no quiere que sus amigos se imaginen cosas, pero viene detrás de mí. Acelero el paso, me meto en Macy's y doblo la esquina con la esperanza de despistarlo. No hay suerte. Me agarra del codo y me vuelve para que lo mire.

—¿Qué te pasa? —Es obvio que está molesto.

—¡Ah, pues no sé, Hardin! —grito.

Una anciana se me queda mirando y le sonrío a modo de disculpa.

—¡Yo tampoco! ¡Tú eres la que ha abrazado a Zed! —me grita.

Empezamos a tener público, pero estoy que echo humo, así que ahora mismo me da igual.

—¿Es que te avergüenzas de mí? Es decir, lo entiendo, no soy precisamente la chica más linda, pero pensé que...

—¿Qué? ¡No! Por supuesto que no me avergüenzo de ti. ¿Estás loca? —resopla.

Ahora mismo sí que siento que he enloquecido.

—¿Por qué me has presentado como si fuera una amiga? No te cansas de repetirme que nos vayamos a vivir juntos... ¿y luego vas y les dices que somos amigos? ¿Qué intentas hacer?, ¿ocultarme? No seré el secreto de nadie. Si no soy lo bastante buena para que tus amigos sepan que estamos juntos, puede que no quiera seguir contigo.

Doy media vuelta y me alejo para poner punto y final a mi pequeño discurso.

—¡Tessa! Maldita sea... —dice, y me sigue por la tienda. Llego a los probadores y los miro de reojo.

—Me meteré contigo —dice leyéndome el pensamiento.

Y es capaz de hacerlo. Me vuelvo hacia la salida más cercana.

—Llévame a casa —le ordeno.

No digo nada más y voy por lo menos diez metros por delante de Hardin. Salimos del centro comercial y llegamos a su coche. Intenta abrirme la puerta pero se echa atrás cuando lo fulmino con la mirada. Si yo fuera él, guardaría las distancias.

Miro por la ventanilla y pienso en todas las cosas terribles que podría decirle pero permanezco en silencio. Me avergüenza que sienta que no puede contarle a la gente que estamos juntos. Sé que no soy como sus amigos y que probablemente piensen que soy una perdedora, o que no soy popular, pero eso a él no debería importarle. Me pregunto si Zed ocultaría nuestra relación a sus amigos, y no puedo evitar pensar que no lo haría. Ahora que lo pienso, Hardin nunca se ha referido a mí como su *novia*. Debería haber esperado a que me confirmara que estamos saliendo antes de acostarme con él.

—¿Se te ha pasado el berrinche? —me pregunta cuando nos metemos en la autopista.

—¿Berrinche? ¿Me tomas el pelo? —Mis gritos llenan el pequeño coche.

—No sé por qué le das tanta importancia a que haya dicho que eras mi amiga. Sabes que no era eso lo que quería decir. Sólo es que me han tomado por sorpresa —miente. Sé que miente por cómo desvía la mirada.

—Si te avergüenzas de mí, creo que no quiero volver a verte —digo.

Me clavo las uñas en la pierna para no echarme a llorar.

—No me digas eso. —Se pasa las manos por el pelo y respira hondo—. Tessa, ¿por qué supones que me avergüenzo de ti? Eso es absurdo —gruñe.

—Que te diviertas esta noche en la fiesta.

—Por favor, no voy a ir. Sólo lo he dicho para librarme de Jace.

Sé que no es buena idea decir lo que voy a decir, pero tengo que demostrarle una cosa.

—Si no te avergüenzas de mí, llévame a la fiesta.

—Eso no —masculla.

—Lo que yo decía —salto.

—No voy a llevarte porque, para empezar, Jace es un cabrón. Además, no deberías ir a esa clase de sitios.

—¿Por qué no? Soy mayorcita.

—Jace y sus amigos son demasiado para ti, Tessa. Carajo, son demasiado hasta para mí. Unos mariguanos y unos desechos humanos.

—Entonces ¿por qué eres amigo suyo? —Pongo los ojos en blanco.

—Hay una gran diferencia entre ser cordial y ser amigos.

—Está bien, entonces ¿cómo es que Zed sale con ellos?

—No lo sé. Jace no es la clase de güey al que uno puede decirle que no —explica.

—O sea, que le tienes miedo. Por eso no le has dicho nada cuando se ha puesto baboso conmigo —recalco.

Jace debe de ser muy malo para que Hardin le tenga miedo.

Me sorprende echándose a reír.

—No le tengo miedo, pero no quiero provocarlo. Le gusta jugar y, si lo provoco contigo, lo convertirá en un juego. —Agarra el volante con tanta fuerza que los nudillos se le ponen blancos.

—Entonces es una suerte que sólo seamos amigos —replico, y miro por la ventanilla las maravillosas vistas de la ciudad.

No soy perfecta y sé que me estoy comportando como una niña, pero no puedo evitarlo. Sé que Jace es horrible y entiendo por qué Hardin ha hecho lo que ha hecho, pero no por eso duele menos.

CAPÍTULO 82

Cuando llegamos a la residencia me desplomo sobre la cama. Sigo enojada con Hardin, aunque no tanto como antes. No quiero que Jace me preste más atención que la justa y necesaria, pero conocerlo no ha servido sino para hacer que mi mente plantee más preguntas que sé que Hardin no quiere siquiera oír.

—De verdad que lo siento. No pretendía herir tus sentimientos —dice.

No lo miro porque sé que me ablandaré al instante. Debe saber que no voy a consentir que me haga cosas como ésta.

—¿Todavía... todavía quieres estar conmigo? —pregunta con voz temblorosa.

Cuando lo miro, veo su vulnerabilidad. Suspiro. Sé que no puedo seguir molesta cuando hay tanta preocupación en sus ojos.

—Sí, claro que quiero estar contigo. Ven aquí —le digo dándole un par de golpecitos al colchón. Mi fuerza de voluntad se desvanece con este hombre —. ¿Me consideras tu novia? —le pregunto cuando se sienta.

—Sí, aunque me parece un poco tonto llamarte así —dice.

—¿Tonto? —Me muerdo las uñas. Es un mal hábito del que tengo que deshacerme.

—Para mí significas mucho más que un calificativo adolescente.

Toma mi cara. Su respuesta me conmueve del mejor modo posible. No puedo evitar sonreír como una idiota. Sus hombros se relajan al instante.

—No me gusta que no quieras que la gente sepa lo nuestro. ¿Cómo vamos a vivir juntos si ni siquiera eres capaz de hablarles de mí a tus amigos?

—No es eso. ¿Quieres que llame a Zed y se lo cuente ahora mismo? Si acaso, deberías sentirte tú avergonzada de mí. Sé cómo nos mira la gente cuando nos ve juntos —dice.

«Así que ha notado cómo nos miran.»

—Sólo nos miran porque somos distintos y el problema lo tienen ellos. Nunca me avergonzaría de ti. Nunca, Hardin.

—Me tenías preocupado. Creía que ibas a tirar la toalla conmigo.

—¿A tirar la toalla?

—Eres la única constante en mi vida, lo sabes, ¿verdad? No sé qué haría si me dejaras.

—No voy a dejarte a menos que me des motivos —le aseguro.

Sin embargo, no se me ocurre nada que me hiciera dejarlo. Estoy demasiado loca por él. Sólo de pensar en dejarlo me duele tanto el cuerpo que no puedo soportarlo. Sería mi fin. Lo quiero aunque discutamos a diario.

—No te los daré —dice. Aparta la mirada un segundo y luego nuestros ojos vuelven a encontrarse—. Me gusta quién soy cuando estoy contigo.

Aprieto la mejilla contra su mano.

—A mí también.

Lo quiero, lo quiero entero. En todas sus versiones. Sobre todo, me gusta en quién me he convertido a su lado. Nos hemos cambiado para mejor el uno al otro. De algún modo he conseguido que se abra y lo he hecho feliz, y él me ha enseñado a vivir y a no preocuparme hasta por el más nimio de los detalles.

—Sé que a veces te saco de quicio..., bueno, casi siempre, y Dios sabe que me vuelves loco —dice.

—¿Gracias?...

—Sólo digo que el hecho de que discutamos no significa que no debamos estar juntos. Todo el mundo se pelea. —Sonríe—. Lo que pasa es que nosotros reñimos más que el resto de la gente. Tú y yo somos muy diferentes, así que tenemos que aprender a entender al otro. Será más fácil con el tiempo —me asegura.

Le devuelvo la sonrisa y le paso los dedos por el pelo oscuro.

—Todavía no tenemos nada que ponernos para la boda —señalo.

—Uy, qué lástima, me parece que no vamos a poder ir.

Pone la cara de preocupación más falsa que he visto en mi vida y me da un beso en la nariz.

—Eso querrías. Sólo estamos a martes. Tenemos toda la semana.

—O podríamos dejar el tema e irnos el fin de semana a Seattle —repone levantando una ceja.

—¿Qué? —Me incorporo—. ¡No! Vamos a ir a la boda. Pero puedes llevarme a Seattle el fin de semana siguiente.

—No, la oferta sólo es válida por un tiempo limitado —me provoca, y me sienta en su regazo.

—Bien, pues entonces tendré que buscarme a alguien que me lleve a Seattle.

Aprieta los dientes y le acaricio con la punta de los dedos la barba que le cubre las mejillas y la mandíbula.

—No te atreverás. —No parece que vaya a poder contener la risa.

—Claro que me atreveré. Seattle es mi ciudad favorita.

—¿Tu ciudad favorita?

—Sí —aseguro—. La verdad es que nunca he estado en ningún otro sitio.

—¿Cuál es el lugar más lejano que has visitado?

Apoyo la cabeza en su pecho y él se reclina contra la cabecera y me rodea con los brazos.

—Seattle. Nunca he salido de Washington.

—¿Nunca? —exclama.

—No, nunca.

—¿Por qué no?

—No lo sé. No podíamos permitírnoslo después de que mi padre nos abandonara. Mi madre siempre estaba trabajando y yo estaba tan ocupada estudiando para poder salir del pueblo que no pensaba en nada más, sólo en trabajar.

—¿Adónde te gustaría ir? —pregunta mientras sus dedos suben y bajan por mi brazo.

—Chawton. Quiero ver la granja de Jane Austen. O a París, me encantaría ver los sitios en los que se hospedó Hemingway cuando estuvo allí.

—Sabía que ibas a decir esos lugares. Yo podría llevarte —dice muy serio.

—De momento, empecemos con Seattle —replico, y me río como una adolescente.

—Lo digo en serio, Tessa. Puedo llevarte a cualquier sitio que quieras visitar. Sobre todo a Inglaterra. Al fin y al cabo, crecí allí. Podrías conocer a mi madre y al resto de mi familia.

—Hum... —No tengo nada que decir.

Este chico es muy raro. Hace un rato me presenta a sus amigos como «una amiga», y ahora quiere llevarme a Inglaterra a conocer a su madre.

—De momento, empecemos por Seattle —me río.

—Está bien, pero sé que te encantaría manejar por la campiña inglesa, ver la casa en la que creció Jane Austen...

No me puedo ni imaginar la reacción de mi madre si le dijera que voy a salir del país con Hardin. Probablemente me encerraría en el desván para siempre. No he vuelto a hablar con ella desde que se fue echando pestes de mi habitación después de haberme amenazado para obligarme a dejar de ver a Hardin. Quiero evitar esa discusión el mayor tiempo posible.

—¿Qué te pasa? —me pregunta pegando la cara a la mía.

—Nada, perdona. Estaba pensando en mi madre.

—Ah... Ya se le pasará, nena. —Parece estar muy convencido de lo que dice, pero yo la conozco muy bien.

—No lo creo. En fin, hablemos de otra cosa.

Empezamos a hablar de la boda, pero el celular de Hardin comienza a vibrar en su bolsillo. Me aparto para que pueda sacarlo pero no mueve un dedo.

—Sea quien sea, que espere —dice, y eso me hace muy feliz.

—¿Nos quedaremos a dormir en casa de tu padre el sábado después de la boda? —pregunto. Necesito dejar de pensar en mi madre.

—¿Es eso lo que quieres hacer?

—Sí, me gusta esa casa. Esta cama es enana. —Arrugo la nariz y se ríe.

—Podríamos quedarnos en mi casa más a menudo. ¿Por ejemplo esta noche?

—Tengo las prácticas por la mañana.

—¿Y? Te traes las cosas y te arreglas en un baño de verdad. Hace tiempo que no paso por mi habitación. Seguro que ya están intentando rentarla —bromea—. ¿No quieres poder bañarte sin que haya otras treinta personas en el baño?

—Concedido. —Sonrío y me levanto de la cama.

Hardin me ayuda a preparar una bolsa con las cosas para mañana y empieza a hacerme ilusión ir a la fraternidad. Odiaba esa casa, sigo odiándola, pero la idea de bañarme en un cuarto de baño de verdad y la cama de matrimonio de Hardin son demasiado buenas como para dejarlas escapar. Saca del ropero el conjunto rojo de lencería y me lo pasa mientras asiente efusivamente. Me ruborizo y lo guardo en la bolsa. Meto una de mis faldas negras de toda la vida y una blusa blanca. Quiero estrenar la ropa nueva poco a poco.

—¿Brasier rojo y blusa blanca? —apunta Hardin. Saco la blusa blanca y meto una azul.

—Deberías traerte más ropa, así la próxima vez no necesitarás llevar tantas cosas —me sugiere.

Quiere que deje ropa en su casa. Me encanta que dé por hecho que vamos a pasar siempre la noche juntos.

—Imagino que sí —asiento, y tomo mi nuevo vestido blanco y un par de cosas más.

—¿Sabes cómo sería todo mucho más fácil? —me pregunta echándose la bolsa al hombro.

—¿Cómo? —Ya sé lo que va a decir.

—Yéndonos a vivir juntos. —Sonríe—. No tendríamos que decidir si dormimos en tu casa o en la mía, y no te haría falta hacer tanta maleta. Podrías bañarte a solas todos los días... Bueno, sola del todo tampoco. —Me guiña el ojo, juguetón. Y justo cuando creo que ha terminado, cuando llegamos a su coche y me abre la puerta, añade—: Podrías despertarte en tu cama y preparar café en nuestra cocina y arreglarte con calma, y luego nos veríamos todas las noches en nuestra propia casa. Sin cosas de fraternidad ni de residencia de estudiantes.

Cada vez que dice *nuestro* siento mariposas en el estómago. Cuanto más lo pienso, mejor suena. Me aterra estar yendo demasiado deprisa con Hardin. No sé si me va a explotar en la cara.

Manejamos hacia la casa, me pone la mano en el muslo y vuelve a decirme:

—No lo pienses tanto.

Su celular vibra de nuevo pero lo ignora. Esta vez no puedo evitar pensar por qué no contesta, pero procuro no hacerlo.

—¿De qué tienes miedo? —me pregunta al ver que no digo nada.

—No lo sé. ¿Y si las prácticas se tuercen y no puedo permitírmelo? ¿Y si nos va mal?

Frunce el ceño pero se recupera rápido.

—Nena, ya te he dicho que la renta corre de mi cuenta. Ha sido idea mía y yo gano más que tú. Así que dame el gusto.

—Me da igual lo que ganes. No me gusta la idea de que tú lo pagues todo.

—Está bien, pues paga tú la televisión por cable. —Se ríe muy satisfecho.

—La televisión por cable y las compras —negocio. No sé si estoy hablando hipotéticamente o no.

—Trato hecho. Las compras... Suena bien, ¿verdad? Podrías tener la cena preparada todas las noches para cuando yo vuelva a casa.

—¿Cómo dices? Más bien será al revés. —Me echo a reír.

—¿Podríamos turnarnos?

—Trato hecho.

—Entonces ¿te vas a venir a vivir conmigo? —Creo que nunca había visto una sonrisa como ésa en su cara perfecta.

—Yo no he dicho eso, sólo estaba...

—Sabes que siempre cuidaré de ti, ¿verdad? Siempre —me promete.

Quiero decirle que no deseo que me cuide. Que prefiero ganarme las cosas y pagar mi parte de los gastos, pero tengo la impresión de que no está hablando sólo de dinero.

—Me da miedo que sea demasiado bueno para ser verdad —confieso.

Hasta ahora no se lo había dicho a Hardin, porque lo cierto es que tampoco quería reconocérmelo a mí misma.

Me sorprende al decir:

—A mí también.

—¿De verdad? —Es un gran alivio saber que siente lo mismo.

—Sí, es algo en lo que pienso a menudo. Eres demasiado buena para mí y vivo con el miedo a que te des cuenta y la esperanza de que no lo hagas —dice sin apartar la vista de la carretera.

—Eso no va a pasar —le aseguro.

No responde.

—Está bien —rompo el silencio.

—¿El qué?

—Está bien, me iré a vivir contigo. —Sonrío.

Deja escapar un suspiro tan profundo que parece que lleva horas conteniendo la respiración.

—¿De verdad? —Aparecen los hoyuelos, menea la cabeza y me regala una sonrisa.

—Sí.

—No sabes lo mucho que eso significa para mí, Theresa. —Me estrecha la mano.

Gira para entrar en su calle y mi cabeza se acelera. Vamos a hacerlo, nos vamos a ir a vivir juntos. Hardin y yo. Solos. Todo el tiempo. En nuestra casa. Nuestra cama. Nuestro todo. Me da un miedo atroz, pero el entusiasmo puede más que los nervios, al menos de momento.

—No me llames Theresa o cambiaré de opinión —bromeo.

—Dijiste que sólo la familia y los amigos pueden llamarte así. Creo que me lo he ganado.

¿Cómo es que se acuerda de eso? Creo que lo dije nada más conocerlo. Sonrío.

—En eso tienes razón. Llámame como quieras.

—Ay, nena, yo no diría eso si fuera tú. Tengo preparada una larga lista de obscenidades que me encantaría decirte.

Su sonrisa es de lo más descarada y, para ser sincera, me muero por oír sus cochinadas. Aun así, me contengo, no pregunto y junto las piernas. Creo que lo ha notado porque sonríe de oreja a oreja.

Justo cuando se me ocurre una frase sobre lo pervertido que es, me quedo sin palabras. Al acercarnos a la fraternidad vemos que el jardín está lleno de gente y en la calle no caben más coches.

—Mierda, no sabía que hubiera una fiesta esta noche. Si estamos a martes. ¿Ves? Éstas son las cosas a las que...

—No pasa nada. Podemos meternos directamente en tu habitación —lo interrumpo para intentar aplacar su ira.

—Está bien —suspira.

Entramos en la casa. No cabe un alfiler. Hardin y yo vamos derechos a la escalera y, cuando empiezo a pensar que lo hemos conseguido sin tropezarnos con nadie, veo una mata de pelo rubio de color arena en lo alto de la escalera.

Jace.

CAPÍTULO 83

Hardin ve a Jace al mismo tiempo que yo y se vuelve a mirarme a mí, luego mira otra vez a Jace y se tensa al instante. Durante un segundo parece que va a dar media vuelta para sacarnos de aquí, pero no hay duda de que Jace nos ha visto, y sé que Hardin no va a arriesgarse a hacerle el feo de darle la espalda y largarse. A nuestro alrededor la fiesta no para, pero yo sólo veo la risa maquiavélica de Jace, que me pone los pelos de punta.

Llegamos a lo alto de la escalera, Jace hace un gesto teatral de sorpresa y dice:

—No pensaba encontrarlos aquí. Como no iban a poder ir a los muelles y todo eso...

—Sí, sólo hemos venido a... —empieza a decir Hardin.

—Ya sé por qué han venido. —Jace sonríe y le da una palmada en el hombro. Me muero de vergüenza cuando mira hacia mí—. Es todo un placer volver a verte, Tessa —dice con frialdad.

Miro a Hardin pero él sólo tiene ojos para Jace.

—Igualmente —consigo responder.

—Menos mal que no han ido a los muelles. Ha llegado la policía y nos ha aguado la fiesta, así que la hemos trasladado aquí.

Lo que significa que los amigos babosos de Jace también rondan por la casa. Genial, más gente que a Hardin no le cae bien. Ojalá nos hubiéramos quedado en mi cuarto. Por la cara que pone, sé que él está pensando lo mismo.

—Qué mal, güey —dice, e intenta avanzar por el pasillo.

Entonces Jace toma a Hardin por el brazo.

—Deberían bajar a tomar una copa con nosotros.

—Ella no bebe —responde Hardin en tono molesto.

Por desgracia, lo único que consigue es alentar a Jace.

—Ah, no pasa nada. Bajen de todas maneras a pasar un buen rato. Insisto —dice.

Hardin se vuelve hacia mí y lo miro fijamente con los ojos muy abiertos, como intentando decirle que no telepáticamente. Pero entonces asiente. «¿Por qué?»

—Ahora bajo. Dame un minuto para que... la deje instalada —masculla.

Acto seguido me jala de la muñeca para que echemos a andar hacia su habitación antes de que Jace pueda decir esta boca es mía. Abre la puerta, me mete dentro a toda prisa y cierra.

—No quiero bajar —le digo cuando deja mi bolsa en el suelo.

—No vas a bajar.

—Y ¿tú sí?

—Sí, pero sólo cinco minutos. No tardaré. —Se pasa la mano por la nuca.

—¿Por qué no le has dicho que no y punto? —pregunto.

Hardin afirma que no le tiene miedo a Jace, pero lo veo bastante acobardado.

—Ya te he dicho que es difícil decirle que no.

—¿Te chantajea o algo?

—¿Qué? —Se sonroja—. No... Sólo es un cabrón y no quiero desmadres, y menos estando tú aquí —dice acercándose—. No tardaré en subir, pero lo conozco y, si no me tomo una copa con él, vendrá a darnos lata y no lo quiero cerca de ti —explica, y me besa en la mejilla.

—Está bien —suspiro.

—Necesito que me esperes aquí. Sé que no es lo ideal, con todo el relajo y la música de la fiesta, pero tampoco quiero arriesgarme a bajar, aunque sea para marcharnos.

—Está bien —repito.

No se me antoja en absoluto tener que bajar. Odio estas fiestas y no quiero ver a Molly ni en pintura.

—Lo digo en serio, ¿sí? —me ordena con voz dulce.

—He dicho que está bien. Pero no me dejes mucho rato aquí sola —le suplico.

—No tardaré. Deberíamos ir mañana mismo a firmar el contrato del departamento, en cuanto salgas de Vance. No quiero tener que preocuparme más de estas mierdas.

Yo tampoco quiero tener que soportar estas fiestas ni seguir en mi habitación compartida en la residencia de estudiantes. Quiero comer en una cocina, no en un comedor de estudiantes, y quiero tener la libertad de ser adulta. Vivir y estudiar en el campus no hace más que recordarme lo jóvenes que somos.

—Bueno, vuelvo enseguida. Cierra la puerta cuando me vaya y no la abras. Yo tengo llave. —Me da un beso rápido y se aleja.

—Jesús, actúas como si alguien fuera a venir a asesinarme —bromeo para minimizar el asunto, aunque él no se ríe antes de salir del cuarto.

Pongo los ojos en blanco pero cierro de todas maneras; lo último que quiero es tener que echar de aquí a algún borracho en busca del baño.

Enciendo la televisión, esperando que amortigüe el ruido de abajo, pero no dejo de pensar qué estará pasando. ¿Por qué a Hardin lo intimida tanto Jace? ¿Por qué Jace es tan desagradable? ¿Estarán jugando otra vez al estúpido jueguecito para niños de Verdad o reto? ¿Y si retan a Hardin a que bese a Molly? ¿Y si está sentada encima de Hardin como en la última fiesta? Odio tenerle tantos celos, me vuelve loca. Sé que Hardin se ha acostado y ha estado involucrado con un montón de chicas, entre ellas Steph, pero por alguna razón Molly me pone mala. Puede que sea porque sé que no le caigo bien e intenta molestarme recordándome que ha estado con Hardin.

«Y porque la encontraste sentada a horcajadas encima de él y metiéndole la lengua hasta las amígdalas la primera vez que la viste», me recuerda mi subconsciente.

Al final no puedo soportarlo más. Sé que debería esperarlo aquí con la puerta cerrada a piedra y lodo, pero mis pies tienen otros planes y, antes de darme cuenta, ya estoy bajando los escalones de dos en dos, en busca de Hardin.

Cuando llego abajo veo el horrendo pelo rosa de Molly y su vestido cinturón. Respiro aliviada cuando no encuentro a Hardin por ningún sitio.

—Pero bueno... —dice una voz a mis espaldas. Me vuelvo y veo a Jace a menos de un metro de mí—. Hardin nos ha dicho que no te encontrabas bien. Le va a crecer la nariz...

Se ríe y se saca un encendedor del bolsillo. Le quita la tapa con el pulgar, lo enciende y se lo lleva al doblez de los pantalones para quemar los flecos.

Decido no dejar mal a Hardin.

—He bajado porque me encontraba mejor —le digo.

—Qué rapidez. —Se ríe. Está claro que le parece divertidísimo.

La habitación se ve ahora mucho más pequeña y la fiesta mucho más grande. Asiento e inspecciono la sala, intentando desesperadamente encontrar a Hardin.

—Ven, quiero que conozcas a mis amigos —dice Jace. Cada vez que habla me entran escalofríos.

—Es que... creo que debería buscar a Hardin —tartamudeo.

—Vamos, mujer. Hardin estará con ellos —dice, e intenta pasarme el brazo por los hombros.

Doy un paso para fingir que no me he dado cuenta de lo que iba a hacer. Pienso en si debería volver arriba para que Hardin no se entere de que he bajado, pero estoy segura de que Jace me seguiría o se lo contaría a él. O las dos cosas.

—Está bien —asiento dando mi brazo a torcer.

Sigo a Jace entre la multitud y me lleva al jardín trasero. Está oscuro, iluminado únicamente por las luces del porche. Empieza a preocuparme lo de seguir a este tipo afuera, pero sólo hasta que mis ojos encuentran los de Hardin. Los abre como platos, primero de sorpresa y luego de enojo, y hace como que se levanta pero al final se queda sentado.

—Mira a quién he encontrado vagando en solitario —dice Jace señalándome.

—Ya lo veo —masculla Hardin. Está encabronado.

Estoy frente a un pequeño círculo de caras que no conozco, sentadas alrededor de lo que parece el foso de una hoguera hecho con pedruscos, sólo que no hay ningún fuego encendido. Hay algunas chicas, pero casi todo son tipos con aspecto de duros.

—Ven —dice Hardin haciéndose a un lado para que me siente en la misma piedra que él.

Me instalo junto a él y me lanza una mirada de esas que dicen que, de no ser porque estamos rodeados de gente, me gritaría hasta desgañitarse. Jace le dice algo al oído a un chico que tiene el pelo negro y lleva una camiseta blanca rota.

—¿Por qué no estás en mi habitación? —me dice Hardin esforzándose por hablarme en voz baja.

—No lo sé... Pensé que Molly... —En cuanto empiezo a decirlo me doy cuenta de lo tonto que suena.

—No lo dirás en serio —replica con un toque de exasperación en la voz mientras se pasa la mano por el pelo.

Todo el mundo nos mira cuando el tipo de pelo negro me pasa una botella de vodka.

—Ella no bebe —dice Hardin quitándomela de las manos.

—Carajo, Scott, la chica tiene boca —repone otro sujeto. Tiene una bonita sonrisa y no es tan desagradable como Jace o el tipo del pelo negro.

Hardin se ríe, aunque sé que la risa es falsa.

—Nadie te ha dado vela en este entierro, Ronnie —dice en tono de broma.

—¿Y si jugamos a algo? —pregunta Jace.

Miro a Hardin.

—Por favor, díganme que ustedes no juegan a esa tontería de Verdad o reto en las fiestas —refunfuño—. De verdad, no le veo la gracia a tanto jueguecito.

—Me cae bien. Es valiente —comenta Ronnie, y me río.

—¿Qué tiene de malo jugar un poco de vez en cuando? —replica Jace arrastrando las palabras, y Hardin se pone tenso a mi lado.

—En realidad, estábamos pensando en el *strip* póquer —dice otro sujeto.

—Ni de broma —contesto.

—¿Y si jugamos a chupar y soplar? —dice Jace, y me entra el miedo y me ruborizo.

No sé qué es eso, pero no suena a algo a lo que quiera jugar con esta gente.

—No sé lo que es, pero no, gracias —digo.

Veo a Hardin sonreír con el rabillo del ojo.

—Es un juego muy divertido, sobre todo con un par de copas encima —explica alguien por detrás de mí.

Me planteo quitarle la botella a Hardin y echarle un trago, pero mañana tengo que madrugar y no quiero tener cruda.

—Nos faltan chicas para el chupar y soplar —dice Ronnie.

—Voy por unas cuantas —decide Jace, y desaparece en la casa antes de que nadie pueda protestar.

—Vuelve arriba, por favor —me dice Hardin en voz baja para que nadie más pueda oírlo.

—Si te vienes conmigo —respondo.

—Bueno, vámonos.

Pero en cuanto nos ponemos en pie, el círculo nos abuchea.

—¿Adónde vas, Scott? —pregunta uno de los chicos.

—Arriba.

—Vamos, güey, hace meses que no te vemos. Quédate un rato más.

Hardin me mira y me encojo de hombros.

—Bueno, está bien —cede él conduciéndome de vuelta a la piedra—. Enseguida vuelvo —me dice—. Y esta vez no te muevas de aquí. Es en serio.

Pongo los ojos en blanco. Es irónico que me deje sola con los que en teoría son los más patanes de toda la fiesta.

—¿Adónde vas? —pregunto antes de que se marche.

—Por una copa. Es probable que tú necesites una también.

Sonríe y entra en la casa.

Me quedo mirando el cielo y el foso para el fuego e intento evitar conversaciones incómodas. No da resultado.

—Entonces ¿desde cuándo conoces a Hardin? —me pregunta Ronnie echándose un trago.

—Desde hace unos meses —respondo educadamente.

Ronnie tiene algo que me tranquiliza; no me pone en alerta roja como Jace.

—Ah, pues no hace mucho —dice.

—No, supongo que no. No mucho. ¿Cuánto hace que lo conoces tú? —pregunto.

Voy a aprovechar la ocasión para reunir toda la información que pueda sobre Hardin.

—Desde el año pasado.

—¿Dónde se conocieron? —añado, aunque intento no parecer demasiado interesada.

—En una fiesta. Bueno, en muchas fiestas —se ríe.

—Entonces ¿son amigos?

—Pero qué curiosa eres —interviene el tipo del pelo negro.

—Mucho —respondo, y se echa a reír.

Bueno, al fin y al cabo, tampoco parecen tan terribles como decía Hardin. Por cierto, ¿dónde demonios se habrá metido?

Regresa al poco con Jace y tres chicas detrás. Pero ¿qué es esto? Jace y Hardin están hablando, a lo suyo. Jace le da entonces una palmada en la espalda y los dos se echan a reír.

Hardin lleva dos vasos de plástico rojos, uno en cada mano. Es un alivio que Molly no esté en el grupo de chicas que caminan detrás. Se sienta a mi lado y me dedica una mirada juguetona. Al menos parece estar un poco más relajado que antes.

—Toma —me dice, y me da uno de los vasos.

Lo miro un instante antes de aceptarlo. Una copa no va a hacerme daño. Reconozco el sabor al instante. Es lo que estuvimos bebiendo la noche en que Zed y yo nos besamos. Hardin se me queda mirando y me relamo para recoger hasta la última gota de bebida.

—Ahora ya tenemos suficientes chicas —dice Jace señalando a las recién llegadas.

Las miro y tengo que contenerme para no juzgarlas. Llevan unas faldas minúsculas y unas camisetas idénticas, salvo por los colores. La de la camiseta rosa me sonríe, así que decido que es la que mejor me cae.

—Tú no juegas —me susurra Hardin al oído.

Quiero decirle que haré lo que me dé la gana, pero se me acerca y me rodea la cintura con el brazo. Levanto la vista sorprendida pero él se limita a sonreír.

—Te quiero —me susurra. Tiene los labios fríos, y me estremezco.

—Bueno, ya saben todos cómo va esto —dice Jace—. Tenemos que juntarnos en un círculo un poco más pequeño. Pero primero, que empiece la fiesta.

Se ríe muy satisfecho y se saca algo blanco del bolsillo. También vuelve a hacer acto de presencia el encendedor, con el que enciende un pequeño cilindro blanco.

—Es hierba —me dice Hardin en voz baja.

Me lo había imaginado, aunque nunca antes había visto marihuana. Asiento y observo a Jace llevarse el cigarro a los labios y darle una buena calada antes de pasárselo a Hardin. Él niega con la cabeza rechazándolo. Ronnie lo agarra, inhala con todas sus fuerzas y se pone a toser.

—¿Tessa? —dice luego ofreciéndomelo.

—No, gracias —respondo acurrucándome contra Hardin.

—Hora de jugar —anuncia una de las chicas, y saca algo de la bolsa mientras todos mueven las piedras en las que estaban sentados y forman un círculo más pequeño en el pasto.

—¡Vamos, Hardin! —gruñe Jace, pero él niega con la cabeza.

—Estoy bien así, güey —contesta.

—Nos falta una chica, a menos que prefieras arriesgarte a que Dan te meta la lengua hasta la campanilla —dice Ronnie entre risas.

Dan debe de ser el chico del pelo negro. Un pelirrojo calladito con una barba muy densa le da una calada al cigarro y se lo devuelve a Jace. Me termino mi copa y voy por la de Hardin. Él levanta una ceja pero deja que la agarre.

—Voy a buscar a Molly. Vendrá seguro —dice la chica de la camiseta rosa.

Nada más oír su nombre, el odio que siento hacia ella supera mi sentido común y digo:

—Ahora juego yo.

—¿De verdad? —pregunta Jace.

—¿Se lo tienes permitido? —dice Dan en tono de burla mirando a Hardin.

—Soy libre de hacer lo que me plazca, gracias —replico con mi sonrisa más inocente a pesar de mi tono desagradable.

Más vale que no mire a Hardin. Ya me ha dicho que no jugara, pero no he podido mantener cerrada mi bocaza. Me bebo su copa y me siento junto a la chica de la camiseta rosa.

—Tienes que sentarte entre dos chicos —me dice.

—Ah, bien —asiento, y vuelvo a levantarme.

—Yo también juego —masculla Hardin sentándose.

Me siento a su lado por instinto, pero sigo apartando la mirada. Jace se sienta junto a mí.

—Creo que Hardin debería sentarse aquí para que el juego fuera más interesante —dice Dan, y el pelirrojo asiente.

Hardin pone los ojos en blanco y se sienta enfrente de mí. No entiendo el objetivo de la distribución de asientos. ¿Qué más da quién se siente con quién? Cuando Dan se acerca para colocarse a mi lado, me pongo nerviosa. Estar sentada entre Jace y él es terriblemente incómodo.

—¿Empezamos ya? —gimotea la chica de la camiseta verde. Está sentada entre Hardin y el pelirrojo.

Una de las chicas le da a Jace lo que parece ser un trozo de papel y éste lo sujeta entre los labios.

«¿Qué...?»

—¿Lista? —me pregunta Jace.

—No sé cómo se juega —confieso, y una de las chicas se carcajea.

—Pones los labios en el otro lado del papel y succionas —me explica—. El objetivo del juego es que el papel no se caiga. Si se te cae, besas a la otra persona.

«No. No, no, no...» Miro a Hardin, pero sólo tiene ojos para Jace.

—Empieza por este lado para que pueda ver cómo se hace —dice la chica que está sentada al otro lado de Jace.

No me gusta este juego. Ni un poco. Espero que se acabe antes de que me toque a mí. O a Hardin. Además, parecen mayorcitos para estar jugando a estas pendejadas. ¿Qué les pasa a los universitarios, que están deseando besar a cualquiera a la menor oportunidad? Observo cómo el papel pasa de los labios de Jace a los de la chica. No se cae. Contengo la respiración cuando Hardin lo toma de los labios de una chica y se lo pasa a otra. Si besa a una de las dos... Respiro aliviada cuando veo que el papel no se les cae. Se cae entre el pelirrojo y la chica de la camiseta amarilla y sus labios se encuentran. Ella abre la boca y se besan con lengua. Aparto la mirada con una mueca. Quiero levantarme y dejar el círculo, pero mi cuerpo no se mueve. Soy la siguiente.

«Mierda... Me toca.»

Trago saliva y Dan se vuelve hacia mí con el papel en los labios. Sigo sin estar muy segura de lo que tengo que hacer, así que cierro los ojos, pego la boca al otro lado y succiono. Noto el aire tibio que atraviesa el papel cuando Dan sopla para soltarlo. Ha soplado con demasiada fuerza y es imposible que el papel no se caiga. Apenas lo noto aterrizar sobre mi pierna que ya tengo el aliento de Dan en la cara y su boca se acerca a la mía. En cuanto sus labios rozan los míos, se aparta de inmediato.

Abro los ojos pero, para cuando mi mente se percata de lo sucedido, Hardin ya está encima de Dan, agarrándolo del cuello.

CAPÍTULO 84

Me echo hacia atrás apoyándome en las manos mientras Hardin levanta la cabeza de Dan, al que tiene del cuello, y la golpea contra el pasto. Por un segundo me pregunto si habría hecho lo mismo si estuviéramos en el porche, que tiene el suelo de cemento, o cerca de las piedras del foso. La respuesta llega cuando levanta el puño y lo estrella contra la mandíbula de Dan.

—¡Hardin! —grito poniéndome en pie.

Los demás se limitan a mirar. Jace parece que se lo está pasando en grande, y Ronnie también lo encuentra divertido.

—¡Deténganlo! —les suplico, pero Jace menea la cabeza mientras el puño de Hardin destroza un poco más la cara sanguinolenta de Dan.

—Hacía tiempo que esto se veía venir. Deja que lo resuelvan —me contesta sonriente—. ¿Una copa?

—¿Qué? ¡No, no quiero una copa! Pero ¡¿es que estás mal de la cabeza?! —le grito.

Hay un círculo de gente mirando y unos cuantos se dedican a animar. Todavía no he visto a Dan pegarle a Hardin, cosa de la que me alegro, pero quiero que Hardin deje de pegarle a él. Me da miedo intentar separarlos yo sola, así que cuando Zed aparece, lo llamo a gritos. Sus ojos me encuentran y se acerca corriendo.

—¡Detenlo, por favor! —grito. Todo el mundo lo encuentra muy emocionante menos yo. Si Hardin sigue golpeándolo, lo va a matar. Lo sé.

Zed asiente y se acerca a Hardin. Lo jala de la camisa. Toma a Hardin por sorpresa, por lo que consigue separarlo del cuerpo tendido de Dan con facilidad. Furioso, Hardin intenta pegarle a Zed, pero él esquiva el puñetazo y lo sujeta por los hombros. Le dice algo que no consigo oír y asiente en dirección a mí. A Hardin le saltan chispas por los ojos, tiene los nudillos ensangrentados, y Zed le ha roto la camiseta al jalarlo. Su pecho sube y baja a gran velocidad, como si fuera un animal salvaje después de la caza. No me acerco a él, sé que está muy enojado conmigo. Lo noto. No le tengo tanto miedo como debería. A pesar de que acabo de verlo perder el control de la peor manera posible, sé que nunca me pondría la mano encima.

La emoción se disipa y casi todo el mundo emprende el camino de vuelta a la casa. El cuerpo maltrecho de Dan sigue tendido en el suelo, y Jace se agacha a ayudarlo. Se levanta tambaleante y se limpia la cara bañada en sangre con el doblez de la camisa. Escupe una mezcla de sangre y saliva que me hace apartar la vista.

Hardin se vuelve hacia Dan e intenta dar un paso en su dirección, pero Zed lo sujeta con fuerza.

—¡Chinga tu madre, Scott! —grita Dan. Jace se interpone entre ambos. Ah, parece que ahora quiere hacer algo—. ¡Tú espera a que tu pequeña...! —grita Dan.

—Cierra el hocico —le ordena Jace, y el otro obedece.

Entonces me mira y doy un paso atrás. Me pregunto a qué se refería Jace cuando ha dicho eso de que hacía tiempo que se veía venir. Hardin y Dan parecían tan amigos hace cinco minutos.

—¡Vete adentro! —grita Hardin, y de inmediato sé que me lo está diciendo a mí.

Decido obedecer, por una vez; doy media vuelta y corro a la casa. Sé que todo el mundo me está mirando pero me da igual. Me abro paso entre la multitud del vestíbulo y subo a toda prisa hacia la habitación de Hardin. Se me ha olvidado cerrarla con llave al salir y, para empeorar las cosas, hay una enorme mancha roja en la alfombra. Habrá entrado alguien por accidente y se le ha caído la bebida en la alfombra de color tostado. Genial. Voy rápidamente al baño, tomo una toalla y abro la llave del lavabo. Cierro la puerta de Hardin en cuanto entro y froto la mancha con furia, pero el agua sólo consigue que la mancha se extienda. Entonces oigo la puerta, que se abre, e intento ponerme de pie antes de que Hardin entre.

—¿Qué chingados estás haciendo? —Mira primero la toalla que llevo en la mano y luego mira la mancha que hay en el suelo.

—Alguien... He olvidado cerrar la puerta con llave antes de bajar —digo. Lo miro. Sus aletas nasales se agitan y respira hondo—. Lo siento —añado.

Está que echa humo, y ni siquiera puedo anojarme con él porque todo esto es culpa mía. Si le hubiera hecho caso y me hubiera quedado en la habitación, nada de esto habría ocurrido.

Se pasa las manos por la cara, frustrado, y me acerco a él. Tiene los dedos magullados y sanguinolentos, me recuerda a cuando se peleó en el estadio. Para mi sorpresa, me quita la toalla de las manos y, por instinto, doy un paso atrás. En sus ojos brilla la confusión, ladea la cabeza un poco y usa la parte seca de la toalla para limpiarse los nudillos.

Esperaba que entrara por la puerta y empezara a gritarme y a romper cosas, no este silencio. Esto es mucho peor.

—¿No vas a decir nada? —suplico.

Las palabras brotan de su boca más despacio que de costumbre.

—Ahora mismo es mejor que no diga nada, Tessa.

—No lo creo —le digo. No soporto su silencio iracundo.

—Pues créelo —gruñe.

—¡No! Necesito que me hables, que me expliques lo que ha pasado. —Gesticulo con las manos en dirección hacia la ventana y veo que aprieta los puños.

—¡Maldita sea, Tessa! ¡Siempre tienes que presionar más y más! ¡Te he dicho mil veces que te quedaras en mi habitación! Y ¿qué carajo has hecho tú? ¡No hacerme caso, como siempre! ¡¿Por qué te resulta tan difícil hacer lo que te pido?! —grita, y estampa el puño contra un lado de un mueble. La madera se agrieta.

—¡Porque no eres nadie para decirme lo que puedo o no puedo hacer, Hardin! —le grito.

—No es eso lo que intentaba hacer. Estaba tratando de mantenerte lejos de mierdas como la que acaba de pasar. Ya te advertí que no eran buena gente, ¡y aun así apareces contoneándote con Jace y luego vas y te ofreces voluntaria para jugar a ese maldito juego! ¿Como para qué?

Las venas de su cuello están tan tensas contra su piel que me da miedo que le reviente alguna.

—¡No sabía en qué consistía el juego!

471

—Sabías que no quería que jugaras, y la única razón por la que te has empeñado en hacerlo es porque alguien ha mencionado a Molly. ¡Y tú estás obsesionada con ella!

—¿Perdona? ¿Que yo estoy obsesionada? ¡Probablemente porque no me gusta que mi novio soliera acostarse con ella!

Me arden las mejillas. Los celos y la manía que le tengo a Molly son de locos, pero Hardin casi estrangula a un tipo sólo porque ha estado a punto de besarme.

—Pues siento decirte que, si vas a obsesionarte con todas las chicas con las que me he acostado, deberías ir pensando en cambiarte de universidad —exclama, y la mandíbula me llega al suelo—. No he visto que las chicas de antes te parecieran tan malas —añade, y el corazón se me sale del pecho.

—¿Qué chicas? —Me falta el aire—. ¿Las que estaban jugando con nosotros?

—Sí, y prácticamente todas las que han venido a la fiesta. —Me taladra con la mirada, pero su voz no muestra nada de emoción.

Intento pensar en algo que decir, pero me he quedado sin palabras. El hecho de que Hardin se haya acostado con esas chicas, con las tres, y básicamente con toda la población femenina de la WCU me revuelve el estómago, y lo peor es que me lo acaba de restregar por las narices. Debo de parecer una imbécil, colgada de Hardin, cuando todo el mundo sabe que no debo de ser más que otra de las muchas con las que ha cogido. Sabía que se enojaría, pero esto es demasiado, incluso tratándose de él. Siento que hemos vuelto hacia atrás en el tiempo, a la época en que lo conocí y me hacía llorar a propósito prácticamente a diario.

—¿Qué? ¿Sorprendida? Pues no deberías —dice.

—No —replico.

De verdad que no me sorprende, ni un poco. Estoy dolida. No por su pasado, sino por cómo acaba de tratarme por puro enojo. Lo ha dicho de esa manera sólo para hacerme daño. Parpadeo rápidamente para impedir que se me salten las lágrimas pero, como no da resultado, me vuelvo para secarme los ojos.

—Vete —me dice dirigiéndose hacia la puerta.

—¿Qué? —le pregunto volviéndome para mirarlo a la cara.

—Que te vayas, Tessa.

—¿Adónde?

Ni siquiera me mira.

—Vuelve a la residencia... Qué sé yo... Pero aquí no puedes quedarte.

Esto no es lo que yo esperaba. El dolor en el pecho aumenta con cada segundo de silencio. Una parte de mí quiere suplicarle que me deje quedarme y discutir con él hasta que me diga por qué ha reaccionado de esa manera con Dan, pero una parte aún mayor se siente dolida y avergonzada por la frialdad con la que acaba de mandarme al diablo. Tomo mi bolsa de la cama y me la echo al hombro. Cuando llego a la puerta, miro atrás, a Hardin, con la esperanza de que me pida disculpas o cambie de opinión, pero él se vuelve hacia la ventana y me ignora por completo. No tengo ni idea de cómo voy a volver a la residencia. Hemos venido en su coche, y tenía la intención de pasar la noche aquí con él. No recuerdo la última vez que dormí sola en mi habitación, y me entra angustia sólo de pensarlo. El trayecto a su casa parece que fue hace días, no hace apenas unas horas.

Cuando llego al pie de la escalera, alguien me jala de la sudadera y contengo la respiración mientras me vuelvo, rezando para que no sea ni Jace ni Dan.

Es Hardin.

—Vuelve arriba —me dice con los ojos rojos y voz de desesperación.

—¿Por qué? Creía que querías que me fuera. —Miro a la pared que tiene detrás.

Suspira, agarra mi bolsa y empieza a subir la escalera. Me planteo dejar que se quede con la bolsa y marcharme igualmente, pero mi necedad es la que me ha metido en este embrollo.

Resoplo y lo sigo de vuelta a su cuarto. Cuando la puerta se cierra, da media vuelta y me acorrala contra ella.

Me mira a los ojos.

—Lo siento —dice.

Sus labios cubren mi boca y apoya una mano contra la puerta, a la altura de mi cabeza, para que no pueda moverme.

—Yo también —susurro.

—Yo... A veces pierdo el control. No me he acostado con esas chicas. Bueno, no con las tres.

Me siento un poco aliviada. Pero sólo un poco.

—Cuando me enojo, mi primera reacción es golpear más fuerte, herir a la otra persona todo lo que pueda. Pero no quiero que te vayas, y siento que te asustaras al verme darle a Dan la paliza de su vida. Estoy intentando cambiar por ti... Para ser lo que te mereces, pero para mí es muy duro. Sobre todo cuando haces cosas a propósito para encabronarme —dice.

Me acaricia la mejilla con la mano y me seca las lágrimas que quedan.

—No me has dado miedo —repongo.

—¿Por qué no? Parecías aterrorizada cuando te he quitado la toalla.

—No... Bueno, en ese momento sí, pero por la mancha del suelo. Durante la pelea con Dan, en realidad temía por ti.

—¿Por mí? —Se endereza y presume—: Ni siquiera me ha rozado.

Pongo los ojos en blanco.

—Quiero decir que me daba miedo que lo mataras o algo así. Podrías haberte metido en una broncota al abalanzarte sobre él de ese modo —le explico.

Hardin se ríe a carcajadas.

—A ver si lo entiendo: ¿te daban miedo las repercusiones legales de la pelea?

—No te rías. Sigo enojada contigo —le recuerdo, y me cruzo de brazos.

No estoy muy segura de por qué estoy enojada exactamente, además de porque me pidió que me marchara.

—Ya, yo también sigo enojado contigo, pero es que eres encantadora. —Apoya la frente en la mía—. Me vuelves loco —asegura.

—Lo sé.

—Nunca me haces caso y siempre me lo discutes todo. Eres una necia casi insoportable.

—Lo sé —repito.

—Me provocas y me estresas lo indecible sin necesidad, por no mencionar que has estado a punto de besarte con Dan delante de mí. —Sus labios rozan mi mejilla y me estremezco.

—Dices cosas horribles y te comportas como un niño cuando te enojas.

A pesar de que me está insultando y de que se queja de cosas que, en el fondo, sé que le encantan de mí, siento mariposas en el estómago cuando me besa la piel y continúa con su ataque verbal. Presiona las caderas contra las mías, esta vez con más fuerza.

—Y dicho esto... También estoy locamente enamorado de ti —añade, y succiona sin piedad la piel sensible de debajo de mi oreja.

Le paso las manos por el pelo. Hardin gime, me toma de la cintura y me atrae hacia sí. Sé que queda mucho por decir, muchos problemas por resolver, pero ahora mismo todo lo que quiero es perderme en él y olvidar esta noche.

CAPÍTULO 85

En lo que parece un intento desesperado por estar aún más pegados mientras nos besamos, Hardin me toma con una mano por la nuca. Siento cómo toda su ira y su frustración se transforman en deseo y en cariño. Su boca está hambrienta y sus besos son húmedos mientras camina hacia atrás sin separar nuestras bocas. Me lleva donde quiere con una mano en la cadera y la otra en mi nuca, pero tropiezo con sus pies justo cuando sus piernas llegan a la orilla de la cama y ambos caemos sobre ella. Intento arrebatarle el control, me subo a su torso y me quito la sudadera y la camiseta de tirantes al mismo tiempo y me quedo en sostén de encaje. Se le dilatan las pupilas e intenta bajarme para que lo bese, pero tengo otros planes.

Me llevo las manos a la espalda y con dedos atolondrados me desabrocho el brasier antes de bajarme los tirantes por los hombros y dejarlo caer en la cama, detrás de mí. Hardin tiene las manos calientes y cubre con ellas mis pechos y los masajea sin miramientos. Lo agarro de las muñecas, le aparto las manos y meneo la cabeza. Él ladea la suya confuso. Entonces desciendo por su cuerpo y le desabrocho los pantalones. Me ayuda a que se los baje hasta la rodilla, junto con el bóxer. De inmediato mis dedos se cierran sobre su pene. Traga saliva y cuando lo miro compruebo que tiene los ojos cerrados. Empiezo a acariciarlo a lo largo muy despacio y, con mucho valor, me lo meto en la boca. Intento recordar las instrucciones que me dio la última vez y repetir las cosas que me dijo que le gustaron.

—Carajo..., Tessa —jadea al tiempo que hunde las manos en mi pelo. Nunca había estado callado tanto tiempo durante ninguna de nuestras sesiones de sexo y, para mi asombro, extraño que me diga obscenidades.

Me acomodo sin dejar de chupárselo y acabo entre sus rodillas.

Se incorpora y me observa.

—No sabes lo sexi que estás así, con mi verga en esa boca de sabelotodo que tienes —dice, y me agarra del pelo con más fuerza.

Siento cómo aumenta la temperatura entre mis piernas y empiezo a chupar más deprisa. Quiero oírlo gemir mi nombre. Trazo círculos con la lengua en la punta y levanta las caderas para metérmelo hasta la garganta. Empiezan a llorarme los ojos y me cuesta respirar, pero oírlo pronunciar mi nombre una y otra vez hace que no sea tan terrible. Al cabo de pocos segundos, suelta mi pelo y me toma la cara para que deje de moverme. El aroma metálico de sus nudillos ensangrentados me inunda la nariz, pero no hago caso de mi instinto y no me aparto.

—Voy a venirme... —me dice—. Así que, si quieres... si quieres hacer algo más antes, deberías dejar de chupármela.

No quiero hablar, ni que sepa que me muero porque me haga el amor. Me levanto, me bajo los pantalones y me los quito. Cuando empiezo a quitarme los calzones, su mano me detiene.

—Quiero que te las dejes puestas... por ahora —ronronea. Asiento y trago saliva. La anticipación me consume—. Ven aquí.

Se quita la camiseta, se acomoda en la orilla de la cama y me atrae hacia sí.

Nuestro ferviente intercambio inicial pierde ímpetu, y la tensión y el enojo que había entre nosotros ha amainado. El pecho de Hardin sube y baja, y tiene la mirada salvaje. La sensación de estar sentada en su regazo, con él completamente desnudo y yo sólo con los calzones, es maravillosa. Me sujeta por la cintura con una mano que me mantiene en mi sitio mientras sus labios acarician los míos de nuevo.

—Te quiero —susurra en mi boca mientras sus dedos apartan mis calzones a un lado—. Te... quiero...

La intrusión me produce un placer inmediato. Mueve los dedos despacio, demasiado despacio, y de manera instintiva meneo las caderas hacia adelante y hacia atrás para acelerar el ritmo.

—Eso es, nena... Carajo... Siempre estás lista para recibirme —dice con voz ronca, y yo continúo restregándome contra su mano.

Se me acelera la respiración y gimo con fuerza. Todavía me sorprende lo rápido que mi cuerpo le responde. Sabe justo lo que tiene que decirme y hacerme.

—A partir de ahora vas a hacerme caso, ¿de acuerdo? —pregunta mordisqueándome suavemente el cuello.

«¿Qué?»

—Dime que vas a hacerme caso o no dejaré que te vengas.

«Está de broma.»

—Hardin... —le suplico intentando moverme más deprisa.

Me detiene.

—Bueno... Bueno... Pero, por favor... —le suplico, y sonríe satisfecho.

Quiero abofetearlo por hacerme esto. Está usando mi momento de mayor vulnerabilidad en mi contra, pero no consigo encontrar ni un poco de enojo; ahora mismo sólo lo quiero a él. Soy demasiado consciente del roce de su piel desnuda. Mis calzones son lo único que se interpone entre nosotros.

—Por favor —repito.

Asiente.

—Buena chica —me susurra al oído, y ayuda a que mis caderas intensifiquen el ritmo mientras su dedos se deslizan dentro y fuera de mí.

En un abrir y cerrar de ojos, me tiene justo ahí. Hardin me susurra guarradas al oído, palabras desconocidas que me alientan a seguir de un modo que no puedo describir. Son de lo más atrevidas pero me encantan, y tengo que agarrarme a sus brazos para no caerme de la cama cuando me deshago con sus caricias.

—Abre los ojos. Quiero ver lo que sólo yo puedo hacerte —me ordena, y hago lo que puedo por mantenerlos abiertos mientras el orgasmo se apodera de mí.

Luego dejo caer la cabeza sobre su pecho y le paso los brazos por debajo de las axilas para abrazarlo con fuerza mientras intento recobrar el aliento.

—No puedo creer que hayas intentado... —empiezo a decir, pero me hace callar acariciándome con la lengua el labio inferior.

Suelto bocanadas irregulares de aire, todavía estoy tratando de recuperarme del torbellino. Bajo la mano y se la agarro. Hace una mueca, me muerde el labio y me lo chupa con delicadeza. Decido adoptar una de las tácticas del manual de sexo de Hardin Scott y aprieto un poco.

—Pide perdón y te daré lo que quieres —le susurro al oído con voz seductora.

—¿Qué? —La cara que ha puesto no tiene precio.

—Ya me has oído.

Intento poner cara de póquer mientras lo masturbo con una mano y me deslizo los dedos por encima de la ropa interior empapada con la otra.

Gime mientras lo restriego contra mí.

—Lo siento —balbucea con las mejillas encarnadas—. Déjame cogerte..., por favor —suplica.

Yo me echo a reír, aunque se me cortan las carcajadas cuando saca un preservativo de la mesita de noche. No pierde un segundo en ponérselo y volver a besarme.

—No sé si estás lista para hacerlo en esta postura, encima de mí. Si es demasiado, avisa. ¿Está bien, nena?

De repente vuelve a ser el Hardin dulce y cariñoso.

—Sí —respondo.

Me levanta un poco y siento el roce del condón y luego cómo me va llenando a medida que me baja.

—Uff —susurro cerrando los ojos.

—¿Estás bien?

—Sí..., sólo es... diferente —tartamudeo.

Duele. No tanto como la otra vez, pero sigue siendo extraño y desagradable. Sin abrir los ojos, muevo un poco las caderas para tratar de aliviar la presión.

—¿Diferente en el buen o en el mal sentido? —dice con la voz ronca y la vena de la frente hinchada.

—Cállate..., no hables más —contesto moviéndome de nuevo.

Gime y se disculpa. Me promete que me va a dar un minuto para que me acostumbre. No tengo ni idea de cuánto tiempo pasa hasta que muevo otra vez las caderas. Cuanto más me muevo, menos desagradable me resulta y, en un momento dado, Hardin me rodea con los brazos y me estrecha contra sí mientras empieza a moverse y a hacer chocar sus caderas con las mías. Mucho mejor ahora que me abraza y nos movemos juntos. Tengo una de las manos apoyada en su pecho para sostenerme y se me están cansando las piernas. Intento ignorar las protestas de mis músculos y sigo montándolo como una amazona. Trato de mantener los ojos abiertos para ver a Hardin. Una gota de sudor desciende por su frente. Verlo así, mordiéndose el labio inferior y mirándome tan fijamente que noto cómo sus ojos me queman la piel, es la sensación más alucinante del mundo.

—Lo eres todo para mí. No puedo perderte —dice mientras mis labios se deslizan por su cuello y su hombro. Tiene la piel salada, húmeda y perfecta—. Estoy a punto, nena. Me falta un poco. Lo estás haciendo muy bien, nena —gime, y me acaricia la espalda mientras yo intento moverme más rápido.

Entrelaza los dedos con los míos y me derrito con ese gesto tan íntimo. Me encanta cómo me alienta, me encanta todo en él.

Se me tensa el vientre cuando Hardin me agarra de la nuca con una mano. Sigue susurrando lo mucho que le importo y su cuerpo se torna de acero. Lo observo, consumida por sus palabras y por el modo en que me roza el clítoris con el pulgar y me hace estallar en un instante. Nuestros gemidos y nuestros cuerpos se entrelazan cuando los dos terminamos. Él se deja caer hacia atrás en la cama y me acuesta con él. Cuando vuelvo en mí, apenas lo noto deshacerse del condón.

—Me alegro de que hayas venido a buscarme cuando he bajado la escalera —digo al fin tras un silencio largo pero placentero. Tengo la cabeza apoyada en su pecho y oigo cómo se calma el latir desbocado de su corazón.

—Yo también —responde—. No iba a hacerlo, pero no he podido evitarlo. Siento haberte dicho que te fueras. A veces soy un poco cabrón.

Levanto la cabeza y lo miro.

—¿A veces? —Sonrío.

Levanta una de las manos que tiene en mi cintura y me pellizca la nariz. Me río.

—No he oído que te quejaras de nada hace cinco minutos —recalca.

Meneo la cabeza y la dejo caer otra vez en su piel bañada en sudor. Con los dedos, dibujo el contorno del tatuaje en forma de corazón que lleva en el hombro y veo que se le pone la piel chinita. No se me escapa que el corazón está pintado con tinta negra como la noche.

—Eso es porque se te da mejor eso que salir con alguien —lo molesto.

—No voy a discutírtelo.

Se ríe y me aparta el pelo de la cara. Me encanta cuando me acaricia la mejilla, es de lo que más me gusta. Sus dedos son ásperos pero, de algún modo, muy suaves al tocar mi piel.

—¿Qué es lo que ha pasado entre Dan y tú? Quiero decir antes de esta noche —pregunto.

Probablemente no debería, pero tengo que saberlo.

—¿Qué? ¿Quién te ha dicho que pasó algo entre Dan y yo? —inquiere al tiempo que me levanta la barbilla para verme la cara.

—Jace. Sólo que no me ha contado qué exactamente. Sólo ha dicho que se veía venir. ¿A qué se refería?

—A una mierda del año pasado. No es nada de lo que tengas que preocuparte, te lo prometo —dice y sonríe, pero sus ojos no.

Será mejor que lo deje estar. Estoy contenta de que hayamos hablado del problema, por una vez, y que empecemos a llevar mejor lo de la comunicación.

—¿Quedamos mañana cuando termines en Vance? No quiero que nos quiten el departamento.

—No tenemos muebles —le recuerdo.

—Está amueblado. Pero podemos añadir cosas o quitarlas cuando ya estemos viviendo allí.

—¿Cuánto cuesta? —pregunto, aunque sé que no quiero oír la respuesta. Debe de ser carísimo si viene amueblado.

—No te preocupes de eso. Tú sólo piensa en el recibo de la televisión por cable. —Sonríe y me besa en la frente—. ¿Qué me dices? ¿Te sigue gustando la idea?

—Y las compras —añado, y él frunce el ceño—. Pero sí, me gusta la idea.

—¿Vas a decírselo a tu madre?

—No lo sé. En algún momento se lo tendré que contar, aunque ya sé cuál será su respuesta. Creo que primero debería dejar que se acostumbre a la idea de que estamos saliendo. Somos muy jóvenes y, si se entera de que ya nos vamos a ir a vivir juntos, acabará con una camisa de fuerza.

Se me escapa una carcajada a pesar del dolor que siento en el pecho. Ojalá las cosas con mi madre no fueran tan complicadas y pudiera alegrarse por mí. No obstante, sé que eso no es posible.

—Siento que estén así. Sé que es culpa mía, pero soy demasiado egoísta para alejarme de ti.

—No es culpa tuya. Es que mi madre es... como es —le digo, y lo beso en el pecho.

—Tienes que dormir, nena. Mañana tienes que madrugar y ya es casi medianoche.

—¿Medianoche? Creía que era mucho más tarde —digo separándome de él y acostándome en la cama.

—Bueno, es que si no estuvieras tan apretadita habría aguantado un poco más —me susurra al oído.

—¡Buenas noches! —gruño muerta de la vergüenza.

Se echa a reír y me besa en la nuca antes de apagar la luz.

CAPÍTULO 86

A la mañana siguiente, bien temprano, vago por la habitación de Hardin agarrando lo que necesito para ir a darme un baño.

—Voy contigo —gruñe, pero me río.

—No, no vienes conmigo. ¿Eres consciente de que sólo son las seis? ¿Qué ha sido de tu regla de las siete y media? —le digo medio en broma tomando mi bolsa de aseo.

—Te acompaño.

Me encanta su voz ronca por las mañanas.

—¿Adónde? ¿Al cuarto de baño? —resoplo, y se arrastra fuera de la cama—. Soy una mujer hecha y derecha, puedo cruzar el pasillo yo sola.

—Ya veo el caso que me haces.

Pone los ojos en blanco pero sé que le ha hecho gracia.

—Bueno, papá, llévame al baño —protesto en tono de burla. No tengo intención de hacerle caso, pero decido seguirle la corriente por ahora.

Hardin levanta las cejas y sonríe.

—No vuelvas a llamarme así o volveré a meterte en la cama.

Me guiña el ojo y me apresuro a salir de la habitación antes de caer en la tentación.

Viene detrás de mí y se sienta en el excusado mientras me baño.

—Vas a tener que llevarte mi coche —dice, cosa que me sorprende lo indecible—. Ya buscaré yo a alguien que me lleve al campus y allí tomaré el tuyo para ir al departamento.

No pensé en nada de eso anoche, cosa que aún me sorprende más. Normalmente lo tengo todo planeado.

—¿Vas a dejarme manejar tu coche? —La mandíbula me llega al suelo.

—Sí. Aunque como le hagas un arañazo más vale que no te encuentre —dice.

Parte de mí sabe que lo dice medio en serio, pero me río y contesto:

—¡Lo que me preocupa es que me destroces mi coche!

Intenta abrir la cortina pero la cierro con fuerza y le oigo reír.

—Nena, piensa que a partir de mañana podrás bañarte todos los días en tu propio baño —dice mientras me enjuago el champú de la cabeza.

—No creo que sea consciente hasta que de verdad estemos viviendo allí.

—Espera a verlo. Te va a encantar —asegura.

—¿Le has contado a alguien que vas a rentar un departamento? —pregunto, aunque ya sé la respuesta.

—No, ¿por qué tienen que saberlo?

—No tienen por qué. Sólo era curiosidad.

La llave rechina cuando la cierro. Hardin sostiene una toalla y, cuando salgo de la regadera, me envuelve con ella el cuerpo empapado.

—Te conozco, sé que crees que les estoy ocultando a mis amigos que vamos a irnos a vivir juntos —dice.

No anda desencaminado.

—Bueno, es que me parece muy raro que vayas a mudarte y que nadie lo sepa —replico.

—No es por ti, es porque no quiero aguantar discusiones sobre abandonar la fraternidad. Pienso contárselo a todos, incluida Molly, una vez estemos instalados. —Sonríe y me pasa los brazos por los hombros.

—Quiero ser yo quien se lo cuente a Molly. —Me echo a reír y le devuelvo el abrazo.

—Hecho.

Tras múltiples intentos de quitarme a Hardin de encima mientras me arreglo, me pasa las llaves de su coche y me voy. En cuanto estoy en el coche, vibra mi celular. Es un mensaje:

Ten cuidado. Te quiero.

Lo tendré. Cuídame el coche ☺ Te quiero. Bss.

Me muero por volver a verte. Quedamos a las cinco. Tu mierda de coche estará bien.

Sonrío para mis adentros en cuanto le envío la respuesta:

Cuidado con lo que dices, o es posible que choque contra un poste al estacionar el tuyo.

Deja de molestarme y vete a trabajar antes de que baje y te arranque el vestido.

Por muy tentador que sea, dejo el celular en el asiento del acompañante y arranco el coche. El motor ronronea al volver a la vida, nada que ver con el rugido del mío. Para ser un coche clásico, es mucho más suave que mi coche. Se nota que está muy bien cuidado. En cuanto entro en la autopista, suena el teléfono.

—No puedes estar ni veinte minutos sin mí, ¿eh? —me río al aparato.

—¿Tessa? —dice una voz masculina.

«Noah...»

Me aparto el teléfono del oído y miro el nombre en la pantalla para confirmarlo. Horror.

—Diablos..., perdona... Creía que... —balbuceo.

—Creías que era él... Lo sé —dice. Suena triste, no resentido.

—Perdona. —No lo niego.

—No pasa nada.

—¿Qué tal...? —No sé muy bien qué decir.

—Ayer vi a tu madre.

—Ah.

El dolor en la voz de Noah y el recuerdo del odio que mi madre me demostró hacen que me duela el corazón.

—Sí... Está muy enojada contigo.

—Lo sé... Amenazó con dejar de ayudarme a pagar la universidad.

—Se le pasará. Sólo está dolida.

—¿Que está dolida? Me tomas el pelo, ¿no? —Resoplo. No es posible que la esté defendiendo.

—No, no; sé que no lo ha enfocado bien, pero sólo está molesta porque estás..., ya sabes..., con él. —El asco que siente es más que evidente.

—Ya, pero no le corresponde a ella decirme con quién puedo o no estar. ¿Para eso me has llamado? ¿Para decirme que no debo seguir con él?

—No, no, Tessa. No es eso. Sólo quería ver si estabas bien. Nunca habíamos estado tanto tiempo sin hablarnos desde que teníamos diez años —dice. Me imagino perfectamente que tiene el ceño fruncido.

—Ah... Perdóname por saltar así. Es que tengo muchas cosas entre manos ahora mismo, y pensaba que sólo me llamabas para...

—Que no estemos juntos no significa que no vaya a estar ahí para ti —dice, y se me parte el corazón.

Lo extraño. No nuestra relación, sino a él, porque ha sido parte de mi vida desde que era pequeña y es difícil dejar todo eso atrás. Ha estado conmigo en las buenas y en las malas, y yo le he hecho daño y ni siquiera he sido capaz de llamarlo para darle explicaciones o pedirle perdón. Me siento fatal por cómo quedaron las cosas entre nosotros, y se me llenan los ojos de lágrimas.

—Perdóname, Noah. Por todo —digo en voz baja. Suspiro.

—Todo irá bien —me contesta también en voz baja. Pero entonces, como si necesitara cambiar de tema, dice—: He oído que estás haciendo prácticas.

Y así seguimos hablando hasta que llego a Vance.

Cuando cuelgo, me promete que hablará con mi madre sobre cómo se está comportando conmigo, y siento como si me hubieran quitado un gran peso de encima. Noah es el único que siempre se las ingenia para calmarla cuando se pone insoportable.

El resto del día transcurre sin contratiempos. Me la paso terminando el primer manuscrito y redactando notas para el señor Vance. Hardin y yo nos escribimos de vez en cuando para ver dónde y a qué hora quedamos, y mi jornada laboral termina sin darme cuenta.

Cuando llego a la dirección que me ha dado Hardin, me sorprende que esté justo entre el campus y la editorial. Sólo tardaría veinte minutos en coche en llegar si viviera aquí. Parece una idea abstracta, Hardin y yo viviendo juntos.

No veo mi coche cuando llego al estacionamiento. Llamo a Hardin y me salta el buzón de voz.

«¿Y si ha cambiado de opinión? Me lo habría dicho, ¿no?»

Empieza a entrarme el pánico pero justo en ese momento aparece Hardin y estaciona el coche a mi lado. Bueno, parece mi coche, aunque está distinto. La pintura plateada está impecable, y se ve nuevo y reluciente.

—¿Qué le has hecho a mi coche? —digo en cuanto se baja.

—Yo también me alegro de verte. —Sonríe y me besa en la mejilla.

—Es en serio: ¿qué le has hecho? —Cruzo los brazos.

—Lo he llevado a pintar. Por Dios, podrías darme las gracias. —Pone los ojos en blanco.

Me muerdo la lengua sólo porque estamos donde estamos y venimos a lo que venimos. Además, el coche está estupendo. Lo único que no me gusta es que Hardin se gaste dinero en mí, y que te pinten el coche no es barato.

—Gracias. —Sonrío y entrelazo la mano con la suya.

—De nada. Ahora entremos. —Atravesamos juntos el estacionamiento—. Te sienta bien mi coche, sobre todo con ese vestido. No he podido dejar de pensar en él en todo el día. Ojalá me hubieras enviado las fotos desnuda que te he pedido —me dice, y le pego un codazo—. No te costaba nada. Las clases habrían sido mucho más interesantes.

—¿Has ido a clase y todo? —digo sin poder parar de reír.

Se encoge de hombros y me abre la puerta del edificio.

—Ya hemos llegado.

Sonrío ante el gesto galante, tan poco propio de él, y entro. El vestíbulo no es para nada lo que esperaba. Es todo blanco: suelo blanco, paredes blancas y limpias, sillones blancos, sofás blancos, alfombras blancas y lámparas blancas en mesas transparentes. Es elegante pero intimida un poco. Un hombre bajo y calvo vestido de traje nos da la bienvenida y le estrecha la mano a Hardin. Parece nervioso. O puede que Hardin lo ponga nervioso.

—Tú debes de ser Theresa. —Sonríe. Tiene los dientes tan blancos como las paredes.

—Tessa —sonrío y lo corrijo mientras Hardin disimula una sonrisa.

—Encantado de conocerte. ¿Firmamos?

—No, quiere verlo primero —replica Hardin en tono cortante—. ¿Por qué iba a firmar sin haberlo visto?

El pobre hombre traga saliva y asiente.

—Faltaría más. Acompáñenme —dice señalando el pasillo.

—Pórtate bien —le susurro a Hardin mientras los tres nos dirigimos hacia el elevador.

—No. —Sonríe y me aprieta la mano.

Lo miro y su sonrisa llena de hoyuelos se hace más amplia. El hombre me habla de lo bonitas que son las vistas, y dice que éste es uno de los mejores edificios de departamentos que hay en la zona y también de los más diversos. Asiento educadamente y Hardin permanece en silencio mientras bajamos del elevador. Me sorprende el contraste entre el vestíbulo y el pasillo. Es como si estuviéramos en otro edificio... En otra época.

—Es aquí —dice el hombre abriendo la primera puerta—. En esta planta sólo hay cinco departamentos, por lo que tendrán mucha intimidad.

Hace un gesto para que pasemos, pero aparta la vista cuando Hardin lo mira. No hay duda: Hardin lo intimida. No lo culpo, pero es divertido verlo.

Me oigo a mí misma ahogar una exclamación de sorpresa. El suelo es de concreto impreso, a excepción de un enorme cuadrado de madera que imagino que será la sala. Las paredes son de ladrillo, preciosas; antiguas y estropeadas, pero perfectas. Las ventanas son gigantes y el mobiliario es antiguo pero está limpio. Si pudiera diseñar el departamento perfecto, diseñaría uno igual que éste. Es como un recuerdo del pasado pero absolutamente moderno.

Hardin me observa con atención mientras yo lo miro todo y entro en las otras habitaciones. La cocina es pequeña y tiene unos azulejos multicolores encima del lavadero que le dan un aire divertido y alternativo. Me gusta todo de este departamento. El vestíbulo me tenía asustada y creía que iba a odiar este lugar. Pensé que iba a ser un departamento recargado y carísimo, y me encanta que no lo sea. El baño es pequeño pero lo bastante grande para los dos, y el dormitorio es tan perfecto como el resto. Tres de las paredes son de ladrillo rojo antiguo, y la cuarta es una librería que va del suelo al techo. Tiene una escalera y todo, y no puedo evitar echarme a reír porque siempre imaginé que tendría un departamento igual que éste cuando terminara la facultad. No pensé que lo encontraría tan pronto.

—Vamos a llenar el librero. Yo tengo muchos libros —musita Hardin nervioso.

—Pues... yo... —empiezo a decir.

—No te gusta, ¿verdad? Pensé que te gustaría. Parecía perfecto para ti. ¡Carajo! —exclama al tiempo que se pasa la mano por el pelo con el ceño fruncido.

—No... Yo...

—Está bien, vámonos. Enséñenos otros —le dice Hardin al hombre.

—¡Hardin! ¡Déjame acabar! Iba a decir que me encanta.

El hombre parece tan aliviado como él. Su ceño fruncido se transforma en una gran sonrisa.

—¿De verdad?

—Sí, me daba miedo que fuera un departamento presuntuoso y frío, pero es perfecto —le digo, y es la verdad.

—¡Lo sabía! Bueno, me pusiste nervioso, pero en cuanto vi este sitio pensé en ti. Te imaginé ahí... —señala el banco adosado al ventanal—, leyendo un libro. Fue entonces cuando supe que quería que vivieras aquí conmigo.

Sonrío y siento mariposas en el estómago al oírlo decir eso en público, aunque sólo sea delante de un agente inmobiliario.

—¿Estamos listos para firmar? —dice el hombre incómodo.

Hardin me mira y yo asiento. No me puedo creer lo que vamos a hacer. Hago caso omiso de la vocecita que me recuerda que es demasiado pronto, que soy demasiado joven, y sigo a Hardin a la cocina.

CAPÍTULO 87

Hardin firma al pie de lo que parece una página infinita antes de pasármela a mí. Tomo la pluma y firmo antes de darle demasiadas vueltas. «Estamos listos para dar este paso. Estoy lista para hacer esto», me repito. Sí, somos jóvenes y no hace mucho que nos conocemos, pero sé que lo quiero más que a nada y que él me quiere a mí. Mientras eso no cambie, lo demás irá bien.

—Muy bien. Aquí tienen las llaves.

Robert, que así es como se llama el hombre porque eso dicen todos los papeles que acabamos de firmar, nos entrega dos juegos de llaves, se despide de nosotros y se va.

—Pues... ¿Bienvenida a casa? —dice Hardin en cuanto estamos solos.

Me echo a reír y me acerco a él para que pueda abrazarme.

—Es increíble que ahora vivamos aquí. No parece verdad. —Mis ojos examinan la sala.

—Si alguien me hubiera dicho que iba a vivir contigo, o a salir contigo, hace dos meses, me habría muerto de risa en su cara... O se la habría partido de un madrazo... Cualquiera de las dos cosas.

Sonríe y me toma la cara entre las manos.

—Eres un amor —lo pincho, y lo abrazo—. Aunque es un gran alivio tener un sitio sólo para nosotros. No más fiestas, ni compañeros de habitación, ni baños comunitarios.

—Y nuestra propia cama —añade con ojos brillantes—. Tendremos que comprar cosas como platos y demás.

Le pongo la mano en la frente.

—¿Te encuentras bien? —Sonrío—. Hoy estás de lo más colaborador.

Me aparta la mano y me la besa.

—Sólo quiero estar seguro de que estás contenta aquí. Quiero que te sientas como en casa... conmigo.

—Y ¿qué hay de ti? ¿Te sientes en casa?

—Para mi sorpresa, sí —responde asintiendo con la cabeza y mirando alrededor.

—Deberíamos ir por mis cosas —digo—. No tengo mucho, sólo algunos libros y mi ropa.

Mueve la mano como si hubiera hecho un truco de magia.

—Ya está hecho.

—¿Qué? —pregunto.

—Te he traído tus cosas de tu habitación. Está todo en la cajuela de tu coche —me explica.

—¿Cómo sabías que iba a firmar? ¿Y si no me hubiera gustado el departamento? —Sonrío. Me habría gustado poder despedirme de Steph y de la habitación que ha sido mi hogar durante los últimos meses, pero a Steph volveré a verla pronto.

—Si éste no te hubiera gustado, habría buscado otro —dice muy seguro de sí mismo.

—Bueno... —asiento—. Y ¿qué hay de tus cosas?

—Podemos ir a recogerlas mañana. Tengo ropa en la cajuela.

—Y ¿eso por qué? —Siempre lleva un montón de ropa en el coche.

—La verdad es que no lo sé. Pero uno nunca sabe cuándo va a necesitar ropa. —Se encoge de hombros—. Vayamos a comprar lo que nos hace falta para la cocina y comida.

—Está bien. —Tengo mariposas en el estómago desde que puse el pie en el departamento—. ¿Puedo manejar yo? —pregunto cuando bajamos al vestíbulo.

—No lo sé... —Sonríe.

—Me has pintado el coche sin mi permiso. Creo que me lo he ganado.

Tiendo la mano en su dirección para que me dé las llaves y pone los ojos en blanco pero me las da.

—¿Te ha gustado mi coche? ¿Verdad que marcha bien?

Lo miro haciéndome la interesante.

—No está mal.

No es cierto. Ese coche es una maravilla.

Nuestro edificio no podría tener mejor ubicación. Estamos cerca de un montón de tiendas y cafeterías. Incluso de un parque. Acabamos en Target y el coche no tarda en estar lleno de platos, ollas, sartenes, tazas y cosas que no sé si vamos a necesitar pero que parecen útiles. Como vamos tan cargados, decidimos hacer las compras otro día. Me ofrezco como voluntaria para ir por provisiones al día siguiente, al salir de las prácticas, si Hardin me hace una lista de cosas que le gustan comer. Por ahora, lo mejor de vivir juntos son todos los pequeños detalles que de otro modo nunca podría haber sabido sobre él. Es muy tacaño con la información, y se agradece poder conseguir algo sin tener que pelear. A pesar de que dormimos juntos casi todas las noches, sólo comprando cosas para el departamento he descubierto, por ejemplo, que le gustan los cereales pero se los toma sin leche; que la idea de juntar tazas de juegos distintos lo pone nervioso; que usa dos clases diferentes de pasta de dientes (una por la mañana y otra por la noche), aunque no sabe por qué, simplemente es así. También prefiere lavar el suelo cien veces antes que tener que llenar el lavaplatos. Hemos acordado que yo me encargaré de los platos siempre y cuando él limpie el suelo.

Montamos un interesante estira y afloja delante de la cajera cuando llega la hora de pagar. Sé que él se ha hecho cargo de la fianza del departamento, así que quiero pagar yo nuestra incursión en Target, pero se niega a dejarme pagar nada que no sea la comida o la televisión por cable. Al principio me dijo que yo podía pagar el recibo de la luz, aunque se le olvidó mencionar que ya estaba incluida en la renta, como demuestra el contrato. El contrato... Tengo un contrato de renta con un hombre con el que me voy a ir a vivir en mi primer año de universidad. No estoy loca, ¿verdad?

Hardin le lanza una mirada asesina a la cajera cuando ella finalmente acepta mi tarjeta de débito. Yo la aplaudo por pasarla por la máquina sin hacer caso de Hardin y su actitud. Quiero reírme victoriosa, pero él está molesto y no quiero estropear la noche.

Sigue de malas hasta que volvemos al departamento, y yo permanezco en silencio porque lo encuentro muy divertido.

—Creo que tendremos que hacer dos viajes para poder subirlo todo —le digo.

—Ésa es otra cosa más: prefiero cargar mil bolsas a tener que hacer dos viajes —replica, y por fin sonríe.

Aun así, tenemos que hacer dos viajes porque los platos pesan mucho. Hardin se pone de peor humor, pero a mí cada vez me resulta todo más divertido.

Colocamos todos los platos en los mubles y Hardin pide una pizza. Como soy una persona educada, no puedo evitar ofrecerme a pagarla, aunque lo único que me gano es una mirada asesina y un gesto grosero. Me echo a reír y recojo toda la basura en la caja en la que venían los platos. No era broma lo de que el departamento estaba amueblado: tiene todo lo que necesitamos, bote de basura e incluso cortina en la regadera.

—La pizza llegará dentro de media hora. Voy a bajar por tus cosas —dice.

—Te acompaño —añado, y lo sigo.

Ha metido todas mis cosas en dos cajas y una bolsa de basura. No me emociona, pero no digo nada.

Toma un puñado de camisetas y un par de pantalones de su cajuela y los mete en la bolsa de basura junto con mi ropa.

—Menos mal que tenemos plancha —digo al fin. Al mirar en su cajuela, algo me llama la atención—. ¿No has tirado las sábanas?

—Ah..., eso. No... Iba a tirarlas, pero se me olvidó —dice mirando hacia otra parte.

—Ah... —Su reacción me da mala espina.

Cargamos un montón de cosas en el elevador y, nada más entrar en el departamento, el repartidor de pizza toca el timbre. Hardin le abre la puerta y vuelve con una caja que huele a gloria bendita. No me había dado cuenta del hambre que tengo.

Comemos en la mesa de la cocina. Se me hace raro pero muy agradable cenar con él en nuestra propia casa. Permanecemos en silencio mientras devoramos la deliciosa pizza, aunque es un silencio de los buenos. De esa clase de silencios que me dice que estamos en casa.

—Te quiero —dice mientras meto los platos en el lavaplatos.

—Te quiero —le contesto justo cuando mi celular empieza a vibrar sobre la mesa de madera.

Un mensaje. Hardin lo mira y toca la pantalla.

—¿Quién es? —le pregunto.

—¿Noah? —inquiere.

—Ah. —Esto va a acabar mal.

—Dice que ha sido muy agradable platicar hoy contigo. —Se le tensa la mandíbula.

Me acerco y prácticamente tengo que arrancarle el celular de las manos. Juraría que su intención era hacerlo añicos.

—Sí, me ha llamado hoy —le digo con una seguridad que no siento. Iba a contárselo, sólo que no he encontrado el momento adecuado.

—¿Y? —Levanta una ceja.

—Me ha contado que ha visto a mi madre y quería saber si estaba bien.

—¿Por qué?

—No lo sé... Querría saber si todo iba bien. —Me encojo de hombros y me siento a su lado.

—No tiene por qué saber cómo te va —exclama.

—No es para tanto, Hardin. Lo conozco de toda la vida.

Su mirada es gélida.

—Me importa una mierda.

—No seas ridículo. ¿Acabamos de mudarnos a vivir juntos y te preocupa una llamada de Noah? —replico.

—No tienes por qué hablar con él. Seguro que cree que, como le has contestado, quieres volver con él. —Se pasa las manos por el pelo.

—No, no cree nada de eso. Sabe que estoy contigo. —Intento controlar mi arrebato.

Hardin señala el celular de mala manera.

—Pues entonces llámalo ahora mismo y dile que no te llame nunca más.

—¿Qué? ¡No! De eso nada. Noah no ha hecho nada malo, y ya le he hecho bastante daño. Corrijo: ya le hemos hecho bastante daño. No. No voy a decirle semejante cosa. No hay nada de malo en que seamos amigos.

—Claro que sí —dice levantando la voz—. Se cree mejor que yo, Tessa, e intentará recuperarte. ¡No soy imbécil! Tu madre también quiere que vuelvas con él. ¡Y no les permitiré que me quiten lo que es mío!

Doy un paso atrás y lo miro con unos ojos como platos. No salgo de mi asombro.

—Pero ¿tú te has oído? ¡Pareces un loco! ¡No pienso odiarlo sólo porque tú estés tan loco como para creer que soy de tu propiedad! —Salgo de la cocina echando chispas.

—¡No te vayas y me dejes con la palabra en la boca! —gruñe mientras me sigue a la sala.

Sólo Hardin es capaz de empezar una pelea después del día tan genial que hemos pasado. Pero no voy a dar mi brazo a torcer.

—¡Pues deja de comportarte como si fueras mi dueño! Trataré de hacerte algo más de caso del que te hago ahora, pero no en lo que respecta a Noah. Si intenta cualquier cosa rara o me hace algún comentario inapropiado, dejaré de hablar con él al instante, pero de momento no lo ha hecho. Además, es evidente que vas a tener que confiar en mí.

Hardin se me queda mirando y me pregunto si su furia se está disipando cuando por fin se limita a decir:

—No me cae bien.

—Bien, lo entiendo, pero has de ser razonable. No está tramando el modo de apartarme de ti, él no es así. Es la primera vez que ha intentado contactar conmigo desde que rompí con él.

—¡Y será la última! —salta.

Pongo los ojos en blanco y me meto en el pequeño baño.

—¿Adónde vas? —pregunta.

—Voy a bañarme y, para cuando haya terminado, espero que hayas acabado de comportarte como un niño —le digo.

Estoy orgullosa del modo en que lo estoy enfrentando, pero no puedo evitar sentirme un poco mal por él. Sé que sólo tiene miedo de que vuelva con Noah, siente unos celos terribles de nuestro pasado juntos. Sobre el papel, Noah es mejor para mí, y él lo sabe. Pero yo no amo a Noah. Amo a Hardin.

Me sigue al baño pero, en cuanto empiezo a desnudarme, da media vuelta y se marcha cerrando de un portazo. Me doy un baño rápido y, para cuando salgo, está acostado en la cama y sólo lleva el bóxer puesto. No digo nada mientras busco una pijama entre mis cosas.

—¿No vas a ponerte mi camiseta? —dice en voz baja.

—Pues... —He visto que la ha doblado y la ha dejado en la mesita que hay junto a la cama—. Gracias.

La tomo y me la pongo. La fragancia fresca casi me hace olvidar que debería estar enojada con él. Pero cuando lo miro y veo su ceño fruncido, lo recuerdo a la perfección.

—Ha sido una velada encantadora —resoplo llevando mi toalla de vuelta al baño.

—Ven aquí —me dice cuando regreso.

Me acerco a él de mala gana. Se sienta en el borde de la cama y me jala para que me coloque entre sus piernas.

—Perdona. —Me mira.

—¿Por...?

—Por comportarme como un troglodita —dice, y no puedo evitar echarme a reír—. Y por haber estropeado nuestra primera noche juntos —añade.

—Gracias. Estas cosas tenemos que hablarlas, no hace falta que explotes como pólvora. —Le retuerzo el mechón de la nuca entre los dedos.

—Lo sé —dice con una media sonrisa—. ¿Podemos hablar de que no vuelvas a hablar con él?

—Esta noche, no —contesto con un suspiro.

Tendré que llegar a un acuerdo con él, pero no pienso dejar de hablar con una persona a la que conozco de toda la vida cuando estoy en mi derecho de hacerlo.

—Fíjate, aquí estamos, resolviendo nuestros problemas —dice, y suelta una risotada que resuena entre las cuatro paredes de la habitación.

—Espero que nuestros vecinos no extrañen sus noches tranquilas.

—Bueno, habríamos hecho ruido de un modo u otro. —Su sonrisa despliega todo el poder de sus hoyuelos, pero decido ignorar su comentario de pervertido—. De verdad que no era mi intención arruinar la noche —repite.

—Lo sé, y no has estropeado nada: sólo son las ocho. —Sonrío.

—Pero yo quería quitarte el vestido —dice, y su mirada cambia de nuevo.

—Siempre puedo volver a ponérmelo —replico tratando de sonar sexi.

Sin mediar palabra, se levanta y me carga en el hombro. Grito e intento liberarme a patadas.

—Pero ¿qué estás haciendo?

—Voy por ese vestido —ríe mientras hace como que se dirige al bote de la ropa sucia.

CAPÍTULO 88

—Qué triste que nos hayamos perdido la parte en la que te quito el vestido —me susurra Hardin al oído mientras me lleva de vuelta a la cama.

En cuanto me quito su camiseta, me derriba sobre el colchón y se pone el preservativo a mayor velocidad de la que creía que fuera posible.

—Mmm... —es lo único que consigo decir mientras entra y sale de mí. Es la primera vez que, cuando hacemos el amor, no siento nada de dolor, sólo placer.

—Dios, nena... Qué gusto me das —gime empujando con las caderas contra las mías.

Es una sensación indescriptible. Su cuerpo fibroso encaja perfectamente entre mis piernas, y es una delicia notar su piel ardiente contra la mía. Me planteo responderle, soltarle una obscenidad como las que él me dice a mí, pero estoy perdida en él y en el placer que me atraviesa mientras continúa con su dulce asalto.

Me aferro a su espalda y le clavo las uñas. Pone los ojos en blanco. Me encanta verlo de este modo, fuera de sí, tan salvaje. Me levanta el muslo y se lo engancha a la cintura para que nuestros cuerpos estén más juntos. Sólo de verlo estoy a punto de... Estiro los pies y se me tensa la pierna que tengo en su cintura mientras gimo su nombre una y otra vez.

—Eso es, nena... Termina para mí, que yo te vea... Carajo... Que vea lo bien que te hago sentir —dice atropelladamente, y noto cómo palpita en mi interior.

Aunque termina unos segundos antes que yo, sus movimientos perfectos continúan hasta que me deja incapaz de moverme y felizmente agotada. A continuación se deja caer encima de mí. Yacemos en silencio, disfrutando de la sensación de estar tan cerca el uno del otro, y al cabo de unos minutos ya está roncando.

El tiempo aquí pasa volando. Es lo que tiene ser libre por primera vez en la vida. Sigue siendo un poco raro tener mi propia casa, con mi propio baño, y prepararme mi café en mi cocina. No obstante, compartir todo eso con Hardin hace que sea mucho mejor. Decido ponerme el vestido azul marino de batista perforada y los tacones blancos. Empiezo a caminar mejor con ellos pero, por si acaso, sigo llevando mis fieles y cómodas Toms en la bolsa. Me enchino el pelo y me lo recojo con pasadores, e incluso me aplico un poco de lápiz de ojos. Me está gustando lo de tener mi propia casa.

Hardin se niega a levantarse y sólo se incorpora el tiempo justo y necesario para darme un beso de despedida. Una vez más, me pregunto cómo le hace para trabajar y hacer todos las tareas, porque yo todavía no lo he visto hacer ni lo uno ni lo otro. En un acto de osadía, tomo las llaves de su coche y me lo llevo a Vance. Si no va a ir a clase, no creo que lo extrañe. Se me olvida que ahora vivo mucho más cerca de la editorial, y tomo nota mental de que tengo que darle a Hardin las gracias por haberlo previsto, aunque a él ahora el campus le queda un poco más lejos que antes. El hecho de no tener que manejar cuarenta y cinco minutos me alegra el día.

Cuando llego a la planta superior de Vance, Kimberly está colocando unas donas en filas perfectas en la sala de reuniones.

—¡Caray, Tessa! ¡Mírate! —exclama, y me silba con picardía. Me ruborizo y se echa a reír—. Es obvio que el azul marino es tu color.

Me observa otra vez de arriba abajo. Me siento un poco incómoda, pero su amplia sonrisa me calma los nervios. Últimamente me siento más sexi y segura de mí misma, gracias a Hardin.

—Gracias, Kimberly. —Le devuelvo la sonrisa y agarro una dona y una taza de café.

Entonces suena el teléfono de su mesa y ella se apresura a contestarlo.

Cuando llego a mi oficina, tengo un correo electrónico de Christian Vance alabando mis notas sobre el primer manuscrito e informándome de que, aunque no lo van a publicar, espera mi evaluación del siguiente. Me pongo manos a la obra.

—¿Es bueno? —La voz de Hardin me devuelve a la realidad. Levanto la vista sorprendida y me sonríe—. Debe de estar muy chido, porque ni siquiera te has dado cuenta de que estaba aquí.

Tiene un aspecto increíble. Lleva el pelo levantado por delante, como siempre, pero con menos volumen en los costados, y se ha puesto una camiseta blanca lisa con el cuello de pico. Es algo más ajustada que de costumbre y se le transparentan los tatuajes. Está buenísimo, y es todo mío.

—¿Qué tal el coche? —pregunta con una sonrisa satisfecha.

—Una maravilla —digo riendo como una adolescente.

—Así que crees que puedes agarrar mi coche sin mi permiso, ¿eh? —Su tono es grave, y no sé si lo está diciendo en serio o no.

—Yo... Eeehhh... —tartamudeo.

No dice nada, sólo se acerca a la mesa y aparta mi silla. Sus ojos viajan de mis zapatos a mi cara y me jala para que me levante.

—Hoy estás muy sexi —dice con la boca en mi cuello antes de darme un pequeño beso.

Me estremezco.

—¿Qué... qué haces aquí?

—¿No te alegras de verme? —Sonríe y me sienta encima de la mesa. «Ah.»

—Sí... Claro que me alegro —le digo. Siempre me alegro de verlo.

—Es posible que tenga que replantearme lo de volver a trabajar aquí, aunque sólo sea para poder hacer esto todos los días —dice poniéndome las manos en los muslos.

—Podría entrar alguien. —Intento sonar serena, pero me tiembla la voz.

—No. Vance estará reunido toda la tarde, y Kimberly me ha dicho que te llamará si te necesita.

Que Hardin le haya dado a entender a Kimberly lo que vamos a estar haciendo aquí hace que se me enciendan las mejillas, pero mis hormonas han tomado el control. Miro la puerta de reojo.

—He cerrado con seguro —responde arrogante.

Sin pensar, lo atraigo hacia mí y le agarro la entrepierna con la mano. Gruñe, se desabrocha los pantalones y se los baja junto con el bóxer.

—Va a ser más rápido que de costumbre, ¿está bien, nena? —dice bajándome los calzones.

Asiento, a la espera, y me relamo. Se ríe y jala mis caderas hasta que están justo en el borde de la mesa. Mis labios atacan su cuello y oigo cómo rasga el envoltorio del condón.

—Menudo cambio... Hace apenas unos meses te ruborizabas en cuanto alguien hablaba de sexo, y ahora vas a dejar que te coja en la mesa de tu oficina —me susurra al oído, y de un solo empujón entra en mí.

Me tapa la boca con la mano y se muerde el labio inferior. No puedo creer que vaya a dejar que me lo haga encima de una mesa, de mi mesa, en mi lugar de trabajo, con Kimberly a menos de treinta metros. Por mucho que odie admitirlo, la idea me vuelve loca... En el buen sentido.

—Tienes... que estar... callada... —dice moviéndose aún más rápido.

Asiento y jadeo. Me aferro a sus bíceps para que sus embestidas no me tiren de la mesa.

—Te gusta que te lo haga así, ¿verdad? Duro y rápido —masculla.

Me tapo la boca con la mano y me muerdo la palma para no gritar.

—Contéstame o paro —amenaza.

Lo miro y asiento con la cabeza. Esto es demasiado como para poder articular palabra.

—Lo sabía —dice, y me da la vuelta para que mi estómago quede pegado a la mesa.

«Uff...»

Vuelve a entrar en mí y se mueve lentamente antes de jalarme del pelo para poder besarme en el cuello. La tensión en mi vientre aumenta y sus movimientos son más torpes. Los dos estamos a punto. Con un último envite, me besa el hombro, sale de mí y me ayuda a levantarme de la mesa.

—Ha sido... —intento decir, pero me acalla con un beso.

—Sí..., lo ha sido —dice terminando mi frase mientras se sube los pantalones.

Me peino con los dedos y me seco los ojos para asegurarme de que mi maquillaje sigue en su sitio antes de mirar el reloj. Son casi las tres. Otra vez se me ha pasado el día sin enterarme.

—¿Estás lista? —me pregunta.

—¿Qué? Si sólo son las tres —digo señalando el reloj.

—Christian me ha dicho que podías salir pronto. He hablado con él hace una hora.

—¡Hardin! No puedes ir y preguntarle a mi jefe si me deja salir antes de hora. Estas prácticas son muy importantes para mí.

—Nena, relájate. Me ha dicho que estaría reunido todo el día, y ha sido él quien ha sugerido que salieras un poco antes.

—No quiero que piense que me estoy aprovechando.

—Nadie lo piensa. Tus calificaciones y tu trabajo hablan por sí mismos.

—Espera... Entonces ¿por qué no me has llamado para decirme que podía volver a casa? —Lo miro con una ceja levantada.

—Porque llevo queriendo hacerlo sobre esa mesa desde tu primer día de prácticas. —Me sonríe muy satisfecho y recoge mi chamarra.

Quiero decirle que está loco por venir hasta aquí sólo para hacérmelo encima de la mesa, pero no puedo negar que me ha encantado. Con esa camiseta ajustada y esos músculos llenos de tatuajes no podría negarle nada.

Caminamos hacia nuestros coches. Hardin entorna los ojos por el sol y dice:

—Estaba pensando que deberíamos ir a comprar lo que sea que vayamos a ponernos para la famosa boda.

—Buena idea —convengo—. Llevaré tu coche de vuelta a casa, tú me sigues con el mío, lo dejamos allí y luego nos vamos de compras.

Me meto en su coche antes de que pueda protestar. Menea la cabeza y sonríe.

Después de dejar mi coche, nos dirigimos al centro comercial. Hardin lloriquea y protesta como un chiquillo todo el tiempo, y finalmente tengo que sobornarlo con promesas de favores sexuales para que se compre una corbata. Acaba con unos pantalones negros de vestir, saco negro, camisa blanca y una corbata negra. Sencillo pero perfecto para él. Se niega a probarse nada, así que espero que le siente bien. Cualquier excusa es buena para no ir a la boda, pero no pienso dejar que eso suceda. En cuanto paguemos lo suyo, iremos por lo mío.

—El blanco —dice señalando el vestido blanco corto que llevo en la mano.

La alternativa es un vestido negro más largo. Karen dijo que la paleta de colores era el blanco y el negro, así que vamos a atenernos a eso. A Hardin parece que le gustó mucho el vestido blanco que me puse ayer, y decido hacerle caso. Para mi exasperación, antes de que me dé cuenta ha pasado de sostenerme el vestido y los zapatos a pagarlos. Cuando protesto, la cajera se encoge de hombros como diciendo: «Y ¿qué quieres que haga yo?».

—Esta noche tengo que trabajar, así que no iré a casa a cenar —me dice Hardin cuando salimos del centro comercial.

—Ah, creía que trabajabas desde casa.

—Sí, pero necesito ir a la biblioteca —me explica—. No volveré tarde.

—Aprovecharé para hacer las compras —le digo, y asiente.

—Ten cuidado y no esperes a que se haga de noche —añade.

Me hace una lista con las cosas que le gustan y se marcha en cuanto volvemos al departamento. Me pongo unos *jeans* y una sudadera y voy a la tienda que hay al final de la calle.

Cuando vuelvo, lo guardo todo en su sitio, me pongo al corriente con las tareas y me preparo algo de cenar. Le envío un mensaje a Hardin. No contesta, así que le dejo un plato de comida en el microondas para que se lo caliente al volver y me acuesto en el sillón a ver la televisión.

CAPÍTULO 89

Cuando me despierto, tardo unos momentos en darme cuenta de que sigo en el sillón.

—¿Hardin?

Me desenvuelvo de la cobija y voy al dormitorio para ver si está allí. Está vacío. «¿Dónde diablos se habrá metido?»

Vuelvo a la sala y tomo el celular detrás del sillón. No tengo ningún mensaje y son las siete de la mañana. Lo llamo pero salta el buzón de voz. Cuelgo. Corro a la cocina y pongo en marcha la cafetera antes de ir al baño a darme un baño. Es una suerte que me haya despertado a tiempo porque se me olvidó poner la alarma. Nunca se me olvida poner la alarma.

—¿Dónde te has metido? —pregunto en voz alta metiéndome en la regadera.

Mientras me seco el pelo busco posibles explicaciones para su ausencia. Anoche creía que simplemente se había clavado con el trabajo porque tenía muchos pendientes. También es posible que se haya encontrado con un conocido y haya perdido la noción del tiempo. ¿En la biblioteca? Las bibliotecas cierran temprano, y hasta los bares cierran por la noche. Lo más probable es que se haya ido de fiesta. De algún modo sé que eso es lo que ha pasado, aunque a una pequeña parte de mí le preocupa que haya tenido un accidente. No quiero ni pensarlo. No obstante, busque la excusa o la explicación que busque, sé que está haciendo algo que no debería. Todo iba muy bien ayer, ¿y ahora se larga y no aparece en toda la noche?

No estoy de humor para ponerme un vestido. Me pongo una de mis viejas faldas negras y una blusa rosa pálido.

El cielo está nublado durante todo el trayecto y, cuando llego a Vance, estoy de un humor tan negro como los nubarrones. «¿Quién demonios se cree que es para pasarse por ahí toda la noche sin avisarme siquiera?»

Kimberly levanta una ceja al verme pasar junto a la mesa de las donas sin agarrar una, pero le dedico mi mejor sonrisa falsa y me meto en mi oficina. Me paso la mañana ofuscada. Leo y releo las mismas páginas una y otra vez sin comprender ni una palabra.

Llaman a la puerta y se me para el corazón. Deseo con todas mis fuerzas que sea Hardin, a pesar de lo encabronada que estoy con él.

Es Kimberly.

—¿Quieres que comamos juntas? —me pregunta con dulzura.

Estoy a punto de rechazar su ofrecimiento, pero quedarme aquí obsesionándome con el paradero de mi novio no me va a ayudar en lo más mínimo.

—Claro. —Sonrío.

Doblamos la esquina y entramos en una especie de cantina mexicana. Estamos temblando de frío, y Kimberly pide que nos den una mesa junto a un calefactor. Es una mesa pequeña pero está justo bajo uno de los calefactores, y ambas levantamos las manos para que el aire tibio nos las caliente.

—Este tiempo no tiene clemencia —dice mi compañera, y se queja del frío y de lo mucho que extraña el verano.

—Ya casi había olvidado el frío que hace en invierno —convengo. Las estaciones se han fundido unas con otras y apenas me he dado cuenta de que se estaba acabando el otoño.

—Bueno... ¿Cómo va todo con el chico malo? —me pregunta con una carcajada.

El mesero nos trae nachos y salsa y me gruñen las tripas. No pienso volver a saltarme mi dona matutina.

—Pues...

Me planteo si debo contarle mi vida personal. No tengo muchas amigas. En realidad, ninguna, excepto Steph, a la que ya no veo nunca. Kimberly es por lo menos diez años mayor que yo, y es posible que entienda mejor cómo funciona la mente masculina, cosa de la que yo no tengo ni idea. Miro al techo, que está cubierto de luces en forma de botella de cerveza. Respiro hondo.

—La verdad es que en este momento no estoy muy segura de cómo van las cosas —me sincero—. Ayer todo iba bien, pero anoche no vino a dormir. Era nuestra segunda noche en el departamento y no apareció por casa.

—Espera..., espera... Regresa. A ver si lo entiendo: ¿están viviendo juntos?

La he dejado boquiabierta.

—Sí... Desde hace pocos días. —Intento sonreír.

—Bueno. ¿Y anoche no apareció por casa?

—No. Me dijo que tenía que trabajar y que se iba a la biblioteca, pero luego no ha vuelto a casa.

—Y no le habrá pasado algo o habrá tenido un accidente, ¿no?

—No, creo que no.

Tengo la impresión de que, si le hubiera pasado algo terrible, lo sabría, como si nos uniera un vínculo invisible que me informara de inmediato de que está herido.

—¿Y no te ha llamado?

—No. Ni tampoco me ha enviado ningún mensaje. —Frunzo el ceño.

—Yo le cortaba los huevos. Es un comportamiento inaceptable —exclama ella.

En ese instante, el mesero se aproxima a nuestra mesa.

—Su comida estará lista dentro de un momento —dice, y me llena el vaso de agua.

Doy las gracias por su breve interrupción, así tengo la oportunidad de pensar en las duras palabras de Kimberly.

Cuando se va, ella sigue y sigue, y me doy cuenta de que no me juzga, sino que está de mi parte, y me siento mejor.

—Vamos, que tienes que dejarle claro que no puede comportarse así, de lo contrario te lo hará una y otra vez. El problema de los hombres es que son animales de costumbres y, si dejas que se acostumbre a hacer eso, te lo volverá a hacer y no podrás impedírselo. Necesita saber desde el principio que no lo vas a consentir. Tiene suerte de tenerte, y necesita aclararse las ideas.

Hay algo en sus palabras de aliento que me hace sentir más segura. Debería estar furiosa. Debería cortarle los huevos, como ha dicho Kimberly.

—Y ¿cómo hago eso? —pregunto, y se ríe.

—Dile sus verdades. A menos que tenga una excusa muy buena, que ya te digo que se la está inventando mientras hablamos, le dices sus cosas en cuanto entre por la puerta. Te mereces que te respete y, si no te respeta, o lo obligas o lo mandas al diablo.

—Haces que parezca muy fácil. —Me río.

—De fácil no tiene nada. —Ella se ríe a su vez y luego se pone muy seria—. Pero hay que hacerlo.

El resto de la comida lo paso escuchándola hablar de sus tiempos en la universidad y de que ha tenido ya una larga lista de relaciones horribles. Su melena corta y rubia se mueve hacia adelante y hacia atrás cada vez que menea la cabeza, cosa que hace constantemente mientras habla. Me río tan a gusto que tengo que secarme las lágrimas. La comida está deliciosa, y me alegro de haber salido a comer con Kimberly en vez de quedarme toda apachurrada en mi oficina.

De vuelta en la oficina, Trevor me ve desde la puerta del servicio y se me acerca sonriente.

—Hola, Tessa.

—Hola, ¿qué tal? —pregunto educadamente.

—Bien. Hace un frío horrible —dice, y asiento—. Hoy estás preciosa —añade desviando la mirada. Tengo la impresión de que estaba pensando en voz alta.

Sonrío y le doy las gracias antes de que se meta en el baño avergonzado.

Para cuando es la hora de salir, no he conseguido trabajar en todo el día, así que me llevo el manuscrito a casa con la esperanza de compensar mi falta de motivación de hoy.

No hay ni rastro del coche de Hardin en el estacionamiento. El enojo reaparece y lo llamo y lo maldigo en el buzón de voz. Sorprendentemente, eso me hace sentir mejor. Me preparo una cena rápida y las cosas para mañana.

No puedo creer que falte tan poco para la boda. ¿Y si para entonces no ha vuelto? Volverá, ¿verdad? Miro a mi alrededor. Por muy bonito que sea el departamento, parece haber perdido parte de su encanto en ausencia de Hardin.

De algún modo consigo adelantar bastante trabajo, y estoy a punto de terminar cuando la puerta se abre. Hardin entra tambaleándose en la sala y sigue hacia el dormitorio sin mediar palabra. Lo oigo quitarse las botas y maldecir, imagino que porque se ha caído. Repaso lo que Kimberly me ha dicho durante la comida, ordeno mis ideas y doy rienda suelta a mi encabronamiento.

—¡¿Dónde diablos te habías metido?! —grito al entrar en la habitación.

Hardin se ha quitado la camiseta y se está bajando los pantalones.

—Yo también me alegro de verte —dice arrastrando las palabras.

—¿Estás borracho? —La mandíbula me llega al suelo.

—Puede —contesta, y tira los pantalones al suelo.

Bufo, los recojo y se los lanzo a la cara.

—Tenemos un bote de la ropa sucia para algo.

Le dirijo una mirada asesina y se ríe.

Se está riendo. Se está riendo de mí.

—¡Qué huevos tienes, Hardin! Te pasas toda la noche y casi todo el día por ahí sin molestarte siquiera en llamarme y luego apareces tambaleándote, borracho. ¡¿Y además te ríes de mí?! —le grito.

—Deja de gritar. Tengo un dolor de cabeza espantoso —protesta, y se echa en la cama.

—¿Te parece divertido? ¿Es otro de tus jueguecitos? Si no pensabas tomarte nuestra relación en serio, ¿por qué me pediste que viniera a vivir contigo?

—No quiero hablar de eso ahora. Estás exagerando. Ven a la cama y deja que te haga feliz.

Tiene los ojos inyectados en sangre de tanto que ha bebido. Extiende los brazos hacia mí con una sonrisa estúpida de borracho que estropea sus facciones perfectas.

—No, Hardin —digo muy seria—. No es broma: no puedes pasarte la noche por ahí sin darme al menos una explicación.

—Por Dios, ¿quieres calmarte de una maldita vez? No eres mi madre. Deja de pelear conmigo y ven a la cama —repite.

—Largo —salto.

—¿Perdona? —Se incorpora. Ahora sí que me presta atención.

—Ya me has oído. No voy a ser la chica que se queda en casa aguardando toda la noche a que vuelva su novio. Esperaba que al menos tuvieras una buena excusa. ¡Pero es que ni siquiera has intentado inventarte una! No pienso callarme esta vez, Hardin. Siempre te perdono con demasiada facilidad. Esta vez, no. O te explicas, o te largas. —Me cruzo de brazos; estoy orgullosa de mí misma por no haber cedido.

—No sé si se te ha olvidado que el que paga las facturas soy yo, así que si alguien tiene que largarse, eres tú —me dice tan fresco.

Le miro las manos. Las tiene apoyadas en las rodillas, los nudillos magullados y cubiertos de sangre seca.

Todavía estoy intentando pensar en una respuesta cuando le pregunto:

—¿Has vuelto a meterte en una pelea?

—Y ¿eso qué importa?

—¡Me importa, Hardin! Es importante. ¿Es eso lo que has estado haciendo toda la noche? ¿Pelearte con alguien? No tenías que ir a trabajar, ¿verdad? ¿O acaso tu trabajo consiste en apalear gente?

—¿Qué? No, ése no es mi trabajo. Ya sabes cuál es mi trabajo. Estuve trabajando y luego me distraje —dice pasándose la mano por la cara.

—¿Con qué?

—Con nada. Jesús —gruñe—. Siempre me estás provocando.

—¿Que siempre te estoy provocando? Y ¿qué esperabas? ¿Qué creías que iba a pasar cuando has entrado aquí dando tumbos después de desaparecer toda la noche y todo el día? Necesito respuestas, Hardin. Estoy harta de que no me digas nada. —Me ignora y se pone una camiseta limpia—. He estado preocupada por ti durante todo el día. Al menos podrías haberme llamado. Me he pasado el día preocupada mientras tú andabas por ahí bebiendo y haciendo sólo Dios sabe qué. Estás interfiriendo con mis prácticas, y eso no puede ser.

—¿Tus prácticas? ¿Ésas que te consiguió mi padre? —me suelta.

—Esto es increíble.

—Es la verdad. —Se encoge de hombros.

¿Cómo es posible que ésta sea la misma persona que hace unos días me susurraba lo mucho que me quería al oído pensando que estaba dormida?

—No voy a contestar a eso porque sé que es justo lo que quieres. Quieres pelea y yo no voy a dártela. —Me pongo una de mis camisetas y salgo de la habitación. Antes de cerrar, me vuelvo y le digo—: Pero que te quede bien claro: si no empiezas a comportarte bien desde ahora mismo, yo me voy.

Me acuesto en el sofá y doy las gracias por estar en otra habitación. Dejo que se me escapen unas pocas lágrimas antes de secarme la cara y tomar el ejemplar antiguo de *Cumbres borrascosas* de Hardin. Por mucho que me muera de ganas de volver al dormitorio y obligarlo a que me lo explique todo, dónde ha estado, con quién y por qué se ha metido en una pelea y con quién, me fuerzo a permanecer en el sillón porque sé que eso es lo que más puede molestarle.

Aunque ni la mitad de lo mucho que me molesta a mí el control que tiene sobre ciertos aspectos de mi vida.

CAPÍTULO 90

Dejo el libro y miro la hora en el celular. Es pasada la medianoche. Debería intentar dormir un poco. Ya ha venido a pedirme que vaya a la cama con él, que no puede dormir sin mí, pero no he dado mi brazo a torcer y lo he ignorado hasta que se ha marchado.

Estoy quedándome dormida cuando oigo a Hardin gritar:

—¡No!

Me levanto del sofá de un brinco y corro al dormitorio. Está pataleando debajo de la gruesa cobija, bañado en sudor.

—Hardin, despierta —le digo en voz baja agarrándolo del hombro. Con la otra mano le aparto un mechón empapado de la frente.

Abre los ojos. Son puro terror.

—Tranquilo... No pasa nada... Sólo era una pesadilla.

Hago lo que puedo para tranquilizarlo. Mis dedos juegan con su pelo y luego le acaricio la mejilla. Está temblando. Me meto en la cama y lo abrazo por detrás. Siento que se relaja cuando apoyo la cara en su piel pegajosa.

—Quédate conmigo, por favor —suplica. Suspiro y permanezco en silencio. Lo abrazo con fuerza—. Gracias —susurra, y al cabo de unos minutos vuelve a dormirse.

El agua no sale lo bastante caliente para relajar mis músculos tensos. Estoy agotada por la falta de sueño de anoche y por la frustración de lidiar con Hardin. Estaba dormido cuando me he metido en la regadera, y rezo para que siga durmiendo hasta que me haya ido a las prácticas.

Por desgracia, nadie escucha mis plegarias. Hardin está levantado, en la cocina, cuando salgo del cuarto de baño.

—Estás preciosa —dice con calma.

Pongo los ojos en blanco y paso junto a él para servirme una taza de café antes de salir.

—¿Ahora no me hablas?

—No, ahora mismo, no. Tengo que irme a trabajar y no tengo fuerzas para esto —salto.

—Pero... Anoche viniste a la cama conmigo —protesta.

—Sí, sólo porque estabas gritando y temblando —replico—. Eso no significa que te haya perdonado. Quiero una explicación, de todo. Todos los secretos, las peleas... Incluso las pesadillas. O eso, o hemos terminado.

No sé cuál de los dos se ha quedado más sorprendido, si él o yo.

Gruñe y se pasa la mano por el pelo.

—Tessa... No es tan sencillo.

—Sí, lo es. He confiado en ti lo suficiente como para renunciar a mi relación con mi madre y venir a vivir contigo tan pronto. Deberías confiar en mí lo suficiente para contarme qué está pasando.

—No lo entenderías. Sé que no lo entenderías —dice.

—Inténtalo.

—No... No puedo —balbucea.

—Pues entonces no puedo seguir contigo. Lo siento, pero te he dado muchas oportunidades y tú continúas... —empiezo a decir.

—No lo digas. No te atrevas a intentar dejarme. —Su tono es de enojo, pero veo mucho dolor en sus ojos.

—Entonces dame respuestas. ¿Qué es eso que no crees que sea capaz de entender? ¿Tus pesadillas? —inquiero.

—Dime que no vas a dejarme —me ruega.

Mantenerme en firme con Hardin es mucho más difícil de lo que imaginaba, sobre todo cuando parece estar tan destrozado.

—He de irme, ya llego tarde —le digo, y me voy al dormitorio para vestirme lo más rápido que pueda.

Una parte de mí se alegra de que no me haya seguido, pero la otra desearía que lo hubiera hecho.

Sigue sentado en la cocina, sin camiseta, sujetando la taza de café con los nudillos blancos y magullados, para cuando salgo por la puerta.

Por el camino voy rumiando todo lo que me ha dicho. ¿Qué será eso que no voy a ser capaz de entender? Jamás lo juzgaría por lo que sea que le provoca las pesadillas. Espero que estuviera hablando de eso, pero no puedo ignorar la sensación de que se me escapa algo, algo muy obvio.

Me siento culpable y estoy tensa todo el día, pero Kimberly me manda enlaces a un montón de videos chistosos de YouTube y se me pasa el mal humor. Al mediodía, ya casi se me han olvidado mis problemas domésticos.

Hardin me manda un mensaje mientras Kimberly y yo nos comemos un panquecito de una canasta que alguien le ha enviado a Christian Vance.

Siento mucho todo lo ocurrido. Ven a casa cuando salgas de trabajar, por favor.

—¿Es él? —pregunta mi compañera.

—Sí... Debería enfrentarlo, pero me siento fatal. Sé que tengo razón, pero deberías haber visto cómo estaba esta mañana.

—Me alegro. Espero que aprenda la lección. ¿Te ha contado dónde estuvo? —pregunta.

—No, ése es el problema —rezongo, y me como otro panquecito.

Entonces recibo otro mensaje:

Tessa, contéstame, por favor. Te quiero.

—Vamos, contéstale al pobre —sonríe Kimberly.

Asiento y le respondo:

Iré a casa.

¿Por qué me cuesta tanto ser firme con él? El señor Vance nos da a todos permiso para irnos pasadas las tres, así que decido parar en un salón de belleza para que me corten el pelo y me hagan la manicura para mañana. Espero que Hardin y yo podamos arreglar las cosas antes de la boda, porque lo último que quiero es llevar a un Hardin encabronado a la boda de su padre.

Cuando llego a casa son casi las seis, y tengo infinidad de mensajes suyos que no pienso leer. Respiro hondo antes de abrir la puerta, preparándome para lo que me espera. O acabamos a gritos, y uno de los dos se larga, o lo hablamos y lo solucionamos. Hardin está dando vueltas de un lado para otro por el suelo de concreto cuando entro. Alza la vista hacia mí en cuanto cruzo el umbral. Parece muy aliviado.

—Creía que no ibas a volver —dice acercándose a mí.

—Y ¿adónde iba a ir? —respondo, y lo dejo atrás de camino al dormitorio.

—Yo... Te he hecho la cena —dice.

Está irreconocible. El pelo le cae por la frente, no lo lleva peinado hacia arriba y hacia atrás como siempre. Lleva una sudadera gris con gorra y unos pants negros, y parece nervioso, preocupado y casi... ¿asustado?

—¿Y eso... por qué? —No puedo evitar preguntarlo.

Me pongo mi ropa de casa y a Hardin se le cae el alma a los pies al ver que no me pongo la camiseta que ha dejado preparada para mí.

—Porque soy un imbécil —contesta.

—Sí, eso es verdad —asiento yendo a la cocina.

La cena tiene un aspecto mucho más apetecible del que imaginaba, y eso que no sé muy bien lo que es. Pasta con pollo, creo.

—Es pollo a la florentina —dice como si me leyera el pensamiento.

—Mmm.

—No tienes por qué... —dice con un hilo de voz.

Esto no se parece en nada a lo de siempre y, por primera vez desde que lo conozco, siento que soy yo la que tiene la sartén por el mango.

—No, si tiene muy buen aspecto —repongo—. Sólo es que me ha sorprendido.

Pruebo un bocado. Sabe mucho mejor de lo que parece.

—Me gusta tu pelo —dice.

Me acuerdo de la última vez que me corté el pelo y Hardin fue la única persona que lo notó.

—Necesito respuestas —le recuerdo.

Respira hondo.

—Lo sé, y te las voy a dar.

Pruebo otro bocado para ocultar lo satisfecha que estoy conmigo misma por no haber cedido esta vez.

—Primero, quiero que sepas que nadie, y quiero decir nadie salvo mi madre y mi padre, lo saben —dice rascándose las costras de los nudillos.

Asiento y me llevo otro bocado a la boca.

—Está bien... Allá va —dice nervioso antes de continuar—. Una noche, cuando yo tenía unos siete años, mi padre estaba en el bar que había enfrente de casa. Iba allí casi todas las noches y todo el mundo lo conocía, por eso era muy mala idea enojar a los clientes. Aquella noche fue precisamente eso lo que hizo. Empezó una pelea con unos soldados que iban tan borrachos como él y acabó rompiendo una botella de cerveza en la cabeza de uno de ellos.

No tengo ni idea de adónde quiere ir a parar con esto, pero sé que acabará mal.

—Sigue comiendo, por favor... —me suplica, y asiento e intento no mirarlo fijamente mientras habla.

—Mi padre se fue del bar y los soldados cruzaron la calle y vinieron a casa para darle su merecido por haberle destrozado la cara al tipo, imagino. El problema es que mi padre no había vuelto a casa, como ellos creían, y mi madre estaba durmiendo en el sofá, esperando a mi padre. —Sus ojos verdes encuentran los míos—. Más o menos igual que tú anoche.

—Hardin... —suspiro, y le tomo la mano.

—Cuando encontraron a mi madre... —Se para y se queda mirando la pared durante lo que se me antoja una eternidad—. Bajé la escalera al oírla chillar e intenté quitárselos de encima. Tenía el camisón roto y no paraba de gritarme que me marchara... Estaba intentando protegerme para que no viera lo que le estaban haciendo, pero yo no podía marcharme, ¿sabes?

Parpadea para contener una lágrima y se me parte el corazón de pensar en el niño de siete años que tuvo que presenciar cómo le ocurría algo tan espantoso a su madre. Me siento en su regazo y escondo la cara en su cuello.

—Resumiendo, intenté defenderla pero no sirvió de nada. Para cuando mi padre entró tambaleándose por la puerta, yo le había repar-

515

tido una caja entera de curitas por todo el cuerpo, tratando de..., qué sé yo..., curarla o algo así. Qué tonto, ¿verdad? —pregunta con la boca hundida en mi pelo.

Alzo la vista y frunce el ceño.

—No llores... —susurra, pero no puedo evitarlo. Nunca me imaginé que la causa de sus pesadillas fuera tan horrible.

—Perdona que te haya hecho contármelo —sollozo.

—No..., nena, no pasa nada. Sienta bien decírselo a alguien —me asegura—. Dentro de lo que cabe.

Me acaricia el pelo y se enrosca un mechón entre los dedos, enfrascado en sus pensamientos.

—Después de aquello, yo sólo dormía abajo, en el sillón. Así, si alguien entraba... me encontraría a mí primero. Luego empezaron las pesadillas... Y ahí se quedaron. Fui a un par de terapeutas cuando mi padre se marchó, pero nada funcionó hasta que te conocí. —Me dedica una débil sonrisa—. Perdona que pasara toda la noche fuera. No quiero ser esa persona. No quiero ser como él —dice abrazándome con fuerza.

Ahora que tengo unas cuantas piezas más del rompecabezas de Hardin, lo entiendo un poco mejor. Mi humor acaba de cambiar drásticamente, igual que la opinión que tenía de Ken. Sé que la gente cambia, y salta a la vista que ha mejorado mucho con respecto al hombre que era, pero no puedo evitar que la ira bulla en mi interior. Hardin es como es por su padre, por su alcoholismo, por su negligencia y por la terrible noche en que provocó que agredieran tan brutalmente a su esposa y a su hijo, y además no estuvo allí para protegerlos. No tengo todas las respuestas que quería, pero sí mucho más de lo que esperaba.

—No volveré a hacerlo... Te lo juro... Por favor, sólo dime que no vas a dejarme... —musita.

Toda la furia y la indignación que sentía han desaparecido ya. Y como me mira con cara de que necesita oírmelo decir, se lo repito un par de veces:

—No voy a dejarte, Hardin. No voy a dejarte.

—Te quiero, Tessa, más que a nada —dice secándome las lágrimas.

CAPÍTULO 91

Llevamos por lo menos media hora sin movernos cuando por fin Hardin levanta la cabeza de mi pecho y dice:

—¿Cenamos?

—Sí.

Le sonrío débilmente y empiezo a bajarme de su regazo, pero me estrecha contra su pecho.

—No he dicho que tuvieras que moverte. Sólo pásame mi plato —me dice, y sonríe a su vez.

Le alcanzo el plato y extiendo el brazo para agarrar el mío del otro lado de la pequeña mesa. Aún estoy recuperándome de la impresión, y no me siento del todo bien por tener que ir mañana a la boda.

Sé que Hardin no quiere hablar más de lo que acaba de contarme. Tomo otro bocado de mi plato y digo:

—Cocinas mejor de lo que imaginaba. Ahora que lo sé, espero que me prepares la cena más a menudo.

—Ya veremos —replica con la boca llena, y terminamos de cenar en un cómodo silencio.

Más tarde, cuando estoy metiendo los platos en el lavaplatos, se me acerca por detrás y me pregunta:

—¿Sigues enojada?

—No exactamente —le contesto—. No me hace ninguna gracia que te pasaras la noche por ahí, y quiero saber con quién te peleaste y por qué razón. —Abre la boca para hablar, pero lo detengo—: Pero esta noche no.

No creo que ninguno de los dos pudiera soportarlo.

—Bien —dice con voz dulce.

La preocupación brilla en sus ojos, pero decido no insistir.

—Ah, y tampoco me hizo ninguna gracia que me restregaras lo de las prácticas por la cara. Eso me dolió de verdad.

—Lo sé, y por eso lo dije —responde con demasiada sinceridad para mi gusto.

—Lo sé, y por eso precisamente no me gusta.

—Lo siento.

—No vuelvas a hacerlo, ¿sí? —le digo, y asiente—. Estoy agotada —refunfuño en un débil intento por cambiar de tema.

—Yo también. Vamos a pasarnos la noche flojeando. Ya nos han puesto la televisión por cable.

—Se supone que de eso tenía que encargarme yo —lo regaño.

Pone los ojos en blanco y, ya en la habitación, se sienta en la cama a mi lado.

—Ya me darás luego el dinero...

Miro la pared.

—¿A qué hora tenemos que salir mañana para la boda?

—Cuando nos dé la gana.

—Empieza a las tres. Creo que deberíamos estar allí sobre las dos —digo.

—¿Una hora antes? —protesta, y asiento—. No sé por qué te empeñas en... —dice, pero lo interrumpe el tono de mi celular.

Hardin se altera cuando se inclina para tomarlo y me dice quién es el que llama.

—Pero ¿por qué te llama? —resopla.

—No lo sé, pero creo que debería responder —digo.

Le quito el teléfono de la mano.

—¿Noah? —contesto en voz baja y temblorosa mientras Hardin echa chispas por los ojos.

—Hola, Tessa. Perdona que te llame tan tarde pero... —Parece asustado.

—¿Qué? —Lo apresuro porque siempre tarda más de lo necesario en explicar situaciones estresantes.

Hardin gesticula para que conecte el manos libres.

Le lanzo una mirada que expresa mi negativa, pero al final pongo a Noah por el altavoz para que Hardin pueda escuchar la conversación.

—Tu madre ha recibido una llamada del supervisor de la residencia para decirle que ya está pagado el último recibo, así que sabe que te has mudado. Le he dicho que no tengo ni idea de dónde vives ahora, lo cual es verdad, pero no me cree. Va hacia allá.

—¿Al campus?

—Sí, eso creo. No estoy seguro, pero dijo que iba a ir a buscarte, y no está siendo nada razonable. Está furiosa. Sólo quería avisarte de que va a ir hacia allá.

—¡Esa mujer es increíble! —grito.

Luego le doy las gracias a Noah y cuelgo. Me recuesto en la cama.

—Genial... Qué forma más maravillosa de pasar la noche.

Hardin se apoya en un codo a mi lado.

—No podrá encontrarte. Nadie sabe que vivimos aquí —me asegura, y me aparta un mechón de la frente.

—Puede que no me encuentre, pero le va a hacer un interrogatorio a Steph y acribillará a preguntas a todo el que vea por la residencia y a armar un numerito que no sabes. —Me tapo la cara con las manos—. Debería ir a la residencia.

—O podrías llamarla, darle nuestra dirección y dejar que venga aquí. Estarás en tu territorio, lo cual es una ventaja —sugiere.

—¿Te parece bien? —Me destapo un poco la cara.

—Por supuesto. Es tu madre, Tessa.

Le lanzo una mirada inquisitiva, dado lo mal que se lleva él con su padre. Pero cuando comprendo que lo dice en serio, recuerdo que está dispuesto a intentar arreglar las cosas con sus padres. Yo también debería ser valiente.

—Voy a llamarla —digo.

Me quedo un rato mirando el celular antes de respirar hondo y marcar su número. Está tensa y habla muy deprisa. Sé que se está conteniendo para cuando me tenga cara a cara. No le doy detalles del departamento ni le cuento que vivo aquí. Sólo le digo que me encontrará en esta dirección y cuelgo todo lo deprisa que puedo.

Instintivamente, salto de la cama y me pongo a ordenar la casa.

—El departamento está limpio. Apenas hemos tocado nada —dice Hardin.

—Lo sé —contesto—. Pero así me siento mejor.

Después de doblar y guardar la ropa que había en el suelo, enciendo una vela en la sala de estar y espero a que aparezca mi madre sentada a la mesa con Hardin. No debería estar tan nerviosa, soy una adulta y tomo mis propias decisiones, pero la conozco y sé que le va a dar algo. Ya tengo las emociones a flor de piel gracias a la breve visita al pasado de Hardin de hace una hora, y no sé si estoy en condiciones de enzarzarme en una batalla campal con mi madre esta noche. Miro el reloj. Ya son las ocho. Con suerte no se quedará mucho, y Hardin y yo podremos acostarnos pronto y abrazarnos mientras ambos intentamos lidiar con la familia que nos ha tocado en suerte.

—¿Quieres que me quede o prefieres que les dé tiempo para hablar de sus cosas? —me pregunta al cabo de un rato.

—Creo que deberíamos estar un tiempo a solas —le respondo.

Por mucho que yo quiera tenerlo a mi lado, sé que mi madre se pondrá hecha un basilisco si lo ve.

—Espera... —digo—. Acabo de acordarme de algo que ha dicho Noah. Me ha comentado que el último recibo de la residencia ya estaba pagado. —Miro a Hardin con una ceja levantada.

—Sí, ¿y?

—¡No me digas que lo has pagado tú! —exclamo. No estoy enojada, sólo molesta y sorprendida.

—¿Y? —Se encoge de hombros.

—Hardin, tienes que dejar de gastarte el dinero en mí. Me hace sentir incómoda.

—No veo dónde está el problema. Tampoco era tanto —me discute.

—¿Es que eres rico o algo así? ¿Traficas con drogas?

—No, sólo es que tenía mucho dinero ahorrado que no me gastaba en nada. El año pasado no gasté en alojamiento, con lo que las pagas se iban acumulando. Nunca había tenido nada en lo que gastarme el dinero... Ahora ya lo tengo. —Me sonríe feliz—. Y me gusta gastármelo en ti. No discutamos por eso.

—Tienes suerte de que mi madre esté al caer y sólo me queden fuerzas para pelearme con uno de los dos —bromeo, y Hardin suelta una carcajada muy larga que se va apagando hasta que simplemente permanecemos esperando, tomados de la mano y en silencio.

A los pocos minutos llaman a la puerta... Bueno, más bien golpean la puerta.

Hardin se levanta.

—Estaré en la otra habitación. Te quiero —dice, y me da un beso rápido antes de esfumarse.

Tomo aire y abro la puerta. Mi madre está tan perfecta que asusta, como siempre. No se le ha corrido ni un poco el lápiz de ojos del que suele abusar, y lleva los labios pintados de rojo, sedosos y perfectos, y el pelo rubio recogido y en su sitio; casi parece un halo alrededor de su cabeza.

—Pero ¡¿qué demonios te crees que estás haciendo? ¿Cómo se te ocurre marcharte de la residencia sin decirme nada?! —grita sin miramientos, y me aparta de un empujón para entrar en el departamento.

—No me dejaste elección —contraataco, y me concentro en respirar y en permanecer todo lo calmada que me sea posible.

Ella se vuelve como si tuviera un resorte y me lanza una mirada asesina.

—¿Perdona? ¿Cómo que no te dejé elección?

—Amenazaste con no ayudarme a pagar la residencia —le recuerdo cruzándome de brazos.

—Entonces sí te dejé elección, sólo que has elegido mal —me espeta.

—No, tú eres la que está obrando mal.

—¡Pero ¿tú te has oído?! ¡¿Y te has visto?! No eres la misma Tessa que traje a la universidad hace apenas tres meses. —Mueve los brazos arriba y abajo señalando mi cuerpo—. Me estás desafiando. ¡Me estás gritando! ¡Tienes mucho valor, jovencita! Lo he hecho todo por ti, y ahora... Lo estás tirando todo por la borda.

—¡No estoy tirando nada! Estoy haciendo unas prácticas estupendas y muy bien pagadas. Tengo un coche y mis calificaciones en la universidad son excelentes. ¡¿Qué más quieres que haga?! —le devuelvo el grito.

La he desafiado y le brillan los ojos. Su voz es puro veneno cuando me dice:

—Para empezar, al menos podrías haberte cambiado de ropa antes de que yo llegara. De verdad, Tessa, estás horrible. —Bajo la vista para mirar mi pijama y ella pasa a criticar el siguiente punto—. Y ¿qué es eso que llevas en la cara?... ¿Ahora te maquillas? ¿Tú quién eres? Tú no eres mi Tessa, eso seguro. Mi Theresa no pasaría el rato en pijama en el departamento de un adorador de Satán un sábado por la noche.

—No hables así de él —mascullo—. Ya te lo he advertido.

Mi madre entorna los ojos y rompe a reír. Echa la cabeza hacia atrás riendo y tengo que contenerme para no cachetearle la cara perfectamente maquillada. De inmediato me avergüenzo de mis pensamientos violentos, pero es que me está llevando al límite.

—Una cosa más —digo muy despacio, con calma, asegurándome de pronunciarlo correctamente—. El departamento no es sólo suyo: es nuestro.

Y con eso consigo que deje de reír en el acto.

CAPÍTULO 92

La mujer con la que he vivido toda mi vida valora su capacidad para mantener el control de sí misma hasta tal punto que pocas veces he logrado sorprenderla, y mucho menos dejarla estupefacta. No obstante, en esta ocasión he conseguido dejar asombrada a mi madre. Está erguida y con la cara larga.

—¿Qué acabas de decir? —pregunta muy despacio.

—Ya me has oído. Éste es nuestro departamento, vivimos aquí los dos —repito poniendo las manos en la cintura para causar mayor efecto.

—Es imposible que vivas aquí. ¡No puedes permitirte un sitio como éste! —se mofa.

—¿Quieres ver nuestro contrato de renta? Porque tengo una copia.

—La situación es mucho peor de lo que imaginaba... —dice, y mira fijamente detrás de mí, como si yo no mereciera que me mirara siquiera, mientras calcula la fórmula adecuada para mi vida—. Sabía que estabas tonteando con ese... chico, ¡pero mudarte con él ya es ser muy idiota! ¡Si ni siquiera lo conoces! No has conocido a sus padres... ¿No te da vergüenza que te vean con él en público?

Me hierve la sangre. Miro a la pared intentando no perder la compostura, pero esto es demasiado, y antes de que pueda contenerme le estoy gritando pegada a su cara.

—¿Cómo te atreves a venir a mi casa a insultarlo? ¡Lo conozco mejor que nadie y él me conoce mucho mejor que tú! Por cierto, conozco a su familia, al menos a su padre. ¿Quieres saber quién es? ¡Es el maldito rector de la WCU! —le grito—. Eso debería satisfacer tu triste y amargada necesidad de juzgarlo todo.

Odio usar el título del padre de Hardin como proyectil, pero es de las pocas cosas que podrían desestabilizarla.

Probablemente porque ha oído que se me quebraba la voz, Hardin sale del dormitorio con expresión preocupada. Se acerca, se queda de pie detrás de mí e intenta apartarme de mi madre, igual que la última vez.

—¡Genial! ¡Hablando del rey de Roma...! —se burla ella manoteando en el aire—. Su padre no es el rector... —dice medio riéndose.

Tengo la cara roja como un jitomate y bañada en lágrimas, pero me importa un rábano.

—Lo es. ¿Sorprendida? Si no estuvieras siempre tan ocupada calculándolo todo y acumulando prejuicios, podrías haber hablado con él y enterarte por ti misma. ¿Sabes qué? No te mereces conocerlo. Me ha apoyado como tú nunca lo has hecho, y no hay nada, y quiero decir nada, que puedas hacer para separarme de él.

—¡No me hables así! —me grita dando un paso hacia mí—. ¿Te crees que por haber encontrado un bonito departamento y llevar lápiz de ojos ya eres toda una mujer? Cariño, odio tener que ser yo quien te lo diga, pero pareces una puta. ¡No puedes vivir con un chico a los dieciocho años!

Hardin entrecierra los ojos en señal de advertencia, pero ella no le hace caso.

—Debes ponerle fin a esto antes de que pierdas tu virtud, Tessa. Mírate al espejo, ¡y luego míralo a él! ¡Están ridículos juntos! Tenías a Noah, que era perfecto para ti, y lo has echado a perder por... ¡esto! —escupe señalando a Hardin.

—Noah no tiene nada que ver en esto —replico.

Hardin aprieta la mandíbula y le suplico en silencio que no diga nada.

—Noah te quiere y sé que tú lo quieres a él —insiste mi madre—. Ahora déjate de rebeldías absurdas y ven conmigo. Te encontraré otra habitación en la residencia, y estoy segura de que Noah te perdonará —dice al tiempo que extiende una mano autoritaria, como si yo fuera a aceptarla y a marcharme con ella.

Jalo el doblez de la camiseta con ambas manos.

—Estás loca. De verdad, mamá. ¿Tú te has oído? No quiero irme contigo. Vivo aquí con Hardin y lo quiero a él, no a Noah. Noah me importa, pero tu influencia fue lo que me hizo creer que lo quería, porque creía que eso era lo correcto. Pues perdóname, pero quiero a Hardin y él me quiere a mí.

—¡Tessa! Él no te quiere. Sólo quiere llevarte a la cama y, tan pronto como lo consiga, te dejará tirada. ¡Abre los ojos, pequeña!

Hay algo en su forma de llamarme *pequeña* que es la gota que colma el vaso.

—¡Ya me ha llevado a la cama y sigue aquí! —le grito.

Hardin y mi madre comparten por un momento la misma expresión atónita, aunque de inmediato la de ella se transforma en asco y Hardin frunce el ceño. Él me entiende.

—Te diré una cosa, Theresa: cuando te rompa el corazón y no tengas adónde ir... Más te vale no llamarme.

—No te preocupes, que no lo haré. Por eso siempre vas a estar sola. Ya no puedes controlarme: soy adulta. ¡Que no pudieras controlar a mi padre no te da derecho a intentar controlarme a mí!

Me arrepiento de lo que he dicho en cuanto las palabras salen de mi boca. Sé que meter a mi padre en esto es un golpe muy bajo. Antes de que me dé tiempo a disculparme, siento el golpe en la mejilla. Me duele más la sorpresa que la cachetada.

Hardin se interpone entre las dos y le pone una mano en el hombro. Me escuece la cara y me muerdo el labio para no romper a sollozar.

—Si no se larga de nuestro departamento de una maldita vez, llamaré a la policía —le advierte. El tono calmado de su voz me pone los pelos de punta.

Noto que mi madre se estremece. Está claro que a ella también la asusta.

—No te atreverás —replica.

—Acaba de ponerle las manos encima, delante de mis narices. ¿De verdad cree que no voy a llamar a la policía? Si no fuera su madre, haría algo mucho peor. Tiene cinco segundos para largarse —dice, y yo miro a mi madre con unos ojos como platos y me llevo la mano a la mejilla adolorida.

No me gusta que la haya amenazado, pero quiero que se marche. Después de un intenso duelo de miradas, Hardin gruñe:

—Dos segundos.

Mi madre resopla y se dirige a la puerta. Sus tacones resuenan en el suelo de concreto.

—Espero que estés contenta con tu decisión, Theresa —dice antes de cerrar de un portazo.

Hardin me envuelve con los brazos y es el abrazo más agradable y reconfortante del mundo. Es justo lo que necesitaba.

—Lo siento, nena —dice con los labios en mi pelo.

—Lamento que haya dicho todas esas cosas feas sobre ti.

La necesidad que siento de defenderlo es más fuerte que mi preocupación por mi madre o por mí misma.

—Shhh... No te preocupes por mí. La gente habla mal de mí a todas horas —me recuerda.

—Eso no significa que esté bien.

—Tessa, por favor, no te preocupes por mí. ¿Qué necesitas? ¿Puedo hacer algo por ti? —pregunta.

—¿Me traes hielo? —sollozo.

—Claro, nena.

Me besa en la frente y se dirige a la nevera.

Sabía que si mi madre venía la cosa iba a acabar en llanto y rechinar de dientes, pero no me esperaba que fuera tan trágico. Por un lado, estoy muy orgullosa de haberle plantado cara, pero al mismo tiempo me siento muy culpable por lo que he dicho de mi padre. Sé que mi madre no tuvo la culpa de que se marchara, y soy consciente de que ha estado muy sola estos últimos ocho años. No ha tenido una sola cita desde que él se fue. Me ha dedicado todo su tiempo para hacer de mí la mujer que quería que yo fuera. Desea que sea como ella, pero eso no la justifica. La respeto y sé lo duro que ha trabajado, pero necesito labrarme mi propio camino y ella tiene que comprender que no puede corregir sus errores a través de mí. Yo ya cometo demasiados por mí misma como para que ese plan le funcione. Ojalá pudiera alegrarse por mí y ver lo mucho que quiero a Hardin. Sé que, de entrada, su aspecto deja a la gente un poco perpleja, pero si se tomara su tiempo para conocerlo, estoy segura de que lo querría tanto como yo.

Siempre y cuando deje de ser tan maleducado... Cosa poco probable, aunque últimamente noto pequeños cambios. Como, por ejemplo, que ya me toma de la mano en público y que, cada vez que nos cruzamos en el departamento, se para y me da un beso. A lo mejor soy la única persona a la que se lo deja ver, la única a la que le revela sus secretos y la única a la que ama. Por mí, perfecto. Para ser sinceros, a mi parte egoísta le encanta.

Hardin aparta la silla que hay junto a mí y me coloca la improvisada bolsa de hielo en la mejilla. El suave paño de cocina es una maravilla para mi piel hipersensible.

—No puedo creer que me haya pegado —digo muy despacio.

Se me cae el paño al suelo y se agacha para recogerlo.

—Yo tampoco. He estado a punto de perder el control —confiesa mirándome a los ojos.

—Me lo he imaginado —digo sonriéndole débilmente.

El día se me ha hecho eterno. Ha sido el más largo y agotador de mi vida. Estoy rendida y sólo quiero que me lleven en brazos, a ser posible a la cama con Hardin, para olvidarme del giro trágico que se ha producido en la relación con mi madre.

—Te quiero demasiado, de lo contrario... —Me sonríe y me besa los párpados cerrados.

Prefiero pensar que nunca le haría daño a mi madre, que habla metafóricamente. Sé que, pese a su ira imparable, nunca haría nada tan terrible, y eso hace que lo quiera aún más. He aprendido que Hardin ladra pero apenas muerde.

—Quiero irme a la cama —le digo, y asiente.

—Por supuesto.

Retiro la cobija antes de acostarme en mi lado de la cama.

—¿Crees que mi madre será siempre así? —le pregunto.

Se encoge de hombros y tira uno de los cojines de decoración al suelo.

—Yo diría que no, que la gente cambia y madura. Pero tampoco quiero darte falsas esperanzas.

Me acuesto boca abajo y entierro la cara en la almohada.

—Oye... —dice Hardin con los labios en mi cuello mientras resigue con los dedos la curva de mi espalda.

Me doy la vuelta y suspiro al ver la preocupación que brilla en sus ojos.

—Estoy bien —miento.

Necesito distraerme. Le acaricio la cara y le paso el pulgar por los labios carnosos. Le doy vueltas al aro de metal y sonríe.

—¿Te la pasas bien observándome como si fuera un experimento en la clase de ciencias? —se burla.

Asiento y sigo dándole vueltas al aro de metal con los dedos. Con la otra mano le toco el de la ceja.

—Bueno es saberlo. —Pone los ojos en blanco y me muerde el pulgar.

Lo aparto y me doy con la mano contra la cabecera de la cama. Me coloco encima de él, como suelo hacer siempre, y me toma la mano adolorida entre las suyas y se la lleva a la boca. Hago pucheros hasta que su lengua dibuja círculos en la punta de mi índice del modo más sexi y provocador. Sigue así con todos los dedos hasta que estoy jadeante y deseosa de más. ¿Cómo lo hace? Sus extrañas muestras de cariño me afectan sobremanera.

—¿Mejor? —pregunta colocándome la mano en el regazo. Asiento otra vez con la cabeza; no consigo articular palabra—. ¿Quieres más?

Se pasa la lengua por los labios para humedecérselos.

—Háblame, nena —insiste.

—Sí. Más, por favor —digo finalmente.

Está claro que mi cerebro no funciona. Necesito que me toque, que siga distrayéndome. Cambia de postura, jala el cordón de mis pantalones de pijama con una mano y se aparta el pelo de la frente con la otra. Me baja los calzones hasta los tobillos y mis pantalones acaban en el suelo. Se coloca entre mis piernas abiertas.

—¿Sabías que el clítoris de la mujer está creado sólo para el placer? No tiene otra función —me informa presionándolo con el pulgar. Gimo y recuesto la cabeza en la almohada—. Es verdad, lo leí en alguna parte.

—¿En la revista *Playboy*? —lo molesto, aunque me cuesta pensar, y hablar, no digamos.

Parece que el comentario le hace gracia y sonríe mientras baja la cabeza. En cuanto su lengua encuentra mi sexo, me agarro a las sábanas. Hardin se esmera y rápidamente combina sus dedos con su boca perfecta. Le hundo las manos en el pelo y, en silencio, le doy las gracias a quien descubriera esta maravilla mientras Hardin hace que me venga. Dos veces.

Luego me abraza con fuerza y me susurra lo mucho que me quiere. Me quedo dormida pensando qué día hemos tenido: la relación con mi madre se ha ido al carajo y es posible que no tenga arreglo, y Hardin ha compartido más detalles de su infancia conmigo.

En sueños veo a un niño asustado de pelo chino que llora por su madre.

Me da gusto comprobar que la agresión de mi madre no ha dejado marcas visibles. Aún me duele el pecho porque se ha roto del todo nuestra ya maltrecha relación, pero hoy no quiero pensar en eso.

Me baño y me enchino el pelo. Me lo recojo en alto para que no me estorbe mientras me maquillo y me pongo la camiseta que Hardin llevaba ayer. Le cubro los hombros de besos para despertarlo y, cuando me gruñen las tripas, voy a la cocina a preparar el desayuno. Quiero empezar el día lo mejor posible para que los dos estemos contentos y felices antes de la boda. Para cuando acaba mi sesión de terapia culinaria, estoy bastante orgullosa del resultado: tocino, huevos, pan de dulce y tortitas de papa. Es demasiado sólo para nosotros dos, pero Hardin come como una fiera, así que no creo que sobre mucho.

Unos brazos fuertes me rodean la cintura.

—Madre mía... ¿Qué es todo eso? —pregunta con la voz rasposa y soñolienta—. Por esto era precisamente por lo que quería que viviéramos juntos —me susurra pegado a mi cuello.

—¿Para que pueda prepararte el desayuno? —me río.

—No... Bueno, sí. Y para encontrarte medio desnuda en la cocina al despertarme.

Me muerde en el cuello. Intenta levantarme la camiseta y darme un apretón en los muslos. Me vuelvo y blando la espátula en su cara.

—Las manos en las bolsas hasta después del desayuno, Scott.

—Sí, señora.

Se echa a reír, agarra un plato y se lo llena hasta arriba.

Después de desayunar, obligo a Hardin a que se dé un baño a pesar de que él insiste en arrastrarme de vuelta a la cama. Parece haber olvidado lo que me contó ayer y la pelea con mi madre. Me quedo sin aliento cuando sale del dormitorio vestido para la boda. Aunque los pantalones negros del traje son ajustados, le cuelgan de las caderas como a nadie. Lleva la corbata alrededor del cuello pero aún no se ha abotonado la camisa y puedo ver su pecho duro y delicioso.

—La verdad, no sé ni por dónde empezar a hacerme el nudo de la corbata —dice encogiéndose de hombros.

Tengo la boca seca y no puedo quitarle los ojos de encima. Casi no consigo decir:

—Ahora te ayudo yo.

Por suerte, Hardin no me pregunta dónde he aprendido a hacer nudos de corbata. Se pondría de un humor de perros al oír el nombre de Noah.

—Estás guapísimo —le digo en cuanto he terminado.

Se encoge de hombros y se pone el saco negro que completa el conjunto.

Se ruboriza y no puedo evitar echarme a reír. No esperaba que se sonrojara. Sé que vestido de esa manera se siente como un pez fuera del agua... Y es adorable.

—¿Cómo es que aún no te has vestido?

—Estaba dejándolo para el final porque mi vestido es blanco —lo informo, y se burla juguetón.

Me retoco el maquillaje, tomo los zapatos y me pongo el vestido. Es aún más corto de lo que recordaba, pero a Hardin parece que le gusta. No le quita ojo a mi pecho después de haberme visto ponerme un sostén sin tirantes. Como de costumbre, me hace sentir bonita y deseada.

—Siempre y cuando todos los hombres presentes en la boda de mi padre sean de su edad, no creo que tengamos ningún problema —bromea mientras me sube el cierre.

Pongo los ojos en blanco y me besa los hombros desnudos. Me suelto el pelo y dejo que los rizos me caigan por los hombros. La tela pálida del vestido se pega a mi cuerpo, y sonrío al ver nuestra imagen en el espejo.

—Estás buenísima —me dice, y me besa otra vez.

Nos aseguramos de que llevamos todo lo que necesitamos para la boda, incluyendo la invitación y una tarjeta de felicitación que he comprado. Meto el teléfono en mi pequeña cartera de mano y Hardin me toma de la cintura.

—Sonríe —dice sacando su celular.

—Creía que no te gustaban las fotos.

—Te dije que tomaría una, y ésa vamos a hacer.

Sonríe como un payaso, como un niño, y me encanta. Sonrío a mi vez, me pego a él y toma la foto.

—Otra más —dice, y saco la lengua en el último segundo.

Ha tomado la foto en el momento justo: salgo con la lengua en su mejilla y a él le ríen los ojitos.

—Ésa es mi favorita —le digo.

—Si sólo hay dos.

—Aun así. —Lo beso y toma otra foto.

—Ha sido por accidente —miente, y oigo cómo toma otra mientras le lanzo una mirada asesina.

Hardin se detiene poner gasolina cerca de la casa de su padre para que no tengamos que hacerlo a la vuelta. Mientras está llenando el depósito, un vehículo que me resulta familiar estaciona y veo a Nate en el asiento del acompañante. Zed se detiene dos surtidores más allá y sale del coche para entrar en la gasolinera.

Me quedo sin habla al verlo: tiene el labio partido, los dos ojos a la funerala y un enorme cardenal en la mejilla. Cuando ve a Hardin, su rostro hermoso y magullado adopta una terrible expresión asesina. «Pero ¿qué diablos...?» No nos saluda siquiera, como si no nos hubiera visto.

A los pocos segundos Hardin sube al coche y me toma de la mano. Miro nuestros dedos entrelazados y trago saliva al ver sus nudillos llenos de costras.

—¡Tú! —digo, y levanta las cejas—. ¡Tú le has dejado la cara como un mapa! ¡La otra noche te peleaste con él y por eso ni nos ha saludado!

—¿Quieres calmarte? —me gruñe subiendo mi ventanilla antes de arrancar el coche.

—Hardin... —Miro hacia el lugar donde estaba Zed hace un instante y luego a Hardin.

—¿Podemos hablar de ello después de la boda? Ya estoy bastante de nervioso. Por favor... —me ruega, y asiento.

—De acuerdo. Después de la boda —accedo apretando con cariño la mano que tanto daño le ha hecho a mi amigo.

CAPÍTULO 93

Por cambiar de tema, Hardin pregunta:

—Ahora que tenemos el departamento, supongo que ya no querrás pasar la noche en casa de mi padre, ¿no?

Intento olvidar la cara de Zed.

—Supones bien. —Sonrío—. A menos que Karen nos lo pida. Sabes que no puedo decirle que no.

Estoy nerviosa por tener que ver a Ken después de lo que Hardin me contó anoche. Estoy intentando apartarlo de mi mente, pero es mucho más difícil de lo que creía.

—Ah, casi se me olvida —dice encendiendo el radio.

Lo miro y, con el dedo, me hace un gesto para que espere.

—He decidido darle otra oportunidad a The Fray —me informa.

—¿De veras? Y ¿cuándo ha sido eso?

—Después de nuestra cita en el arroyo, aunque no abrí el CD hasta la semana pasada —confiesa.

—Aquello no fue una cita —me burlo, y se parte de la risa.

—Me dejaste que te cogiera con los dedos. Para mí, eso es una cita.

Me toma la mano cuando intento pegarle un manotazo y me la besa. Sonrío y entrelazo los dedos con los suyos, largos y finos. Me inundan los recuerdos: yo acostada sobre la camiseta mojada mientras Hardin me regalaba mi primer orgasmo.

Él sonríe.

—Estuvo bien, ¿verdad? —presume, y me echo a reír.

—En fin, cuéntame qué opinas ahora de The Fray.

—Bueno, no están tan mal. Se me ha pegado una canción.

Me muero de curiosidad.

—¿De verdad?

—Sí... —admite, y mira un instante la carretera antes de poner el CD.

La música inunda el interior del vehículo y sonrío.

—Se titula *Never Say Never* —dice Hardin, como si me estuviera contando algo que no supiera, cuando es una de mis favoritas.

Escuchamos la letra en silencio y no puedo evitar que se me dibuje una enorme sonrisa en la cara. Sé que le da un poco de vergüenza escuchar una canción como ésta conmigo, así que me callo y no digo nada. Me limito a disfrutar de este momento tan tierno.

Hardin se pasa el resto del trayecto poniéndome una canción tras otra del disco y diciéndome qué opina de cada una. Es un gesto pequeño, pero para mí es un mundo. Me encantan estos momentos en los que me muestra una nueva faceta de sí mismo. Ésta va a ser una de mis preferidas.

Cuando llegamos a la casa de su padre, toda la calle está llena de coches. Al salir, el viento frío me hiela los huesos y me estremezco. Me he puesto una chamarra muy fina, y el vestido tampoco cubre mucho. Hardin se quita la suya y me la echa por los hombros. Abriga más de lo que parece, y huele a él, mi perfume favorito.

—Pero quién se iba a imaginar que podías ser todo un caballero —lo molesto.

—No hagas que te meta en el coche y te coja aquí mismo —me dice, y ahogo un grito de falsa indignación que le resulta de lo más divertido—. ¿Te cabe mi celular en esa... esa especie de bolsa?

—Es una cartera de mano, y la respuesta es sí. —Sonrío al tiempo que extiendo la mano en su dirección.

Me entrega su celular y lo meto en la pequeña cartera. El fondo de pantalla ya no es gris, lo ha cambiado por la foto que me ha hecho mientras hablaba con él en el departamento. Tengo los labios entreabiertos y los ojos llenos de vida; las mejillas sonrosadas y la piel resplandeciente. Es muy raro verme así, pero ése es el efecto que tiene Hardin en mí: con él me siento viva.

—Te quiero —le digo, y cierro la bolsa sin hacer ningún comentario sobre su nuevo fondo de pantalla.

La casa de Ken y Karen está llena de gente, y Hardin me toma de la mano con fuerza después de retirar su chamarra de mis hombros y volver a ponérsela.

—Vamos a buscar a Landon —sugiero.

Él asiente y encabeza la expedición. Encontramos a su hermanastro en la sala de estar, junto a la vitrina que sustituye a la que Hardin rompió la primera noche que vine aquí. Parece que fue hace siglos. Landon está rodeado de un grupo de sesentones, y uno de ellos le pone la mano en el hombro. Sonríe al vernos, se disculpa con los señores y abandona la conversación. Está muy guapo y lleva un traje parecido al de Hardin.

—¡Pensé que no viviría para verte con traje y corbata! —dice muerto de la risa.

—Si vuelves a mencionarlo, no vas a vivir mucho —lo amenaza Hardin, aunque es evidente que lo dice de broma.

Sé que empieza a gustarle Landon, y eso me hace feliz. Él es uno de mis mejores amigos y una persona que me importa mucho.

—A mi madre le va a encantar. Tessa, estás preciosa —me dice dándome un abrazo.

Hardin no me suelta ni siquiera cuando intento devolverle el abrazo, y tengo que ingeniármelas con una sola mano.

—¿Quién es toda esta gente? —pregunto.

Sé que Ken y Karen viven aquí hace menos de un año, por eso me sorprende que haya, por lo menos, unas doscientas personas.

—La mayoría son amigos de Ken de la universidad y los demás son familiares y amigos. Yo sólo conozco a la mitad —explica Landon riendo—. ¿Gustan una copa? Tenemos que estar todos fuera dentro de unos diez minutos.

—¿Quién tuvo la brillante idea de celebrar una boda en el jardín en diciembre? —protesta Hardin.

—Mi madre —contesta Landon—. Aunque las carpas están climatizadas. —Mira a todos los invitados y luego a Hardin—. Deberías decirle a tu padre que has llegado. Está arriba, y mi madre está escondida con mi tía pero no sé dónde.

—No... Prefiero quedarme aquí abajo —responde Hardin.

Le acaricio la mano con el pulgar y me da un apretón de agradecimiento. Landon asiente.

—Bueno, yo tengo que irme, pero los veo luego —dice, y nos deja con una sonrisa.

—¿Quieres salir? —le pregunto a Hardin. Asiente—. Te quiero —le repito.

Sonríe, con hoyuelos y todo.

—Te quiero, Tess —me dice y me da un beso en la mejilla.

Abre la puerta de atrás y me presta su chamarra otra vez. Al salir veo que el patio parece un cuento de hadas. Hay dos carpas gigantescas que ocupan casi todo el patio, y de los árboles y del porche cuelgan cientos de pequeños faroles. Son bonitos incluso de día. La verdad es que es digno de ver.

—Creo que es aquí —dice Hardin señalando la carpa más pequeña.

Entramos por una abertura lateral. Hardin estaba en lo cierto. Las hileras de sillas de madera están colocadas de cara a un altar muy sencillo, de las paredes cuelgan unas preciosas flores blancas y todos los invitados van de blanco y negro. La mitad de los asientos están ocupados, así que nos sentamos en la penúltima fila porque sé que Hardin no quiere verlo de cerca.

—Nunca pensé que asistiría a la boda de mi padre —me dice.

—Lo sé, y estoy muy orgullosa de ti por haber venido. Significa mucho para ellos y, por tu forma de hablar, parece que crees que también será bueno para ti.

Apoyo la cabeza en su hombro y me rodea con el brazo.

Empezamos a hablar del buen gusto con el que han decorado la carpa, toda en blanco y negro. Es sencillo y elegante. Tan sencillo que siento como si me hubieran invitado a compartir un momento íntimo en familia, a pesar de la cantidad de asistentes que hay.

—Supongo que la recepción será en la otra carpa —dice Hardin, y retuerce un mechón de mi pelo entre el índice y el pulgar.

—Eso creo. Seguro que es aún más bonita que...

—¿Hardin? ¿Eres tú? —dice entonces una voz de mujer.

Ambos volvemos la cabeza hacia la izquierda. Una anciana ataviada con un vestido de flores blanco y negro y zapato plano nos mira con unos ojos como platos.

—¡Dios santo, si eres tú!

Lleva el pelo gris recogido en un sencillo chongo y apenas un toque de maquillaje que le da un aspecto sano y radiante.

Por su parte, Hardin se ha quedado lívido. Se levanta y la saluda.

—Abuela.

Ella le da un abrazo tremendo.

—¡No puedo creer que hayas venido! Hace años que no te veo. Eres un chico muy guapo. Perdón, un hombre muy guapo. ¡Estás muy alto! Pero ¿qué es todo esto? —dice frunciendo el ceño mientras señala los *piercings* que lleva en la cara.

Hardin se ruboriza y se ríe incómodo.

—¿Cómo estás? —le pregunta revolviéndose en el sitio.

—Muy bien, cielo. Te he extrañado mucho —dice ella y se seca los ojos. Tras una pausa, me mira y pregunta con gran interés—: Y ¿quién es esta adorable jovencita?

—Ah... Perdona. Te presento a Tess... Tessa. Mi... novia —contesta él—. Tessa, ella es... mi abuela.

Sonrío y me levanto. Nunca se me había ocurrido que iba a conocer a los abuelos de Hardin. Pensaba que estaban muertos, como los míos. Nunca ha hablado de ellos, pero no me sorprende. Creo que yo tampoco he hablado de los míos.

—Es un placer conocerla —digo ofreciéndole la mano, pero sus planes van más allá de un apretón. Me jala, me da un abrazo y un beso en la mejilla.

—El placer es mío. ¡Eres una chica preciosa! —dice con un acento mucho más marcado que el de Hardin—. Me llamo Adele, pero puedes llamarme *abuela*.

—Gracias —digo ruborizándome.

Da un par de palmadas. Es evidente que está feliz.

—Todavía no creo que estés aquí; ¿has visto a tu padre recientemente? ¿Sabe que has venido? —pregunta volviendo a centrar la atención en Hardin.

Él se mete las manos en las bolsas.

—Sí, ya lo sabe. He estado viniendo por aquí últimamente.

—Me da mucho gusto oír eso. No tenía ni idea —dice, y sé que está a punto de echarse a llorar otra vez.

—Damas y caballeros, vayan tomando asiento. La ceremonia está a punto de comenzar —anuncia un hombre por el micrófono de la tarima.

La abuela toma a Hardin del brazo sin darle tiempo a rechistar.

—Vengan a sentarse con la familia. No deberían estar aquí atrás.

Él me mira pidiéndome socorro, pero me limito a sonreír y a seguirlos. Nos sentamos junto a alguien que se parece mucho a Karen, imagino que será su hermana. Hardin me agarra de la mano y a su abuela no se le escapa el gesto afectuoso y lo toma de la otra mano.

Ken se pone en posición y la expresión de su rostro al ver a su hijo sentado en primera fila es indescriptible: conmovedora y desgarradora al mismo tiempo. Hardin incluso le sonríe un poco, y Ken le devuelve la sonrisa. No cabe en sí de gozo. Landon está de pie al lado de Ken, en la tarima, pero a Hardin no parece importarle. Jamás habría accedido a subirse ahí arriba.

Cuando Karen entra, todos los presentes suspiran. No hay palabras para describir lo bonita que está mientras camina hacia el altar. La expresión de su rostro al ver al novio hace que me apoye en el hombro de Hardin. Irradia felicidad y su sonrisa ilumina la carpa. Lleva un vestido largo y tiene las mejillas resplandecientes. Es perfecto.

La ceremonia es preciosa, y cuando a Ken se le quiebra la voz y deja escapar un pequeño sollozo mientras recita sus votos se me llenan los ojos de lágrimas. Hardin me mira y sonríe, me suelta la mano y me seca las mejillas. Karen es una novia preciosa, y su primer beso como marido y mujer hace que los asistentes aplaudan y los vitoreen.

—Cursilona —me dice Hardin cuando apoyo de nuevo la cabeza en su hombro mientras la gente empieza a salir.

Poco después acompañamos a su abuela a la otra carpa. Estaba en lo cierto: es aún más bonita que la primera. Cerca de las paredes hay mesas vestidas con manteles blancos y servilletas negras. Los centros de mesa son flores blancas y negras. El techo está cubierto de farolillos como los del jardín, que proporcionan una iluminación cálida y muy agradable que se refleja en la cristalería nueva y en los relucientes platos blancos. El centro de la carpa está despejado. El suelo es de azulejos blancos y negros, y creo que será la pista de baile. Los meseros están en posición, esperando que todo el mundo tome asiento.

—No desaparezcas. Quiero volver a verte esta noche —dice la abuela de Hardin antes de dejarnos.

—Es la boda más lujosa a la que he ido —comenta él, y mira la tela blanca que adorna el techo.

—Yo no he estado en una boda desde que era pequeña —replico, y sonríe.

—Eso me gusta —dice y me besa en la mejilla.

No estoy acostumbrada a que me demuestre afecto en público, pero podría acostumbrarme rápidamente.

—¿Qué? —pregunto cuando se sienta a una de las mesas.

—Que no hayas estado en ninguna boda con Noah —responde, y me echo a reír para no tener que mirarlo mal.

—A mí también —le aseguro.

La comida está exquisita. Yo pido el pollo y Hardin el bistec. Lo sirven todo en una especie de bufet para que parezca informal, pero esta comida no tiene nada de informal. Recojo la salsa cremosa con un trozo de pollo y me llevo el tenedor a la boca, pero Hardin me lo roba y se lo come. Se atraganta un poco porque le cuesta reír y tragar a la vez.

—Eso te pasa por quitarme la comida —lo regaño, y me llevo otro trozo a la boca antes de que me lo robe de nuevo.

Se ríe y apoya la frente en mi hombro. Enfrente de nosotros hay una mujer mirándonos. No parece que le haga gracia ver a Hardin besarme en el hombro. Le devuelvo una mirada igual de pesada que la suya y aparta la vista.

—¿Te traigo otro plato? —le pregunto a Hardin lo bastante alto como para que la mujer me oiga.

Ella mira al hombre que tiene al lado y arquea una ceja. Él no parece prestarle la menor atención y eso la encabrona aún más. Sonrío y tomo la mano de Hardin. Al igual que el hombre de enfrente, no se ha enterado de nada. Mejor.

—Sí, por favor —dice—. Y gracias.

Le doy un beso en la mejilla y me voy a la fila de la comida.

—¿Tessa? —dice una voz familiar.

Levanto la vista y veo a Christian Vance y a Trevor a unos pocos metros de distancia.

—Hola. —Sonrío.

—Estás espectacular —dice Trevor, y le agradezco el cumplido en voz baja.

—¿Qué tal el fin de semana? —me pregunta el señor Vance.

—Fabuloso. Aunque los días laborables tampoco desmerecen —le aseguro.

—Ya, ya... —Se echa a reír y agarra un plato.

—¡Nada de carne roja! —le dice Kimberly por detrás.

Él hace un gesto de pegarse un tiro en la sien y le lanza un beso. ¿Estos dos salen juntos? Quién lo habría imaginado. El lunes le pediré detalles a Kimberly.

—Mujeres —dice Vance, y llena un plato mientras yo preparo otro para Hardin—. Nos vemos luego.

Sonríe y se va con su cita. Kimberly me saluda con la mano y consigue que el niño que tiene sentado en brazos haga lo mismo. Les devuelvo el saludo y me pregunto si será hijo suyo.

Trevor se acerca y me resuelve la duda.

—Es el hijo del señor Vance.

—Ah —digo apartando la vista de Kimberly.

Trevor sigue mirando a mi jefe.

—Su mujer falleció hace cinco años, justo después de que naciera el niño. No había vuelto a salir con nadie hasta que conoció a Kim. Sólo llevan unos meses juntos, pero está loquito por ella. —Se vuelve hacia mí y me sonríe.

—Ahora ya sé a quién recurrir para estar al tanto de los chismes de la oficina —bromeo, y los dos nos reímos.

—Nena... —dice Hardin rodeándome por la cintura con los brazos, marcando territorio.

—Me da gusto verte. Hardin, ¿no es así? —pregunta Trevor.

—Sí —es todo lo que contesta él—. Será mejor que volvamos a la mesa. Landon te está buscando. —Me estrecha con fuerza y con su silencio le dice a Trevor que se largue.

—¡Te veo luego, Trevor! —Sonrío educadamente y le doy a Hardin su plato mientras regresamos a nuestros asientos.

CAPÍTULO 94

—¿Dónde está Landon? —le pregunto a Hardin cuando volvemos a sentarnos.

Le da una mordida a un cruasán.

—No lo sé.

—¿No has dicho que me estaba buscando?

—Te estaba buscando, pero ahora no sé dónde está.

—Hardin, no hables con la boca llena —dice su abuela apareciendo por detrás.

Noto que Hardin respira hondo antes de volverse.

—Lo siento —masculla.

—Quería hablar de nuevo contigo antes de marcharme. Sólo Dios sabe cuándo volveré a verte. ¿Le reservarás un baile a tu abuela? —Es una pregunta adorable, pero Hardin niega con la cabeza—. ¿Por qué no? —pregunta ella con una sonrisa.

Ahora me doy cuenta de que Hardin parece incómodo en su presencia. Hay cierta tensión entre ellos, pero no sé a qué se debe.

—Voy a traerle algo de beber a Tessa —miente, y se levanta de la mesa.

Su abuela se ríe nerviosa.

—Qué chico, ¿verdad?

No sé muy bien qué contestar a eso. De entrada quiero defenderlo, pero creo que lo dice de broma. A continuación, se vuelve hacia mí y pregunta:

—¿Sigue bebiendo?

—¿Qué?... No —balbuceo. Me ha tomado desprevenida—. Bueno, de vez en cuando —aclaro cuando lo veo acercarse con dos copas llenas de un líquido rosado.

Me da una y me la llevo a los labios. Huele dulce y, con el primer sorbo, noto que tiene burbujas que me hacen cosquillas en la nariz. Sabe igual que huele: dulce.

—Champán —me informa Hardin, y le doy las gracias.

—¡Tessa! —exclama Karen justo antes de abrazarme. Se ha quitado el traje de novia y lleva puesto un vestido blanco cruzado que le llega a las rodillas, pero está igual de guapa que antes—. ¡No saben cuánto me alegro de que hayan venido! ¿Les ha gustado? —pregunta.

Karen es la única persona que conozco que pregunta a los invitados si les ha gustado la boda. Es un pan de Dios.

—Ha sido precioso, una maravilla. —Sonrío.

Hardin me pone la mano en la cintura para que me apoye en él. Siento que está incomodísimo atrapado entre Karen y su abuela, y encima ahora Ken se une a la fiesta.

—Gracias por haber venido —le dice a Hardin, y le ofrece la mano para que se la estreche.

Él la acepta y le da a su padre un buen apretón. Ken levanta el brazo para abrazar a su hijo, pero se contiene. Aun así, se nota que está feliz y emocionado.

—Tessa, cielo, estás muy guapa. —Me abraza y pregunta—: ¿La están pasando bien?

No puedo evitar sentirme un poco incómoda con él ahora que sé un poco mejor cómo era en el pasado.

—Sí. Es increíble lo bien que lo han organizado todo.

Hardin se esfuerza por decirle algo bonito a su padre. Le masajeo la espalda con movimientos circulares para que se relaje un poco.

La abuela de Hardin tose y mira a Ken.

—No sabía que habían vuelto a hablarse.

Él se pasa la mano por la nuca. Ahora ya sé de dónde lo ha sacado Hardin.

—Sí. Mejor lo hablamos en otro momento, mamá —dice Ken, y ella asiente.

Bebo otro sorbo de mi copa e intento no pensar que estoy bebiendo delante de las personas mayores, delante del rector de mi universidad, sin tener edad legal para hacerlo.

Un mesero con chaleco negro se acerca con una charola de champán y, cuando Ken toma una copa, pongo cara de terror, pero se la da a su esposa y me relajo. Qué alegría que haya dejado de beber.

—¿Quieres otra? —me pregunta Hardin, y yo miro a Karen.

—Adelante. Estás en una boda —me dice.

—Sí. —Sonrío, y Hardin se aleja para traerme otra.

Hablamos un minuto de la boda y de las flores y, cuando Hardin regresa sólo con una copa, Karen se preocupa y le pregunta:

—¿No te gusta el champán?

—Sí, claro. Éste está muy bueno, pero ya me he tomado una copa y me toca manejar a mí —responde, y Karen lo mira con sus ojos café cargados de adoración.

A continuación se vuelve hacia mí.

—¿Tienes tiempo esta semana? He comprado semillas nuevas para el invernadero.

—Por supuesto que sí. Estoy libre todos los días a partir de las cuatro.

La abuela nos mira a Karen y a mí, asombrada y feliz.

—¿Cuánto hace que están juntos? —nos pregunta entonces.

—Unos meses —le responde Hardin con calma.

En ocasiones se me olvida que fuera de nuestro grupo, bueno, del grupo de amigos de Hardin, nadie sabe que nos odiábamos a muerte hasta hace sólo dos meses.

—Entonces ¿no voy a ser bisabuela pronto? —se ríe, y Hardin se pone rojo como un jitomate.

—No, no. Acabamos de irnos a vivir juntos —replica, y Karen y yo escupimos el champán de vuelta a nuestras copas.

—¿Están viviendo juntos? —exclama Ken.

No esperaba que Hardin fuera a contárselo hoy. Diantre, ni siquiera estaba segura de que fuera a decírselo alguna vez, dado que él es como es. Estoy un poco sorprendida y avergonzada por mi reacción pero, sobre todo, estoy contenta de que no tenga ningún problema en decirlo.

—Sí, nos hemos trasladado a Artisan hace unos días —explica.

—Vaya, es un sitio muy bonito, y está más cerca de las prácticas de Tessa —añade Ken.

—Sí —dice Hardin, intentando valorar cómo se han quedado todos después de soltar la bomba.

—Me alegro mucho por ustedes, hijo. —Ken le pone la mano en el hombro a su hijo y lo observo con expresión neutra—. Nunca me imaginé que te vería tan feliz... y en paz.

—Gracias —dice Hardin. ¡Y sonríe!

—¿Podría ir a visitarlos algún día? —pregunta Ken.

Karen baja la vista y le advierte:

—Ken...

Todavía se acuerda de la última vez que fue demasiado lejos con Hardin. Y yo también.

—Pues... sí..., podrías —contesta Hardin, y nos deja a todos de piedra.

—¿De verdad? —inquiere Ken, y él asiente—. Muy bien, ya nos dirán cuándo les queda bien. —Se le han humedecido un poco los ojos.

Empieza la música y Karen toma a su marido del brazo.

—Nos reclaman. Muchas gracias por haber venido —dice, y me besa en la mejilla—. No sabes lo mucho que has hecho por nuestra familia, ni te lo imaginas —me susurra al oído antes de alejarse con lágrimas en los ojos.

—¡Es la hora del primer baile! ¡Que vivan los novios! —Se oye por los altavoces.

La abuela de Hardin también se marcha a ver el primer baile de los recién casados.

—Les has alegrado el día —le digo a Hardin y le planto un beso en la mejilla.

—Vayamos arriba —me dice.

—¿Qué? —Estoy un poco aturdida por las dos copas de champán que me acabo de beber.

—Arriba —me repite, y una corriente eléctrica me recorre la espalda.

—¿Ahora? —digo riéndome.

—Ahora.

—Pero hay mucha gente...

No me contesta. Me agarra de la mano y me saca de la carpa. Cuando llegamos a la casa, me sirve otra copa de champán e intento que no se me derrame mientras subo a toda velocidad la escalera para seguirle el ritmo.

—¿Qué pasa? —pregunto una vez que ha cerrado con seguro la puerta de su dormitorio.

—Te necesito —me dice, y se quita la chamarra.

—¿Te encuentras bien? —pregunto con el corazón desbocado.

—Sí, pero necesito distraerme —gruñe.

Da un paso hacia mí, me quita la copa y la deja encima de un mueble. Da otro paso, me toma por las muñecas y me levanta los brazos.

Yo encantada de distraerlo de la sobrecarga emocional que ha supuesto ver a su abuela por primera vez en años, la boda de su padre y el haber accedido a que su padre y su nueva esposa vengan a vernos a nuestro departamento. Es demasiado para Hardin en tan poco tiempo.

En vez de preguntarle nada o insistir más, lo agarro del cuello de la camisa y pego las caderas a las suyas. Ya la tiene dura como una piedra. Con un gruñido, me suelta las muñecas y lo peino con los dedos. Su boca cubre la mía y su lengua está caliente y dulce, como el champán. En un segundo está metiéndose la mano en la bolsa y sacando un envoltorio metálico.

—Tienes que tomar anticonceptivos para que pueda dejar de usar esto. Quiero poder sentirte de verdad —dice con voz ronca mientras me muerde el labio inferior y lo chupa con gesto seductor. No puedo desearlo más.

Lo oigo respirar entre dientes cuando le bajo los pantalones y el bóxer hasta la rodilla. Me sube la mano por el muslo, agarra el elástico de los calzones y me los baja. Me apoyo en sus brazos para poder quitármelas, con bastante torpeza. Se ríe y me besa en el cuello. Me aprieta las caderas con las manos, me levanta y enrosca mis piernas alrededor de su cintura.

Me agarro el escote del vestido para intentar bajármelo, pero Hardin me suplica al oído:

—Déjatelo puesto. Es un vestido muy sexi... Sexi a la vez que virginal... Carajo... Me muero por cogerte. Eres preciosa.

Me levanta un poco más en el aire y luego me baja hasta que lo tengo dentro. Mi espalda está apoyada contra la pared y Hardin empieza a subirme y a bajarme. Lo hace con un fervor y una desesperación que nunca había visto en él. Es como si yo fuera de hielo y él de fuego. Somos completamente distintos e iguales a la vez.

—¿Está... bien... así? —pregunta atropelladamente mientras me abraza con fuerza para que no me caiga.

—Sí —gimo.

La sensación de que me lo esté haciendo así, contra la pared, con mis piernas en su cintura, es muy intensa y celestial.

—Bésame —suplica.

Deslizo la lengua por sus labios hasta que abre la boca y me deja adentrarme en ella. Lo jalo del pelo y hago lo que puedo para besarlo mientras él entra y sale de mí más y más rápido. Nuestros cuerpos se mueven a toda velocidad, pero nuestro beso es lento e íntimo.

—No me canso de cogerte, Tess. Carajo... Te quiero —dice en mi boca mientras yo jadeo y gimo y siento esa presión en mi vientre cada vez más intensa.

Gruñe un par de veces y yo grito. Estamos a punto de venirnos los dos.

—Relájate, nena —me dice, y le hago caso.

Sus labios siguen pegados a los míos, ahogando los gemidos de mi clímax. Entonces se tensa y estalla en el condón. Jadea y deja caer la cabeza en mi pecho, abrazado a mí unos segundos más antes de levantarme, salir de mí y dejarme de pie en el suelo.

Ladeo la cabeza contra la puerta y recupero el aliento mientras él le hace un nudo al preservativo, lo coloca en su envoltorio y se lo guarda en el bolsillo antes de volver a subirse los pantalones.

—Recuérdame que lo tire en cuanto bajemos —dice con una carcajada, y yo me río como una tonta—. Gracias —añade, y me besa en la mejilla—. No por lo que acabamos de hacer, sino por todo.

—No me des las gracias, Hardin. Tú haces por mí tanto como yo por ti. —Lo miro a los ojos verdes y brillantes—. Incluso más.

—Qué va —dice meneando la cabeza y cogiéndome de la mano—. Volvamos abajo antes de que alguien venga a buscarnos.

—¿Qué tal estoy? —pregunto peinándome con los dedos y secándome bajo los ojos.

—Recién cogida —bromea, y pongo los ojos en blanco—. Estás guapísima.

—Tú también —le digo.

En la carpa casi todo el mundo está bailando, y parece que nadie se ha percatado de nuestra ausencia. Nos sentamos y empieza otra canción. Es *Never Let Me Go*, de Florence and the Machine.

—¿Gustas bailar? —le pregunto a Hardin, aunque sé lo que me va a decir.

—No, yo no bailo —dice mirando por encima de mi hombro—. A menos que tú quieras hacerlo —añade.

Me sorprende su ofrecimiento y me emociona que se haya prestado a bailar conmigo. Me tiende la mano pero en realidad soy yo la que nos conduce a la pista de baile, que parece un tablero de ajedrez. Lo llevo a toda prisa, no sea que cambie de opinión. Nos quedamos al fondo, a una distancia prudencial de la multitud.

—No sé lo que hay que hacer —dice echándose a reír.

—Yo te enseño.

Le pongo las manos en mis caderas. Me pisa un par de veces pero agarra el ritmo deprisa. Ni en un millón de años me habría imaginado que estaría bailando con Hardin en la boda de su padre.

—Vaya canción más rara para una boda, ¿no? —me dice al oído entre risas.

—No, la verdad es que es perfecta —repongo con la cabeza apoyada en su pecho.

Sé que no estamos bailando. Más bien estamos abrazándonos al ritmo de la música, pero a mí me vale. Nos quedamos así durante dos canciones enteras, que resultan ser mis favoritas. *You Found Me*, de The Fray, hace que Hardin empiece a reírse a carcajadas y me estreche entre sus brazos. La siguiente, una canción pop de un grupo de chicos, hace que yo sonría y él ponga los ojos en blanco. Mientras suena, Hardin me habla de su abuela. Sigue viviendo en Inglaterra pero él lleva sin verla ni hablar con ella desde que ella lo llamó para felicitarlo el día en que cumplió veinte años. Se puso de parte de su padre durante el divorcio y hasta encontró la manera de disculpar su alcoholismo; según ella, todo era culpa de la madre de Hardin, y eso a él le bastó para no volver a tener ganas de hablar con ella. Parece muy cómodo contándome todo esto, así que yo me callo y asiento de vez en cuando para que sepa que estoy escuchándolo.

Hardin hace un par de chistes sobre lo ñoñas y pesadas que son todas las canciones y me río de él.

—¿Y si volvemos arriba? —bromea bajando la mano por mi espalda.

—Tal vez.

—Voy a tener que darte de beber champán más a menudo. —Vuelvo a colocarle las manos en mi cintura y hace pucheros. No puedo contener la risa—. La verdad es que me la estoy pasando bastante bien —confiesa.

—Yo también. Gracias por haberme acompañado.

—No lo cambiaría por nada del mundo.

Sé que no se refiere a la boda, sino a estar conmigo en general. Estoy flotando en una nube.

—¿Me permite este baile? —pregunta Ken cuando empieza la siguiente canción.

Hardin frunce el ceño y nos mira primero a mí y luego a su padre.

—Sí, pero sólo una canción —rezonga.

Ken se ríe y repite las palabras de su hijo:

—Sólo una canción.

Hardin me suelta y Ken me toma. Me trago lo incómoda que me siento con él. Habla de cosas triviales mientras bailamos, y mi resentimiento casi desaparece mientras nos reímos de una pareja de borrachos que se tambalea junto a nosotros.

—¿Has visto eso? —dice luego Ken asombrado.

Me vuelvo y veo a qué se refiere. Yo también me quedo pasmada al ver a Hardin bailando como puede con Karen. Ella se ríe cuando él le pisa los zapatos blancos y él sonríe avergonzado. Esta noche ha sido mucho mejor de lo que soñaba.

Al acabar la canción, Hardin vuelve a mí rápidamente, seguido de Karen. Les decimos a los felices recién casados que nos vamos a casa y nos abrazamos una vez más. Hardin está un poco menos tenso que antes. Alguien llama a Ken. Karen y él se despiden de nosotros y nos dan las gracias por enésima vez por haber venido a la boda y desaparecen entre los invitados.

—¡Los pies me están matando! —digo. Es la primera vez que llevo zapato de tacón tanto tiempo seguido, y creo que voy a necesitar una semana para recuperarme.

—¿Te llevo en brazos? —se ofrece imitando mi tono de voz infantil.

—No —me río.

Cuando vamos a salir de la carpa nos encontramos con Trevor, el señor Vance y Kimberly. Ella me sonríe y me guiña el ojo después de darle un buen repaso a Hardin. Intento contener la risa y termino atragantándome.

—¿Me has reservado un baile? —bromea el señor Vance con Hardin.

—No, ninguno —dice él siguiéndole el juego.

—¿No es pronto para marcharse? —dice Trevor mirándome a mí.

—Ya llevamos aquí un buen rato —contesta Hardin alejándome de ellos—. Me alegro de haberte visto, Vance —añade sin dejar de andar mientras salimos de la carpa.

—Eso ha sido de muy mala educación —lo riño cuando llegamos al coche.

—Estaba coqueteando contigo. Tengo derecho a ser todo lo maleducado que quiera.

—Trevor no estaba coqueteando, sólo estaba siendo amable.

Hardin pone los ojos en blanco.

—Te desea, lo sé. No seas tan ingenua.

—Sé amable con él, por favor. Trabajamos en la misma empresa y no quiero problemas —digo con mucha calma. La noche ha sido maravillosa y no me gustaría que sus celos la estropeasen.

Hardin sonríe con malicia.

—Siempre puedo pedirle a Vance que lo despida.

Me parto de la risa con su salida.

—¡Estás loco!

—Sólo por ti —contesta, y arranca el motor.

CAPÍTULO 95

—¡Cómo me gusta llegar a casa! —proclamo al entrar en el departamento. Y entonces me doy cuenta de que hace un frío terrible—. Excepto cuando no dejas la calefacción encendida. —Castañeteo con los dientes y Hardin se ríe.

—Todavía no sé cómo funciona. Es tecnología de punta.

—Iré por unas cobijas —digo mientras él se pelea con el termostato.

Agarro una de la cama y dos del ropero y las dejo en el sillón. Luego vuelvo al dormitorio a cambiarme.

—¡Hardin!

—¡Voy!

—¿Puedes bajarme el cierre? —le pido cuando entra.

Su intento parece haberlo dejado frustrado. Tiene los dedos congelados, y tiemblo cuando me rozan la piel desnuda. Se disculpa, termina de bajarme el cierre y el vestido cae al suelo. Me quito los zapatos. El suelo de concreto impreso parece de hielo. Corro a buscar la pijama más calentita que tengo.

—Ten, esto abriga más —dice sacando del ropero una sudadera gris con gorra.

—Gracias. —Sonrío.

No sé por qué me gusta tanto ponerme la ropa de Hardin, es como si eso nos uniera más aún. Nunca lo había hecho con Noah, sólo una vez, cuando fuimos de acampada con su familia y tuvo que prestarme una sudadera.

Y a Hardin parece que le gusta que lo haga. Me observa mientras me pongo la sudadera con una mirada cargada de deseo. Le cuesta quitarse la corbata y me acerco de puntitas a echarle una mano. Permanece en silencio y le quito la tira de tela y la dejo a un lado. Luego saco un par de calcetines largos, gordos y violeta que mi madre me regaló las Navidades pasadas.

Me recuerdan que sólo faltan tres semanas para Navidad, y me pregunto si mi madre todavía querrá que la pase con ella. No he vuelto a casa desde que empecé la universidad.

—¿Eso qué es? —Hardin se bota de la risa y jala los pompones que adornan mis tobillos.

—Unos calcetines. Unos calcetines calentitos, para ser exactos. —Le saco la lengua.

—Muy bonitos —se burla. Se pone un pants y una sudadera.

Para cuando volvemos a la sala de estar, el departamento se ha calentado un poco. Hardin enciende la televisión y se acuesta en el sillón. Me acurruca contra su pecho y nos tapa con las cobijas.

—¿Qué planes tienes para las fiestas? —le pregunto nerviosa.

No sé por qué me da apuro preguntarle qué va a hacer en Navidad si estamos viviendo juntos.

—Pues pensaba esperar hasta la semana que viene para decírtelo porque estos días han sido una locura, pero ahora que lo mencionas... —Sonríe y parece estar tan nervioso como yo—. Me voy a casa por Navidad, y me gustaría que vinieras conmigo.

—¿A casa? —pregunto con voz aguda.

—A Inglaterra..., a casa de mi madre. —Me mira con ojos de cordero—. Si no quieres venir, lo entenderé. Sé que es mucho pedir y que ya has venido a vivir conmigo.

—No, no es que no quiera, es que... No sé...

La idea de viajar al extranjero con Hardin es emocionante y aterradora. Nunca he salido de Washington.

—No tienes que darme una respuesta esta noche, pero dímelo en cuanto puedas, ¿está bien? Yo me voy el día 20.

—Es justo el día después de mi cumpleaños —le digo.

Rápidamente cambia de postura y me levanta la cabeza:

—¿Tu cumpleaños? ¿Por qué no me habías dicho que estaba a la vuelta de la esquina?

Me encojo de hombros.

—No lo sé. No lo había pensado. Los cumpleaños no significan gran cosa para mí. Mi madre solía celebrarlos en grande y procuraba que todos fueran especiales, pero dejó de hacerlo estos últimos años.

—¿Qué quieres hacer por tu cumpleaños?

—Nada. ¿Tal vez podríamos salir a cenar?

No quiero una fiesta en grande, no es para tanto.

—Una cena... No sé yo —se burla—. ¿No te parece un poco extravagante?

Me río y me besa en la frente. Lo obligo a ver un nuevo episodio de «Pequeñas mentirosas» y acabamos quedándonos dormidos en el sillón.

Me despierto bañada en sudor en mitad de la noche. Me separo de Hardin, me quito la sudadera y voy a apagar la calefacción cuando una lucecita azul que parpadea en el celular de Hardin despierta mi curiosidad. Agarro el teléfono y desbloqueo la pantalla con los dedos. Tiene tres nuevos mensajes.

«Deja el celular, Tessa...»

No tengo por qué espiarle el teléfono, es de locos. Lo dejo de nuevo en su sitio y echo a andar hacia el sofá, pero el celular vibra con la llegada de otro mensaje de texto.

«Sólo uno. Sólo voy a leer uno. Eso no es tan terrible, ¿verdad?»

Sé que no está nada bien, pero no puedo evitar leerlo:

Llámame, cabrón.

El nombre de Jace aparece en la parte superior de la pequeña pantalla.

Sí, ha sido una pésima idea. No he llegado a nada y ahora me siento culpable por ser la loca que le espía el celular a su novio... Pero ¿qué hace Jace mandándole mensajes a Hardin?

—¿Tessa? —dice Hardin con voz soñolienta.

Me sobresalto y se me cae el teléfono al suelo con un estrépito tremendo.

—¿Qué ha sido eso? ¿Qué estás haciendo? —pregunta en la habitación a oscuras, iluminada únicamente por la televisión.

—Tú teléfono ha sonado... y lo he agarrado. —Es una verdad a medias. Me agacho a recogerlo del suelo. Una grieta cruza el lateral de la pantalla—. Y te he estrellado la pantalla —añado.

Gruñe hastiado.

—Vuelve aquí.

Dejo el celular y me acuesto de nuevo en el sillón con él, pero tardo mucho en dormirme.

A la mañana siguiente Hardin me despierta al intentar salir de debajo de mí. Me aparto y me acuesto boca arriba en el sillón para que pueda levantarse. Agarra el teléfono de la cocina y se va al cuarto de baño. Espero que no esté muy enojado por haberle roto la pantalla. Nada de esto habría ocurrido si yo no hubiera sido tan metiche. Me levanto del sillón y preparo el café.

Sigo dándole vueltas a la propuesta de Hardin de que me vaya a Inglaterra con él. Nuestra relación va muy deprisa, nos hemos ido a vivir juntos muy jóvenes. Aun así, me encantaría conocer a su madre y ver Inglaterra con él.

—¿Sumida en tus pensamientos? —La voz de Hardin interrumpe mis divagaciones cuando entra en la cocina.

—No... Bueno, más o menos. —Me río.

—¿En qué estabas pensando?

—En la Navidad.

—¿Qué pasa?, ¿que no sabes qué regalarme?

—Creo que voy a llamar a mi madre para ver si tenía pensado invitarme a pasar la Navidad con ella. Me sentiría fatal si no la llamo antes de decidir algo. Va a pasarla sola en casa.

No parece que lo emocione la idea, pero mantiene la calma.

—Lo entiendo.

—Perdona por lo de tu celular.

—No pasa nada —dice, y se sienta a la mesa.

Pero entonces lo suelto:

—Leí el mensaje de Jace. —No quiero tener que ocultarle nada, por muy avergonzada que me sienta.

—¿Qué?

—Vibraba y lo miré. ¿Por qué te estaba escribiendo a esas horas?

—¿Qué has leído? —me pregunta ignorando lo que he dicho.

—Un mensaje de Jace —repito.

Aprieta la mandíbula.

—¿Qué decía?

—Que lo llamaras...

¿Por qué se altera tanto? Sabía que no iba a gustarle que husmeara en sus mensajes, pero creo que está exagerando.

—¿Eso es todo? —salta, y empieza a molestarme.

—Sí, Hardin. ¿Qué más podría haberme encontrado?

—Nada... —Bebe un trago lento de su taza de café, como si de repente no tuviera importancia—. Sólo es que no me gusta que esculques mis cosas.

—Está bien, no volveré a hacerlo.

—Bien. Tengo cosas que hacer; ¿podrás estar un rato sin mí?

—¿Qué tienes que hacer? —Me arrepiento al instante de habérselo preguntado.

—¡Jesús, Tessa! —dice subiendo la voz—. ¿Por qué siempre me provocas?

—No te provoco, sólo quería saber qué ibas a hacer. Esto es una relación, Hardin, y bastante seria, por cierto. ¿Así que qué te cuesta decirme lo que vas a hacer hoy?

Aparta la taza de malos modos y se levanta.

—No sabes cuándo dejar las cosas en paz, ése es tu problema. No tengo por qué contártelo todo, ¡aunque estemos viviendo juntos! De haber sabido que ibas a salirme con esta mierda, me habría ido antes de que te despertaras.

—Vaya —es todo cuanto consigo decir antes de irme al dormitorio echando pestes.

Pero me pisa los talones.

—Vaya, ¿qué?

—Debería haber sabido que ayer fue demasiado bonito para ser verdad.

—¿Perdona?

—Nos la pasamos genial y por una vez, por una vez, no te portaste como un pendejo, pero hoy te levantas y, ¡zas!, ¡vuelves a ser un auténtico cabrón!

Doy vueltas por la habitación recogiendo la ropa sucia de Hardin del suelo.

—Te olvidas de la parte en que me revisas los mensajes del celular.

—Un mensaje, y lamento mucho haberlo hecho, pero la verdad es que tampoco es para tanto. ¡Si en el teléfono tienes algo que no quieres que vea, entonces sí que tenemos un problema! —le grito, y echo toda la ropa en el bote de la ropa sucia.

Me señala furioso.

—No, Tessa. Tú eres el problema. ¡Siempre lo sacas todo de quicio!

—¿Por qué te peleaste con Zed? —contraataco.

—Ah, no, ahora no quiero hablar de eso —me dice fríamente.

—Entonces ¿cuándo, Hardin? ¿Por qué no me lo cuentas? ¿Cómo quieres que confíe en ti si me ocultas cosas? ¿Tiene algo que ver con Jace? —inquiero, y sus aletas nasales se agitan con rapidez.

Se pasa las manos por la cara y luego por el pelo, que se le queda de punta.

—No sé por qué no puedes ocuparte de tus asuntos y dejar mi vida en paz —gruñe, y luego sale de la habitación.

A los pocos segundos la entrada principal se cierra de un portazo y me seco las lágrimas de enojo. El modo de reaccionar de Hardin cada vez que le pregunto por Jace me da muy mala espina, y no me quito esa sensación funesta de encima ni limpiando todo el departamento. Ha sido demasiado. Me oculta algo y no entiendo por qué. Estoy segura de que no tiene que ver conmigo, no tiene sentido que Hardin se haya puesto así. Desde la primera vez que conocí a Jace supe que nos iba a traer problemas. Si Hardin no va a darme respuestas, tendré que buscarlas en otra parte. Miro por la ventana y veo su coche salir del estacionamiento. Tomo el celular. Mi nueva fuente de respuestas contesta a la primera.

—¿Zed? Soy Tessa.

—Ya... Lo sé.

—Bien... Oye..., ¿puedo hacerte una pregunta? —digo con una vocecita más insegura de lo que me gustaría.

—¿Dónde está Hardin? —me pregunta y, por su tono, sospecho que me guarda rencor por haberlo rechazado pese a lo amable que fue conmigo.

—No está aquí.

—No creo que sea buena idea que...

—¿Por qué te pegó Hardin? —pregunto sin dejarlo acabar la frase.

—Lo siento, Tessa, tengo que dejarte —dice, y me cuelga.

«Pero ¿qué demonios...?» No estaba segura al cien por cien de que fuera a contármelo, pero tampoco esperaba que reaccionara así. Ahora sí muero de curiosidad, y encima estoy encabronada.

Intento llamar a Hardin pero obviamente no contesta. ¿Por qué ha reaccionado Zed así? Casi como si tuviera... ¿miedo de decírmelo? Puede que esté equivocada y sí tenga que ver conmigo. No sé qué está pasando, pero nada de esto tiene sentido. Me paro a pensarlo detenidamente. ¿Estoy exagerando? Repaso mentalmente la reacción de Hardin cuando le pregunté sobre Jace. No, estoy segura de que no estoy malinterpretando la situación.

Me baño e intento calmarme y dejar de darle vueltas al asunto, pero no funciona. Tengo una sensación rara en el estómago que me obliga a buscar otra opción. Termino de bañarme y me seco el pelo, me visto y decido qué hacer a continuación.

Me siento como la señorita Havisham en *Grandes esperanzas*, maquinando y confabulando. Nunca me gustó ese personaje, pero de repente la entiendo. Ahora veo que el amor te empuja a hacer lo que nunca harías, te puede volver obsesiva e incluso un poco loca. Aunque, en realidad, mi plan no es una locura ni tampoco es tan teatral como parece. Lo único que voy a hacer es buscar a Steph y preguntarle si ella sabe por qué se pelearon Hardin y Zed y qué pasa con Jace. Lo único que hace que parezca una locura es que, si Hardin se entera de que he llamado a Zed y he ido a ver a Steph, me la va a armar en grande.

Ahora que lo pienso, Hardin no me ha llevado con sus amigos desde que vivimos juntos, y sospecho que es porque ninguno lo sabe todavía.

Para cuando salgo del departamento no puedo pensar con claridad y olvido el celular sobre la cocina. Empieza a nevar en cuanto entro en la autopista, por eso tardo más de media hora en llegar a la residencia. Está tal y como la recordaba. Normal, si no hace siquiera una semana que la dejé, aunque parezca que hace mucho más tiempo.

Avanzo por el pasillo a grandes pasos e ignoro a la rubia teñida que le gritó a Hardin por haberle derramado vodka en la puerta de su cuarto. Ésa fue la primera vez que Hardin se quedó a dormir aquí conmigo, y parece que fue hace mil años. El tiempo no tiene sentido desde que lo conocí. Cuando llamo a la puerta de mi antigua habitación, no contesta nadie. Normal. Si Steph no está nunca aquí, siempre está en casa de Tristan y Nate y no tengo ni idea de dónde es. Y, aunque lo supiera, ¿me atrevería a ir allí?

Vuelvo al coche e intento trazar un nuevo plan de acción mientras doy vueltas por el campus. Habría sido mucho más fácil si no hubiera olvidado el celular en casa. Justo cuando estoy a punto de rendirme y volver a buscarlo, paso junto a Blind Bob's, el bar de motociclistas al que fui con Steph. Veo el coche de Nate en el estacionamiento. Estaciono el coche y respiro hondo antes de salir y, cuando lo hago, el aire helado me quema los pulmones. La mujer de la entrada me sonríe y respiro aliviada al ver el pelo rojo de Steph en la otra punta del bar.

Ojalá hubiera sabido lo que estaba por venir.

CAPÍTULO 96

Siento nervios mientras avanzo por el bar. ¿Cómo es que esto me ha parecido una buena idea? Hardin me va a matar, y Steph va a pensar que me he vuelto loca.

Cuando me ve, sonríe de oreja a oreja y exclama:

—Pero ¿qué haces tú aquí?

Y me da un fuerte abrazo.

—Pues... Te estaba buscando —le digo.

—¿Va todo bien? ¿O es que me extrañabas? —Se echa a reír.

—Te extrañaba. —Con eso basta, por ahora.

—Cuánto tiempo sin verte, Tessa —dice Nate dándome un abrazo—. ¿Dónde te tenía escondida Hardin?

Tristan aparece detrás de Steph y le rodea la cintura con los brazos. Por cómo lo mira ella, sé que han solucionado la pelea que tuvieron por culpa de Molly.

Steph me sonríe.

—Ven, siéntate con nosotros. Los demás aún no han llegado.

«¿Aún?» Me pregunto si querrá decir que Hardin llegará enseguida. Los sigo a un reservado temiendo la respuesta a esa pregunta. Una pregunta que decido no hacer. En vez de eso pido una hamburguesa con papas fritas. No he comido nada en todo el día y ya son más de las tres.

—Me aseguraré de que no lleven cátsup —me dice la mesera con una sonrisa antes de volver a la cocina.

Se acuerda de la escena que Hardin le armó la última vez que estuve aquí.

Me muerdo las uñas pintadas y espero a que la camarera me traiga mi Coca-Cola.

—Anoche te perdiste la mejor fiesta del mundo —dice Nate. Alza la jarra y se termina la cerveza.

—¿Sí? —Sonrío.

Lo más frustrante de mi relación con Hardin es que nunca sé qué puedo y qué no puedo contarle a la gente. Si nuestra relación fuera normal, podría decirle que ayer la pasamos genial en la boda del padre de Hardin. Pero como mi relación de normal no tiene nada, me quedo callada.

—Sí, estuvo muy chido. Fuimos a los muelles, no a la fraternidad. —Se echa a reír—. En los muelles podemos hacer más relajo y después no tenemos que limpiar.

—Ah, ¿es que Jace vive en los muelles? —pregunto fingiendo que no me interesa.

—¿Qué? No, los muelles son muelles de verdad, para barcos. Vive cerca porque de día trabaja allí.

—Ah... —Mordisqueo mi popote.

—Hacía un frío terrible y Tristan, que estaba muy borracho, se tiró al agua —dice Steph sin poder contener la risa.

Tristan le saca el dedo.

—No fue para tanto —se ríe—. Estaba tan fría que no sentí nada.

La comida llega junto con las alitas de Tristan y otra ronda de cerveza para los tres.

—¿No quieres una cerveza, Tessa? No te van a pedir identificación —me informa Nate.

—No, no. Tengo que manejar. Pero gracias.

—¿Qué tal la nueva residencia? —me pregunta Steph robándome una papa frita.

—¿Qué?

—La nueva residencia —me repite más despacio.

—No estoy en una residencia.

¿Eso le ha dicho Hardin, que me he mudado a otra residencia de estudiantes?

—Sí, porque desde luego en la mía ya no vives. Tus cosas desaparecieron de repente y Hardin dijo que te habías cambiado de residencia, que tu madre se había enojado contigo o algo así —explica, y le da un buen trago a su cerveza.

En ese instante decido que me importa un comino si Hardin se encabrona: no pienso mentir. Estoy furiosa y avergonzada porque sigue ocultándole al mundo nuestra relación.

—Hardin y yo nos hemos ido a vivir juntos —les digo.

—¡¿Qué?! —exclaman los tres al mismo tiempo.

—Sí, la semana pasada. Rentamos un departamento a veinte minutos del campus —les explico.

Los tres me miran como si tuviera dos cabezas.

—¿Qué? —inquiero perdiendo la paciencia.

—Nada. Es sólo que... Vaya..., no sé. Es que nos ha soprendido —dice Steph.

—¿Por? —salto.

Sé que no es justo que me desquite con ella cuando con quien estoy realmente enojada es con Hardin, pero no puedo evitarlo.

Frunce el ceño y me mira como si estuviera pensando si debe hablar o no.

—No lo sé. Sólo es que no me puedo imaginar a Hardin viviendo con alguien, eso es todo. No sabía que lo de ustedes iba tan en serio. Ojalá me lo hubieras dicho.

Estoy a punto de preguntarle qué quiere decir con eso cuando Tristan y Nate miran en dirección a la puerta y luego a mí. Cuando me vuelvo, veo a Molly, a Hardin y a Jace. Hardin se está sacudiendo la nieve del pelo y limpiándose las botas en el tapete de paja. Aparto la mirada con el corazón desbocado. Son demasiadas cosas a la vez: Molly está con Hardin, lo cual me enoja sobremanera. Jace está con Hardin, cosa que no entiendo. Y acabo de contarle a todo el mundo que estamos viviendo juntos, cosa que parece haber causado una gran conmoción.

—Tessa —me saluda Hardin, enojado, detrás de mí.

Lo miro y veo que tiene el rostro contorsionado de pura ira. Está haciendo un esfuerzo por contenerse, lo sé, pero no creo que lo consiga.

—Tengo que hablar contigo —masculla.

—¿Ahora? —digo tratando de no darle importancia, aunque estoy a punto de explotar.

—Sí, ahora —contesta, e intenta tocarme del brazo. Me levanto y lo sigo a una esquina del pequeño bar—. ¿Qué chingados estás haciendo aquí? —dice en voz baja con la cara a unos centímetros de la mía.

—He venido a pasar un rato con Steph. —No es del todo mentira, pero tampoco es del todo verdad.

Me atrapa.

—Y una mierda. —Le cuesta no gritar, pero la gente ya nos está mirando—. Tienes que irte —me dice.

—¿Cómo dices?

—Tienes que volver a casa.

—¿A casa? ¿Quieres decir a mi nueva residencia de estudiantes? —lo desafío. Se queda lívido—. Sí, se lo he dicho —prosigo—. Les he contado que estamos viviendo juntos; ¿cómo es que no lo sabían? Me has hecho quedar como una imbécil. Pensé que lo de esconder lo nuestro era cosa del pasado, que ya no era tu secreto.

—No eras mi secreto —miente.

—Estoy harta de engaños y secretitos, Hardin. Cada vez que pienso que vamos progresando...

—Perdona. No era mi intención mantenerlo en secreto. Sólo quería esperar un poco —dice atropelladamente.

Casi puedo ver la lucha interna que se está librando tras esos ojos verdes. No deja de mirar a un lado y a otro, y me preocupa verlo tan asustado.

—No puedo seguir así, eres consciente de eso, ¿verdad? —le digo.

—Sí, ya lo sé —suspira, muerde el aro del labio inferior y se pasa la mano por el pelo húmedo—. ¿Podemos irnos a casa y hablarlo?

Asiento.

Lo sigo de vuelta al reservado, donde ya se han sentado todos.

—Nosotros nos vamos —anuncia Hardin.

Jace me dirige una sonrisa siniestra.

—¿Tan pronto?

Los hombros de Hardin se tensan.

—Sí —contesta.

—¿Vuelven a su departamento? —pregunta Steph.

Le lanzo una mirada asesina. «¡No es el momento!», le grito en silencio.

—¿Adónde has dicho? —dice Molly carcajeándose. La verdad, si por mí fuera, no volvería a verla en la vida.

—A su departamento. Están viviendo juntos —contesta Steph contenta.

Sé que sólo está intentando molestar a Molly y, en circunstancias normales, le aplaudiría, pero estoy demasiado enojada con Hardin para pensar en esta tipa.

—Bueno, bueno, bueno... —exclama Molly golpeando la mesa con sus uñas rojo chillón—. Pero qué noticia tan interesante —dice mirando fijamente a Hardin.

—Molly... —le advierte. Juraría que a Hardin le está entrando el pánico.

Ella levanta una ceja.

—¿No te parece que lo estás llevando demasiado lejos? —añade ella.

—Molly, te juro por Dios que si no cierras el hocico...

—¿Qué es lo que está llevando demasiado lejos? —inquiero. Tenía que preguntarlo.

—Tessa, sal —me ordena, pero no le hago caso.

—No quiero. ¿Qué es lo que está llevando demasiado lejos? ¡Dímelo! —grito.

—Espera..., estás al corriente, ¿no? —Molly se echa a reír y continúa—: ¡Lo sabía! Le dije a Jace que tú lo sabías pero no me creyó. Hardin, le debes a Zed un varote. —Echa la cabeza atrás y se levanta.

Hardin parece un fantasma. Es como si no le quedara una gota de sangre en el cuerpo. A mí la cabeza me da vueltas y estoy confundia. Miro a Nate, a Tristan y a Steph, que no le quitan los ojos de encima a Hardin.

—¿Al corriente de qué? —Me tiembla la voz.

Hardin me toma del brazo e intenta jalarme, pero me suelto y me planto delante de Molly.

—No te hagas la tonta conmigo. Sé que lo sabes. ¿Qué ha hecho? ¿Te ha dado la mitad del dinero? —pregunta.

Hardin me agarra de la mano. Tiene los dedos fríos como el hielo.

—Tessa...

Aparto la mano y lo miro fijamente con unos ojos como platos.

—¡Explícate! ¡¿De qué está hablando?! —le grito.

Las lágrimas amenazan con desbordarse por mis mejillas mientras intento mantener bajo control la avalancha de emociones.

Hardin me deja atónita cuando abre la boca y vuelve a cerrarla en el acto.

—¡Maldita sea! —se burla Molly—. ¿De verdad que no lo sabes? Es asombroso. ¡Listos para el espectáculo!

—Cállate, Molly —le escupe Steph.

—¿Seguro que quieres que te lo cuente, princesa? —prosigue ella con una sonrisa triunfante.

Oigo los latidos de mi propio corazón y por un instante me pregunto si los demás también los estarán oyendo.

—Cuéntamelo —le ordeno.

Molly ladea la cabeza... Luego hace una pausa.

—No, creo que le corresponde a Hardin hacerlo.

Y empieza a reírse y a pasarse el aro que lleva en la lengua entre los dientes. Es un sonido horrible, peor que cuando uno araña el pizarrón.

CAPÍTULO 97

Todo está pasando demasiado rápido. Estoy confundida y, cuando miro en derredor, veo que estoy rodeada de gente que se ha burlado de mí sin importarle lo mucho que yo he intentado encajar, y sé que no puedo confiar en ninguno de ellos.

«¿Qué está ocurriendo? ¿Qué hace Hardin ahí parado? ¿Qué me están ocultando?»

—Secundo la moción —dice Jace, y levanta la jarra de cerveza—. Adelante, Hardin, cuéntaselo.

—Se... Se lo diré fuera —replica él en voz baja.

Miro sus ojos brillantes, que están locos de desesperación, confusos. No sé qué está pasando, pero sé que no quiero ir a ninguna parte con él.

—No, me lo vas a contar aquí, delante de todos. Así no podrás mentirme.

Me duele el corazón y sé que no estoy preparada para oír lo que va a decirme.

Se retuerce los dedos nervioso antes de empezar a hablar.

—Perdóname —dice sujetándose las manos—. Tessa, tienes que recordar que esto fue mucho antes de que te conociera. —Sus ojos me suplican clemencia.

No sé si me va a fallar la voz, y apenas abro la boca para decirle:

—Cuéntamelo.

—Aquella noche... La segunda noche..., la segunda fiesta a la que viniste, cuando jugamos a Verdad o reto... y Nate te preguntó si eras virgen... —Cierra los ojos como si estuviera ordenando sus pensamientos.

«No, no, no...»

Si fuera posible que el corazón se me cayera más abajo de los pies, el mío estaría ya en el núcleo terrestre. Esto no está pasando. «Esto no puede estar pasando. Ahora no. A mí, no.»

—Continúa... —dice Jace, y se apoya sobre los codos como si fuera lo mejor que ha visto nunca.

Hardin le lanza puñales con los ojos y sé que, si no estuviera a punto de destruir él solito nuestra relación, aplastaría a ese gusano en el acto.

—Dijiste que sí, que eras virgen... Y alguien tuvo la idea de...

—¿Quién tuvo la idea? —lo interrumpe Molly.

—Yo... A mí se me ocurrió la idea —confiesa Hardin. No deja de mirarme a los ojos, cosa que no hace que esto me resulte más fácil—. Se me ocurrió que... podría ser divertido... hacer una apuesta.

Agacha la cabeza y los ojos se me llenan de lágrimas.

—No. —Ahogo un sollozo y doy un paso atrás.

La confusión se hace un hueco entre el caos de mis pensamientos y me impide ordenarlos y encontrarles sentido, comprender lo que oyen mis oídos. Pero la confusión pronto le cede el paso a una mezcla en ebullición de dolor e ira. Todos los recuerdos encajan como las piezas de un rompecabezas...

«Aléjate de él», «Ten cuidado», «A veces uno cree que conoce a las personas, pero no es así», «Tessa, tengo que decirte algo...»

Todos los comentarios de Molly, Jace, e incluso los del propio Hardin, se repiten en mi cabeza como un disco rayado. Había algo, la sensación de que se me escapaba algo. No puedo respirar en el pequeño bar, es como si me faltara el aire mientras intento asimilar la realidad. Había pistas por todas partes pero estaba demasiado obnubilada con Hardin para verlas.

«¿Por qué lo ha llevado tan lejos? ¿Para qué quería que me fuera a vivir con él?»

—¿Tú lo sabías? —le pregunto a Steph. No puedo seguir mirando a Hardin.

—Yo... Estuve a punto de contártelo mil veces, Tess —dice llorando lágrimas de culpabilidad.

—Cuando nos dijo que lo había conseguido no me lo podía creer, ni siquiera al ver el condón —explica Jace con una risita. Está disfrutando con el espectáculo.

—¿Verdad? ¡Yo tampoco! Pero las sábanas... ¡Las sábanas manchadas de sangre eran indudables! —secunda Molly muerta de la risa.

Las sábanas. Por eso seguían en su coche...

Sé que debería decir algo, cualquier cosa, pero no me sale la voz. Todo me da vueltas, la gente del bar bebe y come sin darse cuenta de que a diez metros de ellos hay una ingenua a la que le están partiendo el corazón en mil pedazos. ¿Cómo es posible que la Tierra siga girando y la vida continúe mientras yo estoy aquí viendo a Tristan agachar la cabeza, a Steph llorar y, lo más importante, a Hardin mirándome fijamente?

—Tessa, perdóname.

Da un paso hacia mí pero ni siquiera puedo moverme y largarme, que es lo que querría hacer.

La voz de arpía de Molly rompe el silencio:

—Desde luego hay cierto componente teatral que se merece un aplauso. ¿Se acuerdan de la última vez que estuvimos aquí y Steph hizo como que ponía guapa a Tessa y luego Hardin y Zed se pelearon por ver quién la llevaba de vuelta a la residencia? —Se ríe y prosigue—: Más tarde, Hardin apareció en tu habitación, ¿verdad? ¡Con la botella de vodka! ¡Y tú pensaste que estaba borracho! ¿Te acuerdas de que lo llamé mientras estaba allí? —Por un momento me mira como si de verdad esperara mi respuesta—. En realidad se suponía que iba a ganar la apuesta esa noche. Estaba muy seguro, pero Zed no paraba de decirle que no te ibas a abrir de piernas tan rápido. Se ve que Zed estaba en lo cierto pero, aun así, lo hiciste mucho antes de lo que yo imaginaba. Así que me alegro de no haberme jugado mi lana...

En el bar sólo existen los sonidos horripilantes que emite Molly y los ojos de Hardin.

Nunca me había sentido así. Este grado de humillación y de pérdida es mucho peor de lo que imaginaba. Hardin ha estado jugando conmigo todo este tiempo, todo esto no ha sido más que un juego para él. Los abrazos, los besos, las sonrisas, las risas, los «te quiero», el sexo, los planes... Carajo, duele como nada en el mundo. Lo tenía todo planeado, cada noche, cada detalle, y todo el mundo lo sabía menos yo. Incluso Steph, que creía que se estaba convirtiendo en una buena amiga. Lo miro. En medio de la sorpresa me permito tener un momento de debilidad y desearía no haberlo hecho. Está ahí parado. Ahí parado como si mi mundo no se estuviera desmoronando, como si no me hubiera humillado hasta la saciedad ante todos.

—Te alegrará saber que has costado un varote —ríe Molly—, y eso que Zed intentó rajarse un par de veces. ¡Espero que Hardin al menos te invitara a cenar con el dinero de Jace, Logan y Zed!

Jace se termina la cerveza y aúlla:

—¡A mí lo que me emputa es haberme perdido el famoso «Te quiero» delante de todo el mundo! He oído que fue escandaloso.

—¡Cállense de una maldita vez! —El grito de Tristan los sorprende a todos. Si yo no estuviera tan aturdida, también me habría sorprendido—. Jódanse. Ya los ha aguantado bastante.

Hardin da un paso más.

—Por favor, nena, di algo.

Y con ese *nena* lastimero mi cerebro por fin conecta con mi boca.

—¡No te atrevas a llamarme *nena*! ¿Cómo has podido hacerme esto? Eres... eres... No puedo... —Tengo tanto que decir que no consigo hacerlo—. No voy a decir nada porque eso es lo que quieres —replico con mucha más confianza en mí misma de la que siento.

Por dentro estoy ardiendo y tengo el corazón en el suelo, bajo las botas de Hardin.

—Sé que lo he arruinado... —empieza a decir.

—¿Lo has arruinado? ¡¿Que lo has arruinado?! —grito—. ¿Por qué? Dime por qué. ¿Por qué yo?

—Porque estabas ahí —contesta. Y su sinceridad me destroza un poco más—. Era un reto. No te conocía, Tessa. No sabía que iba a enamorarme de ti.

Lo oigo hablar de amor y siento justo lo contrario que estas últimas semanas. La bilis me sube por la garganta.

—Tú estás mal de la cabeza. ¡Estás enfermo! —le grito, y corro hacia la puerta.

Esto es más de lo que puedo soportar. Hardin me toma del brazo y lo aparto de un empujón, me vuelvo y lo cacheteo. Con todas mis fuerzas.

Su expresión de dolor me produce una punzante satisfacción.

—¡Lo has estropeado todo! —grito—. Te has llevado algo que no te pertenecía, Hardin. Era para alguien que me quisiera, alguien que me quisiera de verdad. Era suyo, fuera quien fuera, y tú se lo has robado... ¿por dinero? Me he peleado con mi madre por ti. ¡Lo he dejado todo! Tenía a una persona que me quería, alguien que jamás me haría el daño que tú me has hecho. Eres un ser repugnante.

—Pero yo te quiero, Tessa. Te quiero más que a nada. Iba a contártelo. Intenté que no te lo explicaran. No quería que lo descubrieras. Por eso me pasé la noche fuera, convenciéndolos de que no te dijeran nada. Iba a contártelo yo, pronto, ahora que vivimos juntos, porque ahora ya no importa.

Pierdo el control de las palabras que se me agolpan en la boca:

—Estás... Eres... ¡Hardin, por Dios! ¿Qué demonios te pasa, eh? ¿Crees que está bien que vayas por ahí convenciendo a la gente de que no me lo cuente? ¿Que todo estaría bien si yo no me enteraba? ¿Creías que iba a perdonarte esto por estar viviendo juntos? ¿Por eso insististe en que mi nombre figurara en el contrato? ¡Por Dios santo! ¡Tú estás mal de la cabeza!

Todos los pequeños detalles que me hacían darle tantas vueltas a todo desde que conocí a Hardin, todos apuntaban a algo así. Estaba claro.

—Por eso fuiste a recoger mis cosas a la residencia, ¡porque tenías miedo de que Steph me lo contara!

Todo el bar me está mirando y me siento insignificante. Destrozada e insignificante.

—¿Qué has hecho con el dinero, Hardin?

—Yo... —empieza a decir, pero se calla.

—Dímelo —exijo.

—Tu coche..., la pintura... y la fianza del departamento. Pensé que si... He estado a punto de contártelo tantas veces, en cuanto me di cuenta de que ya no era sólo una apuesta... Te quiero. Te he querido siempre, te lo juro.

—¡Guardaste el condón para poder enseñárselo, Hardin! ¡Les enseñaste las sábanas, las malditas sábanas manchadas de sangre! —Me llevo las manos a la cabeza y me jalo de los pelos—. ¡Oh, mierda! ¡Qué idiota he sido! Mientras yo repasaba mentalmente la mejor noche de mi vida tú les estabas enseñando las sábanas a tus amigos.

—Lo sé... No tengo excusa... Pero tienes que perdonarme. Podemos solucionarlo —dice.

Y me echo a reír. Una carcajada de verdad. A pesar de las lágrimas, me río. Me estoy volviendo loca. En las películas las cosas no son así. No soy capaz de guardar las formas. No estoy aceptando la noticia con elegancia, con una exclamación o una sola lágrima que desciende lentamente por la mejilla. Estoy llorando, nerviosísima y apenas puedo controlar mis emociones o articular una frase.

—¿Que te perdone? —Me río como una histérica—. Me has destrozado la vida. Lo sabes, ¿verdad? Pues claro que lo sabes. Ése ha sido siempre tu plan, ¿recuerdas? Prometiste que ibas a destrozarme. Pues enhorabuena, Hardin, lo has hecho. ¿Cuál quieres que sea tu premio? ¿Dinero, o prefieres que te busque otra virgen?

Se revuelve, como si intentara bloquear mi campo de visión para que no vea a los demás, que siguen sentados en su sitio.

—Tessa, por favor. Tú sabes que te quiero. Lo sabes. Vayámonos a casa, por favor. Vayamos y te lo contaré todo.

—¿A casa? Ésa no es mi casa. No lo ha sido nunca, lo sabes tan bien como yo.

Vuelvo a intentar llegar a la puerta. La tengo muy cerca.

—¿Qué puedo hacer? Haré lo que sea —me suplica.

Sigue mirándome fijamente a los ojos y se agacha. Durante un segundo no entiendo lo que hace. Luego veo que se está arrodillando ante mí.

—¿Tú? Nada. Ya no hay nada que puedas hacer por mí, Hardin.

Si supiera qué decir para hacerle tanto daño como él me ha hecho a mí, lo diría. Y se lo repetiría mil veces para que supiera lo que se siente cuando te toman el pelo de esa manera y luego te hacen pedacitos.

Aprovecho que está de rodillas para correr hacia la puerta. En cuanto la abro choco contra alguien. Alzo la vista y me encuentro el rostro magullado de Zed, que todavía se está recuperando de las heridas que le causó Hardin.

—¿Qué pasa? —me pregunta agarrándome del codo.

Sus ojos viajan detrás de mí, ve a Hardin y ata cabos.

—Perdóname... —dice, pero lo ignoro. Hardin viene detrás de mí y tengo que salir del bar, tengo que alejarme de él.

El aire gélido azota mi pelo, que me tapa la cara en cuanto estoy afuera. Es una sensación agradable, y espero que también me alivie las emociones que me queman por dentro. La nieve ha cubierto las calles y mi coche.

Oigo que Zed me llama:

—No estás en condiciones de manejar, Tessa.

Sigo intentando avanzar entre la nieve por el estacionamiento.

—¡Déjame en paz! ¡Sé que tú también estabas involucrado en la apuesta! ¡Todos lo estaban! —grito y busco las llaves del coche.

—Deja que te lleve a casa. De verdad que así no puedes manejar, y menos con esta tormenta —insiste.

Abro la boca para gritarle pero entonces veo que Hardin está saliendo del bar.

Miro al que creía que era el amor de mi vida, al hombre que creía que iba a hacer que todos los días fueran especiales, salvajes, libres. Y luego miro a Zed.

—Está bien —le digo.

El clic del cierre centralizado del coche de Zed me dice que ya puedo subir, y rápido. En cuanto Hardin se da cuenta de que me voy con él, echa a correr hacia el coche. Su rostro se contorsiona de la rabia y, por el bien de Zed, espero que se meta en el coche antes de que Hardin nos alcance.

Zed se sienta tras el volante y arranca. Hardin hinca las rodillas en el suelo por segunda vez esta noche.

—Perdóname, Tessa. No tenía ni idea de que se nos iba a ir tanto de las manos... —empieza a decir Zed, pero lo callo.

—No me hables.

No puedo soportarlo más. No quiero oír nada más. Se me revuelve el estómago y el dolor de la traición de Hardin me desgarra por dentro y me debilita por segundos. Estoy segura de que si Zed dice una sola palabra no quedará nada de mí. Necesito saber por qué Hardin ha hecho lo que ha hecho, pero me aterra pensar lo que puede pasar si escucho hasta el último detalle. No he sentido nunca un dolor como éste y no sé muy bien qué hacer con él, si es que puedo hacer algo.

Zed asiente y maneja en silencio.

Pienso en Hardin, en Molly, en Jace y en toda la pandilla, y entonces algo cambia. Algo me hace más valiente.

—¿Sabes qué? —digo volteando hacia él—. Habla. Cuéntamelo todo. Hasta el último detalle.

Zed estudia mis ojos un momento con expresión preocupada. Luego se da cuenta de que no tiene elección y dice en voz baja mientras nos metemos en la autopista:

—De acuerdo.

AGRADECIMIENTOS

La serie *After* no habría sido posible sin un montón de personas. Podría escribir otro libro exclusivamente para darles las gracias (saben que soy capaz de hacerlo y que lo haría), pero sólo me han dejado un par de páginas, así que seré todo lo breve que pueda.

En primer lugar, quiero dar las gracias a mis fans de Hessa/los Afternators/Toddlers (los menos, ja)/primeros lectores (a los que no conseguimos ponerles nombre). Me han apoyado desde el principio y son los mejores. Son mi vida. He escrito cada palabra por ustedes y por su pasión por mis historias. Son geniales y los quiero un montón.

A continuación quisiera darle las gracias a Wattpad. Si no hubieran creído en mí y me hubieran ayudado a traer al mundo *After,* mis sueños nunca se habrían hecho realidad. Siempre recordaré dónde empezó todo y que han ayudado a crear un proyecto tremendo. No se rindan nunca y recuerden (sé que se lo digo constantemente) que el mañana siempre es mejor de lo que uno cree, y que son muy importantes y que los queremos, incluso cuando no lo parece.

A Amy Martin, por luchar por mi idea y apostar por *After* hasta que se salió con la suya.

Candice y Ashleigh: ¿cómo voy a pagarles todo lo que han hecho por mí? No podré, nunca.

Quiero darle las gracias a Gallery Books por creer en *After* y en mí y por asignarme un editor tan vivaz como Adam Wilson. Eres el mejor, eres extraordinario; tus comentarios siempre me hacen reír. Me entiendes, pescas mis chistes (por malos que sean) y comprendes a Hardin y a Tessa como pocos. Me has ayudado muchísimo y has hecho que esta transición sea fácil y sin tropiezos.

A mis padres y a mi suegra: porque me quieren y están siempre a mi lado.

A Kaci, por tus listas y por los ánimos. (Inserta nuestro emoticono aquí.)

A Jordan, mi marido, del que estoy enamorada desde que era una niña. Me has regalado el tiempo para hacer mis sueños realidad y has aguantado todas las horas que he pasado escribiendo y tuiteando, y sólo te quejaste un poco cuando te enseñé el millón de correcciones de Hessa.

Me estoy quedando sin espacio, así que tengo que irme. Pero sepan que los quiero muchísimo y que les estaré eternamente agradecida a todos.